全儒 著

大河湾

DAHEWAN

山西出版传媒集团
山西人民出版社

图书在版编目（CIP）数据

大河湾/全儒著. — 太原 : 山西人民出版社，2023.6

ISBN 978-7-203-12802-1

Ⅰ. ①大… Ⅱ. ①全… Ⅲ. ①长篇小说—中国—当代

Ⅳ. ①I247.5

中国版本图书馆CIP数据核字(2023)第058515号

大河湾

著　　者：全　儒
责任编辑：魏　红
复　　审：刘小玲
终　　审：梁晋华
装帧设计：陈　婷

出 版 者：山西出版传媒集团・山西人民出版社
地　　址：太原市建设南路 21 号
邮　　编：030012
发行营销：0351—4922220　4955996　4956039　4922127（传真）
天猫官网：https://sxrmcbs.tmall.com　电话：0351—4922159
E—mail：sxskcb@163.com　发行部
sxskcb@126.com　总编室
网　　址：www.sxskcb.com

经 销 者：山西出版传媒集团・山西人民出版社
承 印 厂：山西省教育学院印刷厂

开　　本：787mm×1092mm　1/16
印　　张：24
字　　数：410 千字
版　　次：2023 年 6 月　第 1 版
印　　次：2023 年 6 月　第 1 次印刷
书　　号：ISBN 978-7-203-12802-1
定　　价：76.00 元

大河湾

滔滔大河，咆哮卷巨澜；
国运衰微，遍地起狼烟；
生灵涂炭，屈辱失河山。
红船领航，神州换新颜；
奠基创业，国泰民康安。
情寄史事，铭记华夏难；
欲知详情，请看大河湾！

目录

第一章

民国二十二年，侵占了东北的日军开始向南进犯，西北军、东北军、中央军、晋绥军等国民政府的各路人马在长城一线与日军打得血肉横飞，天昏地暗。历时三月，虽丧失了华北部分地区的主权，但总算是遏止住日军南下的企图。待《塘沽停战协定》签订之后，国民革命军从长城一线南撤，各部回防原驻地，其中晋绥军下属的一个四二二团暂时驻扎在卧柳林一带整军。团长姓黄名峰，团部驻地就选在距卧柳林二十多里地的五华城。

长城抗战，作为傅将军麾下的四二二团，在团长黄峰的率领下坚守独石口阵地，打得最艰苦，也打得最残酷。原本一个兵强马壮、满编满员、上千号人马的主力团，往下撤的时候不足两个营，在此地休整的目的主要是补充兵员，恢复战斗力。

国民革命军弟兄们抗战有功，地方村公所组织各村开明绅士慰劳国民革命军，当然，也夹杂着一些并不自愿的老百姓，宰猪杀羊，送米送面，很有军民鱼水情的和睦气氛。

农历七月，时值初秋，又到了庄户人喘口气的季节。黄土高原上的景色也很迷人，天瓦蓝瓦蓝，凉风爽爽地吹拂，清新的空气夹带着即将成熟的庄稼香味沁心入脾。原野里，谷子初黄，糜穗泛红，山药花白，一切的一切都在显示着一个不错的年景。此时的庄户人家最怕的就是冰雹灾害，方言叫“雨打”。一旦雹灾降临，眼看即将到口的庄稼被一场冰雹砸倒在地，与稀泥搅和在一起，一年的汗水白白流淌不说，关键是肚子还要闹饥荒，那种刻骨铭心的难受不是种地的庄户人很难体会到。

天旱一大片，雨打一条线，历史上的五华城就处在这条线上，老乡们叫“龙行旧道”。

民国初年的一个秋天，五华城再次遭遇了严重的冰雹灾害，村里人聚集在一起，男女老少愁眉苦脸，那眼下即将断顿的人家已经在哭天喊地。此时，正好有一个看上去双眼全瞎的人路过村子，此人不言不语，围着村子转了一圈，然后将村里的头面人物叫到一起嘱咐了一番，五华城村的人依计而行，果然，从此往后五华城再没有冰雹灾害降临。

此人给出的主意就是过庙会唱大戏，西瓜祭龙王。

这样，每年的农历七月十五就成了五华城的传统庙会——打西瓜会。

虽然时逢乱世，国如累卵，可是此时晋西北小山村的庄户人根本还感觉不到什么，所以古会照过，大戏照唱。

村子中央坐落着一座古色古香的大戏台，台口两侧粗大的红色明柱上，两条精雕细刻的巨龙张牙舞爪，栩栩如生，沿着明柱盘旋而上，戏台两侧和抱柱上各有一副楹联。

戏台两侧的楹联是：

文中有戏戏中有文识文者看文不识文者看戏

音里藏调调里藏音懂调者听调不懂调者听音

抱柱上的楹联是：

看古人善恶吉凶造孽有祸

教后人仁慈祥和平安是福

十五日下午的戏演到一半的时候就要停演一会，此时所有的演员都要站台亮相。台下的观众将预先准备好的十五颗西瓜往戏台上扔，精心挑选的十个精壮男子，手捧西瓜照着明柱扔去。一时间瓜破瓤飞，绿皮红汁四处飞溅，观众欢呼雀跃，演员躲闪大笑。间或就有几颗西瓜别有用心，砸不准明柱却专门照着漂亮的女演员飞去，台上的演员就要手忙脚乱地抢接，男演员手脚麻利能够接住，女演员腰软手慢，西瓜就会掉在地上。此时此刻，整个剧场，锣鼓与丝弦沉默，观众与演员互动，兴高采烈，情绪高涨，嘈杂热闹，红火异常。

每逢这个时节，附近村庄的人都要聚集在五华城过打西瓜会看唱戏。

卧柳林任五老财主的惯例，只要周边村庄赶集过会唱大戏，他都要打发大马车载着村里人转村子看几天，五华城村的打西瓜会那更是必须观看。

为了显示对抗战队伍的敬重，村公所在戏场中央专门栽了一圈木棍，用绳子圈出一块能容纳十几个人的小天地，摆放了十几把椅子，供团部的头头脑脑和几个营长们坐着看戏，外围还有许多当兵的和当地的老百姓混杂在一起，可以说整个戏场人山人海，盛况空前，比往年间的庙会红火热闹了许多。

黄峰团长落座之后，先盯着戏台上的两副楹联看了一会儿，然后就和身边的一干军人谈笑风生，看得出来，今天的黄团长心情很好，兴致很高。

五华城的戏班子有一位女演员叫白云，其表演的打坐腔方周二围（方言，周围的意思）很有名，戏班子一直把她的打坐腔安排成压轴戏。谁知，拿到戏单的黄团长偏偏就要先看白云的打坐腔。在这样的场合，枪杆子里面出的是话语权，黄团长的话那就是圣旨，没法子，白云只得仓促上场。

虽然是仓促出场，但也还临急不乱，白云一板一眼地开唱了：

正月里，正月正，刘伯温修下北京城。

能掐会算的苗光义，未卜先知徐茂公；

诸葛草船借东风，斩将封神姜太公。

二月里，草芽发，三贬寒江樊梨花；

大刀太太王怀女，替夫挂印葛红霞；

穆桂英大破天门阵，刘金定报号四门杀。

三月里，桃花开，吕蒙正误时赶过斋；

寻茶讨饭崔文瑞，提笔卖字高秀才；

苏秦不遇回家转，买臣无时打过柴。

四月里……

“妈的，什么破玩意儿，敢拿在这里日哄老子。”紧挨黄团长坐着的一位兵爷突然站起来大喊。

白云猛不防被这一声大喊惊得目瞪口呆，乐队的伴奏也戛然而止。

这位大声喊叫的人叫张鹏，是四二二团的一位营长，陕西渭南人，祖传一身耍大刀武艺，在长城抗战中，有名的大刀队夜袭小鬼子就有他的功劳。他一来是听不懂晋西北方言，二来又在长城抗战中奋勇杀敌立了大功，断了一条胳膊，从一个排长一仗就打成了营长，所以就有点居功自傲，盛气凌人。他的本意是要看一些男荤女素、打情骂俏、甜哥哥蜜姐姐的节目饱耳福解眼馋，像这样的节目根本就不合他的胃口。他这一喊不打紧，立即就有许多士兵跟着起哄，口哨声、喊叫声响成一片，给士兵们准备享用的西瓜被一些士兵拿起来当作了捣乱的工具，集中目标往白云身上扔，还有的士兵没有西瓜可扔，就往戏台上扔土疙瘩。

白云从开始学戏到正式登台从未经见过这等场面，这突如其来的变故，一下子就把她惊呆了，僵直地站在那里，忘记退台也忘记了躲避，一时三刻，戏装就变得五颜六色不成样子，台下乱成一锅粥。

突然，张营长头顶上“啪！”的一声轻微脆响，还没等张营长反应过来，头上的大盖帽呼地一下飞离脑袋，打着旋儿在半空中转悠，额头上还有一串细碎的血珠渗出，经年被军帽遮盖见不上阳光的青白色光头上，一丝红色线条分外明显。张营长掏出手枪朝天就是两枪，戏场轰地一下就炸了，人群一窝蜂地往外乱跑，老百姓抱头逃窜，当兵的呐喊着四处寻找罪魁祸首。好在黄团长头脑清醒，识大体明事理，在他的厉声喝止下，局面得到了控制，无辜老百姓没有受到牵连，不过一出好戏只得就此草草收场。

尽管所有的兵爷不明白是怎么回事，但地方上的人都心知肚明，此事肯定是那个卧柳林的铁牛栓——外号叫马大鞭干的。

此事过后的第三天中午，铁牛栓下地归来，悠闲地边走边哼着一支山曲儿：

四月里来四月八，
梨山老母把山下；
下山不为别的事，
单为弟子樊梨……

“花”字还未唱出口，就被一杆钢枪拦回嗓子眼里，张营长骑着一匹高头大马，领着两个随从正在十字路口问路。

“老乡，前面就是卧柳林村吧？”骑在马上的张营长态度还算温和，问话还算礼貌，“有一个叫铁牛栓的人，你认识吗？”

“认识，老总找他有甚事？”

“认识就带路，哪来那么多的废话！”一个随从上前一步，劈胸脯就推了铁牛栓一把，“我们营长找他报仇来了！”

当兵的有点力气，铁牛栓猛不防被推得倒退两步，身子正好倚在路边的一棵柳树干上愣住了。

前天，由于人多距离远，没有看清楚张营长的长相，如今听这位兵爷一说，铁牛栓在愣神的同时打量了一眼张营长，狗日的，也不是个善茬子。

面对两支黑洞洞的枪口，此时的铁牛栓无路可退了。

来不及多想，也没有任何犹豫，铁牛栓转身弯腰双手一用力，一棵枝繁叶茂胳膊粗的柳树就被他连根拔了起来，三位兵爷一个马上，两个马下，好像被孙悟空使了定身法，一瞬间也都愣在了那儿。还没等三位兵爷回过神来，铁牛栓抡着柳树一圈横扫，张营长的战马就被树根扫得倒在地上。随着战马的倒地，猝不及防的张营长被重重地摔在了地上，两个随从也躺倒在地龇牙咧嘴叫疼。

“要找铁牛栓，先过我的关！”铁牛栓面不改色心不跳，手拄柳树，稳稳站立，好像当年喝断当阳桥的张飞张翼德。

从死人堆里滚进滚出的三位兵爷，只听说过梁山好汉鲁智深倒拔垂杨柳，不过那毕竟是传说，也应该是诌书捏戏的胡扯，今天亲眼见到真实的一幕上演，三位兵爷被彻底镇住了，到这个时候才明白，鱼是鱼，鳖是鳖，喇叭是铜锅是铁，手中的枪没顾得上当枪使，只能当拐棍拄着落荒而逃。

回到村里，铁牛栓兴高采烈地向人们叙述此事，众人都朝铁牛栓伸出了大拇指——抗硬，惟有饱经世事的任五老财主立刻感觉到事情的严重性。

“孩子，你算是惹下塌天大祸了，那可是一帮死人堆里滚过来的兵爷，手里拿的不是烧火棍，那是钢枪铁炮咬肉要命的真家伙啊！”

老财主这么一说，铁牛栓也有点后怕。

“这几天家里是不能待了，必须躲一段时间，我给你思谋了一个去处，过黄河沿走西口的路，去归绥南的王亮营子，找你王彦叔落脚。”老财主急速打点铁牛栓起身，“你在那里吃住随便，不管住多久，没我的口信千万不可回来，五华城到咱村用不了一顿饭的工夫，你立马就动身。”

铁牛栓临走时，老财主又给了他一个褡裢，“里边是一点散碎银两和几件换洗衣物，还有我给你王叔写的一封信。”

“我走了你怎么办？”

“别管我，是福不是祸，是祸躲不过，我自有办法应对。”

果然，铁牛栓刚走不久，黄团长就带领一个连队的人马把卧柳林围了个水泄不通。

黄团长骑马站定十字当街，大声传下命令，不许伤害老百姓一根毫毛，不许拿老百姓一点财物，就是要会一会马铁牛栓。

“不知团长大人大驾光临，恕老汉有失远迎，老汉想请各位长官到寒舍饮茶一叙。”任五老财主弯腰打躬，双手作揖，一脸的虔诚与惶恐。

张营长立眉瞪眼刚要张口，被黄团长马鞭一摆制止住了，“有庙有和尚，急什么？”

“你是马铁牛栓的什么人？”黄团长和颜悦色地问。

“老汉是他的东家，也是他的干爹，他冒犯了老总，我老汉替他领责，还望长官们海涵息怒！”

事实上，黄团长和张营长的想法截然不同，前天张营长在戏场带头闹事黄团长没有处理他，主要是看在他在长城抗战中立了大功，这次听了张营长的汇报之后，黄团长表面上不动声色，内心里却是暗暗称奇，称奇的同时还有点高兴，这么一个力大如牛的青壮汉子，要是能够收归自己的麾下，再加以严格的训练，绝对是一个出类拔萃的好兵。这次在晋西北休整期间，虽然通过各种手段增加了一部分兵源，但是大部分士兵骨瘦如柴体质不好，有的还没有一枪高，一支汉阳造双手端不了半分钟就颤抖开了，一颗教练弹用上吃奶的力气也扔不到二十步开外，在此国难当头之际，像铁牛栓这样罕见的人才应该而且也是必须为党国服务的，所以黄团长根本就没有捉拿惩戒肇事者的想法，他要想方设法把这个人拉入队伍里。此外，在五华城就听说卧柳林有一位高人叫石瞎子，借此机会结识一下这位高人也是此行的目的之一。

一干人马开进任五老财主的大院，老财主立即吩咐下面宰猪杀羊摆宴席，他深知“软过关口，硬过渡口”的古训，这些从死人堆里滚出来的兵爷，那是什么事情都能做出来的，此时此刻，酒肉是唯一转危为安化险为夷的灵丹妙药。

酒席宴上，任五老财主面对张营长单腿跪地，双手举杯，赔情道歉，讨饶央告的好话一簸箕一簸箕往外倾倒，替铁牛栓领罪求情，石瞎子坐一旁话语不多分量管够，边鼓敲得到点到位。在老财主自罚了三杯酒之后，张营长的脸色开始有所松动。看到老财主老嘴老脸的真诚劲，汗水洗面的可怜相，黄团长觉得时机成熟了，给足了部下的面子，也拿足了自己的架子，黄团长探身接过老财主的酒杯，一饮而尽，杯底朝天，宽宏大量地替部下接受了老财主的求情。

团长的态度一明朗，张营长也只能就坡下驴，原谅了马铁牛栓。

一场惊恐化险为夷。

推杯换盏期间，黄团长提出一个要求，只要在队伍开拔之前马铁牛栓回来，必须要见他一面，并且真心实意地表示，见面决不为难，只是想和铁牛栓交一个朋友。对此，任五老财主和石瞎子满口应承下来。

兵爷们酒足饭饱，老财主又准备了三头大猪，六只肥羊，九石小米，外加一百现大洋，冠冕堂皇的理由——慰劳弟兄们抗战有功。这一举动当下就把黄团长感动了，立即提出要和任五老财主以及石瞎子来一个忘年之交，两人当然是求之不得，并且还建议把张营长也拉了进来，于是乎四个人真的就互叙年庚不分老少结为异姓兄弟。在石瞎子的邀请下，黄团长当场决定，明天就将团部移驻到卧柳林的古庙里。

"这上面刻着我的名字，请老哥把它转交给马铁牛栓，告诉他，只要想认我这个朋友，拿着这个戒指，不管何时何地都可以来找我。"黄团长临行前将一只金戒指从手上抹下来交给任五老财主，并且再次真心实意地说，"任老哥放心，我决不会为难他。"

一场危机，就这样被老财主和石瞎子化解掉了。

当兵的一走，家里人还有点微词，心疼那些钱粮财物。

"这年头，一眼看见要兵荒马乱一阵子的，有几个耍枪弄棒的朋友不是赖事。"石瞎子说。

老财主对损失这么多的财物也是毫不在意，"破财免灾，古话绝不空说。"

团部移驻卧柳林之后，黄团长有空就和石瞎子任五老财主聚在一起聊天，三个人好像总有说不完的话题。

曾经有一次，黄团长忍不住说出要把铁牛栓带到队伍上的想法。

"任老哥，你就把铁牛栓召唤回来吧，那小子绝对是一块当兵的好材料。"

"枪林弹雨，脑袋掖在裤带上的营生，咱这一带没人愿意干那个，团长兄弟，不怕你嗔恼，咱家乡历来就有'好男不当兵，好铁不捻钉'的说法。"

关系处到这一步，三个人在一起什么也敢说。

"这个我也知道，不过我可以向你们保证，他到了队伍上就待在我的身边，我绝不会让他直接上火线，"黄团长真诚地说，"有我黄峰在，就有他的命在。"

石瞎子却说："现在还不到时候，不过据我老汉思算，你们肯定会有碰面的一天，而且这一天不久就会到来。"

黄团长沉思了一会点点头。

四二二团在一个月之后奉命向绥远开拔，任务是警戒陕北方面的红军向内蒙古渗透，走之前任五老财主设宴为黄团长饯行。

三人推杯换盏，把酒言情，军民之间还真有点恋恋不舍之意。

“大兄弟，请牢记我和你说过的话，都是炎黄子孙，灰总比土热，长城抗战那种打法最好不要用在自己同胞身上，虽说军令不可违，但枪口该有点分寸还是要有的。”石瞎子双手举杯，恭恭敬敬地向黄团长敬酒。

“石大哥放心,是非曲直我黄峰心里还是清楚的。”黄团长接过酒杯一饮而尽。

初次出远门，铁牛栓没经验，第一天走到古城住宿的时候就“露白”了。

第二章

怕有追兵，铁牛栓行走如飞，日落西山之际，第一站的目的地——古城就出现在眼前。

历史上二三百年来，口里人走口外所形成的固定路线，使得内蒙古地面的古城、纳林这些小镇上，各种规模不等的留人小店应运而生。屋檐下，一块红布幌子，一盏“气死风”灯笼，外加土墙上一行歪歪扭扭的大字——留人小店，茶水方便，就可提供一家人口的吃喝穿戴等日常开销。这些小店大多都是吃住一条龙服务，有的小店房舍窄憋，店面太小，没有男女分开住宿的条件，就会另外加写一句话，“只有男人方便的夜壶，没有女人使用的尿盆。”看是粗俗，实则对山野草地的人来说，这种一目了然的明说效果更好，文绉绉的话反而不易理解，也没人待见。

古城不古，小街一条，铁牛栓不挑不选，就近看见一家小店就进去了。

“兄弟几人，是吃还是住？”店掌柜是一个精瘦干练、满脸皱纹的大个子老汉，看见铁牛栓进门热情迎接。

“单身一人，连吃带住。”

“吃什么，睡单间还是大炕？”

“三笼手推莜面，两碗炖羊肉，一壶蒙古老烧，睡觉就在大炕。”铁牛栓顺手将褡裢往大炕头一扔，褡裢里发出了“噌嘐嘐”的响声。

店掌柜用眼角瞟了一下褡裢，嘴角露出一丝不易觉察的微笑。

回过头仔细打量了一下铁牛栓，身似铁塔，五大三粗，随手一杆大马鞭，尽管没有驮马货物，但看穿着打扮，随身物件，基本可以断定就是一个赶牲灵的受苦人，因为草原上这种“赶单程”的事情也常有。

一个多年经营店铺阅人无数的江湖老手，他从铁牛栓的举止言谈中感觉到这是一只没经见过世面、初出茅庐的“雏鸟”，但是他又从铁牛栓的身架子和所点的饭菜判断，这人也绝不是一只善绵羊，古话说得好，“好汉问酒问肉，怂汉问狗问路。”

“再去准备五个上等热菜,外加一碗汤,汤要硬不要软,一会还有客人要来。”店掌柜向跑堂的吩咐道。

“知道了。”跑堂的对着主人一笑,转身就走。

功夫不大,外面传来马匹嘶鸣声,接着就进来五个彪形大汉。铁牛栓不由得抬头打量了一下,只见他们个个都是身材高大,脸膛黢黑,一看就知道是经年在漠北原野上奔波讨生活,饱受风吹日晒又能跑马摔跤挠羊的硬汉子,其中的一位肩上也挎着一个褡裢,店掌柜热情接过褡裢,很随意地挨着铁牛栓的褡裢放在了炕头。

那五个人吃饭如同风卷残云一般,铁牛栓这里还没有吃喝完毕,他们就酒足饭饱揩嘴巴起身站立。

“掌柜的,老规矩,记账。”那个挎褡裢的人顺手拿起炕头的褡裢就要离开。

“大哥,你拿错了,那是小兄弟我的。”铁牛栓一直用眼角的余光注视着他们的举动。

“嘿嘿,你的?”那人乜斜着眼珠看了一眼铁牛栓,一脸的不屑,“货见主人会说话,我的东西常年不离手,我闭着眼睛也不会拿错,今天还是第一次碰到你这么说。”

听口音感觉很近。

“大哥,你真的是拿错了。”出门三辈小,见了闺女叫嫂嫂,铁牛栓牢记古训,继续低声下气地说。

说话间,另外四个人就立眉瞪眼往铁牛栓身边踅挪,一看就不是善茬子。

这时,面目和善的店掌柜忍不住了。

“这位小兄弟,我看你是孤身一人,也不咋常出远门,对吗?”他边说边用同情的眼光看着铁牛栓,并且是在真心实意地帮助铁牛栓出主意,“都是出门在外之人,咱先别伤了和气。你们的褡裢外表都是一个样子,又不小心放在一起,要说拿错也有可能。这位大兄弟说得也对,古话就说,货见本主会说话,我看这样哇,你们各自说一下自己的东西有什么熟悉的记号,我老汉就当个中间人,说对了的,拿着自己的东西走人,咋样?”

“小兄弟,你先说。”立场明显偏袒着铁牛栓。

“这……”铁牛栓嘴拙语塞嗫嚅开了，本来就是干爹家不常用的物件，自己第一次拿着它匆匆忙忙上路，哪里知道褡裢上有什么记号。

“那么这位兄弟，你的褡裢上可有什么记号？”看到铁牛栓说不出什么，店掌柜又将目光转向对方。

“嘿嘿，我的褡裢背面盖有我自己的印章。”说话间，就将褡裢从肩头取下反转过来。

铁牛栓一看就傻了眼，在褡裢的背面果然有一个模糊不清指头肚大小的红色章印。

店掌柜双手一摊，显出了满脸的无奈，其他几个人则哈哈大笑着鱼贯出门，边走还要边回头看一眼呆若木鸡的铁牛栓。

愣过之后铁牛栓明白了，自己运气不好，初出远门的第一站就碰到江湖上的“绺子手”。

这样的事情，在平常的日子里石师傅曾经给他讲过不少。江湖上这一手叫做“顺手牵羊”，如果碰到对手也不是善茬子，顺手牵羊不成就会变为“霸王硬上弓”,那就免不了要有一场厮杀。当时自己也只是当红火热闹,听过就成了耳旁风，谁知道今天真的就让自己碰上了，不用看，那个躺在炕头的褡裢里面装的肯定是一堆破布条或者旧羊毛。

一时间铁牛栓真还是束手无策，忍气吞声让他们拿走吧，鬼知道自己要在王亮营子住多久，一文钱逼倒英雄汉，一个堂堂七尺男儿，总不能身无分文白吃白喝在一个陌生人的家里久住下去。翻脸吧,面对的可是五个不知底细的彪形大汉，石师傅曾经说过，山外还有高山，能忍才是好汉，江湖上高手如云，再说真正动起手来人家可是五个人。

万般无奈只得好话继续央告，同时还带着弯腰作揖。

礼多人不怪，倘若能够打动他们的心，总比两眼一抹黑抬手动脚强百倍。

“几位大哥哥，我是孤身一人出远门投亲靠友的，褡裢里也就是一点路费盘缠，小兄弟恳求几位大哥哥高抬贵手放我一马，内蒙古的地面海天没沿，发财的门路多得是，我想几位大哥哥也不会在乎我那一点散金碎银。”

谁知这几个人对铁牛栓的苦苦哀求根本就不搭理，头不抬眼不睁就向院子里的马匹走去。

“大哥，给我留一点生活费也行。”铁牛栓并不死心，继续跟在后面央告。

铁牛栓越是祈求，这几个人越是放心，这小子看似五大三粗，其实是空长着一副骨头架子，所以就更不把铁牛栓放在眼里，到嘴的肉，还能让一个土牛木马的山汉再叼走！

眼看着几个人就要上马离开，铁牛栓急了，抢前一步用手抓他的褡裢，这一举动可就把挎褡裢的人惹恼了，转身的同时就有一支黑洞洞的盒子炮的枪口对准铁牛栓，“我看你小子真的是不到黄河心不死，不见棺材不掉泪。”

事到此时，铁牛栓的血性再也压抑不住了，想都没有多想，随即拧身退步拉开距离，手腕一抖，“叭！”的一声脆响，盒子炮就像一只黑老鸦，翻着筋斗飞向半天空，那人举盒子炮的胳膊立马就软绵绵地耷拉在身体的一侧，再也不能动弹一下了。紧接着又是一声脆响，一匹受到鞭声惊吓、正要扬起前蹄飞跃的大黑马，随着这一声脆响轰然倒地，一条马前腿歪歪斜斜地撇在躯体的一侧，簌簌地颤抖着，鼻孔里喘出的粗气将地面的黄沙土一股一股吹向远方，与此同时，鞭梢又在空中划出一个优美的圆弧，即将落地的盒子炮就到了铁牛栓的手里，铁牛栓单手掂了一下，双手一用力，盒子炮的枪管就与枪身分家了，接着反手一扬，两件铁器就飞得不见了踪影。

眨眼之间，一连串的动作一气呵成，店掌柜为对付这个五大三粗的人专门准备的“硬汤”也变成两块废铁，见过力大之人，没见过如此力大无穷之人，见过武艺高手，没见过武艺如此精湛的高手。

五个强壮如牛的草原汉子被眼前的一切惊得目瞪口呆，旋即就不由自主地双膝一软跪倒在地，叩头如同鸡啄米。

一直站在门里等候结果的店掌柜见此情景脸色大变，知道今天是吃铁的碰上了嚼钢的，别说眼前的五个人，即使再来五个也绝不是人家的对手，事到如今只有自己出面，好话讨饶是唯一的办法。

“大……兄弟，大兄弟，怨我们有眼不识金镶玉，夜明珠当成了鸡卵蛋，今天冒犯了大兄弟，俗话说，杀人不过头点地，打倒不如降将来，看在我老汉老嘴老脸皮的分上，你大人不记小人过，高抬贵手饶过我们这一回，今生今世我们甘愿给您当个小跑腿的，鞍前马后伺候您。”

说着说着他也跪下了。

原本就不想惹是生非的铁牛栓要的就是这个效果。

刚才的饭不算，重新铺排，小店里灯火通明，热气腾腾，酒肉飘香。

江湖上的规矩，靠本事拿人不靠屁股讹人，心服身就服。连同店掌柜在内，六个人都向铁牛栓主动通报了姓名，并且不管铁牛栓承认与否，除去店掌柜年龄太大，实在感到不合适外，其他五个人不论年龄大小一律尊称铁牛栓为大哥。

店掌柜为了表示痛改前非，当场将捅在袖口里的一个指头肚儿大小的印章填入炉膛。

店掌柜叫六十九，在所有古城地面上开店铺的人里面，六十九是有名的既抠门又会算计之人，他不但抠得出名，而且是黑白两道都走，红黑通吃，古城的人还给他编过两句顺口溜：

六十九，一颗糜子吃一秋，

留下半颗还过了个九月九。

那个被铁牛栓伤了胳膊的人叫鬼旋风，他的本领在腿上，疾走起来快步如飞。

“六叔，这一次你是抠在铁板上了，没把手指屈折吧？”好汉毕竟是好汉，尽管一条脱臼的胳膊疼得他龇牙咧嘴，咝咝地倒吸着凉气，但是还有开玩笑的心情。

“你的胳膊没断，我用力有分寸。”铁牛栓将鬼旋风脱臼的胳膊复了位，然后叹息一声，“只是可惜了那匹好马，它的前腿断了，只能进屠坊。”

“你应该感谢马兄弟手下留情，断了腿的是马而不是你，要是把你的腿一鞭稍打断，你也就只能叫鬼瘸子，不能叫鬼旋风了。”

回敬了鬼旋风的戏弄，六十九转头对着铁牛栓满脸媚笑诚惶诚恐地说：“小兄弟别多心，咱内蒙古草原要别的不敢说多，要这种四条腿长毛的牲畜闭着眼睛也能碰到。”

初次踏入内蒙古地面，铁牛栓就结识了几个江湖好汉，又享用了一顿无比丰盛的晚宴，烤全羊肉用手扒，陈年老烧拿碗灌。

二日天明，铁牛栓准备出发，五个弟兄说什么也不想与他分开了，坚持要跟着他一起打闹生活。

“这里到归绥南还有一段路程，让他们给你带路打下手做个伴”，六十九继续担当说客的角色，“我老汉已经发誓再不做那伤天害理的营生了，他们在我这里也没个好做的，老早就听说王彦先生家大业大，去了说不定会有他们一个安身立命的营生，如果王先生那里容不下，就当他们给你带了一段路程。”

铁牛栓一想也好，有这么几个草原莽汉子相随，即使有几个兵爷追来，也不愁对付。出门一看，院子里并排站着六匹鞍鞯齐备的高头大马，原来他们早有准备。

上了路，铁牛栓想领略一下鬼旋风的本事。

“胳膊还有点痛，摔不开膀子，不能让牛哥尽兴，只能献丑。”鬼旋风离镫下马，紧了一下裤腰带，深吸一口气，指着远处的一座小山包说：“你们打马向那里跑，我争取和你们同时到达。”

随着齐刷刷的马鞭声响起，六个人五个马上一个马下同时向前飞奔。一时间马蹄乱翻，尘土飞扬，不足一袋烟的工夫，人和马几乎就是同时到达。

铁牛栓在惊异之余想起了石师傅说过的话，大千世界，山高林密，甚的虫鸟也有，对任何陌生的人都不敢轻看。亦想起了师傅说过的《水浒传》，这个鬼旋风肯定就是那个神行太保戴宗转世的。

江湖上的汉子，都有一股争强好胜的心劲，鬼旋风表演之后，其他几个弟兄也想在铁牛栓面前显露一手，一个人就表演了一番“镫里藏身”，另一个表演了“倒挂金钟”，剩下的那个功夫更绝，居然头朝下倒立马上任由马儿奔跑，就在马儿奔跑之际，忽然又变换身姿，一手扳鞍一脚踩镫，身体斜挂马侧，另一只手还从地下拾起一块鹅卵石来。

到此时，铁牛栓早已把躲避追兵的事情忘到了脑后，加之一阵疾驰又赶出来不少路程，几个人不慌不忙，信马由缰，边闲拉呱边行走，到达王亮营子正是吃午饭时分。

第三章

王亮营子位于归绥城西南的黄河北岸，是清朝咸丰年间山西遭灾、晋西北一带走西口的人留在这里定居而形成的一个大村镇。不过早在乾隆年间，此地就有人居住，最早在此地落脚的人叫王亮。

据说这个村名还是康熙皇爷御口亲封的。

那时，这个地方仅有王亮一家独居，靠着租种蒙古人的三五亩薄田度日。一日时近黄昏，忽然来了一人一骑一随从要投宿，看来人的衣着，谈不上华丽，可也干净整洁，尤其是骑马之人，气宇轩昂，谈吐不俗，不像是草民百姓。王亮本想推辞，可是眼看天色已晚，前不着村，后不着店，出于庄户人的诚实，并且客人反复声明不嫌条件简陋，王亮就将来客留下了，而且尽其所能给予热情接待。虽说房屋破旧，粗茶淡饭，可是客人真的不嫌弃，一住就是十好几天，而且每天都是早出晚归。

临离开的头天夜晚，客人要算住店钱，被王亮坚决拒绝，“我不经商不开店，只爱土地不爱钱，你的银两我是绝不会收的。”

“那么我就送一块足够你耕种的土地，改天你拿着我的字据去归绥县衙即可换回地契。”

王亮只当笑话没有认真对待。

二日天明，客人上马时告诉王亮，字据已经写好，就在那一领烂皮袄上。

大漠草原，昼夜温差很大，一领破旧皮袄是王亮给客人夜晚御寒添加的被子。客人走后，王亮早就将这事忘到脑后，时隔不久，王亮正好要去归绥城赶集，穿皮袄时发现，真的有字迹还有印章，于是将信将疑来到归绥县衙。

不料县官一看皮袄上的字大吃一惊，立即跪地参拜，口称：“吾皇万岁万万岁，罪臣接旨来迟，万望恕罪！”

参拜之后提笔写字据，双手盖县印，将方圆几百里的地契写给了王亮。

原来破皮袄上是康熙皇帝御笔亲书的圣旨：南到黄河北至大青山，东起王亮营子西到河套川，四界之内皆姓王，任由王亮去挑拣。

自此王亮方才明白，康熙皇帝微服私访，自己竟然和当朝的真龙天子同居一屋近半个月，想到自己是一个粗俗受苦之人，有时候免不了和皇帝称兄道弟的搭话，王亮吓出一身冷汗。

得到御分的肥田沃土，王亮对口里走西口的远亲近邻来者不拒，原本一个野地山庄子，不几年就发展成一个很大的集镇，王家也随之家大业大，富甲一方。

传说归传说，可王亮营子周边几十里范围内的土地都姓王却是事实。

到了民国初年，王亮的后人愈发兴盛，到王彦这一辈上，王家的油酒缸房、贸易货栈、商铺票号遍布内蒙古各地，多少年来，口里但凡日子过不下去的人家，只要寻上门来说明自己是老乡，或者会说几句家乡话，都能得到王家人很好的关照。王彦还把祖辈经营的“神农草药堂”的牌子换成“济世药堂”，将柜台上的算盘撤掉，账簿销毁，请当地的书法名家题写了两副楹联，一副是：

厚朴待人使君子长存远志

苁蓉处世郁李仁敢不细辛

王彦选择上好桃木板将楹联篆刻其上挂在门口。

另一副是：

但愿世间人无病

何愁架上药生尘

王彦将它糊裱后挂在大堂正面墙上，与华佗的画像组成一幅中堂。

大堂中央放了一个积善箱，凡来问诊抓草药的穷苦人一律不收银钱，大家富户也是取其自愿，随意往积善箱里投放几枚钱币即可。王彦自己则跟随几任坐堂老先生学开了中医，历经数年的刻苦勤奋，竟学成一位远近闻名的中医高手。

自此，王先生行善的义举声名远扬。

看罢任五老财主的信，听完铁牛栓的叙述，王彦将铁牛栓当作自家人安顿妥当，又将那五个人也一并收留下来。

长城抗战结束，国民政府继续调兵遣将，一以贯之地“安内”，此时国运渐衰，土匪遍地，盗贼四起，山野草地，尤为严重，王家不得已成立了看家护院队伍，正在用人之际，经铁牛栓推荐，那五个弟兄就留下了。

闲住期间，弟兄间相互切磋武艺，取长补短，铁牛栓无意中又增加了两项本事，骑马，打枪。

铁牛栓在王亮营子住了半年，始终等不来爹的口信，他不想等下去了，尽管王叔一家对自己毫不见外，但这是老人们交下的情分，铁牛栓谢绝王叔一家人的再三挽留，急急地上路了。

行前，王彦递给铁牛栓一个包袱，“回去告诉你爹，这世道兵荒马乱，趁早准备一些看家护院的家伙，这点东西足够他倒腾几件子的。”

那天天朗气清，日头明亮，行走在旷无人烟的漠北荒原，铁牛栓的心情特别开朗。半年多的时间，蜗居在王家大院，铁牛栓很感憋屈，这倒不是他特别胆小怕事，他是怕给王彦叔带来麻烦，毕竟自己到这里是躲灾避难的，好在有古城跟过来的弟兄，每天练武学艺，闲谝胡扯，这才不觉得日子太慢。

旷野里，蓝天下，一个个的羊群在荒草中时隐时现，缓慢移动，间或还有一骑掠过，马上的牧羊人挥鞭驱赶羊群。远远地传来了高亢粗野的《走西口》民歌：

在家中无生计西口外行，
到口外数不尽那艰难种种；
上杭盖掏根子自打墓坑，
下石河拉大船二鬼抽筋；
进后山拔麦子双手流脓，
到后套挖大渠自带囚墩；
在沙梁锄糜子腰酸腿疼，
蒿塔梁放冬羊冷寒受冻；
……

虽然距离有点远，但还是可以听得出来，这又是一个走口外谋生的家乡人。

铁牛栓长长地吁出一口闷气，胸中的压抑之情荡然无存，一首民歌脱口而出：

挣上银钱早回家，
家里有你的一枝花。

对方显然也听出了铁牛栓的乡音，兴奋地对着铁牛栓挥舞羊鞭大声吆喝：

吆！嗨嗨……
大雁南飞排成行，
告诉我那小妹妹不要想；

等到秋后算了账，

怀揣银钱我回家乡。

……

紧走急行，前面不远就是沙蒿塔子，穿过沙蒿塔子，就要到达返回途中的最后一站——古城。

内蒙古地面，荒草野滩，土匪多如牛毛，在鄂尔多斯草原，有名气的土匪就有三股，其中一股常年在沙蒿塔子一带活动，走西口的人最愁的就是这段路程，所以就有“沙蒿塔碰土匪险乎送命”的唱词产生。

对此，铁牛栓早有耳闻，进入沙蒿林他加快了步子。

突然身边就有人围上来，盒子炮的枪口对着铁牛栓，机头大张，子弹上膛，没有任何回旋余地。

“要钱要财不要命，留钱留命由你挑。”十几步开外，几匹马齐刷刷地并排站立，马上的人个个横眉竖目，满脸肃杀之气。

趁铁牛栓愣神之际，围着他的一个土匪熟练地将铁牛栓肩挎的包袱夺在手中翻腾开了。

“大掌柜，没硬货，只有一点干货。”

“好，老规矩，货收下，人放行。”

围着铁牛栓的四五个人立即就给铁牛栓让开一条道。

铁牛栓没有马上走，他很不甘心，眼睛的余光急速地扫视四周，脑子里飞速地盘算，拿马鞭的右手本能地紧贴体侧缓缓移动，他想找一个合适的攻击位置，可惜距离太近，马鞭发挥不了作用，众目睽睽，自己的任何举动都在十几支长短枪的严密监视之下。

“噗，噗！”接连两颗子弹贴着铁牛栓的左右脚尖钻进地面，激起的黄沙土落在脚面上滚烫滚烫的。

不愧是久走江湖之人，就在铁牛栓略显犹豫之际，骑在马上的土匪头子已经发觉铁牛栓有反抗的心思。

头儿的枪声一响，所有的土匪再次把枪口对准铁牛栓。

“打铁看火候，不要坏了老子的规矩，留你一条小命，再不走，我就送你上路了。”还算仁慈，没有直奔主题，反而是继续提醒。

荷枪实弹，有备而来，铁牛栓没有感到害怕，只是感到异常憋屈，不过也只能乖乖地自认倒霉。

破财免灾，铁牛栓走到古城的时候天色已暗。

不打不相识，相识就相交，铁牛栓还是选择上一次住过的老店口。

已经不是陌生人了，看见铁牛栓进门，六十九喜出望外，热情接待。

自从上次被铁牛栓打败，六十九彻底改邪归正，再没干伤天害理的事，安分守己经营着他的留人小店。

相隔半年再次见面，六十九仍然很真诚，二人边吃喝边拉呱，得知铁牛栓在王亮营子学会了打枪，六十九扒开一座陈年老房子的炕洞，拿出一把油纸裹着的盒子枪。

“这年头兵荒马乱，有这么个东西护身，紧急情况下比你的大马鞭管用。”

铁牛栓推辞，六十九有点不高兴了，“你还是从心里看不起我老汉吗？我留着它已经没有任何用处，有前几年的积蓄，够我老汉的后半生了，我还想修炼一个好‘回首’。”

话说到这个分上，联想到昨天路过沙蒿塔子时候的遭遇，铁牛栓收下了这一金贵的物件。

说到路遇土匪一事，六十九嘿嘿笑了，“那是贼王三，上次你路过的时候我没有告诉你，其实我们和他是一个盘子里的人，我这里就是他的一个‘针关’，我和鬼旋风他们都是他的‘线人’，不过我们和那些常住山头的人不一样，我们是来去自由的，随时可以‘下线’，一旦决定了下线，只要打发人给他送去一根缝皮袄用的断关针就没事了，但是，下线之后绝不能再给别的山头当线人。”

当第二壶老酒温热、第二盘羊头肉蘸大蒜端上来的时候，六十九的话匣子开得更大了。

“贼王三对手下宽宏大量，碰上‘小羊羔子’也允许我们吃独食。”

“那么上一次在你们的眼里我就是小羊羔子了。”

“对，不过谁知道你竟是一只披着羊羔子皮的老虎。”

“人不可貌相嘛，”铁牛栓嗨嗨一笑，“亏你还是个老江湖。”

六十九脸红了一下，“对于‘肥牛’，我们的胃口吃不下，都是由线人传递上山，贼王三组织人马亲自动手，事情办完给我们一份。别看平时山上住的人不多，可是在山下十里长滩周边，像我这样的针关还有十来个，每个针关里都有五六条线，一旦有大买卖，一袋烟的工夫就可以聚集起大几十号人马。贼王三这人比原来的黑老四强，他从来不在自己的地盘上做事，不吃窝边草不糟害（糟害，方言欺负的意思）穷苦人，更不杀生害命，所以在这一带民愤不大，也是你穿着齐楚，要是破破烂烂的穷苦人，他肯定不会理你，上次我让鬼旋风他们送你，也有防止遭遇贼王三发生误会的意思。”

“听口音他也是口里人，他特别喜欢看戏，尤其喜欢看二人台。古城是他的地盘，每年过会唱戏他都来，大部分时间我都鞍前马后地招呼，我曾经暗中注意过，他肯定是一个性情中人，一旦有骨肉分离的剧情出现，都能勾出他眼里的泪花儿来。”

老家的人？爱看二人台？铁牛栓的脑子里深深印上了这两句话。

第二天，天气大变，沙尘暴刮得天昏地暗，六十九本想让铁牛栓再住一天，等待天气好转再走，可是铁牛栓归心似箭，坚决要走。好在也就是一天的路程，再加上已经熟知铁牛栓的本事，六十九没有强留。

狼黄昏，贼半夜，断奶娃子难熬夜。漠北荒原上的狼成群结队，袭击过往行人的事情时有发生，特别是那些单身行路人尤其危险。估摸着到家的时候太阳落山时近黄昏，半道上，铁牛栓拿出铜钱拴在鞭梢上，防止碰到狼群，虽然腰间增加了一件武器，但子弹金贵，不到万不得已无论如何舍不得使用，更何况鬼知道枪声还会引来什么麻烦。

当年，铁牛栓出师之际师傅给了他这枚铜钱，铜钱从模样上看和普通的铜钱并无二致，但仔细观察揣摩才能发现它是一枚特制的铜钱，不但材质异常坚硬，而且边沿经过打磨，锋利无比。

“只要将它拴在鞭梢上，一杆看似普通的马鞭就会变成一件杀人的利器，不过不到危及你生命的时刻尽量少用。”师傅在送他铜钱的时候反复嘱咐。

刮了一天的黄风，到下午开始渐渐停下来，此时天地间混沌一片，空气中的黄沙土味呛得人嗓子眼里发痒，举目四望看不出十步开外，大风过后，四周死一般寂静无声，铁牛栓第一次感觉到了荒凉寂寞的难受。

接受了在沙蒿塔子的教训，铁牛栓不再悄无声息地行走了，他清了一下嗓子，吐出一口带着细沙土的黏痰，边走边唱：

第一天住古城，走了四十里整，
虽然路不远我跨了它三个省。
第二天住纳林，碰了个蒙古人，
说了两句蒙古话甚也没弄懂。
第三天乌拉素，要了些烂破布，
坐在那房檐下补了一下烂单裤。
……

这是许多孤身走长路者惯用的手段，壮胆解闷的同时向周边传递信息，打草惊蛇，防止与一些不想遇见的生命狭路相逢，不期而遇。

眼看着太阳落山，天色渐暗，铁牛栓紧走起来，转过前面的小山包不远就是五华城，一过五华城抬腿就到卧柳林了，这时从附近传来了几声狼嚎。

对于野狼，铁牛栓并不陌生更不害怕，无论是赶大车还是放冬羊，没少碰到这类畜生，交手也不止三五次十来八次了，听声音就知道这是一只头狼，而且还是在呼唤它的同伴，估计这家伙是在附近发现了食物，从距离上判断，这家伙肯定不是针对自己而来的。此时铁牛栓的脑子里还闪过了一个念头,可惜天色已晚，而且季节也不对，这要是在冬季狼皮最好的时候，铁牛栓还真想打闹两张狼皮。

转过小山包，映入眼帘的一幕使铁牛栓大吃一惊，山包下面的半坡上有一座新坟、新坟的旁边有一棵歪脖子柳树、柳树杈上还吊着一个人，这人的身体还在微微摆动，显然是刚刚发生的事情。来不及半点犹豫，本能促使铁牛栓急速奔跑几步，手腕一抖，铜钱的利刃就将紧绷着的绳索齐刷刷地割断，与此同时，他抢步上前，即将落地的身体又被铁牛栓稳稳当当地接在怀中，用手一摸，胸口还热，仔细一看，原来是五华城名气很大的白云。铁牛栓就势下蹲，将白云的身体紧紧地搂在怀中缓慢地弯曲着，片刻，白云的喉咙里“嘎咕”响了一声，鼻翼微微地翕动开了。

很好，碰上的及时，人还有救。

这时，半山坡上已经有十几只狼聚集在一起，对着铁牛栓龇牙咧嘴，呜呜地嚎叫，铁牛栓一下子明白了狼群聚集的目的。

铁牛栓对狼群的习性比较熟悉，眼看到嘴的食物那是绝对不会轻易放过的，一场人与狼群的搏斗在所难免。

他手脚麻利地用半截麻绳将白云紧紧地捆在自己的背上，眼睛盯着狼群，脚下缓慢地往后挪动，他想试探一下狼群的反应，如果狼群不向前移动，再有十几步他就可以退出它们的攻击范围。铁牛栓并非惧怕它们,这种情况要是放在以往，铁牛栓肯定还要主动出击，可是今天情况特殊，主要是背上还有一个白云，尽管白云这百八十斤重的身体对铁牛栓来说根本算不了什么，可这毕竟是一个人，和背着一件东西那是截然不同的，况且现在还不敢保证白云的生命就彻底无虞了，救白云是头等大事。

不料狡猾的畜生竟然能够明白铁牛栓的心思，狼群在头狼的带领下，紧跟着铁牛栓后退的脚步也在往前移动。人畜双方僵持着，等距离地移动了一会儿，铁牛栓不耐烦了，毕竟是艺高人胆大，他往前大跨了几步，想缩短距离，将狼群置于大鞭的打击范围内，可是他前进狼群就后退，他后退狼群就前进。铁牛栓心里清楚，狡猾的狼群在等待他失去耐心或者心虚害怕之后转身逃跑，这是所有胆小之人面对野兽的本能反应，这也是狼群最需要的机会，自己绝不能转过身将后背暴露给狼群。

就在这僵持期间，背上的白云哼哼地呻吟了几声，并且还蠕动了几下，铁牛栓放心了，白云缓过来了。

非常凑巧，白云的双脚刚刚蹬离地面就被赶到的铁牛栓救下来，在铁牛栓的怀里缓过气来之后,又在铁牛栓的背上爬了一会儿,白云的记忆力逐渐开始恢复，只是此时此刻她还没有力气开口说话。

白云的呻吟突然提醒了铁牛栓，他冒出一个大胆的想法，白云的生命现在已经无虞了，既然狼群是奔着白云来的，何不利用她来诱惑一下狼群，只要能把头狼打杀，其他狼就会不战自退，它们的这个习性铁牛栓很清楚。

“白云，你现在能听见我说的话吗？听见了就动一下身子。”

白云的身子稍微动弹了一下。

“我们现在遇到了狼群，一时很难脱身，我必须想办法打杀几只狼，你听我的安排，不要害怕，我能保证你的安全。”

白云的喉咙里发出了轻微的“嗯嗯”声。

“躺着别动弹。”铁牛栓将白云轻轻地放在地上,然后附在耳旁嘱咐了一句。

醒过来的白云虽然浑身瘫软，没有一点点气力，但是她已经清楚救他的人就是卧柳林的“马大鞭”。邻村上下，关于马大鞭的种种说法早已如雷贯耳，去年自己演出的时候，就是这个马大鞭当场教训了那个捣乱的营长，解了自己的围，所以白云很放心地听由铁牛栓的安排。当然，此时的白云也没有任何能力予以拒绝，对于她来说，即便此时出现意外入了狼口也无所谓，原本就没有违背自己的初衷，只不过是变换了一种死法而已。

白云费力地睁了一下双眼算作回答。

铁牛栓站起身离开躺着的白云，此时虽然天黑，可是暗夜里数香火头练就的眼力使得铁牛栓对狼群的一举一动观察得清清楚楚。他全身紧紧地绷着，犀利的目光利箭般地射向狼群，盯紧狼群的同时脚下开始向后挪动。要是没有白云躺在这里，他才不把这些畜生放在眼里，虽然他有把握保证白云的安全，可这毕竟是“拿上娃娃戏狼”的营生，一着不慎，将会造成终身悔恨。

狼群果然中计，不再和铁牛栓较劲，注意力转向了躺在那里的白云，除去头狼一直在观望之外，其他几只狼开始缓慢地边嗅边向白云的身体接近。

诱惑终于挡不住了，有两只狼率先走在狼群的最前面。能够看得出来，这是两只正在哺乳狼崽子的母狼，身躯干长细瘦，腹部松软下垂，两排奶头松弛地耷拉在肚皮下面，随着身子的动作还在一颤一颤地摆动，它们急需要饱餐一顿了。对付这两个饥不择食的家伙，铁牛栓可以说已经是稳操胜券。为了自身的生存，更为了下一代，它们会不顾自己的生命去冒险的。

铁牛栓的大马鞭紧靠身体右侧直立，攥着马鞭的手心里有热汗沁出。

然而，就在这时，一直紧盯铁牛栓举动的头狼发出了吱吱呜呜的叫声，正在接近白云的狼群忽然间又止步不前了。好狡猾的家伙，对铁牛栓的心态观察判断得很准确，果然如村人们所说，“狼有举人之才”。

不得已铁牛栓只得假装害怕，转过身往前走了几步，可是眼角的余光却一刻也不敢离开白云的附近。距离是拉开了一点，不过这样更好，可以把鞭梢抽击的力度发挥到最大。

这一次头狼对铁牛栓产生了误判，它觉得对手已经失去了信心或者是输了胆子，放弃努力了。头狼的警惕性有所松弛，狼群再次放心地前移，只有头狼还在较远的地方徘徊,不过不再发出吱吱呜呜的警告声。眼看着狼群离白云越来越近，特别是那两只母狼，并肩伸长脖子低着头，边走边嗅，已经快走到白云的身边了。

时机已到，猛然间铁牛栓急速转身，与此同时就听到“日”的一声响，离白云不足一步，正在低头抽动鼻翼的两只母狼同时跃起试图逃离，动作一模一样，然而起跳不足半人高就双双跌倒在地。在其他狼纷纷逃离的同时，这两只母狼前腿支撑着后半截身子吱吱乱叫，显然，腰部往后的身躯已经不听指挥了，但是求生的本能驱使着两只野兽，仍然努力拖着后半截身子拼命向后挪动。部位准确，力度很大，一鞭二狼，两只畜生的腰杆断了。

乡间自古就说，狼是铜头铁脖颈纸糊腰、麻秸秆子腿，看来确实不假。容不得这两个家伙再多爬半步，铁牛栓紧接着又是一个旋风转身，长长的鞭梢在空中划出了一道优美的弧线，待鞭梢收回之际，两只畜生就彻底倒地，吱吱哇哇，四肢颤抖，奄奄一息了。

此时，其他狼四散逃窜，接着又重新聚在一起，远远地躲在铁牛栓的鞭梢打击范围之外，尾巴夹在两腿间呜呜地叫着，一下子就失去了进攻的勇气。唯有那只头狼原地不动，两耳后抿，颈毛倒竖，警惕地注视着铁牛栓的一举一动。得此机会，铁牛栓也仔细地打量了一下这只头狼。这是一只罕见的高大壮硕的公狼，浑身上下野性十足，可惜现在季节不对，要是等到秋季换毛之后，它的毛皮可是一张上等的好狼皮，铁牛栓不由得心里暗暗赞叹。

铁牛栓明白，这才是今天真正的对手，铁牛栓向着头狼走去。

这时，只见那家伙尾巴毛突然奓开，整条尾巴蓬松粗壮，好似一把粗大的扫帚，接着就将尾巴往两腿间夹去。石师傅曾经对他说过，这些家伙们都有一个撒手锏，遇上旗鼓相当的对手，它们会将尿液洒在尾巴上，然后凭借着身体的急速旋转，甩开尾巴，尿珠就会利箭般准确地射向猎物的头部。它们的这一招特别厉害，许多动物就是这样被蜇得双目暂时失明而成了它们的口中之物，也有经验不足的猎手或路人曾经中过这一招数。铁牛栓对此早有准备，待它的尾巴从胯下松出来的那一瞬间，铁牛栓迅速紧闭双眼，紧接着面部就有辛辣骚臭的尿液雨点般地袭来，尿珠弹射的力度不小，面部还有火辣辣的烧灼疼痛感。看到铁牛栓躲过这一招，那家伙又前腿贴地伸直，后腿蹬地站立，整个身躯成前低后高之势，嘴唇上翻，嘶嘶发声，嘴角扯到耳根岔，露出的一排尖利牙齿，闪着瘆人的白光，颈毛钢针般直竖，眼中两股幽灵般的绿光凶狠逼人，直直地盯着铁牛栓，粗壮的尾巴不停地抽打地面，击起的尘土竟有一人高，它摆出了进攻的姿势。

铁牛栓明白了，这畜生“狼胆包天”绝不轻易退却，决战的时刻到来了，只有打死或者打败了它，今天的自己和白云才能够彻底安全。

铁牛栓继续向它走去，不料这家伙不躲不闪，仍然保持着这样的姿势一动不动，可惜这么狡猾的畜生竟然把铁牛栓当作普通路人看待了，它哪里知道，它摆出来的姿势根本就吓不住铁牛栓。

距离在不断缩短，眼看就进入大鞭的击打范围，可这畜生还是没有动弹，铁牛栓挥鞭就是一击。就在闪电般的鞭梢即将击中这家伙腰部的那一刻，这家伙就地一翻滚，精确地躲开了击打，随即又恢复了刚才的模样。铁牛栓大吃一惊，这回碰到的可不是一般的头狼，这畜生快成精了。铁牛栓继续挥鞭抽打，可是连续三次的击打都被这家伙顺利躲过。突然，铁牛栓恍然大悟，这家伙是在消耗自己的体力，它在准备着后发制人，好聪明的畜生啊！铁牛栓不由得在心里又是一次赞叹。

铁牛栓回头望了一眼白云，白云仍然安静地在那里躺着，狼群已经远远地躲上山坡，“瞭羊狗”般蹲坐在地上向着这里张望。看来它们把今天能否饱餐一顿的希望全部寄托在这个领头的同伴身上了，白云很安全。铁牛栓突发奇想，假如不是白云还在那里躺着，他倒是真想和它继续多玩一会儿。想法归想法，但是很不现实，他必须速战速决，鬼知道后半夜还会有什么情况出现。

牲畜毕竟是牲畜，它还是低估了铁牛栓的胆量与手段。

铁牛栓再次挥鞭，就在鞭梢将要接近狼体的那一瞬间，铁牛栓手腕一抖，鞭梢突然拐弯，又是一道漂亮的弧线，铜钱的利刃齐刷刷地将这家伙的一双前蹄割断了。正准备故伎重演的家伙来不及翻滚，一个蹦跳，跃起来有一人多高，然后嗷嗷地号叫着跳向一旁，铁牛栓绝不给它半点喘息之机，垫步抢前弓步拧身，挥鞭一个横扫，两盏绿幽幽的灯光就熄灭了。

铁牛栓没有继续击打，断了前蹄又瞎了双眼的一只残废狼，不久就会在附近的山沟里找到它的尸体。

战胜了狼群，铁牛栓轻松地喘了一口气。

重新趴在铁牛栓背上的白云微弱地说了一句，“给你添麻烦了，马大鞭。”

第四章

马大鞭是他的外号，他的本名叫马铁牛栓，起这个名字也是有点来由的，他娘连续生了三个儿子，没有一个能够活到三周岁以上，眼错功夫他爹就过了而立之年。三十无儿半世空，他娘急得寻死觅活，他爹更是五内如焚，断香火比要二老的性命还当紧，到他一出生，他爹就未雨绸缪，到处磕头跪门求神拜佛，直至卖了一亩河滩上的保浇水地，才终于访查到一位非常灵验的算命先生，算命先生给出的办法也简单，在孩子满月那天，找一头通身黢黑的大犍牛，用一根红线将孩子在牛角上象征性地拴一下，然后再取名叫铁牛栓，这样就能保证孩子安全无虞、没灾没病长大成人。

说来也奇怪，就这么点化了一下，铁牛栓果真就没灾没病，皮实健壮地长大了，不但是皮实健壮地长大，而且从能跑的时候起，居然就成了村人们好奇热议的一个人物，到十七八岁时，把一杆大马鞭耍得出神入化，有人就给他送了一个绰号——马大鞭，时间一久，真名实姓反而知道的人不多了，尤其是外村人，只知有马大鞭而不知有马铁牛栓。

最初引发人们的好奇热议也是有原由的。

那是铁牛栓六七岁的时候，那年夏天，天气特别热，铁牛栓和一群猴娃子下河耍水，耍累了，一起上岸，肚皮朝天，躺在沙土滩上晒太阳，嘴里还喊着："阳阳阳阳你晒我，我给你打炭烧火火。"这时，村里一群砍草女人路过河边，不经意间就发现了铁牛栓的身体与众不同。

本来，山村背舍，光屁股的猴娃子人们见得多了，大都不以为意，可是有一个叫张大翠的女人眼尖嘴多，用村里人的话说是，张大翠的嘴，黄河里的水，河不封冻，人不睡觉，永远滔滔不绝。

果然，时不过夜，经过半个村子女人们的翻唇递舌，刻意渲染，全村人就都知道铁牛栓的身体不同于一般猴娃子。

十岁以前的铁牛栓野得日怪，淘得没天没沿，健壮皮实得就像一个铁蛋，爬崖上树掏麻雀，偷鸡摸狗甚也干，每天转着一双滴溜溜的大眼睛四处寻找食物。飞鸟鱼虫，杂草野菜，酸杏儿烂果子，逮着能入口的东西就往肚子里填。令人奇怪的是，那么小的年龄，竟能无师自通找到好多可以入口的东西。每逢春天麻雀孵小雀的时候，他能跟着满天乱飞的麻雀找到它们的窝，他还能根据麻雀嘴里含的是柴草棍棍羽毛棉絮还是各种小虫子，判断出窝里是雀蛋还是小麻雀，掏住雀蛋用水煮，掏住小麻雀用火烤，反正是要全部填了肚子的。

春末夏初，麻雀繁殖季节刚过，石鸡又开始下蛋，铁牛栓继续混着一帮皮小子漫山遍野乱窜，荒草丛中，灌木林里，到处都有他们的身影。皮小子们漫无目的地跟着铁牛栓逛游，只是图个红火热闹，可铁牛栓的目的却很明确，他是专门寻找石鸡窝。

为了防止天敌伤害，世界上所有的生物在繁殖后代延续生命方面都把智慧发挥到了极致。进入繁殖季节的石鸡成双配对形影不离，在母石鸡下蛋或者抱窝的时候，公石鸡始终就在附近站岗放哨，一旦发现危险来临，公石鸡立刻装出一副体弱受伤飞不动跑不快的样子，耷拉着翅膀一瘸一拐跌跌撞撞奔跑。皮小子们见状大喜，一哄而上，撒开人马围追堵截。公石鸡分寸掌握得恰到好处，永远与皮小子们保持着不远不近的距离，有时候几乎就是唾手可得，可是又很难让皮小子们逮住，石鸡的小聪明能够骗过其他孩子，唯独对铁牛栓无效。此时的铁牛栓不离原地，专门背着石鸡逃跑的方向仔细观察搜寻附近的草丛，当一群上了当的小伙伴气喘吁吁精疲力尽空手而归的时候，铁牛栓的手里早就捧着一个茅草钵子，里面就有几颗甚至是十几颗石鸡蛋。

铁牛栓的这些高招，令同龄的小伙伴们佩服得五体投地，因此他的身边时刻聚集着一批小屁孩，甚至还有比他大好几岁的人。其中一个与铁牛栓同岁的娃子叫十二红，几乎就差和铁牛栓同穿一条裤子了，不但对铁牛栓言听计从，而且是每天一睁眼就往铁牛栓身边跑，然后就听从铁牛栓的指派，看铁牛栓的眼色行事，因此上村里人就送了他一个外号——牛尾巴。

无论铁牛栓找到什么能够入口的东西，那都是别的娃子塞牙缝他填肚子，只有牛尾巴能够稍微比其他人多得到一点点。也有几个孩子自恃年龄力气都比铁牛栓大，尝试着要多吃多占一点，被铁牛栓一顿拳头就拿下了。天长日久，铁牛栓就自然而然成了村里的孩儿王，一帮皮孩子聚在一起无论干什么，他都要参与，哪里人多他就往哪里挤攒，挤进人群的第一句话就是："有我点点红，没我耍不成。"

他五六岁的时候就敢和一帮半大猴小子一起到相隔十几里地的邻村赶庙会看唱戏。俗话说，七岁八岁惹人嫌，人不嫌狗还嫌，到了这人嫌狗厌的年龄段，本村唱戏，他能和伙伴们把戏场子搅得天昏地暗，村里人骂他，天生一个害人货。

一场大戏演过之后，他爹赶牛下地，牛笼嘴就找不见了，他妈积攒下准备过年用的糊窗麻纸也少了一大沓，而此时此刻，铁牛栓早就在大街上红火开了。麻纸被他用锅底黑染过糊在牛笼嘴上，两边再插两把木锨片子，往头上一戴，将出穗的玉米须粘在嘴唇上，摇头晃脑地在大街上转悠，还边转悠边唱：

为王我打坐在金銮宝殿，

细思量那老将军他实实可怜。

……

引来了一大群围观的人，他的兴致更加高涨了，差点就开演了《辕门斩子》的整本戏：

八千岁进帐来要问此话，

君问臣父问子不得不答。

小宗保出营去胆比天大，

穆柯寨儿招了穆氏金花。

因此上回营来将儿杀剐，

斩宗保与宋王整理国法。

……

八字步子，摇头晃脑，捋胡须，抖帽翅，拿八等六，惹得全村的孩子跟在屁股后面一大群。

有几个童心未泯的女孩子忍不住跟在后面看一会儿红火热闹，他立即就双手抱拳弯腰施礼："娘子，小生这边有礼了。"

还没等女孩子们反应过来，也不管女孩子们的年龄大小，接着又是一句："我看你正好做我的正宫娘娘。"

大人们哄笑，女孩子们臭骂，他却嘻嘻哈哈一脸得意之色，挤眉弄眼地大喊："不羞不气不阑兴，还想吃个腌蔓菁。"

家里有一挂烂大牛车的殷实人家，下地劳作的时候短不了使用，被他碰上就又有了说道："咯吱咯吱牛牛车，老汉拉着爬山坡；把你的妹子聘给我，我好叫你大兄哥。"

开春，万物苏醒，草芽初发，鲜嫩的苜蓿芽是最好的食物，经过女人们的巧手加工，无论做主食还是副食都特别可口。但是由于其生长速度很快，掐嫩芽的时间比较短暂，季节一过，木质纤维增加，就只能做大牲畜的饲草了。所以，就在这短暂的时间里，村里的女人们提着篮子一群一伙爬在地里掐苜蓿，铁牛栓混在其中，掐一把直接就往嘴里塞，腮帮子憋得就像吹起来的猪尿脬，绿色的汁液顺着口角往外流淌。自己紧气没力地抢着掐，还嫌人家们掐得快、掐得多。在几个半大猴小子的教唆下，可着嗓门儿大喊："满地苜蓿满地芽，闺女媳妇儿满地爬；早知今日是这样，不如当初种……"

农历六月，夏粮成熟，女人们开始挽夏田，铁牛栓又混着一帮伙伴跟在后面喊叫："五月端午六月六，屁股撅起挽豌豆；趁早回家喂老汉，雄黄烧酒猪头肉。"

趁着大人们收工回家吃午饭，铁牛栓把地里的豌豆苗搂一堆点着烧掉，用不了半个小时，半生不熟的烧豌豆就进了肚子，吃不完的豆子口袋里装手里攥，一窝蜂地向河边飞跑，跑在头里的铁牛栓回头望着拉下一大截子还气喘吁吁的小伙伴更加开心："一把豌豆两把豌豆，我的小子在我身后。"

爬在河畔灌一肚子凉水，带着一帮小伙伴边走边喊："穿大鞋，放响屁，野梁上屙屎场面里睡。"

一步一个响屁，顶风能臭出三十里地。

每逢秋季，村里的放羊汉都要在种山药蛋的地畔附近挖一个洞，偷偷地储藏一点山药蛋，当冬天或者来年春天青黄不接之际，放羊汉们就可以烧一次山药蛋解决一顿午饭。虽说是偷偷地储藏，但也是被村里人认可的事情。祖传的乡俗，羊倌偷吃山药蛋，牲口叼嘴傍路田，厨子偷嘴吃肉片，小舅子花了姐夫的钱，顺理成章，高低难见，不能理论。可是这个储藏的地方，往往就会被铁牛栓找到，再混上几个伙伴隔三差五也来一顿烧山药蛋，直吃得嘴唇黢黑，脸成三花，肚子憋成一面圆鼓，吃过之后，还要跳着脚满大街喊叫："一二三四五，先往嘴上数；六七八九十，为人就活得一口吃。"

对于这种事情，大多数放羊汉并不把它放在心上。但是，也有个别心眼小的放羊汉，免不了就来一顿臭骂，惹恼了铁牛栓，他就会远远地高声大喊："放羊汉，挠羊蛋，羊不乖，叫姥爷，姥爷拿得个小刀刀，割了你妈的风流毛。"（方言，女人头发的刘海）想打够不着，想追追不上，面对的又都是一帮黄口岔窝猴小子，不能过分认真，也就只能是无奈地一笑了之。

卧柳林在周边的村子也算得上是大村大舍，各种手工艺匠几乎都有。村东头有一家铁匠铺，每到农闲时节，就择日子烧炉开张。祖传的习俗，开张那天，老铁匠的手锤把上还要系一条红布，炉门口还要贴一副对联，对联的内容不外乎是"炉内炼钢铁，锤头生黄金"等吉祥如意的字句。人家锻打的都是铁锹、镢头、镰刀、铡草刀等应时农具，可是铁牛栓却硬缠着要一个吃西瓜的小勺勺。老铁匠对一个小毛孩子的要求根本就没放在心上，谁知他又心生蛆虫了，趁老铁匠吃饭不在场的时光，先是撕扯掉对联，接着还在砧子上面屙一泡屎。撕扯对联不算什么，唯独对砧子的大不敬是最犯忌的事情，按照老祖宗传下来的规矩，砧子是铁匠的饭碗，不能脚踩屁股坐，更别说拉屎撒尿了。明知是铁牛栓所为，可又抓不到把柄，问他哇，他是背着牛头不认账。"村里人人都有一个屁眼，你要能让那泡屎叫我一声爹，那就算是从我身上出来的，我由你杀剐。"一句话能把老铁匠噎得背过气去。没办法，只能把一口气咕噜咕噜往肚里咽，自认倒霉。就这样铁牛栓还不依不饶，混上一帮玩伴满村子大喊："乒、乓，火星子，铁匠炉上捻钉子；钉子短，钉子长，钉在铁匠的屁股上。"

一直到他娘老子搜寻上一点废铁，再给老铁匠说上一箩筐好话，老铁匠满足了他的要求为止。

冬季农闲时节，村里男婚女嫁的事宴比较多，祖传乡俗，三日无大小，耍戏没尺寸。闹洞房之后还必须要有人在外面听房，如果没有一个听房的，就说明这家人缘不好，也预示着这家后代不旺，那是很没面子的事情。庄户人家没什么伟大的宏伟目标，只盼娶回来的媳妇能多生几个娃，那就是祖上的德性全家人的福份。所以，主家父母对参加此类活动的人那是特别地欢迎，确系人缘不好，或者是亲朋好友太少的人家，没有听房凑热闹的人，主家还必须在洞房门外立两把扫帚代替。本来，参加听房的人大部分都是一些接近成婚年龄的青年男女，参与此事的目的也带有偷偷取经的意思，所以听房的时候蹑手蹑脚，屏声静气，生怕闹出一点响动来，把屋里的人惊动着，那就取不到真经了。按理说铁牛栓他们还不到听房的年龄，可是他也非要混几个小屁孩去凑热闹。他这一帮子人听房的目的就截然不同了，非要把动静搞得特别大，生怕屋里的人不知道。当第一帮子听房的人心满意足，或者是不无遗憾地走开之后，铁牛栓们就登场了。此时可能正是人家新婚夫妇劳累了一天睡意袭来之际，他却在院子里带头大声喊叫开了："一，二！尘世上甚最香？"几个小伙伴便齐声回应："临明觉，旱地瓜，新媳妇的涎水猪爪爪。"

如果碰上那发懒或者是小里小气的新媳妇，不待要搭理他们，他们就更加不依不饶继续大喊大叫："一，二！尘世上甚费力？"

"脱墼坯，垒石坝，隔沟喊话牛顶架。"

一直闹腾到人家不耐烦了，新媳妇隔窗户扔出几个大花馍馍来方才离去。

因此他爹娘隔三岔五就得给村里人赔情道歉说好话。

没办法，咬牙紧裤带填进学堂里，他爹给老师反复交代："只要不听话，就给咱舍命打，打折一半件子绝不怨你。"

可是还没等老师打折他一半件子，他就把老师打爬下了。

初进学堂，感觉新鲜，安安静静上了半个来月课。那天老师布置的作业是背李白的《静夜思》，老师在黑板上书写上诗词原文，一字一句教孩子们念熟练，然后要求第三天都能背诵。三天之后同学们一个个都能背诵出来，轮到铁牛栓的时候前三句也还背得顺当：

床前明月光，

疑是地上霜。

举头望明月，

……

到第四句的时候就卡壳了，脸红脖子粗站在那里，吭哧吭哧了半天，最后竟然憋出一句："闻见月饼香。"一教室娃子哄堂大笑，老师好气又好笑，劈手心就是两板子，"天生一个吃货！"

第二天上课，老师慢条斯理登上讲台，干瘦的屁股刚刚落座又"啊呀"一声站起来，撩起坐垫一看，凳子上有两颗尖尖的小钉子，钉头迎上藏在坐垫下面，明知是铁牛栓所为，可是追问了半天，铁牛栓面不改色，矢口否认，老师无奈，只得长叹一声，"朽木不可雕也！"

此后不久，铁牛栓的野性再也压抑不住了，那天课间休息，老师正要组织学生做课间操，铁牛栓双腿夹了一条板凳、手里挥舞着一根柳树枝条，“驾，驾！”喊了两声就一跳一跳满院子跑开了，边跑边又开了大戏：

薛平贵我打马离了西凉界，

不由人一阵阵泪洒胸怀；

老王允在朝中官居太宰，

他不把贫苦人放在胸怀；

……

同学们根本没有兴趣做课间操了，都跟在他的后面起哄鼓劲大喊大叫。铁牛栓的情绪更加高涨，下面的戏文还想继续展开，可惜的是娃子们爱听戏那凳子却不爱听，蹦跶了没几下，四条凳的腿子就折了三条零一条。他爹有言在先，老师毫无顾忌，顺手捡起半截凳腿子照着他的屁股就是一下，谁知还没等老师再打第二下，凳腿子就被他劈手夺过，反手照着老师的干瘦腿上也来了一下，当场就把老师打得龇牙咧嘴跌坐在地，抱着一条细腿，满眼生泪。有三四个比他年龄大的高年级同学看不过，围上来想替老师出气，可是，还没有挨到他的身边，就被他三下五除二修理得斜躺顺卧倒在地上。

因此书念了不到一个月，老师就拐着一条腿上门告饶了：“恕老朽无能，你的孩子你领走吧，我是拿他没办法了。说他笨，装神弄鬼，惹事生蛆，许多东西他是无师自通，一学就会。说他灵，字早就认得他了，他还认不得字。”

万般无奈，老两口就时刻把他带在身边。

那年西瓜坐胎以后天大旱，他娘压瓜条的时候，望着满地半升子大小的西瓜叹气：“这两天要是有一场好雨水，今年的西瓜就吃了。”

自从他娘说过这话以后，他天天独自一人往西瓜地里跑好几趟，直到他娘感觉不对劲的时候已经迟了，所有的西瓜都被他扎了一个窟窿，每天排着队往里面撒尿，要么就是舀上河水往里面灌。

到铁牛栓十来岁那年秋天，他娘老子在地里刨山药，让他和别的半大猴小子一样，赶着毛驴往家里驮山药蛋，谁知走到半路，他竟然自己骑上毛驴，又将山药口袋扛在肩上，歪歪咧咧，晃晃悠悠，颠颠嗒嗒地回村了。看见这阵势的大人们又是一顿笑骂，他却脸不变色心不跳，嬉皮笑脸地回应道：“你们连个人牲口都苦轻的好办法也想不出来，还有眉眼笑话我。”

岁月如梭，十岁以后的铁牛栓见风就长，不知不觉间就长得五大三粗，膀阔腰圆，浑身的腱子肉一股一股地凸起，仿佛一不小心就会绷破皮肤的束缚蹦出体外，再配上一副国字形的脸庞，在村里同龄的孩子群中就显得很是另类。村里的人们就说他，真是那四方眉脸平顶子，妨爹害娘的穷种子，天生一个人嫌神厌鬼见愁的混世魔王。

不幸被草民百姓言中，就在铁牛栓十二岁那年春天，爹娘染病双双去世，丢下铁牛栓一个人，天不留地不收，孤零零地过开了苦日子。

然而，铁牛栓的苦日子并没过多久，就被本村的一位老财主收为义子，村里有那缺吃少穿，日子过得不宽裕的人还羡慕地说，人好不如命好，瞎家雀又飞在谷垛上了。

第五章

老财主姓任，家族排行第五，人称任五老财。任五老财家大业大，开有油酒缸房，堪称富甲一方。任五老财相貌和性格一样，慈眉善目，敦厚憨实，知大识小，乐善好施，在本村乃至方周二围（方言，周围的意思）的名声都很好。

老财主自定有好多规矩，每年都要将自家缸房里流出的“腰窝酒”留下一部分，到年三十前晌，打发长工背着酒鳖子转村子送人，不论一家几口人，每家一斤，不偏不倚。老财主的说法是，送得早了，有那酒馋虫等不到过年就喝掉了，送得多了，有那没节制的人就可能喝醉，言多语失，酒多伤身，饮酒不过两，顶如喝参汤，有点酒肉的味道，像个过大年就行了。大年夜里，老财主还要打发长工背着油葫芦满村子挨门逐户地转一圈，每到一家先看佛龛或者祖宗牌位前面的灯亮了没有，再看院内有没有灯笼。有那家贫如洗的人家没有灯油，这两个地方的灯不亮，长工就会按照掌柜的吩咐，将这两个地方的灯盏注满香油，保证每家每户除夕一整夜都能够明灯高照。老财主又说，一年一个大节日，佛龛和老祖宗牌位前必须灯火通明。一家一个灶王爷爷，院子里没有一盏灯笼，那就成黑家黑户了。但凡村子里有那上无靠下无照，年过二十还没有结婚成家，又确实因为家贫而娶不起老婆的大龄青年，只要是不呆不傻不残疾，而且又是勤劳实在的好受苦人，老财主就会凭自己广泛的人脉，四处踅摸一个对眼的。只要亲事一定，入乡随俗的彩礼，一烩四盘的便宴，自家酒坊里的高粱老烧，任五老财便包圆了。至于五服以内的近亲，有钱的帮个钱场，没钱的帮个人场，有一点随心布施就行。对此，任五老财也有一番说辞，光棍多了村风乱，娃子稀少暮气重。住在那样的村子里，人会少精没神越来越懒，地会缺肥少水越种越瘦。好村舍就应该是鸡鸣狗叫，牛吼马跳，家家户户人烟吵闹，炕皮上有个屙屎的，坟头上有个烧纸的。

那年四月里泥水相合之际，任五老财起房盖屋，上梁那天请全村人来帮工，这天赶来帮工的人都知道一条不成文的乡俗——挣饭没工钱。实际上工程做到这一天已经没有多少工可以“帮”了，上梁是技术活，主要是大工匠的事情，请帮工，其实就是老财主变着法子宴请乡亲们的一种形式。所以，各家各户除去老婆和女孩子外，差不多都会来蹭一顿好饭饱饭。

午饭一开，早就守在糕盆沿边的铁牛栓，不喘气吃了探着碗沿的十八片大油糕，还喝了一碗豆面抿面汤，一放碗筷，用手背抹抹嘴巴，照样急急奔奔寻长运短帮小忙，一点也没有茶大肚子的懒惰样。

三十里莜面四十里糕，十里豆面饿断腰。在晋西北这一区域的饭食里，就耐饥程度而言，油糕首屈一指，即使是头等好受苦人，也不可能更不敢敞开肚皮这么吃。铁牛栓的这一顿饭把在场的人吃了个目瞪口呆，唯独老财主不但不嫌弃，而且还瞅空很欣赏地抚摸了一下铁牛栓的锅盖头。

房屋盖好不久，铁牛栓就被老财主收为义子，正式入住任家。对于老财主的这一决定，家人们明着不敢反对，私下里就有许多闲话。在一般人看来，这纯粹是收留了一个大顽皮，养活了一口没底子大瓮，也只有老财主这样的人家能养得起他。可是老财主却有自己的铁钵老主意，并且粗声大气地宣布，从今往后，栓子就是我家里的一口子，谁也不能另眼看待，而且还特别安顿厨房，粗茶淡饭尽娃子的肚饱吃，谁都不能嫌弃。

说来也怪，自从进入老财主的大院，铁牛栓的野性就渐渐消退了，慢慢地粗话也没有了，正话也不是很多，有时候还显得有点腼腆。

“男要动，女要静，贪玩害人有长劲。调教得好，日后肯定是一个有用的人才。”老财主对家里人说。

“好老婆费汉，好男人费饭，不要嫌娃子能吃，肚大力不亏，长到三六十七八，肯定是一个千里难寻的好受苦人。”老财主又和管家私下里说，“古话就说，饿疯憋茶，原来娃子的害人是肚子在作怪，怨不得他本人。”

老管家知道东家的脾性，雇长工先就是看吃饭，一顿饭吃不下顶鼻尖子一大碗酸粥你就直接辞退，多余话都没有，不过辞退的时候要附带送一斗米。

然而根本不用等到三六十七八。

转年开春，老财主新买了一挂一辕两梢的胶轮大马车，铁牛栓跟着老长工成了一个拽磨杆（相当于刹车）的二鞭手。马车春季送粪，夏秋运庄稼，冬天拉炭，一年四季不得闲。春秋两季活儿虽多但不费手脚，真正考验车手的是拉冬炭。一车大炭两三千斤，来回八九十里的长途，转弯抹角的山路，崎岖不平的长坡，紧要关头,掌大鞭的车手一杆红缨马鞭摔得叭叭山响,口令喊得穿山越谷,左转弯“来来”,右转弯“哒哒”,上坡“驾驾”下坡“稍稍”,一个口令喊不到位,就会发生“车毁马亡”甚至还会殃及鞭手的惨剧。所以到冬季开始拉炭,大鞭手就要求掌柜的换一个拽磨杆的,因为下坡的时候,特别是弯急坡陡的时刻,虽然大鞭手技术高超,辕马力大坐坡,但是也架不住三四千斤重物惯性的急催,这个时刻,大鞭手要的是技术,二鞭手要的是力气,两个人配合得好坏,直接关系到整挂马车的安危。所以,赶了半辈子马车的老长工,对这个未成年的猴小子不放心确实情有可原。可是铁牛栓却向干爹拍胸脯保证,绝不会出事,而且老财主也非常相信,竟笑呵呵地答应了。把个老长工急得心里暗骂:“狗日的,真是财大气粗,不心疼自己的家产,竟敢把一挂大马车的安危,依托在一个奶毛未褪的猴小子身上!”

骂归骂,掌柜的话还得听,吃谁家饭,受谁家使唤。无奈之际转而又想,这才是咸吃萝卜淡操心。

第一次重车返回途中,在一个长长的陡坡前,大鞭手吁住牲口稍事休息,并对铁牛栓千叮咛万嘱咐,交待仔细后才开始轻轻地发出了“驾,驾”的口令。牲口也通人性,三匹马在老长工的指挥下小心翼翼地迈步。辕马很是坐坡,前腿紧蹬,后腿微弯,坐鞧紧紧地箍在浑圆的屁股上,拼全力控制着整个车身慢慢地向下滑行。老长工“稍,稍”的口令不绝于耳,这时的铁牛栓不但没有发力拽磨杆,而且跟在车后面像个没事人一般闲淡。

当马车下行到半坡的时候,老长工已经是汗流满面,辕马也开始四肢打战,这个时候,不慌不忙的铁牛栓手拽磨杆绳一发力,整挂大马车几乎就被拽得止步不前了,显然这不仅仅是磨杆的作用。老长工惊异地回头一看,只见铁牛栓口不喘气面不改色,显得很是轻松。这一手蛮力气把个赶了多半辈子马车的老长工佩服得五体投地。这小子力大如牛,举世罕见,他不明白,一个半大小子哪来这么大的力气。

从此,老长工对铁牛栓是一百个放心,两人合作得天衣无缝,将一挂大马车经管得平安无事,顺风顺水地给老财主往回拉运着真金白银。没过三年,老长工就主动向掌柜的提出让位的请求,舍去大鞭手的优厚待遇,心甘情愿给铁牛栓当下手,做了一个铡草喂马扫街垫圈的“小跑达”(方言,跑腿的意思)。

此时,铁牛栓刚刚到了“男人十五夺父志”的年龄,不过个头却比同龄人高出一大截。

铁牛栓接过大鞭手的位置就对干爹说："不用再派跟车的，咱家地里活路多，省下一个人做其他营生。"

从此，铁牛栓独自驾驭一挂大马车往来着，无论道路如何崎岖，无论距离有多遥远。

不久，驾辕的枣红马和拉梢子的母马产生了爱情，生下了一头和父亲同样颜色的小马驹，小马驹断奶之后，老财主就把它送了石瞎子，石瞎子识马喜欢马，而且很会侍弄马。

当年冬天，一场罕见的大雪飘飘洒洒，飞飞扬扬，连着下了三天两夜。

下雪出汗，化雪打战，雪后初晴，寒冷刺骨，放眼望去，整个晋西北黄土高原银装素裹一片洁白。此时，左邻右舍的人家，方周二围的村庄，所有驮冬炭的高脚都歇下了，唯独铁牛栓只身一人驾驭着他那一辕两梢三匹马的大马车，照跑不误。因为此时的烧炭市场价格火爆，有市无货，镇子里的几大铺面天天预付定金等炭。

就在接近年关之际，也是最后一趟出车的时候，拉梢子的一匹老马病死在返回的途中。

一脸愧疚的铁牛栓心里惴惴不安，当院低头站立，等待着干爹的责罚。

不料老财主宽厚地笑了："家有千万，四条腿长毛的不算。一匹老马，死就死了，野狼野狗正好能过一个有肉的肥年。"

干爹不但没有责罚，而且还加菜温酒和自己的干儿子美美对饮了几杯，回到偏房的铁牛栓睡不着了……

二日天明，意想不到的事情出现了，满头白霜、浑身冒着热气的铁牛栓站在当院，一匹死马，四蹄紧缚，被铁牛栓当包袱一样在肩头挎着。

扫院的长工大吃一惊，手中的扫帚跌落在地，愣愣地站在院子里半晌回不过神来。来回就是七八十里的山路，少说也有二百多斤重的马尸，这狗日的不是人，活脱脱就是一个山神爷爷转世的。

老管家也不得不佩服东家的眼光。

这时老财主发话了："何苦受这么大的负累，咱家又不缺这百八十斤死马肉。"心疼爱怜之意溢于言表，转过头又对着老管家说："叫村里的乡亲们来分了吧，都过一个有肉的大年。”

“留一块后腿肉给你石大爷。”接着又吩咐铁牛栓。

一匹死马，使铁牛栓的神力霎时就传遍了整个村子，又被人们演绎着向四面八方传播开来。

一块马肉，也成就了铁牛栓日后不平凡的岁月。

自此，一匹枣红马，一杆大马鞭，就成了铁牛栓最心爱的两件宝贝。无论春夏秋冬，每天早晨，铁牛栓起床后的第一件事，就是拿两颗生鸡蛋捧在手心里喂马。

老财主对这个干儿子更是偏爱，特意告诉厨房，保证铁牛栓每天有五颗鸡蛋，任他自由支配——无论是喂马还是喂自己。

除去石瞎子和五老财以外，鬼都不知道铁牛栓咋就练出了一身惊人的本事，到他十七八岁的时候，把一杆大马鞭耍得风生水起，声名远扬。

立了秋，挂锄钩，赶集看戏访亲友。夏锄结束到秋收开镰之前，约莫有一个月左右的时间地里的农活较少，村人们比较清闲，也是老天对受苦人的一种眷顾，给他们一个恢复体力的时间。在周边村子没有大戏、镇子上又没有集市的日子里，卧柳林的人习惯午休一阵后在村中的大槐树下听石瞎子说书。

秋阳阳，晒死老娘娘，秋后一伏的天气还很热，时过正午，槐荫浓密，男人们散坐在树荫下面，嘴里含着一锅烟，不时地吧嗒上几口，女人们尽量挑拣还有树荫的地方结伴儿站立，多数女人手里还拿着针线活，耳听手做两不误。

石瞎子将书桌摆在树荫最浓处，手中的醒木“啪”地一声响，张口开讲：

乡亲们来了都坐下，你哑言悄语听我老汉闲拉呱。

爱听文，爱听武，爱听武松打老虎。

还有人爱听那男女情，半夜三更翻墙去串门（方言，专指偷情）。

众口难调我不理，今天来一段则天娘娘乱后宫。自从盘古开天地，三皇五帝到如今，天下事，莫不过饱暖思淫欲，饥寒起盗心。

话说则天娘娘登基以来，世界清平，乾坤朗朗，外无刀兵入侵，内无盗贼丛生，真个是刀枪入库，马放南山，天下一派太平景象。

万般无奈无其耐，

出旨昭告天下人；

皇宫急需精壮男，

选入宫中享华荣；

应招来者无其数，

能征惯战没一人；

败退一个杀一个，

败退一双斩两人；

无辜男儿人头滚，

护城河水血染红；

我佛慈悲慧眼观，

东土大唐太残忍；

莲花宝座传佛音，

驴头太子降凡尘；

进宫伺候则天帝，

挽救无辜众生灵。

话说那日天过午时，一乞丐正在城隍庙里午睡，忽然间进来一位手持钢刀的赳赳武士，将他的命根子一刀割去，临走时丢下一串话，给你来一次脱胎换骨，从今往后你将进入皇宫，享受那不尽的荣华和富贵。乞丐觉得裤裆一热，猛然惊醒，浑身汗水淋淋，仔细回想刚才的事情，原来是南柯一梦，狐疑间感觉下体异常，手一摸，不禁大吃一惊，一个寒战打罢便觉得：

浑身骨头咯咯响，

身架忽然往大长；

心痒难耐站起身，

起身来在大街中；

但见众人围观处，

一纸皇榜写得清；

宫廷急需强壮男，

伺候圣上享华荣；

乞丐想起梦中事，

上前撕了皇榜文；

二位差人听我言，

愿去皇宫伺圣明；

……

说到这里，石瞎子手捋胡须，端茶喝水，滋润喉咙，稍事休息。

众人急于想听下文，特别是一干平日里走到一起就叽叽喳喳的婆娘们，此时连大气也不喘一口，书场上鸦雀无声。

忽然，人群中就有一个女人冒出了一句话：“这个讨吃子的命真好，可惜咱铁牛栓没生在那个朝代。”

说这句话的人，正是那年在河畔第一个发现铁牛栓的大嘴翠。

此话一出，满场子人哄然大笑，一下子就把目光齐齐地聚在铁牛栓身上，曾经在河畔见识过铁牛栓的几个女人，还眼望铁牛栓手掩嘴巴，笑得弯腰扒胯。

此时的铁牛栓虽说长得人高马大，但是对人世间的一些事情，还处在不知晓的年龄段，本来怀拥马鞭，蹲在一旁，安静地听书，被大嘴翠指名道姓的话语和众人忽然齐聚的目光羞得面红耳赤。

这时任谁都没有看清楚是怎么回事，只听“啪！”的一声脆响，隔场子站在铁牛栓对面的大嘴翠，上衣的纽扣眨眼间齐刷刷地脱落，两只面布袋似的蔫奶松弛地耷拉到腰际，更难堪的是，一根红布裤带从中断开，宽大的裤子直褪脚面……慌乱中掩怀顾不上揪裤子，揪裤子顾不上遮眉脸，大嘴翠在众人的一片哄笑声中，狼狈地逃离了场子。

看了大嘴翠的洋相，嬉笑过后的人们更加惊奇的是铁牛栓的马鞭功夫。

事后，有紧挨着铁牛栓坐过的人回忆说，当时好像铁牛栓的手腕子稍微抖了一下。

秋去冬来，田野里没有了五谷杂粮，成群成片的麻雀绕着村庄乱飞，飞一会就停在树头上叽叽喳喳地叫。远远地，铁牛栓抬头望一眼树梢，手腕一抖，鞭梢闪电般蹿上树，噼里啪啦，就有三五只麻雀掉下来，一帮猴小子立马和泥裹麻雀，捡柴生火堆，不一会儿，在向阳背风的暖和处就能闻到烧烤麻雀肉的香味。

几乎每次出车回村，车辕上都会挂几只山鸡野兔等飞禽走兽，铁牛栓先拣肥硕可口的一分为二，给石师傅和干爹每人一份做下酒菜，余下的一般野味就送给村里的伙伴了。

不久，就从大嘴翠的嘴里唱出了这样的山曲儿：

为朋友就为那赶车汉，

山珍野味吃呀吃不完。

乡村里，文化生活贫乏，闲暇的日子，娱乐的内容多数都是同辈男女之间瞎说六道、乱开玩笑，有那性格开朗、不拘小节的已婚女人，在人员场合无禁忌时，就能把玩笑开得无边无际，尤其是叔嫂之间，有时候还敢动手动脚。宁在小叔子怀中坐，不从大伯子面前过，这是乡俗，嫂嫂小叔子开玩笑，无论真假与否，分寸如何，都是村里人认可的事情，铁牛栓对这类事情从不参与，对来自外界的戏耍挑逗没有任何反应，只能是不恼不笑被动应付提防躲避。

大翠自从被铁牛栓当众耍笑过一次之后，就一直思谋一个报复的机会。当然了，这样的报复绝非是真正的怀恨记仇，还是想给村里人在茶余饭后闲谝的时候有一个说道，增添一点笑料。

冬时寒月，农闲季节，经年形成的习惯，几个合脾气知根底的已婚女人聚一起，边做针线活边闲聊，话题永远不变，家长里短，醋淡盐咸，渐渐地还带上了味道，你家里的匙大，我家里的碗小，说着说着就相互追问开有没有相好的，其中有个女人叫二花花，人们早就听说她和附近寺庙里的僧人有一腿，可惜一直没有真凭实据，这时就一齐追问她，非要让她当面给众姊妹们一个明确的交代不可，可是问死问活，二花花含羞带笑拒绝回答。

挤兑了半天劳而无功，大翠灵机一动不再继续追问，掉转面孔和其他人说："听人们说，和尚和尘世上的男人不一样，你们谁知道一样呀不一样？"

几个女人七嘴八舌地议论，有的说应该是一样的，也有的说肯定不一样。大翠巧嘴煽动，眨眼暗示，几个女人心领神会，为这个问题争论得热火朝天，唾沫飞溅，面红耳赤，僵持不下，唯独不再朝理二花花。

半晌，被晾了许久的二花花忍不住了："快不用瞎抬杠了，其实也一样。"

终于上钩，不打自招。二花花的话音未落，嘻嘻哈哈的浪笑轰然爆发，摇头拍大腿的，攥拳捶炕皮的，笑岔气憋出两眼生泪的，喧闹声差点震塌窑顶。

二花花自觉失口，脸色一下子成了一个正在下蛋的老母鸡。

缓过气来，话题又扯到铁牛栓身上。

"你们说，这几年铁牛栓那再长大了没有？"大翠直奔主题。

"眼见为实，没见过谁能知道。"

“想看一次吗？”

“当然想看。”几乎就是异口同声。

“我保证你们再看一次。”大翠居然胸有成竹。

“那姊妹们一准感谢你。”又是一次异口同声。

“怎么谢？”

“先尽你尝鲜。”有那嘴快的立马就接上了。

“呸呸呸，少嚼蛆，人家还是个嫩娃芽子。”

又是一个盛夏酷暑，对于在河边长大的皮孩子们来说，在这样的日子里，最好的去处就是下河耍水，几乎每天午饭后，都会有一帮六七岁的顽童或者是十六七岁的半大猴小子，一丝不挂地在河里浸泡，消暑洗汗泥一举两得。这个时候，大半个河槽里嬉笑呐喊，水花飞溅，人头攒动，就像开水锅里的饺子。

时过正午，日头西移，在河里戏耍够了，上沙滩穿衣服时，唯独铁牛栓的衣裳不翼而飞，众孩子帮着瞅端了半天也没有找见，大家只得陆续离去。这下子可难坏了铁牛栓，已经是十六七岁的半大猴小子，也到了知羞知耻的年龄，就这样赤身裸体回村那是万万不可能的。焦急中只得沿着河畔继续溜达，盼望着能够找到自己的衣裳，万一找不到，就只能等太阳落山天完全黑下来后再回村。

沿河畔走出十几步之后，突然从一丛沙柳树后面传出了嗤嗤的笑声，铁牛栓被这笑声一惊，本能地双手捂裆就地蹲下。随着笑声，七八个女人齐刷刷地站在铁牛栓面前，大翠手里拿的正是他的衣裳。此时的铁牛栓恨不得将沙滩挖一个窟窿钻进去。

“牛栓兄弟别怕，我们又吃不了你。”大翠第一个开口，“快站起来让嫂子们看一眼，立马就给你衣裳穿。”

“好我的嫂子们，快把衣裳给我，改天我给你们吃野鸡肉。”铁牛栓又羞又臊，一脸无奈地央求。

“不，嫂子们不喜欢吃野鸡肉。”在大翠的带领下，几个女人不依不饶，“看一眼就行。”

僵持之际，二花花偷偷踅摸到铁牛栓身后，双手一扳铁牛栓的肩头，毫无防备的铁牛栓被扳了一个仰面朝天，私处一下子暴露无遗。

三个女人一面锣，五个女人一台戏。惊奇尖利的喊叫声，嘻嘻哈哈的浪笑声，一直窜向河对岸，惊飞了一大片柳树枝头栖息的山雀。

饱了眼福，目的达到，衣服扔过去，几个女人搂肩搭膀，拍手跺脚，连说带笑走了。

回村的路上，大翠带头唱开了《芝麻油》：

麻油香，菜心红，

豆角抽筋水灵灵，

三天不见哥哥的面呼儿嗨哟，

哥哥长得真袭人。

这是村里的几个女人在光天化日之下第二次目睹过赤身裸体的铁牛栓，也是最后一次。

第六章

石瞎子孤身一人住在村口一座古庙里，大部分时间与书为伴。

古庙墙高院大，松柏参天，幽静阴冷，香火不旺，平时走动最勤的就是五老财，两个人在一起总有说不完的话。

石瞎子真名叫柳树根，当年在漠北地面上，柳树根的名字家喻户晓，在江湖上更是如雷贯耳，如今，在这个世界上，除了他的师兄，知道他真名实姓的恐怕也就是五老财一个人了。

在卧柳林乃至周边的乡村，石瞎子在人们的眼里很是神秘，他善于见人讲人话，遇鬼说鬼话，即使说书叨古今亦是如此。他严格区分不同的场合，准确把握不同的人群，根据人们的欣赏能力，针对人们的喜好习俗，雅俗分明，荤素搭配，以古喻今，比山说水，隔三岔五给人们生产精神食粮。

石瞎子瞎了一只眼睛，另一只眼的眼皮上有一道疤，半个眼皮耷拉下来把眼球遮挡住了，所以陌生人都以为他是双无眼瞎子，他自己也不争不辩不解释，任由人们石瞎子石瞎子地称呼。不过，有知道他的本领又上点岁数的老人，当面还是称石先生。

起初，五老财觉得把石瞎子用作名字不雅不礼貌，想劝他恢复真名实姓或者另起一个名字，哪怕就是叫个石头也总比叫石瞎子好听，可是被石瞎子严辞拒绝了：

“耳不听不烦，眼不见清净，我本身就是瞎人一个，这样称呼正合我意。”

其实石瞎子明瞎暗不瞎，熟悉他的人都知道，一旦石瞎子发怒或者有要紧事情出现，那一只耷拉着眼皮的眼睛就会睁开，此时，一道犀利的寒光直刺人心，一般人根本不敢与之对视。

卧柳林人并不欺生，早年间，石瞎子孤身一人来卧柳林落脚之后，就一直以叨书说古今消磨时光，虽然人们感觉他的行为有点古怪，但是也没有人把他当外来小户看待。随着时间的推移，石瞎子的一些本事逐渐开始显露，打卦算命看面相，破土合婚择吉日，凡是庄户人认为需要讲究忌讳的事情，都能在他这里寻求到答案，得到解决的办法。尤其是他给五华城村出主意，破解了多年来冰雹灾害的消息传开之后，他的名声就更大了，人们都把他当半人半仙看待，渐渐地他就成为各家各户的座上宾，特别是做事宴的人家，无论红白事宴，首席位置永远给他留着。

每逢镇上赶集，人们都要预先打听石先生是否光临，一旦石瞎子出现，各个店铺会争先恐后迎请他。温一壶老烧，炒几碟小菜，招待一番之后就有一场演古道今，届时，赶来听书的人能把小店挤得水泄不通。石瞎子既不向潘也不向杨，他会给每个店铺都留一次坐东的机会,因为他能够给店铺带来生意。待集市赶罢，店家早就把他所要的日常用品打包好了。逢年过节，石瞎子就被轮流宴请，尤其是农历过大年，他能从正月初一一直吃到过罢二月二，至于平常的日子，那就是任五老财主包圆了。

民国十八年正月初一，石瞎子告诉人们，今年开春不用出牛，但凡能动弹的人，等春草发芽之后全部出动，漫山遍野挖苦菜。并且告诉任五老财，赶快大量收购荞麦备用。对于这一建议多数人都是半信半疑。在勤劳的庄户人心里，土地撂荒就和家里有一个嫁不出去的大闺女一样，脸面无光，特别难受。文贪色，武贪气，庄户人家贪种地，刨个坡坡，吃个窝窝，这些古话已经在他们的心里深深地扎下了根。所以许多人没把石瞎子的话当真，趁着开春不久，地里还有冬雪残留的底墒,仍然按部就班跟着节令照常耕种。唯有五老财对石瞎子的话坚信不疑，没有安排任何种植计划，只是抓紧时间收购了一个时期的荞麦，一干长工除去漫山遍野挖了一个季节的苦菜之外，其他时间都是白白地养活着。

果然，从开春到立秋滴雨未下，赤地千里，粪堆未破，场门没开。一些爱地如命闲不住的庄户人，半年的辛苦和种子全都丢在地里，到立秋之后，青黄不接之时，集市贸易几乎是斗米斗金。周边村子也有个别财主乘机大发横财，五华城有名的大老财花无果就这样趁机大捞了一把。石瞎子说，这样的敛财方式万万使不得，会遭报应。

五老财听从石瞎子的建议，将二十石谷物尽数施舍，分文不收。

立秋刚过，石瞎子又吩咐五老财，将开春收购的荞麦尽数下种。种子入土不久，一场饱墒秋雨连下了六七天，不到一个月的时间，漫山遍野的荞麦花开白如棉絮，红秆绿叶白花的秋景又给庄户人带来新的生活希望。

夕阳西下，任五老财陪伴着手牵小红马的石瞎子在原野里漫步，一边察看荞麦长势一边遛马赏秋景。荞麦花香沁心入肺，石瞎子触景生情随口吟出一首王禹偁的诗：

马穿山径菊初黄，

信马悠悠野兴长。

万壑有声含晚籁，

数峰无语立斜阳。

棠梨叶落胭脂色，

荞麦花开白雪香。

何事吟余忽惆怅?

村桥原树似吾乡。

从此往后，人们对石瞎子的话就坚信不疑了，对五老财则是更加敬重。

每年大年三十时近正午，石瞎子都要让五老财亲自下地挽一捆野蒿草回来，然后在庙院里打扫出一块干净的地方，将蒿草用筛子扣好，到半夜子时各家各户发火笼敬香纸接神的时候，石瞎子就把蒿草点燃烧掉，初一上午，石瞎子拿一个簸箕将蒿草灰渣簸一会，簸箕里总要有几粒糜麻五谷出现。从正月初七开始，连续四天，石瞎子在清晨太阳刚出山的时刻，选择村子的最高处静静地站立一个时辰，然后再根据大年初一簸箕里出现的谷物种子，告诉五老财，今年什么作物丰收，什么作物歉收，什么作物颗粒无收。五老财按照石瞎子的吩咐，安排当年的耕种计划，一切不出所料。

这一奇事渐渐传开，就有人想探问个究竟，还有人试探着想当他的徒弟。

“我已经是一个风烛残年的棺材瓤子，又是一个瞎眼孤身之人，你们都是儿女满堂全全活活的人家，这些东西不学为好。古话说，善易者不卜，先知者不祥，我将来肯定不得善终。”

“七糜八谷九黑豆，初十刮风收豌豆。”扫一眼人们失望的眼神，石瞎子又说：“正月里这几天最为紧要，记住在这几天看天气，时辰为日出卯时到饭罢辰时最好，天气以刮西北风为准，在风尘尘不动的那一天，那一种谷物就可能颗粒不收。记住这些就行，其他的你们一时半会也学不会。”

其实，石瞎子倒是真心想选择一个徒弟，不过并非传授这些知识。

从入住卧柳林的那天起，石瞎子就在暗中留心观察着身边往来的人，每逢集日到镇上赶集也揣着这个心思，他想踅摸一个合适的人做徒弟，随着年龄的增加这个想法越来越强烈，他不想把一身功夫带到坟墓里。虽然在江湖上十八般武艺里面鞭术排名第九，可是师傅祖传的鞭术自从问世以来还没有碰到过对手，如果到自己这一辈就失传，自己死后难以在阴间面见师傅。原本想趁着与六王栓和好之际，将师傅的大鞭送与他，只要六王栓接下师傅的大鞭，那么自己就没有任何责任了，可以了无牵挂地退出江湖，隐名埋姓度余生了。谁知就在自残眼睛之后，六王栓不但不再和自己争夺师傅的大鞭，而且还把自己递给他的大鞭双手举过头顶，双膝跪地，泪流满面地交还了自己，并且赌咒发誓今生今世永远拥戴柳树根是师傅大鞭的第二代唯一的继承人，这就把柳树根推向了一个尴尬的位置，既要退出江湖，又要选好一个第三代大鞭的传承人。

石头也好，石瞎子也罢，那都是柳树根退出江湖以后的代号，从离开镖局那一天起，柳树根这个名字就从江湖上消失了，选择姓石也是为了表明自己就是六王栓手下那一块已经破碎了的石头，也表明自己从此永远退出江湖的决心。不过选择定居之地还是很是下过一番功夫的，从漠北荒原到黄河南岸，他一路走一路选择着自己的隐居之地，最终来到卧柳林定居，继续潜心研读各类古书，钻研中华民族的传统文化，他确信在这里会等到最为理想的高徒。

近年来，每当夜深人静的时候，耳朵里就会有嗞嗞的声音，好像是耳鸣，可仔细辨别又不是，有时候分明感觉就是师傅的那杆大鞭发出的声音，看来不是它闲得难受就是师傅的在天之灵在催促自己。

铁牛栓力气大石瞎子也有耳闻，像这种人在漠北草原上也有，起初石瞎子并没把他当回事，可是当铁牛栓一夜之间走了四五十里山路，把一匹死马当包袱一般挎回村之后石瞎子动心了，集爆发力与持久力于一身的人出现了。他清楚，天生就有这等神力的人，一旦能把大鞭的套路学到手，那肯定是一位空前绝后的江湖高手。

那天，当铁牛栓将马肉送到石瞎子的住处，石瞎子眼皮不抬手指不动，就说了一句话：“今晚人定亥时，来这里一趟。”

铁牛栓不解，回去告诉爹。

“他要收你做徒弟了，”五老财想到石瞎子那一只独眼，接着又轻叹一声，“可惜不知道这事是好还是赖。”

始料不及的铁牛栓却异常高兴。

当晚月黑星稀，铁牛栓准时到达。

推开厚重的朱色庙门，偌大的一座院子寂静无声，在寒冬的深夜里，被高深的围墙圈堵着的院落，给铁牛栓的感觉很是肃穆阴森，跨过正殿进入后院，但见空旷的院子里，有针尖般星星点点的火光在闪烁，仿佛满天的星星都降落在庙院里，定睛细看，是点燃了无数的香火头，中央的一块空地上，石瞎子手拿一杆长鞭定定站立，迎接铁牛栓的是那只独眼里射过来的一支利箭般的目光。

在石瞎子示意下，铁牛栓在一个鞭长莫及的墙角站定。

这时，就听见“嗨”地一声喊，依稀可辨之中，一个石瞎子就变成无数个令人眼花缭乱的影子，好像院子的中央有一股旋风在不停地高速旋转。铁牛栓只听见鞭梢抽动空气的呼呼声以及与空气撞击时的啪啪脆响声，眼错功夫，满院的香火头一个一个熄灭了。接着石瞎子端出一盏油灯，借助微弱的灯光，铁牛栓仔细查看，所有砖缝里插着的半截黄香都是原样站立不动，只有原来顶部燃烧的香火头似手掐了一般。这一手把铁牛栓惊得心惊肉跳，同时也特别兴奋，他渴望学会这一手。

石瞎子将铁牛栓带到屋内，两人开始了一次彻夜长谈，石瞎子把自己的人生经历细细地讲述了一番。

漠北荒原，万里无云，一支高脚驮队在秋日阳光的斜射下缓慢前行，打头一面“柳”字镖旗迎风飘扬，被呼呼的大漠劲风吹拂得猎猎抖动着、噗噗地欢叫着。本来不是很毒的日头，在这旷无人烟的沙漠里和恶劣的环境一搭配，还是把人烤灼得口干舌燥。整整走了大半天，眼看着就要到家门口了，由于是空脚返程，不会出现意外，所以一干人马走得无精打采，蔫头蔫脑。当瞭见驻地的炊烟时，坐在马上的柳镖头从嘴里拔出早已熄灭的旱烟袋，响亮地咳嗽一声，一口浓痰脱口而出，斜斜地射入沙土之中，竟溅起碗大的一团尘土。跟随柳镖头多年的人都熟知他的脾性，他要在回到驻地前给自己的手下提一下神了。干保镖这一行要的就是精气神，绝不能软肌扒胯（方言，没精神的样子）地出现在人们的视线里，几个人立即挺胸拔背做好准备。

弟兄们呀，提起神！

嗨！嗨！

尘世上什么最欢？

风中的旗，浪里的鱼，十八岁的姑娘大叫驴！（方言，指公驴）

一干人马立即精神振作大声回应。

尘世上什么最好？

大梁上的果子唐家会的蒜，五华城的闺女不用看！

尘世上还数什么好？

大青山的石头乌拉山的水，小伙子的胳膊大闺女的腿！

尘世上什么最香？

冬公鸡，夏草鸡（方言，指母鸡）揭笼蒸馍开河鱼！

尘世上还数什么香？

临明觉，腰窝酒，大闺女的舌头炖羊肉！

几个“令子”喊罢，整个保镖队伍果然就雄赳赳气昂昂起来

……

柳镖头接手的活儿从来没有出现过意外，这与他的功夫和为人处世都有关系。他对同行都要有所关照，就是那些不出名也没什么真本事的小股土匪，他也要给他们一口饭吃。这样，柳镖头在道上的名声越传越远，从出师到现在，保镖这碗饭他已经吃了快二十年，基本没有碰到过对手，仅有一次是对方找上门来进行了一番较量，也算是一个旗鼓相当的对手。令柳镖头百思不解的是那人使用的也是大鞭，不通报姓名，不说原因，见面就交手，一场恶斗之后就消失得无影无踪了。两人都是眼睛受伤，眼皮上的疤痕就是在那次打斗中落下的。

自从将那个对手战败之后，近二十年再没有碰到专门与他为难的土匪。一杆柳字镖旗往行商的队伍里一插，上路之时在出发地的大街上响三声号炮，外加一声响彻云霄的“嚎镖”声，各路土匪就会得到线人的报告，这是柳镖局的买卖，基本上也就一路平安无事。所以柳镖局的业务一个接一个应接不暇，收入也颇为可观。近年来，除去一些特别贵重的物资，走的又是陌生线路，目的地也比较遥远，需要他亲自出马之外，凡是沿着已经走过的老路护送一般的商队，大部分时

间他就不出动了，指派几个靠得住的手下，打一面柳字镖旗，完全可以确保平安。

回到镖局，饭罢洗漱完毕，离天黑尚早，右眼皮突然间忽忽地跳了几下。左眼跳财，右眼跳灾，柳镖头心中一惊，习惯翻开了随身携带的《梅花易数》。

突然，柳镖头在屋子里“啊呀！”叫了一声，接着便悄无声息了，正在外面收拾行囊准备休息的手下有点吃惊，等人们反应过来推门而入的时，但见镖头直挺挺地躺在炕上，双目紧闭，脸色惨白，再用手一试，已经鼻息全无。

就在人们手忙脚乱准备丧事的时候，一阵急促的马蹄声由远而近。

“快去禀报柳树根，有不速之客求见！”来人翻身下马，一只眼戴着眼罩，面部表情很难看清。

“客官，镖头过世了。”镖头的大徒弟披麻戴孝，满脸戚云迎上前来，“不知……”

“什么时间？”来人并不搭理他的询问，自顾自急急地追问着，一只独眼射出的目光令人不寒而栗。

“已经一个多时辰了。”

环顾四周，院子里一片混乱，几个人爬上大门楼子吊冲天纸，两个人跪在门口烧离门纸。

看样子确实是人殁了，时间也不是很久。

来人不再言语，阴沉着脸进入屋内，一个“老衣”上身的人直挺挺地躺在炕上，脸部覆着一张麻纸，挨着头顶的部位，一盏“长命灯”随着开门带进来的气流忽明忽灭地闪烁了几下，仿佛是在嘲笑来人，你还是慢了半拍。

鞭梢一挑，麻纸飞离，一具脸色蜡黄的死尸，正是柳树根本人。

良久，来人呼出一口粗气，悻悻地走出院子，脚步所踩之处，铺院子的石板纷纷碎裂，翻身上马之前，对着大门外的石碾子恶狠狠地劈了一掌，哗啦一声，一个水瓮般粗细的石碾子就变成一堆碎石。

石头碎裂的声音刚刚落地，屋子里就传来柳镖头的大声喊叫：“大哥，请留步！”

这突如其来的一声喊叫差点把来人惊得从马上跌下来。

晚上，漠北地面上最丰盛的烤全羊酒宴开席了。

“大哥，来者为客，小弟敬你三杯。”柳树根举杯相邀，“我先喝为敬，接下来咱兄弟俩慢慢剖别说谝。”

来人一脸狐疑，但是也不得不举起酒杯，此时的他肠子都悔青了，他上了柳树根的当，他根本没想到这家伙还会屏气假死。当时，失去复仇对象的他完全失去理智，把全部力量一瞬间发泄在石头上，内功已经消散了许多，没有半年六个月很难恢复，如果这时开打，自己必败无疑，柳树根技高一筹。

不过可以看得出来，柳树根的这顿酒没有恶意。

“大哥，我已准备一死，你今天务必告诉我，咱俩的梁子是咋结下的，让小弟我死也死个明白。”

“你知道在你之前师傅还有一个外号叫‘一杆鞭’的徒弟吗？”

“知道，他叫六王栓。”

“对，我就是六王栓，我出师比你早，师傅离世时我得到的消息迟，所以没有赶到他老人家身边。”

“这我就更不明白了，既然是一师之徒，我们也可以说是一母同胞，你咋就……”

“本来，你我之间是没有个人冤仇的，我就是为了师傅的那杆大鞭想和你较量一番，没想到你下手太狠，毁掉我一只眼睛……”

话到此处，柳镖头一切都明白了。

师傅称得上是江湖上的文武全才，在世时一手开办了文武两个学馆，他所有的徒弟都是日间练武夜间读书。在众多徒弟当中，师傅偏爱着两个人，第一代的开门弟子六王栓以及后来的柳树根，因为他两人悟性好，无论习文还是练武都表现得很出色，师傅常常当着柳树根的面念叨六王栓。

按照江湖上的规矩，师傅的大鞭应该由六王栓继承，可是六王栓在出师之后急于自己打拼天下，一直在道上忙乎，到柳树根出师的时候，师傅也接近风烛残年，柳树根不忍心离开师傅，一直待在师傅的身边伺候着，直到他老人家去世。师傅走得急促，没有留下任何遗言，所以那杆大鞭就理所当然地归柳树根所有了。

“论辈分你是我的师兄，论年龄你也比我大，师傅在世的时候一切应该由他老人家定夺，可惜师傅不在了，今天咱兄弟俩就在这酒席宴前了结此事，我会给哥哥一个满意的交待。若要义，哥哥让兄弟，还请哥哥原谅我的鲁莽。”柳树根双手举杯，“接下这杯酒，小弟我还有话要说。”

“其实我先伤你的那只眼睛确系无意，怨我的分寸掌握得还不到家。”看到柳树根是这个态度，六王栓接过酒杯一饮而尽，真诚地说明了情况。

话说到这个份上，柳树根也对自己当初下狠手毁掉六王栓一只眼睛的事悔之莫及，原来自己对六王栓找上门来的目的判断错了。

此时此刻，柳树根心里已经有了一个打算，保镖行业风餐露宿，刀尖上舔血，再加上近年来有钱有势的人家大多有了快枪，这种时刻提着脑袋过日子的营生他也确实不想再干了。师傅曾经说过，山外青山楼外楼，世上高人遍地有，谁知道日后还会碰到什么样的高手。就说这一次吧，要不是自己假死，六王栓那积攒了十来年的内功，再加上一颗复仇的心，自己肯定是必败无疑，非死即伤。死伤都不可怕，可怕的是自己的半世英名毁于一旦。

柳树根彻底下定退出江湖的决心，他趁晚上六王栓熟睡之际，自戮了一只眼睛。走江湖人的秉性，靠义气交友，凭本事拿人，柳树根的这一举动彻底感动了六王栓，他一直待在柳树根身边，伺候到他安然无恙为止，两人就通过这件事相处成无话不谈情同手足的弟兄。

“兄弟，你什么时候增加了一个本事？”

“那是师傅年迈体衰不再收徒后传给我的。他老人家说，干我们这行的人说不定会碰到什么异人高手，多一个本事也就多一条命。师傅说，这门功夫的开山鼻祖叫庞德公，是三国时期的隐士，此人是诸葛亮姐夫的父亲，诸葛亮所有的天文地理、排兵布阵、奇门遁甲、梅花易数等法术都来自此人，此人最擅长的法术是‘续魂’。传说刘表为了逼庞德公出山辅佐政务，曾下令放火烧掉他居住的草庐，大火燃烧了一天一夜，众人都以为他和草庐一起化为灰烬了，可是大火熄灭之后却见他静静地躺卧在灰烬之中，不呼不吸毫发未损，等诸葛亮、司马徽等人上前察看时，他居然起身而坐，从口中吐出七粒米大笑而去，不知所踪。诸葛亮得到师傅的真传本来也是可以续魂的，一来是魏延风风火火扑进帐内禀报军情，煽灭了诸葛亮布置的一盏祈命灯，二来是姜维带着诸葛亮的躯体急行军的途中，把诸葛亮口中含的米丢了一粒，所以最终诸葛亮没有还阳。”

“怨我离开师傅过早，没学这个本领。”六王栓有点惋惜。

“要是你也学会了，我们还能像现在这样一起拉呱吗？就你那脚踩石板碎，手劈石碾开的功夫还不把兄弟我捏成黄土沫子？”

最后一句说罢两人哈哈大笑。

接下来的一段时间，六王栓在柳树根的指导下开始学习闭气功，之后不久，两人分手各奔东西，从江湖上消失了。

从石师傅的口中，铁牛栓第一次知道了十八般武艺，刀枪剑戟斧，钺钩叉鞭锏，锤抓铛棍槊，棒拐流星锤。

“在这十八般武艺中，鞭术排第九位，虽然排位第九，可是我的师傅却在传统的套路中精炼提成，独辟蹊径，创造了自家的套路。”

石瞎子拿出师傅的大鞭，铁牛栓接过之后就感觉到鞭子的分量，仔细一看，鞭梢很长。

就在铁牛栓对大鞭爱不释手之际，石瞎子却把它收了起来。

“你现在还用不着它，”石瞎子说：“什么时候能使用它我自有安排，从明天开始，每晚人定亥时你准时来我这里。”

第二天晚上，铁牛栓准时来到庙院，映入眼帘的情景和昨天没有两样，还是无数的香火头在闪烁。

“就去我站过的地方数香火头。”石瞎子撂下一句话就转身回房间了。

至此之后，每晚夜深人静的时候，铁牛栓准时出现在庙院里，就这么一个数香火头的任务，铁牛栓一直苦苦练习了半年多的时间，直到他往当院一站，随着身体的转动，准确报出香火头的数目时，石瞎子才把师傅的那杆大鞭交给他。

交大鞭的仪式很是庄严肃穆，仅有五老财一个见誓人在场。

铁牛栓面对神鞭老祖的牌位双膝跪地，牌位前三炷黄香轻烟袅袅，石瞎子与五老财分站牌位两边。

“我愿做师傅大鞭的传承人，谨遵师训劫富济贫，不欺弱小不贪花红，伸张正义铲除不平，不杀无辜防身为主……”

石瞎子说一句，铁牛栓跟着复述一句，宣誓完毕三叩首，铁牛栓接过大鞭，拿在手里就感觉非同一般，仔细揣摩观看，是一杆用十几根熟牛皮条编织而成的大马鞭。

“从今天起，三年之内，栓子的时间由我不由你，我会根据农活的松紧忙闲安排他的练功时间。”石瞎子对五老财说。

五老财频频点头。

石瞎子转头对铁牛栓说：“三年的时间里，我们必须走完三大步——烧香拜佛、独钓残雪、轻点飞蝇。这三步走完再开始练套路，烧香拜佛你已经见过了，其他两步我们要跟着季节走。”

接过大鞭的铁牛栓从此进入一个全新的生活状态。

第一年，铁牛栓完成了烧香拜佛的功课。

初冬，第一场大雪纷纷扬扬连着降了三天，厚厚的积雪覆盖了空旷的庙院，铁牛栓见状就要清扫，却被师傅拦住了，“我就等着这场大雪。”

石师傅往鞭梢上栓了一个小铁钩，拿着一个小布袋站在当院，将口袋里的“孔方兄”天女散花般抛向雪地里，随着麻钱落地，白皑皑的雪地上就出现了无数深深的小窟窿。石师傅指着一个地方说：“你就站在那里，方圆移动不可超过三步，然后用鞭梢把我撒出去的麻钱尽数钩回来，一直练到雪上没有鞭痕、麻钱全部收回为止。”

有了“烧香拜佛”的铺垫，尽管“独钓残雪”的难度更大，但是铁牛栓从初冬第一场大雪来临到来年开春残雪消融，终于把最后一枚麻钱勾到手。

天气转暖，万物复苏，惊蛰过后的某一天，一个不年不节的日子，石师傅忽然就从镇上割了一刀猪肉回来，往庙院的供桌上一扔，不遮不盖，又在距离供桌十步开外的地方、鞭长可及之处，给铁牛栓指划了一个位置：“看好它，不能让苍蝇下上蛆。”

初期，也就是在太阳升起老高之后，偶尔有三五个小苍蝇飞来，都被铁牛栓的鞭梢赶跑了。随着时间的推移，天气越来越暖和，苍蝇也渐渐多了，接近入伏天的时候，第一块猪肉终于被防不胜防的苍蝇下上了蛆虫。铁牛栓一脸愧色，石师傅却视而不见，接着又割了一块肉如法炮制。从惊蛰开始一直到霜降苍蝇死，整整大半年的时间，腐烂了十七刀猪肉，第十八刀猪肉终于保住了。

此后，石师傅才把铁牛栓带到野外，在翠峰山上，又用了一年多的时间，把大鞭的套路全部传授给铁牛栓。

石瞎子高兴地对五老财说：“自古道，有状元徒弟，没状元师傅，栓子天生就是一个闯江湖的汉子，比我的体力好，悟性高。”

“世道变了，学会也没用。”

“你说得对，确实不用像过去那样走江湖了，不过肯定会有用处，而且还是大用处。”

果然，在往后的岁月里，铁牛栓的一杆大马鞭救亲人、杀敌人，不但远近闻名，而且还成就了自己的美好姻缘。

第七章

封建传统乡俗，女儿十三，和娘一般。在乡村，十三岁以上的女儿就是成年大闺女，多数人家的女孩子五六岁就有了婆家，但等十四五岁“天癸”临身，有了传宗接代的能力就要出嫁。男人十五夺父志，女人十五当家计，如果到了十四五岁还没有婆家，那就是大龄闺女，这样的人家，父母发愁，四处央求媒人，本人心急火燎，更加注意自己的言行，坐有坐相，站有站相，笑不露齿，语不高声，人前低头走路，人后顾影自怜，说话低声细气，做事谨小慎微，期盼着能够获得一个“倾头大闺女（方言，意指目不斜视很规矩的姑娘）”的好乡评，若有个别少不更事、活泼好动、生性开朗的女孩子，在人们的眼里那就是一个“破头野鬼”，一旦有了这样的名声，就很难找到一个好婆家，所以，但凡生活上过得去又上讲究的人家，那是万万不肯把女儿打发到社会上抛头露面学技艺谋生的。

白云的学戏就是因为生活所迫。

白云三岁丧父，七岁丧母，跟随瞎眼奶奶生活了不到一年，不得不进入本村的戏班子拜师学艺。

白云的娘家叫五华城，五华城的戏班子以演道情与二人台两个地方小剧种为主，有时候也兼演晋剧，村人们把演晋剧叫唱大戏。令人称奇的是，一个瘦弱的黄毛猴女子，进了戏班子不足五年，到十三岁登台演出的时候，就出脱得杨柳细腰、鲜白粉嫩，水葱般惹眼袭人。在师傅的精心调教下，天生一副银铃般的好嗓子，没多久就成了戏班里的台柱子、班主的聚宝盆。特别是一出道情打坐腔，更是越唱越红，声名远扬，轰动了方周二围百八十里的村庄。立时，乡村便有“看上白云的戏，三天三夜不瞌睡”的说法。

白云的师傅原本就是远近闻名的道情名角，艺名“醉海红”。吃“张口饭”的行业，青春与技艺同等重要，“醉海红”眼看着年过半百人老珠黄，急于要把一身技艺传授给一个合适的人，白云的出现正合她的心意，白云的聪明伶俐出乎她的预料，白云待她如亲娘一般，她也毫无保留地把一身技艺全部传授给白云，尤其是道情打坐腔的绝技。她把大半辈子演艺生涯得出的经验总结成易说易记的口诀，要白云牢记在心，仔细玩味品验。她告诉白云，演艺这个行当一半是天赋，一半要心血，台上能动情，台下才同情，台上动真情，台下动感情，要感动观众先感动自己，你假唱观众就假看，不真不是戏，太真不是艺，假戏真做，假话真说，是我非我我非我，演谁像谁就是谁，造形于神，动人于心，造其形必须传其神，传其神必须动其心，外形内心紧紧相连，缺一不可，要时刻留心看生活，一身之戏在于脸，一脸之戏在于眼，内心戏不深，眼神情不真，花旦要灵，小旦要奴，武旦要帅，老旦要眯，蹦蹦跳跳是丑旦，端端庄庄是正旦。

白云得到师傅的真传，每天鸡叫头遍就起床，先吊嗓子后练身段，压腿踢飞脚，捩腰翻跟头，待鸡叫三遍东方微明，再空心喝一碗凉水背戏词。根据戏词的内容，结合师傅总结的经验，悉心玩味着各种角色的眼神表情，手势动作。

师傅的言传身教，再加上自己的刻苦练习，白云一出师就艺惊四座，一鸣惊人。

道情的打坐腔一般演员很难演好，主要原因是坐着演唱，得不到身段的配合，加之道具也仅仅是一把扇子、一块绣花手帕，所以，主要功夫就集中在手上脸上，全凭眉目传递感情，手势引人入胜。打坐腔主要用于正式大戏开演之前的等待时间，此时，后台上的各个角色还在做着出场前的最后一次检点，场子里，多数还是一帮顽童和少男少女。有时候，也用于演出中间后台出现意想不到的情况，加演一段打坐腔救急，所以戏班子内部也叫“顶场戏”。大部分演员要打坐腔都是选择那些打情骂俏、插科打诨、素中带荤、以荤为主的节目吸引观众，严肃一点的节目根本不敢碰。唯有白云拒绝学演带荤的节目，而且得到了师傅的真传，一心一意学习了师傅最拿手的一个节目——十三撤。

“十三撤”原本是指戏词的押韵而言，可是，经过白云师傅的演唱和白云的传承以后，将一个押韵的节目唱出了名声，慢慢地人们就把这一剧目固定叫做“十三撤”。

十三撤，是将历史上传说的人物和演绎在他们身上的故事，搜集到一起而编的唱词，每一句唱词都是一个演绎的历史传奇故事。仿佛这个节目就是为了白云的演出而专门创作的，白云的第一次打坐腔就获得了意想不到的效果。一把扇子一张一合，撩得观众失魂落魄；一块手帕一飞一落，绕得观众缭乱眼花；兰花手势指东向西，花毛大眼顾盼流辉；一惊一乍，提心吊胆；一喜一怒，转换自然，一颦一笑，韵味十足，通体配合得当，全身细胞做戏，黑压压的一片人群竟然能够鸦雀无声。火爆脾气者喜欢的是李逵、敬德、猛张飞，青壮男儿就爱那赵云、马超、杨六郎，年轻人的脑子里印上了罗成、秦琼、黄飞虎，女人们的心上记牢了梨花、桂英、孟姜女，知书识字者羡慕的是高秀才，石瞎子更喜欢诸葛孔明刘伯温，还有那河边钓鱼的姜太公。就连那刚断奶水的猴娃子好像也能听懂戏文，静卧在母亲的怀里，大气也不喘一声。

此后的数年间，但凡演出，白云的打坐腔就成了班子里的压轴戏。

白云的第一个男人是戏班子里的田亮亮，田亮亮比白云大三岁，也是一个天生演戏的角儿，自从白云学成登台以来，几乎所有重要的男女角色都是他俩搭档演出。著名的二人台《走西口》,白云演玉莲,田亮亮就是当然的太春；道情的《夜宿花厅》里,田亮亮饰高文举,白云就是张美英；一出道情小戏《猪八戒背媳妇》,原来仅仅是一名女演员怀前拥着一个猪八戒头像的道具，单打独唱进行表演，时间也没有超过十几分钟，可是经田亮亮和白云两人的共同改编之后，增加了许多新内容。田亮亮背着白云一出场就产生了轰动效应，白云貌若仙女，魅力四射，风光无限。猪八戒袒胸露怀，猪嘴咧开，憨态十足。一男一女，演技高超，相互配合，相得益彰，一美一丑都达极致，对比强烈，反差巨大。美，美得使人心疼，丑，丑得使人可爱。男一声“美娇娘”粗声浪气，女一声“猪相公”娇娇滴滴，仅开口的叫板就把效果渲染到极致。猪八戒对美娇娘的赞美之词不是从嘴里唱出来的，而是从心底里溢出来的：

弯弯的眉儿细盈盈，
毛花眼睛水灵灵；
满嘴银牙碎纷纷，
满头乌云黑个靛靛（方言，发 din 音）
不涂胭脂红彤彤，
不搽官粉白生生；
哎嗨吆，哎嗨吆
天下美女第一人哪……

白云首次把大戏里的变脸艺术搬到地方小剧种的舞台上，运用自如，活灵活现。她趴在田亮亮的背上，“猪八戒”不注意她的时候，她是“孙悟空”：

哎呀哎嗨哎嗨呀，

好笑那呆子枉高兴，

尘世上哪有个师弟娶师兄。

一旦“猪八戒”扭头看她，她就是貌若天仙的美娇娘：

叫一声猪相公，

我的那心上人，

你好比那吕布又出生，

我就是那貂蝉转世身。

咱二人今天成了亲，

就好比那九天仙女配董永。

此时的猪八戒已经被孙悟空要弄得晕头转向，灵魂出窍，心也不在肚子里：

叫一声小娘子，

我的那心上人；

我本是那天蓬元帅下凡尘，

你好比那南海的观世音；

咱二人今天成了亲，

真是那郎才女貌天配成。

美娇娘一声声娇滴滴的猪相公更是把猪八戒叫得心花怒放，春心荡漾：

叫一声猪相公，

迈开大步往前行；

翻过眼前的山，

高老庄面前迎。

叫一声猪相公，

高老庄去成亲；

你耕田来我织布，

恩恩爱爱过光景。

猪八戒做梦都想不到，自己急于背着回高老庄入洞房的美娇娘，竟然就是变化了的大师兄在捉弄自己。看着师弟那心花怒放而又汗水淋淋的憨相，大师兄有点于心不忍了：

呆子呆子你好痴心，

哪知背的是大师兄；

不去取经你贪花红，

好气好笑又好可怜。（怜，方言发邻{lin}音）

白云一身二艺，把一个顽皮的孙猴子与娇艳的小娘子表演得出神入化。田亮亮专心致志，把一个呆傻憨实又贪女色的猪八戒表演得淋漓尽致。白云越唱越兴奋，田亮亮越走越有劲。白云流光溢彩，风情万种。田亮亮心火旺盛，精神抖擞。两个人能够连走带唱表演三四十分钟而没有一点点累的感觉。

天长日久，这就背出了感情，两个人的铺盖卷也就水到渠成“背”到一起了。全戏班子乃至社会上的人都是由衷地赞叹——天造地设的一对好鸳鸯。

农村的草台班子，受经济条件限制，置办行头困难，演员参差不齐，所以一般都是以演二人台或者唱道情为主，这两个剧种以平民百姓的世俗风情为素材，最贴近底层穷苦百姓的生活，除去一部分沿革下来的传统剧目外，有些剧目没有固定的招式，没有严格的唱词，也不受曲调的限制，演员不拘不泥，亦可以信口开河，有那些风雨经得多、世面见得大的老艺人，还可以现蒸热卖，即兴表演，幽默泼辣，雅俗共赏，荤素夹杂，粗细不匀，其中尤以唱道情的班子为最，尽可能地迎合着草民百姓的低级趣味，事实上也给文化生活极度贫乏的山舍小村带来不少的欢乐，久居风尘地的演职人员，耳濡目染习惯成自然，大多数性格活泼，开朗大方，不拘小节，不避小嫌，用社会上的话说就是，要饭的动身迟，唱戏的开心早。所以白云和田亮亮的婚礼就有别于社会上草民百姓的婚礼，其红火热闹就是另外一个层次，单从洞房门口的一副对联就可以看得出来：

白云卧红帐大开城门喜逢甘霖嫌夜短

田亮临福地跃马挺枪初试云雨恨昼长

新婚之夜，听房是年轻人必不可少的节目，房里房外仅隔着一层窗户纸，双方都是心知肚明，面对田亮亮迫不及待的进攻，白云大气也不敢喘一口，只能是扭扭捏捏地推诿。

“啊呀，那咋就没一根……”田亮亮的后半截话被白云用手捂在了嘴里。

一帮子听房人嘻嘻哈哈地离开，边走边猜测着田亮亮的话，没有一根什么……

可惜两人结婚还不到一年，田亮亮就驾鹤西行了，戏班子全体悲痛，白云哭得死去活来，班主亦是伤心至极，对于戏班子来说，这分明就是摔破一个财罐子，再寻找这么一个先天禀赋与后天努力完美结合于一身的男演员，那是很难很难的。

田亮亮刚死的那段时间，白云心灰意冷，曾经暗下决心不再登台，并且还产生过寻无常的想法，好在有师娘时刻陪伴在身边开导着。

“既然命运就是这样，你千万想开些，”师娘以过来人的感受打劝着白云，“该死的仰面朝天，不该死的活了一天又一天，阎王爷收人咱没办法，咱总不能自寻短见。”

话是开心的钥匙，慢慢地，白云又从恍恍惚惚的心境中缓了过来。八十老头儿割蒿草，死不了还要当柴烧，活一天就得考虑肚子的事情，只有它不管你的心情好坏，一日三餐都需要伺候。

最主要的是班主的请求，还有班子里弟兄姊妹们的苦苦哀告。因为一下子缺了两个台柱子，戏班子立马就陷入困境，她从班主的眼神里读出了无可奈何又心急如火的心情，她从弟兄姊妹们的语言里听出了马上就要断炊的话音，她终于还是出山了，为了这一帮人，也为了她自己。

感谢中国的传统文化，悲欢离合、喜怒哀乐的剧情，诙谐戏谑的语言，打情骂俏的动作，辅之以悠扬美妙的唱腔，使得白云的情绪能够彻底地释放。再加上日常生活中班主的关心和其他人的抬爱，随着时间的推移，慢慢地，白云从失去男人的悲痛心境中逐渐解脱出来，脸上又有了灿烂的笑容。可是只要一演悲情剧目，她又不由自主地全身心融入角色之中，特别是在演二人台《小寡妇上坟》的时候，她本身就变成了剧情中的主人公，把剧情发挥得淋漓尽致。

泪蛋蛋是人心头的油，谁不难活谁不流。人在二道幕后，一声凄凉的叫板：苦哇！全场观众的心就被紧紧地揪住了。

若要俏，一身孝，全身素净洁白的孝服，再加上凄凄艾艾的面容，辅之以风摆杨柳般的袅娜身躯，水上飘般的细碎台步，白云一出场就产生了轰动效应。未曾开腔满眼含泪，开腔一唱感天动地：

正月里来是新春，
想起了夫君泪淹心；
二月里来龙抬头，

可怜我小寡妇泪长流；

青天蓝天蓝莹莹的天，

老天爷杀人没深浅；

一见坟墓泪满腮，

哭一声我的夫君你把头抬；

今天三月清明节，

孤苦的小妹妹看你来；

……

台上的白云举手投足衣袂飘飘，水袖长舞，若人若仙，袅袅娜娜，凄楚动人。开口一唱如泣如诉，呼天抢地，随着剧情的发展，演唱已经变成撕心裂肺的哭诉。台下的观众眼跟着白云转，心随着唱词想，男人唏嘘，女人掩面，更有那同病相怜的女人就能够当场哭晕倒地。

也就因为这一点，她的演出更加吸引观众，不久，剧团就恢复了往日的繁忙，演出一场接着一场，台口一个接着一个，尤其是农闲时间。

人怕出名猪怕壮，声名鹊起后的白云，烦恼也接踵而至，当地但凡有点人模狗样的人家，都要生着法子看白云的演出。更有那财大气粗有钱有势者，点着白云的名字请到家里唱堂会，庆寿过生日要唱，小孩子过满月也要唱，反正是有两个臭钱，找一个名目就要白云去唱一场。

睡不醒的戏子喝不饱的吹鼓手，一句话道尽了这些行业的辛苦。为了兄弟姊妹们的生活，白云连明彻夜跑场子，再苦再累也咬牙坚持着，面对一些人挑逗的话语，轻佻的戏弄，白云忍辱负重，不卑不亢。

五华城有一个财主名叫华无过，因其特别吝啬，打讨吃子骂穷人，经年连一个讨吃要饭之人也舍不得施舍一匙半碗，人就又送了他一个外号——花毛铁公鸡。

民国十八年，十年九不收的晋西北地面再次遭了年馑，转年二八月青黄不接之际，逃荒要饭的人成群结队，方周二围的村子里，凡是能揭开锅盖的人家门口，都有讨吃子光顾，唯独华老财家的大门口很是清净，只有两只雄狮般的恶狗在铁链子的束缚下围着两个石狮子转圈圈，看到破衣烂衫的往来行人就狂吠一阵。那日有一个外地讨吃子路过，不知道华无过的为人，一看墙高院大喂恶狗，知道就是一家大财主，不顾恶狗的狂吠，站在大门口打着莲花落死也不走。也是这个讨吃子好命，恰逢华老财这天心情特别顺畅，高声大气地呼唤老婆子，把那准备喂狗的剩茶剩饭打发他一匙半碗，反正他吃过以后也会肥咱家的地。正好就有早饭吃剩下的一碗酸粥，尽管极不情愿，但是掌柜的发了话，老婆子就打发人端出去给了讨吃子。

可就是这个花毛铁公鸡却看上了白云，变着法子看白云的戏，居然还舍得在白云身上花费。

田亮亮的周年忌日刚过，华无过就打发人上门提亲，他要纳白云为妾，白云又气又恨，把提亲的人大骂一顿赶出家门，提亲的人走后白云仍然余恨未消，暗自垂泪。师娘劝道："自古闺女寡妇百家求，咱不怨人家提亲的人，是那个老不死的花毛铁公鸡轻看了我闺女。"

实际上，白云心里从来就没有想过再嫁一个男人的事情，可是这样一来也就出现了许多麻烦，有好几次，白云演出的时候就有几个人起哄捣乱，明显是有人在幕后指使。每当晚场演出结束得迟一点，离驻地又有一段距离的时候，身后就有人鬼鬼祟祟地跟随，不得已，班主就专门指派演花脸的胡贵护送。花脸演员大都年轻体壮，身手敏捷，还有一点武功，这样白云的安全才有了些许保障。

此间，接替田亮亮和白云配戏的胡贵亦摊上了人生最怕的两件大事——阵前失马、半路死妻之一件，胡贵的老婆因为生孩子难产去世了。这样一来，再演二人台《光棍哭妻》的时候，胡贵就主动出演光棍这个角儿。化妆以后的胡贵破衣烂衫脏兮兮，一出场就博得观众的同情，待他开口一唱，声哭心也哭，把一个死了老婆的光棍汉饰演得声情并茂，炉火纯青。

正月里来是新春，
运气不好死女人；
你这一走不打紧，
留下那吃奶娃儿谁照应。
二月里来龙抬头，
春风刮来一身愁；
人家有妻上绣楼，
光棍无妻满街游。

三月里来是清明，

家家户户去上坟；

有妻的人家蒸供献（方言，供品），

可怜我只能给你把空纸点。

……

长歌当哭，从正月到腊月，历数一年内光棍汉孤苦度日月的艰难无奈，演出的效果和白云的《小寡妇上坟》如出一辙，有那多情的女人，竟然在心里偷偷地给胡贵裁剪开了衣裳。

从此，男人喜欢白云，女人心仪胡贵，每换一个台口，观众点着名字要看白云的《小寡妇上坟》和胡贵的《光棍哭妻》。

渐渐地，白云和胡贵有意无意在一起的时间就多起来，两人的名字也成了人们口中热议的话题。

当胡贵从失去妻子的痛苦心境中解脱出来之后，他开始深深地爱上了白云。

白云的师傅虽然老了，可戏班子还是当老人一样养着，尤其是白云，不喊师娘绝不开口。

对于大半辈子在梨园里生活的老人来说，围绕着白云身边发生的事情，闭着眼睛也是心知肚明。那日闲着无事，师娘将白云叫到家里，两人作了一次长谈。

“孩子，你现在的名气越来越大，眼馋你的人越来越多。”师傅弟子之间情同母女，说私房话又少了亲生骨肉之间的一些顾忌，师娘没有客套，开门见山，直奔主题，“别看现在有那么多人追你捧你，可是你知道吗？在世人眼里，我们这个行道是‘下九流’营生，那些追你捧你的人里，真正爱你的人少而又少，穷人不敢奢望得到你，富人只想着玩弄你，快踅摸一个能够真正疼你爱你的男人过日子，这才是我们做女人的最好归宿，女人没有男人，那就缺少一堵遮风挡雨的高墙，一旦名花有主，也能彻底断了一些人的非分之想，行道不高人品不能低，该怎样应付需要你自己好好把握。”

“师娘，能告诉我什么是三教九流吗？”出于好奇，她缠着师娘非要把三教九流问个明白。

“三教人所共知，九流又分上、中、下三流，我们唱戏这个行道是下九流里的第一流——‘高台’。”

在白云的追问下，师娘把乡间“三教九流”的说法给她细细解说了一遍。

原来人喜神爱，受众人抬举得云天雾地的白云，被师娘的一席话彻底唤醒，她明白了自己在世人眼里的地位。

实际上，白云对胡贵的心思已经觉察到了，胡贵从小练的是花脸，体格健壮还有一点武功，人品也好，应该说与白云也很般配，只是白云觉得过早再嫁人对不起死去的田亮亮，师傅的一席话之后，白云咬牙作出决定，和胡贵结为夫妻。

尽管都是二婚，但红火热闹还是少不了的，戏班子里的人肚子里都有一点墨水，洞房门口又出现了一副很有新意的对联：

一对新鸳鸯不能算初试云雨

两部旧家具可以说最佳搭配

然而世事无常，白云再次经历了一场生死离别之苦，白云和胡贵结合仅仅一年多时间，新鲜感刚刚过去不久，一个活蹦乱跳的小伙子又病殁了。

本来，成为寡妇之后的白云已经心如死水波澜不惊了，继续登台演出逢场作戏仅仅是为了糊口度日而已，架不住师娘的劝说，也架不住胡贵的追求，更招架不住那尘世间的许多烦恼，她才和胡贵走到一起，可是谁能料到这个短命鬼又在她那已经受伤的心窝里再补了一刀。

胡贵去世，白云尽管脸色苍白，但是没有撕心裂肺的痛哭，看上去反而显得很是平静，多数时间都是一个人呆呆地坐着，不言不语地看戏班子里的人忙乱。胡贵入土之后，师娘还是和上一次一样，一直守护在她的身边，她对师娘的开导话语显得有点心不在焉，有时候只是出于礼貌，有一句没一句地答应着。这样，戏班子里的人一致认为，白云对胡贵的感情没有对田亮亮深。因为古话就说，尘世上最好不过头茬夫妻腰窝酒，二茬韭菜中榨油，田亮亮毕竟是她的第一个男人，这个很好理解也顺理成章，所以人们都认为她不久就会从痛苦的心境中解脱出来。

唯有师娘反而更加不放心了：“男人难活嗨大戏，女人难活吆大气，这种不哭不闹不言不语的难活最是伤心伤身子。”

这期间，五华城关于“白云妨主”的话题就渐渐地多了起来，白云的声誉一落千丈。以前白云身边时刻有许多人围着，有事没事没话找话也要和她搭讪几句，现在，除去戏班子里的人，社会上的人就像躲瘟疫一样躲着白云，一些过去攀着白云套近乎的女人，现在远远地瞭见白云都会绕道而行，实在躲不开顶头碰上了，再也没有往日那种拉老姑舅亲的热乎劲，尽量低头扭脸视而不见，仿佛和白云说上几句话，自己也会变成一个“妨主货”似的。街旁路口，房前屋后，每当有白云的身影出现，身后就会有一些女人指指点点，交头接耳，叽叽咕咕。人们当面虽然还是白云白云地叫，可是背地里就直接称呼开了白寡妇，这种轻藐的称呼不久就让白云听到了，如同刀子般割裂着白云的心。尽管戏班子里的人对“白虎”此类的话题讳莫如深，但是闲言碎语还是不断传到白云的耳朵里。这种巨大的落差，使得白云刻骨铭心地领受到世态的炎凉，彻底对生活失去了信心。

她不想见任何人，特别是五华城里的每一个人。

晚上，白云躺在被窝里辗转反侧难以入睡，师娘面对一盏昏暗的油灯枯坐。要是往日，都是师娘盘腿坐炕头，说人说戏说世事，白云爬在被窝里，双手支下巴，神情专注，洗耳恭听，间或还要插嘴询问，一探究竟，可惜现在的白云与师娘都没那个心境。再找不到消磨时光的办法，师娘忍不住试探着问了一句：“闺女，你实话告诉师娘，是不是那个地方真的就没有……”

话题触到白云的最痛处，一瞬间白云泪流成河，嘴含被角，牙关紧咬，浑身战栗，无声的抽泣代替了回答。

“我那苦命的孩子啊！”师娘两行浑浊的老泪随着长长的一声叹息挂在腮边。

胡贵七七忌日那天，白云一脸平静，一大早就准备祭品，晌午饭过后，白云挎着篮子出门，一切的一切显得都很正常。只是天气不好，黄风刮得厉害。

“今天天气不好，早去早回。”师娘随口嘱咐一句就自顾自躺下歇晌了。

风俗习惯如此，师娘根本就没有怀疑白云有什么其他想法。

一觉醒来，夜幕已经降临，家里还不见白云的身影，师娘忽然心慌起来，这样的时辰，这样的天气，正是狼群出没的最佳时机，一个弱女子独自一人在旷野里，谁知道会有什么事情发生。

师娘开始紧急召唤人寻找，可是找遍地皮也没见到白云的身影，只在胡贵坟墓的附近发现了白云用过的提篮和两只奄奄一息的狼，继续寻找，又在不远处的一条小山沟里，发现一只瞎眼断腿的狼躺在那里干号。

第八章

黄团长祖籍陕西绥德。

历史上，在陕西的地面，绥德出周正的男人，米脂出漂亮的女人，故有“米脂婆姨绥德汉”之说，黄团长的长相就印证了这句话，剑眉凤眼，英姿勃勃，气宇轩昂，仪表堂堂，无论文化素养还是军事素质，在国民革命军同级别的军官里都处于屈指可数的行列。可惜的是这么一位文武双全的人才，其军旅生涯却不是一帆风顺，他那些黄埔军校的同学，现在大多数已经是双肩将星闪烁的军长师长了，只有他还是个上校团长。这里面的原因黄团长自己也清楚，在校期间，从教官到学兵，有国民党员也有共产党员，在国民党员里又分为左右两个派别，因为观点不一政见不同，相互间常常明争暗斗，时不时还会上演几场舌战，黄峰对此很是讨厌，拒绝加入任何党派，所以也就没有参加国民党员组织的“孙文主义学会”，没有参加共产党员组织的“青年军人联合会”，更不参加任何一方的辩论，一心一意学习军事课程。倒不是黄峰对政治毫不关心，主要是看不惯身边一些国民党员的做派，又对共产党以及共产主义那一套理论不了解。不过周主任那翩翩的风度、儒雅的举止、雄辩的口才、超群的记忆力、非凡的工作精力、严谨的工作作风和处世待人等特有的人格魅力给黄峰留下了深刻的印象，他觉得共产党员如果都像周主任那样，这个组织应该是一个不错的组织，所以在言行中有意无意地流露过自己的一些观点，这样一来，对他的从军生涯就有一定的影响，军校毕业后他没有进入中央军序列，经人引荐辗转投到傅作义手下，成为晋绥军的一员，曾经奉阎长官的命令与东渡黄河的红军交过几次手，但是战绩平平，而且有一次竟然贻误了战机，令阎长官非常恼火，差点就把他送上军事法庭，好在他有一个地位显赫的远房亲戚，在国民政府军事委员会担任要职，通过关系向阎司令长官疏通说情，再加上直接的顶头上司对他比较好，找了一些理由搪塞才过了这一关，不过直接的报应就是推迟了他挂将星的日子。

然而长城抗战却使他一战成名，一个团的兵力，在十几公里的防线上，全天遭受着空中与地面炮火的狂轰滥炸，昼夜抵抗着敌人步兵的轮番进攻，黄峰写好遗书，抱定必死的决心，连续四天四夜，死战不退，尽管损失了许多官兵，但是生茬硬棍顶得日军在自己的防区内没有前进半步，总算打出一次军威，出了一口胸中的恶气，在最危急的时刻，黄峰甩开拦着他的警卫员，赤膊上阵，怀抱冲锋枪，直接参加了三次近战肉搏，一时间，在敌我两军的中下级军官中，都把黄峰称作“大黄蜂”。

战后，黄峰首次获得一枚勋章。

黄峰团在接到移师命令时，适逢阴雨连绵，黄河正发秋水，本来就桀骜不驯的黄河，此时更是河床增宽，浊浪滔天，别说是枪炮人马过河，就是一只鸟儿一时半会儿也很难飞越。不是紧急战事，仅仅是面向延安方面警戒，上峰也没有规定明确到达的时间，所以黄峰决定，绕道明灯山，从清水河过内蒙，然后到达指定防地。

行军途中，上司除去每天例行公事来电询问一下行踪之外，根本不像以往那样有“限期到达”或者“急速前进”等命令，所以黄峰每到一地，都要以各种理由多住几天，尽可能扩充一些兵员。

上峰不催，黄峰不急，整团人马就这么慢慢腾腾地走着。可能是天意，也确系我中华民族的幸事，这段时间，兄弟之间竟然没有发生过大规模的厮杀，还没等四二二团到达指定的“防红”位置，时局就出现了意想不到的变化。期间，先是听说委员长带领一帮军政大员莅临西安，亲自部署督促“剿匪”事宜，没几天就传来委员长被自己的结拜兄弟软禁起来的消息。这种内忧外患的时局一时间令黄峰很是迷茫，他想起在卧柳林驻扎期间石瞎子说过的话，兄弟阋墙，世事无常，真乃国之大不幸也。黄峰在迷惘之中又觉得有点可笑，这“攘外必先安内”的领袖，怎么连自己最“内”最亲近的人也“安”不好呢？

接到上司原地驻扎整军待命的电令，四二二团正好走到王亮营子。

黄团长的习惯，每到一个新的驻地，总要想方设法结识一些地方上的头面人物，尤其是有文化的人。

在王亮营子，王彦家大业大，王彦本人又是很有名气的坐堂老先生，在本地够得上是首屈一指的头面人物，黄团长自然就将团部驻地设在了王家大院。

起初，整个王亮营子的人对这帮兵爷很是害怕，王彦一家人更是小心翼翼，战战兢兢，没事尽量躲避着。可是渐渐地就发现，黄团长本人不抽烟，不酗酒，生活严谨，从外表上看还有点儒将风度，对部下的约束也很严厉，队伍在黄团长的管理下军纪很好，黄团长每天与王彦见面，离笑不说话，开口先问好，一口一个王先生地叫，这样，没几天就和王彦熟络了，在两人都闲着的时候还常常一起喝茶聊天，话题说到在山西驻扎期间与石瞎子和任五老财主的交往上，一下子就把两人的心理距离拉近了，没几天就成为无话不谈的好朋友，王彦还把自己看家护院的人分出一部分送入黄团。

这天，黄团长处理完军务，又走进王彦的房间，闲聊期间无意中发现炕头有一本书，黄团长随手拿起来翻看了一下，谁知这一看就放不下了，乃至到后来还专门寻找开这方面的书籍。

当卢沟桥上沉睡了几百年的石狮子被枪炮声惊醒的同时，全国民众也被彻底唤醒了，晋绥军开始紧急扩军，地方村公所的人带着挎枪的士兵挨家挨户抽壮丁，三抽二,二抽一，不管你愿意不愿意，给你留一个传宗接代的人就足够意思了。

庄户人没那么高的觉悟，不顾国家民族处于生死存亡的危急关头，先顾自己人的性命，许多人家急忙疏散儿子，有两个以上儿子的人家抢着和无子嗣的人家签写“过继”契约，实在没人家接收，就自残右手食指以逃避兵役。庄户人的头脑考虑的简单，你那个“七斤半”不是需要用右手的食指勾一下才能打响吗？我没这根手指头了，你还需要我干什么！殊不知这一切都是白费心机，队伍上不是只需要“勾”七斤半的一种人，只要是能跑能逛的人都需要，到了兵源紧缺的时候，别说你才缺了一指，你就是缺了十指也不会放过的，可悲的是自残指头的人，白白遭受了一场刻骨铭心的痛，最终还是躲不过穿二尺半的命运。

国民政府想方设法征给养、抽壮丁，一时间闹得人心惶惶，那些被抽住壮丁的人家，活生生骨肉分离，送别之时尤为凄惨，比死去亲人的场面更加令人心碎欲裂。

铁牛栓虽然躲过黄团长的邀请，但最终还是没有逃脱当兵吃粮的命运，他被另一位晋绥军军官看上了。

这位晋绥军的军官听说铁牛栓有一身蛮力气，决心要把铁牛栓收归手下。为了招募到铁牛栓，他想出一个特别的办法，他声言，在这次募兵当中，只要铁牛栓当兵，卧柳林就不再强抽一个人，同时，还可以免去任五老财主三百现大洋的军需。如果此目的达不到，那么别的条件言无二价。这个手段很毒辣，一下子就把五老财和铁牛栓放在了火炉鏊子上。

老财主本身就是一个土财主，一生乐善好施，发的都是仁义财，要地要粮还可以凑合，要那么多现大洋，真比要他登天还难，更何况前段时间还拿现大洋资助过黄峰团，目前家里根本没有现大洋。

老财主四处磕头跪门央求人，同时准备典房卖地凑款子。然而自古盛世古董乱世金，面对如此时局，人们直嫌自己的金条银圆少，哪里还有买房置地的心思，土地房子白送人都没人要。老财主一下子脸皮蜡黄，几昼夜了，饭吃不下，觉睡不着，没几天人就老了许多。与此同时，村子里被抽中壮丁的八九户人家，都把希望的目光齐聚在铁牛栓身上，甚至准备倾其所有举债凑份子打点铁牛栓。对于乡亲们的举动，老财主和铁牛栓的态度高度一致，决不做对不住乡亲们的事。

老财主不想让铁牛栓当兵，绝不仅仅因为他是自己的干儿子，主要还是考虑到铁牛栓和白云成家刚满一年，白云的肚子没有任何动静——铁牛栓还没后。

尽管老财主使尽了浑身的解数上下打点，然而这位兵爷是铁定了心，没有任何商量的余地。看到干爹的艰难无奈，面对乡亲们那渴望的眼神，铁牛栓和石师傅商量之后咬着牙根答应下来。

最后的结果是，老财主不但没有保下铁牛栓，而且自家的枣红马也被晋绥军征走了。

晋绥军军官很会量才使用，铁牛栓和枣红马一起被分在炮兵营，枣红马拉大炮，铁牛栓当了一名弹药手，直接向大同地面开拔。

黄峰团在王亮营子驻扎期间，时局发生了很大的变化，原来被国民政府追赶围剿多年，准备着要彻底赶尽杀绝的“共匪”，现在忽然又变成了友军，还入编第十八集团军的序列，其最高军事长官也成了十八集团军的副总司令。黄峰内心很高兴，兄弟终于可以不再阋墙，枪口能够一致对外了，再也不用手足相残自己人打自己人了。高兴之余又暗暗赞叹古人的先见之明,天下大事真的是分久必合，合久必分。

当新的命令到来之时，黄峰的四二二团满编满员，兵强马壮，士气旺盛，正处于求战心切，而且是抱有必胜信念的最佳状态。

接到命令奔赴山西北部战场的那天，黄峰不由自主地算了一下，时至今日，东北三省“货不由主”已经足足六年了，六年的时间、两千多个日日夜夜，我骨肉同胞遭受的灾难与凌辱该有多少啊？动手太迟了！

深知又是一场血战，出发前，黄峰来了一次极具封建色彩的歃血盟誓活动，并且报请司令部批准,四二二团的官兵左臂上都增加了一个五公分见方的“黄蜂”标志,同时又向各兄弟部队发布申明,在火线上,凡是佩戴黄蜂标志者,无论官兵,只要临阵脱逃，任何人碰到都可以就地正法。此举一出，全团官兵人人抱定必胜的信念，个个抱定为国牺牲的决心，都像打了鸡血针似的兴奋异常，嗷嗷直叫。

按照师部的命令，四二二团一路马不停蹄人不下鞍，直接奔赴晋北，接手了平型关正面阵地团城口的防务，阵地刚刚布防完毕就与日军接了火。

小鬼子根本不给新兵留有足够的集训时间，铁牛栓懵里懵懂就上了火线，好在他只是一个炮弹搬运兵，凭着一身蛮力干得还很出色。炮兵营的阵地几天时间先后转移了三处，每到一处不久就会被小鬼子发现。这天，刚布置好阵地就接到开炮的指令，此时，前方的枪炮声正在异常激烈地响着，不断有异着伤兵的担架从阵地旁经过，血肉模糊的身躯，哭爹喊娘的嚎叫，令从未经见过这种场面的铁牛栓有点胆寒。

五门山炮刚刚打完一个基数，阵地就被小鬼子发觉了，当第一排炮弹在阵地附近炸开时，经验丰富的炮兵营长立刻感觉到不妙——这是小鬼子的校正试射，危险马上就会降临，于是立即大声命令大家火速分散隐蔽，可惜的是由于刚才的一阵急速齐射，炮声把大家的耳朵震背了，没有人对营长的叫喊做出反应。当营长上蹿下跳再次大喊大叫的时候已经迟了,小鬼子的炮弹密集而准确,铺天盖地、劈头盖脸。一颗炮弹在铁牛栓的附近爆炸，铁牛栓被炸弹的气浪掀倒在地就什么也不知道了……

又是一次血与火的考验，又是一次生与死的较量，小鬼子每攻击一处目标都是志在必得，已经连续三天三夜，白天阵地易手，晚上再组织敢死队夺回来，黄团长先后组织了四次敢死队，终于挡住小鬼子的进攻。傅将军麾下的三十五军果然不负善于防守的盛名，三天之内，整个三十五军的防御阵地寸土未失。

然而，当西北军高师长这样的抗日名将也不得不向上峰发出“最后哀鸣，伏维矜鉴……再无援军，只有出于冒犯军令进行撤退之一途……”的求援电文时，平型关一线的防线被日军撕破了，二战区司令部不得不迅速调兵遣将，开始在忻口一线重新组织防御。

当司令部做出向忻口战场集结的命令时，四二二团受命担任掩护晋绥军后撤的重要任务。黄团长没有和日军死拼消耗，他使用游击战法，在日军所要经过的道路均埋设了地雷炸弹，将机械化部队必经的交通要道尽可能予以破坏，将自己的队伍化整为零，层层设伏，沿途骚扰阻击，成功地迟滞了日军的前进速度，顺利地完成了阻敌三天的任务，给晋绥军的后撤和兄弟队伍在忻口的布防赢得了时间。

完成殿后掩护任务的四二二团来不及喘息，转回身就投入了忻口战场。

忻口战役的惨烈程度远远超出了各级指挥官的想象，整团整营成建制的兵力，开上去仅仅一天就被打得失去战斗力，仓促构筑的工事用不了半天就被夷为平地，坚持死守阵地的国民革命军士兵大部分还未正面接敌，就倒在小鬼子飞机大炮的狂轰滥炸之下。

接敌三天之后，黄团长总结出了小鬼子的战术规律，令黄团长感到无比的气愤与震惊。鬼子兵的骄横已经完全超出了军事常规，根本就不把国民革命军士兵放在眼里，从军事理论上讲，抛开武器的因素，攻守双方的兵力比例应该是三比一或者五比一，这样攻方才有获胜的希望。可是骄横的小鬼子居然如此藐视国民革命军，每次进攻的兵力远远少于国民革命军的防守兵力，尽管如此，国民革命军的防守还是异常吃力。鬼子兵训练有素，远距离射击精准度很高，只要发现目标，只要目标进入三八大盖的射程之内，那就非死即伤。此外，无论是单兵白刃格斗还是集群成建制进攻，其战术动作几乎无懈可击。近战接敌，小鬼子柳条刀往三八大盖上一插，拉栓退火，黄澄澄的子弹四处乱蹦，一个小鬼子面对七八个国民革命军弟兄，竟然毫无惧色。加之其武器精良，弹药充足，国民革命军士兵全凭自己的血肉之躯“以十当一”拼死坚守着阵地。黄团长暗暗算计了一下，我方消灭的小鬼子基本上都是在近战肉搏当中，而且是每消灭一个小鬼子就要伤亡自己七八个士兵。为了减少弟兄们的伤亡，黄团长冒着丢失阵地的风险，大胆调整了战术。在小鬼子冲锋前的炮火准备阶段，所有四二二团防区主阵地上的兵力都后撤三四十米隐蔽集结，只留少数兵力负责监视观察。隐蔽集结的兵力，以超过小鬼子进攻人数的三到五倍组织好敢死队，敢死队员一律刺刀短枪手榴弹，绝不与小鬼子远距离交火，只等小鬼子即将冲上阵地的时候集群出击，近战歼敌。这一招很管用，日军的飞机大炮面对敌我双方近战肉搏的混乱局面失去了作用，每打退一次小鬼子的进攻，阵地上的敌我死尸累累交叠，断肢残臂，死肠烂肚，惨不忍睹。面对这样一支失去人性的凶残劲敌，黄团长胆不颤而心寒，当再次组织敢死队的时候，黄团长不顾身边随员的阻拦，直接参加了白刃战。

沾着烈士鲜血的残阳，把西边的半片天空涂抹得猩红猩红，小鬼子的又一次进攻被打退了，黄团长拖着一条负伤的腿跌坐在战壕里，凭经验判断，这是夜幕降落前小鬼子的最后一次进攻。屈指一数，自己的团已经在阵地上整整坚持了十七个昼夜，弟兄们那视死如归的决心、气吞山河的壮志令黄峰非常欣慰，截至目前，自己团的防线不但没有收缩，而且还接替了一部分兄弟部队的阵地。所有的阵地被炮火反复深犁了无数遍，通往各营连的电话线早已被炸得无影无踪，所谓的团指挥所由于一再前移而名存实亡，变成了事实上的一个防御点。黄团长身边仅剩下几个参谋和通信兵，然而就是这几个非战斗人员，也在刚才最后一次的反击中全部参加了敢死队。好在弟兄们平时训练有素，在每一个作战点上，只要还有人活着，就能够想方设法独立完成任务，不需要黄团长过多操心。事实上，此时的黄峰想操心也没有任何办法了，目前能够使用的通讯联络工具就只有鬼旋风张庙保大一个人。鬼旋风的表现很出色，每次战火停息期间，他都能把本团所有的阵地转上一圈。截至目前，四二二团的阵地寸土未丢，仍然牢牢地掌握在我方手中。对于减员情况，鬼旋风说，各战斗单位眼下无法统计，因为许多受伤的官兵本来已经失去战斗力，可是他们只要还有一口气就坚决拒绝离开火线，拼尽最后一丝力气，继续坚持战斗。

看一眼阵地上没有人模样的尸体，再看一眼斜躺顺卧抓紧时间喘息的弟兄，黄团长眼不流泪心在哭，尽管下面都不给他报告减员情况，但是黄团长内心清楚，越是这样越说明减员情况的严重性，弟兄们是怕他心疼心怂，他明白，这支队伍被彻底打残了。

由于受娘子关防守失利的影响，忻口战役不得不提前结束，黄峰的四二二团再次临危受命，担任掩护晋绥军主力撤往太原布防的任务。

稍微有点军事常识的人都清楚，凡是受命担任掩护主力撤退的队伍，那就是统帅部明摆着走的一步“丢卒保车”棋路，能够按照命令完成掩护任务就算烧了高香，要想全身而退几无任何可能，古今中外还没有这样的战例，间或能活出几个人来，那也是祖上的德性，本人的福分，算是石磨眼里蹦出来的豆子。

领命之后的黄峰选择好主阵地，做了一个“晋绥军四二二团抗日官兵之墓”的木头牌子插在阵地上，然后把能够召集起来的人集中到一起，宣布了一项决定，趁现在战火暂时沉寂的时刻，凡是不愿意留下来的官兵可以马上脱离战场。

“那里有团部的公章和一沓通行证，你们谁想走都可以拿着通行证合理合法地离开。”黄团长指了指木牌旁边的公文包，“弟兄们，我实话告诉大家，这肯定是我们今生今世的最后一次战斗了，主力部队已经开始后撤，就我们目前的状况，面对这帮凶残的恶魔，一旦接火，肯定撤不下去，我黄峰已经做好准备，决心以死报国，但是我不愿意再连累弟兄们了，我现在仅有一个要求，弟兄们离开战场的时候把臂章上那个黄蜂标志撕掉。”

此时的黄峰考虑的不是建制能否保留的问题，他仅仅是想给四二二团保留几粒种子。

“弟兄们，来生再见！”黄团长说完话，拿起身边的一支冲锋枪，换了一个弹夹，拖着一条伤腿，向前爬入战壕。

身后没有任何动静。

“现在，我命令，凡是独生子、凡是没结婚的人，带头向后转，迅速撤离！”黄团长支撑起上半身，转回头大声下达了最后一次命令。

就在这时，黄团长最不愿意看到的、也是最令他欣慰的现象出现了，弟兄们的脸上全露出一种古怪的笑容，他的心在欣慰的同时被这些“笑脸”一瞬间撕得粉碎。

不怕老兵恼，就怕老兵笑，这一现象久经战阵的黄峰最清楚，对于那些从死人堆里滚进滚出过无数次的老兵油子来说，紧急情况下，只要他们还在急蹦乱跳，只要他们还在呐喊吼叫，哪怕是在哭爹喊娘也好，那都是在想方设法完成任务，那都是在千方百计保存自己消灭敌人，那就说明还有转危为安的希望，还有转败为胜的可能，一旦他们不声不响而且还镇定异常，一旦他们的脸上出现了无奈的凄惨的笑容，那就说明确系回天无力走投无路了，此时此刻，他们比任何一位指挥员对战局的结果还看得清楚明白，他们都做好最后一搏的准备，他们唯一的愿望，就是争取在自己闭上眼睛之前再多消灭一个敌人，一个够本，两个以上就全是赚的。

哗啦啦一阵响动，能行走的，能爬动的，所有的官兵不但没有一个后撤的，而且全部捡拾起还能使用的武器，向着黄峰所在的位置靠轮过来。

王光明拿过公文包，将团部的公章揣进怀里，任运通将撕碎的通行证随手一扬，无数碎纸片在冬日的寒风中纷纷扬扬，漫天飞舞，仿佛是给已经成为烈士和即将要成为烈士的英雄们送行的纸钱……

不知过了多久，铁牛栓醒了过来，他的身上压着一具缺胳膊死尸，紧挨铁牛栓躺着的还有一名指挥兵，一红一绿两面指挥旗还在手里紧紧地攥着，躯体完整无伤无血，脸色惨白，仿佛正在熟睡，掀掉尸体站起来才感觉后背抽筋似的疼，探过手揣摩一番并不是负伤，顺手抽出后背插着的大马鞭，疼痛便逐渐消失了。以为指挥兵也和自己一样被震昏了，弯下腰拍了拍指挥兵的脸，试图将他唤醒，没想到指挥兵却突然七窍涌血，差点没把铁牛栓吓死——内脏震碎了。直起身捋了一把大马鞭，感谢它垫在身下救了自己一命。向四周一打量，整个阵地上没有一个喘气的活物，一棵光秃秃的树枝上挂着一大串血肉模糊的肠子，和冬天杀猪后挂在房檐下准备做的灌肠差不多。不远处，一门山炮的炮管飞离炮身，斜插在一座小土堆里，露出的半截炮管上趴着一具无头死尸，尸体的背部有一个碗口大的窟窿，血液还没有完全凝结，串串淡红色的血水沿着炮管缓慢地向地面滴答。低头一看，自己的身边还有一条断腿。黄土沙尘味、硝烟血腥味，夹杂着一些说不清道不明的味道混合在一起，在凛冽的寒风催促下直往七窍钻。耳朵里秋蝉蝈蝈麻雀青蛙齐声嘶鸣，仿佛正在进行着一场激烈的鸣叫比赛。脑袋里似乎涌入了黄河水，疼痛欲裂，肚子里犹如吃进去一大把苍蝇，猛然间翻江倒海般呕吐起来，眼前星星乱飘，心肝五脏仿佛就要蹦出体外，直吐得肚内空无一物，只剩下声声不断的干哕。抬脚想动弹一下，差点被一物绊倒，再一细看，一匹拉山炮的战马被浮土掩埋了半截尸体，就在脚底下僵直地躺着，另外的几匹已经不知去向。

官不能聚会兵不能散，被打散的队伍一下子就消失得无影无踪了。

铁牛栓四顾茫然，理不出任何头绪，整个炮兵阵地鸦雀无声，死一般的静寂，铁牛栓长这么大第一次感到了害怕，浑身筛糠一般颤抖起来。

忽然，枣红马出现在视野里，向着自己跑来，真好，它竟然安然无恙！

来不及多想，本能的反应，铁牛栓飞身窜上马背……

第九章

忻口战役打到十几天的时候，由于小鬼子路经雁门关的给养运输队屡遭八路军的袭击，位于阳明堡的前线机场又被八路军端掉，加之国民革命军在正面战场拼死抵抗，整个战场已经形成了僵持的局面。尽管鬼子临阵换将，但是也没有给攻击部队增添新的活力，随着时间推移，小鬼子的进攻逐渐显出强弩之末的态势，如果不是娘子关战役失利，国民革命军的后路有被截断的危险，忻口战役应该说还是一场惨胜，所以，当国民革命军从忻口战场抽身撤退的时候，小鬼子除去炮火追击了一阵之外，再没有组织大规模的进攻。

罕见的奇迹，四二二团侥幸没有全军覆没。

忻口一役，四二二团元气大伤，连排干部死伤殆尽，两个副团长、三个营长伤三死二，张鹏营长为国捐躯，长眠在晋西北的荒山上，全团能够收拢起来的兵力不足一个连队，其中还有一半以上的伤兵，弹药匮乏，无医无药，和上级又联系不上，一帮子残兵败将几乎无任何战斗力可言，完成任务后，黄团长不得不带着这帮人马向敌后转移。

脱离了战场的铁牛栓一人一骑躲在山沟里转悠了好几天，鬼子兵平地卷毡一般，疯狂向南推进，忻口战役已经激烈展开，双方正在拼上老命厮杀，整个太原以北到处都是战场。铁牛栓不敢露面，只得偷偷摸摸昼伏夜行，专拣人迹罕至的小路辗转向家乡一带溜达，此时，少年时期练就的觅食本领帮了他的大忙，转悠了十几天，就在快要进入家乡地界的时候，铁牛栓与黄团长不期而遇了。

刚刚转过老牛湾，就听见身后有马蹄声传来，虽然急促但并不密集。黄团长告诉大家，别慌，不是队伍。

一个有经验的老兵耳朵贴地听了一下，断然肯定，一人一骑。

几个士兵急忙将担架藏入路边一片小树林里，其他人就地散开卧倒，警惕地注视着来路，不到半分钟，果真是一人一骑跑到近前。

被一支人马拦下来的时候，铁牛栓除去腰里缠着的大马鞭外再就手无寸铁，一看六七个荷枪实弹的士兵拦在当路，只得翻身下马“软过关口”，顺势将马鞭从腰间解开盘在手上，以防万一。

“看样子这位兄弟也是晋绥军，”一个军官模样的人率先开口，“请报一下部队番号。”

军装在身，一看便知，铁牛栓不敢隐瞒，只得如实相告，“晋绥军三十三团炮兵营的。”

“你这么着急是要去哪里？”

铁牛栓一看对方的装束也清楚了，好在问话者带着满口乡音，铁牛栓还不怎么害怕，不过不知底细还是不敢贸然回答，这要是碰上晋绥军的执法队抓逃兵呢？

“嗯？嗯！”铁牛栓嗫嚅着。

“兄弟别怕，要是我没有猜错的话，你就是卧柳林外号叫马大鞭的马铁牛栓，对吧？”隐藏在树林里的黄团长已经瞭见铁牛栓手里的大马鞭，断定这个人就是马铁牛栓，“我是黄峰。”

一听黄团长这么说，围着铁牛栓的几个士兵立马就枪上肩了。

“你就是黄团长？”铁牛栓突然想起自己口袋里一直珍藏着的金戒指，对着小树林里声音传出的地方惊喜地问。

“正是本人。”

黄团长被几个士兵舁出树林。

黄团长听从王光明的建议，带着一帮人马越过黄河，再次进驻了王亮营子。

此时，铁牛栓才知道，当时在路口盘问自己的军官叫王光明，是黄团长手下的警卫连长，又是王彦叔叔的儿子。同时，铁牛栓还异常惊喜地碰到自家的兄长任运通，任运通也是黄团长的部下，只不过当时特别紧张，没认出来。

王光明和老财主的儿子任运通是同龄人，当年任运通考入国民政府的中央政治大学包头分校，正好王光明也在这里上学，两人同时参加了反对百灵庙德王和李守信投降日军的学潮，继而又参加了反对学校当局压制民主的学生运动，被学校开除了学籍。两人在运动中的表现引起共产党地下组织的注意，不久就双双加入了共产党。抗日战争全面爆发，两人被党组织派到大青山游击队，之后又受命返回家乡开展地下工作。

上一次黄团长驻扎的时候，王光明和任运通经组织批准参加了黄团长的队伍，王光明当即就被黄团长任命为团部副官，任运通亦作了团部文书。

黄峰终于和上峰取得了联系，师部命令黄峰就地养伤整军，征集兵员，尽快恢复四二二团的建制，同时承诺，将不惜一切代价尽快给予充足的军需补给，择时再补充一部分兵员。师部对黄峰的要求是，一年之内，恢复一个正规团的建制，训练出一支响当当的正规军队伍来。

得到上司的指示，黄峰一边养伤，一边等待弹药兵员的补充，同时亦开始再次招募新兵。

黄峰的心情没有腿伤好得快，作为一位掌管着上千人马生命又爱兵如子的团长，部下的伤亡令他痛彻心扉，他在思念那些被刺刀穿透胸膛、被弹药撕碎躯体的弟兄们，尤其是对张鹏的思念更加厉害。张鹏在带兵打仗方面很像自己，训练的时候，板着一副铁青的面孔对手下冰冷无情，有时候甚至还表现得很残酷，可是一旦上了战场，所有的士兵就成了他的亲兄弟，拿自己的躯体替弟兄们挡枪挡炮挡子弹也就成了家常便饭。所以，张鹏带出来的兵个个都是生龙活虎身手敏捷的好兵，最艰难最危险的任务，只要张鹏带队顶上去，准能很好地完成，无论战斗多么残酷，张鹏的部下总是伤亡最小。

作为一名一心报国的职业军人，还有更加使他忧心忡忡的事情，他在时刻关注着局势的变化，将近农历旧年的时候，坏消息接二连三传来，继太原沦陷之后不久，包头又陷入敌手，接着，就传来历时三月之久的淞沪会战以国民革命军的全面败退而落下帷幕的消息。日军不给国民革命军任何喘息的机会，已经开始直取武汉剑指长沙，眨眼间，半壁大好河山就相继沦陷了。

尽管此时的国民革命军仍然处于劣势，尽管正面战场上还在继续撤退，但是黄峰从淞沪会战的战例中看到了中华民族坚硬的脊梁，也看出了一丝希望的曙光。他的目标已经确定，谢晋元团长就是他的榜样，坚守“四行仓库”的八百将士就是全团士兵的榜样。他一边养伤，一边抓紧时间对部队进行整训，他准备迎接更加残酷的战斗。

侵略者的惨无人道彻底唤醒了民众，许多有识之士认识到中华民族到了最危险的时刻，加上王光明和任运通的宣传鼓动，也得益于王彦先生的声誉，这次的就地兵员补充比较顺利。王光明和任运通，将能够联系到的原包头分校一批志同道合的同学，差不多全部动员参了军。王彦更是深明大义，不但帮忙说服周围左邻右舍的乡亲，将自家的儿子送入黄团，而且还再次将自己留下的几个看家护院的人全部送入黄团。

不足两个月的时间，四二二团就招募到七八百名新兵，加上上峰计划补充的兵力，黄团长估算了一下，虽然还达不到满编满员，但是恢复一个团的建制基本上没有问题了。

此间，王光明和任运通得知，有一批太原成成中学的学生到达共产党领导的大青山游击队，两人又与组织联系，将一部分党员学生转移到黄团，光明正大的理由是收留了一批从太原沦陷区跑出来的热血青年。

不久，一个两次被打残的正规团又完成了组建，在连排级中下层军官里，爱国热血青年占据了很大的比例，王光明和任运通还乘机在两个连队秘密建立了共产党地下支部。

虽然兵荒马乱，但是只要听不见枪炮声，老百姓的日子还在照常过。

大年夜，王彦宴请完团部的一干头头脑脑，留下几个亲近的人与黄团长一起熬年夜坐，铁牛栓趁机拿出那枚金戒指。

“黄团长，这个还给你吧。”

“钱财是身外之物。”黄团长摆手拒绝，“我喜欢的是你这个人，我真心想请你加入我们的队伍，和我们一起共赴国难。”

实际上，在王亮营子养伤这段时日，黄团长把铁牛栓拉到自己身边的想法更加强烈，他有意无意地用言行影响着铁牛栓，可是铁牛栓却一直没有一个明确的态度。不过黄团长也不急不躁，更没有使用强制手段。他知道对于铁牛栓这样的硬汉子，绝不能靠强迫，他一直在利用各种机会用真情感化着铁牛栓。

王光明和任运通早已看出了团长的意思，他们二人的想法与团长也是不谋而合。

铁牛栓不呆不薷，他也早就明白黄团长的心思，他一直不愿意答应是有原因的。他原本就是一个土牛木马，没有任何见识，只知道下死力气受苦的庄户人，跟随石师傅耍鞭习武的几年间，在师傅的影响下，他在练武的同时也开始知书识字明事理，虽然他很羡慕从石师傅嘴里跑出来的那些武艺高强、仗义豪爽、疾恶如仇的江湖好汉，但是他的目标很简单，练一点功夫强身健体，有机会时做一回江湖好汉，没有机会就看家护院，报答干爹的收留养育之恩。当白云走进他的生活中以后，他的人生目标就更加简单了，有白云知冷知热地疼爱，有冬棉夏单的衣服上身，有可口的饭菜入肚，二人台《卖菜》里刘青所憧憬的生活就是他的目标。

你烧火来我打碳，
你包饺子我捣蒜，
小日子过得多舒坦。
再有三年并两载，
怀里抱上个胖娃娃，
叫我一声大来叫你一声妈，
全家人乐得笑哈哈。
……

谁知世上竟然还有一种叫做“小鬼子”的人，放下自己家里的安生日子不好好地过，专门远渡重洋来糟害中国人，逼得铁牛栓身不由己走上当兵吃粮这条路。初次的一场炮战，铁牛栓就领受到了战争的残酷，活蹦乱跳的一个生命，一声轰响，眼错功夫就血肉横飞从尘世间消失了。不过也就是通过这场战斗，再加上这段时间王光明和任运通对他的说教，他的脑子里第一次有了国家民族这个概念。

当时从战场上跑开，脑子里还是晕晕乎乎的，任由枣红马驮着自己疾走。他非常相信自己的枣红马，只要他不干涉，它一定会把自己驮回家乡，老马识途与生俱来。没想到半路上又遇到黄团长一行，得知家乡一带有战事，他不得不跟随队伍入住王亮营子。说实话，他对于当兵吃粮存在着一种本能的反感，家乡一带“好铁不捻钉，好男不当兵”的说法在他的脑袋里根深蒂固地留存着。再加上国运不济，兵匪祸患横行，当兵的“肩挎七斤半，欺男霸女白吃饭”的行为，使得他看见穿军装的人就心生恶感。当时自己是被逼无奈，身不由己，现在好不容易脱离队伍，再端这碗饭实在不愿意，虽说黄团长的这支队伍军纪很好，但这毕竟是脑袋掖在裤带上的营生。

俗话说日久见人心，通过这段时间的接触，铁牛栓已经感觉到黄团长确实不是一个赖人，也感知到黄团长对自己的赏识，加之碰到任运通，又结识了王光明，老乡与同龄人的原因，使得他们没几天就走得特别近乎，两人都把他当亲兄弟对待，他们有空就给他讲故事，他两人的故事令铁牛栓耳目一新，渐渐地，他的内心深处发生了一些变化，原来人生还有多种活法。既然他的两位大哥都在这个队伍里，凭铁牛栓对这两家人的信赖，他相信这支队伍也赖不成个甚，只不过他的心里还有一件最放不下的事，那就是白云。他走的时候，白云那悲痛欲绝的抽泣，泪水涟涟的面孔和绝望的眼神，令他撕心裂肺地难受，要不是晋绥军军官的逼迫，他是坚决不会离开白云、离开对自己恩重如山的干爹一家人。

现在黄团长当面直接说出来，铁牛栓不能不作一个明确的答复了。他明白，黄团长一直没有强迫他，除了要心而不是要身之外，还是在给干爹留面子。

面对黄团长当面的请求，看着两位大哥那期盼的眼神，铁牛栓思忖了一会突然冒出一句话来：

“要是能把白云带在身边，我就当你的兵。”

听到铁牛栓这样的回答，黄团长愣怔了。在国民革命军的条例里，士兵不仅不能带家属，而且根本就不允许结婚，带家属那更是团级以上的军官才可以考虑的事情，况且目前这样的时局，就连黄团长本人也不敢有这样的奢望。

“这样吧，只要没有战事，只要咱们的队伍离你的家乡不远，我可以随时批准你回家探亲。”良久，黄团长想出了这么一个办法，也算是一个缓兵之计，“士兵带家属在古今中外的队伍里还没有先例，也严重违反国民革命军条例，我要是答应了你，我这个团长也就当不成了。”

“那也行，我就当一回你的兵，不过咱可是二女子她妈腌菜——有盐（言）在先，有空闲的时候我就回家看亲人，等灭了小鬼子我就脱下这身二尺半。”

黄团长给王光明递了一个眼神，欲言又止的王光明无奈地笑了。

生牛皮只要能按进皮硝瓮，慢慢总会把你熟下的，黄团长想。

“不是当黄团长的兵，是当国家的兵。”任运通接了一句。

“一样，都是脑袋掖在裤带上的营生，不过我还就认黄团长和你们两人，其他人的话咱一概不听，国家是个甚，我眼看不见手揣不着。”

黄团长心里感叹，真是一个不知深浅的土豹子，土牛木马的犟汉子。

话到此处，铁牛栓就再次成为晋绥军的一员，这也算是黄峰团长在大年夜里的一个小收获。

登记造册填名字，王光明就说，你这四个字的名字听上去好像是个小鬼子，任运通接口道，去掉一个字，就叫马铁牛吧。铁牛栓对此毫不在意，随口答话，你们想写甚就写上个甚。

春节一过，上峰补充的兵员也到了，在团部研究营连级建制时，任运通被任命为团直属侦察连长，王光明被任命为警卫连长，在分配兵力的时候王光明建议：

“马铁牛暂时就留在团部警卫连吧。”

“好，就和你们住在一起，你们慢慢训导他，这是一匹桀骜不驯的好马。”王光明的建议正合黄团长的心思，他没有忘记对老财主的承诺。

“把通信连的鬼旋风调到侦察连。”黄团长又想起一个人。

铁牛栓在训练过程中，除去队列操典显得生疏之外，射击和投弹两个科目他几乎就是在做表演。单手举一支汉阳造，枪身前面还要再挂三块砖头，原地站立一个时辰身不摇晃手不抖动，短枪运用更是娴熟自如，抬手即开枪，弹弹中靶心，几颗教练弹卡在一双蒲扇般的大手里，就如同拿着一支轻飘飘的羽毛，随手一扬，教练弹就飞得无影无踪了，负重越野，原来需要四个士兵舁一挺的马克沁重机枪，铁牛栓一个人就扛在肩上，还要再背三四个背包，第一个跑到目的地仍然是脸不变色心不跳。训练休息期间，应弟兄们的请求，铁牛栓表演了一次大鞭功夫。从各连队精选出来的十几个投弹能手，散布在距离铁牛栓三十步开外的地方，随着一声令下，将一颗颗教练弹向铁牛栓站立的地方扔来。只见铁牛栓身旋体转，手腕抖动，鞭梢在空中划出一道道令人眼花缭乱的弧线，人们还没有看清楚是怎么回事，这些即将落地的教练弹又接二连三腾空而起，向着投弹人所在的位置飞了回去。捡起落地的教练弹细看，所有的木头弹柄竟然都有一圈深深的勒痕。铁牛栓的这一股子蛮力气和高超的耍大鞭武艺，把兵营里的人佩服得五体投地，就连那些天不怕地不怕，身经百战的老兵油子也是心服口服。一时间，整个兵营里，除去一部分年龄较大、官阶较高的人，亲切地称呼铁牛栓为马大鞭外，其他人不论兵龄年龄，一律把马铁牛称作铁牛大哥，到后来再混熟络了，所有的士兵不叫牛哥不开口。

训练时铁牛栓一心一意很投入，可是一闲下来他的心就飞回了卧柳林，他在担心着家人的安危，当然了，最重要的还是担心白云的安危，只要有一点时间，他就会独自一人爬上村子对面的山头，遥望黄河南面那出笼窝头般的群山，低低吟唱着一首又一首的民歌，宽解着心头的思念。

爬上一座山头还嫌低，

隔山隔水我瞭不见你。

人在外面心在家，
家里头有我的一枝花。

栽一苗大蒜挽一棵葱，
娶一个老婆碎一颗心。

刮风下雨的夜晚，他会伴着隆隆的雷声辗转反侧，彻夜难眠，他知道孤身一人的白云最怕响雷打闪的雨夜。

雷声闪电风搅雨，
死好分离活难离。

半夜三更实在煎熬不过的时候，铁牛栓曾经冒出过逃跑的念头，但是稍一清醒就感觉对不住黄团长，更对不住待自己亲如兄弟的王光明和任运通。好在王彦叔一直在通过各种渠道打听着家乡的消息，至少眼下所得到的消息还是平安无事，这令铁牛栓一颗焦虑的心稍微有所缓解。

对于铁牛栓的内心活动，黄团长心知肚明，作为一个过来人，他很清楚铁牛栓内心所受的熬煎，眼看着时间过去了大半年，也该让这小子回一趟家了，不然这小子会发疯的。君子言而有信，黄团长惦记着对铁牛栓的承诺。

黄团长在不停地搜集着各种情报。

鬼子一路向南进攻，集中兵力抢占大城市和一些战略要地，武汉会战正在激烈地进行，华北方面的鬼子兵调走了不少，友军在山西战场上开辟了晋西北、晋东北、晋西南、晋东南四块根据地，像晋西北卧柳林那样的偏僻小山村，已经又是中国人的天下了。

黄团长决定让铁牛栓回家走一趟，他根据与上司的一些文电往来判断，傅司令不久肯定要有大动作，他担心队伍一旦有新的任务，或者转移他处，那就没有机会了。

“换掉你那身衣服，”上路前，细心的王彦拿出一套粗布衣裳递给铁牛栓，“再碰上当兵的好有个说辞。”

铁牛栓动身的时间是农历七月十四日一大早，归心似箭的他一上路就快马加鞭奔驰开了，他算计了一下，照这个速度，天黑前赶回卧柳林没有问题。

第十章

铁牛栓半夜三更回来，干爹干娘高兴又惊奇，高兴的是铁牛栓安然无恙，惊奇的是还背回一个远近闻名的女人。

安顿好白云，铁牛栓把事情的经过说了一遍，看着面色苍白、沉沉昏睡的白云，五老财长叹了一口气，老伴儿心疼恓惶，眼里竟然还有泪花闪烁。

死而复生的白云，在五老财一家人的精心照料下，慢慢地康复了。

“你甚时想回家，说一声，我送你。”看到白云恢复得很好，铁牛栓特别高兴。

“你觉得我还有脸回五华城吗？”白云面无表情。

铁牛栓一阵窃喜，实际上他根本就不想把白云送回去，当时情况紧急，救人是出于本能，时至今日，一月有余，铁牛栓的爱慕心油然而生。

实际上，白云的心情很复杂，对于今后的生活她想过无数次，要么给老财主家当一个打杂的下人，要么就流落街头讨吃要饭，只是限于目前的体力，她还没勇气提出这些想法，不过今生今世不再唱戏、不回五华城居住却是铁定了的。一个多月的相处，白云已经感觉到，马大鞭对自己的感情绝不是简单的同情，人非草木，更何况白云还是一个多情漂亮的女人，她对马大鞭的喜欢也是与日俱增，但一想到自己那可恶的身体缺陷，她就拼命压下自己的感情，她绝不能再伤害一个男人了，她想离开这个家，可离开之后，就现在的体力，走不出二三十里，肯定是狼群的一顿饱餐。

要不是妹子身体不做主，

舍上性命也要和哥哥交。

民歌伴随她度过了数个不眠之夜。

这期间，饱经世故的五老财也在揣摩白云的心思，她与这个家庭不亲不故，她在这里住得心不安理不得，她在娘家又少亲没人，五服之内没有一个近亲，闲言碎语杀人刀，回了五华城，她那柔弱的双肩能担动吗？他必须想个法子，让她心安理得名正言顺住下来。

五老财一不溜三个儿子，就是缺少闺女。

逢年过节，村子里有个红火热闹，别人家的闺女外甥回娘家，一群猴娃子穿着新衣念儿歌：

拉大锯，扯大锯，

姥娘门前唱大戏；

搬闺女、叫女婿，

骑上毛驴来看戏。

每逢这时，老两口的心情不言而喻，尤其是老伴，爱闺女外甥爱得眼里滴血。

白云康复之后，老伴仿佛换了一个人，每天睁眼就是笑，有一点空闲就和白云一起拉话，仿佛白云就是住娘家的亲生闺女。

“我看栓子给咱背回一件‘小棉袄’来了。”五老财说。

“我也有这个想法，可不知道白闺女的心思，不敢想望。”

五老财和老伴的想法竟然不谋而合。

那年闰二月。

初二晌午饭后，五老财忽然安排，晚上再点一次灯盏盏。

乡间的二月二是一个固定点灯盏盏的传统日子，不过一般人家是不过第二个二月二的。掌柜的话没人敢不听，下午家人开始蒸糕面做准备。

晚上，米缸里端坐着“看米老婆婆”、水瓮沿上盘着“戏水蛟龙”、油坛上爬着“偷油耗子”、角落里还有抬着花轿娶媳妇的耗子，各种动物造型的灯盏盏灯光闪烁，忽明忽暗，星星点点，把家里家外的角角落落点缀得很有一番节日景致。

在所有的灯盏中，有一盏灯非常讲究，要捏成全家人团团圆圆围着灯盏坐一起赏灯的模样，它还有一个固定的名字叫做“满炕炕”。

碗饭吃罢，灯盏点亮，五老财坐炕头，用手中的旱烟杆指着满炕炕说：“白云，你婶子手拙，往后每年你动手。”

同土同乡，对这样的风俗白云很熟悉，她边看边揣摩任叔叔的话，往后？每年？

一个红油漆圆木盘内，转圈七个糕面人人围着中间的灯盏端坐。婶子的手艺好，人物惟妙惟肖，尤其是一个肥腿胖胳膊的人，怀里斜插着一根系着丝线的火柴棍棍，另外还有一个女的，手里居然捏着一把扇子，莫非是？

白云没那个奢望，也不敢往深处想。

老财主点燃一袋烟，吧嗒几口开腔了：“白云，叔和你商量个事。”

“叔，你尽管说。”

“虽然是后二月二，但还能算龙抬头的好日子，我和你婶子想认你做干闺女，就是……”

突如其来，始料不及，白云愣了一会儿，忽然，泪水夺眶而出，良久，身子一软，扑到财主老伴的怀里，抖抖颤颤地喊了一声：“娘！”

老财主眼眶湿润，拿烟袋的一只手索索地抖动，黄铜烟嘴磕得牙齿发出了轻微的嗒嗒声。老伴抚摸着搂在怀里的白云，老泪纵横。铁牛栓脸色通红，双手紧紧地握在一起互相搓揉，仿佛要把肉皮搓掉一层。

岁月如梭，铁牛栓的变化首先就被娘感觉到了，这晚老两口躺下拉家常。

“栓子开心了，我看张罗着办事宴吧。”

“你咋知道？”

“男人要风流，一月三剃头。你不看最近这些日子他那穿着打扮？”

“前些时有几家托人提到过，他不愿意嘛！”

“他的心思不在外头。”

“这么说他喜欢上云闺女了？”老婆子一句话提醒了五老财。

以前不怎么注意铁牛栓的一举一动，经老婆子这么一说，仔细盘算铁牛栓最近一段时间的表现，五老财明白了，老婆子说得没错。

过去，一到天阴雨湿地里不能劳作，铁牛栓就和一帮二不愣后生一起疯玩，家都不着。可自从救回白云之后，只要地里没营生，他就不离家，编着理由往白云屋里跑。

从二月二认亲那天起，铁牛栓的变化更加明显，好像时刻都有使不完的力气，自己分内的营生自不必说，连同洒扫街院、担土垫圈这些营生都被铁牛栓抢着做了，无论手里做着什么营生，嘴里不是打口哨就是哼小调，而且再也不是那晴天一身土、雨天一身泥的老样子，时刻把自己收拾得干干净净。

这段时日，在铁牛栓的眼里，尘世间的万事万物都是那么美好，赶马车遇见的狼群没有了往日的那种凶残狡猾，五老财和石师傅已经好长时间没有吃到铁牛栓打闹的山鸡野兔子了。

下地劳动，一出院门，街上就响起一首又一首的民歌：

走出了大门我回头看，

家里头有一根牵魂线。

人往车辕上一坐，大马鞭一挥，鞭梢便在半空中舞出一个漂亮的鞭花，随着脆生生的一声响鞭，哒哒的马蹄声就成了二人台的鼓板：

樱桃好吃树难栽，

朋友好为口难开，

哎吆，满肚肚的心里话我说不出来！

回到家里，看一眼面无表情的白云，铁牛栓又胆秃又无奈，拿毛巾揩一把汗水：

羊肚子手巾三道道蓝，

见面面容易拉话话难。

赶着马车跑长途，越走离家越远，回头望着那越来越模糊的村落，心里竟有点酸：

瞭见那村村吆瞭不见那个人，

啊呀泪蛋蛋抛在那个沙蒿蒿林。

羊跑清明，马跑谷雨，赶着一群羊出坡，望着那漫山遍野的桃杏花儿又触景生情唱开了：

一对对绵羊并排排走，

哥哥我甚会儿才能拉住妹子的手。

三月里来桃杏花花开，

甚会儿能把妹子搂进怀。

春风吹烂琉璃瓦，二八月里乱穿衣，可是在铁牛栓的眼里，就连春天的卷地大黄风也不是那么凛冽，那么烦人了。

村里有那明眼人听见铁牛栓的歌声，看见光膀子在地里干活的铁牛栓就说，看那后生被心火烧成个甚。

过去是天黑就上炕、倒头便睡觉的铁牛栓，最近一段时日不好入睡了，仿佛娘在炕上撒了一层蒺藜，躺在炕上翻来覆去烙烧饼，一晚上常常要醒来好几回，醒来就在心里唱：

睡到半夜我梦见你，

梦见咱俩在一起。

亲口口，拉手手，

咱们两个背旮旯走。

初秋，海红果刚刚被太阳羞红半个脸蛋蛋，就被铁牛栓瞅端上了。树梢头，一般人够不着的地方，其海红果往往要比别的海红果红得早一些，个头也大一点，这正好就成了铁牛栓鞭子的猎物。

下地归来，怀里揣着一大把。

你吃哥哥的海红红，

哥哥吃你的嘴唇唇。

不管果子酸涩与否，不管白云爱吃不爱吃，瞅个空子就往白云的手里塞。

有时候，白云会被他这个憨实劲儿逗得忍不住抿嘴一乐，铁牛栓的心就是一阵子狂跳。

远看妹子袭人近看妹子亲，

红嘴唇唇一笑扰乱哥哥的心。

这些举动把娘惹得抿着嘴偷偷地乐。

尽管白云在身体恢复后，看见铁牛栓换下来的衣物，她就主动拿起来缝补洗涮，但在老财主的眼里很自然，一来白云是在替老伴做营生，二来也是在报答铁牛栓的救命之恩，因为从白云那风尘尘不动的脸上，看不出一点点喜欢铁牛栓的意思来。

“栓子那是剃头的挑子，”思量了一会儿老财主说，“云闺女心境高，看不上他。”

“云闺女更喜欢栓子。”女人眼尖心细，她用天赋的秉性读懂了白云的心，老婆子憨憨一笑，随即又是一声轻叹，“可惜……”

老婆子的叹息五老财明白，邻村上下，关于白云身体方面的闲言碎语他早听到了。

实际上，白云对铁牛栓的感情也是与日俱增，每当铁牛栓下地之后，她都在心里急切地盼望他尽快收工回来，每一天，她都会偷偷爬在窗口，把窗帘撩起一条缝，望着铁牛栓那高大魁梧的背影，直到铁牛栓打着口哨或者哼着小调从她的视野里消失，她还在怔怔地发呆。

三眼眼玻璃两眼眼明，
偷偷瞭一瞭我那心上人。

白云对铁牛栓的心思闭上眼睛也能猜到。

再不要唱山曲打口哨，
你的那个心思我知道。

她拿着铁牛栓替换下来的衣物，在洗涮缝补之前都要情不自禁地放在鼻子底下深深地吸一口气，她闻到的不是扑鼻呛人的泥土汗腥味，她闻到的是沁心入肺的清香。

哥哥身上的汗腥腥味，
香得小妹子成天价醉。

这样的事情被娘看在眼里已经不止一次两次了。

铁牛栓的口哨声、民歌声，铁牛栓的一举一动，就像牵动木偶的丝线一般牵动着她的身心。

听见哥哥唱上来，
热身身爬在个冷窗台。

听见哥哥的脚步响，
一舌头舔烂两眼窗。

娘隔三岔五端着一碗面糊，拿着几张糊窗纸，面含微笑糊补窗户。

手头正缝补铁牛栓的衣服，听见铁牛栓的歌声，白云就心慌，手指头就被针刺破了。

听见哥哥唱一声，
圪颤颤打断一根二号针。

为了铁牛栓不再受害，为了他能长命百岁地活着，她在拼命压抑自己的感情，实在难受不过，就用唯一能抒发感情的方式，在心里低吟浅唱着一首又一首民歌：

你和我就是那牛郎和织女，

天河水把咱隔在两头起。

白云只能在心里暗恋铁牛栓，偷偷地用民歌解心宽。

老婆子的枕头风吹醒了五老财，冷等买卖热结亲，他决定，下个月就给他俩举办婚礼。

铁牛栓的高兴早在众人预料之中，可白云却是泪水涟涟只抽泣不表态。

急得五老财六神无主，除去和旱烟袋寻气再就是埋怨老婆子：

“瞎眼窝，我早说过，云闺女眼眶子高，看不上栓子，你看这事弄成个甚，喜日子也择了，鼓房也定了，亲戚请下一大摊……”

“不是云闺女看不上栓子，是她有心病。”老伴竟然有条不紊地做着准备，不急不躁还微微带笑，接着又闭了一下右眼，“这个心病有人能治。”

老财主恍然大悟。

不知道石瞎子和白云说了些什么，白云竟然破涕为笑欣然同意了，老财主不得不佩服老婆子主内的本事。

对于任五老财主来说，这样的婚礼既是娶媳妇又是嫁闺女，所以婚礼的场面非常盛大，宰猪杀羊蒸馍煎糕，流水喜宴连办三天，三天里，周围的亲朋好友远亲近邻都来贺喜。

石瞎子悉心选定的喜日子果然没错，典礼那天风和日丽，艳阳高照，当铁牛栓和白云双膝跪地参拜爹娘的时候，老两口端坐正面装聋作哑，逼得铁牛栓和白云齐声喊了三遍爹娘，宾客高声欢呼，铁牛栓面红耳赤，白云害羞带笑，把典礼的热闹气氛推向了高潮。

果然不出石瞎子所料，婚后的铁牛栓更加精神抖擞健壮如牛，白天地里劳动，浑身的力气使不完，晚上缠着白云天天入洞房，夜夜度蜜月。

这样的日子快如穿梭，眼看就是一年的时间，白云开始提心吊胆起来，可是仔细观察铁牛栓，却没有发现任何异常，整天神采奕奕，红光满面，唱着民歌下地劳动，打着口哨收工回家。白云自己则是更加美丽动人，空前娇媚鲜嫩，原本显得有点羸弱的体质竟然逐渐丰满起来，该胖的地方胖得不显臃肿，该瘦的地方瘦得恰到好处，通身胖瘦适中，凹凸有致，圆月似的脸盘根本不用涂脂抹粉，竟然时刻白里透红，熠熠生辉，光彩夺目，水灵灵的大眼睛与长长的睫毛一配合，不用动嘴就能飞出一串串的话语来。

夜晚，老伴高兴得睡不着，和老财主憧憬着未来："不出明年，咱也是抃孙子抱外甥的人家。"

然而这样的好日子竟然又是一年就到头了。

铁牛栓走的时候白云哭得死去活来，铁牛栓一走白云就病倒了，这种活生生的离别比两个前夫的死对她的打击更大。死了还可以下狠心彻底忘了，走了——尤其是在战火纷飞的年代当兵走了，那种时时刻刻的担心、那种牵肠挂肚的思念，绝不是一般人能够承受得了。白天，在家人面前，白云尽量压抑着自己，一到晚上就是泪水洗面。娘只能长吁短叹陪着女儿掉眼泪，爹则是一脸凄惶与无奈，所有的愁苦都化作一缕缕呛人的旱烟，从嘴里吐出来、从烟袋锅里飘出来，窑洞里就像有一盘倒灶的炉子，和石瞎子见面反复念叨的就一句话："枪子儿不长眼的。"

不料，石瞎子却对徒弟当兵一事显得很是平静：

"枪子儿不长眼，老天长的了。"

五老财对石瞎子历来深信不疑，从石瞎子的话语中悟出了希望，脸上的愁云少了一些，白云虽然半信半疑，但一颗伤痕累累的心总算得到一丝丝安慰。

夜深人静，白云面对一盏昏暗的油灯孤坐，一曲曲民歌又蘸着泪水从心里往外流淌。

阳婆婆落山我点上灯，
灯看我来我看灯。

山在水在石头在，
人家都在你不在。

这年的秋天来得特别早，一群一群大雁排着整齐的队形向南飞，白云仰头望着湛蓝的天空，思念随着大雁飞向远方。

秋天的大雁向南飞，
谁知道哥哥你多会儿回。

本来，白云对生活已经彻底失去信心，没想到，任叔叔一家收留了她，把她当作亲生闺女对待着，更没想到铁牛栓又走进她的生活中，重新点燃了她的生活希望，然而，如此好的日子，被一场突如其来的强制抽丁毁掉了。

怨村公所的人还是怨那些背枪的人？可白云分明感觉到他们也是好人，从他们的言谈举止中可以看出他们的激愤与无奈，尤其是那些背枪的人，他们明知上战场意味着什么，可是他们却义无反顾，他们的嘴里就是一句话，保家卫国，誓死不当亡国奴。受传统文化的熏陶，白云其实也感到他们做得对。

思前想后，白云就把恨意全集中到那些从未见过面的小鬼子身上了，她绞尽脑汁也想象不出来，那些小鬼子长得什么样子，是青面獠牙还是三头六臂？听石师傅说，那些想要灭亡我们的小鬼子竟然和我们是一个老祖宗，是古时候一个姓秦的皇帝把他们打发到大海那边的。这就奇了怪了，既然还是一个老祖宗，人不亲土还亲，你们应该是拿上水礼回老家认祖归宗的，怎么丧尽天良拿着枪炮杀人放火来了。不孝，大不孝！这在早年间是要算忤逆的啊！

白云仔细回想自己这几年的生活经历，好像真的就是命中注定一般，每当安生幸福的日子过上一年半载，就会有天灾人祸降临，四年多的时间，先后三个男人，不是死了就是走了，而这最后一个走了的男人恰恰是自己的最……

白云神情恍惚，做事丢三忘四。

想哥哥想得迷了窍，
搂柴火跌进山药窖。

想哥哥想得心花花乱，
煮饺子下了一锅山药蛋。
白云整日茶不思饭不想。
想哥哥想得手腕腕软，
拿不起筷子端不动碗。
白云整夜整夜地失眠。
双人枕头鸳鸯被，
老天爷没留下一个人睡。

前半夜想你翻不转身，
后半夜想你且不彻（方言，等不上的意思）明。
白云整夜整夜地泪水洗面。
泪蛋蛋是那心头的油，

谁不难活谁不流。

白云日见憔悴。

发一场山水澄一层泥，

为一回朋友剥我一层皮。

想哥哥想得脸皮皮黄，

骨软筋麻我上不了炕。

本来自己是下定决心不再嫁人的，架不住铁牛栓眼里那炽热的火花，更架不住自己内心里那种焦苦干渴，现在后悔也迟了。

早知道有茶我不喝水，

早知道你走我不交你。

实际上白云绝不后悔。

咱二人相好一辈辈，

切草刀铡头不后悔。

只要能和哥哥好，

不怕雷劈天火烧。

好在石师傅的一句话还是给她留下一点希望，不过越是有希望，越是有盼头，就越是折磨人。绝望就是尽头，可以咬牙彻底放下，希望却永远看不到，随时随地都在提心吊胆，这才是那真正的度日如年啊！

当七月十四日半夜，正在朦朦胧胧神情恍惚之中的白云被熟悉的叫门声惊醒之后，她来不及穿好衣服，急忙打开门栓，果然是他——自己日思夜想的心上人。她不敢相信这是真的，她以为是在梦中，她的心开始激烈地狂跳，她围着他的身躯，将他浑身上下揣摩了一遍，他毫发无损。他把她揽入怀中紧紧地搂了一会儿，又把她轻飘飘地抱在炕上，她又嗅到他那熟悉的汗腥味。

骑马急行一整天，铁牛栓有点疲劳，太阳落山的时候，枣红马踏上家乡的地面。

已经瞭见那个小山包了，铁牛栓下马步行，马儿需要喘口气，他也想再看一眼这个地方。当时由于事发突然，根本来不及仔细观看，明天正好是七月十五，今明两天是祭奠亡人的日子，铁牛栓想看看胡贵的坟头有没有纸灰和祭品，只要有这些东西，就证明白云一定来过，也就证明白云肯定安然无恙。

远远地，就看见胡贵坟堆的旁边又突起两座一大一小的山包，但不像是坟墓，再走近一点才发现，是两座帐篷，较大的一座帐篷顶部还插着一面膏药旗，啊呀，是小鬼子！这才是真的见了鬼，离开军营的时候，两个大哥仔细告诉了他应该注意的事项，并且还很放心地说，据可靠情报，这一带没有小鬼子活动，怎么就这么巧呢？铁牛栓急忙将枣红马牵到一个低洼的地方隐蔽起来，自己爬在一个土坎下偷偷观察。帐篷离路畔不远，要想不惊动小鬼子安全通过显然是不可能的，原路返回或者绕道而行最安全，但这绝不是铁牛栓的性格所做的事。既然这里已经有了小鬼子，谁敢保证村子里没有？假如村子里也有小鬼子，白云和爹娘还安全吗？铁牛栓非要回村见到一个真实情况不可。

观察了一会，铁牛栓弄明白了，大一点的帐篷是鬼子的营房，小一点的帐篷是鬼子的物资存放处，一个显然是伙夫的小鬼子跑进跑出，从小帐篷里拿着东西进入大帐篷，他们正在开晚饭。

时间流逝得十分缓慢，不知过了多久，一个小鬼子肩挎步枪走出帐篷，是岗哨。铁牛栓抬头望了一下，月亮升得老高老高，帐篷里刚才呜里哇啦哼哼哈哈的嘈杂声渐渐消失，小鬼子开始入睡了。

月光如银，月明如昼，四周死一般的静寂，静得铁牛栓能够听到自己的心跳声。枣红马异常懂事，悄无声息地站在那儿，站岗的小鬼子挎着长枪围着两座帐篷转悠，转悠了一会儿就选择一个地方坐下来，步枪夹在两腿间，双手搂着枪支，下巴搁在枪口上，双眼死死地望着银盘似的月亮，嘴里牙疼似的哼着一种小调，铁牛栓听不懂哼的是什么，反正不是民歌，更不是二人台。

借着月光的反射，铁牛栓分明看见有两行泪水在小鬼子的面颊上闪烁，这家伙不是想娘就是想自己的心上人，莫非在你那个日本家里也有一个“白云”吗？铁牛栓忽然想起上学堂时挨老师打板子的事，那几板子使他永远记住了那首诗：

床前明月光，
疑是地上霜。
抬头望明月，
低头思故乡。

想你的家乡了？想吧，想死你狗日的也活该，放着你家里的“白云”不搂，放着自家安生的日子不过，舍命抛家来糟害我们图的个甚？到现在害得我们家神不喜，灶神不安，有家不能回，有白云搂不上……

一想到白云，铁牛栓就火冒三丈，眼前的小鬼子立马就变成一匹正在低头接近白云的恶狼。

好一会儿，这家伙伸了一个懒腰，接二连三地打开了呵欠。时机到了，铁牛栓暗想。他摸索着将铜钱拴上鞭梢，轻轻地侧一下身，将拿鞭子的右手挪到体侧最佳的攻击位置，双唇一抿，喉结上下一动，寂静的夜空中就有嘶嘶的秋蝉鸣叫声飘出。

正处在睡意袭来之际的鬼子哨兵警惕性很低，他懒洋洋地站起身，向着前下方秋蝉鸣叫的地方走了几步，然后探着脑袋张望。机会绝佳，铁牛栓手腕一抖，鞭梢闪电般窜出，铜钱的利刃悄无声息地在鬼子的脖子上画了半个圆圈，来不及反应也没有任何响动，小鬼子的身躯顺着铁牛栓藏身的土坎下面倒来，铁牛栓就势将小鬼子的身躯用手一托，轻轻地放在地面。

明亮的月光下，小鬼子的头颅耷拉在肩膀一侧，一双死鱼眼半张半合，痴呆呆直愣愣地瞪着深邃的夜空，瞪着那轮圆圆的明月。嘴巴虽然还在一张一合，但是却发不出任何声音，喉咙连同颈部的动脉被铜钱的利刃齐刷刷地割断，猩红的鲜血随着嘴巴的张合忽哧忽哧地向外喷发。

铁牛栓将鬼子兵摔在一边的枪挂上肩，心里对着鬼子兵的尸体说了一句，快回老家眊你爹娘或者搂你那个“白云”去吧。

干净利落灭了一个小鬼子,铁牛栓的胆子陡然增大了许多,他不急于回家了，靠近帐篷仔细一听，小鬼子正在帐篷里酣睡，鼾声、咬牙声、屁声、呓语声此起彼伏。铁牛栓蹑手蹑脚钻进小帐篷，借着丝丝缕缕的月光，帐篷内的一切看得一清二楚。两个弹药箱上搁着两挺歪把子，旁边还有一个铁匣子，铁匣子头顶有两根朝天小辫，一门迫击炮架在另一个箱子上，底座与炮身还在一起连着，处于随时可以发射的状态。小鬼子的警惕性真高，铁牛栓心里暗想。他将两挺机枪往腋下一夹，双肩扛了四个弹药箱外加一门迫击炮，悄无声息地溜出帐篷。

铁牛栓不认识那个长着辫子的铁匣子,估计它不是武器,也不明白它的用处，这就给鬼子兵的快速反应留下了通信工具。

第十一章

白云被扒光衣服，赤身裸体地绑在村口大槐树下的时候，正好是农历七月十五正晌午。

那天天朗气清，阳婆婆很是耀眼。

白云的身子真白，绵白细嫩，就像煮熟以后剥了皮的鸡蛋，在阳光的照射下，泛着青幽幽的耀眼的光泽。

当小鬼子的大狼狗将双爪搭上她的肩膀，长长的、猩红的舌头舔着她前胸的时候，她明白，这次自己是必死无疑了，明年的七月十五就是自己的周年忌日。一旦看明白后路，她反而从当初的极度恐惧中解脱出来，头脑变得异常清晰。她很后悔又很庆幸，她后悔没有听从爹娘的话和他们一起走，又很庆幸自己在临死前还能再见他一面。她屏住呼吸，歪过头，强忍着躲开狼狗口中喷出的腥膻臭气，仰头眼望苍天的同时，想起了石师傅说过的话，到七月十五这一天，阴间的死门就会大开，阴阳两界就可以畅通无阻，所以从古到今，人们都要选在这一天给死去的亲人烧纸钱。

她清楚地记得，六岁那年的七月十五，娘带着她给爹上坟，一到坟地，就有一股旋风刮来，她很害怕，立即按照奶奶平时教的办法，对着旋风呸呸唾了两口，接着就念叨："旋风旋风你是鬼，我是阎王不怕你。"不料娘竟然阻止了她，还对着旋风长长地叹了一口气，满眼含泪说道："要真的是你，你看见我们娘母们不可怜吗？你快把我引走哇。"

不料第二年，娘真的就走了，她想，那个旋风肯定就是爹，娘果然被他引走了。从此，她恨透了那个没有留下任何印象的爹，从此，她再不敢也不愿意去坟地了。

她还想起了村里的老人们说过的话，在七月十五这一天，死去的人也可能升天成神。她不懂得石师傅说的什么天干地支，阴阳八卦，她只记住在这一天死去的人，上天入地都比较容易。她想，小鬼子选择在这一天杀自己，是不是也知道这个说法呢？不过她是既不想升天成仙，更不想入地变鬼。石师傅的嘴里，就有许多天上的仙女下凡偷男人的故事，就连仙女都受不了天宫的寂寞，更何况她还是肉体凡胎。至于阴曹地府，妖魔鬼怪，因果报应，这些故事她听着都会毛骨悚然。她唯一的希望，就是自己的灵魂能够时刻漂游在他的身边，暗中呵护着他，等她再次转生成一个正常的女人，还和他永远在一起。

这时，天空飘过来一缕一缕的白云，细细的，淡淡的，这些丝丝缕缕的白云正在缓慢靠拢，不一会儿就变成一坨一坨的疙瘩云，她盯着其中的两坨疙瘩云细看，它们还在不停地改变着形状，渐渐地就变换成两个人的模样，一个粗壮高大，一个纤细袅娜，奇怪的是，这两朵云彩竟然还在快速靠近，不一会儿就融为一体。她又想，那就代表她和他。

狼狗很大，站立以后几乎和她的身高相等。这是一个好畜生，竟然没有一扑上来就撕咬自己，也可能是主人没有发出这样的指令，反正小鬼子说的不是人话，呜里哇啦，一句也听不懂。可能是自己的身子把这个畜生也迷住了，它舍不得撕咬。狗通人性，看来小鬼子的狗和我们的狗也一样，可这小鬼子也是人，咋就和我们不一样，咋就这么坏呢？白云想。

果然，这家伙锋利的爪子深深地收缩在指缝间，软绵的、毛乎乎的前蹄，真的就没有划破白云那洁白细嫩的皮肤。

白云继续想着。

被驱赶而来的村人们挤成一堆，小孩子被大人紧紧地拥在怀前，头深深地埋在大人的两腿之间。所有的女人都是面如死灰，低头闭眼，木头桩子般地立戳着，能看到的是，她们宽大的裤腿随着身体在簌簌地抖动。男的都是一些七老八十腿脚不利索的人，都是可以作她父辈的老人，所有能跑动的青壮汉子，都在小鬼子进村时跑掉了。

脖子扭得酸困，实在坚持不下去了，转过头来望了一眼人群，小鬼子不多，总共也就十大几个。有几个小鬼子端着枪在人群外围溜达，警惕地注视着四周，一部分围观的小鬼子对着白云的裸体嗷嗷嚎叫，还夹杂着呜里哇啦的鬼子话，从面部表情可以看出来，惊奇的成分居多，个别小鬼子的眼里也有淫邪的目光流露。白云又仔细打量了一番小鬼子，长得也还人模人样，只是个子不大，腿还有点罗圈，真是名副其实的小鬼子，不过并不像人们传说的那么狰狞可恶，也和自己想象中的样子相去甚远。

看到这里，赤身裸体的白云也不再感到羞耻了，双腿也不再紧紧并拢费力地夹着了，实际上两条腿已经麻木，想紧紧地夹也身不由己了，自己这“妨主货”的躯体，在大天白日之下被彻底证实了，不过马上就要死去，证实一下又有何妨，从自己的出生地到现在的居住地，人们早就传说自己是一个“白虎”，人们的传说一点也不错，自己真的就和一般女人不一样，有时候自己都觉得奇怪。

乡间一直就有“白虎妨主”的说法，当第二个男人同样是在圆房后没经一年就死去时，白云自己也对白虎妨主的说法深信不疑了。

冬时寒月，夜深人静的时候，在好多家庭里，就能听到这样的私房话，眼馋“白虎”，你是不想活了！一道管理自家男人的“紧箍儿咒”普遍地被村里的女人们念着。

世上没有不透风的墙，这些话陆续传到白云的耳朵里，回想起师娘说过的话，以及自己懂事以来走过的路，她彻底认命了，她时刻感觉自己低人一等。前些年，除去唱戏，她尽量躲避着人们的视线，绝不在人多的地方抛头露面，自从再次成了寡妇之后，她谢绝一切登台的请求，她深知人言可畏、寡妇门前是非多的道理。在乡村，像她这么出名的寡妇，那更是众人嘴里嚼的家常菜，众人眼里关注的特殊人，她也因此成了让本村、乃至周边村子里的许多男人感到好奇的女人，西南角茅厕那里的土院墙上，老有耗子窟窿出现，尽管她时刻提防，时刻堵塞，但还是在上茅厕的时候提心吊胆。更有那长夜难耐，真的就不怕被“妨死”的光棍汉，人前人后偷递眼神，半夜三更跳墙敲门，但是她都一概视而不见，严词拒绝。她拼命地压抑着自己的感情，尽管在夜深人静的时候，她那寂寞空虚的心灵，非常需要一个知冷知热的伴侣陪着说话，特别是在冬时寒月、昼短夜长的日子里，孤单的她活得好累好累。

可是自从和他成家以后，她就不再埋怨自己了，他给自己带来无数次的快乐，但是苦于自己的身子与众不同，每逢他想要的时候她都会劝他节制一点：

“细水长流哇，永远都是你的，我可是个伤男人身子的妨主货。”

“你没听石师傅说书的时候说过吗？”他嬉皮笑脸地缠着她说，“石榴裙下死，做鬼也风流，我愿意现在就……”

话音未落，她急忙用手捂住他的嘴巴。

她从十七岁出嫁到如今刚刚二十出头，仅仅四五年时间，先后两个男人离她而去，并且患的都是同一种病，所有请来诊脉的老中医留下的都是一样的话，脾肾虚弱，上火下寒，寒火相激，恕老朽没有回天之力。平心而论，这两个男人也很疼她爱她，她们组成的家庭也很和睦，可是一回想一对比，他们和他简直就是天地之差，她和他们是在尽一个做妻子的义务，只有和他在一起，她才真正感受到做女人的幸福，她尽情地享受着一个女人应该享受的愉悦。

昨天半夜，他回来之后显得比往常疲惫，亲热之后，她浑身松软、香汗淋淋地枕在他那宽阔厚实的胸脯上，听他叙述着当兵走开以后的情况，以及两个时辰前偷袭小鬼子的经过。

突然，村子里的几条狗狂吠起来。

“不好！”他一把推开她，急急地说：“穿衣快走，狗日的们撵上来了！”

话音未落，他已经站在当地。

叭！叭叭！静静的深夜，枪声显得异常清脆瘆人。

慌乱之中她来不及穿好衣服，他将她拉过来往腋下一夹，准备一起跑，可惜她的身体太软绵太光滑，夹不住。

他急得眼冒火星，她却突然冷静下来，拿过他的包裹塞到他怀里，顺手推了他一把：“你快走，带上我走不快，你也逃不出去。”

就在他略显迟疑的瞬间，她闪电般将门打开，同时猛地一头向他撞去，猝不及防的他被撞出门外，她麻利地拴好门，他试图推门，她却把脊背死死地抵在门扇上，拖着哭声向门外央求：

“你要真是我的亲人就别管我，快走！我一个妇道人家，没招没惹他们，但凡他们有点人性，是不会把我咋样的！”

隔着门扇，她听到一声无奈的、重重的叹息，然后传来枣红马的马蹄声。

他终于走了。

她知道他的本事，她也和他一样熟悉枣红马的脚力，他们一起骑过无数次，只要骑上枣红马他就安全了！

她悬着的一颗心从嗓子眼落入胸腔的同时，突然间跳动如擂鼓，泪水夺眶而出，四肢仿佛被抽了筋一般瘫痪无力，软绵绵地跌坐地上，半天爬不上炕沿，穿不上衣裳。

起初，小鬼子果然没有对她怎么样，几个端枪的小鬼子前出后进搜查了一遍也就走了，她很坦然，因为挨家挨户都在搜。

当日出东山，几个小鬼子二次返回来将她拉出家门，剥光衣服绑在村口的大槐树下，她明白，有人告密了，因为全村就绑了她一个人，其他人都是被小鬼子驱赶出来观看她的。并且可以明显地看出来，小鬼子并没有伤害其他人的意思，一切的一切都是针对他和她而来的。

“太君问你，你男人跑哪里了？”翻译官居然和颜悦色地问，“还有，他从太君那里偷走的东西藏在什么地方？”

“我说的话你听明白没有？”那个鬼子头儿和翻译官都很有耐心，继续和颜悦色地问着，“说出他的去处，或者东西藏匿的地方，我们马上就放你回家。”

抱定一死的白云，此时的脑子里，根本就没有听进翻译官的半句话，此时的她可以说灵魂已经漂移在身体之外，正在抓紧时间回想着过去的生活，她在细细地品味着和他的每一个不眠之夜。是他给了自己第二次生命，是他使自己焕发了第二次青春，是他把自己死水一潭的心情搅动得重新春波荡漾起来。一年多的时间，她享受了女人应该享受的美好生活，体会到了做一个女人的幸福快乐，这一切都是他带给她的，她深信再没有任何女人享受过如此美好的生活。因为她从他和自己做第一次的时候感觉到，他在她之前从来没有碰过其他女人，她知足了。

其实死亡并不可怕，自己已经死过一次，一闭眼一蹬腿就什么也不知道了。如果上一次不是被他救下，自己早就变成狼群的美食了，既然命运安排自己活不到个地头上，那么什么时候死也就无所谓了。从上一次的死而复生到现在又多活了好几年，已经是足够的了，要让她出卖自己的心上人，就是把她千刀万剐凌迟处死，她也做不到。更何况她觉得自己也应该离开他了，不是为了别的，就是为了他的身体。尽管石师傅向她保证过，他们能够幸福相守一辈子，可她还是有点担心，她绝不愿意他走前两个男人的老路子，她绝不愿意他先她而去，那样她的心真会碎的。她还想象着下辈子转世时，自己能长成一个正常的、不妨男人的女人，那样她就可以和他白头到老厮守一辈子，民歌里就有一句“鱼离水坑树剥皮，死好分离活难离”。既然“死好分离”，那么趁此机会，离开他就是自己最好的选择。让他无牵无挂地闯世路去吧，一个有本事的男人，不能总拴在女人的裤带上，就像一匹骏马不能牢牢地拴在马桩子上的道理一样，驰骋才能更加现显出他们的雄性美。

此时的她真心想死，越快越好，早死早托生。

半天的审问没有得到一句回答，鬼子头儿显得有点不耐烦了。

“八嘎！”抽刀出鞘，熟练地一挥，钢刀准确地架在白云的脖子上。

她闭上双眼，不是害怕，而是因为雪白锋利的战刀反射着明晃晃的日光，刺得她眼睛有点难受。

好一会儿，刀没有往下劈，自己还活着，她有点奇怪，被正午的阳光晒得浑身发热的她，感觉到脖子上有一丝丝的凉意。

她再次睁开眼睛。

突然，她瞭见对面山头上有一个身影一闪而过，她断然肯定那就是他，因为他很熟悉那里的地形，他将小鬼子的东西也藏在了那里。她怕他舍命来搭救自己，如果要是那样，两个人一个也活不了，没有丝毫的犹豫，仓促间心里泛起的民歌脱口而出：

你不是我的哥哥哎全由你，

哎呀你要是我的哥哥吆你就远走高飞；

哎呀你要是我的哥哥吆你就远走高飞……

本来就有一副好嗓子的她，此时此刻，使上吃奶的劲儿唱出来——不，不是唱，而是喊出来。

高亢激越，尖利刺耳，声震群山。

“远走高飞，远走高飞……”

群山回音，袅袅颤颤，仿佛在反复地、特意地强调着她的意图。

要是放在平时，能听到她唱的民歌肯定是一种享受，可惜现在这样的时刻，人们都不知道接下来还会发生什么事情，谁都没有心思欣赏她的歌喉。

小鬼子没有听懂，但是懵懂了，村人们虽然都熟悉这首民歌，但听到的却不是原汁原味的歌词，人们一致在心里说，她被吓疯了。

“这个女人神经了。”翻译官对那个小鬼子头儿低低地说。

鬼子头儿点头承认了这个事实，收起军刀。

一个满脸淫邪的小鬼子，拿着一颗木柄手榴弹走上前，对准她的下体。

她试图抬腿对小鬼子的裤裆狠狠地踹上一脚，可惜双腿麻木，目的没有达到。急于求死的她还想对着小鬼子的脸皮施展女人的看家本领，劈面唾上几口，然而口干舌燥没有一点可以利用的唾液，她只能破口大骂。她一反常态学开了泼妇骂街的本领，她拿出人间最恶毒的语言，她想激怒日军，利利索索给自己来一刀，或者利利索索给自己来一颗子弹，可惜的是小鬼子听不懂她的咒骂。

翻译官对着那个鬼子头儿耳语了几句，鬼子头儿将那个小鬼子喝退了。

鬼子头儿叫野田加一，平心而论，实际上即使翻译官不献计，此时的野田加一也没有动粗的想法，也没有任何淫邪的念头。光天化日，众目睽睽，毕竟他不同于一般乡野里征招的士兵，他是一个受过高等教育的人，他还真不忍心随便就把她作践掉。他收起军刀，背操着双手，绕着大槐树转了一圈。尽管这个女人被背靠树干绑着，但还是可以看得出她那罕见的美妙身材，腰肢纤细，屁股浑圆紧实，还微微上翘着。这么美的人体模特儿，这个在国内临摹过许多人体画像的美术系学生，还从来没有见过。他很庆幸自己听从了母亲的建议，学习了美术绘画这个专业，要是按照父亲的要求学习了外科手术的话，那么他所能见到的，肯定就是血肉模糊的躯体、死肠烂肚的伤员了，根本不会有这么美丽的胴体供他欣赏。他在思谋着怎样才能通过自己的手，将这个模特儿加工一番，使她变成一具更加美丽的艺术品，然后拍几张艺术照带回国内，让昔日的同窗好好欣赏一下自己的艺术杰作，同时告诉他们，“东亚病夫”里面亦有这么美好的人体艺术品。

野田加一再次将军刀抽出来，刀尖从白云的脖子部位开始，沿着胸前的乳沟轻轻地下划，到肚脐眼的位置停下，钢刀划过之处，一条细细的红线立马显现，在洁白如玉的皮肤衬托下显得格外醒目。野田加一的力度掌握得非常好，皮肤没有出血，介于似破非破之间。看了一眼自己的杰作，野田加一突发奇想，收回军刀又抽出佩戴的短刀，对着白云的身体仔细端详开了。他接受了翻译官的建议，到嘴的猎物，要她死去那是太容易了，只需自己一个手势或者是一个眼神，或者是在刀尖上增加一点力度。猫耍老鼠，玩弄于股掌之间，要的就是那种居高临下的胜利者的感受。他不急于要她死，他要把她耍弄一会，这期间如果那个跑掉的男人再返回来救她，那就大大地“吆西”了。他急于得到的是那些测绘仪器和资料，他很明白那些资料的重要性，他的脑袋根本不能和那些资料相比，如果资料丢失了，那就意味着自己的脑袋也丢失了。他出发之前，上峰告诉他，在周边可侦知的范围内，没有中国政府的一兵一卒，也没有发现八路军游击队活动的蛛丝马迹，他对此坚信不疑。所以，他有的是时间，他要花费一点时间，在这个美丽的躯体上雕刻几朵樱花，他开始谨慎地选择着樱花开放的位置，甚至他还想象着一朵朵细碎的樱花，绽放在这个躯体上的样子。

看着拿短刀的小鬼子凑近白云的裸体，人们明白，今天的白云是在劫难逃了。

人群开始骚动起来，一个女人哇地大哭一声，随即晕倒在地，白云用眼角扫了一下，是大翠，她忽然间明白了小鬼子单独抓自己的原因。其他女人恨不得将两腿间的小孩重新塞回自己的肚子里，在自己紧闭双眼的同时，两只手急忙将孩子的面颊紧紧地捂住，同时，眼缝里便有串串的泪珠滚出。一干老少爷们干张嘴巴喊不出声来，只能在心里怒吼，“畜生啊！畜生！”

此时此刻，白云也明白，自己的大限到了，她双眼一闭，咬紧牙根，心里轻轻地喊了一句：大鞭哥，我先走了，记住，下辈子，你还是我的。

第十二章

侵占了太原的日军，转年一开春就成立了一个“调查社”，在晋西北一带测绘地形、勘察煤炭资源、搜集军事情报。吃过晚饭之后，留下一个流动哨，十几个日军挤在帐篷里安然入睡，一天的奔波令他们很是疲劳。

半夜换岗的时候，日军发现被人偷袭了。

驻扎在三岔口据点里的野田加一接到“调查社”的告急电报连夜出发，轻车简从，黎明就赶到事发地。他牵着狼狗仔细查看了帐篷周围的踪迹，反复琢磨着这一神不知鬼不觉的偷袭者。从踪迹上判断，偷袭者仅仅是一人一骑，并且是只进了帐篷一次，可丢失的武器弹药重量加在一起起码在三四百斤左右。他不明白一个“东亚病夫”怎么会有这么大的力气？他断定，这些东西没有走远，应该就藏在附近。

野田加一的判断没错，铁牛栓急于要见到白云，将所偷的东西就近藏到翠峰山顶的小庙里。

住在村口的大翠被狗叫声和枪声惊醒来的时候，窗户上微微显出了曙光，来不及收拾好自己，院门已经被砸开，六七个鬼子兵涌进院子。

“村子里谁家有马？”面对惊慌失措、披头散发的大翠，其中一个小鬼子说开了“人话”，其他鬼子兵很“人性”，面对大翠单薄衣衫难以裹严的丰满身躯视而不见。

大翠懵懵懂懂，愣愣怔怔，一时间理不出任何头绪，平日里伶牙俐齿的大嘴巴，此时却张口结舌，说不出一句话来。

大翠的呆相，被鬼子视为拒绝回答，他们没有对大翠施暴，他们选择了最能打动慈母心的手段。一个鬼子兵单手攥着大翠儿子的一根手指头，轻轻地一捏，“咯嘣”一声，稚嫩的小指头就被捏折了。十指连心的痛楚，根本不是一个三五岁的小孩子能够忍受的，当儿子撕心裂肺的哭喊声将她彻底唤清醒之后，她才发现，赤身裸体的儿子，已经被一个小鬼子从被窝里拖出来。当小鬼子再次攥紧儿子的一根手指头的时候，大翠几乎就是有问必答，甚至是不问也想回答了。

就在鬼子军官的刀锋接触到白云皮肤的那一刻，人群开始骚动，十几个小鬼子立即横枪包围上来。这时，石瞎子分开众人，一把推开挡在胸前的枪刺。没想到一个干瘦的老人竟然有这么大的力气，一名鬼子兵被推得踉踉跄跄后退了好几步，还差点倒地。

“八嘎！”这名鬼子兵挺枪对准石瞎子的前胸。

“住手，我老汉有话要说！”石瞎子对眼皮底下闪着寒光的枪刺理都不带搭理，一只独眼睛猛然间睁得又大又圆，利箭般的目光直刺拿着短刀接近白云身体的鬼子军官。

突然的一声断喝，使得野田加一不由自主地将已经触到白云皮肤的刀锋收缩了一下。

“我可以带你们去找人，但是你们不能伤害这个疯女人，必须把她放了。”

翻译官翻译之后，野田加一狐疑地打量了一眼这个朽木般的瞎眼老头子，显然还在犹豫之中。

石瞎子拇指食指捏成一个圆圈放入口中，向着对面的山头呼哨几声，片刻，一匹火焰般的枣红马出现在山头。石瞎子接连又是几声口哨，枣红马一阵疾驰，不一会儿就跑到石瞎子身边，喷着响鼻，头杵在石瞎子的胸口磨蹭着。

“这就是那个人骑的马，”石瞎子对着翻译官说，“他没有走远，就在对面那座山头上的一个地方藏着，我把他的坐骑唤来之后他肯定跑不远了，我带你们去找他。”

“找不到人，找到你们丢失的东西也好。”看见小鬼子仍然不大相信，石瞎子又说：“估摸着那些东西肯定也在他藏身的地方。”

翻译官与鬼子军官一阵耳语之后，鬼子军官一摆手，一个士兵解开白云身上的绳子，他们果然把她放了。

石瞎子算对了，这最后的一句话作用很大，野田加一找东西的心情更迫切。

白云不敢相信这是真的，等她回过神来，活动了一下麻木的手脚，日军已经不在眼前了。

又是一声口哨，枣红马急速跑向村里，几个日军想去追，被野田加一喝止了。

二姑舅捎来一封信，

他说是那西口外好收成。

一曲二人台《走西口》刚刚唱了两句就没有了下文，接着便是一首随口乱编的民歌：

康熙皇爷御口封，

归绥城南有名声。

藏龙卧虎风水地，

七月十五卧白云。

白云分明感觉到石师傅的那只独眼里有一股犀利的目光扫了一下自己，接下来又是一首传统民歌：

不大大的那个枣红马马多喂上二升升料，

三天的那个路程你就两呀么两天到。

颠三倒四，反反复复就是这么两句，石瞎子一边唱一边带着日军向山坡上走去。

小鬼子刚一离开，大家将憋在胸口的一口闷气长长地喘出来，各自拖儿带女急急向家中走去。

白云瞭见的那个黑影还真的就是铁牛栓，他骑马奔上翠峰山之后就不再走了，他不知道小鬼子会对村里的人怎么样，他更放心不下自己的心上人，他做好返回村救她的准备，远远地躲在一座小山包的后面静静地观察。天大亮之后，村子里发生的一切就尽收眼底，当瞭见一个拿着军刀的鬼子接近她的时候，他立即准备往下冲，然而就在这时却传来心上人那声嘶力竭的呼喊，并且是一遍又一遍地反复喊唱，猛然间他明白了，她绝不愿意他回去救她，她给他传达的信息非常明显，她要自己远走高飞。正在犹豫之际，小红马就被师傅唤走了，他不明白师傅的意图，但是相信师傅肯定要有所动作，接着又瞭见放开白云的小鬼子由师傅带着向自己所在的翠峰山走来，他长长地喘了一口气，自己的心上人暂时是安全了。

石师傅带着鬼子兵一路走一路唱，由于距离还远，开头的几句不着边际也听得不很清楚，随着自己与师傅之间的距离在缩短，师傅的民歌听清楚了，师傅反复唱的就是这么两句话：

黄河流凌冰挤冰，

踏冰过河找救星。
顺利渡过河对岸，
弟兄姊妹喜相逢。

九曲黄河十八弯，
弯里怀抱翠峰山。
乾坎艮震离坤兑，
巽风之地起狼烟。

在民歌的海洋里泡大的铁牛栓，自己就是唱民歌的好手，可是从来还没听过这样的民歌，况且此时根本就不是黄河流凌的季节，不过铁牛栓对师傅歌词里提到的翠峰山倒是很熟悉。

卧柳林村子对面的大山叫翠峰山，此时的铁牛栓就在翠峰山上，当年铁牛栓的马鞭功夫练到一定的程度以后，石师傅就把练习的场地由庙院转移到了山上。

翠峰山不高不陡，但山势很奇特，有八座小山围着主峰等距离排列，主峰顶上有一座不知建于何年何月的小庙，庙旁有一株千年老柏，终年青翠欲滴枝繁叶茂，为小庙遮风挡雨，站在主峰顶俯瞰，整个山形很像村里人过二月二捏的“满炕炕”灯盏盏。传说庙宇可以求子嗣，柏叶可以治百病，还很灵验，不过不到万不得已，一般很少有人这么做。因为求拜的人必须从庙门对着的正北方向入山，然后沿着八座山头的山脚走 8 字形的路线，依次转完八座山头之后，才能到达主峰，仅转这八座山头就需要走八八六十四圈。据说有人曾经偷懒操过近道，可是却迷路不归葬送了性命。可就是这么一个灯盏盏般的地形，在石师傅的眼里就不一样了，师傅说，这是一个天造地设的八卦阵，通过师傅的讲解，铁牛栓才明白了其中的奥秘。翠柏是植物属阴，庙宇是建筑物属阳，阴阳双鱼位于八卦中心，八座山头依次按照乾坎艮震巽离坤兑的位置各居一处，转这八座山头和村子里过正月十五转“灯游会”所走的路线一模一样，亦和石师傅说过的《穆桂英大破天门阵》里的“天门阵”布局一样。周边村子里的放羊汉钻进去没有两三天的功夫很难转出来，不按规定路线行走的人，转不了两座山就头昏脑涨迷路了。

眼看石师傅带着鬼子爬上半山坡，可还是反复唱着那两句，并且越唱越急促，已经带着点声嘶力竭的喊叫了。

石师傅与鬼子离自己越来越近，铁牛栓猛然间意识到什么，他不再犹豫，马鞭一挥，绝尘而去。

石瞎子带着鬼子兵直奔翠峰山，狼狗一边走一边低头嗅着路上的脚印，越嗅越兴奋，恨不得立马挣脱套在脖子上的绳索，第一个到达目的地，竟然把牵狼狗的一个鬼子兵拽得趔趔趄趄。狼狗的表现令野田加一很是高兴，看来这个瞎眼老头子没有欺骗皇军，野田加一对这个瞎眼老头子的态度立马就转变了，两人居然通过翻译攀谈开了。

“你的，良民大大的。”

“良民够不上，良心大大的。”

石瞎子对“皇军”表现出了足够的“忠心”，边走边向皇军介绍着有关翠峰山的传说、进山应该走的路线，还有必须注意的事项等等。野田加一饶有兴趣地听着，他对中国的传统文化也很感兴趣。

野田加一边听边观察着地形地貌，正是草木茂盛的季节，整座大山都被葱葱郁郁的灌木林覆盖着，而且这些灌木都是由长着尖牙利刺的植物构成，果然如石瞎子所说，不按规矩绕着行走，再要不准备得力的砍伐工具开路，想走捷径直达主峰那是根本不可能的。野田加一暗暗赞叹，大自然果真是鬼斧神工。

整整一天，仅走了一半的路程，眼看着太阳即将落山，野田加一不得不下令就地宿营，此时他的主要目的是寻找失物，至于一半个人，跑了也无妨。

第二天出发后，石瞎子的体力明显不支，走得很是缓慢。野田加一也表现出足够的耐心，不催不促，就这么旅游般慢悠悠地走着。并不是野田加一没有军事常识，也不是野田加一警惕性不高，而是因为自从华北战事展开以来，各个战场捷报频传，日本军所向披靡，攻无不克，战无不胜，打得国民革命军队节节败退，铁的事实证明了“东亚病夫”的无能与无力。自己所处的晋西北一带，皇军攻占各县的时候，除去在个别县城和国民革命军有过遭遇，硬干了两下子之外，其他地方几乎就没有碰到过有组织的抵抗，目前仅在三岔口驻扎着一小队皇军和部分皇协军，就可以随心所欲，任意横行周边各县了。所以野田加一作为一名侵略者，走在异国他乡的土地上，没有丝毫的担心与害怕，感觉就像行走在自己的国土上那样安全，那样轻松，那样自由自在。他很骄横，他很自信，在这样的季节里，在这样的环境中，这就是一次登山旅游，尽管这里的风景远没有富士山那么美好。

野田加一应征入伍前，他军界任职的叔叔一直想把他培养成一个中国通，因为叔叔本人就是一个中国通，所以，直到他上大学的时候，他还一直跟着叔叔学习汉语，本来，他已经可以与中国人进行一些简单的会话，但从进入中国开始他就一直使用着翻译，他不屑与“东亚病夫”直接交流，再者说，身边时刻跟随一名翻译，也能显示自己的军阶与身份。叔叔说，我们的国家从明治维新时期进入了工业化时代，可是我们这样的弹丸岛国，最缺乏支撑工业化的资源，好在我们的西边就有一个理想的资源基地——我们的近邻中国，那里地大物博，资源丰富，那个国家封建落后，积贫积弱，军阀割据，一盘散沙，帝国高层已经制定了“大陆经略政策”，简单地说就是先武力征服朝鲜，然后以朝鲜为跳板，踏上那个国家的东北部，在那里站稳脚跟后再继续发展，进而控制整个国家。叔叔说，我们的最终目的是控制亚洲乃至称霸全世界，我们的计划已经开始实施并得以初步实现，我们借“东学党事件”已经把朝鲜拿下了，我们和中国经过甲午一战也试验出了她的国力，一纸《马关条约》我们就获得两亿两银子的赔偿，这可比种地和开工厂来钱利索得多，目前中国的东北地区已经被我占领，纳入我帝国版图的时间指日可待，现在，我们吃的是她的大米，烧得是她的煤炭，用的是她的木材，就连同炼钢铁的原料也来源于她。所以，占领这个国家，掠夺她的资源，是我们每一位天皇陛下的臣民从小就必须牢牢记住的事情，而且是志在必得的目标。叔叔指着墙脚一堆黑黝黝的煤炭说，这就是我们从中国抚顺开采运回国内的优质原煤。叔叔又告诉他，目前我们仅在“南满株式会社”就养活着五千多名“调查员”，更加惊喜的是我们的调查员已经在中国的海城地区发现了铀矿，那可是核裂变的原材料，拥有了它，我们就能制造出可以毁灭整个地球的核弹，拥有了核弹，我们就能成为这个星球上的霸主，到那时，全球所有资源都是我“大日本帝国”的，所有的居民都会受我们奴役。所以，凡是天皇陛下的臣民，只要踏上那片土地，就都有搜集情报的义务，到目前为止，我们“南满洲株式会社”的调查员已经把中国东北地区的资源摸得一清二楚了。叔叔给他出示了一本《北支主要炭矿调查资料》，厚厚的一大本，足足有六七十万字，里面图文并茂，记载翔实，把中国整个东北以及华北部分地区的山山水水，一草一木都记入书中。

野田加一不得不佩服先辈们超前的战略眼光和精细务实的工作作风。

叔叔还讲述了昭和元年，他和三个同学一起徒步考察山西各地的所见所闻。

叔叔说，他们名义上是旅游，实质上就是搜集军事情报。他对山西的西北部更感兴趣，尤其是长城黄河两条巨龙的交汇处。叔叔饶有兴趣地告诉他，这一区域的人特别喜欢唱民歌，无论他们的体力劳动多么繁重，无论他们的生活多么焦苦，他们都能够坦然面对，都能够出口成章信手拈来许多优美的民歌，仿佛民歌就是他们心头时刻流淌着的一股清澈的泉水，而且这股泉水永不枯竭。叔叔说，这里的人通过唱民歌抒发感情，通过唱民歌解除劳累的苦乏，通过唱民歌传递爱情的信息，甚至是通过唱民歌进行着性的启蒙教育。

叔叔的话通过这两天自己的亲身感受得到很好的验证，好像爱唱民歌就是这一带人们的天性，不分时间地点，不分情况场合，甚至是不顾死活，刀架到脖子上了还要唱。可惜的是所有的民歌方言太重，他听不懂其中的意思，他甚至突发奇想，等彻底占领了这个国家，他要邀请学校里音乐系的老师和同学们来这里采风。

他认真阅读过叔叔的考察日记和《北支主要炭矿调查资料》，他还看了叔叔撰写的《大东亚旅行记》手稿。手稿里记载了这一地区有丰富的石灰石、铝矾土、煤炭等矿藏资源，其中尤以煤炭的储量特别巨大。他完全接受了叔叔的观点，他对那片国土也充满了贪婪的喜爱，他很后悔自己上大学选错了专业，所以，当“华北派遣军司令部”组建“调查社”的时候，他就积极报名参加了，他知道自己的专业在绘制地形地貌的时候肯定能派上用场。在他的脑子里，好像凡是占领区域的资源都已经划入了“大日本帝国”的版图。

黄团长同时接到一份电报，一份情报，电报令他高兴，情报令他愤怒。电文告诉他，不日将有专人送来军饷。情报说，在晋西北一带，有一支日军的勘测队伍在活动。

小鬼子欺人太甚，刚刚占领了一些地方，狗日的还立足未稳就开始觊觎我的资源了，一支不足二十个人的小队伍竟敢远离大本营四出活动，这分明是藐视我中华无热血男儿！黄团长命令骑兵连向晋西北一带侦察前进，找机会将这帮小鬼子灭掉。

脱了身的白云稍一清醒，立即回家穿了几件衣服，就在这时院内响起了小红马的嘶鸣，她来不及多想，飞身扑向马背，疾驰着离开卧柳林。

小红马跑出村口不远忽然减慢了速度，接着就两耳直立，摇头摆尾，喷着响鼻咋也不肯走了，任凭白云拼命驱赶都无济于事。正在焦急无奈之际，身后又传来了急促的马蹄声，白云回头一望喜极而泣，竟然是自己的心上人追赶上来。

“快走，我们到王亮营子搬兵救石师傅。”顾不上抽泣的白云，铁牛栓对着白云喊了一句，然后马鞭一挥，两匹马一前一后飞驰起来。

铁牛栓返回军营，骑兵连正准备出发，听完铁牛栓的汇报，黄团长重新下令，骑兵连由王光明指挥马铁牛带路，直插卧柳林。

白云住下来焦急地等待着与亲人们的团聚。

铁牛栓真还是人粗心不粗，路上，他把石师傅唱的民歌向王光明说了一遍，并且又说出自己的想法，巽地指的是翠峰山东南面的那座山头，如果石师傅的民歌真的有所指，那么肯定要在那里做文章。王光明认为铁牛栓分析得很对，两人一合计，带着骑兵连直奔翠峰山。

其实进翠峰山还有一条捷径，这条捷径只有石师傅和铁牛栓知道。前天晚上，铁牛栓就是走这条路把东西藏上山顶的小庙里，现在，铁牛栓就带着骑兵队伍沿着这条捷径直奔翠峰山东南方向的山头。

临近中午，人困马乏，初秋的毒日头直直地射向地面，大汗淋淋的日军每走一步，就有咯吱咯吱的响声从战靴里发出。狼狗已经没有了先前的那股精气神，恨不得将整个舌头从狗嘴里吐出来，野田加一也感觉到异常的疲劳与燥热。

在一处低洼地，石瞎子突然止步不前，而且还精神抖擞地唱开了：

山梁梁高来山沟沟深，

我在那山沟沟里等亲人。

石瞎子的歌声刚刚落地，山头上就响起了高亢嘹亮的回应：

山梁梁高来山沟沟深，

站在那山梁梁上瞭亲人。

是狼狗最先发现了危险的降临，仅仅狂吠了几声就浑身颤抖，四肢伏地，狂吠变成了吱吱呜呜的哀鸣。

野田加一发现被包围的时候一切已经晚了，他处在一处绝地。四面全是荆棘丛生的山头，来路已经被截断，整个地势就像是一口大锅，自己这二十来个人正处在这口大锅的锅底，四周锅沿畔全部是黑压压的国民革命军。面对数倍于己又占据着有利地形的国民革命军，突围已经没有任何可能，军人的本能反应是就地组织抵抗，但是这个念头仅仅在他的脑子里一闪而过就被他自己否决了。就凭这二十来个手拿轻武器的武士，其中还有三分之一是没有经过严格军事训练的地质测绘专业人员，一切的反抗都是徒劳，失败已成定局，怎样体面地失败才是他此时唯一要作出的选择。野田加一的脑子飞速转动着，他担心有人活着出去，更怕有人当了俘虏，他对那几个还未完成学业就被紧急征调到华北战场上的学生兵尤其不放心，万一他们中有谁活着出去，将自己亲自指挥的这次军事行动报告上司再传回国内，自己不但不能成为大日本军人的榜样，而且肯定会受到帝国军事法庭的审判——尽管是缺席审判他也担当不起，那将使日本军界所有野田家族的人颜面尽失，也对不起一直关爱呵护自己的叔叔。此时此刻他恨透了中国人，更恨透眼前这个狡猾的瞎眼老头。他后悔自己的骄横，他后悔自己的轻敌，他要为此付出生命的代价了，他咬牙下达了全体切腹自杀的命令。他在自己切腹自杀前，对着眼前这个瞎了一只眼睛的老头子咬牙切齿，恶狠狠地举起了军刀。谁知这个瞎眼老头子竟然异常平静，不恐不惧，不躲不闪，面带微笑，挺起胸膛等待着这一刀的到来。

怕流弹伤着自己人，王光明下令不许开枪。

铁牛栓顾不得荆棘扎，舍命率先俯冲而下，与此同时，他紧紧盯着野田加一的军刀。人未到，鞭先行，就在野田加一的军刀即将接触到石师傅肩头的那一瞬间，鞭梢划开沉重闷热的空气，在野田加一的手腕上蛇信般亲吻了一下，当啷一声响，军刀落地了。随即，铁牛栓飞身一跃，定定地站立在野田加一面前，两眼直勾勾地盯着野田加一。野田加一还想挣扎着去捡面前的军刀，可是根本用不着他再费劲，铁牛栓抬脚轻轻一钩，军刀就向野田加一的怀中飞去，野田加一试图用手接，不料双手却不听指挥了，军刀再次跌落地下。他还不知道自己的手腕已经折了，连自杀的权利也被铁牛栓的大马鞭给剥夺了。

当骑兵连的士兵从山顶上披荆斩棘冲下来的时候已经迟了，场面惨不忍睹，所有的小鬼子脸色惨白，面向东方齐刷刷地跪着，每个人的腹部都插着一把军刀，露出的刀柄被双手紧紧地攥着，红汤黄汁从刀柄处的两手间争先恐后地涌出来，缓慢地向着地面嘀嗒，整个战场弥漫着一股一股的血腥屎臭味，数不清的绿头苍蝇不知从何处一轰而来，怀着和打扫战场的国民革命军士兵一样的心情，兴奋地吵闹着，争分夺秒地检点着死尸，见缝插针，品尝带有血腥味的美食。

国民革命军弟兄们强掩着口鼻打扫完战场，就在王光明下令撤离的时候，有一个小鬼子身子抽搐了一下，发出了痛苦的呻吟。

第十三章

野田加一双手腕部骨折，和野田加一同时被俘的日军叫河野三郎，是一名卫生兵，在野田下达命令后，将军刀浅浅插入，他还年轻，不想为天皇玉碎。

到了国民革命军驻地，他俩被送进一个小院子，院门口刷着红十字，有穿白大褂的人进出，野田明白，自己即将成为人体实验对象，他知道日军在东北就有这样的地方，他恨自己没有抢先切腹，更恨那个挥舞大鞭的中国士兵。

出乎野田预料，他俩没受任何虐待，国民革命军的医生给河野包扎了伤口，给野田的手腕绑上夹板，把他俩转移到一座四合院养伤，伤筋动骨一百天，这一养就是大半年。

晋绥军进攻包头失利，野田加一从中看到希望，他坚信大日本帝国必胜，他必须逃出去，他一改往日的骄横，对食物不再挑剔，碰到国民革命军首先就是一鞠躬。

野田加一这段时间的表现把岗哨迷惑了，岗哨对他俩的看管有所松懈，借放风的机会，他把四周观察了一遍。

一座四合院，东南西北都有建筑，而且墙高院大，唯一的出路就是大门口，可那里二十四小时双岗哨，正面一溜窑洞，除去主人一家居住，其他都是国民革命军指挥机构占着，他和河野住在南面的小房子里，门外还有一个岗哨，南房与正面窑洞的距离近二十米，白天，通过正面窑洞窗户上的一眼小玻璃就可以把整个大院尽收眼底，观察过后野田加一的心情坏到极点。

然而一个偶然的机会又使野田加一看到了希望,这个希望是上茅厕时发现的。

茅厕位于院子的西南角，那天他正要上茅厕，发现里边有人在清除粪肥，茅厕的墙上有一个四四方方的窟窿，平时用一捆柴草塞着，没有引起注意，此时那个清除粪肥的人正用铁锹铲着肥料通过这个窟窿向外扔，墙外有一挂马车在装运。野田加一明白了，那是一个出粪口，即将开春，这是农人必须做的工作。他拿眼角瞟了一下，高兴得差点叫出声来，那个出粪口大可容纳一个人的身体钻进钻出。

是夜，野田加一彻夜未眠，征招入伍前的情况在他的脑海里一幕一幕地闪现。

野田加一是广岛人，上大学时认识了一个老乡，叫酒井美代子，他对她一见倾心，追了三年之久，可美代子却对他若即若离，就在他即将失望之际，天皇陛下的一纸诏令帮他实现了愿望。

天皇陛下诏令大日本帝国的勇士们参加大东亚圣战。

诏令一出，成千上万国人呼喊着“天皇万岁，征服满蒙”的口号涌向兵站，尤其令野田感动的是，许多小学生手里攥着积攒的零花钱，抢着往参加体检的昭和男儿手里塞，“叔叔，替我赶杀那些支那猪。”

初期，由于对参战士兵体检比较严格，许多女生和部分男生未被选中，和野田加一同宿舍的井上君和川崎君竟然因为体检不过关，一出兵站门就自杀了。

被体检刷下来的女生随即组织了“国防妇人会”，妇人会的口号是：“慰劳官兵，资源回收，爱国储蓄，生活更新，女子挺身，家庭报国。”她们还发起一个千人刺绣活动，一千名女子，每人一针，在白色棉布条上绣出一个图案，这个图案叫“千人针”，她们说带着它可以刀枪不入，许多被征召的男儿出发前收到了千人针，如今，野田贴身的口袋里就装着一件。

这些举动刺激得整个大和民族就像注射了鸡血针，女子自愿充当随军“慰安妇”，当“慰安妇”的名额满员不再征召，她们又别出心裁想出一个石破天惊的招数，凡是参战的昭和男儿在出发前，女生都愿意陪睡，如果男生同意，还可以结婚。消息一出，人心更加激动，原本没有意愿入伍的学生也开始报名，女生立即投怀送抱，与即将入伍的同学同居，又有许多人抓紧时间举行婚礼。

就在此时，美代子主动与野田走到一起，时间虽然仅仅一个多月，可是这一个多月的缠绵使尝到禁果的野田留恋不已，继而产生了不愿上战场的想法，他准备在自己的身体上做文章退出兵役。谁知美代子发现他的想法后立即严厉警告，如果他这样做，他在她心里就是一个懦夫，她不仅鄙视他唾弃他，她还要把他的做法公布于众。美代子的态度令野田既惊又喜，没想到，看上去温柔善良又小鸟依人的美代子，骨子里竟然如此刚毅，他立即赌咒发誓，坚决做一名英勇的帝国武士，绝不让美代子失望。

出发前的头一天晚上，野田加一在外面和几个被体检刷下来的同学喝酒告别，回到住处却发现美代子割腕自杀了，痛不欲生的野田从美代子的遗书里读出了原因，他挥泪吻别了美代子的遗体，咬牙登上开往中国的轮船。

野田加一时刻将美代子的遗书用“千人针”包裹着带在身上，他决心要对得起美代子的遗愿，他每仗都是身先士卒，他杀起中国人来毫不手软，每次打仗结束，他都要把美代子的遗书拿出来读一遍，每读一遍，野田加一的热血就沸腾一次，他心里默默告诉她，我没有辜负你的期望。

当晚，野田加一再次从贴身的口袋里掏出美代子的遗书，就着昏暗的油灯读开了：

亲爱的加一，明天你就要出征了，请原谅我选择这种方式离开你，我是非常高兴地离开这个世界的，请你不要为我难过，我的死算不了什么，为的是让我们大日本帝国的男儿没有后顾之忧，轻装上阵为国出力，最近我们相约了许多姐妹这样做，我们唯一的希望就是请你们无牵无挂地杀支那人，尽早把他们赶尽杀绝，把那片肥沃的国土纳入大日本帝国的版图。

愿天皇保佑你们健康平安

别了，吻你

酒井美代子绝笔

实际上，野田加一早已把酒井美代子的遗书倒背如流，他之所以反复拿出来阅读，主要是睹物思人。

河野三郎同样也是难以入睡，由于他是直接从广岛的乡村被征召的，走之前除去母亲和妹妹之外没有接触过其他异性。他年龄小，不懂得男欢女爱，他和那些寻死觅活非要参加“大东亚圣战”的人不一样，他被征召的原因是河野家族的医学造诣。离开故乡后他时时刻刻都在想家，临别时爷爷嘱咐他，无论日本人还是中国人，那可都是人，我们的使命就是治病救人。入伍编组的时候他被分到卫生队，他牢记爷爷说过的话，专心致志地履行自己的职责，只不过看到自己的同胞腿瘸胳膊折的时候，他还是比看到死伤的中国人难受。

野田君的军阶比他高，年龄比他大，他的一切行动都在野田君的指挥控制之下，他没有自己的主见，没有自己的思想，唯一能够独立进行的就是思念故乡。战火燃烧的时候，这种思念会消失，一旦空闲下来，思乡的心情就更加强烈，特别是被俘后的这段日子。当野田君要他时刻做好逃跑的准备、当野田君兴奋地告诉他有机可乘之后，他同样高兴异常彻夜难眠。

野田君嘱咐他，这几天吃饱喝好多休息，充分蓄积体力，机会马上就有。越是这样他越是睡不好，这令野田君生气，曾经暗中教训过他好几次。

元宵节过去不久，国民革命军的头头脑脑不见了，连着几天，院子里没有往日那种军人进进出出的场面。这是一个比较简单的军事常识，野田加一判断，他们被上司召走开会去了。

一年一度的沙尘暴来临了，西北风夹带着库布奇沙漠的黄沙土刮得天昏地暗，天地间一片混沌。以往野田加一碰到这样的天气很讨厌，可是现在他不但不讨厌，而且还特别喜欢。他祈盼着沙尘暴就这么一直刮下去，还祈盼着刮得更猛烈一些。

果然，天遂人愿，沙尘暴从早晨开始，一直刮到晚上还没有停下来的迹象，野田加一悄悄告诉河野三郎，做好今晚逃跑的准备。

在这样的天气里，任何人都不想做什么，外面呼呼的风声一阵紧似一阵，沙尘扑打着窗户纸发出沙沙的响声，空气中的泥土味呛得人嗓子眼里痒痒的，昏黄的煤油灯光更加暗弱，团部值班的几个参谋围在一起打扑克。

王光明看到这样的天气，在夜晚来临时调整了岗哨，大门口同时换上了铁牛栓和鬼旋风，并且反复叮嘱铁牛栓要提高警惕，严加防范。铁牛栓口头允诺，心里满不在乎，两鬼子手无寸铁，门口又有单独岗哨，院墙一搭手高，村里还有流动哨，得不到允许，没有孙悟空的本事，狗日的插翅也难飞走。

两人上岗后猫在大门洞里避风聊天，他俩的警惕性都不高。

“你那腿上功夫是娘生胎带还是经过高师？”铁牛栓一直很好奇鬼旋风的飞毛腿。

“咱这本事是天生的。”鬼旋风卷了一支喇叭边抽边讲开了身世。

鬼旋风的本名叫张庙保大，老家与卧柳林相邻，就在他五岁那年，一场大病几乎要了他的性命，恰逢一位老和尚化缘路过，他爹娘就把他许在庙上，张庙保大的名字就这样产生了。

老和尚在接手他的时候给他爹娘说，“这孩子与佛无缘，天生吃俗饭之人，到十二岁魂全了你们来领走吧。”

改名住庙后果然没灾没病了，到七八岁的时候，两脚心各长出一簇黄毛，自从脚心长毛之后他走路就和一般人不同了，一开步就疾走如飞，而且很难自己站住，必须柱一根木棍，支撑减缓惯性。

“你出家人的身子，咋还干绺子？”

“我这不是还俗了吗，等打跑小鬼子，我还要娶老婆生娃。”一转入这个话题鬼旋风的兴致又高了，“牛哥，你想嫂子吗？”

“想，咋不想，只要死不了，一打完鬼子我就回家。”话题又勾起了铁牛栓的思乡情。

“牛哥，不怕你笑话，其实我还真有过一回娶老婆的机会。我还俗回家后不能像正常人一样走路，手里时刻拄着一根棍子，家里人看见我是一个半边手（方言，专指残疾人），怕我打了光棍，四处央告媒人给我踅摸老婆，可方周二围的村子里没有一个闺女愿意嫁给我。到我十五岁那年冬天，爹娘破费了不少水礼，终于请动一个有名的大媒人，给我访查到一个对时的。那闺女比我大三岁，娘家不要彩礼，把我爹娘乐得嘴都抿不住，差点就要给媒人下跪。媒人给我爹娘说，等一月之内就过门。又对我说，女大三抱金砖，这可是一门好亲事。俗话说，赖媒人两家骂，好媒人骂两家，好赖媒人都吃喝。爹娘不但对媒人言听计从，而且还超出常礼施谢了媒人。眼看娶亲日子临近，有一天，我在街上玩耍，就听一群猴小子对我喊：‘庙保大，娶老婆，娶回一个茶老婆，吃饭不知饥和饱，睡觉不识颠和倒。’我虽然知道这可能是开玩笑，但还是起了一点疑心，拿定一个铁钵子老主意，事前不见一面绝不拜天地。逼得爹娘没法子，就在喜日子来临的前几天增加了一道礼仪——吃知门饭。你知道咱老家的乡俗，这个礼仪她家没法拒绝，到了那天，那闺女的大大引着她上门了，我瞅端了一下，宽盘大脸，模样倒也周正，就是上下一般粗，肥腰大屁股。那闺女从进门开始就像个哑巴，都是她大大和我大我妈一递一句过话。那天给她父女俩吃的是羊肉臊子面条，面条一端上炕，那闺女屁股一拧，身子一欠，“噗”地一声放了一个响屁，而且还高声大气地说：‘大，大，给我看住这碗面条子，我屙紧了。’她大大的脸一下搐成个核桃皮，我大我妈的脸上也好看不成个甚。我一听这出腔就知道是个真茶货，跳地趿拉鞋就跑，也是我大反应快，还没等我窜到当院就把我抱住了，牛不喝水强按头，死活不让我悔亲。我妈竟然和我大摽在一起磨叨我，奶大腚宽，生上没完，能开怀续香火就好，耕地要用短腿牛，娶老婆要娶一篓油，给你娶上个细眉花眼杨柳腰的妖精，能顶吃还是能顶喝，细腰长腿，一辈子懒鬼。一看我大我妈铁了心要给我娶这个茶女子，我瞅个空子从家里逃出来，一口气跑到古城，碰上六十九，就跟着他干开了。在道上一混，就没有娶老婆的想法了，不过十里长滩那儿有个小寡妇，一心就在我身上，她也是我最可心可意的一个。

"那你就应该娶了她。"

"唉！你是不知道，她住的那个地方叫孤山店，一听村名你就明白，满村四五户人家还分散居住，相互间老死不相往来，太孤哨（方言，寂寞）了，咱这人耐不住那个。本来我想让她搬个地方，哪怕是住到古城也好，可她死活不愿挪窝。交往多年我才了解她的身世，她是东北人，小鬼子占了东北，立了个'开拓团'，把她家的土地全夺走了，东北人性格刚烈，她男人提溜一把刀子去找小鬼子讲理，结果土地没要回来，男人也被小鬼子抓到'给水部队'的高墙大院里圈起来。"

"我听王大哥说过，那是小鬼子拿活人做试验的地方。"

"她男人进去不久给她捎出来一句话，要她赶快逃离家乡，找一个人烟稀少的地方苟且这一辈子，越远越好。她一路讨吃要饭走到孤山店，碰到一个孤寡瘸腿的老婆儿收留了她，两人相依为命，直到那个老婆儿闭眼蹬腿，她也住习惯了，再没挪动个地方。"

"人们说东北人无论男女，都长得人高马大，可那女人却小巧玲珑让人心疼。"鬼旋风说着说着又动了情，长叹一口气，"真是一个苦命女人。"

"都是狗日的小鬼子害的。"铁牛栓咬牙切齿。

"我又想，咱早年那营生四处飘荡，刀尖上舔血，今日不知明日是死是活，成了亲反而会拖累人家。一个良家女人一旦明媒正娶和咱走到一起，那就是土匪婆子，受人指戳不说，还要时刻替咱提心吊胆，再要有了传宗接代的，牵肠挂肚能把咱的心分成好几瓣瓣，不如这样无牵无挂，一人吃饱全家不饿，一人穿暖全家不冷，实在憋不住就找一个相好的，光棍跳过墙——暂躲一时忙，解饥解渴又省心。不过我把道上打闹的大部分都给了她，我算计过，够她这辈子过日子用了。"

鬼旋风边说边卷了一棒旱烟点着，深吸几口，马上就从刚才的情绪中缓过来，又嬉皮笑脸来了一句，"男人一辈子两根棍，好活一阵算一阵。"

"你狗日的不学好，伤人家女人们的心。"铁牛栓边笑边拿鞭杆轻轻戳了一下鬼旋风的额头。

“其实山野草地的人对这种事情看得也寡淡，有个笑话说，一个村子里，只要有一家男人出门，满村子的男人就都能当一回新郎官。实际上想给咱留门的女人也多，完事后丢一块大洋就都满意了。伙子里的人和我差不多，一马蹄子内都有三五个相好的了。”说到这里鬼旋风又是一声叹息，“可惜现在穿上这身二尺半，不自由了。”

“你不离寺庙，那清规戒律约束得你更不自由。”

“嗨嗨，牛哥！庙里的和尚也是肉体凡胎，和咱一样离不开女人。”

“阿弥陀佛，不敢鬼嚼。”

“牛哥，是真的，再给你说个秘密。”

“说。”铁牛栓的好奇心被鬼旋风引逗起来了。

“说起来我还因为这事挨过一次打。庙里的师傅都比我大，我们住一间禅房，禅房的墙角有一个擦洗得干干净净的瓷罐子，平时里面什么也没有，过十天半月，一位师傅就要往里倒一点洗碗水，每逢这天黑夜，他就出去，天快明的时候才回来，进门还要喝一口洗碗水。那天半夜我尿急，正好那位师傅又不在，其他几个师傅鼓动我尿到那个罐子里，我也觉得那是个泔水罐子，就真尿进去了，谁知二日天明那师傅回来喝水，这一喝，我的皮肉就受苦了。我十一岁那年，跟着师傅们给一个去世的男人做法事，正好我跟在那位打过我的师傅后面，围着灵棚转圈念经，那男人的老婆爬在棺材上哭灵，那位师傅转到女人身边时放慢步子，重敲法器，出口的经文是‘二斤棉花三尺花花布捎到了没？二斤棉花三尺花花布捎到了没？’那女人嗓子很好，很会哭灵，当我们再次转到她身边时，就听那女人回应‘我的那亲人，捎到了呀！’”

鬼旋风先用诵经的语调念叨那句话，接着又低声学女人哭灵的腔调。

因为是在站岗，铁牛栓强压着笑憋出两眼生泪。

“回到庙里，我忍不住把这事说出来，几位师傅笑罢告诉我，连同老住持在内，都知道他和那女人是老相好。”

“你编排完女人又编排出家人，操心佛爷怪罪你，趁早收起那灰心事，穿好这身二尺半，等灭了小鬼子，哥让你嫂子给你踅摸一个好女人。”

“牛哥说话算数？早就知道你们那一带出美女。”

“只要你一门心思打小鬼子，我说话肯定算数。”铁牛栓满口应承，接着又说了一句，“往后不要牛哥牛哥地叫了，你比我岁数大，应该我叫你才对。”

“叫顺嘴了嘛。”

闲话递答着，时间过得也快，后半夜的时候鬼旋风有点困，铁牛栓把军大衣脱下铺在地上，把枪塞在鬼旋风的怀里，让他靠墙打盹，自己怀抱大鞭站立一旁。

“你只拿大鞭站岗，让头儿查岗看见够你喝一壶。”

“又不是在火线上，马鞭是我的手头家具，我拿它已经成了习惯。其实只要距离合适，我还是数用这个得劲。”铁牛栓掂了掂手中的大马鞭接着说，“就两个鬼子，用不着老子多操心。”

天气很配合野田加一，半夜了，沙尘暴还没停。野田加一高兴地躺在炕上睡得很香，不时还打着呼噜呼噜的鼾声，他对频繁翻身的河野很恼火，每当河野翻身，他都要拿胳膊肘戳他一下。

哨兵的警惕性很高，每隔一段时间还要透过一眼破窗户往里窥视一番，尽管油灯如豆，但屋小人少，一切尽收眼底，看到和听到的都很放心。

时过午夜，呼呼的风声一阵紧似一阵，外面刚刚换过岗哨，时机成熟了。野田加一迅速起身踅到门口，并不高声地喊，“报告哨长，小便。”

新上岗的哨兵睡意还未消失，懒洋洋地开锁推门。还没等哨兵反应过来，野田加一迅速出手，猛然一拽哨兵的腰带，哨兵就被拖得跌入野田加一的怀中，野田加一随即双手卡着哨兵的头颅向后一拧，轻微的一声咯嘣响，哨兵就软绵绵地出溜在地上。

风声掩盖了一切，野田加一探头向外观察了一下，没有任何动静，他示意河野三郎跟在他身后，两人蹑手蹑脚向茅厕走去。

后半夜铁牛栓感觉有点冷，他想从鬼旋风的身下揪出大衣，可是看到鬼旋风睡得正香他不忍心了，他活动了一下四肢，抱着大鞭原地溜达。

不一会儿，铁牛栓尿急，他竟然违背条令，离开哨位时没有叫醒鬼旋风，相反，他还怕惊醒鬼旋风，轻手轻脚向茅厕走去。

练过功夫的眼力真管用，铁牛栓一到茅厕门口就发现情况不妙，野田加一的半截身子已经钻出墙外，河野三郎猫着腰紧随其后。

“哎呀，狗日的还想跑！”铁牛栓高喊一声，飞身跃进粪坑，向野田加一扑去，就在这时，河野三郎的躯体重重地倒向铁牛栓的怀里，将毫无防备的铁牛栓砸了个趔趄。铁牛栓随手将河野三郎提溜起来一摔，河野三郎就被丢到院子里。当铁牛栓再次扑向野田加一的时候，这家伙已经钻出墙外，铁牛栓的身坯根本钻不过去，情急之下来不及多想，后退两步往前一蹿，轰隆一声，西墙被撞开一个豁口，这时，听到动静的鬼旋风也从大门口绕到围墙外面，两人顺着野田加一逃跑的方向一路猛追。

野田加一听到喊声，知道是那个耍大鞭的家伙扑进来了，他双腿一缩，往后猛力一踹，直接就把河野三郎踹倒在铁牛栓怀里，自己借着这股蹬力，从出粪口哧溜一下钻出去爬起来就跑。

不愧为训练有素的职业军人，野田加一从被俘的那一刻开始，利用一切机会观察留意周边的环境，他把沿途走过的道路，目力所及的地形地貌，尽可能地印在脑子里，可惜被关进这个墙高院大、岗哨林立的房子之后，他的眼睛失去了作用，外面的情况没法看到了。虽然眼睛用不上，但是他的耳朵和脑子却一刻也不闲着，每天清晨，他会屏声静气捕捉附近的军号声、出操的口令声，慢慢地，凭耳朵就把大院外面国民革命军的分布情况估摸出个大概，他早已在心里规划好了逃跑线路，从出粪口钻出来立刻向东北方向狂奔。

论跑路，个矮腿短的小鬼子根本不是鬼旋风的对手，刚跑出四五百米，就被鬼旋风追上来兜头堵住，这时铁牛栓也赶到了，两人一前一后将野田加一夹在中间，就像观看一头笼中困兽。野田加一绝不甘心束手就擒，他还在左冲右突，试图躲过二人的围堵，就这么老鹰抓小鸡般躲闪了几下，铁牛栓不耐烦了，当初要不是王光明拦着，狗日的小命早没了。

还没等鬼旋风反应过来，铁牛栓手腕一抖，鞭梢就缠住野田加一的脖子，随即拧步转身手臂挥动，野田加一的躯体在空中连翻两个跟头又重重摔在地上，鬼旋风上前一步举枪要打，被铁牛栓制止了。

“还没闻见？已经底漏了，作害那一颗子弹做甚，枪声惊动太大，不值得。”

铁牛栓话音刚落，一股扑鼻的腥臭味呛得鬼旋风连着干哕了好几下，只得一手掩着口鼻，一手检查衣服口袋，收缴了随身物品。

生死关头，情急之下，野田加一的爆发力特别巨大，毫无防备的河野三郎被兜头一脚踹倒在铁牛栓怀里，当下就失去知觉，当他醒来的时候已经躺在炕上，院子的主人王先生端着一碗蛋汤坐在他身边。

黄团长开会回来听罢汇报，看着酒井美代子的遗书咬牙切齿地说：“一个疯狂了的民族，竟然丧心病狂到如此地步。你们看着，这样的民族，用不了多久，必遭天谴！不经历一次刻骨铭心的阵痛，是不会幡然悔悟的。”

河野三郎自从那天被野田加一兜头踹了一脚之后就开始头晕，没几天这一症状更加严重了，他心里清楚，自己的颈椎出了问题。卫生队来人诊断的结果和河野三郎自己判断的一样，颈椎压缩性变形，需要卧床牵引。

本来已经做好了死的准备，对颈椎的病变也就不在乎了，可是出乎预料，国民革命军的人不但没有枪毙他，而且对他比以前好了许多，监管的也没有以前那么严了。特别是王姓这家人，没有了往日那种敌视的眼光，不知是得到指派还是自觉自愿，在他头晕特别厉害的时候，还把他当做一个病人关照着，这一切又使他有了活下去的欲望。在他恢复期间，那个满脸慈祥的王先生一有空就陪在他身边,两人语言加手势交流得还很热乎。他从这位中国老人身上看到了爷爷的影子，当他第一次开口叫王爷爷的时候，老人的眼里竟然湿润润的，他想起爷爷说过的话，无论日本人还是中国人那可都是人。他忽然间觉得这个国家很美好，这里的人民很善良，他开始悔恨自己作为一名侵略者踏上这片国土，他开始愤恨自己的同胞在这片国土上的所作所为，他要为这些善良的中国人做些力所能及的事情，他想起爷爷传授他接骨术时说过的话，这个技术还是从古代的中国传入日本的。他想，应该把这个传给王爷爷，物归原主，治病救人，不违祖训。

第十四章

初十那天一大早，打开院门的管家发现靠着门墩石旁半躺半卧着一个人，一看穿扮就知道又是一个要饭的，躺这里等早饭。一年四季，这类事情在老财主的院门外见得多了，但等开早饭的时候打发他饱吃饱喝一顿就行。可是，当管家亲自将一大碗黄澄澄的糜米酸粥端到这个要饭的面前时，却怎么也喊不醒他。手扳肩头继续喊叫，才感觉手上黏糊糊的，仔细一看，原来是即将凝固的黏稠血液。揣胸口微温，试鼻息微弱，显然是昏过去了。再仔细打量，这人有点异样，大热天，上身单衣薄裳，下身却穿得臃肿肥大，两条腿全部用破旧的烂布裹缠着，上面的脏污五颜六色，乱七八糟，还散发出一股难闻的气味，管家熟知掌柜的脾性，越是这样的人越要救助。于是立即喊人将这个要饭的舁到屋里，一碗温热的黄米汤灌下肚，要饭的慢慢睁开眼睛，怔怔地打量着众人，不发一语。

老财主对管家说："快叫人烧一锅热水，给他清洗一下身子，再换几件干净衣服。"

就在这时，要饭的开口说话了：

"给我包一下肩部的伤口即可，两腿害上'臁疮'，已经开始流脓，万万不可动，但等回到老家再慢慢治疗。"

一听来人有伤，老财主马上打发人把石瞎子叫来，处理伤口是石瞎子的拿手好戏。

" 兄弟，你这伤是枪伤，应该是小鬼子的三八大盖所致，好在是贯通伤，没有伤着骨头，很快就会好的。"处理完伤口，石瞎子很老道地说，"我断定你不是讨吃要饭之人，江湖上常说，有没见面的朋友，没有没见面的仇人，能告诉我，你是咋受的伤吗，是不是碰到过小鬼子，或许我们可以帮你一把。"

来人接了一下石瞎子独眼里射出的犀利目光，又看了一眼老财主憨厚祥和的面容，低头沉思了一会儿，终于咬牙说出一句话："我是晋绥军孙师长手下的军需官。"

接着开始缓慢地拆解裹在双腿上的破布条，随着破布条在军需官的手中一圈一圈地褪尽，最里面显露出来的一条裤子，从裤腰到裤脚全缝制着许多小口袋，里面装的东西把石瞎子和老财主惊得目瞪口呆——整整二十根金条和一堆现大洋。

军需官是给四二二团送给养的。

四二二团在忻口战场上的表现，令二战区司令部的长官们再次刮目相看。

整整二十一天的忻口战役，四二二团拼死坚守了十七个昼夜，是整个战场上唯一一个没有中途换防、没用补充兵力的建制团，也是唯一一个不需要执法队督战的团，而且士兵不需要使用通行证，可以任意在火线与后方自由穿行，因为全团没有一个后退的官兵，更没有一个逃兵，他们的穿行是在执行任务——输送给养或者转运伤员，一旦任务完成就自觉迅速返回火线。轻伤员不下火线，重伤员只要还有一口气，只要还有一点点战斗力，就拒绝离开阵地，他们全都是一句话，黄团长还在阵地上，我们死也要和他一起死在阵地上。到战斗最激烈的时候，在临时救护所里，只要有佩戴黄蜂标记的四二二团伤员，每一个医护人员都自发地予以抢先救治，因为大家知道，他们一出救护所就要返回阵地。每逢佩戴有黄蜂标志的伤员相互搀扶着再次返回阵地的时候，执法队的官兵都要列队敬礼，含泪送行。

从太原撤出来后，军部和师部都在想尽一切办法寻找四二二团，当黄团长终于和军部取得联系后，军部立即命令师部，倾家底尽全力，从速恢复四二二团的建制和作战能力。

孙师长听到黄峰也负伤的消息更是心急如焚，孙师长对漠北草原的情况了如指掌，一到夏天，草原上蚊蝇牛虻成群结队，体大如豆，刀枪之类的红伤极易感染，他在担心四二二团的同时更担心黄团长的安危。戎马半生之人，对兵怂怂一个，将怂怂一窝的道理比谁都清楚，他深知，只要黄峰在，用不了多久，一个能征惯战的四二二团就会重新出现在战场上。

军需官是孙师长的本家兄弟，亦是孙师长的贴身心腹，孙师长让自己的兄弟冒着生命危险，孤身一人携带巨款，穿越敌占区和土匪出没的不毛之地，实属无奈之举。他个人还给黄团长准备了一件比黄金还贵重、在当时用黄金也难买到的礼物，他嘱咐自己的兄弟，这个是专门给黄峰团长准备的，不到万不得已绝不能轻易动用。

孙师长给自己的兄弟下达的命令是，丢命不丢钱，完不成任务活着不能来见我，死了不得进祖坟。

看着师长的表情，孙军需官感觉到自己肩上担子的分量。自古就是盛世古董乱世金，面对如此时局，师长甘愿冒着巨大的风险，不惜自家手足的生命，让他独自一人给四二二团送这么一笔巨款，越发说明这批军饷的重要性。

半个月前，孙军需官伪装成一个双腿流脓的乞丐，离开师部，一路绕开小鬼子占领的地方，专拣穷乡僻壤的山村小路，讨吃要饭，向着漠北草原前进，走了十几天，就在快到黄河边的那天傍晚，和一队勘察测绘地形的小鬼子不期而遇了，起初，孙军需官的穿着打扮并没有引起小鬼子的注意，谁知事情很不凑巧，越是心慌越出错，就在快要脱离小鬼子的视线之际，裤腿里跌出的一枚银圆引起了小鬼子的注意，好在小鬼子不是战斗力很强的步兵，追出不远就止步了，他才能够死里逃生，到达卧柳林的时候，枪伤加饥渴，他终于支持不住了。

孙军需官断断续续叙述了事情的经过，五老财和石瞎子被四二二团的事迹感动得四只眼睛三只泪花闪烁。

“以我现在的体况，你们完全可以……”孙军需官闭上眼睛不再言语。

“瞎说甚哩？你以为我们不是中国人吗！”五老财感到被羞辱了一般，脸红脖子粗地说，“你不知道，黄团长和我们还是八拜之交的老朋友。”

试探出二人的心思，孙军需官一直紧绷着的神经彻底松懈下来，人随即瘫倒在炕上。

“一过黄河，土匪多如牛毛，还可能有小鬼子的暗探，也有打着各种旗号的抗日人马，我们必须想一个万全之策，无论如何不能丢了四二二团这笔救命钱。”石瞎子已经开始谋划怎样才能帮孙军需官完成任务的事情了。

“时间要抓紧，估摸着不出三四天，小鬼子就会转悠到这一带，再说这批军饷早一天到达，也能够早一天派上用场。”休息了一会儿，孙军需官恢复了元气，听石瞎子这么说，更加放心了。

思忖了一会，石瞎子说，“孙军需官一个人不可能再走了，咱全家人上演一出走西口哇。”

“这两天炖一只老母鸡，给孙军需官恢复一下元气，他身上的衣物还照原样，不洗不涮，越脏越好。走的时候套一挂马车，让他当重病人躺着，这样在路上就更安全些。十三日全家人务必出发，家大人多，走起来费时费事，赶快做准备，”石瞎子给五老财仔细地安顿着，“十三一早就走。”

白云不能按时出发，七月十三日是师娘的七十岁生日，又是师娘从艺六十周年纪念日，尽管兵荒马乱，但是师娘的弟子们还是要张罗着给师娘过一次寿诞，这个日子，白云特别想参加。

白云说出来的理由比较充分，石瞎子迟疑片刻，作出最后的决断，“我留下来等你，你十三日下午必须回来，我们十四日一大早离开这里，咱都到王亮营子安营扎寨住一段时日。”

十三日清晨，石瞎子提着一只野兔子来到五老财的院子里，他要亲自检点他们上路才放心。

“出门喜兔回家鸡，路上一定很顺利。”石瞎子高兴地对五老财说，“刚才路过的时候发现了它，正好还有点用。”

待孙军需官在车上躺卧好后，石瞎子将提溜着的兔子一撕两瓣，把兔血洒在孙军需官的双腿上，然后又指挥人去茅房里舀出一瓢漂着蛆虫的粪液浇在上面，对着五老财，也是对着军需官说：“不要嫌脏嫌臭，越脏越臭越安全。”

“路上有人盘问，五兄弟尽量周旋，孙军需官千万不能开口，他那外路人的口音一说话就露馅了。”石瞎子把能想到的都想到了。

尽管石瞎子的计划很周密，但还是出现了一场意外。

天底下，对于所有嫁出去的女儿来说，回娘家那是求之不得的高兴事，可是对于白云来说，回娘家却是一件痛苦的事情。自从那年离开之后，她就再也没想过回五华城，她不想面对五华城的任何人，只有师娘是唯一令她割舍不下的人。这次给师娘祝寿，原来戏班子里的一帮人千呼万唤，坚持邀请白云参加，白云内心也想乘此机会看望一下师娘。

演艺界的老寿星了，师娘的寿诞场面不算大但是很热闹，一帮子新老演员都在寿宴上即兴表演了自己的拿手节目，这样的场面极易勾起对往日的回忆，白云没有表演，只是给师娘精心制作了一个大寿桃。

寿宴结束之后，师娘单独留下白云，一别好几年，又是在那样的一种情况下不辞而别的，师娘想让白云陪她多住几日。尽管走的时候石师傅反复嘱咐白云按时回来，但是白云对未来的危险意识不强，也是出于对师娘的感情，擅自做主陪师娘住一晚上，明天再回卧柳林。怕师娘担心，白云仅告诉师娘，要随着干爹一家去内蒙古探亲访友，没有告诉师娘为什么要急着走。

听说白云要去内蒙古，师娘把多年来深藏在心底里的一个秘密告诉了她。

一个天大的大秘密，差点把白云惊得从炕上跌到地下。听罢师娘的叙述，白云目瞪口呆，她简直不敢相信这是真的，可事实确实如此。

“家门不幸，祖上没德，也怨师娘我下贱，这辈子生了一个造孽的儿子，可他毕竟是我身上掉下来的骨肉啊！”师娘从脖子上取下一个银娃娃递给白云，“七十三,八十四，阎王不请自己去，我是有今儿没明儿的人了，估摸着这次也是我们娘俩今生的最后一面，如果你们碰到他，把这个拿出来，他就不会糟害你们了，他认识这个。”师娘双唇抖动，伤心欲绝，“有说话的机会再转告他，趁早收手，给自己修炼一个好‘回首’，我是今生今世再也不会牵挂他了。”

师娘浑浊的双目老泪纵横,儿行千里母担忧,舐犊之情与生俱来。白云明白，说不牵挂，显然是师娘自己给自己的一种安慰罢了。

白云十四日返回卧柳林，比石瞎子的计划推迟了一天，没想到十四日夜里他竟然回来了，更没想到的是，还没等到天明，小鬼子就进村了……

最近一段时间，贼王三的心情特别糟糕，小鬼子占领了家乡，老母亲生死未卜，几次踅摸到黄河边，然而连老艄公的一个影子也看不到，更别说探听消息了。自从王亮营子驻下国民政府的军队以后，他的手脚几乎被束缚得不敢动弹，仿佛成了一个三寸金莲的女人，活动范围不断收缩，动静愈来愈小。毕竟人家是名正言顺真枪实弹的国民政府军，历朝历代土匪响马都是政府消灭取缔的对象，对于这一点贼王三心知肚明，好在这支队伍正在恢复元气，目前无暇他顾，所以双方也还井水不犯河水，相安无事了好长时间。可是人想相安无事，肚子却不想相安无事，三四十号人马坐吃山空，山上的积蓄日渐减少，坐骑的草料即将告罄，弟兄们也早就吵嚷开了，肚瘦嘴淡，吃盐不咸，吃糖不甜，浮动的人心令贼王三心急如焚。

这天一大早，两只喜鹊落在毡包外面，叽叽喳喳地叫得很欢实，接着贼王三的左眼皮也跳开了，他的心情一下子舒坦了许多，肯定要有一笔好买卖来临。

世道乱了，气候也变了，虽说节令已经进入初秋，可是正晌午的时候，感觉日头比往年这个时候毒辣了许多，天气闷热得像是正处在入伏天。五老财一行在漠北的原野上走得热汗淋淋，老伴早已不嫌脏臭坐在了车辕上，赶车的长工和拉车的老马一样，蔫头蔫脑，无精打采。前面不远就是沙蒿塔子，五老财让大家吃点干粮喘口气，提起精神，务必快速穿过这一危险地段。

然而真还是应验了那句古话，怕处就有鬼，就在他们提心吊胆急速穿越沙蒿林子的时候，意外出现了。

一人高的沙蒿林子密不透风，穿越其中就像进入了蒸笼，一行人，除去孙军需官和女人以外全部光裸着上身。此时，躺在车上的孙军需官更加难受，两条腿几近麻木,脸上豆大的汗珠不停地渗出,五老财时刻关注着他,不停地给他喂水喝。

眼看着就要穿过沙蒿林了,一直提心吊胆的五老财感觉到心宽展了些。忽然，拉车的老马一路耷拉着的耳朵直立起来，向四周旋转的同时不停地喷开了响鼻。五老财心里暗暗叫苦，坏事了。果然，眼错功夫，十几匹马就从蒿林子里冒出来，马上的人一律黑衣黑裤，脸蒙黑布，露出的两只眼睛和黑洞洞的枪口紧紧地盯住了五老财一行。

“锁子山头的老规矩，图财不害命，留下银钱上路走人。”

“好汉们听我一句话，咱是土牛木马的老百姓，唾牛屁眼的受苦人，没稟力让你们大喜，但是也不能让好汉们白跑腿，这里仅有一点散碎银两，就当我老汉请各位喝一顿蒙古老烧。”随着话音，任老财将随身的褡裢扔过去。

事实上，五老财也算见过世面的人，对此也是有准备的，褡裢里放着七八枚银圆。

“当家的，瘦鸡。”一个小土匪接住褡裢熟练地掂了一下。

不远处单另站立的一人一骑骑马走过来，五老财心想，这人应该就是贼王三，一瞬间心跳如擂鼓。

“好出门不如歹在家，兵荒马乱的世道，你这是拖家带口要去哪里？”语气温和还带着乡音，完全没有劫道的凶狠样子。

“口里小鬼子闹腾开了，我到王亮营子投亲靠友躲反乱。”五老财的心跳得稍微慢了一些。

“既然是跑反，那就请老乡到山头歇歇脚再走。”贼王三示意手下将褡裢还给任五老财主。

五老财的心一下子又提到嗓子眼里，这么热的天气，孙军需官的双腿不能长时间绑着那些东西，一旦上山，一切肯定要露馅。送上门的买卖，不费吹灰之力，面对黄澄澄的金条，白花花的银圆，土匪的本性那还用说，送到狼嘴里的肉还没见过吐出来的，他们成天打家劫舍图的不就是这个吗？图财不害命那是财少，看到这么多的真金白银，杀人灭口那是肯定的，全家人的性命暂且不说，关系到重新组建一支抗日队伍的军饷，关系到未来四一二团上千号人马的军需，这可绝不是五六条人命就能换回来的。

“草民百姓，绝不敢打扰好汉。”五老财力拒相邀。

“现在上山歇凉凉，二日天明一大早，趁凉快的时辰送你们上路，晌午就能到达王亮营子。”

“车上还躺着我家一个急需救治的病人，我实在没心情也不方便上山叨扰好汉，万望好汉放我一马。”五老财原本黑红的脸膛此时变得雪白雪白，扑头扑脸的汗水一波一波地涌出。

“不行，今晚山上住定了，别不识抬举！”土匪窝里厮混多年，已经养成的匪性立马就显露出来。

男儿膝下有黄金，活了五十多岁的任五老财主，除去跪天跪地跪祖宗之外，再没有给任何人下跪过，可是为了黄团长手下的那一帮子弟兄，为了抗日，他决定下跪求情了，然而，还没等膝盖着地，急火攻心的五老财双腿一软，瘫倒在地昏了过去。

第十五章

王亮营子一直处在乱世之外的“桃园”之中，民国二十五年冬天，傅将军组织指挥了一系列战役，歼灭了伪蒙汉奸王英以及德王所部近万人，彻底挫败了鬼子西窥的图谋，自从“百灵庙大捷”之后，绥西一带一直比较平静，这也是黄团长再次选择在此驻扎，整军恢复战力的主要原因。

元气刚刚恢复，初试牛刀，就取得一个不大不小的胜利，不费一枪一弹，没伤一兵一卒，还缴获了部分战利品，尤其是还俘虏了两个日军。

黄团长决定给马铁牛记一大功。

对于铁牛栓而言，立功不立功很无所谓，在他的脑子里根本就没有立功受奖这些概念，回到军营思想上一放松才感觉两腿好像拴上了秤砣，灌进了铅水，每走一步，火辣辣的疼痛令他直冒冷汗，低头一看，军裤从膝盖以下几乎成了破布条，小腿已经肿得明柱一般，所有的皮肉被荆棘划得没有一处是完好的。

热月黄天，伤口感染了。

白云和石瞎子经历了一场虚惊劫后余生，如果不是五老财一行没有按计划到达王亮营子，这本身确实是一个很不错的结局，但是真正不能出事而又恰恰出事的还就是五老财一行。此时众人成了热锅上的蚂蚁，尤其是石瞎子，更是心急如焚，他想不明白自己的计划在哪一个环节上出了纰漏。

王彦说，这一带最近一直比较平静，只有双锁山上的贼王三还偶尔下山活动一下，不过动静也不是很大，仅仅是打闹点吃喝而已，因为有国民革命军队伍驻扎，他的活动范围已经局限在沙蒿塔子一带，不敢把手伸得太长。

由于贼王三民愤不大，也由于黄团长的队伍正在恢复元气，所以也就没有腾出手来对付土匪，众人断定，五老财一行肯定是在沙蒿塔子被贼王三麻缠住了。

一说到贼王三白云觉得有了希望，她立即将贼王三的真实身份说出，众人听罢也感到事情有了转机。石瞎子对贼王三进行了认真的分析，从贼王三平时的行事和对待老母亲的态度上看，他的人性还没有泯灭，五老财一行目前应该是安全的，不过说到孙军需官身上有那么多的军饷，大家就急了，土匪毕竟是土匪，见钱眼开是他们的本性。白云说，师娘对她有过嘱托，她还拿着师娘给贼王三的信物，她可以上山一趟，救干爹一行为主，如果再能说服贼王三改邪归正那就更好了，毕竟都是老乡，是灰总比土热，人不亲土亲。铁牛栓却说，马上报告黄团长，拨出一连人马就能把狗日的灭了。石瞎子坚决不同意惊动队伍，因为四五条人命就在贼王三手里攥着，一旦刀兵相见，谁能保证贼王三不会狗急跳墙撕票，作为在道上混过多年的石瞎子，对这类事经见得多了，根据目前的情况，白云上山走一趟是最好的办法。

白云决定上山，铁牛栓舍命也要相随。石瞎子拿着蒙古老烧给铁牛栓简单处理了一下腿伤，然后严厉告诫铁牛栓，这次对贼王三只能好言相劝，绝不能要粗动武，争取不到最好的结果，能先把孙军需官接下山也行，留下老财主一家人咱们再想法子。最后商量好，时间以三天为限，三天以内严格保密，绝不能让队伍上的人得到任何消息。

事实上五老财完全误会了贼王三，当时强邀一行人上山的贼王三并没有恶意，只是不得已而为之。沙蒿塔子碰面本是无意，一听口音，感情上就已经不那么疏远了，可惜蒿林子里不是拉“老姑舅情”的地方，何况自己毕竟是在劫道，而且国民革命军的正规队伍就在附近，他的真实想法是打问一下家乡的情况，过夜以后就放行这几个人，他知道鬼子兵侵占了家乡一带，他担心母亲的安全，说到底事情还是坏在了乡音上面。

五老财醒来的时候已经躺在双锁山上的蒙古包里，当地放着一把大茶壶和几个粗瓷大碗，毡包里飘溢着浓浓的奶茶香味，一行人紧紧围着他和孙军需官坐在一起，此时的五老财是大家的主心骨，他不发话，其他人大气也不敢喘一声。肉入饿狼口，人入土匪窝，谁都明白下一步的结果，大家都揣着不安的心情咬紧牙关静等灾难的降临。

孙军需官毕竟是经见过阵仗的军人，口干舌燥的他不管不顾，先喝奶茶再考虑其他。两大碗温热的奶茶下肚，孙军需官的精神好了许多，他开始打量蒙古包的布局。一根木柱直立于毡包中央，木柱的顶端就是毡包的天窗，此时的天窗正开着。毡包仅一人多高而已，沿着木柱攀爬很不费劲就能钻出毡包，只是不知道外面的情况，不敢贸然行动。他示意五老财想办法观察一下毡包外面。

“有人吗？我要方便。”五老财试探着喊叫。

连喊几声，无人应答，五老财踅挪到门口，大着胆子撩起毡包帘子向外观望，原来他们所在的毡包门口没有一个把门的，只见不远处有几个土匪端盘刷碗准备饭菜，五老财奇怪，看来这个贼王三对他们很放心。他大着胆子钻出毡包向四下里打量，果然没人注意他的举动。他回身向孙军需官示意了一下，孙军需官也跟着溜达到毡包外面，几个路过毡包附近的土匪看都不待看他俩一眼，只顾自己忙活自己的事情，这就使两人的胆子逐渐大了起来，他们装作观山看景，慢慢向来路溜达，走出不远，脱离了土匪的视线，孙军需官觉得时机来了，两人先慢后快，急速向山下走去。

铁牛栓和白云救人心切，一大早就出发了，一路打马疾驰，到达双锁山脚下的时候才半前晌，向瞭哨的小土匪说明来意，就被小土匪蒙着双眼带上山。

听说来了一男一女点着名字要会他，贼王三有点纳闷，孤身一人离家，隐名埋姓十几年，没亲人没故交，是谁居然有这么大的胆子闯土匪窝自找麻烦？

解下眼罩，铁牛栓一眼就认出了贼王三，他想起了那年抢走他大烟土一事。

看见铁牛栓手中的大马鞭，贼王三也觉得似曾相识。

“你们是谁，来我这里干什么？”

“不要问我是谁，你先看看认识这个吗？”铁牛栓从白云手里接过银锁，将它抛给贼王三。

贼王三一见银锁，脸色大变，挥手屏退身边人，邀请铁牛栓和白云落座。

口音就是证明，先认老乡后叙话，不寒不暄不客套，也没有演绎出惊心动魄审奸细的会见场面。

“你们见着我娘了，她过得怎样？”贼王三急切地问。

“我就是你娘的徒弟，从辈分上说，我也是你的妹子，师娘有戏班子里的人照应着，过得不算赖，不过就是想你想得特别厉害。”白云接过话题。

几句话就唤醒了贼王三的良心，他双眼一闭，牙槽紧咬，面颊抽搐，豆大的泪珠从眼窝中成串成串地滚出。

都是心直口快的五八尺大汉，年龄差别又不是很大，不用多费口舌，铁牛栓直奔主题。

“前天你把我爹娘一行人带上山了，我是来接他们下山的。”

“这是一场误会，我的本意是留他们住一夜，躲避一下正晌午的毒日头，再打问一下老家的情况，如果不是出现意外，昨天一早他们就离开了，可惜他们错解了我的意思……”

五老财和孙军需官一脱离土匪的视线拔腿就向山下狂奔，他们想的是尽快跑到王亮营子，告知黄团长发兵解救家眷。人急无智，他们高估了自己的体力，低估了土匪的能耐。一个是平时惯常动嘴不动手的半槽子老汉，一个虽然身强力壮但却是身负重金又有枪伤之人，想和常年奔波于荒野草地、刀尖上讨生活的草原野汉了比体力赛腿上的功夫，胜负早已不言自明。当两人被路边隐藏的土匪暗哨发现追回来之后，孙军需官身体上的秘密也就藏不住了。

麻烦更大了。

贼王三手下有一个叫钱花眼的小匪首，个子不大，天生一张刀条脸，而且还是个对眼子，两只眼里各有一个花子遮挡着眼珠子，看人视物歪头仄愣，云山雾罩。据说此人一旦看见金银财物，眼睛立马就能和正常人一模一样，花子隐退，目不斜视，因此人送外号“钱开眼”。

一看见金条银圆，钱开眼立时三刻就把孙军需官和任五老财主绑成两只粽子，同时下令，全部做掉，不留一个活口，幸亏贼王三还没和他们过话，这才给他们留下多活一夜的权利。

得知那些金银是抗日急需的军饷时，贼王三下令给二人松了绑，他开始盘算着怎样了结这件事情。

这么多的真金白银令土匪们惊喜异常，可是却令贼王三犯愁了，眼前的真金白银是一个烫手山药蛋，下了手，分到众人名下，大家当然高兴满意。取回经来唐僧坐，日下乱子孙悟空，这一步一旦走出去，自己这辈子就永远成为与政府作敌的罪人了，就眼下这几十号乌合之众那两下子，吓唬那些手无寸铁的草民百姓还可以，要是真的和政府军作敌根本不是对手，平心而论，自己也绝不是吃山神爷的狼，更何况目前还处于国难当头民族危亡之际。一想到民族大义，戏文里那些英雄好汉也一齐现身直往脑子里钻。

贼王三一时间六神无主，心乱如麻。

铁牛栓和白云上山的时候，贼王三正处于进退两难之际，在怎样处理任五老财主一行人的问题上，他和手下的几个人产生了严重的分歧，特别是钱花眼他们几个，力主杀人灭口分钱财，并且放出话来，如果不这样，他钱花眼就和头儿恩断义绝，分道扬镳，带一帮子人马另立山头。

铁牛栓的脾性，一听这个钱开眼如此不近人情，他就火冒三丈，不过他还是牢记着石师傅的嘱托，强压着心头的怒火，满脸带笑地说："我想会一会钱花眼这个人。"

"这个钱花眼是咱们老家关河县人，也算半个老乡，此人尽管个头不大可生性歹毒，肩膀不宽，却横着走路，见钱眼开，心狠手辣，看见钱财连爹娘老子都不认，见面肯定是白费口舌，我之所以一直忍让着他是因为他曾经救过黑老四一命。"贼王三摇了摇头，"不过当下最主要的是伙子里的人都盯上了这些金条大洋，他的话就显得很有影响力，说服不了他，你们很难顺利地离开。"

贼王三的态度一明朗，铁牛栓基本上也就放心了，他一直担心的是贼王三的态度，根本就没把那个什么见钱眼开的家伙放在心上。

"我现在就想见到爹娘她们。"白云一直担心着她们的安全。

"她们很安全，就在不远处的那个毡包里，把门的几个人都是我的亲信，没有我的允许，别人谁也不能进出。"

"白云，你去告诉爹娘做好准备，我们一会就走。"担心夜长梦多，也怕家里人着急，铁牛栓急于离开这个是非之地，"那批军饷呢？"

"军饷一文不少，从孙军需官身上取下来之后一直就在我这里放着。"贼王三指了指身边的羊皮口袋，"饭菜已准备就绪，你们随便吃点，填饱肚子好上路，为了保险，我送你们下山。"

"好，我们今晚就住古城。"铁牛栓想起了六十九的留人小店。

接下来两人开始商量怎样平安下山的办法。

白云的突然出现令爹娘大吃一惊，当得知铁牛栓也上了山，爹娘的心才入了肚，一行人风卷残云般饱吃饱喝了一顿。

出乎预料，饭桌上，钱花眼忽然态度大变，带头表明心迹，抗战军饷那就是"皇上的买马钱"，必须如数送还国民革命军，并且还自告奋勇，如果需要，自己可以带几个人将军饷安全护送到王亮营子。

看来这个世界上还是好人多，原本想方设法所做的准备也用不着了，一切很是顺利，铁牛栓特别高兴。

“护送就不必劳驾老哥了,感谢老哥的大仁大义,我敬你三杯酒,先喝为敬。”铁牛栓连着干了三大碗蒙古老烧，对钱花眼表示了深深的敬意。唯独贼王三不惊不喜，风尘尘不动的脸上没有任何表情，只是端酒碗的手略微有点缓慢，可能是烈酒度数太高，咽下一口酒的同时眉头还微微皱了一下。

带着爹娘一行离开双锁山的时候，土匪群里没有出现任何麻烦，不过铁牛栓隐隐约约感觉到,还是有几双贪婪的眼睛,间或就要盯一眼自己身上的羊皮口袋。

有惊无险，人钱平安，顺利下山之后，铁牛栓和贼王三并驾齐驱边走边聊。

“你这辈子就准备一条路走到黑吗？靠你的本事，走哪里吃不上一碗饱饭，何苦干这种伤天害理损阴德的营生。”

“当初不省世事上了这条船，上贼船容易下贼船难啊！黑老四活着的时候对我不薄，他走后，手下的一帮弟兄对我一直忠心耿耿，十几年了，我和他们也有了感情，我不能丢下他们不管。”贼王三痛楚地说，“再说，离开这里我又能去哪里呢？我连自家的老娘都没脸皮见啊！”

“猴娃子不省世事，做过什么出格的事都可以理解。听白云说你娘已经原谅你了，再说你手里从来没有血债，政府肯定不会过分为难你，回头浪子金不换，现在收手一点也不迟，狗日的小鬼子已经欺负到咱家门口了，我看你这一帮子人打小鬼子正好能配上用场。”

“这些人原来都是一些没生路的草民百姓，除去胆大不怕死之外再没什么真本实事，偷偷摸摸叼红抢黑打闹点钱财还可以，真枪实弹和鬼子干肯定都是白送死。”

“不怕死就是最大的本事，小鬼子也是爹娘生的肉体凡胎，没有三头六臂，只要你有这个意思，出路我给你找，不瞒你说，兄弟我现在已经是国民政府军的人了，我参加过一次打小鬼子的战斗，还亲手活捉了一个小鬼子。”

“你吃上军粮了？”

“对，我们的团长姓黄，可世界的一个大好人，打仗很厉害，抗日意志很坚决，他的人马一上战场就立生死文书，虽然被小鬼子打残过两次，但是他们也灭了不少小鬼子，眼下就住在王亮营子招兵买马，准备着东山再起，这是一次极好的机会，这里王亮营子王彦的儿子就在黄团长的手下当兵吃粮。”

“既然你穿上了二尺半，为什么这次上山不带人马，不带家伙？”贼王三拿手指比画了一个枪的样式。

“嘿嘿，我是上山认老乡会朋友的，又不是见仇人拼性命的。再说，我要是带着人马家伙能顺利见到你老哥吗。”

贼王三一想，有道理，这个铁牛栓人粗心不粗。

“老哥，趁黄团长的队伍现在还没有开拔，你早点定夺，我等你的消息。”分手的时候，铁牛栓再次靠实贼王三。

贼王三眼望远方沉思了一会儿，点头答应下来。

钱开眼没有那么高的觉悟，眼看着到嘴的肥肉又吐出来，他犹如刀子剜心般难受，他绝不甘心接受这个事实，睡觉一闭上眼睛，黄灿灿的金条就挤满了脑袋，在山上有头儿的威严压制着，他不敢轻举妄动，也不想轻举妄动，他已经盘算过了，即使当时说服头儿打劫了这批军饷，自己得到的也是小头，尤其是那耀眼揪心的“小黄鱼”，肯定是头儿一个人得，大洋倒是不少，可是头儿的老规矩，历来就是人人有份，肉多狼也多。更何况这么明目张胆的一闹腾，那就是和国民革命军结下了冤仇，与其冒着极大的风险替众瞎驴挽草，还不如想个法子自己独吞，得手以后再远走他乡，隐名埋姓过日子，今生今世还愁什么！

当头儿送客返回之后，钱花眼睡不着了。

铁牛栓连日劳累，又被热情的六十九灌了一顿蒙古老烧，头一挨枕头就打开了呼噜，睡得很香。只有孙军需官时刻处于半醒半睡的状态，重任在肩，军人的警惕性很高。

土匪的身手很敏捷，当孙军需官听见动静捅醒铁牛栓的时候已经迟了。

借着如银的月光，铁牛栓睁眼一看，三个黑衣黑裤的人直戳戳地站在当地，三支黑洞洞的枪口离脑门子超不过一尺。

果然不出贼王三所料。

好汉不吃眼前亏，破财免灾，保命要紧，铁牛栓乖乖地将枕头底下的羊皮口袋交了出去。

第十六章

一直精精神神的铁牛栓，回到王亮营子没说了三句话，突然间一头栽倒在地昏死过去，脸色血红，浑身抖颤，牙关紧咬，咯吱有声。白云一摸额头，火炭般烫手，石瞎子撩起裤腿一看，两条小腿肿得和大腿一般粗细，就像刚出土的胡萝卜，被人用利刃划破了表皮，丝丝缕缕的血口子往外渗着串串淡红色的黄水，有的部位已经出现白色小点。王彦看了腿伤诊罢脉神情异常凝重，只叹息不说一句话。众人明白，此时中草药对这种病已经不起作用了。

团部的军医说，腿伤重度感染，生命危在旦夕，也只有铁牛栓的体质能抗这么多天，要是换成一般人前几天就倒下了，也正因为他抵抗力太强，所以错过了最佳治疗时机，如果没有特效抗生素，就是神仙也救不了他，目前对付这类炎症的特效药是盘尼西林，可惜这类药品国内还不能生产，全部依赖进口，而且由于战乱，这类药品属战略特需物资，敌我双方都进行了特别严格的管制，市场上就是掏上黄金价也休想买到。

石瞎子和五老财不时撩起铁牛栓的衣裤察看，那条标志着炎症的红线——乡下人俗称的“红头儿”越走越快，已经接近腹部，按照两位老人的经验，红头儿一旦越过肚脐眼人就没救了——红头儿过了桥，人上奈何桥。

军饷分文没少，孙军需官安全归来，本来黄团长的心情很好，没想到这个马铁牛突然出现意外，而且一出意外就使人措手不及，军医的话把黄团长惊呆了。

良久，呆坐的黄团长轻叹一声，手扶额头缓慢闭上眼睛，随即两眼角就湿润润的。

黄团长的失态令在场的人感到意外，这位平时看上去带点儒雅气质的团长，一旦身处火线，立马就变成一位铮铮铁骨的汉子，多少次的生死较量，多少次的血肉横飞，那么多生龙活虎的弟兄在他面前倒下，他连眼皮都不眨，他的眼里除去复仇的火焰熊熊燃烧之外再没有其他，可是，今天这个入军营不久的新兵蛋子，竟然值得团长如此动情，一瞬间，众人明白了马铁牛在黄团长心中的分量。

“黄团长，我这里倒是有两盒盘尼西林，不过它可是孙师长下令专门给你准备的，只有在你最需要的时候才可以动用。”孙军需官从贴身的口袋里拿出药盒。

事实上，此时的孙军需官内心和大家一样，同样担心铁牛栓的生命，或者说比其他人更着急，尽管认识铁牛栓没几天，但是与土匪的一场小交手已经使他对铁牛栓的本事佩服得五体投地，更何况没有铁牛栓就没有他的现在，铁牛栓对他有救命之恩，不，是对整个四二二团有救命之恩。

“还犹豫什么，刻下就是最需要的时候！”黄团长大喜过望，一下子站起来，命令军医，赶快抢救。

铁牛栓创造了一个奇迹，仅用一盒盘尼西林就捞住一条命，而且很快就康复如初了。

在王光明的追问下，他把自己和白云偷偷上双锁山会见土匪头子的经过和盘托出。

听说贼王三是白云师娘的儿子，王光明和任运通很惊讶。

“这人骨子里不是赖人，我还有心思拉他入伙。”

“不是入伙，是参军。”任运通纠正了铁牛栓的说法，然后和王光明商量，“咱们都是老乡，我去跑一趟吧。”

“不急，我们要想一个好办法。”

“我回一趟老家，把他娘接来，咱一起去说他。”铁牛栓觉得这个办法最靠谱。

“那当然好，可就怕老人家上了岁数，行动起来不方便。”王光明说，“还有，不知道小鬼子会怎样报复我们，这段时间咱对老家的情况两眼一抹黑。”

“我先回家打探一下。”

“你不能乱跑了，一来腿伤刚好，二来你上山就是偷偷走的，已经严重违反了军纪，你应该给黄团长好好解释一番，最好做一个深刻的检讨。你根本不知道，黄团长是拿出自己的救命药救了你一命。”

“这个好办，让鬼旋风去侦察一趟。”任运通想到了鬼旋风。

“那就必须给鬼旋风准备一包红糖，再煮三五个鸡蛋，他疾走之前不能吃饱饭。”铁牛栓立马想起了鬼旋风给他说过的话。

“这件事情，必须先向团长汇报，他同意才行。”王光明考虑问题更周密。

黄团长同意了王光明的计划。

贼王三对钱开眼估算得很准，他把军饷照原样让孙军需官带在身上，在羊皮口袋里另外放了五十个大洋，他不清楚铁牛栓有多大的本事，他想用这五十块大洋替铁牛栓一行买一个平安无事。

“害人之心不可有，防人之心不可无，对这个钱花眼我还是不放心，咱做两手准备，这是我自己的积蓄，假如他拿走了，就当是我和他的分手钱，如果他言行一致没有动静，你就替我全部献给队伍上，也算我为抗战出了一点力。但是切记一条，你们谁也不要往里面探手乱摸揣，里面有扎手的铁蒺藜，蒺藜已经用毒水煮过了，到了地方倒出大洋，铁蒺藜扔到野地里埋掉。”

铁牛栓酒足饭饱上路的时候，贼王三当着众人的面，掂了掂沉甸甸的羊皮口袋，嚓唧嚓唧的金银撞击声特别悦耳动听，贼王三恋恋不舍地将它挎在铁牛栓肩上。

一场大惊过后，一行人再无睡意，三个土匪一离开，铁牛栓就催促大家赶快动身，一刻也不敢耽误。他佩服贼王三算计得准确，他牢记着贼王三的嘱托。

草原上的黎明来得较早，当一抹朝霞出现在东方天际线的时候，身后传来急促的马蹄声，不出贼王三所料，这家伙果然追上来了。铁牛栓心中暗自盘算，古话真不空说，“人为财死，鸟为食亡”，不过这次老子要让你把那五十块大洋也一起吐出来。

钱花眼一直没把铁牛栓一干人放在眼里，他在动手之前早就盘算过了，几个人里面也就是那个拿大鞭的人五大三粗像一条汉子，可是像这样身坯子的人草原上也有，看模样不过就是一个赶车大汉。所以他在下山的时候仅仅叫了自己的两个心腹干将，三条快枪对付几个手无寸铁的人足够了，这类事情参与的人越少越好，狼少肉多才能吃饱肚子。

令钱花眼没想到的是，那个羊皮口袋里还有机关，竟然把自己一个得力心腹的手给伤着了，不用说这肯定是自家的头儿干的，看来头儿是铁了心胳膊肘子往外拐，不过这更说明这一行人没多大的本事，头儿才用这种办法帮他们。

钱花眼更放心了，他很庆幸自己在山上临时改变了主意。

尽管突然出现的意外使钱花眼少了一个帮手，但他的信心还是满满的，他坚信，对付几个手无寸铁的庄户人，盒子炮的机头都不用打开，举枪就能把他们吓得尿湿裤裆。至于那个拿大马鞭的人，看上去似一条汉子，很有力气，但是从夜晚的表现就断定了他的胆子，枪口一指，乖乖地交出了羊皮口袋。

“站住，把那批军饷老老实实交出来，老子放你们一条生路，如果还敢日哄老子，那就别怪我坏了锁子山的规矩。”追上来的钱花眼支棱着脑袋，斜着双眼，掂着盒子炮勒马围着铁牛栓一行转了一圈，然后挡住去路。另一个土匪肩扛长枪，挎着羊皮口袋，骑在马上仿佛看热闹一般悠闲。

说话间，钱花眼又驱马往铁牛栓的附近靠了几步，盒子炮的枪口直直地指向铁牛栓，铁牛栓用眼稍一瞟心里就乐了，这家伙根本就没把土地爷爷当神仙，盒子炮的机头还没打开，子弹还在弹夹里静静地卧着，铁牛栓决定戏耍一下他。

一看土匪追来，躺在马车里的孙军需官顿时心冷如冰，骨髓透凉，自己双腿负重又手无寸铁，而且肩膀上还带着枪伤，体力也很虚弱，一行人里，仅那个马铁牛栓手里有一件工具，可惜还是一杆大马鞭，虽然看上去这杆马鞭有点特别，但说到底它也仅仅是一杆马鞭而已，拿它对付一匹烈马可能绰绰有余，可是面对荷枪实弹的土匪那和赤手空拳没什么两样。保军饷土匪不饶，丢军饷哥哥不饶，肥猪躺在杀床上了——横竖都是死路一条，永别了大哥，虽然兄弟没有完成任务，但是你也怨不得我了，兄弟我已经尽了最大的努力，永别了重生兄，凭你的命运靠你自己的力量东山再起吧，兄弟我是无能为力了，作为一名军人，没有完成任务不说，还不能真枪实弹战死沙场……想到这里，孙军需官两眼角不由自主地就有清泪渗出。歪头看了一眼其他人，却见他们一脸淡定，丝毫没有表现出惊慌失措的样子。孙军需官又想，毕竟是几个瞎眼百姓，大祸临头还晓不得害怕。

面对土匪，勒马站定的铁牛栓忽然间一脸恐慌，手足无措，显得特别紧张害怕。他这里一紧张，孙军需官彻底绝望了，狗日的，看你倒长得彪悍，原来是一个银样镴枪头，空有一身臭皮囊，枉为一个男子汉，当了兵也是个白挨枪子儿的货。

孙军需官心里把铁牛栓骂了一遍，大睁双眼望着那渐渐明亮起来的天空，脸上又露出了凄惨的笑容。

当孙军需官的双眼无奈地瞪着那深邃无垠的天空之际，铁牛栓还在继续与钱花眼周旋。他不忍心见面就开杀戒，毕竟还有一点老乡的情缘，毕竟还有过一面之交。

“好汉爷爷饶命吧，军饷已经被你拿走一些了，我们这几条小命也不值几个钱，你这是何苦紧追不放呢？再说了，你现在的做法可是和你在山上的说法不一样啊。”

“废话少说，刚才是刚才，现在是现在，老子我说话从来就没有算过数。”

“你抢夺军饷就不怕国民革命军的兵爷找你算账？”

“有吃刀子的嘴就有屙刀子的屁眼。”

“听人劝，吃饱饭，古话没错。”

“老子我宁愿饿死。”

“你会后悔的。”

“老子这辈子还就是不知道后悔两个字怎么写。”

不知不觉间天色大亮，太阳升起来一竿子高，清凉的晨风渐渐地变得微热起来，天空湛蓝，万里无云，显然又是一个闷热的初秋之日。

“念在我们有过三碗蒙古老烧的交情，念在你还是我老乡手下一个跑腿的，你拿走的羊皮口袋我也不要了，我们今天就好见好散各奔前程吧。”铁牛栓还是显出了少见的耐心。

钱迷心窍的钱花眼竟然还没有听出铁牛栓的话外之音，也没有感觉到铁牛栓说话的口气正在逐渐变化，祈求的语调已经没有了。

“咦？蛤蟆张嘴，你以为那点东西就能把老子我安顿住吗！更何况那本来就是我锁子山头自家的钱财，是贼王三那小子心坏了，吃里爬外让你拿上它日哄老子。”钱花眼对肩扛大枪的小土匪一摆头，“去，把马车上那人的裤子扒下来。”

小土匪得令，蹁腿下马，将长枪来了一个大上肩，然后奓撒着双手屁颠屁颠地向马车跑去。

真是一个不见棺材不掉泪的家伙，铁牛栓没有耐心继续戏耍他了，他还要趁着凉快赶路呢！

就在小土匪将要接近马车的那一瞬间，只听“日”的一声响，小土匪就像要杂技一般，先是身躯飞离地面一丈多高，接着又在空中连续打了两个滚，然后就死猪般重重地摔在地上。“嘎嚓”一声脆响，随身背着的枪支也木铁分家了，单薄的上衣被鞭梢撕开，精瘦黑红的胸脯上有一道深深的血洇洇的勒痕。

孙军需官和钱花眼同时被这一幕惊呆了。

土匪毕竟是土匪，战场上枪炮横飞的场面没多见，江湖上耍刀弄棒的场面没少见。钱花眼仅仅愣怔了一瞬间马上就清醒了，今天遇到了江湖上的高手，但是他不甘心服输，那笔钱财的诱惑力太大了。说到底你小子要的还是一杆大马鞭，即使你的功夫再好，你的鞭梢速度再快，也没有老子的枪子儿快。这时，就见钱花眼平日里云遮雾罩的双眼突然异常明亮，恶狠狠地盯着铁牛栓举枪就扣扳机。

“钱老哥，你不要着急嘛，你看你，一着急锤头（方言，指拳头）也不在手跟前了，怎么不打开机头拉栓顶火呀。”铁牛栓嘿嘿地坏笑着，一脸得意之色。

经铁牛栓这一戏弄，钱花眼更加气急败坏，就在他正要拉栓顶火之际，铁牛栓不再给他机会了。

只见铁牛栓手腕抖动，鞭梢窜出，“啪”一声脆响，钱花眼拿枪的手就软绵绵地耷拉在身体一侧，盒子炮飞出了十几步开外，胯下的坐骑被惊得喷着响鼻原地转了一个大圈，差点把钱花眼摔下马来。

铁牛栓驱马往前走了几步，再次挥动手臂，鞭梢在空中划出一道弧线，随着地面上一团尘土腾起，盒子炮就到了铁牛栓手里，随即蹁腿下马，从还在挣扎喘气的小土匪身上拿过羊皮口袋，又嬉皮笑脸地对着钱花眼掂了掂盒子炮：

“钱老哥，我替国民革命军谢谢你，又送来五十元大洋外加一支盒子炮，礼物不能说不重。再加上你我也算半个老乡，所以今天我饶你一条狗命，回家养伤的时候学一下后悔两个字怎么写，再看见不义之财少往大睁你那个花眼眼，兄弟我也要赶路了。”

手无寸铁，一只胳膊货不由主，面对的又是一堵山墙般的汉子，地下站着仍然比骑在马上的自己高出半个头，身躯瘦小的钱花眼明白了今天的结局，他愣愣地骑在马上，做好见阎王爷的准备，等待对方下一步的动作，不料这家伙没再搭理他，吹着口哨，护驾着一行人扬鞭而去。

没有惊心动魄的厮杀，一连串轻松自如的动作就像表演一般，孙军需官眼界大开，一颗心彻底入肚，人立马就精神了许多。这个马铁牛栓，面对土匪黑洞洞的枪口还能装神弄鬼，嬉皮笑脸，原来是艺高人胆大，真人不露相啊！差点没把老子我担心死，世界之大，海海漫漫，民间的高手究竟有多少呢？

三天后鬼旋风回来了。

“我见到了八路军。”这是风风火火的鬼旋风进门后的第一句话。

日军不明不白丢了一支小分队，立即电令驻扎在三岔口的日伪军倾巢出动，对晋西北地区来一次地毯式的“扫荡”，然而还没有走出三五十里，就被及时赶到的八路军一二零师三五八旅给伏击了，紧接着三五八旅和三五九旅连续出击，一举收复了晋西北七座县城，无奈之下小鬼子只能发挥自己的空中优势，对这一区域进行了几次大轰炸。

目前，小鬼子仅龟缩在两三座县城的据点里，晋西北的大部分乡村已经变成八路军的敌后抗日根据地。牺盟会、战地动员委员会等抗日组织很活跃，在卧柳林一带活动的是八路军一二零师政治部宣传科一个徐姓科长，人们称徐主任，他领着约莫有两个排的兵力在各村活动。现在这些村子都成立了妇救会、青救会、儿童团等抗日组织，八路军正在扩充兵员，小鬼子隔三岔五也出来“扫荡”一下，但是八路军的“眼线”特别多，小鬼子从据点一出发，八路军就能得到消息做好准备，小鬼子对八路军的暗箭防不胜防，吃了不少苦头，眼下小鬼子“扫荡”的次数不多了，偶尔出动一次也是茶小子撵狼——顺大路跑，大部分交通不便的小山村很安全。

听到这些消息，石瞎子和五老财商量了一下，决定回家。

黄团长对任运通说：“你和马铁牛带几个人护送一下，顺便去五华城见一下贼王三的母亲，说明我们的意思，争取得到老人家支持，让贼王三改邪归正为抗战出点力。”

“注意一个问题，尽管我们和八路军是友军，但是不能闹下误会。”黄团长又特意对任运通嘱咐。

这段时间，白云最开心，所有亲近的人都在身边，王叔一家也把她当亲侄女对待，王光明、任运通更是一口一个云妹子云妹子地叫，仿佛自己就是他们的亲妹子。不过她的心里还压着一块石头，就是那个仔细瞅过她身体的小鬼子。那家伙竟然被铁牛栓他们带回军营，不但没有枪毙，而且还好吃好喝伺候着。女人肉不中露，这可是千年古训，而且还是在大天白日、众目睽睽之下，尽管是被迫的，但也羞于见人了。当时没想到能活下来，所以也就没多少顾虑，既然现在活下来了，那就不得不面对这个问题，她动员过铁牛栓，让他找机会替自己把仇报了，可是铁牛栓却说不敢违反规定。铁牛栓说，有个什么公约“约”着了，她就觉得奇怪，怎么还有一个专门“约”中国人而不“约”小鬼子的条文呢，定这个条文的人心太偏，肯定和小鬼子不是沾亲就是带故。她突发奇想，你铁牛栓是队伍上的人，我白云不是，我手刃仇敌肯定不受你那个条文约束，虽然自己是一个弱女子，但是凭唱戏练就的身段，对付一个双手不能动弹的小鬼子还是满有信心的。

主意打定，白云在一个月黑风高的夜晚，怀揣一把剪刀踅摸到关押小鬼子的门口，细碎的脚步轻盈无声，直到近前才被岗哨发现。

“谁？口令！”同时就有拉栓顶火的声音。

一问口令白云慌了，她根本就不懂这些。

严厉的喝问声，哗啦的枪栓声，在静寂的夜晚显得很高很瘆人。动静闹大，惊动了当晚带哨值班的任运通，把白云连批评带劝说拉回屋里，为此，第二天，王光明和任运通两人挤出一上午的时间与白云拉家常。

白云不懂得什么《日内瓦公约》，不过最终还是接受了他们的一个观点——小鬼子不仁，咱不能不义。

趁此机会，任运通和王光明二人又就怎样看待铁牛栓当兵一事给她讲了很多道理，白云毕竟是受过戏文熏陶有文化基础的人，道理一说也就通了。

任运通在完成任务归队前与爹和石瞎子一起整整密谈了一个晚上，任运通走后，老财主将家中蓄积的钱粮尽数捐献给抗日队伍。不久，八路军工作队的队部也移驻到五老财家，在老财主的影响下，八路军在卧柳林及其周边乡村的钱粮筹集、扩军征兵等工作进展得很顺利，五老财被尊称为开明人士，很受八路军工作队的尊敬，战地服务团还将老财主的事迹编成二人台小戏，在周边的村子表演宣传。

只要不忙，徐主任、五老财和石瞎子三个人常常夜坐交谈。

第十七章

白云的师娘叫岳枝花，由于从小学戏，成名又早，她的真名实姓早已从人们的记忆中淡出，所有人都称呼她的艺名——“醉海红”。

“醉海红”的生活经历和白云相似，同样是由于家境所迫幼年就被送入了戏班子，十几岁就唱红了百里十乡，她的第一个男人也是戏班子里的人，姓杨，和她生育了三个儿子后就一命呜呼了，她是带着未满周岁的三儿改嫁的，猪肉贴不到羊身上，后爹对这个“带犊子”儿没有多少情感。蒋、冯、阎大战那年，就连这个没感情的后爹也被抓了壮丁，一去多年，杳无音讯，这样一来，娘俩就基本上以戏班子为家了。

冬时寒月是农闲时期，戏班子却最忙，大部分时间“醉海红”就带着杨三吃住在戏班子里，许多道具也就成了他的玩具。那样的环境，耳濡目染，使得他也喜欢上这一行当，在叔叔姨姨们的调教下，他从五岁开始，一边对着剧本认字一边就练开了基本功，到七八岁时，扫堂腿带旋子、拿顶扎踺子这些基础套路他就熟练了，平地起跳连续空翻六七个跟头脸色都不变，长到十来岁，已经出脱得精干健壮，能说会道，不但能整段整段背诵戏文，而且一个花脸演员所必备的架子功也基本练成了，戏班里人紧的时候，鼻梁上摸一把油彩，上身套一件戏装，浑身上下就全装扮齐楚了，跟着大人跑龙套，架子有架子势有势。

可是就在他十岁那年，一件意外的事情使得他不顾娘的痛哭流涕、心碎欲裂，愤然离家出走了。

又是一个七月十五来临，晚场演出结束已经时过午夜，跟着娘回到家中的杨三儿倒头便睡，黎明时分，他被一阵奇怪的声音从睡梦中惊醒。朦朦胧胧之际，借着从窗户中透进来的微弱的晨曦，他发现了一具灰白色赤条条的身体正压在娘的身上，仿佛要把娘压扁揉碎一般，粗重的喘息声从那个人的喉咙里发出来，受到挤压的娘也发出了阵阵压抑不住的尖叫和痛苦的呻吟。他的第一反应就是有人正在欺负娘，他没有任何犹豫，操起时刻不离身边的演出道具——木头大刀，照着那个灰白色的躯体拦腰就是一下，虽说力道不重，但却是猝不及防。那具躯体“啊呀！”一声，从娘的身上滚到炕上，当他站起来第二次举起大刀的时候，大刀被娘劈手夺过扔在地下，接着，屁股蛋子上就挨了娘的两巴掌。

不知何时娘已经坐起来，满脸怒容，披头散发，赤身裸体。

杨三被娘的两巴掌彻底打蒙了，他是娘的“垫窝窝”，又是娘改嫁时的“带犊子”，从他记事之日起，娘对他是捧在手里怕凉了，含在嘴里怕化了，从来还没扨过他一指头，这是开天辟地第一次，屁股蛋子上火辣辣的疼没有他的心疼的厉害，他稍一清醒立即穿衣跳地，捡起木头大刀，推开家门，头也不回消失在黎明的曙光中。

他娘低估了他的心劲，直到做好晌午饭仍不见他的身影，娘就有点焦急，开始满世界寻找，可惜这时已经迟了。寻到黄河岸边的时候，碰到回家吃午饭的艄公。艄公说，不用劳心费力，孩子“刮野鬼”（方言，专指走西口而言）去了，那孩子心硬如铁，长大了绝不是一盏省油灯，他娘双腿一软，眼前一黑，稀泥般瘫坐在地上……

杨三漫无目的地向前奔跑，不知不觉间就到了黄河边上，坐在沙滩上喘息的同时，望着黄漫漫的河面想开了心思。一想起黎明时的情景他的心就狂跳，他不明白娘为什么会那样呻吟，那样尖叫，为什么听上去呻吟的声音还痛苦不堪。更不明白的是，为什么娘对那个使劲蹂躏她、给她带来痛苦的人还那么好，竟然就舍得将保护她的儿子恶狠狠地抽两巴掌，难道这个世界上，那个欺负娘的人、那个使劲想把娘压扁揉碎的人、那个制造出娘痛苦呻吟的人，比自己和娘的关系还亲还近吗？他怎么思算也解拆不开。他绝不会原谅娘了，既然在娘的心里还有比自己的儿子更亲近她的人，那么他在娘的身边就显得多余，他毅然决定离家出走。他要离开那个突然间变得特别陌生、变得无比凶狠的娘，他要离开那个突然间变得无比寒冷的家。可是离开娘之后又能去哪里呢？早就听大人们说过走西口一类的话题，也听说过这条路上充满种种艰辛和危险，但他还是决定要走西口。

太阳快到当头顶的时候，沙滩上变得闷热起来，一艘渡船正在返回之中，河面上飘起了艄公那高亢嘹亮的扳船歌：

你知道，天下黄河几十几道湾，几十几道湾上有几十几只船，几十几只船上有几十几根杆，几十几个艄公呀哎嗨吆吆把船来扳。

艄公自唱自和：

我知道，天下黄河九十九道湾，九十九道湾上有九十九只船，九十九只船上有九十九根杆，九十九个艄公呀哎嗨吆吆把船来扳。

……

杨三坐在沙滩上等渡船想心思，艄公慢悠悠地一边划船，一边引吭高歌。

忽然间，他竟然盼望娘的身影能出现在沙滩上，恶狠狠地骂自己一顿，再冲屁股抽两巴掌，然后拽着自己的胳膊回家，可是一直看不见娘的身影，看来娘是不喜欢我了。

渡船悠悠靠岸，艄公甩缆绳系船，杨三心一横起身向渡船走去。

“叔，我要过河。”

“半迟不早，你一个屁大的猴娃子，独自过河干什么？”艄公认出他是“醉海红”的儿子，根本不信他的话。

“我要过河。”不依不饶，目光坚定，直直地盯着艄公。

“河那面可是土匪狼群的地盘，你是想当土匪还是想给狼当拌汤（方言，当地一种带汤水的面食）？”

“有奈出在无奈，赤脚也跑口外。”

“没灾没难，官没打吏不追，你是闲得二股筋疼，快不用瞎想，跟叔叔回村。”

“渡不渡？”杨三根本不接他的话茬。

“不渡。”

再无二话，扑通一声，杨三跳进了滚滚的黄河里。

一看这个油盐不进的毛头小子自己要渡河，艄公无奈解开缆绳，船到中游，趁他冒出脑袋换气的瞬间，艄公将他一把提溜上船。

“再过十年，还你河利，够你打一艘大船。”过河上岸，头也不回，直撅撅丢下一句话。

双锁山，位于鄂尔多斯草原南部的黄河北岸，是晋蒙两省的界山，形如两把巨锁，扼守着晋西北进入内蒙古草原的通道。传说王母娘娘穿越毛乌素沙漠的时候，因黄沙土塞满鞋子，曾在此地歇脚，将沙土倒出，从而形成两座山包，山下就是毛乌素沙漠南部的边缘，这里有一片一望无际的沙蒿林，半人高的沙蒿长得密密麻麻，当地人把这一带取名叫“沙蒿塔子”。

山上驻扎着一股土匪，土匪头子叫黑老四，一直活动在十里长滩和沙蒿塔子一带，由于国事纷乱，国民政府无暇顾及，渐渐地，这股土匪也就处于半公开状态。

那天黑老四带着一帮人马走在沙蒿塔子，迎面就碰到手提木头大刀的杨三。一个十来八岁的猴小子，竟敢独自一人穿越沙蒿塔子，黑老四即知，这孩子肯定有一个茶大胆子。

“叫甚名字。”

“王三。”不假思索，随口就答。

“要去哪里？”

“跑口外寻活路。”

“刚刚离开娘奶头，魂儿还没长全，就敢一个人闯世路，就不怕土匪杀了你。”

“精明的土匪不杀人，杀人的土匪不精明。杀得路断人稀，那是自断财路，自打墓坑，造孽损阴德。”

黑老四被呛得语塞了一下。

“就不怕狼叼你。”

“没眼的孤儿天照应，狼碰上我绕着走。”

一问一答，伶牙俐齿，毫不胆怯，黑老四立马就喜欢上了这个猴娃子。黑老四年轻的时候在道上被人伤过下身，使得他一辈子失去生育能力，天赐良机，让他碰上这个毛头小子，他认定这是一个接自己班的好苗苗。黑老四不但将这个王三带回山上，而且还把他收为义子，入了伙的王三就成了黑老四的小跟班，黑老四对他很是关爱，在黑老四的调教下，已经初具武生身子的王三继续习武练功，到了十七八岁，一把大刀耍起来呼呼生风，七八个人别想挨近身边。骑马穿街过，双枪点椽头，倒挂金钟，镫里藏身，一身功夫在整个土匪群里鹤立鸡群。

就在王三二十岁那年，黑老四也正好到了做不动事的年岁，通过一个仪式将手下的一帮人交待给王三，从此，在古城周边，十里长滩一带，贼王三的名字就取代了黑老四。

贼王三接过黑老四这一摊子，立马就增加了新的规矩，图财不害命，抢富不劫贫，不欺负弱小，不接近女人。手下人对其他规矩都能认可，唯独对不准接近女人这一条特别反感，因此，这条规矩一出来就有部分人与他分手入了别的股子。谁知他对这些人不但不追究，而且走的时候还给打点些许盘费，他自己亦坚持不和女人照面，每次出门，只要第一个碰到是女人，他马上就会冲着地面唾几口，还停止一切行动，即使有金元宝他也绝不弯腰去捡，而且是一整天再不踏出山头一步。

对于这个怪癖，许多人不理解，天长日久，手下就有人怀疑他和黑老四一样，没能力接近女人。

不过有一点比较奇怪，那就是贼王三喜欢看戏，特别是喜欢看二人台和晋剧，对于装扮起来的戏子，无论是男是女就不在他的忌讳之列了。

儿子一走十年无音无信，“醉海红”的一颗心碎成八瓣，她为自己在儿子面前做下的丢脸事悔恨万分，她时刻在自己蹂躏自己，她压抑住生理与心理的欲望，彻底收心，与那个抬头不见低头见的同行男人形同陌路，她拒绝了所有的登台演出，把自己的全部身心投入教戏带徒弟之中。

当艄公将布袋放在炕头，向她讲述了银圆的来龙去脉后，她发疯般双手开弓，打起了自己的耳光。

又是当年那个日子，又是时近中午，摆渡完上午最后一趟，老艄公正要掉转船头返回，一队人马从沙蒿林子里跑出直向岸边奔来。一看就知道是干什么的，老艄公不惊不诧，自顾自将船推离河岸，接着纵身一跃，跳上船头，撑杆一点，渡船晃晃悠悠地向河中央驶去，他知道这伙人从来不糟害受苦人。

“老叔，慢点划！”

“小船破旧河路凶险，只渡行人不渡畜生。”

“人不过河马不前行，今天只来还你的人情。”随着话音落地，嚓啷啷一声响，一个布袋准确地飞入船舱，“还记得十年前我说过的话吗？一半是你的河利，另一半托你捎到家中。”

“你是醉……”

老艄公猛然想起了十年前的此时此刻，刚要继续搭话，就被一声尖厉的呼哨打断，眼错功夫，一帮人马消失在沙蒿林子里。

老艄公拿起布袋掂了一下，沉甸甸的，上岸后一数，不禁大吃一惊，整整一百现大洋。

“醉海红”知道儿子的下落，不但不惊喜，而且连续几天痛哭流涕，昼不升炊，夜不入睡，没几天头发就白了一半，人一下子老了许多。原因很简单，在所有正直善良老实本分人眼里，当土匪作响马那可是祖辈缺德，阴损当代，祸及子孙的营生啊。

好在老艄苦口婆心开导她，“大妹子，世道如乱麻，各人自寻活法，猪拱前，鸡刨后，没有好赖之分，都是为了吃穿二字，至于用什么手腕子讨活法，那是命中注定的事，好在娃子没丧良心，不糟害穷苦人，不杀生害命，这就算我们的祖上烧高香了。”

数次比山说水的开导，终于使“醉海红”渐渐恢复了理智，慢慢恢复了正常生活，咬牙接受了现实。

贼王三彻底理解了娘、彻底原谅了娘的时间是他过完洞房花烛之夜之后。从此，他和老艄公无形中达成一种默契，每年都要在七月十五那天与老艄公在黄河岸畔会一次面，通过老艄公给娘捎点银钱。

古城位于双锁山脚下，每年农历六月初六是古城的传统庙会。庙会期间，贼王三停止一切活动，连续几天，不骑马不挎枪，带着几个随从，一身受苦人打扮，神情专注来古城看戏过庙会。

贼王三到场看戏，手下的线人都会程度不等地献一点殷勤，逐渐也就形成一种规矩，戏场子靠前居中的位置，预先就有几把太师椅子给他留着。精明干练的班主很会来事，有意无意会等到太师椅子上有人落座，正经的主角才登场，正经的好戏才开唱。

就像土匪们各自形成的活动范围一样，每个戏班子都有自己的演出坡地。没有特别的情况，这个已经形成习惯，古城每年的庙会都是“水上漂”戏班子的台口。

“水上漂”原名水仙花，八岁从师学艺，十三岁登台演戏，袅娜的身姿，银铃般的嗓子，细碎的台步，揪走了方周二围戏剧爱好者的心。据说她练功的时候，双手同时挥舞两块手帕，头顶一碗清水，腿夹一颗生鸡蛋，连续绕场走八字一个时辰，鸡蛋不破不碎不落地，水不湿头皮。

一河之隔，农耕文明和游牧文明水乳交融，在内蒙古地面上风行的戏曲也是晋剧和二人台。“水上漂”最拿手的戏是二人台《走西口》，贼王三最爱看的也是这出戏，每当“太春”肩挎包袱起身欲走、“玉莲”撕心裂肺的哭板一开腔，贼王三马上就会泪眼婆娑起来。

渐渐地发展到凡是“水上漂”演出的节目，贼王三几乎就是每出必看，而且是一看就进入了痴迷的状态，跟着剧情默默流泪，跟着剧情开怀大笑。看戏时的贼王三与谋事行劫时的土匪头子判若两人，古城的“线人”六十九就私下与人悄悄地说，这个头儿和黑老四不一样，良心未泯，是一个情种，肯定不会一辈子当响马。

初六那天晚场，压轴戏《走西口》唱罢以后时近午夜，此时暑热消退，草原上凉风习习，观众余兴未了，不肯离去，班主不得不安排“水上漂”加演一出《绣荷包》：

一绣一只船，
绣在江海岸；
二位老艄公，
船呀船头站。

二绣张果老，
骑驴过州桥；
四座大名山，
驴呀驴后捎。

三绣月照南，
吕布戏貂蝉；
关老爷打登州，
把那貂蝉斩。

四绣瑶池庙，
王母设逍遥；
再绣众仙家，
驾云赴蟠桃。

五绣杨五郎，
兵败把五台上；

烧香剪辫子，
出家当和尚。

六绣金鸡叫，
大鹏金翅雕；
再绣梅花鹿，
口含灵芝草。

七绣织女星，
牛郎来配婚；
可恨那天河水，
相隔她二人。

八绣八洞神，
绣在南天门；
漫天下大雪，
冻死韩文公。

九绣九女星，
绣在天门阵；
招亲破敌阵，
名叫穆桂英。

十绣绣成功，
捎给走口外的人；
到了那后大套，
交给我男人。

随着“交给我男人”的唱词一出口，“水上漂”手中的荷包向着台下抛来，这荷包仿佛有灵性一般，竟然旋转飞舞着躲过众人抢接的手，直直地砸进贼王山的怀中，“水上漂”含羞带笑匆匆谢幕，观众的呼叫喝彩声响彻草原的夜空。

“水上漂”一荷包砸得贼王三回到双锁山三天三夜没踏出门外一步。

好一个野性十足的草原妹子，以身相许的意图在大庭广众面前赤裸裸地表现出来，黑老四立即开始张罗干儿子的婚事，就在当月的十五那天，一台大红花轿把“水上漂”抬上了双锁山。

婚后的贼王三为自己的幼稚无知觉得可笑可气，更为自己轻率地离家出走落草为寇悔恨万分，他思娘念娘的心情更加急迫。

“醉海红”做了一件惊人的壮举，把自己多年的积蓄捐献给抗日组织，应她的要求，抗日组织没有大张旗鼓地宣传。

突然间，有几个骑马挎枪的军人到来，“醉海红”大吃一惊，肯定是儿子的事犯了。

“大娘，您别紧张，我是卧柳林的任运通。”任运通下马脱帽，向老人家礼貌地鞠了一躬。

“你是任五老财主的儿子？”“醉海红”还是心跳如擂鼓。

“对，我小时候可多看过您的戏了，您的道情打坐腔唱词我现在还记得好几段。”

乡里乡亲的，沟通起来比较容易，待任运通进窑洞坐炕头慢慢说明来意，“醉海红”慌乱的心逐渐平静下来。

平心而论，她太想见儿子一面了，儿子离家十几年了，她一直在做着关于儿子的梦，可是每次梦中出现的儿子，不是挥舞着木头大刀越跑越远，就是浑身鲜血淋淋地站在她的面前，她不知道儿子是让土匪祸害了，还是让野狼叼走了。每当她从噩梦中醒来，狂跳的心仿佛要从嗓子眼里蹦出来，从老艄公的嘴里得到儿子的音信、收到儿子的银圆之后，她不但没有感到高兴，而且是越发难受。她看见的不是白花花的大洋，而是沾着鲜红血迹的银子，几年来她一直将银圆积攒一处不动分毫，原来是准备在自己离世前将它捐到庙里，给儿子也给自己赎罪。没想到忽然间世道大乱，小鬼子跑到中国的土地上横行开了，动委会、牺盟会的人天天宣传国难当头，匹夫有责，有钱的出钱，有力的出力，齐心赶走侵略者。看着那些苦口婆心忍饥挨饿没明没夜一心一意为国家为民族奔忙的人，她的心被感动了，她毅然将大洋捐了出去。多年梨园生活的熏陶，已经使她成为一个深明大义之人，根本用不着多少大道理去开导，身外之物，哪里来哪里去，众人的钱财救众人，值得。如果从今往后儿子再能走上一条正道，那么她也就死而无憾了，现在碰到要往正路上引儿子的人，当然是她求之不得的事情。

“你们现在做的都是正事，要是能把他引上这条道，我老婆子也就能心安理得地去见他的先人了。”“醉海红”长长地叹了一口气，“可惜我年老体弱，腿脚不利索，不能和你们一起走了，我给他写一封信吧。”

贼王三含泪看完娘的信，他决定当下就起身，回家看望娘，他在开始新生活之前必须要见娘一面，今后再也不做违背娘意愿的事情了。

男人要回老家，“水上漂”执意要同行，她不想一个人和一帮土匪在一起，哪怕是只待一天她也不愿意，“丑媳妇终久要见婆，趁这个机会见一面，我以后就好尽孝了。”

夫妻二人同骑一匹马走得就慢了一些，回到五华城的时候已经夜深人静，这也正好是贼王三最乐意的时间。

整个村子静静地沉睡在月色里，十几年的时间一晃而过，村子没有任何变化。待看到自家窑洞里露出微弱的灯光时，贼王山的心狂跳起来，娘还没有入睡。他勒马站定，喘了一口气，平静了一下心情，下马步行，悄悄进入院子。

窑洞里传出说话声，家里不止娘一个人。十来年养成的习惯，贼王三做了一个手势，“水上漂”屏气站定，贼王山悄悄靠近门口侧耳细听。

“大娘，我代表牺盟会和所有抗日的中国人对您老的义举表示深深的感谢和敬意。”

“快不用这么说，你们的辛苦我们老百姓都看得见，我做这点小事是应该的，可惜我是老得不中用了，要是再年轻几十年，我还想加入你们的队伍呢！”一声叹息，“再说，那些银钱也不是好来的，时到如今我也不想遮瞒了，那都是我那个造孽的儿子捎回来的，我原本是准备把它捐到庙上来着。”

贼王三大吃一惊。

“大娘，既然您老提起这个话题，我也就直话直说了，其实您儿子的情况我们也知道一些，他是少不更事，误入歧途的，他民愤不大，更没有血债，还有一身好功夫，抗日正需要这样的人，我们非常欢迎他加入抗日队伍。”

“他这样的人你们不嫌弃？”

“哪里话，年轻人谁也可能做出一些三长两短的错事，只要醒悟过来走正道就是好人，古话就说，浪子回头金不换嘛。”

听到这里，贼王山毫不犹豫推门而入，窑洞里有两男一女三个人，正和娘一起盘腿坐炕上拉呱着。

“妈，不孝的三儿回来了。”贼王三满眼流泪，双膝着地，“水上漂”亦随之下跪……

贼王三在恢复原名的同时做出了改邪归正的决定，不过他没有兑现给铁牛栓的承诺——就地参加黄团长的晋绥军，而是带着一帮人马返回家乡参加了八路军。他给铁牛栓捎了一个口信，我今生今世再也不能做对不起我娘的事情了。

对于杨三的决定，王光明任运通暗中高兴，铁牛栓却骂他言而无信，倒是黄团长没置可否，在他眼里，共产党和国民党都在齐心协力反抗侵略者，在哪里抗日都一样，只要不再糟害老百姓就好。不过黄团长还是在心里暗暗佩服共产党会做下层民众的工作,会笼络人心,就连一个戏子出身的老太婆也在支持拥护他们。

杨三一行回到家乡的那天，正是农历八月十六日下午，徐主任特意安排人提前将杨三的母亲接到卧柳林。当杨三一行到达的时候,徐主任已经搀着他的母亲，领着八路军工作队的全体人员，在村外的路口列队等候。

杨三看见八路军队伍，脸一下子就红到了脖子根。土匪窝里待了十几年，他还从没见过这等阵势，八路军虽然人数不多，但军容干净，队列齐楚，精神抖擞，还没等自家的人马走到近前，早已鼓掌欢迎开了。回头再看自家这帮人，有队没形，有人没样，走不整齐，站不周正，衣服更是乱七八糟，吆喝弟兄们想要整理出一个队形，可惜弟兄们没那个习惯，越吆喝越乱套，这场面一下子就把二三十个散漫惯了的草莽汉子比得气馁了三分，杨三更是觉得脸上无光。可是徐主任对这一切视而不见，抢前一步向杨三敬礼，与众人挨个握手问好，丝毫没有看不起他们的意思，一时间，杨三的手下竟显得腼腆慌乱，手足无措。

正在这时，空中传来呱呱的大雁鸣叫声，众人抬头望去，一行排成人字形的大雁从头顶掠过，向南飞行。

杨三灵机一动，笑着对徐主任说：“领头的大雁肯定肥，我给弟兄们打闹一点下酒菜。”说着伸手接过随从递来的长枪，随着一声清脆的枪响，一只肥硕的头雁应声落地，扑闪了两下翅膀就不动了。一时间，八路军热烈的掌声，杨三手下的欢呼声，在深秋野外的原野上空久久回荡。

无依托，不瞄准，抬手举枪，一枪中的，神奇的枪法总算是给杨三挽回一点面子。

十五的月亮十六圆。晚饭过后，在如银的月光下，战地服务团的文艺节目又令杨三一伙耳目一新。节目演到最后，徐主任特邀杨三的母亲上台表演，老太婆不推不辞，歪过头和一直坐在身边的儿媳妇耳语了几句，“水上漂”挽着婆婆的手臂缓步登台，向着台下深深鞠了一躬，立时就赢得震耳欲聋的掌声。

“下面，由我的婆母为大家献上一段《杨门女将》里佘太君的唱段——杨家将请长缨慷慨出征。”

“醉海红”亮相站台步，运气拿架势，一瞬间，一位古稀老人立马就双目炯炯，精神抖擞，进入了状态。开口叫板，声音洪亮，唱词出口，字正腔圆，真可谓三十年的河捞铺——幌子虽旧汤正味浓：

一句话恼得我火燃双鬓，
且慎言莫乱测我忠良之心。
自杨家火塘寨把大宋归顺，
为江山称得起忠烈一门。
恨倭寇无人性兴兵犯境，
杨家将请长缨慷慨出征。
牙还牙血还血为民雪恨，
誓死扫倭寇彻底除祸根！
牙还牙血还血为民雪恨，
誓死扫倭寇彻底除祸根！

“醉海红”一曲晋剧清唱把欢迎的场面推向高潮，熟悉晋剧的人明白，老人家有意改动了其中的唱词，其用意显而易见。

清唱结束，款款谢幕，掌声雷动，徐主任一声口令，八路军战士全体起立，向老艺人齐刷刷地敬礼，杨三儿激动得热泪盈眶，他感激八路军徐主任一干人对自己和娘的尊重，他更是深深领会了娘的心思，暗暗发誓——誓死扫倭寇，彻底除祸根！

第十八章

钱花眼行劫失利，右手的骨头被那个家伙的大鞭击得粉碎，随着时间的推移虽然不再疼痛，可是整个手掌却开始萎缩，慢慢就变得手指细小，手掌绵薄，和五六岁小孩子的手没有两样。打了半辈子鹰，反而让鹰啄了眼，在道上是没法混了，也不敢再回双锁山，只得偷偷溜回老家。

回到老家的钱花眼，没几天就心烦意乱住不下去了，房屋破败，举目无亲，看人人不顺眼，看物物不周正，村里人见了他都躲着走，人们虽然不知道他在外面做过什么，但都明白他是一个“刮野鬼”。当土匪的时候过得是肥酒大肉的日子，像这种无酒无肉的清苦日子，他是一天也难以过下去的，没办法，他只得四处游荡重新寻找出路。

仔细想，自己活到现在这个地步，都是那个大鞭功夫十分厉害的家伙害的，听说和自己算半个老乡，留心打听才知道那家伙是卧柳林的，名字叫马铁牛栓，外号马大鞭，和自己交手的时候已经是政府军里的一员。那家伙身似铁塔，躺下能拦一坝水，站起来就是一座小山头，拳头一攥有半升子大，不但武艺高强，而且又身佩快枪，找那家伙单挑报仇纯粹是鸡蛋撞碌碡，这辈子只能是心里的一个想法了。

前几天转悠到邻近村子，碰到几个八路，他们张家出李家进鼓动人们和日军作对，其中一个精干的能说会唱的女人很面熟，偷偷一辨认，原来就是那个和马大鞭一起上过双锁山的女人，也就是那个名气很大的女戏子，她不但是仇人的老婆，而且还当了八路。这一发现令钱花眼特别高兴，这八路可是日军的敌对死仇，自己要是投靠了皇军，咽不下的这口气就有了出处。他思前想后盘算下一个绝好的办法，借力打力，害他一个苗死草活。

真还是天无绝人之路，他没费多少周折就进入驻关河县城的日军据点，钱花眼感谢爹妈赋予自己一个“金箔金”的命相。

说来也很凑巧，那天他溜达到县城的时候，就看见十字街口一棵大榆树下面，七八个日军围成一圈拍手跳脚吆西吆西地叫唤，有几个中国人远远躲在一边瞭望，天生贼胆子又喜欢看热闹的他疾走几步到了近前。

一个白发苍苍的老汉、一个约莫十二三岁的女子被皇军围在中间推搡着，女子双手护胸，低头缩肩，浑身颤抖，泪水涟涟，任由皇军推过来搡过去，白发老汉满脸汗水，左冲右突，想逃出包围圈，可惜人老体弱，面对一群没人性的豺狼，徒劳的挣扎只能给几个野兽增加更多的乐趣。

聪明的钱花眼马上就明白了皇军的意思，他瞅个空子伸出左手一下子就把女孩的裤带拽断了。这突如其来的一招，令女孩猝不及防，裤子一出溜，下身就暴露在光天化日之下，女孩尖叫一声，本能地双手捂裆往下蹲，钱花眼趁势抓住女孩的领口往上一提，女孩的上衣就到了他的手里，这一下，女孩浑身上下就只剩一件红布小肚兜了。

动作连贯，一气呵成，老土匪油子们都会这一手，他们叫做“剥活兔”，是为非作歹，羞辱女人的惯用手法。

钱花眼的这一手令几个小鬼子大开眼界，兴奋异常，注意力全集中到女孩身上。

“老天呐！”随着一声凄厉的长嚎，老人一头撞向了榆树，“砰”的一声，树干被撞掉碗大的一块树皮。

“爷爷！”女孩惨叫一声，顾不得赤身裸体，起身扑到老人的身上……

就通过这件事，钱花眼被小鬼子驻关河县城的头儿菊地修一看中，轻而易举进入了小鬼子的据点。

这个菊地修一好像天生和钱花眼有缘，不但不嫌弃他一只手残废，而且还根据他的情况把他分到侦缉队。

为了牢记那一鞭之仇，也因为一只手已经残废，他投靠皇军的时候就改名为钱小手，不过没有暴露造成小手的原因，只说是娘生胎带。

进入侦缉队没多久，钱小手就高兴得一跳二尺高。

由于侦缉队的常驻地是大营堡，不在日军的眼皮底下，侦缉队的人活动就自由多了，不用出操，不用站岗，还可以借着侦察八路的名义到乡村乱窜，每到一个地方，维持会的人就像家里来了娘舅亲戚般捧敬着，海吃海喝还要海拿，如果跟着皇军出动清乡那就更加来劲，日军的膏药旗比古时候皇帝出巡时使用的肃静回避牌子威风多了，日军所到之处，凡是长腿的东西只恨腿长得少，能躲则躲，能藏则藏。这种感觉，和土匪生涯比起来那就是人上人，他祈盼日军就这么一直住下去，最好能够永远成为这块地皮上的主人。

钱小手天生心细如丝，再加上土匪生涯的历练，使他变得更加狡猾，投靠皇军后，他留心观察过皇军使用的装备。那洋枪洋炮，那洋马洋车，尤其是那种不需要专门道路的“电驴子”（当时老百姓对摩托车的称呼）令他更加喜爱，脚一踩屁股上就噗噗噗放响屁，行驶起来一路烟尘，眨眼间就跑得无影无踪，好不威风！他也亲眼见识过皇军的高超枪法，三四百米内，三八大盖一举，指哪打哪。他还羡慕日军那锋利的军刀，在下乡清剿的时候，皇军非要和一个正在坐月子女人“亲热”，被炕上毛娃子的啼哭破坏了心情，只见日军军刀一挑，再那么轻轻地一甩手，就把那个毛娃子像挂年画一般钉在窑洞的土墙上。尤其令他赞叹不已的还有日军的神力，一个两三岁的小娃子，日军倒提双脚，牙根一咬，就能撕成两半。他还更加惊奇皇军的神药，“扫荡”时，抓回一个敢于顶撞日军的生瓜（方言，不知天高地厚），日军在他的屁股上打了一针，然后将他的皮肤剥掉，这生瓜竟然还能绕着院子转圈跑一个时辰，自己要是早点认识了日军，还用受那几个月手腕疼痛的罪吗？他恨不得把娘老子的骨头从祖坟里刨出来喂野狗。

接下来，又把皇军与国民政府的军队和八路军作了一番比对，观察比对后他更放心了。国民革命军的武器装备，根本不如日军，尽管抵抗激烈，但还是败多胜少，节节后退，目前这一带已经不见政府军的一兵一卒了。至于那些八路，虽然神出鬼没四处活动，但只会偷偷摸摸小打小闹，成建制的队伍他还没见过，论装备那就更谈不上了，手中的武器不比自己当土匪时使用的强多少，大部分吃喝穿戴是就地取材，而且还没有任何交通工具，全凭两条泥腿子到处乱跑，他们最大的本事就好似死去多年的黑老鸦——有一张铁硬的嘴。

钱小手又仔细琢磨了一遍身边的侦缉队员，琢磨过后他底气更足了，原来这些人多数是当地一帮好吃懒做的二混混，非嫖即赌的痞油子，跟着阎王吃混食的小鬼，而自己却是那久走江湖吃肉喝酒的“梁山好汉”，和他们相比，自己就是那筷子里的旗杆。就连同那个侦缉队长也是日军瞎眼窝白喂了一条狗，那纯粹就是一个眼小皮薄、胸无大志、鼠目寸光、胆小如鼠的缩头乌龟，不跟着日军、不带着全副武装的人马，自己一个人根本不敢单独活动，整天就知道喝酒吃肉抽大烟找女人，连一个有价值的情报也给日军提供不了，连日军的真仇大敌也找不到，每次出动还要把动静闹得老来大，生怕八路不知道，这不是摆明着告诉八路提前做准备嘛。

钱小手越盘算越高兴，越思谋越兴奋，他很庆幸自己找到了一座硬靠山，他已经替日军看好了未来，那出路是宽宽展展坦坦荡荡的，那前途是辉煌灿烂明明亮亮的，他坚信日军能够永远占领下去，他要永远跟着日军走下去。

加入侦缉队好几个月还寸功未立，钱小手感到非常内疚，他的“良心”时刻都在隐隐作痛，当他像一只丧家之犬到处流浪的时候，是日军收留了他，让他过上花天酒地的日子。尽管他是一个半边手（方言，指残疾人），但侦缉队还是给他配备了盒子枪，有这个护身符在腰里掖着，那些穷苦人看见他都是没命地躲藏，实在躲藏不过去就点头哈腰地问候，满脸媚笑地溜舔，比对自家的亲娘老子还敬重得厉害。每当这时，钱小手就更加感到对不起恩重如山的日军给予自己的厚爱。

现在的钱小手看不起两类中国人来，一类是跟在日军屁股后面，狗仗“日”势的中国人，他们溜沟子舔屁眼也找不到方法，舌头倒是伸得老长，可惜是找不准舔的位置，日军感觉不到舒服。另一类是那些没明没夜想方设法和日军作对的中国人，那都是些拿上鸡蛋撞碌碡、头枕茅厕板睡觉的茶毬（方言，骂人语）。我钱小手就和他们不一样，我钱小手不但永远不和日军作对，而且还要凭着自己活泛的脑子，凭着自己长长的舌头，天天把日军舔得舒舒服服。我钱小手才是那人中的吕布、马中的赤兔。

观察比对，细心品验，思前想后，左盘右算，钱小手又把自己的宏伟目标往高拔了一大截，他不仅要衣食无忧花天酒地过日子，他还要有个一官半职，他盯上了侦缉队长这把交椅。钱小手对自己忽然间产生的想法非常满意特别高兴，人往高处走，水往低处流，做人就应该这样，没有远大理想，没有宏伟目标，整日就知道吃喝拉撒睡的人和猪狗又有什么区别呢！

要想当上侦缉队长，那就必须做几件让日军另眼相看的事情，只要自己的真本事被日军发现，只要日军高兴，那个位子就一定是自己的。想到这里钱小手暗下决心，他要忠心耿耿为日军效劳，他要兢兢业业为日军做事，他还要以日军为榜样，心狠手辣地残害那些敢于抵抗日军的中国人。

当然，钱小手也一直念念不忘打残自己手腕的那个马大鞭，可惜的是，那个马大鞭所在的国民革命军远在内蒙古地面，暂时还没有照面的机会，只要有了机会，借助日军的力量，别说一个马大鞭，就是十个马大鞭也不在话下。

自从发现马大鞭的老婆当了八路，钱小手高兴得半夜都能笑醒来。他知道，皇军最痛恨的就是那帮扰得他们寝食不安的土八路，所以他开始下辛苦侦察八路军工作队的活动踪迹，他最大的愿望就是在日军消灭八路的同时，把那个女戏子生擒活拿了，那可是二股叉打老婆——一下顶两下的好事情。

在锁子山一碰面就感觉那个女人很入眼（方言，漂亮的意思）。俗话说“婊子无情，戏子无义”，女人天生就爱过那穿金戴银花天酒地的日子，只要自己能给她提供这些条件，还怕她不死心塌伺候自己吗，等自己帮着日军把那些敢于抵抗日军的中国人赶尽杀绝之后，我钱小手有钱有枪有美人，有酒有肉没仇人，到时候，那个如花似玉的女戏子，肯定会浪得我骨软筋麻，身软心硬，半人半仙，欲生欲死身累心醉的。

想到这里，钱小手已经飘飘欲仙了。

钱小手很懂得人生规律，要为人上人，先吃苦中苦，先苦后甜才是真甜。他针对八路的活动规律，靠着自己当土匪时练就的腿脚，不辞劳苦地当开了“夜游神”，他常常在夜幕的掩护下独自一人转悠，他必须给日军献上一份厚厚的大礼。

白云回到卧柳林，发现村子里发生了许多变化，给人一种生机勃勃、焕然一新的感觉。街上走动的人有好多是穿着灰色军装的陌生面孔，村里人说，他们就是八路军。以往，只要村子里有成群结队的兵爷出现，乡亲们早就牵牛赶羊跑得没有一个喘气的了。可这一次全村人不但不“跑反”（方言，指躲避兵匪祸患），而且还有人帮着他们做事，特别是一帮年轻男女，成天跟在这些当兵的屁股后面。这些八路军也很会来事，知情达理，和乡亲们的关系处得非常好，一口一个老乡老乡地喊，一口一个叔叔大爷婶子大娘地叫，一有空闲就帮着村里的人家担水扫院子，对几户孤寡老人更是如同亲娘老子般地伺候，有几个人专门提着石灰水桶在村中的土墙上写大字，令白云惊奇的是，这伙人里竟然还有女人。这几个女人也和那些男人们一样，穿着一身灰布军装，都是风风火火地行走，急急忙忙地做事，只有说话的声音，军帽下面露出的齐耳短发，以及胸前那两个鼓起的包包表明了她们的性别，一条腰带把身体勾勒得凸凹有致，整个人看上去特别精神。

这些人还专门选择村里最中心的地方“打土摊摊”（方言，就地）唱戏，在白云的眼里，她们演出的戏连最低级的草台班子也比不上，因为她们“不定脸子”（方言，不化妆）不穿戏服，招式手势，眼神台步白云连见都没见过，根本就不按传统戏曲的套路演唱，白云一看就知道她们没经师傅传授，都是自己即兴发挥，这可真是俗话说的“不定脸子甚的戏也敢唱”。不过，她们最拿手的是唱歌和演讲，唱歌的时候，有一个女八路挥舞着胳膊打拍子指挥。每当通过演唱聚集到一些看热闹的人时，演讲就开始了，演讲的内容和王光明任运通两位大哥说过的差不多，都是民族面临危难，即将国破家亡，每一位有良心的中国人都应该有钱的出钱，有力的出力，齐心协力打鬼子等等。歌曲唱得真好，白云靠着当过演员的功底，许多歌曲听上一两遍就学会了，其中感觉最提神的有两首歌——《大刀向鬼子们的头上砍去》和《保卫黄河》，回家没事的时候一个人就反复哼唱，真的是越唱越觉得情绪亢奋，勇气倍增。

此外还有一首歌——《我的家在松花江上》白云在学唱的时候就跟着演员流下了眼泪。

这天，白云正哼着新学的一首歌曲做针线活，这几个人就找上门来了，进门就称白老师，这样的尊称让白云始料不及，在乡下，只有教书先生才配这个称呼，自己一个高台卖艺的，一个下九流的人，在她们眼里竟然就成了老师，把白云感动得差点掉眼泪，待她们说明来意之后，白云更是始料不及，她们是来邀请白云参加她们的活动。

“白老师，你是咱家乡一带有名气的地方剧表演艺术家，我们想请你参加我们的演出队伍，有你的参加，我们演出的节目肯定能吸引更多人观看。”原来她们早就把白云的底细打听得一清二楚。

她们把唱戏不叫唱戏，而是叫演出节目，她们把白云不当戏子看待，还说她是表演艺术家，一口一声白老师称呼着，可以看得出来，她们对白云的尊重是发自内心的，对白云的邀请也是真诚的。

可惜的是，白云曾经下决心不再演戏了，她没有立即答应。

不料任运通却极力劝说白云积极参与，铁牛栓也表示赞同。任运通劝说的理由自然是以革命的需要、抗日救国的需要为主，而铁牛栓赞同的理由却简单得多，自己走了，白云在家里忧闷，和那些同龄人在一起唱唱跳跳可以解心宽。

当任运通铁牛栓归队之后，这些人再次登门，白云答应了。

就这样，白云参加了八路军的战地服务团。

这段时间，白云的心情越来越好，走起路来连蹦带跳，稍有空闲就哼小调，她的工作越来越忙，活动范围也越来越广，她已经随着战地服务团把周边的乡村跑遍了，她们转着村子给妇救会办识字班，给儿童团教唱歌。借助白云的名气，服务团每到一个村庄，马上就能在身边聚集起许多人来，人们已经好久没有看到她演的戏了。她们新编的民歌简单明了，朗朗上口，极易被群众接受，不费时日就传唱开了。她们新编的二人台剧目，不化妆，不打扮，随身衣服就是戏装，劳动工具就是道具，就地取材，就地演唱，剧目新鲜，通俗易懂。此外，白云还针对不同的人群，编唱了许多与抗日工作有关的民歌，她们这种现蒸热卖现编现唱的做法收到了意想不到的效果，这里的歌词一创作出来，用不了三天，各村的抗日组织就都会唱了，尤其是经白云一手改编创作的二人台《送情郎》，一上演就产生了轰动效应，对八路军的扩军工作起到了意想不到的作用，一时间，各村就有许多妇救会的积极分子动员自己的男人参加了八路军。

妹送情郎去参军，
叫一声情郎哥哥你放宽心；
你在前线杀敌人，
小妹妹在家搞后勤；
做军鞋，送军粮，
保证你们吃饱穿暖当英雄。

送情郎送到大门外，
有几句话儿你记心怀；
自古美女爱英雄，
不当英雄你别回来；
多杀敌人立大功，
小妹我在家中笑颜开。

叫一声妹子你放宽心，

哥哥我绝不丢咱家乡的人；
我在前线立大功，
你在家中等喜讯；
我努力，你上进，
咱争当抗日的模范家庭。

送情郎送在大路口，
叫一声情郎哥哥你慢点走；
还有几句知心话，
哥哥牢记心里头；
守纪律，听指挥，
贪花红的心思不能有。

叫一声妹子你别多心，
哥哥我不是那贪花红的人；
一心一意闹革命，
奋勇争先杀敌人；
野花野草我不爱，
单爱妹子的好人品。

送情郎送到村子外，
拉住哥哥的双手再交待；
粗茶淡饭要吃饱，
千万不能把身子拖累坏；
身强力壮上战场，
多杀敌人把红花戴。
……

工作队的全体人员对白云更加尊重，尤其是在宣传队里，白云几乎就是权威人士，每一次宣传活动开始之前，大家都要征求她的意见，对她提出的要求，人人都认真对待。白云忽然间爱上了这份工作，喜欢上了那一身灰布军装，她的工作热情更加高涨，工作起来更卖力，有时候简直到了废寝忘食的地步，白天和队员们转着村子搞活动，夜晚还要搜肠刮肚编写新的宣传节目。

那天，正在桃树沟工作的白云接到通知，要她当天赶回卧柳林，徐主任找她谈话。

以为自己的工作有差池，白云怀着忐忑不安的心情急忙往回赶，进入当街，就看见一群儿童团员在一个年龄稍大点的孩子带领下学唱白云前段时间新编的民歌：

槐树开花碎纷纷，
咱们的亲人是八路军；
八路军来了快做饭，
小鬼子来了扔炸弹。

吃菜要吃白菜心，
当兵要当八路军；
八路军是咱的子弟兵，
保家卫国打敌人。

大红公鸡毛腿腿，
吃不上东西白跑腿；
人人争当英雄汉，
敢当汉奸打断狗日的腿。

旁边还有一群七八岁的小女孩将一根草绳拴在两棵柳树之间当做皮筋跳，边跳边念：

一 一 一二一，
一二三四五六七；
男女老少齐动员，
全国人民来抗日。

二，二，二三二，
二三四五六七八；
人人出钱又出力，
打得鬼子回老家。
……

这种局面令白云很高兴，要不是急着见徐主任，白云差点就要再教唱她们几首民歌。

徐主任见面就是一顿表扬，接着就通知她，根据这段时间的工作表现，经工作团研究，决定吸收她参加八路军，从今天起，她就正式成为一名八路军战士了。徐主任又说，她所在的组织这次更名为“晋西北战斗剧社”，隶属于八路军一二零师政治部。

“那是我这次去师部开会时给你领回来一套军装，今天就穿上它。”徐主任指了指炕头叠得整整齐齐的一套新军装继续说，“明天你去晋绥二中报到，参加一个短期培训班，时间暂定两个月，不过根据情况也可能临时增减。”

双喜临门，白云简直不敢相信这是真的。

回到自己的窑洞，换上那一身灰布军装，白云前出后进走了好几个来回，又对着镜子左右端详了好一会儿，然后让爹娘看。爹说，我闺女天生就是一个女八路。娘这里弹弹，那里拽拽，接着就乐得眉笑眼欢喜，真好，很合身，就像是量着我闺女的身子裁缝的。

晚上睡下，白云兴奋得彻夜难眠，往事从脑海里一幕一幕闪过。在她唱戏当红的那几年，尽管有许多人捧她追她抬举她，但是她很清楚，那些捧她的人，有许多心思不正路，当家庭两次惨遭不幸之后，自己在社会上就一直抬不起头来，人前人后常受人指指戳戳不说，还要不断提防那些图谋不轨的野男人，她时刻提心吊胆度日如年，她活得身心疲惫，心力交瘁，要不是大鞭哥救了自己，要不是干爹干娘收留了自己，哪里还有自己的现在可言呢？

从参加服务团的那天开始，她的生活彻底改变了，身边所有的兄弟姐妹都尊称她白老师，事实上她们也都把她当老师看待。在这个群体里，没有因为身份不同而产生的高低贵贱之分，没有青年男女之间的那种封建隔阂，尽管都是一帮子风华正茂血气方刚的年轻人，但是大家在一起相处的时候都是情同手足的兄弟姐妹，没一个人有歪门邪道的心思，所有人都一门子心思扑在工作上，白云深深感受到这个大家庭的温暖，果然和任大哥说的一模一样，和她们在一起不但不感到生疏寂寞，而且还时刻处在一种兴奋的状态之中，有时候竟然连他都忘了想。

虽然一起工作的队友们不叫白老师不开口，可是白云深感自己不配这个称呼，她能做的工作也仅限于编写几首民歌，创作几个小戏，再加上自己直接登台演唱，真正说起革命道理来还是鸭子的嘴。她非常羡慕那几个能说会道的队友，他们讲的革命道理她闻所未闻，他们做起群众工作来一说一大套，他们给白云描述革命胜利以后的日子令白云产生了无限的向往，他们随身携带的书籍白云也曾数次翻看过，可惜拦路虎太多。

晋绥二中就在本县的海潮寺，队友中已经有好几个人参加过培训了，凡是参加过培训的人都说收获非常大。一个学习回来的队友对白云说，白老师，你有一定的文化基础，脑子又好，如果有机会学习一段时间，工作起来肯定比我们强。从此渴望参加学习的念头就一直藏在她的心里，今天这个愿望终于实现了。

辗转反侧的白云几乎是一夜未眠，好不容易等到窗户纸发白，她简单收拾了一下行装，兴冲冲上了路。

第十九章

这年的冬季来得特别早，一场秋雨过后，天气骤然变得冷酷无情起来，原本在大秋作物覆盖下还很丰满的原野，现在也袒胸露骨显出了黄土高原的本色——面黄肌瘦、疲惫羸弱，就像一位伟大的母亲，用全部乳汁将孩子喂养大之后自身的胸脯却干瘪了。

八路军三五八旅旅部驻在大河县鹿回头村，距卧柳林二十里地，徐主任踏着晨霜赶回卧柳林。尽管开了一晚上会议，但他却睡意全无，八路军总部最近要有大动作，兵马未动粮草先行，三五八旅要求用半个月的时间在晋西北几个县征集十几万斤军粮和一千多双军鞋。时间紧任务重，徐主任一天也不敢耽误。

在给各村下达任务的会议上，徐主任特别提醒关河县抗日组织，严密注视二次占领了县城的日伪军动向，为了防止走漏消息，凡关河县境内各村的粮食征集与运送一律放在夜间进行，参与运送军粮者必须是抗日积极分子和知根知底的可靠人。

白云学习一结束就领受了征集军粮的任务。

五月里阳婆落能砍一担柴，十月里阳婆落穿不及鞋，太阳落山不久夜幕，就降临了。白云和她的两个战友到达老军营的时候，夜色笼罩了整个山村，昼短夜长的冬日是八路军做群众工作的最好时光。地里无活可干，老乡们都在家里猫冬，为了节省那一点灯油，也由于兵荒马乱的世道，大部分人家都是早早地熄灯入睡。为了配合八路军活动，地方抗日组织早已动员各家各户把看门狗处理掉了，黑黢黢静悄悄的村子显得有点神秘莫测，只在村中央的一个地方透出了一丝微弱的灯光，由于工作热情高涨，也由于缺乏对敌斗争经验，他们忽略了那一点微弱的亮光。

就是这一疏忽，差点给白云带来灭顶之灾。

按照事先的约定，白云一行刚到村口就有人接应上她们，直接引到自己人家中。虽然小鬼子占据着县城，但是农村早已成了八路军的天下，一个不大的窑洞里已经聚集了许多人，按照徐主任的要求，为了以防万一，窗户用几块毛毡遮挡得严严实实。油灯如豆，微弱的光线被满窑洞弥漫的烟雾笼罩得似有似无，呛人的旱烟味直冲嗓子眼，白云忍不住咳嗽起来，旋即又努力克制住了。

这里的工作做得扎实，群众觉悟很高，一说打小鬼子需要，大家积极认领任务，没费多长时间就完成了计划的数额，并且一致同意趁着冬日夜长，人牲口都有空闲，连夜集中送军粮。

白云在老军营工作的时候，钱小手正在村公所吃喝，他在村公所吃饱喝好后又小憩了一会，夜深人静的时候，开始为日军效劳了。他像一只寻屎吃的狗，竖着耳朵，皱着鼻子，蹑手蹑脚在村里转悠，近半个村子的人连夜活动，根本瞒不过这个土匪油子，他把情况侦探得一清二楚之后连夜直奔日军据点。

由于老百姓都在坚壁清野，八路军又到处骚扰破坏，日军的供给越来越困难，华北派遣军司令部要求各地日军“以战养战”。正为筹集不到冬粮而犯愁的菊地修一接到钱小手的情报，那个高兴劲儿就别提了，破天荒地摸了一下钱小手软绵细嫩的小手手。钱先生真好，雪中送炭，是我们的真心朋友，谁说中国人都在抗日，我这里就有亲日的中国人嘛。真是天佑我大日本的好事情，既能消灭土八路，又能缴获一部分粮食，一举两得。

菊地修一没有立即出动，他是前不久从宁武据点里换防过来的，他的军事常识很丰富，战术水平相当高，自从占领晋西北以来，已经多次和八路军交过手，凡是夜间的军事行动都没有收到良好的效果，往往还受到八路军的袭击，吃了不少小亏。异国他乡，人生地不熟，带路的皇协军又都是一帮子草包饭桶，这一带一到夜间就成了八路军的天下。深思熟虑之后他决定天亮出发，在老军营与鹿回头两地的途中拦截抢粮。

日军不敢连夜出动，正合钱小手的心思，他还真怕那三个八路军落到日军手里，特别是怕那个女戏子被日军糟蹋了或者是打死了。他已经把村子里的情况摸得一清二楚，有几杆破枪的民兵都加入送粮的行列，村里有点反抗能力的人就剩下那三个土八路了，真是天赐良机。

他向日军如实报告，老军营亦是八路的老窝，这个老窝里有许多本村人就是土八路，面对日军的时候他们都装得很温顺，都像是很老实的良民，可是日军一走开他们就尽干一些反抗日军的坏事情。对付这些个土八路，必须由侦缉队的人进行一番认真的甄别，凡是真心拥护日军的人都发给“良民证”，挑出那些死心塌地对抗皇军的家伙就地处决，这样才能真正建成日军所需要的“模范治安区”。他还自告奋勇，亲自带着侦缉队的人马，去做这项艰难细致而又充满危险的营生。

果然不出钱小手所料，菊地修一立马就对他另眼相看，吆西吆西真吆西，钱的良心大大的，当下就同意了他的建议，并且立即将侦缉队长叫来当面下达命令，这次行动，侦缉队由钱先生全权指挥，开赴老军营，彻底消灭土八路。

钱小手就凭自己的脑袋瓜子，没费吹灰之力即向着既定的目标迈出一大步，他恨不能跪下来抱着菊地修一的双腿叫爷爷。不过钱小手绝不是那种喜怒形于色的人，尽管他内心里乐得一跳二尺高，可表面上却仍然是波澜不惊，小心翼翼，诚惶诚恐，一副忠心耿耿的样子。

在这个世界上，长相相似的人不多见，性格相似的人却很多。钱小手就碰上了一个和他的性格特别相似的人——侦缉队长三板信，更加巧合的是，两人个头近乎一般高，都属于那种“人小离心近”的“三寸丁”，论心计就像是蝎子的尾巴对上了蜜蜂的屁股。

三板信小时候害天花把一张细绵白净的脸皮害成一片雨后沙滩，疤痕累累，人们背地里都叫他麻子三板信。民间有俗话说“瘸孤瞎毒疤万恶”，这个三板信就应了这句话。日本人没进来之前他就是地方上的一霸，他和人作敌不吵不闹不动手，害人全凭耍心眼，就是这个耍心眼却没有一个人是他的对手。人们对他有一个品验，平时，褚红色的麻点点掩盖着白色的面皮，一张脸皮就像女人穿的碎花布衫子，人模狗样的还可以说有一点良心，一旦麻子色褪，满脸一片雪白还微微带笑的时候，那就是他生心害人最歹毒的时候。此时，被他盯上的人轻者倾家荡产，重则家破人亡，因此人们就给他编了几句顺口溜：“麻子三板信，天生没人性；种地不纳贡，杀人不偿命；王命金剑他不怕，皇上碰见让三分。”

钱小手这里顺风顺水，得到菊地修一的表扬与重用，旁边站立的麻子三板信的脸色却成了一张白纸，同时露出了意味深长的笑容。狗日的手小心不小，尾巴不往起撅，拉得屎还挺臭，可惜你小手手圪蹴选错了位置，爷爷的头上不是你拉屎的地方。

清晨，天刚蒙蒙亮，侦缉队就在钱小手的带领下把老军营围了一个水泄不通。

老军营的工作进展顺利，白云一行特别高兴，一直忙乱到后半夜才把三十来只毛驴驮子打发上路，当村外响起侦缉队的枪声和叫喊声时，她们的脑袋才挨了一会儿枕头。

侦缉队开始挨家挨户搜查，边搜查边喊叫，献出一个八路赏大洋十元，如果有隐藏包庇者全家处死。其中一个尖嗓子叫喊得更加清晰，绝不能放跑那个会唱戏的女八路，帮侦缉队抓住那个女八路者赏洋加倍。

听到喊叫声，白云明白这次行动有人告了密，侦缉队是有备而来。情况异常紧急，转移已经没有任何可能，就这么一个小院子，就这么几间土窑洞，躲藏隐蔽更是小孩子玩藏猫猫游戏——自己哄自己。两男一女三个人仅有两支短枪十来发子弹，抵抗坚持不了半个时辰，更何况白云还是赤手空拳，实际上即使有武器白云也不会使用。

世界上最不怕死的人就是曾经死过一次的人，短暂的惊慌过后，白云马上就冷静下来，脑子里激烈地思算开了。既然侦缉队知道自己在这个村子里活动，那么今天自己是死定了，绳子上不死刀子上死，当康彩不死当豆彩死（当康彩当豆彩，都是当地老百姓对患天花一类传染病的叫法），看来这辈子命运就注定自己活不到个地头上，与其三个人一起束手就擒，还不如牺牲自己掩护战友，现在唯一的办法就是自己出去把敌人引开，让两位战友脱身，能救下两个战友也是最大的功德。主意一定，白云不顾两位战友的阻拦，拉开窑门就往院子里跑，这时，侦缉队正在砸大门。

白云奋力一跳，翻过半人高的土墙，向着村外没命地奔跑起来。

白云一出现，立即就引来一大帮子追赶的敌人，钱小手边跑边喊："弟兄们，都给我追那个女八路，她就是那个有名的戏子，谁都不许开枪，必须给老子抓活的！"

听话音白云好像已经成了他的人。

听到钱小手的喊叫，所有的侦缉队员都向白云逃跑的方向追来，倒不是钱小手的命令管用，而是这批地痞都想看一眼这个曾经风靡一时声名大振、现在又是八路军女戏子的模样。

明白了敌人的意图，白云更加放心大胆地奔跑开了，她要尽自己的体力能跑多远就跑多远，她跑得越远，两位战友脱身的机会就越大，她唯一的念头就是希望在逃跑的途中敌人开枪将自己直接击毙，那样就能少遭罪。

初冬的早晨，光秃秃的黄土山梁上，白云和敌人展开了一场没有裁判没有观

众的长途越野赛。

白云和敌人的距离越拉越远，应该说白云的运气不算赖，侦缉队员平日里不出操不训练，吃喝嫖赌抽的生活掏空了他们的身体，只要不开枪，白云完全有可能逃脱敌人的追捕。眼瞅着翻过前面的山梁白云就安全了，可就在此时腹内一阵掏心挖髓的剧痛，使得白云双腿一软不由自主瘫倒在地，她数次试图挣扎着站起来，然而力不从心。

“真还不敢相信，一个细皮嫩肉的女戏子，腿脚竟然这么利索。”终于追上来的钱小手上气不接下气，对着躺在地上呼呼喘气的白云说。

逐渐撵上来的侦缉队员一个个都是热汗淋漓，脸红脖子粗，歪倒趔趄，剧烈的奔跑几乎耗尽了他们的体力。

对于钱小手来说，抓到白云他的目的已经达到，至于那两个男八路，跑就跑了，一两条漏网之鱼，麻雀放屁，掀不起个大风大浪，谁还有心思再去劳心费力追寻呢。

白云的主意很管用，她给两位战友创造了脱身的机会，她自己却被敌人活捉了。

钱小手对白云的态度很温和，在带着白云回据点的路上没有捆绑殴打，仅仅是由两三个侦缉队员将白云裹挟在队伍的中间缓慢地走着。说实话，此时的白云也没有一丝力气再逃跑了。

日军没有钱小手的收获大，他们拦截到的是完成任务空驮子而返的三十几头毛驴和赶毛驴的老百姓。

冷寒受冻，清早出发，埋伏了半天，竟然一粒粮食也没有得到，气急败坏的日军举枪就要扫射，却被菊地修一阻止了。

一条荒山沟里，六七十号荷枪实弹训练有素的大日本帝国军人，要想处死二三十个手无寸铁的中国人，就如同捻死一小群蚂蚁般容易。菊地修一很是高瞻远瞩，他绝不做这么愚蠢的事情，他的思维绝对对得起自己肩膀上的军衔，他考虑得更加深远周全。

下午，破锣声在关河县城中响起，全城男女老幼被小鬼子的刺刀“邀请”到西门外的一片空地上，菊地修一给中国人上了一堂杀鸡给猴看的现场教育课，三十二名给八路军送军粮的老百姓在刺刀的逼迫下自掘坟墓，然后又被推入自己亲手挖好的土坑里，有几个反抗者亦被刺刀捅入土坑，菊地修一就像参加开工奠基仪式一般，戴着雪白的手套，亲自挥舞着铁锹，洒下了第一锹黄土。

善良的中国人紧紧地闭上了眼睛，压抑的抽泣声夹杂着一股一股的尿骚味向四周扩散。

寒冬里，西斜的残阳迅速向山后隐去，她没有见过如此残暴的人类，她不忍心看下去了。

在一二零师师部驻地集训了两个多月，杨立志手下的那帮人集训完分配到其他几个旅，杨立志分到三五八旅，和他一同到三五八旅报到的还有五名集训过的战士，杨立志被指定为临时负责人。他很高兴自己能够在家乡一带打鬼子，他可以隔三岔五回家看望一下娘，娘也能够尽快听到他奋勇杀敌的好消息，他时刻牢记着娘给他改名字时候说过的话。我现在有你媳妇伺候着，你放宽心去打鬼子，你参加了八路军，这个三儿的小名叫起来不好听，应该有一个大名才好，娘我思谋过了，我姓岳，你姓杨，我们的老祖宗肯定与岳飞杨令公是一家，你身上多少之说应该有一点岳飞杨令公的血脉，你从小跟着我看过这方面的戏文，大道理不用多说，我给你起了一个大名，叫杨立志。

集训之后的杨立志精神上得到一次脱胎换骨的升华，他完全不是原来的那个杨三儿，更不是那个贼王三了，他的脑子里第一次有了国家民族的概念，他的脑子里第一次明白了为什么要当兵，为谁来当兵。他知道了中华民族正处于生死存亡的关头，他也明白了每一个有血性的中国人应该做的事情，他很庆幸自己有一位深明大义的母亲，给自己选择了一条正确的人生之路。

集训期间，首长和战友们从来没有因为他过去那段不光彩的经历歧视过他，倒是战友们对他的枪法和武术很敬佩，更加令他感动的是大名鼎鼎的贺师长，竟然也知道他有一手好枪法，主动握着他的手鼓励他多杀敌人多立功。

杨立志的心里时刻牢记着一句话——誓死扫倭寇，彻底除祸根。

出发的头一天下了一场大雪，莽莽的吕梁原野静静地躺卧在皑皑的白雪下面，杨立志带着几位战友踏雪上路。

雪后初晴，空气特别清新，湛蓝色的天空一望无际，受到白雪反射的阳光刺得人睁不开眼睛，间或还有一股一股捎带着雪粒的西北风直扑人的面颊，打得人脸生疼。冷急性子热懒惰，吃得多了不上磨，在这样的天气里几个人走得非常快。

进入管岑林区不久就感觉暖和了许多，西北风被密林挡在了外面，参天的原始森林遮天蔽日，落叶腐殖质深没膝盖，再加上积雪的帮忙，几个人虽然腿脚利索，但还是走得异常吃力，一会儿就微微出汗。

看到大家走得有点疲惫，感觉气氛有点沉闷，杨立志就给他们讲开了故事。

话说那年，古城有两家同时娶回来两个新媳妇，而且还是姊妹两个，姐姐叫大麻烦，妹子叫二麻烦，姊妹两个不但长相一样而且性格也一样，都是那种有理不饶人、没理占三分的角色，人送外号叫“搅家不和”。姐姐嫁给的人家是出了名的怂善，而妹子嫁给的人家是出了名的厉害。

刚娶进门的时候作为新媳妇，姊妹俩都还拿捏着，可江山易改，本性难移，时间不长就都拿捏不住了，都想找一个对手发泄一下，可惜的是邻里早有耳闻，劈面碰见都要躲着走，没办法，姊妹俩只得在自己家里寻对手。

有一天不知什么原因，大麻烦双手叉腰，站在当院，一跳二尺高，指名道姓地骂开了公婆。婆婆太善，面对媳妇的大骂没有任何办法，本指望老头子还是一个大男人，能够出面顶挡一下，毕竟左邻右舍，房前屋后，隔墙有耳，传出去太丢人。

老婆子说：“人家指名道姓地骂咱俩，你是真聋了还是装聋了？”

不料老头子回答：“尘世上同名同姓的人可多了，你咋就知道她是骂咱俩。”

就这么一次，这个大麻烦竟然再也没有和家里人闹过大的麻烦，一家人还就这么将将就就地过了一辈子，不过公婆还是少不了常受媳妇的一点小欺负。

再说二麻烦这一家，二麻烦看见婆婆家里和面用的一个瓷盆很好，就想据为己有，不料婆婆看得特别紧，一使用完就藏起来。一天，二麻烦趁着婆婆和面的功夫推门而入，夺过瓷盆就走，公公一看阵势不对，跳下地趿拉着鞋就往门外追，边追边骂：“这是娶回土匪婆子来了，狗日的叼抢开了。”

媳妇前脚进门，公公后脚也就赶到了。公公进门一看，傻眼了，媳妇已经解开裤带圪蹴在和面盆上，白生生的屁股晃得公公双手直捂眼睛，无奈之下只得边退边说：“好，好，够咱家里的媳妇子。”

平白无故被媳妇抢走了和面的瓷盆，老两口根本咽不下这口气，瞅了个机会公公又把瓷盆抢到手。公公前面跑，媳妇后面追，等媳妇追到公公家一看，愣住了，公公正掏出裤裆里的家伙对准瓷盆往里撒尿，儿媳妇也只得双手掩面边退边说：“好，好，够我的个老公公。”

从此，这一家人也相安无事了。

姊妹两人交换感想的时候，大麻烦说：“我是大锤砸在了棉花堆上。”二麻烦说：“我是苍耳苗遇上了枣骨子。”

一个真假难辨的故事把几个八路军战士逗得开怀大笑，立马就精神了不少。其中一位八路军战士还说，对付灰人忍气吞声根本不行，必须得针尖对麦芒、苍耳苗对枣骨子，与他坚决斗争到底，就像我们现在和小鬼子作战一样，不让他知道咱们的厉害，他是永远不会消停的。

杨立志在心里暗暗赞叹，这支队伍里日能（方言，聪明）人太多了，特别会做人的思想工作，刚刚放下锄头不几天、大字都不识几个的受苦人，用不了多久，就有了觉悟，随便一个笑话都能和抗日战争联系起来，他对自己选择加入这支队伍更加高兴。

短短两三天的时间，几个人就混得很熟络了，再次上路，大家都想听一下杨立志在锁子山上的故事。

弟兄们没有歧视他的意思，他也就没有了思想顾虑。

那天时过中午，弟兄们走得有点饿，杨立志就给他们讲了一个锁子山上的真实故事。

本来山草野地的人上茅房就不讲究，尤其是男人，撒尿时背转身就方便了，拉屎也很简单，内急了，四顾无人，往下一蹲就解决了，即使是女人也一样，选一个茅草高的地方，能遮住屁股就行。

那年的冬天特别冷，山上有一个叫钱花眼的小头目，一天晚上喝完酒要上茅房，那天云稠夜黑，伸手不见五指，临出门时他手下一个心腹赶忙递给他一个手电筒，那是前不久从一个大户人家拿回来的稀罕物件，我们都管它叫自明灯。醉得糊涂的钱花眼出门后咋也鼓捣不亮这个自明灯，此时寒风一吹，酒劲上头，晕晕乎乎，没办法，只得凭着印象跌跌撞撞往前走了几步就往下蹲。谁知他走到人们平时撒尿的地方，这里早就是一个明镜般的冰坡，猛不防脚下一滑，摔了一个仰面朝天，自明灯也被甩出去老远。完事了还没有忘掉那个自明灯，摸索着找到后，往怀里一揣就回来了，他想趁机把自明灯据为己有。

钱花眼回到住处衣服未脱躺下就睡，不一会儿，人们就闻到一股一股的尿腥臭味，而且是越来越厉害，循着味道，才发现钱花眼的上衣洇出来湿湿的一片，臭味就是从那里发出来的。原来他怀里抱着的不是自明灯，而是冰冷的尿橛子。

故事讲到这里，已经有两个战士开始干哕，几个人的饿意全部消失。

再说钱花眼的亲信舍不得丢掉那个自明灯，跑出去寻找才发现，那个自明灯被钱花眼一摔竟然自己亮了，捡回来怎么也吹不熄，没办法就把它淹到水盆里，到第二天的时候自明灯果然被淹熄了，可惜的是，从那以后，那个自明灯也就不能再用了。

补充的几句话又把几个人逗得哈哈大笑开了。

一路说说笑笑，也不觉得天短路长，绕开几座小鬼子占据的县城，行走在自己的根据地里顺风顺水，每到夜晚，敲开老乡家门，都会受到热情接待，比原计划六天的时间还提前一天。

正是这提前了的一天才使得白云虎口脱险。

第二十章

最近一段时间，钱小手觉得特别美气，刚加入侦缉队不久，就为日军立了一个大功。那个一直活动在关河县境、令日军头疼不已的共产党人、八路那边叫做抗日民主政府县长的梁雨田，就是自己侦察到之后又亲自带着日军抓获的。不但如此，当那个共产党的脑袋被皇军砍掉之后，为了起到杀一儆百的作用，他又亲自把它挂在关河县城的城墙上。这一举动令菊地太君大为高兴，居然连着多看了他两眼，仅此一事，就把侦缉队那帮人比得气馁了三分，立马就在他面前低头哈腰低三下四开了，他的腰杆一下子在侦缉队面前挺得笔直，连麻子三板信也不放在眼里。至于皇协军，钱小手压根就没把他们当人看待，他还想再为皇军立一大功，继续争取菊地太君多看自己几眼，这样在日军面前也就能挺直腰杆做一次人了。

钱小手的命真好，这个再次立功的机会就在眼前。

白云被侦缉队裹挟着还没走出多远，腹内的剧痛再次袭来，万爪挠心，刀绞一般，她不得不双手按着小腹就地蹲下来。接着就感觉到两腿之间仿佛有小虫爬行一般，她觉得应该是月信来了，可奇怪的是以往月信来根本就没有这么疼痛，况且日子也不对。

钱小手以为白云要花招，正想令手下强行舁着白云继续走，可仔细一看白云，眉头紧皱，两眼无神，脸色雪白，满头虚汗，双手握拳紧紧地挤压着小腹，根本就不像是装病的样子。他只得下令原地休息一会儿，同时指派几个侦缉队员捡柴生火，给白云烧点热水。此时钱小手所做的一切都是真心实意的，他还真把白云当自己人看待了。

本来平时很惯于观言察色的钱小手，从抓到白云的那一刻起就被欲望冲昏了头脑，他坚信，只要回到据点，日军的委任状马上就能拿在手上，这个九天仙女般的白云就会天天围在自己身边。所以他一路上颐指气使，俨然以一个侦缉队长的身份发号施令，早已忘掉了侦缉队是谁的天下，忘掉了一个人的存在，他根本就没有注意到，听他指派的仅有那么三两骑墙派、滑头鬼，其他人仍然在看着麻子三板信的眼色行事。

爬上一道山梁，前面的山洼里有一缕袅袅青烟，一位战士说，肯定是放羊的老乡烧山药蛋。杨立志抬头看一眼阳婆，时近中午，也到了放羊汉烧山药蛋的时辰，距离旅部所在地仅剩下小半天的路程，不用着急不用忙，趁机照顾一下肚子，吃一顿烧山药蛋再赶路，一点也不迟。

杨立志他们快步向青烟升起的地方走去。

火堆旁边，钱小手关切地蹲在白云身边，麻子三板信袖着双手在一旁冷眼观看。有两三个侦缉队员忙着往火堆里加柴草，一个日军使用过的钢盔架在火堆上方，正冒着丝丝缕缕的热气。大部分侦缉队员以白云为圆心站成一个人圈，趁机仔细欣赏着这位面如冷霜的大美人，嘴里喷溅着令人恶心的污言秽语。他们内心里七荤八素地想算着什么，他们丝毫也没有觉察到山坡上的地埂后面已经有人举枪瞄准了他们。

一发现是敌人，杨立志立即用手势指挥大家在一个地埂后面卧倒隐蔽，本想仔细观察一下敌情，再想应对之策，不巧被一个搂柴火的侦缉队员发现了。

“哎呀，八……”

杨立志抬手就是一枪，这家伙的眉心立刻就镶嵌上一个指头肚大的红宝石，“路”字还未喊出口就被堵回嗓子眼里，随着身体倒地，一抱柴火就当做送行的被子，杂乱无章地盖在身上了。

与此同时，其他几个八路军战士也开始射击，又一个搂柴火的侦缉队员被击毙。

钱小手经验老到，反应很快，一听枪响立即就趴在地上吆喝开了：“弟兄们，不要怕，八路人不多，弟兄们给咱就地抵抗。”

叫喊抵抗的声音很耳熟，杨立志听出来了，是钱花眼，果然是蛆虫离不开茅厕坑，分手没多久，这家伙就当上了“二鬼子”。

麻子三板信当然也是那常见猪跑之人，听枪声就知道八路来头不大，力量微小，不过这正合他的心意，他要阴一下这个小手手了：“弟兄们，八路大部队追上来了，快撤！”

麻子的话音刚刚落地，所有的侦缉队员就一窝蜂地跑开了，转眼间就跑得无影无踪。

钱小手愣怔了，关键时刻，竟然没有一个人听自己的吆喝，一瞬间自己就成了光杆司令。

本来敌我力量悬殊，被敌人发现后，杨立志就做好死拼的准备，可奇怪的是三十多个敌人竟然没开一枪，没做任何反击，眼错功夫就跑得只剩下钱花眼一个人。

杨立志毫不犹豫，立即向钱花眼冲去。此时，钱花眼也认出了扑向自己的人，自知不是对手，只得忍痛割爱，丢下白云，一个就地十八滚，顺着一条沟壕兔子般跑掉了。

白云的棉裤上血迹斑斑，而且还有鲜血在继续往外渗透。

一看白云负伤，杨立志没有心思追寻钱花眼，立即要给白云包扎伤口，谁知白云激烈地摇头摆手拒绝，同时微弱地说了一句："杨大哥，快送我回卧柳林。"

杨立志急于救人，钱小手得以借机逃脱，捡回一条狗命。

一帮侦缉队员没跑出多远就被麻子叫停了："不用瞎熬驴蹄子，喘口气慢悠悠地走吧，八路军总共也不超过六七个人，有胆量追我们吗，我不追他们就够他们好运气了。"

"三哥，这么好的机会，我们误过了，打死或者抓住几个土八路，日军肯定会大大有赏。"一个外号叫二歪嘴的侦缉队员一脸媚笑地说。

"来，来，过来，"麻子三板信亦是满脸和蔼可亲之相，对着二歪嘴招了招手，"我这里的赏钱并不比日军给的少。"边说边把一只手伸向怀里，"估摸着这辈子你是花不完了。"

只听见轻微的一声扑哧响，三板信的衣服上，麻脸上，天女散花般出现了斑斑血迹。

"哎呀！你，你……"再看那个跑到麻子身边正准备接赏钱的二歪嘴，口眼抽搐，手捂胸口晃悠开了身体，前后晃悠了没几下就不甘心地仰面朝天倒下了，肮脏的血沫子从胸口处呼哧呼哧往外喷溅。

晴天霹雳，侦缉队的一帮家伙就像被雷击中的枯树，又像是被孙悟空使了定身法，木头桩子般茶呆呆地立戳在原地动弹不得。尽管他们平日里视为非作歹为家常便饭，可是像这种青天白日，把一个往日无仇近日无冤而又形影不离的弟兄，像杀猪一般捅一刀子的事情还从来没有见过。

麻子将带着血迹的短刀在自己身上涂抹了几下，同时招呼手下：“弟兄们，快往身上涂抹一些血迹。”

愣怔了一会，看了一下麻子的脸色，知道违抗不过，有几个胆大的，尽管双腿还在颤抖，但是仍然乖乖听从了麻子的吩咐。

“弟兄们不用怕，”麻子用仍然带着血迹的刀尖指了指间或还在抽搐一下的活死人说，“是他命尽了，与你们无关，狗日的脑子让驴踢了，还怕那个小手手不会骑在我们头上屙屎吗，今天真要和八路交手，所有的战绩还不都是那个小手手的吗！”

“估摸着那家伙肯定让八路灭了。”一个队员讨好地说。

“不会的，我早就注意上他了，那家伙腿脚特别利索，八路拿的又是短武器，那一段距离，足够他逃命的。”

“可惜啊，狗日的钱小手使我失去了三个好弟兄。”白纸般的麻脸上，忽儿又露出一脸的悲切。

老猫哭罢耗子，又把所有的手下招呼到身边做了一番吩咐，然后才开始带着手下慢悠悠地向日军据点走去。

钱小手没有回大营堡侦缉队驻地，他连滚带爬直接向关河县城的日军据点跑去，如果不是跑得上气不接下气，他真能笑出声来：狗日的麻子，你今天可是把事情做了个又酸又臭，别怨我在皇军面前告你的状，是你自己做得太绝，关键时刻釜底抽薪，故意放跑八路，仅这一条就够你死上一百回的，本来还准备在争夺侦缉队长的位子上多费一点心血，现在用不着了，真是有福之人不用迟睡早起。

望见关河县城的时候钱小手放慢了脚步，他需要喘一口气，还需要平息一下激动的心情，整理一下思路。

原来准备再给日军献一份大礼，没想到半路杀出个贼王三，更没想到的是麻子居然还帮了贼王三一把，使自己吃到嘴边的肥肉溜掉了，不过这样更好，麻子自寻死路给自己腾位子，省得自己再劳心费力，至于那个大美人，只要皇军不走，迟早也是自己的一碟子菜。

想到这里，钱小手的腿脚又来劲了。

侦缉队的人，个顶个都是尖头缩尾、走风漏水、溜奸耍滑的人痞子。麻子带着他们慢悠悠地向县城走，忽然就有人替麻子操开心了："三哥，咱这么走太慢，那狗日的钱小手要是活着，肯定跑到咱前面去了，恶人先告状，这一手可是不得不防。"

"兄弟真是一个精明人，想得也很周到，不过咱可没力气和他赛跑，让他先告去，我们随后再对簿公堂。"麻子不慌不忙，胸有成竹，满不在乎。

菊地修一的心情没有坏到极点，尽管抢夺军粮的计划落空了，但收获还是有的，三十几头毛驴可以吃十天半月，天上龙肉，地下驴肉，香驴肉臭马肉，好吃得很。三十几个给八路送军粮的老百姓被活埋了，多少之说还是解了一点心头之恨，中国人都是一帮贱骨头，我们不辞劳苦，远涉重洋来帮你们建设"大东亚共荣圈",按理说你们应该清水洒街，黄土垫道，挥舞着我帝国的国旗夹道欢迎才对，可是你们却听上八路的宣传鼓动，时时处处和皇军作敌，看来还是我们的手段不够毒辣。唉！我们太仁慈了，像这样杀一儆百的事情应该多做几次才对。

菊地修一就着刚出锅的驴肉，边想心事边闷头饮酒，不留神被一块未熟透的驴板肠噎了一下，一口清酒帮忙送入肚子，揩了揩油腻腻的嘴唇继续想着。

他很佩服自己的慧眼，在这个国家里，像钱小手这样的人太少太少了，钱小手——不，应该是钱先生，前不久才帮助皇军把那个姓梁的抓获处决了，除掉皇军的一个心头大患，接着又给皇军提供了如此重要的情报，虽然没有抢到粮食，但是却获得了上千斤驴肉，看来侦缉队应该交给钱先生管理了。

就在这时，门外一声报告打断了思路，放下手中的半瓶清酒，睁大略显朦胧的醉眼，就见钱小手已经跪在当地。

"太君，您要为我做主。"

扑头扑脸的汗水，灰土满身的脏衣，一看就知道没有吃到好果子。

刚才还在心里把他当人看待，没想到马上就成了这个模样，菊地修一厌恶地皱了一下眉头，中国人里的渣子，膝盖上没骨头的人，怎么全让皇军遇上了，一帮蠢猪——不，是蠢驴。

菊地修一看着眼前的一盘驴肉，心里换了一个名词。

菊地修一的城府很深，虽然看见软骨头的蠢驴就像是吃饭吃出一只苍蝇，但仍然面无表情地咀嚼着一块驴肉，毕竟还要靠着这帮蠢驴做一点跑腿带路的事情，现在还不到卸磨的时候。

待钱小手添油加醋地把情况说明白后，菊地修一的嘴停止了咀嚼，被酒精烧得通红的双眼直勾勾地瞪着钱小手，本来已经站起身停止出汗的钱小手又开始冒虚汗了，他被菊地修一盯得毛骨悚然。

“八嘎！”菊地修一手一挥，半盘驴肉和半瓶清酒哗啦一声落地了，盘破瓶碎，汤水四溅，屋子里立马就充满了浓烈的酒肉香味。

几乎就在杯盘落地的同时，刚刚站起来的钱小手双膝一软再次跪下来，他不明白菊地修一是在怪罪自己还是在生麻子的气。

就在这时，麻子三板信进来了。

麻子进门的时候，菊地修一正在发着脾气，满窑洞扑鼻的酒肉味使得麻子进门就打了一个喷嚏。

麻子三板信没喊报告就闯进来，而且几乎是跌跌撞撞地滚进来的，这多少令菊地修一有点吃惊。

菊地修一将盯着钱小手的目光转向麻子，不动声色地看了一会儿，慢腾腾地站起身，起身站立的同时，顺手拿起桌子上架着的军刀，阴毒的目光在钱小手和麻子之间游移。一看这个阵势，钱小手有点绝望，正准备闭眼等死，菊地修一的军刀却挥向了麻子。

钱小手立马停止颤抖，迅速站起身挺直腰杆，虽然表面上不动声色，可内心却开了一朵碗大的花，自己要的结果马上就要出现了。

不料，麻子三板信面对闪着寒光即将落到头顶的军刀不躲不闪，眼皮不眨，面不改色，挺身立正，大有慷慨赴死之势。

私自放跑八路，还敢回来自投罗网，这样有骨头有胆量的中国人，在听从皇军驱使的人群中菊地修一还从没见过——其中必有隐情。

清酒度数不高，菊地修一的脑子没被烧坏。

挥到半空的军刀被菊地修一控制住，轻轻地搁在麻子的肩头。

“太君，我没有失败，我把八路打跑了，可惜的是八路人多又是主力，使我损失了十几个弟兄，不过八路也被我打死十几个。”

看着浑身血迹斑斑的麻子，菊地修一忽然有点感动，回头瞪了一眼钱小手，差点让这家伙忽悠了。不过中国人的话根本不能相信，钱小手说的是假话，谁敢保证这个麻子说的就是真话，对于这一点菊地修一的内心还是有尺寸的。

菊地修一内心微妙的变化根本逃不过麻子的眼睛，他转身开门将菊地修一的视线引向院子。

院子里，侦缉队的一帮人同样也是灰头土脸，疲惫不堪，衣冠不整，七歪八例地站着，有几个人的身上和脸上也有明显的血迹，显然是经过了一场激烈的战斗。

“太君，我们在老军营与八路打了一场遭遇战，是弟兄们死战不退才将八路打跑的，可惜钱先生他……”

说到这里，麻子拿眼角扫了一下钱小手。

聪明的钱小手突然间感觉到了危险，狗日的麻子真会发阴，还专门留下话把子，任由菊地修一自己去想象，使得他有口难辩。

到这时，菊地修一什么都明白了，他把目光从院子里收回来，将架在麻子肩上的军刀轻轻地移开，转过头对着钱小手眯缝起双眼，再次把钱小手从头到脚打量了一遍。钱小手刚才还是红扑扑汗津津的脸庞，随着菊地修一打量的目光逐渐开始褪色，两条腿先抖后软，接着就是扑通一声，再次给菊地修一跪下了 :“太君，太君，我……”

菊地修一根本不给他解释的机会，面无表情，双手举刀，恶狠狠地劈向钱小手……

第二十一章

大雪连着下了三天三夜，一望无际的河套平原白茫茫一片，就像老天爷给大地盖上了一层厚厚的棉被。

黄团长这次没有负伤，他被敌人的炮火震得昏了过去。

以一零一师为主力进攻包头的部队失利了。

用了差不多大半年时间完成整编的四二二团，作为主攻部队先头团，率先突入城中，可惜后续部队由于大雪阻隔，没有按时到达指定位置，先头团遭到敌人的拼死反扑，密集的炮火铺天盖地。与此同时，驻张家口、大同、归绥等地的大批日伪援军也即将到达包头外围。在兵力火力都不占优势、眼看着取胜无望的情况下，董师长不得不下达了撤出战斗的命令。

黄团长昏过去的时候，队伍正好接到撤退命令，铁牛栓背着黄团长跑出十几里地。

雪深没膝，撤退中的队伍行走得异常困难，团部的随员大部分已经累得上气不接下气了，身后的团主力与团部拉下一大截子。

铁牛栓仍然健步如飞，醒过来的黄团长说："马铁牛，就地歇一会吧。"

"团长，我不累，那年我曾'挎'着一匹……"

"马铁牛，执行命令，原地休息十分钟。"接下来的话被王光明的厉声命令及时打断。

好悬，任运通心里暗骂，真是一头笨牛。

黄团长不计较他，反而是对这个憨直的汉子又有了一种说不出来的感情。

黄峰团再次返回王亮营子休整，过了一个窝心的春节。包头战役失利，自己团撤退迅速，损失不大，可兄弟部队在撤退途中行动较慢，遭到小鬼子飞机的轰炸，损失不算小。

元宵节，整个王亮营子没有一丝节日的气氛，兵荒马乱的日子，人们没有闹红火的心思。

吃罢晚饭，黄团长和王彦闲聊。

“国事迷茫，人心惶惶，今年的正月十五白过了。”王彦遗憾地说，“往年这个时辰，踩高跷、扭秧歌、舞狮子、耍龙灯，来拜年的人马一拨接着一拨，在大门口排着队等待表演。”

“赶不走小鬼子，那样的日子永远没有了。”

“人善被人欺，马善被人骑，是我们中国人太善良了。”王彦愤愤地说。

“也不完全是善良的原因，我们一盘散沙不团结，再加上还要时不时地窝里斗，这才是主要的。”黄团长的看法显然比王彦高出一大截，“要是小鬼子不打进来，我们现在肯定还在‘安内’的战场上。”

“那么我们真应该感谢那位深明大义的少帅，他的兵谏起了很大的作用。”常和黄团长一起谈论国事，王彦对时局也了解一点。

“中国人深明大义不喜欢窝里斗的人多了，只是军令如山身不由己而已，一旦高层的意志统一了，他们还是喜欢同仇敌忾抵御外侮的，像薛岳总司令等人，目前就把攻占长沙的小鬼子彻底顶住了。还有我们的傅总司令，我估摸包头战役失利，傅司令肯定夜不能寐，他是不会放过小鬼子的。”

黄团长估摸得很准，元宵节刚过就接到司令部的命令，团以上的干部到临河亚麻村参加军事会议。黄团长高兴了，傅司令肯定要有大的军事行动，包头一役，晋绥军失利，这个仇傅司令必报无疑。

包头战役后，日军乘机从各地抽调了日伪军三万余人，由驻蒙军司令官冈部直三郎指挥，分三路向河套地区进发，逐次占领了五原、临河、陕坝、三盛公等地，并任命大汉奸王英为“绥西自治联军”总司令。通过这一连串的军事行动，日军认为傅部已经溃不成军，失去反抗能力，绥西一带的治安已经“整肃”，再加上晋察冀边区八路军的主力不断攻击，大青山游击队不停骚扰，各防区战事吃紧，兵力捉襟见肘，因此，从二月中旬开始，原来各地抽调的主力分批回防，到二月底，在五原周边留有的日伪军只剩下一万五千余人，统归日本皇族水川伊夫中将指挥，与晋绥军以丰济渠为界，形成东西对峙的局面，做好长期驻扎的准备。

傅司令决定，趁敌立足未稳、利用春季黄河开河之际，把当地老乡称为“二黄河”的乌加河与黄河的交汇渠道拓宽，利用“二黄河”阻敌援军，然后集中兵力围歼五原之敌。

黄峰所部争取到了最艰巨的任务，倾全团三分之二的兵力，组织一支八百多人的敢死队，在外围战斗打响以后，用掏心战术突入五原城，直捣日特机关和“绥西自治联军”司令部。

去冬的严寒把老天爷熬得精疲力尽，今春大地回暖早，路经河套平原的黄河出现了多年罕见的“武开河”，浑浊的河水裹挟着巨大的冰凌一泻千里，作为黄河分渠的“二黄河”也一改往日那平静的面孔，奋力挣扎着汹涌起来，仿佛要与主河道一比高低，也仿佛要拼全力荡尽世间的污泥浊水。

马铁牛自告奋勇参加了敢死队，令黄峰团长始料不及。原本黄团长根本没有让他参加敢死队的意思，黄团长没有忘掉他对任五老财主和石瞎子做出的承诺。可是王光明和任运通却异口同声地建议，让这头牛直接上火线历练一番也好，一直待在团部对他的成长没有好处。

铁牛栓自己倒是没有多想，只是听说五原城里也有一匹什么“黄狼”会残害老百姓，他就非要亲手灭掉这只“黄狼”不可。在他的眼里，四条腿的野狼见得多了，从十几岁放羊赶马车开始，到现在为止，败在他手下或者是死在他手下的野狼不止三五条十来八条，凡是敢于和他挑战的野狼，都倒在了他的大鞭之下，一只两条腿的“黄狼”有什么可怕的，绝不允许这家伙继续为非作歹残害老百姓了。

领受任务的时候，王光明对着地图给他详细介绍了日特机关及其机关长桑原荒郎所在的位置，并且给他推荐了两条突入城里后所选择的前进路线，任运通又给他讲述了一番应该注意的事项，最后特别告诫他，桑原荒郎非常狡猾，很难对付，不料铁牛栓咧着大嘴嘿嘿一笑：“我敢肯定他在日本没考上举人。”

事实上，铁牛栓只是牢牢地记住了桑原荒郎所在的位置，其他的事宜根本就没往心里放，他只提了一个要求，点名把鬼旋风弟兄五人和自己分为一个突击小组，除去敢死队的统一装备外，每人又增加了五颗日式手雷。

三月二十日午夜，围歼五原之敌的战斗打响了，当爆破队将城墙炸开一个缺口后，提前运动到出发地点的八百余名敢死队员，在轻重火力的掩护下迅速突入城中。

在内蒙古的地盘上做了多年的线人，对于五原城内的布局，鬼旋风等人闭着眼睛也能到达任何地方，战前的化装侦察又使他们重新熟悉了一遍路线。铁牛栓的安排是，他和鬼旋风两人打头前进，其他四人轻机枪当冲锋枪使用殿后掩护，尽量躲开敌人的视线，不和小股敌人纠缠，直接奔赴日特机关所在地，他的主要目的就一个——打“狼”。

激烈的枪炮声将喝过清酒正在酣睡的桑原荒郎彻底惊醒过来，他马上就做出了准确的判断，国民革命军的主力部队正在五原城外围与日军进行战斗，对于这样的战事他很自信，和水川伊夫通过电话之后他更放心了，有水川将军坐阵指挥，凭日军的战斗力，只要坚持到天明，各路援军就可以到达，到时候外围压缩，中心开花……吆西，想到这里他安心地哼起了《樱花之歌》。

日军驻五原的特务机关主要是抓捕关押审讯抗日分子，搜集占领区域的各类情报，由于其驻地紧邻联军司令部，所以警卫力量比较薄弱也比较松懈，人员大多是经过各种技能训练的业务专家，战斗力不是很强。

铁牛栓一行比攻击联军司令部的大部队早到达目的地二十分钟，按照事先规定，只能等攻击联军司令部的战斗打响以后这边才可以动手。得此机会，铁牛栓仔细观察了一下这个特务机关的所在地。院落较大，围墙很高，一看就知，被占领前这里曾经是一座“垒高墙，喂恶狗，有吃有穿没忧愁”的财主大院。在铁牛栓的示意下，几个人悄无声息地爬上墙头，这时，一颗红色信号弹在夜空中升起，紧接着就传来了激烈的枪炮声和手榴弹爆炸声，进攻联军司令部的战斗打响了。

桑原荒郎的《樱花之歌》被近距离震耳欲聋的枪炮声干扰得哼不下去了，他的心情立马变得很坏很坏，他立即再次给司令部的水川伊夫打电话，然而电话没有接通，当他预感到情况不妙的时候已经迟了，手下的二十几个特工刚刚冲出各自的屋子，就全部倒在了自家制造的威力很大的手雷爆炸中，当他手握战刀站立在当院的时候奇怪地发现，敌人太少了，偌大的院子里，竟然仅有他和一名国民革命军人在对峙。

爬在墙头上的六个人将三十颗日式手雷尽数还给了制造它的主人，冲出屋子的小鬼子全部倒地。

铁牛栓乐了，小鬼子里也有日能人，这手雷造得带劲！

“牛哥，他就是那只‘黄狼’。”最后一个小鬼子出来的时候，墙头上的鬼旋风喊道。

一听说“黄狼”出现，铁牛栓飞身一跃，轻飘飘地落在院子里。

借着联军司令部那边一闪一闪的爆炸火光，铁牛栓迅速将这匹“黄狼”打量了一遍，个头不大，敦实健壮，长着两条罗圈腿。一眼看罢，铁牛栓心里骂了一句，一匹健壮的公狼单站起来也比你狗日的高半截，铁牛栓更加不把他放在眼里了。同样，桑原荒郎也没把眼前这个五大三粗的国民革命军人放在眼里，原因是他手里没有任何武器，仅有一杆大马鞭。日本军人的武士道精神立刻就随着血液在全身流淌起来，他收起了王八盒子，凭他桑原荒郎的刀术和那把劈杀过许多中国人的锋利战刀，用点劲立劈眼前这个对手那是蛮有把握的。

自信的桑原荒郎先发制人，双手举刀抢前一步，向铁牛栓恶狠狠劈来，可是还没等他明白过来怎么回事，手中的军刀就“当啷”一声掉地下了，两手腕火辣辣的疼痛钻心入肺。再一看，那个人早已站在离自己五六步远的地方，冷峻地盯着自己。

这时，从联军司令部那边传来激越的冲锋号声，铁牛栓没有兴趣和他继续耍下去了，眨眼间侧身垫步，手腕抖动，鞭梢蛇窜般在桑原荒郎的颈部连绕三匝，旋即双手握着鞭杆，两臂伸在胸前画开了圆圈，只见桑原荒狼的躯体就像被游线牵制的木偶，随着铁牛栓的动作原地旋转开了，转了几圈之后铁牛栓又弓步拧腰，手臂大幅度一挥，桑原荒郎的躯体就被提离地面，摔到院中的一棵大槐树枝杈上。

铁牛栓弯腰捡起军刀，对着树杈上桑原荒郎的尸体挥舞了一下：“歇凉凉去吧，你狗日的！”

仿佛很愿意接受铁牛栓的安排，也好像是很感谢铁牛栓这么干脆利索地送他回老家，桑原荒郎耷拉着的头颅随着颤动的树枝向铁牛栓连着点了好几下，下垂的双臂还在晃晃悠悠地划动，仿佛向着这片一直梦想占领的地面作最后的告别。

从归绥、张家口等地赶来增援的日伪军先头部队，黎明前赶到了“二黄河”边上。可是此时的“二黄河”却一改往日温顺的面孔，河床增宽，流量增加，流速急湍，浊浪翻滚，与平时日军情报里掌握的“二黄河”截然不同。携带的橡皮艇根本派不上用场，强令三十几个伪军分乘两艘下水，没划出多远就被冲得无影无踪了。正当日军组织再次强渡的时候，指挥渡河的日军军官突然觉得脚底下一麻，马上意识到了危险，可是还没等他反应过来下达命令，随即就是天崩地裂的一声巨响，炸开的河堤缺口比预想的大了许多，来不及后退的一部分日伪军，和四射喷溅的泥土一起，享受了瞬间高空飘舞的感觉，接着就争先恐后落入河中，衣服也舍不得脱就洗开了冷水浴。汹涌的“二黄河”不谦不让，积极主动地将一部分“大日本皇军”和一伙子断了脊梁骨的二鬼子拥入怀中，畅快地向下游奔腾而去，失去下河洗澡机会的日伪军，被溃堤处涌出的激流推挤着纷纷后退，后续援军听到爆炸声以为前面已经接火，在军官的驱使下拼命前进，还没走出多远，车辆大炮等重装备就陷入泥淖之中。前边的日伪军往后退，后边的日伪军往前挤，一时间，援军队伍前拥后挤，人喊马嘶，汤浇蚁穴般乱成了一锅粥，彻底失去援军的作用。埋伏在附近，负责打援的晋绥军五临警备旅，抓住时机，将轻重武器的火力发挥得淋漓尽致，一切按照傅司令的作战方案顺利展开，五原战役的胜利已无任何悬念。

仅仅两天时间，五原战役便以晋绥军的全面胜利落下帷幕。此役全歼日伪军三千余人，击毙水川伊夫中将、桑原荒郎少将及其以下大佐、中佐、少佐等来华勘矿技术官员一千一百多人，俘虏日军各级指挥官和伪师长五十余人，日伪士兵一千八百多人，缴获大炮三十多门，汽车五十多辆，各种枪支三千余支，毒气筒一千余个，电台一部，橡皮艇二十多艇，还焚毁了许多笨重的战略物资。

可惜的是两把将军刀只收缴了一把，桑原荒郎的战刀被铁牛栓在半路上就扔掉了，“二指宽的个铁条条，轻飘飘的，不如我的大马鞭好使唤。”

“那可是很有纪念意义的战利品啊！”心疼的任运通直想骂他。

王光明想命令铁牛栓去寻找，被黄团长制止了，“当时黑灯瞎火，谁知道他扔哪里了。”

“那么厚的雪，早钻到雪层下面了，春暖花开雪消以后可能会发现。”铁牛栓自找台阶下。

五原大捷之后，日军向西进攻的战略被彻底打破，一直到“天皇陛下”代表全体侵略者将双手无条件举过头顶时为止，小鬼子再没有踏入河套平原半步。

马铁牛作为敢死队的成员再次受到了嘉奖。

当任运通将奖金连同军饷一起给他的时候他不但拒绝接受奖金，而且连军饷也不领。

“我又不是为了挣钱，我是看在黄团长和你们哥俩的面子上才穿这身二尺半的，况且黄团长这里管穿管吃又管喝，我要钱做甚，带在身上沉甸甸的还影响我杀小鬼子。”

任运通和王光明笑得肠子拧绳绳，肝花摇铃铃。

当黄团长和他说起此事时他竟然说，你黄团长对我好我是知足了，现在咱团人马多，你需要的军饷也多，你手头肯定不宽裕，要不是上一次孙军需官舍命给咱送来那些饷银，哪里能有咱们的今天。我伺候你黄团长绝不挣工钱，我的那一分子就给你留下，你宽打窄用吧。

黄团长哭笑不得，只得嘱咐任运通替他暂时保管起来。

到这时黄团长思谋着应该把这个马铁牛提拔一下了，不料铁牛栓竟然坚决拒绝，头摇得拨浪鼓一般，"团长，你还是饶了我吧，我在你身边当一个听差就很满意，我连自己都管不好，根本没本事去管别人。但等打完小鬼子，我还回家赶马车去。"接着又嬉皮笑脸地说："你要是真心抬举我，那就批准我回一趟老家。"

平心而论，黄团长对这条汉子更加偏爱了，他对马铁牛的偏爱并不是因为他在战场上背着自己撤退有功。说实话，这样的事情，在四二二团，任何一个弟兄都能够做到。也不是因为他亲手消灭了一个日军少将，主要还是喜爱上了马铁牛的脾性——一个心不藏奸，直来直去，疾恶如仇的山村莽汉。

所以当铁牛栓提出这个要求的时候，黄团长又一次破例批准了，五原大捷之后鬼子没有新的动作，队伍正在奉命休整，时间与时机都合适。

白云原本不是受伤，而是小月（方言，流产）了，回到卧柳林后，在干娘的精心伺候下康复得很快。

尽管分手时间不长，但见到铁牛栓的时候白云还是哭了，她既高兴又悔恨，高兴的是能够逃出魔掌再见到自己的心上人，悔恨的是没有保住肚里的孩子。

铁牛栓听罢白云的叙述，牙齿咬得咯咯响，他比白云更加悔恨，他悔恨自己心太软，当时没在双锁山下把那个见钱眼开的家伙收拾掉，那时的他还没有开过杀戒，面对眼熟面惯的同胞，他下不了那么狠的手。

他在心里说了一句："钱开眼，你狗日的等着。"

"这次回来不能走了，你也参加八路军，我们一起打小鬼子。"白云想象着两人都穿着八路军的军装出双入对工作的情景。

一句话说得铁牛栓动了心，他确实离不开白云，在军营里，只要有一点点空闲，他的心立马就飞到白云身边。

"能天天和你在一起，那当然是我做梦都想的好事情，可是……"

“可是甚？”

“可是黄团长那边……”一说到黄团长，铁牛栓又想起王光明任运通等弟兄，他和他们也处下了很深的感情，“我应该先回去向他们告诉一声才对。”

“在哪里都是做抗日的营生，咱先给他们打一封信，以后碰面了再解释。”

好主意，铁牛栓高兴地紧紧搂住了白云……

二日天明，两人兴冲冲地找到徐主任说明了想法，没想到却被徐主任兜头浇了一盆凉水：

“白云同志，这个事情要是放在铁牛栓参加国民革命军之前，我们肯定是非常欢迎，说实话，我们也太需要铁牛栓这样的人了，可他现在是国民政府军的一员，目前国民政府军和八路军又是友军，都在共同携手抗日，更何况黄团长一直和我们配合得很好，我们不能干这种对不起友军、对不起黄团长的事情。”

徐主任一席话说得白云心灰意冷，说得铁牛栓垂头丧气。

看到两人这个样子，徐主任于心不忍，又对铁牛栓说道：“我听说黄团长很抬爱你，我也听说黄团长的军纪很严，你这样不辞而别，在他眼里那就是逃兵，今后就没脸再见黄团长了，你还是先归队，我相信我们肯定会有走到一起的那一天，而且那一天不会很遥远的。”

离开徐主任的住处，铁牛栓又说：“要么你跟我走吧，咱们都投奔黄团长去。”

不料白云却说：“我是这辈子绝不离开这支队伍了，我还要把你也揪到这支队伍里。”

“我原来同意你参与他们的红火热闹是为了给你解闷，没想到还差点出了大事，实际上八路军少吃没喝少枪没炮，明眼人一看就知道靠你们灭不了小鬼子，你们也成不了个大气候。”

“只要我们齐心协力，迟早总要把小鬼子灭掉，至于八路军能不能成个气候与我无关，我只是觉得和他们在一起心里热乎。”说到这里白云杏眼圆睁，直视着铁牛栓，“今后不许你小看我们。”

一看白云较真，铁牛栓不敢再接话头了。

第二十二章

暂无战事，士兵们除去训练还是训练，时间过得很快，说话间就到了农历年底，院子里，一帮玩耍的孩子们已经开始掐着指头数日子了：

二十三，灶王爷爷上了天。

二十四，买下红纸写福字。

二十五，磨好豆腐蒸年糕。

……

民间把腊月二十三叫过小年，向王彦这样的人家，对传统文化的传承很是认真，只要有条件，每一个传统节日都要一丝不苟按部就班地过。二十三日晚上，院里照旧点燃一堆旺火，全家人围坐一起，就着“糊嘴麻糖”小酌几杯再说一些吉利话。

晚饭，王彦请团部的人一起吃麻糖过小年，黄团长最后一个进门，下属齐刷刷地立正敬礼。

黄团长没按条令还礼，而是很随意地摆了摆手：“不是正经场合，又都是自家人。”接着就盯住灶君神龛看。

灶君神像的嘴上粘了一点麻糖，神像两边是一幅新纸旧内容的对联：

上天言好事

回宫降吉祥

黄团长笑了，“恕我不恭，开个玩笑，王先生今年不该糊灶王爷的嘴，应该让他上天禀报民间的疾苦，请求玉皇大帝降神灵惩罚恶魔。”

“团长，你这么一说我倒想起来了，这事古时候还真有过，那时民间知书识字的人太少，过年敬香表的时候写玉皇大帝的名字写错了，把玉字的一点丟在大字头上，这样就写成‘王皇犬帝’，表纸烧化，到达天庭，玉帝一看，怒发冲冠，立即降了一条黑龙下凡，投胎转世，杀掉所有的草民百姓，好在佛爷爷慈悲心怀，把身边的大鹏金翅雕打发到凡间，和那条黑龙厮杀，这才保住我们的先人没被杀绝。”

“嘿嘿，那是《说岳全传》里的故事，那条黑龙叫赤须龙，下凡转世投胎就成了金兀术，那个大鹏金翅雕就是岳飞，这事说起来还很有些源头，大鹏金翅雕原来是《西游记》中和孙悟空交战过的一个妖怪，由于武艺高强，孙悟空战他不过，被如来佛祖降服后收为手下的护法天神，法号大鹏金翅明王菩萨。大鹏金翅雕眼射金光，背呈祥瑞，生性火爆，疾恶如仇，佛祖对他也是礼让三分，他一直就站在佛祖的身后、莲花宝座的顶部。一天，佛祖给四大菩萨、八大金刚、五百罗汉、三千偈谛、比丘尼、比丘僧、优婆夷、优婆塞和诸天护法神说法，正说得宇清宙静，万籁无声之际，不料一位比丘尼忍不住放了一个响屁，本来我佛慈悲，根本不计较这类事情，可大鹏金翅雕却难以容忍，双翅一展飞离座位，把这位比丘尼劈头一口啄死了，恰好此时，佛祖慧眼观到尘世间即将相互杀戮生灵涂炭，就打发大鹏金翅雕下凡投胎转世拯救黎民百姓，这样就诞生了历史上著名的南宋抗金名将岳飞岳鹏举，岳家军抗击金军的战争也成就了岳飞精忠报国的一世英名，从而产生了一部古典文学名著《说岳全传》。”王彦打开了黄团长的话匣子，黄团长忍不住侃侃而谈：“这事说来全因宋徽宗而起，是徽宗皇帝元旦祭天写错了玉皇大帝四个字，玉帝龙颜大怒，‘王皇可恕，犬帝难饶’。当下就命赤须龙下界投胎于北地女真国黄龙府内，转世托生为金兀术，领兵侵略中原。可惜的是岳飞在抗击金军的过程中被奸相秦桧两口子给害死了，那个帮秦桧出谋划策的秦王氏就是被金翅雕啄死的比丘尼转世。”

“那秦桧又是谁转世的？”一位团副好奇地问。

看着众人渴望的眼神，黄团长只得继续讲下去：“秦桧是蛟精转世，有趣的是这段故事就发生在黄河岸畔。东晋时，许真君斩蛟，该蛟精侥幸逃脱，在黄河里修炼了八百多年，修炼成一条铁背虬龙。金翅雕降落凡间那天，虬龙精正化作一位白衣秀士在黄河岸边排兵布阵演练玩耍，金翅雕认出虬龙精的原形，忍不住收双翅降落岸边，一口就啄瞎虬龙精的一只眼，虬龙精为了报仇，搅动黄河发大水，直冲金翅雕转世出生之地，转身凡胎的金翅雕受仙人搭救没有命丧洪水，而虬龙精却因此违反天条，被玉帝发令，处死在剐龙台上，虬龙精一缕阴魂不散，降落凡间托生为秦桧，故事虽然是读书人根据一点史实凭空想象出来的，但也暗示着一个道理，世界上任何为非作歹的邪恶势力都会有正义的力量出来抗衡，而且最终的结果是正义必胜，这既是天意更是民心。”

几个人听得聚精会神，早已忘掉吃晚饭的事情，铁牛栓的表情更加逗人，嘴巴微张，口水从嘴角流出，双眼瞪得牛蛋一般，目不转睛地盯着黄团长，生怕漏掉一句话，不料黄团长却打住话题不说了。

饭局接近尾声，黄团长略有醉意，众人余兴未尽，围坐一起不动筷子只动嘴，还想听黄团长继续说下去，黄团长说：“以后有机会听石瞎子说吧，还是他说得有滋有味，我早年看过的书，随着枪炮声都丢到战场上了。”

看到黄团长心情不赖，铁牛栓烧酒壮胆，红脸遮面，大着胆子将久压心头的话说了出来，“团长，白云想让我回老家当八路军。”

众人大吃一惊，王光明和任运通一下子就把心提到嗓子眼里，紧张地注视着黄团长。

任运通心里暗骂，狗日的马铁牛，说你笨你真是笨得没边没沿，这种事情怎么能在这种场合说出来，虽说参加友军不算临阵倒戈，但这种朝三暮四身在曹营心在汉的人谁碰上谁恼火。不料黄团长不但没生气，而且还笑眯眯地盯着铁牛栓看了一会儿，忽然开口学着铁牛栓的腔调哼了两句：

人在外面心在家，

家里有我的一枝花。

“你不是想参加八路军，你是想和白云在一起。”老实人心不藏奸，黄团长一眼就看穿了铁牛栓的心思。

本来就是借酒劲绕着弯子说，被黄团长一语中的点破主题，铁牛栓的脸更红了，一下子成了个红脸关公。

看到黄团长没生气，王光明和任运通的两颗心才入了肚，趁机岔开话题结束了晚饭。

熄灯号响过很久，铁牛栓肚饱心空难以入睡。

窗外，呼呼的寒风一阵紧似一阵地吹，间或还有细黄沙击打着窗户纸，发出沙沙的响声，炕烧得不是很热，可铁牛栓却被酒劲加心劲烧得浑身燥热难耐。黄团长没有给他一个明确的答复，他不知道什么时候才能和自己的心上人走到一起，要是不离开家乡，还用受这个熬煎吗？退一万步说，即使实在躲不过去非当兵不可，那么肯定也是和白云一起当了八路军，不会这么分隔两地日思夜想地活受罪，有仗打的时候还好说，军令一下枪炮一响，脑袋就掖在裤带上了，就不思不想不管不顾了，一旦闲下来就觉得日子难熬得厉害。

他忽然就有点后悔，后悔自己轻易答应黄团长，穿上这身二尺半，现在身不由己了，军纪约束是一个因素，黄团长抬举自己，王光明和任运通把自己当亲兄弟对待，团里的其他弟兄对自己也确实不赖，种种因素在他的心里成为一团乱麻。

天凉不过个水结冰，

难活不过个人想人。

阳婆爷爷也和自己专门作对，和白云在一起的时候，它走得就像自己的枣红马一般快，眨眼就是一天，一旦离开白云，它又像即将疲惫不堪的老牛，缓慢得使人心烦，升起来就懒得落下去，落下去又懒得升起来。

阳婆婆出东又落西，

甚时候才能不想你。

黄团长没给他一个明确答复，他不知道下一次再见白云要等到什么时候。不知不觉间就有鸡叫声从远处传来，谁家的公鸡叫得这么早？看来已经后半夜了，再叫两遍起床号就要吹响。

红公鸡叫鸣东山畔畔亮，

左盘右算没想望。

那匹枣红马得到黄团长的特批，一直留在团部供自己驱使，只要团长恩准，凭枣红马的脚力，清晨从军营里出发，夜晚就可以把她搂在怀里。

单蹁腿上马手提上鞭，

眨眼就跑他个一溜烟。

最伤心的是白云肚子里的孩子没有保住，最担心的还是白云的身体恢复得如何，要不是侦缉队那帮狗日的抓白云，明年这个时候自己就有后了，曾经和白云商量过，只要有了后，是儿子就跟着自己要大鞭赶马车，不，还要跟着石师傅知书识字，是女儿就跟着白云学唱戏，尘世上行行出状元，只要勤快肯受，过一个锅锅上炕人上炕的好日子不是什么难事，可惜我那个嫩人芽芽，心疼死我了！

盘算到这里，铁牛栓又想到了小鬼子，说一千道一万，归根结底还是那狗日的们害得，要是小鬼子不来，哪里来的侦缉队，即使有几个灰皮烂人渣，他敢动我铁牛栓老婆的一根毫毛吗！一想到小鬼子他就血脉偾张，怒火中烧，气不打一处来，本来就燥热难耐的身体更加火烘烘地。

有钱难买黎明觉，黎明前岗哨最容易打瞌睡，王光明查完岗回来，凭感觉就知道马铁牛还没入睡，用手电筒一照果然如此。

铁牛栓双手交叉垫在脑后，仰面朝天一动不动，双眼痴呆呆地瞪着窑顶，面色绯红，鼻翼忽张忽张地喘着粗气。王光明一下子就诊断清了病因，这小子能吃能受，体格健壮，精力充沛，肯定又是心火烧得睡不着了。

刚刚被寒风吹过的王光明此时也没了睡意，忽然想，白云让铁牛栓参加八路军这是好事，不过两人目前还是以自我为中心考虑这件事情的，应该把他俩的思想认识提升一下，此时正是做思想工作的好机会，于是干脆就把铁牛栓从被窝里拽起来，将任运通也叫醒，三个人抽着喇叭啦呱开了。

“铁牛兄弟，你说共产党好还是国民党好？”王光明开门见山直奔主题。

“这两个人我只听过没见过，”正在闹情绪的铁牛栓想都没想，直杵杵地回答，“没打过交道又谁都不认识，咋能知道个好赖。”

铁牛栓的回答提醒了王光明，他也为自己没考虑谈话对象而突然提出的问题感到好笑，只得详细解释，“共产党和国民党都不是单个的人，是由许多志同道合的人志愿组合在一起成立的两个组织，再给你说得明白一点，像黄团长这支队伍，就是国民党这个组织领导的，白云参加的八路军，就是共产党那个组织领导的。”

“领导国民党的人就是我们都知道的蒋委员长，他同时也是国民政府的头儿，目前在重庆办公。领导共产党的人叫毛泽东，他们的总部在延安，现在叫边区政府。”任运通插话。

这么一说，铁牛栓似乎有所明白，他心里盘算了一会儿，两个组织，两个头头，谁好谁赖一时半会闹不清楚。不过说实话，铁牛栓现在真还看不上八路军那伙人马，当兵没饷，打仗没枪，有枪没弹，少吃没喝，他们肯定成不了个气候，要不是白云在他们那边，就是铁绳也难以把他从黄团长身边拉走，记得石师傅曾经说过，一山不容二虎，二虎相斗必有一伤，将来灭了小鬼子，弟兄两个一旦要是因为分家产打闹开了，那伤败的肯定是共产党。

想到这里，铁牛栓说：“那当然是国民党好，黄团长就是天底下第一个大好人，还有我们现在吃穿用的都比八路军强，我听白云说过，八路军饥一顿饱一顿，有时候连饭都吃不上，实在没办法时水煮黑豆也是一顿饭，我在家里放羊，水煮黑豆那是喂羔羊的料豆子，一二三四五，先往嘴上数，六七八九十，为人就活得一口吃，当兵吃粮，吃粮当兵，连肚子也喂不饱，谁会跟着他们干。你再看看他们那武器装备，我还听白云悄悄地说，他们挎的那子弹带看上去满子满弹，其实里面有一些是干树棍子，背着的大刀笨得就像驴脊梁一般，还是生铁打造的，和小鬼子拼刺刀根本经不住三八大盖枪刺的磕碰。”

“八路军装备差是人所共知的事情，但是他们装备差心劲不差，他们就是在那样的条件下还要舍上老命打小鬼子。”任运通说。

“在咱家乡一带打小鬼子的八路军，有根据地的父老乡亲支援，至少还能吃上一顿水煮黑豆，可是还有许多人，忍饥挨饿，少吃没喝仍然坚持打小鬼子。有一位共产党员，带着他的队伍在东北的白山黑水间，在那冰天雪地人迹罕至的深山老林里，坚持打小鬼子七年之久，由于叛徒告密，他们的行踪被小鬼子发现，与小鬼子周旋战斗了十几个昼夜之后大部分战友牺牲了，他孤身一人继续坚持战斗，直到弹尽粮绝被小鬼子彻底包围，小鬼子也爱惜他是一条汉子，派了当地一个人劝他投降，他对前来劝降的人说：“老乡，中国人都投降了，还有中国吗！小鬼子将他杀害之后剖开他的肚子一看，胃早已饿得走了样子，里面全是树皮草根还有从破军衣上撕下来的旧棉花……”王光明说不下去了，上牙紧咬下嘴唇，喉结上下滚动了好几次。

“小鬼子，小鬼子！”铁牛栓从炕上蹦到地上，嘴唇一抿，将快要吸完的烟屁股带着火星子嚼到嘴里，牙齿锉得咯吱有声，双眼圆睁，双手紧握，喘着粗气来回踱步，腮帮子上的咬肌一缕一缕地抽动，良久问道，“那个舍命打小鬼子的人是谁？”

“他叫杨靖宇，是东北抗日联军的总指挥，牺牲了没几天，我们也是才知道。”任运通的话音有点抖颤。

“共产党员里像杨靖宇将军这样的好汉比比皆是，”良久，王光明控制住情绪继续说，“他们为了抵抗外侮，在中华民族生死存亡的关头挺身而出，舍生忘死地战斗，直至流尽最后一滴鲜血，你说这些共产党员好不好？”

“共产党员，共产党员……”铁牛栓自言自语念叨了几遍，忽然说：“黄团长肯定也是共产党员，因为他就是一个舍命打小鬼子的人。”

“舍命打小鬼子的人不一定都是共产党员，国民党员里有许多人也在舍命打小鬼子，还有无数无党无派的仁人志士都在舍命打小鬼子，但共产党员肯定都是舍命打小鬼子的人。”任运通说，“据我所知，黄团长目前还不是共产党员，他是一个无党无派、公道实在的大好人，他舍命打小鬼子是中国人的良心与责任使然。”

“你俩要是共产党员，我也想当共产党员。”

王光明和任运通相视一笑，任运通接着说：“我们是不是共产党员和你想当共产党员是两码事。”

“你有这个想法很好，不过千万记住，不能和外人随便提说。”王光明的这句话又令铁牛栓茫然不解。

“党派这些事情你以后慢慢会明白的，我俩今晚和你说这些话的意思，就是想让你也成为一个英勇杀敌的民族英雄，不要把心思全都操在白云身上，我敢肯定，白云和我俩的想法完全一样。”王光明又说。

“打小鬼子杀敌人让我舍命没问题，就是……”

“就是甚？”

“就是我现在还没后，不孝有三，无后为大，这可是石师傅说过的古训，我记得很牢靠。”

“我们这些人你看谁娶过老婆了，我们都不是一样的没后吗？就连同黄团长也没把老婆带在身边。”

“不打跑小鬼子，你即使有了后也过不上安生日子，你忘了大翠的儿子那手指是怎么折的吗？”

“你们说得对，我听你们的，绝不三心二意了，先灭了小鬼子再说。”

“倒是我俩特别希望你参加八路军，不过要选一个合适的机会，千万不敢再直杵杵地和黄团长说。”

铁牛栓愣愣地看着王光明，他一时半会儿还吃不透王光明这句话的意思。

……

王光明和任运通一递一句开导着铁牛栓，窑洞里忽明忽暗的烟头火星子一直闪烁，整个窑洞被交替点燃的三支旱烟喇叭熏得就像倒灶炉子流烟一般。

不知不觉中天色微明，起床号响起。

白云在家休养了一个月后觉得康复如初，她想马上出去工作，可是却被娘拦住了。娘说，坐大月子三十天满月，坐小月子三十天才半月，这个时候要是闹下毛病，一辈子也难以恢复，千万不能出去跑。爹说，我已经替你向徐主任告了假，年前你就不用出去受冻了。

这期间，战斗剧社的同志们一有空闲就往白云这里跑，白天和同志们在一起修改剧本，编写新民歌，听同志们讲述八路军打鬼子的故事，也掺杂一些家常闲话，说说笑笑倒也不觉得天长，可是一到夜深人静，白云就失眠。

山沟沟里的泉水流黄河，
远路的哥哥想死妹妹我。

水涨船高河楞畔畔低，
山高路远难见哥哥你。

青腿腿大雁红腿腿鹅，
尘世上就数妹妹想哥哥。

二更鼓想你到鸡儿叫，
衬枕头手巾巾擦泪谁知道。

想亲亲归想亲亲，大年刚过，白云就一心投地扑入工作中，只有紧张繁忙的工作，只有与战斗剧社的弟兄姊妹们在一起，她才不感到寂寞无聊，她才不觉得时光缓慢，也才能冲淡对他的思念。

第二十三章

话说就在菊地修一的军刀即将劈到钱小手的肩部之际，麻子三板信眼疾手快，抢前一步，双手死死地架住了菊地修一的胳膊，尽管这样，刀锋还是将钱小手的耳朵削掉一块。

“太君息怒，这件事情也不能全怪钱先生，一来是八路神出鬼没突然出现，二来钱先生又是第一次和八路交手，有惧怕的心理也正常，请太君饶他一条狗命，把他交给我，我会把他训练成一名勇敢善战的军人，让他永远为皇军效劳，我相信钱先生通过这一次教训，以后肯定会奋勇消灭八路的。”

已经魂魄出窍闭眼等死的钱小手，只觉得耳朵好似蜜蜂蜇了一下，凉凉的一股风突然间又没有了，睁眼一看，麻子三板信正双手捧着菊地修一的手腕替自己求情。

哎呀，麻子！原来你才是我的亲生老爹爹啊！跪得原来就很到位，根本用不着变换姿势，就地拜神仙一般对菊地修一叩了二十四个响头，接着又对准麻子三板信叩了同样的数目。

钱小手叩头的数目还很有讲究，中华文化有二十四孝之说，他就是想表明心迹，今生今世要像子孙一样孝敬两位“再生父母”，不，比子孙孝敬父母还要强一万倍。

菊地修一不懂其中的意思，连眼皮都不待瞭他。

同样，麻子对跪在地上鸡啄米的钱小手也不屑一顾，他只顾窃喜。这个菊地，看上去挺胸腆肚，骄横傲慢，不可一世，其实也是笨猪一头，所有的一切完全按照自己设计的套路行事。

这时，不知躲在哪里过冬的两只苍蝇，被酒肉的香味熏得清醒过来，缓慢地飞向桌子上的残汤剩羹，菊地修一厌恶地挥手驱赶。

麻子看了一眼菊地的表情与手势，急忙连拖带拉把剔了骨头的钱小手从地上提溜起来顺手推出门外。

目的已经达到，火候也掌握得正好，麻子还有许多事情要处理。

回侦缉队的路上，麻子趾高气扬，钱小手垂头丧气。

回到侦缉队，麻子派出三路人马。

第一路五个人，去老军营附近的山沟里掩埋同伴的尸体。

第二路两个人，拿五块大洋去安慰一下半道上被“八路”打死的那个队员的家眷。

第三路，派了一个聪明伶俐的心腹，召回中途遣散的十几个弟兄。

“三哥，这些人咱可是准备上报皇军已经战死了，还等着领血饷呢，重新召回来让皇军认出来怎么办？”

果然不负麻子的信赖，脑子好使，考虑问题很周到。

“血饷照领，但不能发给他们本人，更不能给他们的家眷，人召回来换一下名字，按新参加侦缉队办理。还说你狗日的脑子好使，其实也是被驴踢过了，该愁的不愁，你说你在侦缉队这么长时间了，什么松下、野田、井上、渡边……你认住几个。皇军看我们不也是一样的吗，他能知道我们这里的张三、李四、王、王……”突然打住不说了。

麻子安排这一切的时候根本不回避钱小手，他知道，此时再借钱小手十个胆子他也不敢告密了。

钱小手听完麻子的安排恍然大悟，狗日的心中的鬼点子比脸上的麻点子还多，把一切算计安排得严丝合缝，把自己当毛猴子一般玩弄了一次，钱小手在心里把牙齿咬得咯咯地响。

麻子低估了钱小手，钱小手不是不敢告密，他深知时机不成熟，此时，他即使给菊地修一吐出真红血来，在菊地的眼里那也是苏木水，他决计深谋远虑从长计议，他还有更宏伟的目标要实现。

钱小手的额头叩过四十八个响头后终于成功地鼓起了一个鸡蛋大的肉包子，肉包子白中泛青，青中泛灰，灰中透红。这个肉包子还很配合钱小手的心思，足足在额头上顶了两个多月还久久不肯消散，钱小手对这个肉包子特别爱护，他很高兴额头上有这么个明显的标志，他很害怕这个标志消失了，每天都要对着镜子观察一遍，每当看到这个肉包子有点朽蔫的时候他就要使劲揉搓一会，他觉得这个肉包子消失以后就没法证明他对皇军和麻子三板信的忠诚了。倒是对少了半片的右耳朵他时刻都在遮掩，戴帽子的时候专门歪戴一边，掩饰着那只剩下半片的耳朵。

钱小手对当时的情景记忆犹新，他佩服皇军那锋利的军刀，更钦佩菊地太君那娴熟自如的刀法，劈头砍下来的时候只听见耳边有风声掠过，削掉半片耳朵却没觉着疼。他还时刻表现得特别感激麻子，是他不计前嫌救了自己，他以无比崇拜的心情，更加忠诚的态度伺候着麻子。

三五八旅转向正太线一带参加“百团大战”的时候杨立志被留在了地方。

杨立志是揣着满腹心事离开旅部的，离开前他大着胆子找了一次彭旅长，彭旅长特别忙，没有给他过多的解释，就是一句话，找徐主任去，一切听从他的安排。

然而，还没等他去找徐主任就接到徐主任的通知，迅速到工作团报到，接受新的任务。

杨立志急忙向卧柳林赶去，他一路盘算着徐主任会给自己分配什么任务，他把工作团所做的那些工作在脑子里细细过了一遍。扩军宣传，征集给养，那都是些和老乡磨嘴皮子的事情，没有一件是他喜欢做的，他最喜欢的还是真枪实弹和小鬼子较量，他要通过打小鬼子替自己赎罪，他的觉悟不是很高，但他的良心却是红彤彤的，那段不光彩的经历是他的心病，尽管他没有滥杀无辜，没有欺男霸女，但那毕竟叫土匪，毕竟走的是黑道，虽然八路军没有计较他的过去，也从来没有小看过他，但一想起那段经历就羞愧难当，他从参加八路军的那天起就下决心要在战场上与敌人拼一个你死我活，哪怕是死在战场上也绝不后悔，精忠报国，马革裹尸，就是他向往的归宿，他不想在根据地里做那些婆婆妈妈的事情，这次他要和徐主任当面说个明白，尽可能满足自己的要求，他知道三五八旅的开拔是有大仗要打。

当杨立志心急火燎见到徐主任的时候，徐主任却没有急于给他分配任务，而是慢条斯理地和他闲聊开了。最出乎杨立志预料的是徐主任哪壶不开提哪壶，竟然专门盘问开他当土匪时候的情况。

“这……”杨立志面红耳赤一时无法开口，还有点无地自容的样子，摘下军帽挠开了头皮。

“听说过给我们送来马克思主义的那位伟大的革命领袖吗？”看到杨立志有

点难为情，徐主任换了话题。

“师部集训期间，政治部的首长给我们讲课时提说过，我只记住一句话‘十月革命一声炮响，给我们送来了马克思主义。’其他的没记住多少。”话题一转，杨立志的脸色好看了许多。

“对，他是苏维埃社会主义联盟的缔造者，十月革命胜利之后，在一次记者会上，面对西方个别记者的恶意提问，伟人的一句回答博得了雷鸣般的掌声。”看着杨立志进入状态，用期待的眼神紧盯着自己，徐主任接着说，“那个西方记者专揭伟人过去的生活老底，想让伟人在大庭广众面前丢脸，也想给新生的社会主义国家抹黑，不料伟人毫不犹豫地回答了一句，我们对青少年时期干过的种种傻事承认而不脸红。”

简单的一个小故事很快去除了杨立志的思想顾虑，他把山头上的事情向徐主任说了个一清二白。

锁子山头最兴盛的时候共有六七十号人马，这些人分明暗两帮，常住山上的有二十大几个，这帮人就是明土匪，明土匪都是一些无牵无挂，上无靠下无照，一人吃饱全家不饿的汉子，其中也有个别人不是有血债就是有赌债，反正是属于不能在本乡田地居住的人，除去落草为寇外再无别的出路。山下还有一多半是暗土匪，这些人大部分有家口，只不过由于生活所迫，不得不偷偷摸摸地捡扯一点外快，其中也不乏眼小皮薄贪财之人，有些人还有一技之长，也有的是靠三朋四友拉扯入伙跟着吃混食的，这帮人就是暗土匪。

“常言说人多势众，你们为什么要把一伙人分成明暗两股呢？”

“这是黑老四手上传下来的规矩，也正是此人的精明之处。一来山上住的人多了费嚼谷，二来还要时常操心政府军，怕猛不防来个一锅端，所以山下的人比山上的多一些。再者暗土匪平时不需要供养，都是自己打闹自己的光景，他们都有一个公开的营生做掩护，基本上是散布在各个交通要道和大一点的村庄集镇，开酒馆铺面或者是留人小店，给山头当线人送捻子——也就是送情报。也有一些人或走方卖艺或肩挑贸易，焗碗钉锅修鞋剃头，这些人常年在各村转悠，其实主要是给山头踩盘子。碰到一般的小买卖，比如说，对付单枪匹马的生意人，或者绺窃之类的事情，他们自己也做，一旦有大买卖，就集中起来干一次，不过他们都要伪装一番，以免相互之间或者被外人认住。事实上隔墙有耳，很难遮瞒，时间长了，左邻右舍也都有一点约莫，不过是睁一只眼闭一只眼不传不说罢了，只要不吃窝边草，草民百姓对干这一行当的人也能容忍，不招不惹，相互之间也还相安无事。”

徐主任对杨立志说的情况很重视，边听边往一个小本子上记。

待杨立志说完，徐主任竟然笑眯眯地说："今天给你的任务是继续当你的‘山大王’。”

“徐主任，你……”杨立志一听就脸红脖子粗了，“我参加八路军以前的事情你们都知道，说过的不嫌不弃嘛！就连贺师长还握过我的手呢，怎么现在又变卦了，我再当山大王能对得起我娘吗？你们这样做是往死路上逼我，早知这样我还不如听上铁牛栓的话去伺候黄团长。”

杨立志这里急火攻心，徐主任却仍然面带微笑，不急不躁，“这次是要你给八路军当山大王，做一个专打小鬼子的山大王，这有什么不好。你们锁子山这股土匪从黑老四开始到你为止，能存在这么多年靠的是什么？”

“这还用问，靠的是线人多，靠的是线人耳灵腿勤送的捻子准。”

“这就对了，我们打小鬼子也需要许多耳灵腿勤的线人给我们提供情报，没有情报，我们的正规军就成了睁眼瞎子，不但消灭不了小鬼子，还可能被小鬼子消灭。”

看着杨立志若有所悟，徐主任继续说："发挥好你的优势，寻找你过去的关系，建立一个地下情报网，不过这些线人必须是抗日意志坚决而又根底清白忠实可靠之人，有点特长最好，身怀绝技那就更好了。但是万万不能收留那些社会渣滓，红皮黑鬼，流氓恶棍，赌徒洋烟坛，具体要求我会给你拉一个单子。”

“我还是想……”

“三大纪律八项注意第一条是什么？”徐主任这时严肃起来。

“一切行动听指挥。”

“别以为直接上火线就是打鬼子，我们所做的工作比亲手打死几个小鬼子更重要，仔细盘算一下锁子山上经历的事你就会明白。”

徐主任又比山说水和杨立志谈了很久，从八路军装备简陋，通信手段落后，缺乏电台等通信器材，直接影响到战役的决策指挥，一直说到有一个好的情报系统，关键时刻能够挽救我们党和军队的命运等等。

最后徐主任特别嘱咐，“根据你的情况我考虑了一下，你旧日的手下大部分集中在十里长滩和古城一带，你先去那一带把我们的情报网建起来，不过需要注意一点，那里还不是我们的根据地，目前又有国民革命军驻扎，所以一切行踪都要保密，如果碰到特殊情况，可以就近联系四二二团的王光明和任运通，他俩是我们的人，对其他国民革命军官兵则不能泄露任何消息。”

“另外还有一个任务，顺便侦察一下关河县大营堡的情况，我们准备近期解决那里的汉奸伪军，听说钱花眼就在那里，这个汉奸我们要坚决除掉。”

“钱花眼不是被菊地修一刀劈了吗？”

“没有，被三板信救下了。”

“这个麻子，他当时釜底抽薪不就是要借我们的手灭掉钱花眼吗，怎么又把狗日的保下了？算小子命大，不过他也活不时长，我一定亲手灭了他。”

“麻子这一手很厉害，把钱花眼收拾得服服帖帖，钱花眼已经死心塌地为鬼子和麻子效劳开了，鬼子的据点距大营堡很近，钱花眼又和麻子打得火热，没有绝对把握切不可贸然行动。”

“钱花眼我了解，这个人很歹毒，他绝不会轻易服输，麻子肯定要受他的害。”

六十九脱离锁子山不久就听说头儿也带着山上的人投奔了八路军，如此一来，六十九就更加一心一意地经营着他的留人小店，彻底与道上的人断绝了往来。偶尔有过去的老人借投宿的机会拉拢他再干一两件小买卖，都被他严词拒绝了，不仅如此，他还劝那些老伙计，最好不要再干这种伤天害理的事了，要是真的有一点本事，日子还过得焦苦，那就投靠国民革命军打小鬼子去，既可以糊口度日又可以保家卫国，说到危险，穿上二尺半在枪林弹雨里穿梭，和当土匪在刀尖上舔血没什么两样，哪里的黄土都埋人，区别就是当土匪损阴德千人万人唾骂，当兵爷为国出力说不定还能留名后世。如此一来，果然有几个人就听从劝说改邪归正了。

杨立志换了一身便衣，向着原来活动的地盘出发，他首先想到的就是六十九，所以第一站就到了古城，直接进了六十九的店里。

头儿突然出现，六十九很惊喜，立即开始温酒炖肉。

老腿旧胳膊，没一点生分之感，酒足饭饱两人开始闲聊，杨立志把离开锁子山后的情况告诉了六十九，接着就将自己的来意说明白，面对昔日的手下，没必要藏着掖着，他熟知六十九的脾性，伺候谁忠于谁。

“八路军也需要线人？”头儿说罢，六十九有点惊奇。

“对，我也是明白了不多时，八路军比国民革命军还特别需要线人，因为八路军的正规部队通讯联络器材奇缺，情报的传递，相互之间的联系大部分是靠线人。”

“可是我已改邪归正，发誓再不做那偷偷摸摸的营生了。”

“这次做的营生和过去性质不一样，过去那是伤害自家人，现在是为了打鬼子。”

凡涉足江湖见过世面的男子汉，注定就不是安生本分之人，杨立志一说为了打鬼子，六十九的兴趣马上就来了，本来就对这种营生轻车熟路，更何况还是继续伺候原来的头儿，脾气相投，性格熟络，相互又非常信任。

答应下来后他首先就想起过去与他在一个“针关”里共事的那几个人，尤其是鬼旋风，手勤腿快又机灵，除去爱钻女人被窝外再就没什么毛病，一个锅里搅稀稠多年了，打起接线来就能用，黑话都不用重新换，有时候相互间一个手势甚至是一个眼神，就能心领神会，可惜的是那几个人跟着铁牛栓投奔了黄团长。

“你先联络他们几个，至于在黄团长那里的人能不能使用，等我请示以后再说。”杨立志给六十九直接点了几个人的名字，接着将徐主任对线人的要求复述了一遍，并再次严格嘱咐，“宁要鲜桃一个，不要烂杏一筐，这是铁的纪律。记住，八路军的纪律比我们山头上的规矩严格一万倍，千万不敢大意。”

按照徐主任严格选人宁缺毋滥的要求，杨立志通过六十九，从过去分布在各点的线人中选了十几个。

关于参加了国民革命军的那几个弟兄，杨立志就只能按照徐主任的吩咐，就近联系王光明和任运通。

杨立志到达王亮营子的那天，四二二团正在组织越野训练。

第一个跑上山顶的铁牛栓，一眼就看见正在休息的杨立志，他很奇怪。

“你不是当了八路军吗，怎么还有空在这里闲坐？肯定是八路军那里饿得不行来投奔黄团长了，对吧？原来你就打错主意了，看看你那身穿戴。”铁牛栓看了一眼一身老百姓打扮的杨立志，又把自己正规军的军服整理了一下，很骄傲地说。

杨立志没接铁牛栓的话茬，望了一眼他的身后，训练的部队和铁牛栓还差着好大一截，一时半会到达不了，杨立志抓紧时间简单把自己参加八路军以后的情况说了几句，接着向铁牛栓提出要求：

“我有事要见一下王光明和任运通，你能帮我找个机会吗？”

“什么时间？”

“越快越好，就今天怎么样？”

“好机会，他两人马上就到了。”铁牛栓回头望了一眼山下，大队人马刚刚到达山根，只有王光明和任运通爬上半山腰。

“不过不能让别人知道。”

铁牛栓狐疑地看了一眼杨立志，点头答应下来。

铁牛栓转身向山下跑去，路过王光明和任运通身边低声说，那个参加了八路的贼王三要见你俩，然后就把正在爬山的队伍带向另外一座山包。

两人气喘吁吁到达山顶。

“我现在的名字叫杨立志，徐主任让我来联系你们。”时间有限，杨立志直接说明了意思。

实际上，王光明和任运通也接到上级的指示，对此早已有所准备，他俩已经在四二二团建立了共产党的地下支部，除去那几个青年学生外，还发展了好几个普通士兵加入共产党。在发展普通士兵入党的过程中，本来还优先考虑过马铁牛和张保大，可商讨的结果还是把他俩推后了。用王光明的话说，好钢需要继续淬火，两人优点突出，缺点也明显，在舍命打小鬼子方面没得说，可马铁牛的思想还停留在自己的小家庭上，张保大看见有点姿色的女人就腿软腰硬的坏毛病还没有彻底改变。

“这里联系其他人的条件暂时不成熟，什么时候能联系我再告诉你，目前你只能和我俩接头，不过紧急情况下，铁牛栓和鬼旋风也可以当我们的人使用，他俩虽然暂时革命觉悟不高，但骨子里都不赖，也是舍命打小鬼子的人。”王光明思忖了一下说。

接下来，三个人把联系方法和接头暗语，以及需要注意的事项做了详细的商定。

杨立志从王亮营子返回古城，把六十九联络到的十几个人召集到一起，作了一番安排。总的要求还是过去的老规矩，有事啸聚，无事散开，以原来的职业为掩护，留心过往行人的言谈举止，特别是注意小鬼子的消息，也捎带着留心国民革命军的动向，一切听从六十九的指派。

最后，杨立志着重强调了纪律，“你们几个都是我知根知底的好弟兄，又都是站起来能挡西北风，躺下去能拦黄河水的五八尺大汉，我们做的营生上不能告诉爹娘，下不能告诉妻儿，就是上刀山下油锅、抽筋剥皮活剐的时候也给我咬紧牙关，不能露出半点口风。”

众人对往日的头儿当然是言听计从。

安顿就绪后，杨立志又从中挑选了五个人带在身边，他要在返回途中绕道明灯山，进入关河县，完成徐主任交给的侦察任务，他还想顺便搞清楚钱花眼的情况，找机会灭掉狗日的。

第二十四章

那天，黄团长忽然把任运通单独叫到办公室，递给他一份情报，“把这个消息传递给晋西北共产党的抗日组织，或许对他们有点用处。”

任运通看罢情报有点不知所措，脑子里飞速地盘算开了，按理说，军事情报是秘不示人的，黄团长这么做的目的是什么，是自己身份暴露了，团长在有意试探，还是真心实意想帮助一下八路军?

任运通的反应早在黄团长的预料之中，“用不着疑神疑鬼，友军之间情报共享很正常。”接着黄团长又补充道：“关河县二次被小鬼子占领之后，给八路军晋西北抗日根据地打进一个楔子，是他们的心腹大患，现在应该是拔掉这个楔子的最佳时机。时间要抓紧，派一个腿脚利索的可靠人，机不可失。”

黄团长的意思很明确，鬼旋风当天出发直奔卧柳林。

关河县位于蒙汉交界处，是黄河入晋流经的第一个县份，境内的偏头关与其他两关——宁武关、雁门关并称塞外三关。历史上这一带一直是兵家必争之地，县内的几个营堡中，以大营堡的地理位置最为重要，防御设施更加完备，是关河县的第二大城堡。

大营堡距县城十公里左右，城堡依山而建，有东南西三座城门，北边面向草地的方向筑有高大厚重的城墙，防御北方之敌入侵的意图显而易见。营堡被四周的山势围成一个凹字形,民间一直有“铜关河,铁宁武,生铁铸就大营堡”的说法。

日军第一次占据关河县城不久，就被八路军赶跑了。由于关河县靠近北同蒲铁路，日军为了保证这条运输大动脉的安全，又调兵遣将再次侵占了关河县，并从宁武据点里调来军事修养很高的菊地修一当头目。菊地修一果然有两把刷子，也算半个中国通，他分析了前任失败的原因，总结了经验教训，他把主力放在关河县城的据点里，执行警戒北同蒲线的任务，又分出一股伪军，连同侦缉队的全部人马进驻大营堡，与驻县城的日军成犄角之势，这样一来不但给八路军二次解放关河县城增加了困难，而且对八路军的抗日根据地危害极大，八路军一二零师一直在寻找机会清除这一毒瘤。

杨立志一行六人两天之后到达大营堡外围的一个小山村，在村里饱吃饱喝了一顿，又美美地睡了一整天，一直等到夜幕降临才向大营堡走去。

为了保持安身立命的本钱，钱小手抓紧一切机会练习左手用枪，他的毅力与恒心常人难以想象，没过多久，他左手用枪就娴熟自如了，出枪速度和射击准确度不比右手差，更加令人叫绝的是，出枪的同时，盒子炮在大腿面上一擦，拉栓顶火一气呵成。

侦缉队里，麻子一手遮天说一不二，钱小手对麻子既佩服又害怕，他和麻子比起来还差一根筋，他毒毒不过麻子，他甘拜下风，时刻看麻子的眼色行事，麻子撒尿，他就给提来夜壶；麻子口渴，他会双手端来一热茶；就连同麻子后背痒痒了，他也会不失时机把麻子挠得挤眉弄眼龇牙咧嘴舒舒服服，他对麻子唯命是从毕恭毕敬。

钱小手把麻子当成再生父母,麻子也就把他当成了心腹,随同日军出动清剿，钱小手能够坐在麻子亲自驾驶的电驴子上，回到驻地，他还可以和麻子同吃一锅饭，推杯换盏抿上几盅，两人情同手足，侦缉队里有人悄悄地说，日毬怪，一山也能容二虎，两只公蝎子也能一个窝里住。

事实果真如此，好长时间，两人形影不离，仿佛同穿一条裤子。

钱小手当土匪时抢了一领皮大氅，藏青色咔叽布吊面，西宁筒子狐皮领子，雪白的麦穗穗毛一拃多长，火红的狐皮领子一直垂到胸前，内行人一看就知道是地道的宁夏滩羊皮，和冰雪在地时猎获的上等狐皮，曾经有人开口就给三十个大洋，他舍不得卖。狐暖三尺，十冬腊月数九天穿着它，从头到脚就感觉不到一丝丝凉气。麻子曾经试穿过一回，喜欢的眼里滴血，钱小手早已看出麻子的心思，可是他揣着明白装糊涂，没有任何表示。

钱小手毕竟是钱小手，他知道套麻雀必须舍一把红糜子，他不是舍不得，他是在等一个合适的机会，他要把它的价值发挥到极致。上一次他是彻底跌倒了，原本想在日军面前露一手，不料露出来的却是臭脚板，还差点把小命贴进去，麻子的手腕子耍得很高明，使他没有任何缝隙下蛆，他只得忍气吞声等待机会，他相信三年总会等到一个闰月年。

冬时寒月，昼短夜长，正是土八路活动的大好时光，这一点钱小手心知肚明。土匪出身的他也极善于夜间活动，他继续像寻屎吃的狗一般四处活动，积极为日军打探军情，侦察八路军的动向。

他获得了准确消息，八路的正规部队已经开拔到正太路和北同蒲路一带，正在那里与皇军玩命，目前这一带活动的都是一些土八路。

他原本就没把这些土八路放在眼里，大营堡本身就是易守难攻的城堡，有皇协军和侦缉队驻扎，即使与八路的正规军交手也可以抵挡一阵，更何况那些散兵游勇的土八路。所以他大着胆子四处游荡，常常是单身一人昼伏夜行，替日军侦察八路的同时也捎带着侦察一下女人的身体。

那晚月朗星稀，钱小手在一个外号叫“大洋马”的女人家里鬼混了半夜，身心轻松地哼着二人台小调向侦缉队走，不愧是老土匪油子，没走出多远就感觉不对劲——身后有人跟踪。他不动声色继续前行，待走到侦缉队的墙角处，急速闪身扭头的同时，枪已经握在手中，可惜还是迟了一点，一个比他动作更加利索的黑影，闪电般就从他的身后消失了。好敏捷的身手，似曾相识的动作！也就是这么一眨眼的工夫，钱小手断定，此人就是往日的头儿——贼王三，一瞬间汗水湿透了后背，他不敢恋战，飞奔着回到侦缉队。

这段时间，关河据点里的小鬼子异常安静，没有主子指令，大营堡的乌合之众正好各行其是，四座堡门只派出三个岗哨，北堡墙那里连一个游动哨也不设，闲下来的人白天聚赌晚上找相好，一个个忙得不亦乐乎。

杨立志判断得很准，他们翻越北堡墙很顺利，一行人踏着月色进入堡内，打算先找老关系落脚，然后再谋划下一步，没走出多远就有二人台小调传来：

黄河畔上灵芝草，

翠娥妹妹比谁也好；

生得伶俐长得俏，

远远瞭见哥哥抿嘴嘴笑。

杨立志一个手势，几个人迅速隐蔽。只见钱花眼身披大氅，嘴哼小调，大摇大摆向侦缉队的院子走去，杨立志正要掏枪，好像这家伙有所察觉，身子一闪，哧溜一下就进了院子。

钱小手回到驻地躺下之后心还在砰砰跳动，如果那个跟踪的人真是贼王三，他进入大营堡肯定是冲着自己来的，贼王三的功夫钱小手清楚，自己绝不是他的对手，在山上的时候，惧怕的就是贼王三，贼王三对自己也是一直提防着，他的势力被贼王三限得死死的，分布在各点的眼线从来就不让他知道，都是贼王三自己联系。上次这家伙就坏了自己的好事，这次又寻上门来，肯定不会轻易善罢甘休，明枪与暗箭哪个更容易伤人，钱小手心知肚明。怎样才能躲过这一劫呢？钱小手翻来覆去难以入睡，当鸡叫声传来的时候，一条妙计涌上心头，钱小手乐了。

阳婆出宫，冻死毬楞（方言，二百五），黎明前最寒冷的时候，钱小手赤身裸体上了一次茅厕，回到窑洞就安然入睡了。

这段时间侦缉队的人已经形成习惯，多数都是后半夜入睡，半前晌起床，可今天时过中午还不见钱小手露面，麻子这边打牌三缺一，差人去叫才知道这家伙病了。

既然交情到了这个地步，麻子当然要体现一下对部下、对朋友的关怀了，他亲自走进钱小手的窑洞一看，钱小手还在昏睡，伸手一揣钱小手的额头，哎呀！烫手。麻子立马叫人熬来一碗生姜红糖水，亲自端到炕头，催促钱小手趁热喝下去，盖上被子出汗。

“这段时间兄弟真辛苦，早出晚归受了风寒，喝下这碗姜糖水出一身汗就好了，哥哥我可是时刻离不开你的。”

麻子的举动把钱小手感动得差点涕泪横流，他爬起身喝完姜糖水，顺手拿起旁边的皮大氅亲自给麻子披在身上，“三哥，三九四九，冻烂碓臼，这西北风穿心透骨，你把它穿上遮风挡寒，也算兄弟孝敬你的一点心意。”

“哎呀，这……”麻子眼里一股贪婪之光一闪而过，嘴里推辞谦让，双臂借势擩进袖筒，双肩左右一耸，两手捋着狐皮领子顺势一掩怀，不肥不瘦，长短适中，简直就是量身定做的，高兴之余首次当众承认自己的麻子脸，“你真是我的亲兄弟，我三板信脸疤眼不疤，没看错人，改天挑一个黄道吉日，哥和你换帖子。”

“我早就有这个想法，只是怕三哥看不起我，既然哥哥不嫌弃，那就是我最大的福气，古话说择日不如撞日，我看今天就是好日子，咱俩兄弟现在就来个八拜之交。”

可能是姜糖水下肚，也可能是心情高兴，钱小手的风寒感冒立马去掉七八分，人一下子精神了许多。

几个胆大的侦缉队员悄悄过话，乌龟王八眼对眼，这两人绑在一起，那侦缉队可就成了商纣王的江山——铜底铁帮，天王老子也拿他们没办法了。

到此时，在侦缉队员的心里，已经把钱小手当二把手看待了。

自从伪军和侦缉队入驻大营堡以来，这里就变成一个人鬼混杂、蝇飞蛆拱之地，出侦缉队大门左转弯不远就有做皮肉生意的女人，其中最有名气、最会浪的“大洋马”是人人能骑能跨，近水楼台先得月，这里首先就成了侦缉队一帮人醉生梦死销魂夺魄的地方。麻子在此类事情上绝不霸道，在他眼里能上手的女人都是婊子，“婊子无情”的道理亘古不变，所以他玩过的女人其他弟兄也可以玩，哪怕是他前脚出门别人后脚进门都可以，如此宰相般的胸怀把手下的一帮好色之徒笼络得对他唯命是从。

冬日天短，说话间天色已暗，钱小手不能陪麻子打牌，麻子从钱小手的窑洞里出来就直接去鬼混了。

这晚，麻子的心情出奇地好，仿佛要把毕生精力全部用完。

钱小手的心情不好也不坏，只是有点紧张，他和衣躺在炕上，一直支棱着耳朵,专心致志捕捉着街巷上的响动。古人有坐山观虎斗一说,自己连坐都不用坐，而是躺在热炕上听虎斗，无论哪一方失败都是自己最想要的结果，当然，要是两败俱伤那就更加阿弥陀佛了。

担心钱花眼发觉自己，杨立志做好敌人大搜查的准备，不料整个白天，伪军和侦缉队的人毫无动静，几个人在地窨子里憋了一整天，好不容易等到天黑立即钻出来，不清楚钱花眼是真的没发现自己，还是故意按兵不动引蛇出洞，杨立志心里很是不安，他决心大胆冒险再试一次，哪怕是上当受骗引来一场恶战也好，总比就这样时刻提心吊胆躲藏着强,更何况徐主任交代的侦察任务八字还没一撇。

严冬的夜晚寒气袭人，敌人的警惕性很低，整个大营堡街巷死一般静寂，只在侦缉队的驻地有微弱的灯光。

杨立志一行把堡内伪军和侦缉队的驻地仔细转了一圈，记牢岗哨的位置，完成侦查任务，沿原路来到昨晚发现钱花眼的地方，如果钱花眼没有发现他们，按照关系户提供的情况，他还可能和相好的过夜。杨立志察看好地形，选择好埋伏地点与撤退路线，六个人静静地隐蔽起来。

约莫后半夜，几个人正冻得有点受不住时，身穿皮大氅的钱花眼出现了，仍然是一个人低头缩脖子，双手插在袖子里懒散地走着，看来这家伙昨天没发现自己，现在竟然毫无防备。熟知钱花眼身手的杨立志没给他任何反应的机会，毫不犹豫地开了枪。

不出所料，如愿以偿，黎明前最黑暗的时刻，钱小手终于等来了盼望已久的枪声。枪声低沉闷弱而且仅仅两声，凭经验即知目标已被击中，钱小手高兴了，不论哪一方挨了枪子肯定是非死即伤。

他反应迅速，跳地出门，朝天就是一梭子，“弟兄们，紧急集合，八路打进来了。”随即不等身后有人跟进，孤身一人奋不顾身向大门外跑去。

事实上，真正唤醒伪军和侦缉队员的还是钱小手这一梭子清脆尖利的枪声。

钱小手大着胆子轻车熟路，第一个冲到枪响的地方。

麻子中枪躺在地上，一听见自己人到来，有气无力地喊叫开了：“兄弟，快救我，八路人不多，组织弟兄们围堵，决不能让狗日的跑掉。”

一看麻子还有一口气，钱小手马上俯身贴着麻子的脸小声说：“三哥，我送你上路吧，免得你不死不活受洋罪，二歪嘴这下也可以瞑目了。”话音未落，一把尖刀捅入麻子的胸口。

“你……你……”不知麻子想对这位叩头不到一天的兄弟有什么后事要交代，可惜这位兄弟下刀部位又中又狠，不给他留一点活命的机会，麻子的话音还没发出来，就被满嘴涌出的鲜血淹没了。

当伪军和侦缉队的人马大呼小叫冲出院子，迎面就碰到背着麻子死尸的钱小手，钱小手当仁不让充当起总指挥的角色，他下达的命令有条不紊，干脆利索。皇协军倾巢出动，封锁堡内一切可以进出的道路，盘查一切可疑行人，侦缉队挨门逐户搜捕八路。

回到侦缉队，钱小手气还没喘匀，就把这里的情况向日军做了汇报。

关键时刻临危不乱，指挥若定，真有大将风范，钱小手的汇报博得菊地修一一连串的吆西。菊地修一不但军事修养高，而且政治素质也不低，他当即告诉钱小手，自己将亲自参加侦缉队长的葬礼。

尽管菊地修一对日军最终能够取得胜利毫不怀疑，但毕竟现在还是交战时期，中国人还在拼命抵抗，他们的武器不咋地，骨头却是铁硬，前几天就传来绝密消息，从自己手下秘密抽调走的那部分兵力，已经在北同蒲线全部玉碎了，目前自己手下仅有一个中队，这就逼得自己不得不偶尔要一点手腕子，一把狗屎一口蜜地笼络着皇协军和侦缉队的人心，不——是“驴心”。

人一旦交上好运，走路都能让金元宝绊倒，钱小手终于等到一个闰月年，亲自把麻子送上了黄泉路。菊地太君已经在电话里委托他全权处理侦缉队的一切事务，侦缉队长这顶乌纱帽离自己的头顶不足一寸，只差菊地太君从口袋里往外一掏就满房烧酒气了，这一点就连侦缉队一脸憨傻呆相的独眼龙都一目了然。

得知菊地修一要亲自参加麻子的葬礼，侦缉队的人只恨爹妈给自己制造的舌头太短，个个发挥着十二分的精明才智，揣摩着钱小手的心思，观察着钱小手的眼色，品验着他最需要什么，最喜爱什么。端茶递水，铺床叠被等日常生活都不需钱小手亲自动手，只可惜张口吃饭和上茅厕没法代劳。

钱小手也心安理得地享受着温水洗脸，热水泡脚，衣来伸手，饭来张口的生活。特别是原来那几个自恃与麻子关系铁硬而没把钱小手放在眼里的人，这段时日,伺候钱小手比先前伺候麻子殷勤多了,他们的行为此刻就像是将功赎罪一般，他们清楚，毕竟跟随麻子鞍前马后有一段时间了，虎毒还不食子，可是和这个小手手相处的时间太短，谁知道这个小手手会不会“食子”呢？

在锁子山上有贼王三的约束，在侦缉队有麻子的压制，钱小手只能忍气吞声夹着尾巴看他俩的眼色行事，他的腰杆从来就没有挺直过，这几天他第一次体会到颐指气使、受人抬举奉敬的感觉，第一次享受到人上人的乐趣，他的心里开了碗大一朵花，每晚都能从睡梦中笑醒。但是一到白天，一旦当着别人的面，他就会悲从心来，满脸戚容，他对三哥哥的惨遭不测痛心疾首，他赌咒发誓要为三哥哥报仇。他就像自己的亲娘老子死了一般，亲自动手给麻子净身穿衣，那领皮大氅上的五颗黄铜纽扣，都是他专心致志一丝不苟地系住的，就连麻子最亲近的心腹也不能靠近,他每天都要对着麻子的灵柩烧纸奠酒,早晚三叩头,晨昏一炷香。

菊地修一要亲自参加麻子的葬礼，更令钱小手心花怒放，他的表演有了最需要观看的人,他要把麻子的葬礼办得空前绝后。他亲自选“购”了上等柏木棺材，他下令“请”来周边最好的纸扎匠做纸扎。金银斗子摇钱树、金钱幡子聚宝盆、五更纸骡子喝泔水牛、引路仙鹤打路鬼，所有的纸扎都是双份。他命纸扎匠把三哥的阴宅糊裱得房高院大，里面还必须是米面如山奴婢成群，他要让三哥有花不完的金山银山，享不尽的阴间富贵。一时间大营堡所有铺面里的纸张“销售”一空，只是可怜了那些开纸张铺面的人，虽然买卖兴隆货物告罄，可到头来却是血本无归。

他还要给三哥做一次水陆道场超度亡灵，他要让三哥的灵魂早升仙界。他命令手下人把周边的和尚道士全部“请”来做法事。他指挥人把灵棚搭建得高大华丽，他又亲自拟就挽联，“请”当地的书法高手题写：

悲君去何速皇军痛失马前卒

音容空留影兄弟碎心断手足

钱小手还“请”来大营堡照相馆的师傅，把丧事铺排的现场拍照留念。

时辰一到，麻炮响过，祭奠麻子的仪式准时开始。

侦缉队的院外，两班吹鼓手细吹细打，轮流演奏。院子里，高大的灵棚，如山的纸扎，把偌大的一个院子占去了三分之二。二十几个和尚道士，披袈裟，着道袍，执法器，在虚空老和尚的带领下排列有序。老和尚认真负责，开经前还指挥人将妨碍做法事的纸扎移动到合适的位置。

钱小手披麻戴孝如丧考妣，在左右随从的搀扶下进入灵棚，双膝跪地，奠酒焚香，行礼如仪。随着法器声响起，钱小手竟然大放悲声，把皇协军以及侦缉队的一帮人，乃至大营堡看热闹的人群，感动得直叹气，就是自己的亲生儿子也不过如此，真是尘世上少见的有情有义之人，交朋友交到这种人，也不白上世走一回了。

随着虚空老和尚一声“南无阿弥陀佛”过后，众僧人手敲法器，口念佛经，围着棺材转圈子。

僧人们诵的是《往生咒》：

南无阿弥多婆夜哆他伽多夜

哆地夜他阿弥利都婆毗

……

诵经声辅之以梵呗乐低吟浅唱，蕴涵慈悲。尽管俗人听不懂经文，但音乐声却能使与佛有缘之人听得动容，静心除邪。

僧人的经课告一段落，道士们接着开始。

道教没有外来语言，比和尚诵经好懂，道士们同样念的是《往生咒》，当念到“明死暗死，冤曲屈亡，债主冤家，讨命儿郎。”时钱小手的身子不易察觉地抖动了一下。

菊地修一轻车简从准时来到大营堡，出人意料，钱小手竟然没有像往常那样亲自前往堡门迎接，而是继续跪在麻子的灵柩前号哭不起。在几个侦缉队员的搀扶下，钱小手勉强站直身子，对着菊地修一有气无力地说："太君，属下罪该万死，没有保护好队长，使您失了一只左膀。"

目睹了丧事现场，菊地修一真的被感动了，这是到目前为止他见过的唯一一位真正有情有义的中国人，这么一位难得的忠义之士，要不是麻子求情，差点就被自己误杀，麻子的后事能有如此忠心耿耿之人操办，麻子的灵魂也可以安息了。

菊地修一首次亲自攥着钱小手的小手手，拍着钱小手的肩膀，一脸关切的慈容，"钱先生，你的辛苦，你的忠义之心天地可鉴，我的关系的没有，失去一只左膀，再添一条右臂。"接着挺胸抬头，面对众人，大声宣布："从现在起，钱先生接任侦缉队长，同时全权指挥驻大营堡的皇协军。"

"谢谢太君栽培，卑职一定誓死效忠皇军！"钱小手稍微挺了一下身子，举起小手，给菊地修一行了一个并不标准的军礼。

天降大喜，一箭双雕，要不是"戏装"在身，钱小手真想一跳几丈高，把天戳一个大窟窿，把地凿一个深圪洞，尽管心里鲜花怒放，可脸上却仍旧是戚容密布。

得意不忘形，这，就是钱小手的城府。

一帮皇协军和侦缉队的人都在对着钱小手媚笑，只有一旁站着的皇协军连长王二疤眼没笑。

菊地修一的演技同样很高，一顶一文不值的烂帽子，几句言不由衷的好话，又收买了一条忠心耿耿的走狗——不，是一只右臂。目的已经达到，他对这里完全放心了，担心着关河据点的安危，他不敢在大营堡作过多的停留。

"太君，重孝在身，恕属下不能远送。"

"钱先生节哀珍重，让我们齐心协力消灭敌人，共建共荣。"

"一定，一定。"

一狼一狈，真心实意做着携手共建"大东亚共荣圈"的美梦。

送走菊地修一，钱小手如释重负，长喘了一口气，他的演出收到了预期的效果，不，比预期的效果还要好，他该谢幕了。

钱小手在几个随从的簇拥下离开灵棚，和尚道士们继续轮流做法事。

就在这时，几个披麻戴孝的人直奔灵棚而来，从孝服的穿扮上看，应该是麻子的直系近亲。男的全身重孝，女的白纱掩面，到了灵前二话不说，双膝着地，烧纸奠酒，开腔号丧，这一举动把在场的人搞迷糊了。侦缉队的人急忙将情况向钱小手——不，是钱队长做了汇报，钱队长的警惕性非常高，他不辞劳苦，再次亲临现场，仔细观察，可惜几个男人重孝裹身，长跪不起，一个老妇人手抚棺材号啕大哭，似有心碎欲裂之势，看样子确系麻子的近亲。

听到的声音，看到的现象，没有任何破绽，钱小手放心了。他对麻子的身世不了解，有几个近亲很正常。

钱小手离开灵棚，虚空老和尚做了一个手势，梵呗乐再次响起，众和尚开诵《心经》

“……以无所得故，菩提萨埵，依般若波罗蜜多故，心无挂碍，无挂无故……”

这时，又听到女人凄惨悲切的哭灵声：“我的那亲人，你放心走好……”

开饭时间到了，法事停止，虚空老和尚从怀里掏出一把捆扎整齐还未拆封的黄香，这是一种寺庙里专门在大雄宝殿点燃的檀香，稀缺而且珍贵，老和尚点燃檀香单膝着地插入香炉，起身之际，双目微闭双手合十：“阿弥陀佛，亡魂升天，该走皆走，功德圆满。”

第二十五章

接到鬼旋风传递的情报，晋西北工委立即决定，联系大青山抗日武装解放关河县城，集中部分县区地方游击队，消灭大营堡的伪军汉奸，两场战斗同时打响，使敌人首尾不能相顾。

听说要消灭大营堡的敌人，白云坚决要求参加战斗，但是被徐主任拒绝了，原因很简单，钱花眼认识白云。

就在徐主任精心挑选先期入堡参加麻子“葬礼”的人员时，一个身穿孝服的女人没喊报告就闯了进来，徐主任很是惊奇。待来人撩起遮着大半个脸庞的面纱之后，徐主任仔细端详了好一会儿才辨认出来，是白云。不愧是演艺界出身，白云的化妆技术很高，仿佛一夜之间时光就往前疾走了三十年，一个水灵白嫩、年轻漂亮的八路军女战士，一下子就变成一位年过半百，邋里邋遢的老妇人。

“徐主任，钱花眼还能认出我来吗？”白云将面纱撩起来掖在孝帽子上。

“看来你是决心要参加这次行动了，正好有一个任务交给你比较合适，不过一定要注意安全。进入大营堡直奔王记杂货铺和杨立志同志接头，接头暗语是，老板，有烧纸吗？如果他那里一切顺利，他的回答是，对不起，所有的纸都让老总们买完了。你即放心去侦缉队大院，和虚空大师接头，想办法告诉他一切顺利，按计划进行。如果情况有变，杨立志同志会说，有，要几刀？你马上答，我去问一下管事的，然后迅速脱身离开大营堡。”徐主任给白云分配完任务又特别强调，“你的任务就这些，接下来的战斗你不必参加。”

“是！”白云高兴地想行一个军礼，手举到中途忽然意识到自己的打扮，只得放下右臂，冲着徐主任眨眼咧嘴扮了一个鬼脸，“一定服从命令听指挥。”

不出徐主任所料，白云一行进入大营堡的过程很顺利，站岗的皇协军看到他们的装束，没做任何盘查。

白云与虚空老和尚相识于学习期间，八路军在开辟了晋西北抗日根据地之后，即以延安的中国人民抗日军政大学为榜样，创办了一所培养党政军革命干部的学校——晋绥二中，校址就选在幽雅安静的海潮禅寺。

海潮禅寺位于大河县境内，背靠凤凰山面对涧沟河，依山傍水顺势而建，南低北高，环境幽雅，历代住持都是得道高僧，是晋西北地区名气较高、规模较大的佛教丛林之一，其信徒遍布晋西北、陕北、内蒙古中西部地区。可惜由于战乱，原本香火很旺的庙宇冷落下来，僧人是人不是神，布施少了难糊口，大部分僧人不得不辗转漂流别处，一座佛教圣地不久就门可罗雀，空出的许多禅房正好作了晋绥二中的临时校舍。

就像干燥的海绵忽然投入水中，白云抓紧一切时间如饥似渴地吸收着新鲜知识，然而培训的时间太短暂了，眨眼间就到了结业的日子。离校前学习班给学员留出一天自由活动时间，白云相随几个外地学员趁机浏览了一下这座庙宇。

尽管海潮禅寺与白云的村庄相距不远，可是她还从没有来过，刚懂事就学戏，唱红后又忙得脚不沾地，生活中遇到挫折后又心灰意冷，实在没有那份闲情逸致，重生不久就参加了抗战工作，新的生活彻底改变了她的心境，趁着这次学习的机会，也就有了兴趣顺便浏览一下这座深山古刹。

善男信女特别少，游人更是没一个，只有校部所在的西院那边偶尔有人进出，整座庙宇寂静中显得有点荒凉，尽管如此，仅有的几位僧人还是晨钟暮鼓打坐诵经一丝不苟。

白云和几位学员踏着台阶从山门入正殿，山门两侧有一副楹联：

寺院有尘清风扫

山门无锁白云封

一位学员笑着说："白云同志，你在这里就是守山门的一把大锁。"

"很好，等革命胜利了，我就来这里当尼姑，专司看山门之职。"

原有的文化基础，再加上培训学习等日常生活中的耳濡目染，白云的言辞少了许多本地土话，增加了不少新词句。

"那还不把马大鞭憋死。"另一位熟悉白云身世的本地学员接口道。

"他也可以来这里出家当和尚，法号我已想好了，就叫清风，专门打扫寺院，姑子配和尚，一模一合相。"

"和尚可是禁止娶老婆的。"

几个学员一递一句开着漫无边际的玩笑。

“不许乱嘴调舌，我们是在佛教圣地。”男人们兴致来了就会口无遮拦，白云想生气又不好意思，怕他们把玩笑开得没边没沿，就用这个办法阻止他们。

尽管八路军里一直教育大家不要迷信，但是在这种肃穆庄严的佛教场所，白云的这句话很管用，把几位学员肆无忌惮的玩笑压了下去。

谁知就是这几句无意间的玩笑话，竟然一语成谶，在以后的岁月里，白云和铁牛栓还真的在寺庙里度过一段特殊的时日。

年轻人腿脚利索，不多久几位学员就把整座寺庙浏览了一遍，其他几位学员因为还有事情就回宿舍去了。

白云精力旺盛，心情很好，还想继续转悠下去，她很奇怪，虽然每天准时听到晨钟暮鼓声，但就是没碰见一个和尚。这时一股檀香味从偏殿旁边的一间房子里飘出来，白云顺着香味来到门前，是方丈室，门两边也有一副楹联：

一粒米檀信口中分出

半瓢水行人肩上挑来

门半掩半开，好奇心驱使白云向里面张望，一位老和尚双手合十闭目打坐，香炉里，三炷黄香轻烟袅袅，从门缝中飘出的檀香味更加浓烈，沁心入肺。一看老和尚正在打坐，白云转身就要离去，不料却传出老和尚的话音：“阿弥陀佛，不期而遇是天意，不辞而别是有意。”

“俗人不懂规矩，打扰师傅了。”知道自己惊动了老和尚，白云只得轻轻推门而入表示歉意。

“我佛慈悲，见面即缘，没有打扰之说，女施主应该是这一期的学员了。”

老和尚一脸慈祥，白云顿时觉得心底坦然了许多。

“对，我们学习即将结束，趁今天休息的机会，我浏览一下寺庙，同时参拜佛祖。”

“阿弥陀佛，有心参佛即为佛，心中有佛四面皆佛，女施主是一个心存善念之人。”

“根生土长的穷苦百姓，善良为人是咱的本性。”

“听口音女施主是本地人。”

“对，卧柳林的。”

“女施主看庙拜佛后有何感受？”

“俗人头发长见识短，不敢妄言。”

“无知者无罪，有想法但说不妨，佛祖不会怪罪。”

几句话聊过，白云没有了刚进屋时候的拘谨。

“有一点疑惑，前殿两侧长廊上有许多壁画，都是观音菩萨救苦救难的。正殿两侧韦陀、伽蓝二位护法菩萨的脚下还踩着各种妖魔鬼怪，可是眼下人世间的妖魔鬼怪欺负得我们没法活了，小鬼子践踏我国土，残害我同胞，使我民不聊生，生灵涂炭，这一切佛祖是看不到还是根本就没有佛祖这一说。如果真有佛祖，观音菩萨救苦救难的本性咋就不能显现一下呢？”

“阿弥陀佛，女施主问得好，这也应该是当下心存善念之人的普遍疑惑。”老和尚稍微沉思了一下，然后缓慢地说道：“善恶到头终有报，只争来早与来迟。”

“那就应该早点报应才对，”白云心直口快，“我们可是等不及了。”

“阿弥陀佛，恶不积不足以灭自身，世间一切皆有定数。”老和尚轻语慢言侃侃而谈，“观音菩萨救苦救难是必然，世道轮回古往今来有谁能够幸免。不过想要人救，必先自救，我们现在进行的全民抗战就是自救的一种行为。佛祖慈悲，普度众生，对作恶之人也是要普渡的，只不过普度的方式不同，你看到韦陀、伽蓝二位护法菩萨脚踩恶魔，其实他俩也是在普度众生，他俩是用特别的方法普度那些特别的众生。”

白云忽而有所感悟。

“我该怎么称呼师傅？”临别时白云问道。

“叫我虚空和尚即可。”

就这样白云认识了虚空老和尚。

从此白云牢牢记住一句话，想要人救必先自救。

白云从进入大营堡和杨立志接了头，立即直奔侦缉队的院子，她还得告诉虚空大师，一切顺利，按计划进行。

进入侦缉队院子，白云一眼就认出了做法事的虚空大师，正准备接头，钱花眼又出现了，急中生智，想起了家乡一带女人的哭灵……

虚空和尚原来在五台山龙泉寺出家当住持，中日全面战争爆发的第二年——

一九三八年四月，他和五台山众僧人一起加入了“五台山佛教救国同盟会”，并与成宣、慈音等僧人组建了抗日自卫队。为了沟通晋东北与晋西北抗日根据地的联络，他离开龙泉寺入住海潮庵，他的身份只有徐主任一人知道。

小鬼子二次侵占关河县城，给晋西北抗日根据地打入一个楔子。卧榻之侧，毒瘤必须除掉，接到鬼旋风传递的情报后，徐主任立即和晋绥军区领导取得联系，并制定了解放关河县城的作战计划。在得知大营堡的汉奸要为麻子举行法事的消息，徐主任又亲自去了一趟海潮禅寺。

虚空和尚进入侦缉队院子，微睁双目仔细观察了一下四周的情况。菩萨保佑，天赐良机，大半个院子摆放的都是哄鬼的纸制品。此外还有一个情况也引起他的注意，一排窑洞都有伪军汉奸进出，只有靠西边的一间窑洞门窗厚实，一把生铁大锁坚固地守卫着紧闭的木门。

一切收入眼底，虚空和尚心中有数了，他吩咐手下的僧人，将原来杂乱无章摆放的纸扎，按照传统习俗各归其位。金银斗子放棺材两侧，引魂幡子放在棺盖上面，打路二鬼引路菩萨安置在灵棚两侧，面西站立，最大的阴宅移放到一排窑洞的西边，阴宅的院子里安放了那棵枝繁叶茂的摇钱树，树枝上串串纸钱迎风颤动，金银元宝光彩耀眼。其他纸扎间隔距离匀称放置，一时间整个侦缉队大院被花红柳绿的纸扎点缀得煞是好看。

按照老和尚的吩咐摆放好纸扎，几位僧人心里暗骂，狗日的，这要浪费多少好纸啊！

突然烧起来的大火，把正在喝酒吃肉的一帮子皇协军和侦缉队员惊得目瞪口呆，也给了钱小手一个措手不及，当他醒悟过来的时候已经迟了，高大的灵棚、间距不远而又堆放如山的纸扎，都是易燃之物，火势来得凶猛迅速。烈火狂风亲兄弟，火借风势，风助火威，眨眼间，侦缉队的大院就淹没在一片火海之中。火大胁人宽，正在喝酒吃肉的皇协军与侦缉队员被烈焰与热浪挡在窑洞里出不来了。多亏钱小手动作敏捷，他顺手拽过一床棉被浇上水，顶在头上蹿出院子吆喝了几声，可惜手下的可用兵力没有一个，有机会能走动的人只有抱头鼠窜逃命的份儿，哪里还能顾得上他的命令，那个被僧人挪动过位置，又因自己特别关照而糊裱得又高又大的阴宅燃烧正旺，一股股猩红的火舌在大风的催促下正在吞噬着存放弹药窑洞的窗户。一瞬间钱小手明白了，八路的计划环环相扣，天衣无缝，再不逃跑，等到弹药被引燃，他也只剩下追随麻子而去的一条路了。事已至此，钱小手只能是二八月过黄河——各人看各人的渡口了。

堡门上的岗哨被杨立志几个人解决之后，八路军地方武装进入大营堡简直如入无人之境，没有遇到一次有组织的抵抗，远远地就看到了侦缉队的院子里浓烟滚滚……

法事完毕，在一个侦缉队员的引领下，和尚道士们来到吃素斋的地方，就在侦缉队员将要离开之际，虚空和尚却喊住他，“不用急着回去了，酒肉是穿肠的毒药，能躲过是你的造化。”接着双手合十自言自语，“阿弥陀佛，我佛慈悲，关爱世间众生，佛度有缘之人。”

侦缉队员对虚空和尚的话迷惑不解，愣了一会儿还是迈步出门，他实在抵挡不住那肥酒大肉的诱惑。

“生死一线之隔，迈出一步万丈深渊，退回一步海阔天空。该死则死，该生则生，是死是生，全在心底一念之间。”就在那个侦缉队员即将跨出门槛之际，虚空和尚再次双手合十自言自语，“救人一命胜造七级浮屠，阿弥陀佛。”

得道高僧，方外之人，言语间几次夹带着生与死的话题，这就不得不让俗人心里发怵了。那个侦缉队员终于有点胆怯，迈出门槛的一只脚收了回来，原地站着不知所措。

就在这时，从侦缉队院子那边传来嘈杂的呼喊声，紧接着就是闷雷般的爆炸声连续不断，震得窗户纸簌簌颤抖，窑洞里的陈年灰尘雪花般飘飘洒洒飞飞扬扬，窑洞内的人从头到脚都受到它的亲切抚摸，准备好的饭菜落了一层薄薄的灰尘。

被爆炸声惊醒悟的那个侦缉队员，顾不得灰头土脸的模样，转身对着虚空和尚就跪下了，“再世活佛受我一拜，救命之恩永世不忘，我今生今世愿随老人家吃斋念佛。”

“与我无关，是你自己救了自己，因为你今生还未作恶造孽。”

麻子三板信走得并不孤单，陪葬的物品除去满院子化成灰烬的纸扎之外，还增加了几十个汉奸伪军的躯体。

菊地修一返回关河据点刚刚坐定，大青山的抗日游击队在姚司令员的率领下把关河县城包围了，给三岔口发出的求援电报也石沉大海，激烈的交战之后眼看着即将全军覆没，菊地修一不得不留下几十具同胞的尸体弃城而逃。

八路军二次解放了关河县城。

战斗取得了完美的胜利，可是打扫大营堡战场的时候始终没有发现钱花眼的尸体，此外，足够装备一个连队的武器弹药全部化为灰烬，也令徐主任心疼不已。

这时杨立志回到大院，身后跟着一个皇协军。

“钱花眼跑了。”杨立志遗憾地说。

没有任何犹豫，逃出大营堡的钱小手第一反应就是向关河县城飞奔。那里有他的主子，那里有他的坚强后盾，狗不仗“狗”势绝对没有狼的凶猛彪悍，更何况还是一条丧家之狗。

当瞭见关河县城墙的时候，钱小手突然停住了脚步，城楼上往日威风凛凛迎风飘扬的日军军旗不见了，狡猾的钱小手感觉到异常，凭着日常对日军的细心观察，日军绝对不会出现如此的疏忽大意。

钱小手不敢贸然进城了，他觉得情况有变，他选择一处低洼地方隐蔽起来，一来观察情况，二来趁机喘息一会儿。他趴在地上使劲揉了一下花眼眼，目不转睛地盯着城门，没过多久，从城里出来两人两骑，一前一后向大营堡方向疾驰而去，待两骑从眼前掠过之后，钱小手刚刚平稳下来的心脏又剧烈地跳动起来，是八路！好危险，要不是自己心细如丝差点就自投罗网了，八路军已经占领了县城。

关河县城墙高大，日军的据点又坚如磐石，再加上能征惯战的大日本帝国武士，能拿下日军据点的队伍绝非是地方上的土八路，肯定是八路的正规军，而且还应该是拥有重武器的正规军，兵力也应该占据着绝对的优势。奇怪，哪里来的八路正规军呢？钱小手的脑子快速地转动开了。那匹雪白的高头大洋马是菊地修一的坐骑，现在已经在八路军的胯下飞驰，显然菊地太君魂归故乡了。一想到菊地太君命丧黄泉，钱小手就揪心般疼痛，好似正吃奶的毛娃子死了亲娘，他强压下内心的悲痛继续思索。另一匹毛色混杂又低又矮的是蒙古马，对蒙古马钱小手是再熟悉不过了，钱小手根据马匹判断，是大青山的八路队伍开过来了。

应该说钱小手的判断还是准确的，拿下关河县城日军据点的部队确实是大青山游击队，不过人数没有他想象得那么多，也没有多少重武器。

钱小手从军事角度出发什么都想到了，就是没想到民心。

钱小手望着消失在视野里的两匹战马，点燃一支香烟，平静了一下心情，继续思考起来。本来自己的梦想已经实现了一多半，侦缉队长的帽子菊地太君已经给自己戴在头上，而且还把指挥皇协军的权力也交到自己手上，尽管这号称一个连的皇协军兵力不足五十号，而且还全是些人痞子，但是凭着自己的能耐，用不了多久，发展一个营甚至一个团，也就是迟与早的事情，中国人里面想姓“皇”的人有的是，到那时，自己不是个“皇”团长也是个“皇”营长。谁知正在自己走上午运的时候，一场大火不但把侦缉队长的帽子烧掉，而且大多数皇协军和侦缉队员也被大火招呼着紧跟麻子走了。他突然间就有点羡慕麻子，麻子到了阴曹地府手底下还有一帮人马，还可以前呼后拥地风光，还可以衣来伸手饭来张口地享受“鬼生”，自己却一下子成了一个光杆司令，而这一切又全都是那帮土八路造成的。一想到八路，钱小手就恨得咬牙切齿，这帮鬼八路，表面上看，也都是一些皮包骨头肉身子人，可是脑子怎么就和正常人的想法不一样呢？天堂有路不去走，地狱无门偏要寻，一眼就能看明白的事情，只要跟着日军，作威作福，花天酒地，扶红依绿，随心所欲，巧取豪夺……哎呀！放着这么好的日子不过，怎么就老是拼上性命和皇军作对呢，这不是专门拿着鸡蛋打碌碡嘛，这不是专门头顶铧子往地里钻嘛！钱小手左盘右算找不到答案，最后只能认为，八路军一个个都是猪脑子，不是猪脑子的人也是脑袋被驴踢过了。

回想了一下那两匹奔驰的战马，一匹是菊地太君的坐骑，一匹是八路军的胯下之物，一个洋，一个土，一个高大健壮，一个矮小瘦弱，在他的心里，仅凭这一点就作出一个自认为是非常正确的判断——谁是最后的胜利者。

皇军“暂时”是失败了，眼下这一带全成了八路军的天下，暂时没有自己的立足之地了。

钱小手一直以“暂时”作为计算时间的长度来思考着自己的前途。

思维得出了结论，结论指引着行动，他还要继续寻找靠山，他想起了一个非常好的去处——日军位于三岔口的据点。

第二十六章

晚饭后徐主任有一阵空闲，石瞎子就和徐主任闲聊。

“徐主任，你心里压着一块石头！”

“嗯，好眼力，一眼就看出来了。”已经成了朋友，徐主任顺嘴就开了一个玩笑。

“关河县与我们近在咫尺，小鬼子埋活人的兽行更加激发了人们抵抗的决心，这个时候动手最合适。”

“这群野兽不消灭，我寝食不安。”一说到这个话题，徐主任咬牙切齿，“可是我们现有的力量消灭部分汉奸伪军可以，打小鬼子的据点肯定不行。”

“我倒是有一个办法，咱两只牛角同时拔，让狗日的首尾不能相顾。”

“你是说大营堡与关河县城一起打？”

石瞎子点头，徐主任摇头。

“只要有一部分兵力把关河的小鬼子围住出不来就行，”石瞎子慢条斯理地说，“咱们与大青山游击队距离不远，可否请他们支援一下？”

“这倒是个办法。”徐主任一下子又来了信心。

“我还有个主意，如果能够顺利实施，小鬼子的阳寿也就到了。要不是狗日的太残忍，我是不愿使用的。”

“还有比埋活人更损阴德的事吗！快说你的办法。”徐主任更加迫不及待。

“我在道上时得到一个秘方……”

就在这时，门外一声报告打断了话题，鬼旋风在一位侦察员的带领下推门而入。

徐主任看罢情报，侦察员又说出一个消息，前几天被杨立志击毙的是麻子三板信，是钱花眼捉了一个替死鬼。

一听钱花眼还活着，徐主任一下从炕上跳到地下，他永远忘不掉雨田战友牺牲后的惨状——那颗被钱花眼亲手挂在关河城墙上的头颅。

侦察员还补充了一条消息，张王李赵六腊月，乱家百姓三九月，九月是麻子的忌月，不能下葬，必须等到十月，钱花眼就用这一段时间筹备着给麻子大办丧事，还要请和尚道士做法事。

这一消息令徐主任和石瞎子三只眼睛同时闪出了亮光。

……

鬼旋风归队后，黄团长忽然把任运通和王光明叫到一起。

“我分析八路军接到情报肯定要动手，”黄团长命令任运通，“你带一个连的骑兵，南渡黄河，向晋西北一带侦察前进，同时可以相机配合八路军，他们装备太差，端鬼子的关河据点绝非易事。”转头又对王光明说，“通知铁牛栓，让他也随骑兵连一起走，不过不是参加战斗，回家乡替我看望一下二位老哥。”徐主任拿出两支肉苁蓉包好递给王光明。

王光明立即派人把骑兵连的行动传往根据地，并且特别提醒，国民革命军这次行动带有配合八路军的任务，双方切莫发生误会，要时刻与任运通保持联络。

任运通带着骑兵连直奔关河县，他心里暗暗祈盼着能够赶上这次机会，助自己人一臂之力。

接到命令的铁牛栓更高兴，他将大马鞭准备好，腰间插了一支短枪，又换了一身便衣——只要离开军营，铁牛栓就不喜欢穿军装。

杨立志布置的线人很好使，情报传递特别快，任运通一入关河县境，就和线人联系上了，领受的任务是迅速赶到关河县城，听姚司令统一指挥。

钱小手心急火燎向三岔口疾走，三岔口日军的据点壁垒森严，兵强马壮，借他八路十个胆子也不敢在老虎嘴里拔牙，只要能进入据点，凭着自己对日军的忠心，凭着自己一心一意要姓“皇”的决心，不愁东山再起。

对美好前景的渴望，使得钱小手越走越有信心，两条短腿绕动得更欢了。

疾走两天，眼看着离三岔口不远，钱小手的心一下子放入肚子，好像自己已经姓了“皇”，已经踏上天皇陛下的国土，尽管天寒地冻，但他的内心却有一股暖流涌遍全身。他拣一处背风向阳的地方坐下来，他要好好休息一下，恢复一下体力，整理一下外表，他要以一个全新的姿态出现在新主子面前。

刚刚点燃一根香烟，还没抽到半截，就听见有密集的马蹄声由远而近，钱小手心里一阵高兴，肯定是日军的骑兵在巡逻或者是清剿。他起身大步跨到路边，提前往面部调动了一脸笑容，摆好弯腰鞠躬的姿势，准备迎接他的新主子。

出乎预料，判断失误，来的不是自己日思夜盼的亲人——日军，而是自己的敌人——国民革命军骑兵。

人忙无智的古话对钱小手就很不适用，他是越急越忙越有智慧，他手忙脚乱解开裤带褪下裤子蹲在路旁，露出的屁股在冬日的旷野里尽情地接受着寒风的抚摸，没有残废的左手迅速撬入怀中，食指紧扣扳机，时刻做好出枪射击的准备。尽管冰冷的盒子枪硌得他腹部很疼，但他还是咬牙坚持着。他这个姿势用土匪的话说是光棍汉买草驴（方言，母驴）——一使两用，有机可乘时猛虎扑食很得力，形势不利时一个就地十八滚，逃命方便。不巧的是，现在碰到了国民革命军骑兵，而且又近在咫尺，两个法子都用不上，他不得不褪下裤子，盼着能够蒙混过关。

看见路旁有人蹲着拉屎，任运通很自然地勒住坐骑打问情况，“老乡，最近这一带有小鬼子出现吗？”

没有任何反应，以为是没有听清，另一个士兵又提高嗓门大声问了一遍，“近几天见过小鬼子没有？”

老乡脸憋得通红，只摇头不说话，原来是个哑巴。

既然大天白日当地老乡还敢外出，那么小鬼子肯定是在据点里龟缩着。

任运通率骑兵连直插关河县城。

国民革命军一走，钱小手长长地喘出一口气，裤子也没揪，一屁股蹲在地上。

自从菊地修一的“现场教育课”之后，这里的“病夫”果然听话多了，只要碰见日军就满脸带笑，不鞠躬不走开，日军指东他们不敢向西，街面上几家零星店铺在日军的枪刺“劝说”下继续开门营业，而且对日军免费开放，彰显着“共建共荣”的和谐气氛，尤其是那个传统小吃“老王温粉店”，专为日军服务。

菊地修一不允许手下在街上的店铺随便用餐，倒不是非常体恤中国人，他考虑的是安全，他时刻提防着中国人。

那天，商会会长决定请日军品尝一下当地的传统小吃——温粉，因为店里新来了一名厨师。

开饭前，菊地修一监督商会会长将所有的饭菜尝了一遍，很好，放心了。

中国的风味小吃名不虚传，完全可以和日本的料理相媲美，温粉仅仅是一道主菜，其他各种菜食不下十几种。世界名酒博览会的品酒专家绝对独具慧眼，日本清酒根本不能和陈年汾酒相提并论，这对常年吃着战时配给粮的日军来说确实是美味佳肴，皇军个个吃得满嘴流油。

打那以后，皇军隔三岔五就要来这个店里解馋，慢慢地，菊地修一也就默许了，只要安全能够保障，他们外出吃点喝点，包括找花姑娘发泄一下也是应该的，兵营里生活太枯燥，因为位置偏远兵员又不达要求，所以连配发“慰安妇”的资格也没有。

果然是名副其实的大厨，尽管是个年过半百又仅有一只眼的老人，可饭菜却越做越香，越做越合日军的口味，三四十个日军竟然有多一半每天至少要吃一次，过了不久，几乎就是人人都想去吃，士兵们进去前灰头土脸无精打采，用餐后满面红光神采奕奕，能得到中国人这么忠心的伺候，菊地修一也高兴。还是现场教育效果大，看来，对那些冥顽不化坚持和日军作对的中国人，只要日军多教育他们几次，他们也会回心转意的。其实日军很仁慈，剥皮挑筋、活埋砍头、开膛破肚那些做法都是不得已采取的教育手段，最终使他们彻底归顺大日本帝国才是目的。到现在，他对城墙以内的治安放心了。既然你土八路在乡村给我制造麻烦，破坏交通，坚壁清野，搞得我大日本军补给困难，那我就在城墙以内用中国人的食物弥补这个不足，吆西，天佑我军!

这天菊地修一闲着无事，快晌午的时候他也想换一下胃口，他带着两名随从溜达到街上，快到小店门口还闻不到饭菜香味，进了门也看不到往日那种热气腾腾的场面，小店内灰塌塌地，一个大厨两个跑堂小伙计都懒洋洋地坐在桌子边，每人嘴里含着一杆旱烟袋，看见太君进来大厨首先起身，勉强睁大一只眼睛弯腰鞠躬："太君好。"

“这个？”菊地修一转着眼珠横扫了一圈。

“太君，小店原料缺乏，开不下去了。”大厨很精明，一眼就看穿了他的心思，接着就向他诉苦：

初期，小吃店的原料都是在城里购买，由于日军吃饭的次数和人数不断增加，原料需要量大增，虽然城内日军治理有方，市场秩序井然，可惜卖方无物可卖，买方无钱可买，再加上城外八路的骚扰，阻断进货渠道，慢慢地，市场也就成了名存实亡的空壳子。

“你的，可有办法？”

“办法倒是有，我可以隔几天出城到老军营或者大营堡采买一次。不过由于我是伺候皇军，土八路肯定不把我当‘人’看待，所以我不敢独自一人外出，如果太君能派两个皇军和我一起行动，我就可以继续让皇军吃饱喝好，不知……”

“吆西，这个方便。”菊地修一对这个小吃店彻底放心了，原来还怕他们出城给八路通风报信，现在看来自己的顾虑是多余的，这个瞎眼厨师还主动提出要皇军跟随保护，这说明他已经是真心实意地伺候皇军了，没想到这个厨师眼不亮心很明，皇军可以和他交朋友。

从此，小吃店里的厨师就坐着日军的摩托车，隔三岔五往来穿梭于老军营和大营堡之间，有日军的护送，有电驴子开路，好不威风。

这个大厨果然不负日军的厚望，他挑拣原料特别仔细，他采买的原料新鲜优质，他不但使劲压价，有时候还当着日军的面，把一个专门给他供肉的老农骂得狗血淋头，其他人敢怒不敢言，只得在心里暗骂，小鬼子哪里访查到这么一条老不死的瞎眼狗，真是“狗仗狗势”。

瞎眼厨师越来越狗仗狗势了，那天看中一条又肥又嫩的山羯羊后腿，给出的价格居然不及一条干母羊前腿，惹得卖肉的老农怒目圆睁，差点和他厮打起来，最终在日军枪刺的“劝说”下，卖肉老农不得不作出让步，但还是低声嘟囔了一句：“一顿吃上赶死个。”

瞎眼厨师听了此话不但没有生气，居然还露出满意的笑容。

午饭过后不久，所有在饭店用过餐的皇军忽然开始腹泻，据点里仅有的几个便坑先还很文明地轮流使用，没过多久就排起了长队，接着就有等不及的皇军在据点院子里方便开了。一人带头其他人紧跟，不一会儿，满院子就屎尿横流，臭气熏天。关河城里十几只骨瘦如柴的流浪狗，就像听到集合号声，一齐向据点涌来，跑在前面的还可以连土带圪渣舔上几口，跑在后面的就只能搐着狗鼻子、睁着狗眼睛，紧紧地盯着皇军的屁股，渴望着皇军还能再为它们生产一点果腹之物。可惜皇军的肚子里也没有多少内容了，好汉架不住三泡稀屎，更何况每人已经屙了不止三泡。此时的日军只剩下一种感觉，腿软腹痛，腰软肚瘪，只愿意蹲不想站，因为蹲下比站着舒服得多。

当菊地修一意识到危险时已经迟了，派去捉拿瞎眼大厨的人无功而返，他下令皇协军立即集合压到城墙上，进入一级战备，刚刚布防完毕就传来激烈的枪炮声，接着就是激越的冲锋号，还夹杂着呐喊声。

菊地修一的军事造诣绝非浪得虚名，他立即就判断清楚攻城的队伍绝不是土八路，而且兵力数倍于己。

与大营堡联系，电话不通，菊地修一明白，钱小手的处境比自己更差。他急速地思考着，凭数次和八路交手的经验，他明白八路这次是集中优势兵力攻城，而且是志在必得，靠那帮混饭吃的皇协军，要想阻挡八路的进攻没有任何可能，枪炮声越来越激烈，城破在即，他只得向三岔口据点发电报求援，他计算了一下时间，只要这里能坚持四五个小时，三岔口的援军就会到达。

求援电报刚刚发出，南城门那边就传来惊天动地的爆破声，显然南门已经被八路攻破了。菊地修一环顾四周，身边只有报务员和两名随从，没办法，这几个人也得顶上去。

当西门的爆炸声传来之后，菊地修一彻底绝望了，他无奈地跨上坐骑，向着还没有枪声的东门疾驰而去。

国民革命军骑兵旋风般走远，钱小手彻底安全了，他起身系好裤子，准备向着那个伟大的目的地继续前行，刚一迈步，忽然就觉得浑身的骨头被抽掉，整个躯体瘫软无力，骨髓里也好像注入三九天的黄河水，接着就是一阵一阵的寒战，上下牙齿捉对儿打架，他勉强挪动身子往前走了几步，靠住一条地埂稍做喘息，想点燃一支烟镇静一下，可是颤抖的双手反复了几次才从口袋里将烟掏出来，勉强含到嘴上却怎么也划不着火柴。这时忽而又全身发热，血液变成了开水，整个躯体像被架在炭火上烤灼，嗓子眼里仿佛有一只大手要把舌头拽回肚子里，此时此刻，如果有人对着他的嘴撒一泡尿，那也绝对是他的再生父母、救命恩人。

钱小手明白，自己患了伤寒症。

伤寒，在晋西北一带乡村叫“出水难过”，这种病染上后对体力消耗特别大，所以乡间一直有出水难过不好治，一月之内难下地的说法。

钱小手深知在这荒山野地里，自己绝难熬过今夜，不被冻死也会成为野狼野狗的美食，他不能这样坐以待毙，他必须找一处有人烟的地方，他趁寒热间隙的瞬间，大概估摸了一下方向，拼着全身力气向前爬去……

一过黄河，铁牛栓就和骑兵连分手，回到卧柳林，没见到要见的人。爹告诉他，石师傅出门一月有余，前几天徐主任也带着手下出发了，听说要解放大营堡。铁牛栓放下东西，翻身上马直奔大营堡。

正在奔跑的枣红马忽然放慢脚步，昂头搐鼻子“咴咴”叫起来，铁牛栓明白，它发现了同类。放眼四望，果然有一匹白马疾驰而来，奇怪的是，眼看着就要相逢了，那匹马却拐上一条小路，显然，马上的人有意躲避自己，铁牛栓没有任何犹豫，立即驱马追上去。前边的人频频回头看的同时拼命催促坐骑，铁牛栓就更觉得不对劲了，他提了一下嚼口，伏下腰身，双腿一磕马肚，枣红马“忒儿”一声喷了一个响鼻，抿耳杀腰四蹄乱翻，箭一般射了出去。距离在急速缩短，待看清楚马上的人铁牛栓有点奇怪，是小鬼子，与此同时，再次四下一扫，目力所及只有这一人一骑，铁牛栓乐了，又一个送上门的“干货”。

铁牛栓左手提缰右手紧握马鞭，双眼紧盯着前面，估摸着两匹马的距离，他没有用枪，他想抓活的。

眼看就要接近大鞭的击打范围了，不料小鬼子回手就是一枪，铁牛栓的耳梢倏地一热，枪声尖利震得耳窝生疼。他吃了一惊，颠簸的马上，侧身甩手搂扳机，子弹竟能擦着耳朵飞过。好枪法！铁牛栓吃惊之余心里赞叹。

铁牛栓不敢大意了，他一脚离蹬，身体偏挂马侧，来了一个镫里藏身，枣红马立即明白了主人的意图——需要二马并驾齐驱。它迅速仄身从斜刺里往前急驰，不料小鬼子很狡猾，骑术并不比铁牛栓差，发觉铁牛栓的意图，也用同样的方法。就这样两人之间隔着两匹战马并排向前飞驰，相互都在瞅机会等待对方露出破绽。荒凉的原野上，看不见骑手的两匹马齐头并进，八蹄乱翻，尘土飞溅，黄雾弥漫。此时此刻，四条生命比赛的是力气，较量的是毅力。洋种大白马的体力一点也不比枣红马差，一时很难分出胜负，铁牛栓就有点舍不得伤害它了。

奔跑之间一棵枯树迎面而来，为了躲避树桩，两匹马各自向外拐了一下，相互的间隔拉开了。好机会！铁牛栓迅速扳鞍正身手臂一挥，鞭梢准确地横扫大白马的腹部，大白马的肚带被铜钱的利刃齐刷刷地割断，偏跨一侧毫无防备的小鬼子仰面朝天重重跌落在地，同时还带着鞍鞯随着惯性往前漂移了十几步。正在飞驰的战马突然没了负重又鞍鞯脱落，躯体差点失去平衡，惊吓之际尾巴一甩一声嘶鸣，不顾主人的死活，掉头就向关河县城的方向跑去，眨眼间即跑得无影无踪。

不愧是训练有素的日本武士，菊地修一身子落地不到两三秒钟就鲤鱼打挺站立起来，随即就是数弹连发，还好，不断移动的目标，再加上腾起的团团尘土，影响了命中率，子弹擦着头皮啾啾飞过，给铁牛栓留下反击的机会。

铁牛栓圈马回身再次挥鞭，小鬼子的王八盒子就飞走了。

菊地修一愣了，踏入这个国家以来，大小战斗经历过无数次，与国民政府军死打硬拼、与八路正规部队玩命纠缠，那都是枪炮横飞、刺刀见红的拼搏，冷兵器只在与土八路交手时见过一两次，那都是一些抬杆鸟枪、大刀长矛之类的“劣等民族”使用的武器，像这种形似马鞭却又比马鞭粗长好几倍的冷兵器还是第一次见、第一次领教，可就是这第一次的领教就吃了苦头——手中的盒子枪不翼而飞了。

菊地修一并不惊慌，他看到的对手又是一个土八路，尽管盒子枪飞走了，可自己还有锋利的战刀。他在心里盘算着怎样诱使这个土八路由骑兵变为步兵，他清楚，战刀对骑在高头大马上的敌人没有优势。不料还没等他想好主意，土八路竟然自己从马背上跳下来，菊地修一有点疑惑，他不敢贸然出手，他摸不透这个土八路要要什么奇特招数。

铁牛栓把小鬼子的王八盒子扫掉后就不着急了，他跳下马往前走了几步，将小鬼子时刻置于马鞭的击打范围，然后开始认真观察对方。狗日的，都是些矬子，全都长着两条罗圈腿，这身架以及那拿刀的姿势，咋就和五原城里的那匹“荒狼”一模一样呢？他忽然童心萌发，他想在活捉“狼”之前戏要一下“狼”，他还想起自己丢掉的那把军刀，这一次他必须将“狼”与军刀一起交给黄团长。

此时的菊地修一却很着急，他急于消灭了眼前的土八路逃命，他担心攻进城里的八路再追上来，虽然自己的坐骑跑了，但这个土八路的坐骑还在，而且一眼就看得出来，这也是一匹难得的好马，和自己的坐骑相比毫不逊色。

菊地修一双眼紧盯铁牛栓，双手紧握战刀，双脚慢慢地向前挪移。他用目光吸引着对方的注意力，企图使双方的距离在不知不觉中缩短，只要达到战刀的砍杀范围那就吆西又吆西了。

铁牛栓一眼就看穿小鬼子的意图，他心里乐开了花，这个小把戏老子打狼的时候经常用，他双眼眯缝，半睁半闭，一脸呆相站立不动。

看到土八路这个样子，菊地修一也在暗自高兴，刚才还有一点身临险境的感觉，忽然间就消失得无影无踪了，紧张的心情立马松弛下来，果然又是一头蠢猪，不，是蠢驴。

自从菊地修一吃过驴肉之后，“东亚病夫”的形象在他的眼里又“高大”了一点。

眼看着距离在不断缩短，再挪两三步军刀就够得上了，可是对手竟毫无知觉，不躲不闪也不做任何准备，搏杀不对等，对手不匹配，菊地修一甚至有点扫兴。

距离够了，菊地修一双手握刀平地跃起，对准铁牛栓的头顶恶狠狠地劈下来。

菊地修一清楚，要想一刀劈杀这么一头高大健壮的“驴”必须起跳借力。

就在菊地修一的战刀即将劈到铁牛栓头顶的那一瞬间，铁牛栓微微侧身，一股冷风掠过耳边，军刀紧贴铁牛栓的身体砍向地面，刀刃划破铁牛栓的棉衣，刀尖把地面的冻土层砍破，溅起的土块飞出老远。

铁牛栓暗吃一惊，狗日的，好刀好力度，足可腰斩一头老牛。

铁牛栓不敢太大意了，他深吸一口气，收紧全身肌肉，紧盯着小鬼子的举动。

第一次狠命砍杀落空，菊地修一很吃惊，自从踏上这片国土，他砍杀过许多“东亚病夫”，凭自己娴熟的刀法，凭锋利无比的军刀，无论是荷枪实弹的国民革命军，还是手无寸铁的老百姓，他都是每刀必中，甚至是一刀毙命，像眼前这种情况他还是第一次碰到。他在愣神的同时，再次将对手观察了一下，这时就感到对手那眯缝着的双眼里有两股利箭般的寒光射向自己，他的头皮触电般一麻，浑身的肉皮不由自主地收紧，他不敢小觑眼前这个土八路了。他立即跨步收刀提气鼓力，再次挥刀左砍右劈，一连串急速攻击，不给铁牛栓留下一点喘息之机。

铁牛栓却是腾挪跳跃，左躲右闪，既不还手也不逃走。

折腾了一会儿，菊地修一一无所获，只在对手的粗布棉衣上划开一道缝，露出的棉絮龇牙咧嘴对着自己嘲笑，他明白，自己碰到了中国武术界的高手。此时此刻他虽然精疲力竭，但已别无选择，只有以死相拼一条路。

就在菊地修一拼命攻击的时候，看上去眯缝起双眼的铁牛栓实际上是在测量着身体与军刀之间的间隙，小鬼子根本不知道，眼前的对手目测距离的能力可以精准到香火头大小那么一点点。

菊地修一继续攻击，不过他的章法全部乱套，不管不顾死命相扑。

小鬼子越这样，铁牛栓越放心，铁牛栓不但放心，而且还偷着乐，这是活脱脱的死狗强直尾。

当菊地修一的军刀再次将铁牛栓的棉衣划破之后，铁牛栓忽然想起那年小鬼子糟践白云的情景来，他无心耍下去了，只见他紧咬牙关，圆睁双眼，垫步后退，身形旋转，手臂挥动，大鞭舞得呼呼生风。再看菊地修一的军装，就像含苞的花蕾在迅速绽放，由上到下，由点到片，由片到面，布面逐渐开裂，棉絮逐步脱落，不一会儿，军裤也被撕成了碎片，到最后，浑身上下被脱得仅剩一件白色兜裆布。

菊地修一从来没碰到这样的对手，更没见过这种战术。对手的身形在他眼里就像一股高速旋转的旋风，他的军刀毫无用处，想砍杀够不着，想拦挡又瞅不准那神出鬼没的鞭花。他被大鞭缠绕得眼花缭乱，晕头转向，躲又躲不开，藏又无处藏，他完全懵了。

彻底击垮小鬼子的反击意志，当小鬼子雪白的躯体上出现了无数条红色的划痕之后，铁牛栓停下手，从头到脚打量着这只活物的狼狈相。

铁牛栓停止击打，菊地修一吁出一口气，摇摇头恢复了一下神志。

二目对视，取胜无望，菊地修一盯着铁牛栓看了一会儿，双膝一软，扑通跪下了。

铁牛栓再次高兴起来，狗日的竟然还是一个软骨头，膝盖也会打弯。

不料还没等铁牛栓笑从口出，小鬼子双手握刀直插自己的腹部。不好，小鬼子要切腹！铁牛栓眼到手到鞭梢到，插入腹部的军刀被鞭梢缠着拔出体外，然而还是迟了一点，随着军刀的飞离，一挂大肠争先恐后地从伤口处向外挤出，伴随着滴滴答答的红液白汤，一股腥臭味直扑铁牛栓的鼻子，比杀了猪羊开膛破肚的那种味道难闻多了，铁牛栓不由自主地皱眉屏气抬手捂住口鼻。

就在这时，菊地修一挣扎着转动身躯面向东方慢慢倒下。

铁牛栓愣了一会儿，悻悻地上马离去。

铁牛栓在离开之前看了一眼那把军刀，他没有拿它，那上面沾着令他作呕的污物。

骑兵连由于与小鬼子的援兵打了一场遭遇战，没有按时到达指定位置，致使菊地修一得以逃脱，比其他小鬼子多活了半天，而且死法也比其他小鬼子“壮烈”。

铁牛栓因为这一耽搁正好为骑兵连助了一臂之力，不过他也因此差点丢了性命。

第二十七章

位于大河县境内的岱岳殿是一座道观，道观建筑物很多，其中天齐殿恢宏壮观，塑有道教的三位至高尊神——玉清原始天尊、上清灵宝天尊、太清道德天尊。地藏殿阴森恐怖，塑有十殿阎君神像，还有十八层地狱的壁画。

平常的日子里地藏殿门紧闭，多数人走到附近即感觉阴气袭人，只有急救人命，必须去做法事时，施主在道士的陪伴下才敢入内。

国泰民安的年月，作为周边几县方圆百八十里之内唯一的道观，其香火一直很旺，近年来，由于战乱，香客几近绝迹，只有六七个道士居住，自从给麻子做过法事之后，参与做法事的道士怕受到小鬼子和伪军汉奸的报复，离开道观别处谋生去了，仅留下一位年逾古稀又瞎了一只眼的看庙老道，这个老道就是六王栓。

师傅在收六王栓为徒的时候告诉他："医道同源，学好医也就学好了道。"

从此，六王栓在师傅的指导下潜心研习中医理论，数年的时间，他把药性汤头背得滚瓜烂熟，对《濒湖脉学》《金匮要略》《黄帝内经》等典籍也有所研究。

他看到师傅给求医问病的人先来一番施法念咒、书符驱鬼，然后才配制几包草药，他闹不明白是法术起了作用，还是草药起了作用，反正师傅的屋子里挂着许多红布条，上面都是一些起死回生、手到病除、答谢神恩的话。

六王栓很想学施法念咒那一套，可师傅却不教他。

就在师傅过完七十岁生日之后不久的一天，老人家忽然把自己关在房里从头到脚仔细洗涮了一番，又换了一身崭新的道服，然后在道观各处的神像前上香焚表，行礼。一番虔诚的叩拜之后心平气静地端坐下来，对六王栓说："我要到太上老君那里报到，你一直想学的道家施法咒语我现在就传授给你，这是天机，不可泄露。"

六王栓一脸虔诚，洗耳恭听，可是师傅传授的秘咒竟然只有四个字："有秘无诀。"

六王栓大吃一惊，他不敢相信这是真的，他怀疑师傅根本就不想传给他。

他的表现早在师傅的预料之中，师傅说：“你和我当初入道的时候一模一样，我也同样怀疑过我的师傅，但事实证明道家的这一真谛很管用，确实能去凡人的心病。尘世万物都由心生，心病才会身病，医病先医心，心病不去，身病难除。要去心病只有一个办法，让人相信你，也就是我们平常说的心诚则灵。咱道家那一套施法念咒书符驱鬼的法子都是先去心病，只要心病去了，身病也就去了一半，这时用药就能收到药到病除的神效。至于咒语你想起什么就念叨什么，汤头药性，唐诗宋词，都可以，但是必须牢记一条，只能有声无语，不能让旁人听明白。”

六王栓对师傅的话半信半疑。

师傅去世后，六王栓成为寺庙的住持。一番实践体验之后果然如师傅所言，很是灵验。至此他恍然大悟，在往后的岁月里，一直沿用这种办法，救治了周边乡村许多人。

这天清晨，六王栓一开山门，就发现门外趴着一个人，这样的情况他往日也碰到过，一般都是讨吃要饭之人，爬到这里，再无力气坚持下去，饿冻而死了。处理这类事情，庙上有老规矩，花几个铜板买一领草席，雇几个土夫掩埋了事。可是这次碰见的人从穿扮上看绝非讨吃要饭之人，睁大一只眼睛，仔细端详揣摩，还是一个活人，连拖带拉把人弄回屋里，铺床盖被生火烧水，一阵手脚忙乱过后，来人的脸上泛起了一点血色，也能微睁双眼和老道说话了。

古稀老道，阅人无数，六王栓在搀扶的过程中发现这人身上有手枪短刀，又留意了一下这人的穿着打扮，心中已经有了一个定论，绝非一般草民百姓，只是目前还不好判断身份，先不管这些，救命要紧。

在老道人的调理下，钱花眼的伤寒症日渐消退，只是体力还没有完全恢复，他的精神一缓过来就开始留意身边的一切。每晚，老道闩好庙门后他都要在插关上做点记号，二日清晨，趁老道还没起床，他先去察看一番。他对前来求医问病的人很烦，一旦有人进入老道的房间，他就埋头装睡。那天，待两三拨人找过老道后，他掏出一块大洋扔给老道，“给我选一个僻静地方将养上一段时日，我不想碰见闲杂人。”

事实上，钱花眼所做的一切根本没瞒过老道的独眼，这时听他这么说，老道就对他的人品有了一个判断，随即就想好一个去处，“道观窄憋，没有专门接待香客的地方，几处大殿常有香客敬香，人多眼杂不清净，只有供奉十大阎君的地藏殿人迹罕至，不知戚人（方言，指客人）嫌弃呀不？”

“很好，我就住那里。”

老道人把地藏殿收拾一番，生上火炉，将他安顿进去。

老道人在收拾地藏殿的时候，还顺手将殿门口及殿内两幅楹联上的灰尘擦拭了一番，原本被多年积尘遮掩得有点模糊的字迹现在清晰了，钱花眼进门时刻意看了一眼，殿门口的楹联是：

天知地知你知我知

早报晚报早晚必报

进入殿内，果然塑像林立，形态各异。十大阎君高大威猛，一干小鬼龇牙咧嘴，虽然此时炉火正旺，但还是给人一种阴森寒冷的感觉。除去十大阎君外，在众多的小鬼中钱花眼只认识牛头马面二鬼，他们一个手持铁锏，一个肩抗铜锤，其他叫不来名字的小鬼还有很多，或青面獠牙，或赤发紫须，或裸身黑面，胆小之人看一眼就会毛骨悚然。

壁画两边的楹联是：

阳世三界为非作歹全由你

阴曹地府古往今来放过谁

钱花眼根本不把这些东西当回事，在他心里，这些东西是说教草民百姓的。俗话说得好，撑死胆大的，饿死胆小的，人不得外财不富，马不吃夜草不肥，这世道，谁胆大谁就能吃得撑死憋活，谁胆小谁就会饿得晒牙叉骨。

住了一段时间，钱花眼的身体恢复了，不知不觉间农历大年也到了，多年养成的习惯，大年夜里不瞌睡也不想睡，和老道一起吃过年夜饭回到殿里他再次仔细观看壁画。

一殿阎君秦广王头戴王冠，身穿蟒袍，面目红润，黑髭黑须，右侧一高台上放置一面大镜，台高一丈，镜大十围，名曰“孽镜台”，上书遒劲有力七个大字——孽镜台前无好人。他扭眉作势对着镜子照了半天，左端详右察看，没发现自己有什么缺陷，虽属大病初愈，但无论相貌还是气质都是人模人样——自己确实是阳世间的一个大好人。

他面对镜子心里暗骂，真他妈的是脚片子上吊——哄鬼，他的心底愈发坦然了，他饶有兴趣地继续看下去。

二殿阎君楚江王，王冠紫衣，白发白髯，他掌管着正南方大海底下一座大地狱，纵横八千里，内有十六个小地狱。钱花眼心想，老子在黄土地上讨生活，与大海绝不照面。

三殿阎君宋帝王，面色红润，王冠紫袍，黑髯黑须，掌管着东南大海底下的黑绳大地狱，也有一十六个小地狱。

四殿阎君忤官王，头戴道冠，白面黑须，面目慈祥，看上去就是一位慈祥老道，可是他所掌管的合大地狱却惨烈无比，公案下就有腰斩活人的画面。钱花眼又想，知人知面不知心，这老家伙太歹毒了，不过腰斩活人砍头剁脑袋的事情老子不但见过，而且在加入皇军的侦缉队以后还干过，这不稀罕。

五殿阎君阎罗王，头戴珠冠，身披红袍，面目黢黑，嘴唇猩红，阔脸圆眼，剑眉倒竖，看上去尤为狰狞恐怖，与阳世间有关阎王爷的传说毫无二致，没有贼胆之人仅看相貌就能吓得魂飞魄散。钱花眼继续想，老子过的就是刀尖上舔血的日子，龇牙咧嘴的样子吓唬那些草民百姓还行，在老子的眼里寡淡。

六殿阎君平等王，方冠加冕，身着紫黑色长袍，连鬓长髯，双手捅在袖中，俨然一副老者形象。钱花眼笑了，这老道看上去好人一个。

七殿阎君泰山王，面色白净、黑须细髯，掌管着北方大海底下的大地狱。

八殿阎君都市王，方正珠冠，黑须黑髯黑袍，掌管着正西方大海底下的一座地狱。

九殿阎君卞城王，白面黑须，慈眉善目，亦是掌管着大海底下的一座地狱，也有十六座小地狱，他与楚江王不同之处是一个正南一个正北。

十殿阎君转轮王，无冠无冕，浓密黑发绾头顶，钢针黑髭满脸奓，通身赤裸，肌肉黢黑，健壮饱满，一身四臂，手握四种兵器，双目圆睁，有眼无珠，白森森的目光从空洞的眼眶中直射出来，胆小之人根本不敢与之对视。

钱花眼又想，怪不得没闲人敢来这里，这些画真的很瘆人。

看完壁画，钱花眼和衣躺下脑子转悠开了，他看出了一个现象，几个阎君掌管的大地狱都在大海底下，关于大海他只是听说从未见过，他只对出笼窝头般的黄土高原熟悉，他只对那一望无际的大漠荒原熟悉，他对大海很陌生，它离他太遥远了，遥远到不可企及，他坚信自己不会到达那里。

他在半信半疑间继续想量着。

他还有一个更大的发现，也可以说是更大的收获，老早就听人说，日军的家乡与自己“栖身”的地方也相隔着一座大海，可喜的是，在壁画上，那座大海底下没有地狱，退一万步说，将来日军在这里待不下去了，自己跟着日军回“家乡”，也根本不必担心会坠入大海底下的地狱中，这分明是上天在特殊眷顾自己嘛！

这一发现更加坚定了钱花眼投靠日军的决心，他高兴得睡意全无。

“钱花眼，跟我们走！”不女不男的公鸭嗓子又尖又细，丁零当啷的铁器撞击声就在耳边，正在沉思的钱花眼睁眼一看，不知何时，牛头马面二小鬼已经站在面前，和塑像一模一样，一个手持铁锏，一个肩抗铜锤。

“我不叫钱花眼，我是钱小手，你们拿错人了。”脑子好使，反应特快。

“生死簿上的名字错了你找崔判官，我们只做我们的营生。”

不容钱花眼继续分辩，眨眼之间就被镣铐加身带出殿门。

在荒草萋萋的原野上，两个小鬼裹挟着钱花眼走了不知有多久，来到一棵大槐树下，大槐树枝繁叶茂，树干足有十几丈粗，树冠足有半亩地大。二小鬼对钱花眼说，这里是阴阳两世的分界处，大槐树那边就是奈何桥，过了奈何桥就进入阴曹地府了。

钱花眼心中一惊，自己这是阳寿到了？

走出大槐树的浓荫，飕飕的阴风扑面而来，抬头望去，前方不远处隐隐约约有一座城池，暗灰色的城墙依稀可见。低头再看，一座单薄无墩的大桥，在刺骨的阴风中晃晃悠悠，随时都有垮塌之虞，桥头有三个猩红大字——奈何桥。

在牛头马面二鬼的推搡催促下，钱花眼咬牙闭眼，战战兢兢，迈步上桥，桥上的阴风更加猛烈，割肤刺面，寒彻骨髓。勉强睁开双眼，但见桥长数里没有头，桥宽三寸难踏足，无栏无杆可扶持，无柱无墩供依托，高百尺有余，深千重无底。斗胆向下看去，血浪滚滚的河面上，漂浮着无数正在拼命挣扎的人，被铜蛇铁狗恶魔鬼怪争相撕咬着。此时此刻，尽管钱花眼胆子再大也不由自主地颤抖开了。

身不由己，颤颤抖抖，奓手挪脚，举步维艰，总算过了奈何桥来到城门前。

城墙高大，城楼巍峨，门楣处有七个黑色大字——幽冥地府鬼门关。城门口两个赤发紫须、尖耳猴腮、龇牙咧嘴的把门二鬼拦住索要买路钱。用手一掏，怀中空无一物，正发愁之际，脑袋上仅剩的一片半耳朵就被二小鬼扯下嚼入口中，二小鬼还要动手撕扯，被牛头马面拦住了：“还不到他好活的时辰和地方，放过他我们好回去交差。”

进得城来，往前走了没几步，路两旁又涌出许多小鬼，再次拦住去路，边呼喊钱花眼还命来、钱花眼还命来，边扑上来撕扯抓挠钱花眼的身躯。钱花眼仔细一辨认，竟然是被日军活埋了的那三十二个人，待这些鬼魂把他撕扯得体无完肤、鲜血淋漓的时候，牛头马面二鬼才将他们喝止：“敕，退下，还有更好的地方等着他。”

在牛头马面二鬼的裹挟下，钱花眼继续往前走，一座灰蒙蒙光秃秃的大山横在面前。马面鬼指着山说，这座山叫冥阴山，翻过山就到了你应该到的地方。牛头鬼说，山那面就是十八层地狱。

一听十八层地狱，钱花眼就像被人抽筋剔骨一般瘫软在地，二小鬼根本不等他站立起来，随手架着他，健步如飞登上山顶，多嘴“热心肠”的马面鬼还将山下的十八层地狱一一指给他看：吊筋狱、幽枉狱、火坑狱、酆都狱、拔舌狱、剥皮狱、磨孽狱、碓捣狱、车崩狱、寒冰狱、脱壳狱、抽肠狱、油锅狱、黑暗狱、刀山狱、血池狱、阿鼻狱、秤杆狱。

马面鬼言罢牛头鬼接着说，你的第一个去处是油锅狱，说话间二小鬼将他顺手一抛，钱花眼轻飘飘地落到了一个地方……

往年的大年初一清早，就有附近的人群赶来烧头炷香，届时，庙外人头攒动，庙里香烟缭绕，场面很是壮观，而今战火纷飞，兵荒马乱，道观里已经好几年没有这种景象了。初一早晨，日上三竿还不见地藏殿里有任何动静，老道人有点奇怪，这狗日的莫不是烟焖（方言，指一氧化碳中毒）着了？

老道人推门而入，屋内闻不到一点死烟气，一切正常，探手一试，炉膛里外一个温度。细看那人还在熟睡之中，正想走近前将他唤醒，却见他面如死灰，大汗淋漓，咬牙放屁，攥拳蹬腿，一看这阵势老道明白，狗日的伤寒症复发了。

钱花眼的身子刚一落地，就被几个小鬼架住，睁眼一看，一口丈八铜鼎，下面烈焰熊熊，鼎里热油翻滚，十几名小鬼分工有序，几个小鬼添油加柴，几个小鬼往鼎里舁人，另有几个小鬼站在鼎旁，手拿一柄硕大的笊篱，专门捞油鼎里煎过的骨头渣子，捞出来的骨头渣子被摔到地上，另外几个小鬼立即用铁叉和稀泥一般搅拌，不一会儿，就搅拌成一个人形，当这个成形的人晃晃悠悠再次站立起来的时候，又被小鬼扔到油锅里煎熬。

看到这一情形，钱花眼心胆俱裂，还没容他多作盘算，就被两个小鬼舁起来向油鼎里扔去，他拼命挣扎无济于事，眼看着就要落入油鼎，躯体已经感觉到灼热的油焰烤炙，就在此时，他被老道人呼唤推搡醒来。

醒过来的钱花眼面无血色，目光呆滞，口干舌燥，手脚瘫软，浑身无力，恍如隔世，半晌回不过神来。待老道给他喂了一碗开水之后才渐渐还阳，疑疑惑惑中伸出左手摸了一下双耳，一只耳朵完好无缺，另一只被菊地修一削去半片的耳朵还是那个老样子，慢慢回想，原来自己整整做了一黑夜噩梦。

老道说："你没封好火炉，不到半夜炉火就熄灭了，这空旷阴森的大殿，别说数九寒天，即使在热月黄天也是阴气逼人，只要有人居住，炉火就不能熄灭，你还没有完全好利落的伤寒症现在复发了，不过不要紧，再喝几服草药就可以彻底恢复。"

封火炉？老子生来就受人伺候，只管烤火取暖，哪管生火封炉，还了阳的钱花眼又底气十足起来。

钱花眼无意也无力搭话，只是在心里这么回复着。

春暖花开之际，钱花眼的身体康复如常了。

在钱花眼养病期间，参加了百团大战的八路军三五八旅回师晋西北，连克七座县城，将盘踞在这几个县城横行霸道的小鬼子全部歼灭，晋西北抗日根据地连成一片，各县公开成立了抗日民主政府，开始清查惩办伪军汉奸，钱花眼首当其冲被列入通缉的名单。民兵逐村逐户寻找陌生面孔，盘查可疑之人，儿童团员站岗放哨查路条，一时间魑魅魍魉销声匿迹，根据地里天朗气清，来道观求医讨药的人也逐渐多了。

那天，忽然就有几个挎枪的土八路进入道观盘查，钱花眼虽然作贼心不虚，但是他的警惕性很高，他从门缝向外张望，见那几个土八路专门查看陌生人的右手，他立刻意识到了危险，这里是不能再住了，必须改头换面消踪灭迹迅速离开，他立马就开始谋划自己的下一步。在谋划下一步的同时，他还对自己大病一场后悔得要死要活，这场不迟不早的大病，使他错失了追随皇军的大好时机。在后悔的同时，他还为日军鸣不平，老天不公道，黄河水倒流，原本威风凛凛的皇军，咋就能被这些土八路给撵跑，而且是一跑就跑得不知去向了。

他决定，事不宜迟，尽快动身，但是在离开之前还必须让这个看庙老道永远把嘴闭上。

他开始盘算着怎样灭掉这个老道，怎样神不知鬼不觉迅速安全地离开这个是非之地。

通过这段时间的察言观色，六王栓已经感知到自己救治了一个图谋不轨之人，但还不知道他助纣为虐身负数起命案，六王栓有意让他入住地藏殿也有一点用意，然而钱花眼绝不是那种随便就能教化过来的人。

自从民兵进入道观盘查游人之后，六王栓就发觉那家伙心神不安，而且时不时还目露凶光，对自己的言行举止更加留意，已经不在自己面前刻意遮掩那只残废了的右手，六王栓明白，自己的生命已经不在自己的掌握之中了，可惜自己年迈体衰又手无寸铁，对付这个时刻刀枪不离身的家伙没有胜算的可能，所以六王栓也就打消了一切念头，他相信肯定会有收拾他的人。

那日，钱小手首次没在门闩上做手脚，六王栓即判断，这家伙今晚要离开道观，同时断定，这家伙在离开道观前肯定要杀人灭口，所以，六王栓拿定主意先“走”一步。

第二十八章

激战正酣，小鬼子的火力异常凶猛，压得骑兵连的人马抬不起头来。

三岔口据点的鬼子机动能力超出了任运通的估计，他们是乘汽车赶来为关河据点解围的。

毕竟是黄团长一手带出来的兵，与鬼子一接火就拼上了老命，小鬼子急于解救被围的同伴，拼全力要突破骑兵连的防线，国民革命军的骑士们决心与阵地共存亡，绝不后退半步。小鬼子凭借优势的火力压制，反复冲杀，骑兵连占据有利地形，顽强阻击。

正在骑马疾驰的铁牛栓听到激烈的枪炮声，他勒马停下，判明方向，立即拐向枪响的地方。

踏上一座小山包，战场的情景尽收眼底。

河岔，位于关河县城东南二十公里处，关河与川河两条季节性河流在这里汇合后流入黄河，是三岔口通往关河县的必经之路，两条河的交汇处，有多年泥石流积淀形成的一座小山包，骑兵连就占据着这座山包，居高临下，顽强阻击着小鬼子。

弟兄们阻击很吃力。

铁牛栓单枪匹马，一时难以想到增援的办法，他发现小鬼子阵地后面的河滩上并排停着两辆汽车，此时，要想接近阵地，汽车是惟一掩护物，他将坐骑隐蔽好，从山包另一侧悄悄下到河滩，激战中的小鬼子全神贯注，根本没想到身后有人。

汽车没有熄火，处于随时待命状态，两个小鬼子从车窗里探着头向前张望，注意力特别集中。

借着枪炮声掩护，铁牛栓轻而易举就接近了目标。就在这时，一个拿红绿两色旗的小鬼子对着这边挥舞了几下，驾驶室里的小鬼子迅速扒上车厢往下搬弹药，一共搬下来五箱。待这个小鬼子扛起一箱弹药离去后，铁牛栓踅挪向弹药箱打开一看，有迫击炮弹、机枪子弹，还有甜瓜手雷。铁牛栓灵机一动，将几箱弹药拖入汽车肚子下面，抓紧时间动起手来。

小鬼子被身后突然传来的剧烈爆炸声惊得愣怔了一下，任运通不失时机，立即发出了冲锋的命令，骑兵连居高临下，排山倒海般压向河滩上的小鬼子。

弹药的爆炸又引燃了油箱，顷刻间，浓烟裹挟着车身碎片腾空而起又雨点般落下，腾飞的烟雾尘土笼罩了半片天空。

铁牛栓缺乏经验，对小鬼子弹药的灵敏度估计不足，来不及撤退到安全距离外，只能急速滚了几滚就地爬着，不幸被一块不大不小的汽车马槽碎木片砸中了后脑勺……

就在钱花眼将要离开道观的那天晚上，看庙老道突然死了。

钱花眼特别高兴，真的是晴天下雨，明照顾咱老钱，正盘算着要亲自动手，老家伙却自己把嘴巴闭上了。

那天老道的行为有点异常，一前晌，把所有的殿堂从里至外打扫了一遍，到后晌又大门不出二门不迈，把自己关在屋里，从头到脚仔仔细细洗涮了一番，然后换了一身簇崭新衣裳，还不到黄昏就将大门闩上，接着又将每一座大殿里的灯油加满点亮，不年不节的晚饭又吃了一顿油炸糕，还增加了几个小菜和几杯陈年老烧。

吃饭期间，老道把酒换盏，“戚人（方言，客人）你尽管吃喝，我是紧吃喝的也没空了。”

钱花眼心里一惊，端酒盅的左手不由得抖了一下。

凝神聚力眼珠一转，褪去眼翳细看老道，却见老道耷拉着眼皮一脸平常，专心致志地饮酒品菜，根本没有试探自己的意思，一直不管不顾自酌自饮自言自语，“人生如梦，转眼就是百年，但凡草民百姓，谁都盼饿了有一口饱饭吃，冷了有一身暖衣穿，至于日日酒肉穿肠，天天欺男霸女，那可都是造孽折阳寿的事情。”

“戚人，就上，就上。”老道在继续唠叨的同时仍然不忘招呼钱小手吃喝，顺手还往他的碗里夹了一块肥肉，“不过尘世上真还有那么一种人，吃着碗里的，看着锅里的，欲望就像一口永远填不满的枯井……”

老道絮絮叨叨，钱花眼有点不耐烦，有枪有刀的他，对付一个老朽的棺材瓤子，就如同牛头马面二鬼索命般容易，只不过他还需要等到夜深人静的时候，他借口不胜酒力回到地藏殿。

钱花眼一出门，老道就不再醉眼蒙眬，独眼皮一抬，一股犀利的目光直射他的背影。

钱花眼回到住处和衣躺下，盘算怎样才能脱胎换骨面目全非地开始新的生活，他由老道煎油糕剩下的那半锅胡油，联想起自己做过的梦……

半夜三更，道观里寂静无声，钱花眼轻手轻脚走出地藏殿，慢慢推开老道的门，满屋的胡油香味混杂着酒气直冲七窍。油灯如豆，光线朦胧，依稀中只见老道新冠新带、新衣新裤、新鞋新袜、双脚并拢、仰面朝天，直挺挺地躺在炕上，双手交叉叠放腹部，标准的挺尸姿势。

咦！老家伙死了？钱花眼有点疑惑，傍晚还又吃又喝好端端的一个大活人，怎么不过两个时辰就没气了，是真死了还是察觉到自己的意图在装死？他曾经听过，有一种闭气功，危急时刻就地躺卧屏声静气，和死了一模一样，他将尖刀揣入怀中走近前仔细察看起来。

老道头顶处，一盏长命灯一闪一闪忽明忽暗，原本核桃皮般的面庞现在纹顺理顺，蜡黄色的亡人头脸显而易见。用手一扳胳膊，全身跟着动弹，手里捏着的打狗饼子（乡俗，给死去的人用蒸熟的糕面捏的饼子，用于阴曹路上打狗防身）滚落炕头，试探着在头部一扶，整个身子就有直立之意，贴着炕皮从腰部往里插手，没有一点间隙，“桥”（民间指腰部的自然弯曲部分）塌梁直，尸体已经僵了，用手一捏牙叉骨，嘴就微微张开，里面含着一块大洋，钱花眼想，应该是自己给的那一块。掏出大洋往怀里揣的同时，还发现嘴里有米粒，钱花眼一乐，饭还没咽下喉咙就断气了，死了也是一个饿死鬼。牙关咬得不紧，没我爱钱。

一系列动作做完，确认老道死亡，钱花眼长吁一口气，有点轻松似又有所惋惜，真是人老一盏灯，人死如灯灭。

老道这里他彻底放心了，他开始计划中的下一步，拿过老道劈柴的斧头顺手一掂，分量管够，用拇指刮了一下斧刃，也很锋利，他将老道搋糕用的案板放在一个合适位置，又将右手搁在案板上，左手拿起斧头在手腕的骨缝处轻轻划了一下，然后扬起斧头向下砍，就在斧刃将要接触到皮肉时又停下来。如此反复数次，一直到左手熟悉了分寸，闭着眼也能砍准选好的位置。他心平气静有条不紊地继续往下做，他从水瓮里舀出半瓢凉水放在火炉旁，往火炉里添了几根木柴，待炉火燃旺，将煎糕的铁锅坐上去，等待油热期间，他又从怀中掏出大烟枪，就着豆油灯烧好三个大烟泡子，还把一个烟泡预先装在烟枪上。

他做这一切的时候轻车熟路，因为当土匪时就用这种方法整过人。他的心情很平静，他知道，不小死一次难以获得新生。

一切准备就绪，锅里的油开始冒泡，钱花眼左手拿起斧头，收腹提气，闭眼咬牙，挥斧头对着自己的右手狠狠地剁下去，砰的一声，一只孩童般的小手落在地，根本来不及出血的白茬子断腕，被他以迅雷不及掩耳之势插入油锅。嗞啦一声脆响，油烟弥漫，呛鼻刺眼，人随即瘫倒在地。

不知过了多久，钻心入髓的疼痛将他唤醒，挣扎着爬到炕沿边，拿起烟枪对着豆油灯就是一阵猛抽，待几口大烟入肚疼痛减轻了一点。此时油锅滚沸，油烟气夹杂着煎人肉的焦臭味，再混合着大烟味直扑七窍。他顾不得这些，他必须紧接着再进行下一步，他知道这种自残行动一旦中途停止就很难继续下去——太痛苦，太残酷了。

钱花眼喘了一口粗气，继续咬紧牙根，手扶炕沿，颤抖着身子，挪动到油锅跟前，操起水瓢，将半瓢冷水泼入沸腾的油锅里，与此同时，闭眼屏气，将整个脸庞急速伸向锅面，欻啦啦一阵爆响，油点飞溅，水汽蒸腾，满屋子乌烟瘴气，面目全非的钱小手直起身摇摇头再次扑向大烟枪……

日上三竿，六王栓的喉咙和肚子里同时咕噜咕噜一阵响动，接着放了一连串响屁，用劲伸了一下四肢，缓慢翻身坐起来，盘腿直腰，双手搓脸，吐出口中含着的七粒米，一个呵欠打罢随口还吟了一首古诗：

大梦谁先觉，

平生我自知。

草堂春睡足，

窗外日迟迟。

六王栓很庆幸自己从师弟那里学到的闭气功，尽管这个年岁走这一步，需要耗费自己很大的精气神，但是面对铁石心肠、冥顽不化的歹徒，他不得不这样做。六王栓的准备工作做得细而又细，他绝不怀疑自己的闭气功夫，但是通过两个多月的相处，他已经感觉到那家伙绝非等闲之辈，他不能露出一丝一毫破绽。果然，那家伙在验尸过程中没有放过一个细节，庆幸的是那家伙不懂这门法术，没有打动那七粒米，如果碰到内行人，哪怕是只抠出一粒米来，自己也就没法还阳了。

六王栓绝不能让那家伙继续祸害人了，他不顾身弱体虚，立即行动，直奔共产党的抗日组织所在地。

铁牛栓一直昏迷不醒，任运通只得将铁牛栓留在家乡养伤，自己率领骑兵连返回团部复命，徐主任让任运通归队后转达八路军对黄团长的深深敬意。

五老财满脸愁云，不言不语，可着劲儿和旱烟袋寻气，石师傅瞪着一只眼睛，翻看几本发黄的古书，白云娘俩交替守护在铁牛栓身边默默流泪，没有别人在场，白云就俯在铁牛栓耳边，轻声呼唤着她的大鞭哥哥。

任运通返回团部，向黄团长汇报了战斗经过，汇报结束接着就是一声重重的叹息，“就是不知道铁牛栓这次能不能醒过来。”

黄团长也特别着急，立即招来卫生队的人咨询。军医说：“没见到伤员，不敢轻易下结论。不过根据以往经验，应该是严重的脑震荡造成了深度昏迷，这类伤情不外乎两种结局，最好的结果是休养一段时日可以恢复，最坏的结果就怕脑部内伤形成植物人。”

一时间众人都很难过。

王彦戴着折了一条腿的老花眼镜，连明彻夜翻查古典医书，连着开出六个月处方，黄团长马上指派张保大出发，再跑一趟卧柳林，并且特别强调，只要马铁牛能够醒过来，一直将养到完全康复为止，归队不归队无所谓。

黄团长言而有信，如果铁牛栓出现不测，他感到对不起忠实厚道的任五老财和那个半人半仙的石瞎子。

分别多年的六王栓突然出现，石瞎子喜出望外，两个人两只眼睛对视良久，接着就有两串浑浊的老泪流出。

相互简单说了一下分手后的情况，看见炕上躺着一个人，多年的习惯成自然，六王栓立马就想弄个明白。

得知师哥入道行医多年，石瞎子觉得大有希望。

两碗热茶进肚，六王栓盘腿坐炕上，左手支着下巴，右手拉过铁牛栓的胳膊，闭着眼睛诊脉。

众人都用期盼的目光紧盯着六王栓，屏声静气等待结果，整个窑洞里鸦雀无声。

良久，诊脉结束，六王栓徐徐吐出一口气，像是给众人解释，也像在自言自语："时值隆冬，脉象微石，深沉缓慢，不浮不虚，虽然表象无力，但感觉后劲无穷，说明元气未伤，生命之虞没有，只不过恢复需要时日，还需本道人施加法术。"一只独眼把众人扫了一圈，"你们谁是他的亲人？"

"在座的都是他的亲人。"五老财急忙回答。

"要最亲近的人，最好是女人。"六王栓一只眼睛在老财主的老伴和白云之间游移了一下。

石瞎子马上就明白了，"白云是他的老婆。"

"更好，他的三魂七魄有一魂三魄受惊吓跑出体外，漂游于尘世间，好在时间不长，能够叫回来。"

尽管还没有结果，但众人都松了一口气。

救人心急，事不宜迟，越快越好。

当夜子时，任家大院里，每隔七步一盏灯笼，从大门口一直延伸到铁牛栓居住的窑洞。白云按照老道人的吩咐手拿一块红布，一面镜子，站在大门口高声呼唤："铁牛栓，回来！"

窑洞里，坐在铁牛栓身边的娘高声应答："回来了！"

"铁牛栓，回来！"

"回来了！"

连续高喊三遍，娘声应声答。

此时此刻，在白云的心里，大鞭哥哥已经被叫回来了，并且就在红布后面隐藏着。白云低下腰身，红布梢着地，缓慢前行，边走边低声念叨，铁牛栓回来，铁牛栓回来，就这样呼唤着回到窑洞，将红布绕着铁牛栓的身体转了三圈，然后将红布盖在铁牛栓身上，镜子挂在窑门口。

一丝不苟，虔诚至极，叫魂仪式在六王栓的指导下进行完毕，众人的心落入肚子，仿佛铁牛栓已经醒过来了。

叫魂过后的第三天，铁牛栓开始手脚乱动喃喃自语，有时候面部的肌肉还抽搐出急躁焦虑的表情。白云细听，他念叨的是羊、小鬼子、打，白云。

六王栓说，不用担心了，不久就会醒来，白云悲喜交集又是一番泪水洗面。

白云！白云！连着两声急切的呼喊。

白云正要答话，铁牛栓又昏睡过去……

四二二团把锡拉穆楞庙围了个水泄不通，上峰指示，庙宇是当地牧民的精神支柱，既要消灭敌人又不得毁坏寺庙建筑。黄团长下令，各营连不得使用重武器攻击，切断寺庙的水源以及与外界联系的一切通道，困死狗日的。小鬼子依托高大坚实的庙宇围墙负隅顽抗，拒不投降，四二二团的弟兄们爬在冰冷的战壕里坚守阵地，小鬼子的数次突围都被打了回去。

突如其来的大雪使小鬼子暂时停止了出击，天色渐渐暗下来，烟熏火燎坑坑洼洼死尸狼藉的战场慢慢地从视野里消失，目力所及之处的天地间混沌一片，寂静无声，白茫茫的大地显得异常干净，干净之中又带着一点神秘。

败局已定的小鬼子在夜幕降临后更是不敢有任何动作，黄团长将警卫连派出监视敌人，其他各连队抓紧时间休息。

作为警卫团部的力量，铁牛栓一直被限制在团指挥所周围，不能直接投入战斗，每当战况激烈的时候，他就急得咬牙切齿。憋屈了两天的铁牛栓得以接近阵地前沿，此时的他多么渴望小鬼子能够出击一次啊！

时间过得真慢，积雪快要将战壕填平了，如果没有人站起来活动，根本就看不出战壕里还有那么多鲜活的生命。铁牛栓火大，落在身上的雪不断融化又不断冷凝，不久就变成一副白色盔甲，他站起来抖动了一下身躯，无济于事，也好，就这个样子在雪地里走动，不到近前很难被人发现。下雪不冷，多数弟兄们在战壕里打盹，他跨出战壕深深吸了一口气，凉爽的空气比前几天纯净了许多，他将它憋在肚子里好一会儿才缓缓吐出来，人一下子就清醒了。

前方，灰蒙蒙的寺庙围墙隐隐约约，小鬼子此刻就龟缩在里面，要不是高大的围墙阻挡着，要不是上峰有令，老子们早就炸塌围墙进去灭了你狗日的了，铁牛栓一边想一边很随意地远眺。

忽然，一个移动的白色小点映入眼帘，以为是自己眼花，急忙揉了一下双眼继续注视，没错，果然是一个移动的活物，铁牛栓用气凝神聚焦双目，练过功夫的眼力马上就显出了它的优势，看清楚了，这个活物正在接近我方阵地，他立马就地卧倒继续紧盯，距离在慢慢缩短，已经进入步枪射程之内，但他不想贸然开枪惊动弟兄们，他要搞清楚这是一个什么东西，是人还是牲畜？如果是人应该是一个投诚的敌人,那就更不能开枪了。就在这时隐约有咩咩的羊叫声传来,奇怪,两军对垒,枪弹横飞,两天的时间里双方攻防了无数次,阵地上除去尸山血海哪还有活物可言,别说是羊,就是麻雀飞鸟也不会有一只的。随着羊叫声过后,远处又有许多白色小点开始缓慢向前移动,铁牛栓一下子明白了,狗日的是在搞偷袭突围,而且领头的还是一个蒙伪军,因为小鬼子学羊叫没有这么逼真。判明了情况,铁牛栓反倒高兴了,狗日们想得美,正好给爷爷过一次杀敌瘾。

铁牛栓回转身溜进战壕,跟弟兄们把情况一讲,弟兄们立马就来了精神,爬着壕沿向外张望,天地一色,灰蒙蒙白茫茫一片,什么也看不见。王光明用狐疑的目光扫了一眼铁牛栓,铁牛栓低声说,小鬼子全反穿着羊皮袄,不到近前你们的眼力看不出来,现在都做好投弹准备,听我的口令,将所有的手榴弹全部掷出去。

接连不断的爆炸声令黄团长有点吃惊,正要派人查明情况,王光明和铁牛栓兴冲冲地返回指挥所……

铁牛栓终于醒过来了,但醒过来就说了一句话,“我们把锡拉穆楞庙的小鬼子全灭了。”

白云正要和他搭话,他又沉沉地睡了过去。

小鬼子的火力真猛,压得弟兄们趴在战壕里抬不起头来,黄团长在指挥所里拿着望远镜一直紧张地注视着战况,铁牛栓有力无处使,就像一只刚刚关进笼子里的猛虎。

绥西的城墙高大厚实,又一次进攻失败了,连续派出的爆破小组都倒在鬼子密集而又准确的火力之下,远远望去,弟兄们的尸体斜躺横卧惨不忍睹,黄团长面色铁青,愤恨的身体微微颤抖,放下望远镜,咬牙下达了停止进攻的命令。

夜幕降临,又是一场罕见的风搅雪,一会儿工夫天地间就洁白一片,往火线上送晚饭的炊事班弟兄们全都翻穿着皮袄,要是没有口令对答,即使走到近前也很难发现,铁牛栓忽然想起锡拉穆楞庙的战斗,他建议趁着雪夜掩护再来一次爆破。

在选派爆破手的时候,鬼旋风和其他几个弟兄都在争抢,可铁牛栓坚持办法是他想出来的,必须由他来完成这个任务,黄团长有点犹豫。

“人多还怕小鬼子发觉,我和鬼旋风两个就行,保证完成任务,”铁牛栓异常坚决,“炸药包要最大的。”

“一个力大如牛,一个健步如飞,我看他俩很合适。”王光明望着黄团长建议。

“好吧，炸药量翻倍。”黄团长犹豫再三终于下了决心，“不过引线一定要足够长，你们俩必须躲到二百步开外的地方卧倒。记住，卧倒的时候双手捂住耳朵张大嘴巴，两臂肘支起胸部，无论如何不能让胸脯贴着地面。”

黄团长反复嘱咐，边说边比画着卧倒的姿势，他非常担心两个没有爆破经验的部下被震伤内脏。

铁牛栓两腋下夹了四个炸药包和鬼旋风一起翻穿皮袄出发，眼错功夫就和天地融为一色，黄团长无奈地放下手中的望远镜。

炸药量太大了，惊天动地的巨响，把大地震得颤颤悠悠，躲到安全距离之外的鬼旋风和铁牛栓身子也是一阵抖颤。

爆炸的烟尘腾空而起，烟尘中突然就有了白云的身影，不对呀，记得清清楚楚明明白白，这次爆破小组只有自己和鬼旋风，白云怎么会掺和进来，她怎么还没躲到安全地带，铁牛栓急切地大声呼唤着，迅速起身向白云扑去……

铁牛栓猛地一抖，挺身坐了起来，怔怔地看着眼前的白云，愣了半晌才说：“刚才我咋就看见你和我一起爆破绥西城墙呢。”

“那是你梦见了，我一直在你的身边守护着，怎么能跑到风雪交加的绥西战场，再说那是去年冬天你们的队伍打的大胜仗，现在已经过去快一年了。”看到自己的大鞭哥哥逐渐恢复了神志，白云的一脸愁云迅速烟消云散。

“我们打胜仗的事你也知道？”

“当然知道，每逢国民革命军打了胜仗，徐主任就要给我们讲述一番，像长沙保卫战，台儿庄大捷，昆仑关大捷这些鼓舞人心的好消息我们都知道。当然，我最关心的还是你们四二二团，主要是你。”白云含羞带笑。

铁牛栓彻底清醒过来，众人皆大欢喜。

石师傅将六王栓介绍给铁牛栓，铁牛栓立即下跪，向六王栓三拜九叩行了弟子之礼。

就在铁牛栓叩拜完毕起身站立之际，一阵头晕袭来，他暗暗扶墙闭了一下眼睛，尽量装出无事的样子，可是这一细微的动作并没有瞒过六王栓的独眼。

六王栓仔细端详了一会儿铁牛栓，高兴地对石瞎子说：“师弟好眼力，给咱师傅的大鞭找到一个最合适的传承人。”接着又说：“虽然醒过来，但我看他还是眼神空洞，目不聚光，游离散漫，气色不佳，这就犯了舞枪弄棒人的大忌，吃行武饭的人眼神最重要，必须是目光如闪电，动作似霹雳，照他现在这个样子，就怕功夫要废掉，最好继续调养一段时日才能恢复如初。”

六王栓这么一说石师傅急了：“师哥还有什么好法子，尽数使出来。”

铁牛栓更急，眼巴巴地盯着六王栓要下文。

就在这时，鬼旋风进门了，他一看见铁牛栓好好地活着，激动的泪水夺眶而出，立马扑入铁牛栓的怀里，两人紧紧地抱在一起。

铁牛栓清醒过来，徐主任和杨立志也放心了，徐主任说了一顿感谢铁牛栓、感谢国民革命军弟兄的话，并让鬼旋风返回去一定要再次转达他对黄团长的谢意，还把白云叫到门外特别嘱咐了一番。

“这几天不必急着工作，好好待在家里伺候铁牛栓。”接着又压低声音说：“告诉铁牛栓，康复归队后尽量不要在人多嘴杂的场合说这件事，免得日后给黄团长带来麻烦。”

白云用疑惑的眼光看着徐主任。

“中国的事情很复杂，不是我们看到的或想象的那么简单，政治上你还不懂，我也懂不了多少。不过依我看，国共两党总有一天要分道扬镳，那年发生的‘晋西事变’就很能说明问题，事情虽然发生在山西，直接说就发生在我们身边，可它不仅仅是山西的国民党人有这种想法，也反映出国民政府上层人群里一部分人的想法，他们容不下我们。”

白云似懂非懂，点头答应。

鬼旋风拿出王彦的处方，六王栓接过来大睁着一只眼睛仔细研判。

鬼旋风告诉铁牛栓，根据团部军医的建议，黄团长让我转告你，不必急着归队，好好在家休养。

六王栓看罢王彦的处方很高兴，“没见病人没诊脉就能开出如此对症的方子，这位先生的医术不低于我，要是他亲手诊脉之后这药方根本不用加减。”

六王栓边赞叹边对药方进行加减，给铁牛栓配制了十几服中药，并且亲自动手细心熬制。

得此机会，铁牛栓在家乡和亲人们过了一个祥和热闹的大年。

徐主任对六王栓提供的情况非常重视，专门召集耳闻目睹过钱花眼的人分析讨论了一番，人们一致认为，这家伙能够下这么狠的决心，用这么狠的手段毁容自残，肯定还要找一个人迹罕至的地方苟且偷生。石瞎子和六王栓的看法相同，这家伙一定是逃往内蒙古了，只有在那地广人稀的山野草地他才有可能藏身，况且他当土匪的时候就一直在那片地面上厮混，对那一带的地形地貌、村庄分布以及风土人情都很熟悉。

杨立志当下就想出发找寻，被徐主任制止了。

“我们还有更重要的工作要做，暂时让他多活几天，况且那里又是国统区，眼下国共两党即将撕破脸皮，我们的人去那里活动不方便。”

“可以让任运通和王光明二同志配合我们吗？”

“他俩的处境很微妙，暂时不惊动为好，我们不能因小失大。给线人发个指令，要他们留意这家伙的踪迹。”徐主任交代给杨立志。

第二十九章

钱花眼顶着一颗满脸酱油色的头颅，急匆匆行走在漠北的草原上，脑袋肿得像一颗猪头，脸像一张发面烧饼，把两只花眼眼挤得勉强能睁开一条通路的缝，春风一吹，火烧火燎的疼痛直往心里钻，为了保命，他昼夜疾走，离家乡越远越安全。

他边行走边反思，反思的结果是自己的眼瞎了，没想到日军居然能被一帮泥腿子打跑，家乡一带全成了“人家”的天下，什么儿童团、青救会、妇救会，这团那会的，把各村的男女老少全部煽动起来，就连那些刚刚省得不吃屎的猴娃子也在村口路旁站起了岗哨，盘查行人，使得他眨眼间就成了一只过街老鼠，他只得强忍伤痛，昼伏夜行，迅速逃离。

踏上十里长滩的地面，一股风沙迎面扑来，脸上又是一阵钻心刺骨地疼，他不由自主地摇了一下脑袋，这一摇又摇出了他的信心。古话说，留得青山在不怕没柴烧，我钱花眼还有一颗好使的脑袋，凭着我这活泛的脑袋，我一定要活下去，不但要活下去，而且还要再次活得风生水起。

要想活下去必须先寻找一个地方养伤，这个地方还必须是偏僻陌生之地。他在脑袋里把这一片地面仔细想算了一遍，终于想到一个去处——孤山店，尽管这个去处很不理想，但能够养伤休息一段时间就行，毕竟现在的眉脸还不能见人，右臂还在胸前吊着。

那天半夜，院子里一阵窸窸窣窣的响动，把小寡妇从睡梦中惊醒，她的心一阵激烈地狂跳，急速盘算起来，是人还是狼？是人不可能是他，他熟门熟路，用不着这么鬼鬼祟祟，也不可能是狼，这个时辰已经不是狼出没的时候了，再说二月初二那天一大早，她还很认真地用炉坑里的灰围了舍，这是老人们传下来的习俗，山庄窝铺就用这个方法防狼，很管用。那么肯定是贼，狼黄昏贼半夜嘛。一想到是贼，她反而放心了，自家住的地方少大门没院墙，院子里除去柴火什么都没有，从来就不怕贼光顾，她蹑手蹑脚下地，仔细检查了一下门闩之后又安然入睡了。

清晨，小寡妇出门搂柴生火做早饭，柴火堆里躺着一个喘气的活物，把她吓了一大跳，“啊呀，鬼！”

“大妹子别怕，我是人，不是鬼，给我吃喝一口就行。”

又是一个讨吃要饭的，小寡妇放心了。

“大妹子，我是从口里皇……小鬼子的大牢里逃出来的。”

女人心软，一听说还是被小鬼子糟蹋过的人，马上就联想到自家的男人，立即请进门炕头端坐，生火烧水忙乱开了。

一大壶奶茶喝完，这个没有人模样的人也把自己身份叙说清楚了。

姓孙，叫孙新生，手，是被小鬼子的军刀砍掉的；脸，是被小鬼子的燃烧弹燎过的。

“我命好，碰到好心人，我这辈子永远牢记大妹子的恩情，吃喝好后我还要继续寻找皇……抗日队伍。”

一阵家常聊过，一个抗日志士的形象就这么活生生地在小寡妇的脑子里诞生了，她同情孙大哥的遭遇，她心疼孙大哥的体伤，她敬佩孙大哥的意志，她开始把孙大哥当亲人对待了。

“孙大哥，马上就要入夏，草原上风大蚊蝇多，你身上的伤，特别是现在的脸皮，那可是万万不能着风的，你先在我这里将养上一段时日，等伤全好利索再走。”

“这……方便吗？”孙大哥眯缝着花眼眼打量了一下窑洞里不大大的土炕，口是心非地说。

“孙大哥不用多心，天气越来越暖和了，我随便找个地方就能凑合一夜。”

又是一件瞌睡递枕头的好事情，真是天无绝人之路，此时自己满脸水泡，有几个破裂的水泡正在往外渗着黄水，一条没手的秃臂肿得上下一般粗，时不时发出钻心的疼痛，只要站立行走还必须挂在胸前，孙大哥心安理得地住下将养开了。

看着这张被烧灼得没有人模样的脸皮，早饭一结束，小寡妇就开始张罗着给孙大哥疗伤。她搜寻出一沓崭新的糊窗纸，点燃了一盏豆油灯，盘腿坐在炕上，让孙大哥仰面朝天躺下，把孙大哥的头颅搂在怀里，将一张糊窗纸轻轻地铺在那张酱油色的发面饼子上，从发髻上取下一根绣花针，在油灯上烧了一下针尖，屏住呼吸，一针一针地挑开了水泡，每挑破一个水泡，就从牙缝里吸溜一丝冷气，就好像挑在自己的脸上，隔一会儿还要轻轻地问一声，“孙大哥，疼吗？”

钱花眼枕着小寡妇的双腿，微闭着眼睛，淡淡的女人体香，隔着一层糊窗纸还能闻到，他已经好久没有这样享受过了，偶尔针尖触及皮肤带来的一点疼痛，使他更加怀念往日的生活，自从日军被打跑以后，他就由一个人上人变成了一个鬼中鬼，巨大的生活落差，使得他更加愤恨那些和日军作对的人，也更加坚定了他继续寻找日军的决心。

水泡太大，每挑破两三个就要洇湿一张糊窗纸，直到一沓糊窗纸快用尽时水泡才全部挑完，揭下最后一张糊窗纸，露出的面容比原来那张发面饼子更加难看，就像把握不住火候的拙老婆烙出的烧饼，又像是化了妆即将出场的三花脸演员，焦黑一处，淡黄一处，鲜红一处，嫩白一处，色彩斑斓，斑斑驳驳，高低不平，坑坑洼洼，真是三分像人不像人，七分像鬼就是鬼。

接着，小寡妇又拿出一小瓶浅黄色油膏，给钱花眼轻轻地往脸上涂抹，“孙大哥，这是炼好的獾子油，治烧伤很管用。”

“大妹子手真巧，我没觉得疼。”一切收拾完毕，钱花眼坐起身，首次说了一句发自内心的人话。

“这段时间你不能出门，脸皮不能见阳光，不然会变得黢死黑。”

“嗯，嗯。”钱花眼点头。

小寡妇发自内心敬重这位大哥，她尽自己的一切能力伺候着这位大哥，在她的心里，这位大哥就像自家那个男人被小鬼子糟蹋以后，又从小鬼子的魔窟里逃出来。

在小寡妇伺候下，钱花眼又过上衣来伸手饭来张口的生活。

当着小寡妇的面，钱花眼的脚没有迈出窑洞门一步，可是一旦小寡妇离家外出，钱花眼就溜出窑洞，面向太阳，可劲儿地晒，他着意要把面容彻底改变过来，最好是能变成一个黑脸包公。

在大营堡的皇协军里，有一个人一直盯着钱花眼的举动，可惜，他没有当过土匪的钱花眼狡猾。

这个人叫二疤眼，是大营堡皇协军的连长。

二疤眼就是当地人，小鬼子委任他当皇协军连长也是没办法的办法，在大营堡的皇协军里，他还属于筷子里的旗杆，对地方上的情况比较熟悉，勉强可以算一条小蛇。

二疤眼本名叫王二子，十来岁的时候和一帮伙伴玩耍，一泡稀屎夹不住，没有屙到自家的地里，又担心被别的拾粪老汉拾走，屙完就守在旁边，想等它干燥以后往自家地里撮，可是还没等擦干净屁股系好裤子，眨眼功夫就从四面八方飞来一群绿头苍蝇，围着稀屎乱飞，争先恐后扑向屎堆，争分夺秒享受这一美餐，这一下可把王二子心疼坏了，挓挲着双手拼命驱赶，不防备脚下绊了一跤，右眼皮被谷茬豁开一道口子，从此形成一个疤眼，村里人就顺嘴叫他王二疤眼，还编了一句歇后语，二疤眼的稀屎——苍蝇也不能沾。

在大营堡人的眼里，二疤眼当皇协军纯粹是为了混一口饭吃，因为他是那种一辈子想把饭吃在别人家里，屎屙在自家地里的人，实际上王二疤眼当皇协军是另有原因的。

驻大营堡的皇协军名义上是一个连，其实只有三十多人，而且还是从关河县城皇协军里挑剩下的，王二疤眼清楚，称呼连实际上是壮胆子充面子叫给外人听，就那二三十个歪瓜裂枣，纯粹是秋季开镰前老乡在糜谷地里立的稻草人，平日里吓唬一下草民百姓还可以，真正拉到战场上，个个都是上不了阵的骒马。

王二疤眼也知道兔子和窝边草的关系，乡里乡亲的，抬头不见低头见，灰和土哪个更热他心里有数。所以，他尽可能地约束着手下，基本上不怎么在堡墙内为非作歹，这样堡内的人看见二疤眼并不黑眼，有几个从小光屁股耍大的玩伴，还敢继续喊他二疤眼，他依旧声叫声应，从不嗔恼。

王二疤眼一直怀疑麻子的真实死因，虽然自身的主要任务是维持地方治安，但毕竟算身居兵营，接触的还是真枪实弹，猪肉没吃过，猪跑天天见。他留意了一下八路偷袭麻子的现场，八路在距离麻子二三十步的地方开枪，这个距离再加上皮大氅的裹身遮挡，后背中两发短枪子弹，绝不会当场就咽了气，当钱花眼亲自动手给麻子净身穿衣，而且还不让其他人靠近，他就越发怀疑了，趁尸体等棺材入殓期间，他瞅空进入停麻子死尸的窑洞，偷偷查看了一下麻子的伤情，一看到胸口的刀伤他什么都明白了，这个钱小手手小心不小，他居然用这样的办法取代麻子，他要是取代了麻子骑在众弟兄头上，那弟兄们还有活头吗？好一个歹毒的小手手！

王二疤眼不寒而栗之后接着就是一阵咬牙切齿。

王二疤眼恨钱小手并非因为他灭了麻子，麻子的死与他没半个铜钱的关系，相反，他倒是希望麻子这种人早点死了好，他和钱小手是因为两件事情结下了私仇，一件是自己的妹子，一件是在牌桌上。

那是钱小手被麻子从菊地修一的军刀下解救出来不久，正是钱花眼拼命溜舔麻子的时期。一次打牌，钱小手没有参加，而是坐在王二疤眼的身边当观众，钱小手还对二疤眼很关心，时不时帮着王二疤眼参谋一下，王二疤眼输钱的时候，钱小手竟然也是一脸苦相，唉声叹气，仿佛掏他自己的腰包一般心疼。奇怪的是那天二疤眼绞尽脑汁使出浑身解数打牌，整整八大圈没开过和，被麻子狠狠赢了一把，这是往常从来没有的事情，把个二疤眼心疼得好几天吃饭不香，睡觉不稳，怨自己牌运差，怨自己手气臭，恨不得拿一把斧头把抓牌的那只手剁掉，没几天人就瘦了一大圈，像是患了一场大病。不久，一个和二疤眼走得很近的侦缉队员悄悄告诉他，那天是麻子和钱小手合伙做局，钱小手专门坐在王二疤眼身边，用暗号给麻子传递二疤眼手中的牌，二疤眼仔细一想恍然大悟。

一个连自己拉的稀屎都舍不得丢的人，这就如同麻子和钱小手两人合伙用利刃剜了他一刀。俗话说不恨杀人的，单恨递刀子的，从此，二疤眼就死记住了这个“递刀子”的小手手，不过忌惮着这件事是两个阴毒之人联手，再加上麻子又是菊地修一眼里的红人，他只得忍气吞声，把一口气强咽到肚子里。

可就在此事过去不久，钱小手又因为二疤眼的妹子，重重地在二疤眼的心上补了一刀。

连续两刀，一刀比一刀致命，王二疤眼终于忍不住了，他急切地寻找报仇的机会。

作为一个土生土长的本地人，王二疤眼对大营堡的一草一木很熟悉，平日里上街转悠，碰到的都是熟面孔，有的还点头打招呼或者闲聊一两句，小时候的玩伴还敢从他口袋里捞摸几根呛驴牌（双鱼牌）香烟分享。可是就在钱小手准备给麻子大办丧事的那段时间，好几次他在街上发现有陌生面孔，远远地瞭见他就绕道走开，明显是在躲他，尤其是临近麻子入土的那几天，有几个店铺还添了新伙计。那天他去王记杂货铺买烟，一进门就感觉有一双犀利的眼睛关注自己，他也留意了一下对方——新面孔，不认识。老板给他解释，这段时间老总们买东购西，需要的杂货多，增加了一个小伙计。他再次打量这人，明显超过做小伙计的年龄，而且身躯健壮，精明干练，给人一种眼观六路耳听八方的感觉。他还发现那人腰里鼓鼓囊囊不平整，肯定有家伙藏着掖着，按理说碰到这种情况，他应该抓回去审问一番，最起码也应该现场盘查一下，可是他却睁一只眼闭一只眼，看见当作没看见。乱世贼为王，他不知道这人的真实身份，他没必要去惹那个麻烦，他估摸着这人要真是八路军游击队员，潜伏进堡里肯定不是针对自己，他对一直活动在周边的八路军早已有所耳闻，堡里没有日军，麻子三板信已经被钱小手送走了，他们最大的仇敌就是钱小手，他真的特别盼望这人就是八路军，而且最好能让八路军把钱小手一枪毙掉。

他曾经想过把麻子的真实死因公布于众，可是钱小手把一切安排得滴水不漏，一步接着一步，针扎不进，水泼不入，眨眼间就成了菊地修一的心腹大红人，他只得继续忍气吞声，等待时机，现在，他隐隐约约觉得时机来了。

为了证实自己的判断，隔一天他继续到王记杂货铺买烟，他前脚进门后脚门就被关上了，紧接着就是一支硬邦邦的短枪顶在自己的腰眼上。

“用不着那样，他是我知根知底从小耍大的好伙伴，又是没出五服的本家兄弟。”柜台后边坐着的王老板慢条斯理地站起来摆摆手。

“说吧，我能帮你们做什么？”他一切都明白了。

“做一个中国人！”短枪换作一杯热茶递到手中。

“大哥放心，绝对根生土长的中国人。”

……

从杂货铺出来，王二疤眼的心情特别舒畅，看天天很蓝，看人人顺眼，终于等来钱小手的“闰月年”，终于有人要替他报仇了。

当菊地修一通过电话指令皇协军听从钱小手的指挥、钱小手又居高临下对皇协军指手画脚的时候，二疤眼表面上唯命是从，暗地里出工不出力，带着他的一帮弟兄到处虚晃枪，给杨立志他们的潜伏和其他游击队员渗透入大营堡提供着方便。

黄土高原的冬天，天朗气清的时候最冷，本地人把这样的天气叫作“干冻”。

给麻子做法事那天，日头特别明亮，西北风冷飕飕地刮，进入状态的众僧人神情安详，面无表情，心无旁骛，低吟浅唱，慢步转经，只有拿法器的手不时地放在唇边呵一口热气暖和一下。

王二疤眼带着十几个皇协军在现场，明面上帮忙，暗地里添乱，他指手画脚大呼小叫维持着现场秩序，把本来应该隔离在远处看热闹的人群全部驱赶到灵棚周围。他吆喝着两班子吹鼓手不歇气地细吹细打，他牢记那个八路军交给他的任务，把声势造得越大越好，把现场搞得越乱越好。他在造势的同时，一颗心时刻在嗓子眼里提着，他不知道八路军会用什么办法除掉钱小手。不过那个八路军曾经嘱咐他，法事结束后一定要注意香炉里点燃的黄香，在黄香燃到半截之前务必离开现场。他明白这是八路军为他的安全着想,但看不到小手手的死他很不甘心，既然已经知道八路军要来，那就不必过分担心自身的安全，何况和那个八路已经有过两面之交，所以他决定一直在现场待下去，悉心留意钱小手的一举一动，希望看到一个满意的结果，当然，也准备在需要的时候出手帮忙。

法事结束，一个侦缉队员跑到院子外面点了三个麻炮，这是乡俗，无论红白事宴必须有的一道程序——开笼炮。听到麻炮声，早已饥肠辘辘垂涎三尺的侦缉队员和皇协军慌忙往设宴席的窑洞里钻，生怕位子被别人占据了，看热闹的人群也逐渐散去，原本人声嘈杂乱的大院一下子清静了许多，只有十几条瘦狗耷拉着舌头，滴着涎水，皱着鼻子，低眉顺眼，摇尾乞怜地在窑洞外面徘徊，渴望有人扔出一两根啃过的骨头来。

一看这个情况，王二疤眼立即粗声大气地指令两班子吹鼓手同时吹打，一时间，高亢尖利的唢呐声，咚咚锵锵的锣鼓声，与窑洞里传出的猜拳行令吆五喝六声交相呼应，震耳欲聋。

钱小手没有敞开肚皮喝酒，面对部下毕恭毕敬双手举起的酒杯，他仅仅是礼节性地回应一下，象征性地抿上一点点，他的心情还没有从失去亲弟兄的悲痛中恢复过来。

王二疤眼也同样没有喝酒，他时不时地离开饭桌跑到院子里检点一下琐事，比如吹鼓匠不卖力，唢呐的声音低了，厨房上菜的速度要放慢一点，让弟兄们有充足的时间开怀畅饮，等等。

“砰啪”两声二踢脚的炸响，被嘈杂的声浪掩盖得微乎其微，没有引起任何人的注意，直到大火，迅速蔓延开后，一帮被烈酒浇灌过的脑子还能有什么想法呢？只有头脑清晰反应迅速的钱小手跳墙逃离了火场。一直暗中关注着钱小手的王二疤眼也紧随其后翻墙而过，不巧的是被一块湿润的棉被绊了一跤，当他站起身的时候，钱小手已经跑远了。王二疤眼遗憾地对着棉被踹了一脚，顺着钱小手逃跑的路线往前追，可惜的是腿脚没有钱小手麻利，距离越来越远，慢慢地，钱小手就从视野里消失了。

王二疤眼从方向上估摸了一下，钱小手是往关河县城跑，他没胆量继续追下去，大营堡被八路军端掉，他作为皇协军连长有不可推卸的责任，他不知道皇军会治他什么罪，返回大营堡吗？又不知道八路军会咋处置他，王二疤眼一时间六神无主起来。

打扫战场的杨立志发现跑脱了钱花眼，查看了一下踪迹，立即追寻，跑了一段距离，远远地瞭见一人在蓝天旷野下的荒梁上徘徊，杨立志毫不犹豫撵上去，近前一看才发现是王二疤眼。

听到身后传来脚步声，二疤眼转身一看，跑到近前的是那个见过两次面还给自己布置过任务的八路军，也就不躲不避，两手抱着脑袋顺势圪蹴下来，接着就是一句话：“钱小手跑了。”

“没关系，躲过初一躲不过十五，他的血债我们给他记着，这个仇我们一定要报。”

二疤眼不再言语，缓慢地站起来，一脸茫然，漫无目的地向四周打量。

杨立志一眼看穿了他的心思。

“别想那么多，快跟我回堡里，”杨立志揪了一下二疤眼的袖子，“我盘算你晌午饭肯定没吃到肚子里，我也饿着肚子，我们快回去吃饭。”

“我是你们眼里的伪军，”王二疤眼仍然忧心忡忡地说，“跟你回去你们能放过我吗？”

“哈哈，放宽你的心，我早已通过老王打听了你，你根子不坏，在大营堡没有民愤，更没有血债，从我给你交待任务那天起，我们已经把你当自己人看待了。”杨立志带头迈开步子，边走边说，“不然，那么重要的任务，我们怎么会随便交给一个不知根底的人呢？”

“自己人？”王二疤眼有点不相信自己的耳朵，低头紧走几步，撵上杨立志。

“我们的真仇大敌是那些日思夜盼想姓‘皇’的人，是那些良心早就让狗啃了的人，是那些跟着外来野种残害我们骨肉同胞的人，是中国人里的渣子，我们是绝不会放过的，至于个别跟着小鬼吃混食、良心还在肚子里揣着、关键时刻还帮了我们的人，我们都把他当自己人对待。”

边走边聊，一席话打消了王二疤眼的许多顾虑。

杨立志稍微停顿一下，喘了口气，“你多少之说已经有了一点行伍经验，我们还特别欢迎你参加我们的队伍，咱们一起打小鬼子。”

“你们愿意收留我这种人？”

“不瞒你说，我就是过去在双锁山当过土匪的贼王三。”

“你？”王二疤眼大吃一惊，立即停下脚步，把杨立志从头到脚仔细地打量着。

“打量甚？我和你一样，也不长三头六臂，更没有七手八脚。”杨立志笑了笑，“快走吧，我的肚子催我了，往后慢慢再叙说。”

第三十章

公元一九四五年八月十五日，是一个值得所有中国人永远铭记的日子，历经了近三千个日日夜夜——不，应该是五千多个日日夜夜的苦熬苦斗，饱受了战乱的摧残，经受了血与火的考验，牺牲了无数仁人志士，正义之神终于亮出她的利剑，日本天皇代表大和民族乖乖将双手举过头顶，中国人民胜利了，全世界反法西斯战争胜利了，第二次世界大战落下帷幕。

农历七月初八小鬼子认怂，团部得到的消息稍微迟了一点，不过黄团长已经有所预料，从“胖子”和“小男孩”被分别投放到广岛和长崎后，黄团长就对身边的人说，小鬼子的末日马上就到了，当日本昭和天皇通过“玉音放送”《终战诏书》、宣布接受《波茨坦公告》、无条件投降的电波传来之后，黄团长下令，全团放假七天，组织游行庆贺。

地方上有头有脸的人一齐聚集到王彦家里，策划了一场盛况空前的庆贺活动，同时，在王彦的提议下，十几家大户杀猪宰羊碾米磨面，慰问四二二团的全体官兵。

到十五日那天，庆贺活动达到高潮，整个王亮营子大街小巷人头攒动，扭秧歌、踩高跷、舞狮子、耍龙灯、跑旱船等杂耍队伍头尾相接，晋剧二人台两个戏班子在街中心昼夜交替演出，人歇台口不歇。

这几天的一切庆贺活动都是人们自发组织的，又全都是义务的。

王彦在街中心的空地上搭起一个大凉棚，设了流水饭席，大寺庙里的腊八粥——来者有份，老糜米一小斗一小斗地下锅，山药蛋豆腐粉条子烩菜一大盆一大盆地上桌，不分时辰不分早晚，凡是肚子饿了的人，自找碗筷，自添饭菜，糜米捞饭大烩菜管肚饱。

十五日上午，王彦又在自家院子里搭了一个凉棚，中午饭集中宴请四二二团排以上的官兵，王光明、任运通、铁牛栓三人作为家人帮着招呼众人，端茶倒酒，忙前忙后，待一切齐备后才分别入座。

彻彻底底的大胜利，身心放松，喜笑颜开。等众人陆续入座斟满第一杯酒以后，黄团长双手举杯站起来。一看团长有话要说，在场的人就像听到口令一般，齐刷刷地起身立正，刚才还闹哄哄的凉棚里立马鸦雀无声。

“弟兄们，我先宣布一条纪律，可以开怀畅饮，也可以猜拳行令，但是不得发酒疯。”接着，黄团长的目光向四周扫了一圈，神情凝重起来，“今天是七月十五，也是民间上坟祭祖的日子，现在，我代表四二二团的全体袍泽，将这第一杯酒敬给那些先我们而去的弟兄，没有他们的流血牺牲，就没有我们的今天，是他们用鲜血和生命给我们换来了现在的胜利，我们永远不能忘掉他们。从今往后，凡我团官兵，只要在酒席宴上，第一杯酒必须先敬他们。”黄团长说罢，将杯中酒缓缓洒向地面。

所有人都跟着黄团长的动作，将杯中酒洒向地面，有人还在心里默默呼唤着那些曾经朝夕相处、情同手足的战友的名字，请他们先饮这第一杯。

一时间，庄严肃穆的气氛伴随着浓烈的酒味充满整个凉棚。

待众人完成这一仪式，黄团长接着说：“我还要给今天的酒席增加一条临时规矩，在座的诸位都是并肩携手从死人堆里滚进滚出过无数次的弟兄，聚一起免不了要互相敬酒，这次敬酒改变往常的习惯，从我开始，按照军衔大小，职务高低，从上往下敬，连排长们不必离座，更不用起立，心安理得地享受你们的上司双手捧着的那杯酒，我给这样的做法起了一个名字，叫做往下亲。”

黄团长说罢，刚才沉重的气氛烟消云散，取而代之的是一片欢呼声。黄团长率先离开座位，依次给下边的营连排长们敬完酒，然后才回到座位上，与王彦共饮起来。接下来，各位营长连长如法炮制，这就形成了一个本次宴席上非常有趣的现象，官阶越小越尊贵。

一番你来我往的敬酒之后，气氛逐渐热烈起来，酒至半酣，众人的话也就多了，小鬼子投降的事情自然是饭桌上的主要话题。众人言语之间，铁牛栓暗想，真个日怪，小鬼子投降的时间又逢了一个七月，这肯定是老天爷有意安排的，狗日们的终于作恶到头了，这个月子里阎王爷爷收人最容易，狗日们的下阴曹地府也不用挤。

说到小鬼子无条件投降，铁牛栓忍不住插话，投降就是投降，那就是彻底服输，直接认怂就行了，还说什么无条件投降，脱了裤子放屁，多加一道子手续。

任运通给他解释，无条件投降，就是小鬼子由一头疯狂的野兽，一下子成了一只躺在案板上的死猪，任人宰割，它面临的立国基础——宪法等大法，都要由参加二战的同盟国来制定。

铁牛栓说，那就闹对了，狗日的活该，这就是报应，给同盟国那几个头头脑脑们捎几句话，写这法那法的契约时，一定要再加上两条，把狗日的男人们都骟了，女人们都劁了，再不要往下生养那些灰种系。

众人大笑，黄团长掩口，这个粗野的山汉。

黄团长收起笑容，郑重其事地说："发动这场战争的罪魁祸首，是日本极少数穷凶极恶的军国主义分子，大多数日本人民是受蒙蔽的无辜者，中日两国人民同时都是受害者，我们应该把日本人民和日本的军国主义分子区别看待。"

众人点头称是，铁牛栓有点茫然。

放假这几天，四二二团的弟兄们参加完游行，观看完红火热闹，其他时间就是搞个人卫生，内务整理得井井有条，军服洗得干干净净。铁牛栓也整理了一下房间，但是没有洗军装，他觉得用不了几天就把它脱掉了，倒是对大马鞭十分爱护，拿擦枪油保养了好几遍，自从发现擦枪油比胡油好使以来，他就一直用擦枪油保养他的大马鞭。每当人们上街享受和平喜悦的热闹气氛时，铁牛栓就一个人在窑洞里想心事，他不稀罕街上那些红火热闹，小鬼子没进来前，卧柳林过正月十五的时候就是这样，每年过会，爹还是众人公推的会首，和王彦老叔在王亮营子的角色一模一样。

他一直盘算着怎样和黄团长——不，准确地说应该是和黄副师长说退伍的事情。黄团长已经晋升为少将副师长了，只不过还兼着四二二团的团长，弟兄们仍然习惯称呼黄团长，感觉这样叫更加亲切。

兵营里号角不吹哨声不响，黄团长一改往日的习惯，日上三竿才从窑洞里出来。

十五日夜里，人们看戏看红火热闹睡得有点迟，再加上身心轻松，十六日半前晌大家才陆续起床。

王彦又专门请团部的人吃晌午饭——饺子。

王彦和黄团长说："团部伙房晌午停灶，兄弟们都吃一顿羊肉饺子，我那山西老家，老祖宗有八月里羊肉活人参的说法，在咱内蒙古草原上，到六七月的时候羊肉就是活人参了。”

“尽管乡村十里风俗不同，但是在我的老家也有这些说法。”黄团长笑着搭话，“你这是继续变着法子犒劳弟兄们。”

“理应犒劳，你们终于把小鬼子打趴下了，老百姓终于能过太平日子了。”

“过太平日子？”黄团长自问自答，“我看还早。”

“黄团长的意思是还有战事？”王彦一脸疑惑。

黄团长高深莫测地微微一笑，没有接这个话茬。

午饭的气氛照样还很热烈，黄团长继续允许下面的人开怀畅饮，自己也破例多喝了几盅。蒙古老烧劲大，黄团长又不胜酒力，几盅蒙古老烧下肚后面红耳赤话多起来：

“酒肉朋友，酒肉朋友，这话有点意思，酒和肉肯定是非常要好的朋友，时刻也不能分开。”

“这话说得在理，咱草原上的人饭就是肉，肉就是饭，没酒不吃肉，没肉就没饭，酒肉相伴，肚子舒坦。”王彦很赞同黄团长的话。

酒喝到这个时候，几桌人都忘掉官阶的约束，互相称兄道弟敬开了酒。

“团长，我敬你一杯。”等众人敬了一轮酒之后，铁牛栓从邻桌绕过来，双手举杯毕恭毕敬。

黄团长对其他下属敬的酒只是象征性地抿一下，唯独对铁牛栓敬的酒却一饮而尽杯底朝天，众人心里盘算，还是这个马铁牛在黄团长跟前有面子。

“黄团长，我，我想……”黄团长喝酒痛快，壮了铁牛栓的胆子，他想趁机表达自己的意思。

不料刚提起个话头就被黄团长摆手制止了，“马铁牛，你不说我也知道你的心思，你想退伍。”

一下子被团长说中心思，铁牛栓的脸更加红了，手端酒杯站立一旁不知所措，盘算了好几天的想法，被黄团长的一句话堵在肚子里。

众人都停酒杯放筷子止住言语，眼珠从黄团长身上转到铁牛栓身上，原本热闹的场面一时间安静下来，铁牛栓更是心跳加速忐忑不安。

“我有过承诺，”黄团长仰头望着窑顶，半晌才轻轻一叹，“留人不如留心，心留不住留下人也是瞎子点灯，你可以脱军装了。”

真正得到黄团长的批准，铁牛栓还有点发愣，他拙嘴笨舌地嗫嚅道：“我这人骨头贱，不能闲着，一闲下来就浑身不舒坦，现在不打仗我也闲下了，回家伺候我爹，还能省下一个人的军饷，要是小鬼子再打进来，我还跟着你一起打狗日的。”

“小鬼子再打进来？哈哈哈……”

黄团长笑出了两眼生泪。

得知马铁牛要退伍，昔日一帮子弟兄真有点舍不得，大家挨肩插膀上门看望，和他话别，邀他叨烧酒，尤其是鬼旋风，竟然也要和铁牛栓一起退伍。鬼旋风一直记着铁牛栓说过的话，他真的想娶一个五华城地面上的闺女做老婆。

黄团长的痛快出乎铁牛栓的想象，到这个时候，他又有点犹豫不决了，只能和他的两位大哥讨教。

这件事王光明和任运通一时也拿不定主意，听说国共两党正在文电往来，紧锣密鼓地筹划着谈判。国内各党各派和著名的民主人士也在积极奔走斡旋，老百姓急需休养生息，和平建国的呼声日益高涨。人心都是肉长的，能够刀枪入库马放南山过太平日子，没人愿意脑袋掖在裤带上在枪林弹雨里滚进滚出，打小鬼子那是关系到民族生死存亡的事情，没得法子，现在好不容易盼来了和平，铁牛栓的心情完全可以理解，队伍里和铁牛栓想法一样的人还有很多，弟兄们平日的话语中时不时就有流露。

事实上，他们两人也在考虑下一步怎么走，已经秘密开过几次党小组会，大家的意见不一，请示组织，得到的答复是继续留在队伍里，秘密做好党的工作，只要条件成熟，可以大胆发展一批党员，尽可能多地扩大我们的力量。

从感情上说，他俩和铁牛栓更近，比黄团长对铁牛栓的喜欢多一层情感，他俩原来的意图是想让铁牛栓参加自己的队伍，看这个样子，铁牛栓回了家也是拿定主意继续赶他的大马车，与其那样还不如让他继续留下来，关键时刻肯定是一个得力的好帮手，不过这样做从心里觉得又有点对不住云妹子。

思前想后没一个好法子，于是一致决定，暂时不注销军籍，可以先回家探亲，等一段时日，看一看形势的发展，再瞅机会试探一下黄团长的真实想法。

铁牛栓也同意这个办法，尽管黄团长对自己一直是另眼相看，但那毕竟是上下级关系，官大一品压死人，小民百姓是不敢高攀的，和两位大哥他就没有任何拘谨了，在心里一直把他俩当一母同胞的大哥看待，他对两个大哥的话从来都是言听计从。

出乎预料，黄团长还额外开恩，给鬼旋风也准了一个探亲假，两人换上便衣兴高采烈地上了路。

黄团长参加完司令部的秘密会议之后一直显得心事重重，脸色阴多晴少，有经验的老兵还从黄团长的军务安排中嗅出了一点火药味，人们不明白原因，想问又不敢，只能在背地里猜测。

“是团长在会上挨批了？”任运通问王光明。

“不可能，四二二团一直是师里的主力，在全军也是数一数二的主力团，黄团长更是师长军长的爱将，他在傅司令的眼里地位也不一般，这是人所共知的事情，再说我们的战绩有目共睹，尤其是锡拉穆楞庙战斗，既全歼了小鬼子又保全了庙宇，还有收复绥西城等等，都是很漂亮的攻坚战，每次都受到司令部的嘉奖。”王光明肯定地回答。

“我明白原因了，黄团长不喜欢窝里斗。”

王光明没有正面接话，只是对着任运通伸了一下大拇指。

团长的心情不好，没有命令，谁都不敢随便进出团长的窑洞，只有王彦和往常一样随便。

“黄团长，觉得你最近有心事。”看见黄团长拿着一张报纸浏览，王彦就试探了一下。

“和你老哥实话实说，用不了多久我肯定还得再次上战场。”黄团长给王彦倒了一杯热茶，“上层已经开过军事整编会议，原以为会缩减一部分兵力，谁知兵力不但没有缩减，而且还在继续扩充，虽然原来军的建制叫成了整编师，但是实质上兵力并未减少，就我这个团而言，明着说是一个加强团，实际上已经接近一个师的兵力了，稍微有点军事常识的人都明白这么做的意图。”

“兵多税赋重，受害的还是老百姓。唉！主子没福民遭罪，老百姓的日子快过成光景（光净）了。”王彦叹息一声。

“咦？主子没福民遭罪，主子没福民遭罪。”黄团长显然还是第一次听到这种说法，反复念叨了两遍，“这话有点意思。”

“也没什么意思，就是草民百姓的一点生活品验。”

黄团长喝了一口茶接着话题说道：“其实许多民间流传的谚语都是国情民情的反应，国共两党自从合作抗战以来，一直是面和心不和，前几年之所以没有彻底撕破脸皮，是因为大敌当前，都以国家民族的利益为重，同时也顾忌着国际上的舆论和国内的民心。这不，小鬼子刚刚投降，两党就开始明争暗斗了，国民政府担心共产党抢占地盘。”

“唉，两弟兄还尿不到一个壶里，”王彦点着旱烟吧嗒了一口，“按咱民间的习惯，应该请个中间人说合。”

“说合的人倒是有，马歇尔，美国人。”

“日怪，咱中国人的事，请一个洋人瞎掺和甚？他又不是娘舅家，倒不如兄弟们坐一起心平气静地商量。”

“前段时间就在重庆坐下来商量过了，还是两碗一大碟，我看终究免不了战场上一见高低。”黄团长指着报纸上的照片给王彦看，“这是两人在重庆谈判时的合影。”

“委员长仍旧是不苟言笑，我看脸上还带点肃杀之气，倒是共产党的头头善眉善眼，好人一个。”王彦盯着照片看了一会，“既然挨在一起照了相，肯定能和好。”

王彦说完黄团长哈哈大笑，笑得王彦一愣一愣的。

第三十一章

那天午饭过后，五老财和石瞎子躺在一起歇晌，石瞎子随手拿起一张徐主任看过的报纸浏览，看着看着忽然又起身端坐，一只眼睛睁得又大又圆，聚精会神地细端详开了，边端详边感叹，“王者气概！王者气概！天降文曲星，千年第一人。”

他这么一折腾五老财就有点奇怪，也躺不住了，翻身坐起来，戴上老花镜，探过身子看报纸，原来是一张《新华日报》，上面登载着一首词：《沁园春·雪》

五老财粗通文墨，字倒是认识，但是像这种古体词他不懂，没有往下细看。

石瞎子再次拿起报纸对着一张照片仔细观看。

石瞎子放下报纸，招呼老财老伴拿来一张纸，自己磨墨润笔开始作画，画毕，又皱着眉头想了一会，随后继续挥毫泼墨，在漫画的下面龙飞凤舞写了一首诗：

爆竹声中一岁除，

春风送暖入屠苏。

千门万户曈曈日，

总把新桃换旧符。

五老财虽然没见过，但也听说过，古时候好多文人墨客喜欢诗配画，可那都是诗画名家、书法大家，像石瞎子这种画技笨拙、不伦不类、稀奇古怪、信手涂鸦的东西确实少见，他终于忍不住了，“你这是作甚咧嘛？”

石瞎子先不回话，只管鼓嘴吹风，待墨迹干了才小心翼翼地折叠起来，夹入手边一本发黄的古书中，这才慢条斯理地说：“快变天呀，我给黄团长打一封信，知会他好自为之。”

“人家一位堂堂国民革命军的团长，天阴雨湿刮风下雪冬棉夏单这些生活小事还用得着你操心？”

“你现在还不明白这些事理，这是天机，不可泄露。”石瞎子一脸严肃认真。

一看石瞎子这么说，五老财也就不多问了。 再次，跟着石瞎子把目光转向报纸上的照片。

照片上，两个大个子并肩站立。石瞎子说，是国共两党的头头在重庆谈判时照的相。

“能从相片中看出个子丑寅卯来吗？”一说是国共两党的头头，五老财的兴趣又来了。

石瞎子指着照片说：“别看身子挨得很近，其实心理距离很远，两人心事不一，眼神各异。一个咄咄逼人，一个含而不露；一个信心十足，一个绵里藏针；都是歪脖子抗大枷——心中不服，一山二虎，必有一搏。”

“人家们这不是走到一起坐下来商量嘛，前几天还听徐主任说签订了一个什么协定，我盘算着庄户人终于能过上一个安稳的日子了。”五老财一脸疑惑。

“不要看签了一个协定，纸上的东西约束的是君子。”

“一个是国民政府的头头，一个是边区政府的脑脑，两人都是有头有脸的大人物，白纸黑字写下的东西还能不算数？咱草民百姓买房卖地还讲究一纸契约管百年呢。”

“坐江山不比咱草民百姓做买卖，不能以咱的想法度量人家的心思。”

“那么谁又是真龙天子，能坐天下？”五老财急切想知道一个结果，他的儿女都在这两股洪流当中。

“自古得民心者得天下，你觉得谁好，那就八九不离十。”

“咱草民百姓觉不见什么，要说民心，以我的笨眼光看，还是徐主任他们那种作派跟随的人多，云闺女自从和他们走到一起，就像变了一个人，整天忙得脚不沾地还乐得嘴也抿不住。不过像黄团长那样的人也是好人，只是觉得他手下有一些人和咱老百姓走得不近，不如徐主任手下那些人随和，接地气。”

一说到还要打仗，五老财又犯开了愁苦。

“红起黑倒，红起黑倒（方言，局面混乱，此起彼伏的意思）……”石瞎子念叨了两句忽然问：“八路军原来叫什么？”

“红军呗，咱这一带大人娃子都知道。”

“我想起宣统皇帝登基不久，民间就有民谣流传。”

“不用掐，不用算，宣统不过二年半。”五老财不假思索脱口而出。

“民间的谚语乌鸦的嘴，皇帝老儿也惹不起。”

五老财忽然悟出了什么。

石瞎子又是一次意味深长的微笑。

“那云闺女这条路算是走对了，只是运通和栓子那里我不放心。”五老财从石瞎子的面部读到答案，高兴之余又有点忧心忡忡。

“自古天下大事，分久必合，合久必分。”

五老财的心又落回肚子里，他历来对石瞎子的话深信不疑。

秋高气爽，万里无云，放眼望去，无边无际的草原与蔚蓝的天空在遥远的地平线上融为一色。由于傅司令的坚决抵抗，侵略者的铁蹄始终没有践踏到这一片地面，牧民的生活一直比较安宁，一团一簇的羊群在草丛里时隐时现，间或有舞动着鞭子的放羊汉骑马掠过，吆羊声还有民歌声就会随风飘来。

离开规矩严谨的军营，自由自在地行走在风景如画的旷野里，铁牛栓和鬼旋风的心情与自然界的景色一模一样，还没觉着累，古城就出现在视野里。

“我看咱俩今天就是老抠的戚人（方言：客人）了。”铁牛栓不怕出力流汗，就怕少酒没饭。

“好，再去破费他一坛蒙古老烧。”一提起六十九，鬼旋风也想到了酒肉，“烤全羊是他的拿手好戏。”

故交临门，六十九自然是喜出望外，立即开始杀羊温酒，淘米洗菜。手脚忙乱的同时嘴还不闲着：“你两人一个酒囊，一个饭袋，咱只能是先君子后小人，交了定钱再开饭，不然酒足饭饱揩嘴走人，我可没胆子追到兵营里要账。”

“穷兵饿学生，抠折你的指头也没用，自古肩挎七斤半，走遍天下白吃饭。”打嘴仗鬼旋风比六十九强。

“你们不穿军装不拿枪，是退伍了？”一句话提醒六十九。

“没有，我们回家探亲。”铁牛栓如实相告。

闲聊之间酒肉上桌，一顿海吃海喝，酒足饭饱。

酒肉色之媒，鬼旋风一放酒杯就嬉皮笑脸地向六十九借行脚：“我想出去散散心。”

“马圈里拴的那几匹牲口你随便使唤，不过我可告诉你，一马蹄子内你那几个老相好走的走散的散早已没了音信，十里长滩那个小寡妇也有了主子，别去招惹人家了。”六十九一眼看穿了他的心思，“狗日的，真是当兵三年，看见母猪也是花眼眼。”

“她怎么忽然嫁人了？”鬼旋风脸色有点不自在。

“听说那男的是小鬼子俘虏的一名抗日人员，在口里小鬼子的据点里蹲了半年大牢，被小鬼子糟蹋得没个人模样了，逃出来后挣扎着走到十里长滩，被小寡妇收留下来，好吃好喝伺候了一段时间，也就顺水推船走到一起了。”

鬼旋风轻轻叹了一口气。

“听兄弟一句话，咬牙等的，这次回家我就给你踅摸一个对时对眼的。”铁牛栓真诚地这么一说，鬼旋风也就打消念头，安心入睡了。

天色微明，铁牛栓就睡不着了，一股劲催促鬼旋风上路。

“急什么，你回家是有鲜花等着你，我家里少吃没喝只有两位老人，还不知道在不在世，这里至少还有酒有肉。”鬼旋风被催不过，边穿衣服边磨叨，极不情愿。

踏上家乡地面，鬼旋风和铁牛栓分手，各自向着自己的村子走去，铁牛栓有点寂寞，嗓子也有点发痒，一首又一首的民歌脱口而出：

东山上点灯西山上明，
六十里山路瞭不见个人。

荞面疙坨儿羊肉汤，
死死活活相跟上。

天长不过五月天短不过冬，
难活不过个人想人。

一片云彩从头顶缓缓飘过，热辣辣的日头被遮了片刻，一股凉风微微吹来，铁牛栓浑身上下清爽凉快了许多。好久没有这么唱过了，在队伍上少有这样的机会，他放开嗓子尽情地唱着，悠扬的歌声传得很远：

山挡不住云彩树挡不住风，
神仙也挡不住那个人想人。

墙头上跑马还嫌低，
面对面看见还想你。

爬一道山坡坡下一道梁，

见不上妹子我好心慌。

已经瞭见家乡山梁上那一棵枝繁叶茂的大柳树，马上就要见到自己的心上人了，铁牛栓的心情更加高兴：

西山上的大蒜东山上的葱，

小妹妹好比那穆桂英。

还没等铁牛栓的下一首民歌出口，就有女人接上唱开了：

东山上的核桃西山上的枣，

三哥哥好像那杨宗保。

歌声很熟悉，一听就知道是大翠嫂子。

显然，大翠也听出了铁牛栓的声音，她接上铁牛栓的曲子只唱了一句就调门一转唱开了《芝麻油》：

芝麻油，白菜心，

要吃红豆（红豆，指豆角，豆发大音）抽筋筋。

三天不见哥哥的面呼儿嗨吆，

想得妹子我泪淹心。

麻油香，菜心红，

蓝天上飘来一疙瘩瘩云，

刮风下雨打雷声呼儿嗨吆，

倒叫妹子我不放心。

芝麻油，白菜心，

三哥哥如今出了远门，

有空你回家眊妹妹呼儿嗨吆，

乐得妹子我发了疯。

一呼百应，大翠的歌声一落又有男人接上唱开了：

骑白马，挎洋枪，

三哥哥加入了共产党，
有心回家看姑娘呼儿嗨吆，
因为打鬼子顾不上。

东方红，太阳升，
中国出了个毛泽东，
他为人民谋幸福呼儿嗨吆，
他是人民大救星。

毛主席，爱人民，
他是我们的带路人，
为了建设新中国呼儿嗨吆，
领导我们向前进。

共产党像太阳，
照到哪里哪里亮，
哪里有了共产党呼儿嗨吆，
哪里人民得解放。

共产党、毛泽东……老调新词，铁牛栓第一次听到，他想起两位大哥和他说过的话，原来这共产党的头头还是人民的大救星啊，怪不得他们俩背地里老给他提说，这共产党和毛泽东可真接地气，竟然还有人把他们编进民歌里，唱得人心里热乎乎的。

定睛瞭望，对面山坡上是一伙正在收秋的男男女女，歌声就是从那群人里传出来的，显然，大翠也在其中。

一看见酸枣就牙根根痒，
一听见你的声音就心慌。

还是大翠在那里唱，还没等大翠的下一首民歌出口，就有一个女人接着唱开了：

黑豆低来稻黍高，

有老婆的男人不可交；
有老婆的男人交下了，
众人的言语杀人刀。

骑骡子不如骑马快，
交朋友不如剜苦菜；
剜下苦菜度年馑，
交下朋友坏名声。

明显是给大翠火热的心上浇凉水，大翠接下来的民歌就有点酸楚：

妹子好比野地里的菜，
没人疼来没人爱；
唱几句山曲儿解心宽，
回家睡觉也安然。

铁牛栓想，大翠嫂子也确实恓惶，男人去世多年，失去了遮风挡雨的大树，孤儿寡母的日子，里里外外一个人操劳，那种度日如年的艰辛，也只有大翠这种性子的女人才能坚持下来。这时铁牛栓忽然想起了自己对鬼旋风的承诺，鬼旋风和大翠年龄相仿，大翠人样样也好，配鬼旋风富富有余，这两人正好是一对对呀！

想到这里铁牛栓心里一阵高兴，他要给大翠预先送去一点希望了：

长在地里是野菜，
剜回家中是家菜；
送你一个剜菜人，
遮风挡雨把你爱。

聪明的大翠马上就听出了铁牛栓的“歌外之音”，马上回应：

好心的兄弟做大媒，
真是那晴天响惊雷；
只要合了嫂子的意，
肥酒大肉谢兄弟。

在民歌的伴随下，铁牛栓眨眼就到家了。

和预想的一样，大白天白云不在家，只有爹和石师傅看着报纸闲聊。

“你怎么回来了？”任五老财主又惊又喜，“过黄河顺当的？”

“顺当的呀，怎么了？”铁牛栓有点不明白。

“黄河上有卡子。”

“嗯，这几年咱这里的民兵开始防河了，专门盘查河对面过来的人，主要是拦挡国民革命军。”看到铁牛栓茫然的神情，石师傅补充了一句。

“因为甚？”

“那年新军旧军闹了一场，把八路军惹毛了，一下子把原来省府任用的那些头头脑脑全撵走，打那以后，民兵就在渡口上设了卡子。”

爹这么一说，铁牛栓想起王光明和任运通念叨过的“晋西事变”，当时没上心，弟兄俩一个锅里搅稀稠，锅碗瓢勺难免有个磕碰的时候，也很正常，没想到还真的是翻脸分家划河而治了。

“这段时间河巡得不紧，国共两家的头头还没商量出个子丑寅卯来，这个时分人们又正在地里忙收秋，民兵把巡河放在了晚上，再说他又没穿那身二尺半。”石师傅说得有道理，五老财点了一下头。

“不年不节的这个时候回家，有事？”石师傅很关心徒弟的一举一动。

“小鬼子一认怂，我就和黄团长商量着要退伍，黄团长也同意。”

“那么这次回来不走了？”五老财一脸喜色，急切地插嘴。

“可是两个大哥又给我拿主意，要我先不忙注销军籍，这才请了个探亲假。”

“还是他两人看得远。”石师傅表示赞同。

铁牛栓还想说点什么，两位老人心知肚明，还没等他开口爹就告诉他：“云闺女和工作团的人一起转村子忙那个减租减息的大事情，不过今天应该回来。”

久别胜新婚，大半夜了，夫妻俩还毫无睡意。

“你们为甚要闹那个减租减息的事，有少交的，就有少收的，你们那叫捉上麻雀喂猫儿——为了一家害一家。”铁牛栓解不开这件事情。

“这是我们党的政策，为大多数穷苦百姓谋幸福。”

“你们党，你入了共产党？”铁牛栓很吃惊。

“你说五华城华老财那地租用不用减？”白云自觉失口，赶快转移了话题。

“那个花毛铁公鸡的地租应该减，那老汉打讨吃子骂穷人，听石师傅说他还常发那不义之财，不光减他的租子，还应该把他的土地全分给穷人才对。”一说实例，铁牛栓的脑子就转过弯了。

“我们现在就是按照上级的政策做这些事情。”

“这政策不赖，要是能不伤到咱爹就更好了。”

“咱爹是仁义好人，肯定不会受到伤害，再说，咱家早没地了，爹把土地捐出去了。”

一夜私房话，白云尽自己的所知给铁牛栓讲述革命道理，铁牛栓竟然听得全神贯注，不知不觉天亮了。

鬼旋风回家住了没几天就赶到卧柳林，家里的二位老人已经去世，没亲人少近邻，他在村子里住不住。

由于是铁牛栓的生死之交，白云对待鬼旋风就像对待自家的亲弟兄一般。

有铁牛栓这个可以掏心掏肺的弟兄，和其他人又不陌生，鬼旋风比回到自己家还舒坦。

铁牛栓惦记着给鬼旋风的承诺，他对白云说：“你给咱抽空探一下大翠嫂子的心思，我想给张哥管媒，我觉得他俩挺般配。”

成全一对对,多活半辈辈,这样的好事白云当然愿意做,她当天就到了大翠家。

“看云妹子喜笑颜开，肯定是这几天栓子把你伺候好了。”

白云的脸上被大翠的话羞出两朵红晕，和大翠相比，白云毕竟是受过文化熏陶的人。

“栓子还踅摸下一个伺候你的人，就是不知道你的心思。”白云巧妙地接过话题一本正经地说。

荷锄下地，搂柴升炊，当男又当女，风里来雨里去的大翠，急需要一堵遮风挡雨的高墙，一听白云这么说，大翠立马认真起来。

“谁，哪里人？”

“老家是咱邻村石城的。”

“和栓子兄弟可有一比？”在大翠的心里，汉子的标准就是铁牛栓。

“邻村上下，知根知底，和栓子是可以过命的好朋友，也是一个舍命打小鬼子的人。”

和铁牛栓可以过命，那肯定是一条响当当的汉子，一说还是个舍命打小鬼子的人，大翠就想到儿子那一根长歪了的手指头，内心特别高兴，恨不得当天就走到一起，可是这一来也勾起了大翠的心病，原本鲜花怒放的脸上一下子又布满了愧色。

“云妹子，嫂子一直想给你说一声，嫂子那年做下那对不住你的丢人事，小鬼子进村后我……”

“好嫂子，过了的事情别再提说，那个时候，娃子的生命就攥在小鬼子手里，我要是碰到那种情况，保不准也会和你一样。”

两人越说越近乎，女人间的私房话拉呱了许久。

冷等买卖热结亲，在白云的安排下，鬼旋风和大翠见了一面，亲事就定下了。

铁牛栓戏耍鬼旋风，“你这可是倒插门。”

“小子无能，自卖本身，从古到今，不只我一人。”鬼旋风嬉皮笑脸地回应。

石瞎子就近择日——中秋节，紧张地筹备，简单的婚礼，月圆夜，鬼旋风就和大翠住到了一起。

两个体格健壮的男子汉，一个新婚度蜜月，一个久别胜新婚，这样的时光过得飞快，当白云收拾行李提醒铁牛栓准备归队的时候，铁牛栓还拿过月份牌狐疑地数算了半天。

归队的日子到了，那天一大早，白云陪着铁牛栓一起向大翠家走去，刚进入院子，就听见窑洞里传出一首又一首的民歌：

早知道天高没雨不种地，
早知道你还要走不嫁你。

寻娘的羊羔子钻山沟，
活生生留下我你怎舍得走。
哥哥动身真要走，
妹子我哭得心咀咀抖。

这时铁牛栓就有点后悔，看来鬼旋风过去的想法有道理，不该给他俩牵这根红线，原本无牵无挂，走哪儿哪儿是家的人，被这根红线一拴就不自由了。

几首民歌过后，窑洞里再没有声音传出来，白云和铁牛栓轻手轻脚缓慢地推门而入，只见鬼旋风像一头刚刚圈入笼中的狐狸，在地上不停地转圈圈，嘴上含着一根抽到半截又不知何时熄灭的烟卷一脸的无奈，时不时地长吁短叹。大翠满脸愁容，盘腿端坐炕头，膝下压着鬼旋风的包袱，两眼肿得像核桃一般，显然哭过不是一回两回了。

一看这阵势白云就明白，心情和自家一模一样。

一时间，四个人谁都不先开口说话，时间在压抑的气氛中不知过了多久。

“嫂子，给张哥准备好了吧，咱们两家今天同时上演一出走西口。”白云强装笑脸率先开口，“快让他们趁早赶路，只要不打仗，出去咱也歇心的。”

白云边说边抽出大翠膝盖压着的包袱，往鬼旋风的怀里塞，鬼旋风极不情愿地伸手接住。

不料白云的话语和动作又打开大翠泪水的闸门，大翠再次泪如泉涌，边抽泣边说：“小鬼子已经被你们打跑了，去了队伍上也没个正经做的，哪如在家守着老婆娃娃热炕头舒展。”

铁牛栓和鬼旋风低头不语，两人的心情不言自明。

磨蹭了一阵，白云给铁牛栓使了一个眼色，开门向外走去，铁牛栓随后跟了出来，一看这阵势，鬼旋风也慢腾腾地迈步出门。

步履沉重的三个人刚刚走到当院，忽然从窑洞里传出了撕心裂肺的哭喊声：“好心硬的哥哥呀！”接着又是一首民歌：

天上的鸟儿成对对飞，

我怎就留不住哥哥你。

这首民歌不是唱出来的，而是蘸着心血流出来的，一瞬间，三个人都愣在了当院。

片刻过后，鬼旋风狼嚎般吼了一声，双手捂脸，两腿就好像被人抽去了筋，身子一软，顺势圪蹴下来，随即指缝间就有淅淅沥沥的液体渗出。

白云也被感染得眼眶湿润，迅速低头背转身子，上牙紧咬着下唇。

铁牛栓手足无措，僵直地站在那里，脸憋得通红，双眼盯着白云抖动的背影，眼眶里也有泪水打着转转，双手交互搓拧着。

三颗心被这首哭喊出来的民歌撕碎了。

僵持之际，五老财和石师傅进了院子，一个挂牵自己的儿子，一个惦记自己的徒弟并且还有事相托。

一看这个场面都没个好说上的，不言不语静静地站在那里。

良久，鬼旋风咬咬牙站起身，瞪着两只通红的眼睛说：“牛兄弟，我是死也不走了，国民革命军要是抓住我，杀剐由他们。”

铁牛栓看了一眼鬼旋风，又把目光转向爹和师傅，他也一时没了主意。

“不走更好，依我看，国民革命军是不会再回来了。”石师傅接住话题说。

石师傅是未卜先知的活神仙，他这么一说，鬼旋风的脸色马上就好看了许多，凄凉沉重的场面逐渐活泛起来。

“我也不走了，本来黄团长就同意我脱下那身二尺半的。”铁牛栓也高兴起来。

“你还是先归队，至于脱不脱那身二尺半由黄团长去定夺，黄团长和我们是至交，他的话你必须听。”石师傅从怀里掏出一封信递给铁牛栓，“我这里有一封给黄团长的信，你亲手交给他本人，千万不要让外人看见。”

“外人？”铁牛栓伸手接信眼望师傅。

“你的两个哥哥不是外人。”石师傅马上就明白了他的心思。

“那好，我就独自走一趟。”铁牛栓对师傅的话言听计从。

接着又对白云说道：“我和黄团长告别一下，顺便注销军籍，用不了几天就回来。”

走到村口，干爹和石师傅停下脚步，白云明白二老的心思，她陪着铁牛栓继续往前走，两人手拉手边走边聊。

“小鬼子投降以后你们的事情也不多了，安下心来在家里帮爹娘做点营生，再不用鸡叫起半夜睡地瞎忙乱了。”自从白云出过事之后，铁牛栓一直对白云在外面奔波不放心。

“尽瞎说，徐主任已经给我们讲过了，我们往后的工作更多、更忙，我们还准备建设一个新中国。”

“你们，靠你们建设一个新中国？”铁牛栓呵呵一笑，“快别瞎掺和了，那是国民政府的事，你们要能建设一个新中国，还要国民政府那帮人作甚？”

“这些道理你一时半会明白不了，我也不是弄得很清楚，不过我坚信徐主任说得没错，你赶快把那边的事情办妥帖，回来参加我们的工作。”

对于参加工作的事铁牛栓不上心，只要能和自己的老婆天天在一起就行。他高兴地点了点头，松开白云的手，心情愉快，步履轻松，马上就从白云的视野里消失了。

第三十二章

国事不幸被草民百姓言中，谈判破裂，兄弟间彻底撕破脸皮打闹开了。之前暗中你一拳我一脚不算，准确地说，大打出手的时间，是在小鬼子投降后的第十个月——一九四六年六月，从国民政府军大举进攻八路军中原根据地开始，国共两党军队打得一塌糊涂，老百姓再次陷入硝烟弥漫的战火之中。

与陕北一河之隔的晋西北，作为共产党八路军的老根据地，这时就凸显出它极其重要的地理位置，徐主任没明没夜开会，白云他们忙得脚不着地皮，转村子动员兵员，征集军需给养。

距卧柳林十几里地的西门渡口，历史上曾经是连接漠北与晋陕地面的水旱码头，鼎盛时期，竟有三百余支船筏，昼夜不停地穿梭在河面上，包头河套一带的油肉皮盐粮，走水路运达，太原等地的烟茶布棉糖，走旱路驮到这里，然后又分水陆两路销往各地。时有文人赋诗夸赞“一年四季流莺啭，百货如云瘦马驼。”抗战开始不久，渡口遭到小鬼子的飞机轰炸，渡船毁坏，商铺倒闭，人员躲藏，一个昔日很繁华的水旱码头，立马就凋零衰败了。鬼子投降后，渡口作为连接共产党陕北与晋西北两块根据地的水路通道，又逐渐恢复了生机，隔三岔五就有一两支渡船，装载着军需物资或者是八路军战士，往来于秦晋之间。

隔着一条黄河，消息传播得速度比官方还快，当国民革命军占领延安之后，这边的人心里就七荤八素乱盘算开了，五老财的心里也是十五只吊桶打水，他的两个儿子在国民革命军那边，一个闺女又在共产党这边，对铁牛栓他比较放心，因为黄团长曾经答应过，不但会保证铁牛栓的安全，而且还允许他来去自由，对运通儿和云闺女他就不放心了，一时不知道国共两家谁胜了对自家的儿女有利。

白云一脸不高兴地回到家里，嘴撅得能挂一只油瓶，对娘做好的午饭看都不待看一眼，娘慌忙揣了一下额头，不烧不烫，娘明白，闺女遇上了闹心事。

“听说毛主席住的那个地方被人家抢占了，真有这回事吗？”娘想试探闺女不舒心的原因。

“抢占那是暂时的，毛主席还在陕北指挥战斗，再说那么大的事情，也轮不上我着急犯愁，我是恶心那些像墙头草一样随风倒的人，咋就变化得那么快呢？”

“遇上甚事了？”听白云这么一说，老财主停止吧嗒旱烟，关切地问。

面对亲人，心直口快的白云也急于想倾诉一下心中的苦恼。

前不久，徐主任下达了一项紧急任务，七天之内务必征集到十万斤军粮，押运到河对面西北野战军的兵站，白云领着几个同志，连明彻夜把指定的十几个村子转了不下三遍，眼看着规定的日子马上就到了，可是还差一万多斤却怎么也征集不到，任凭白云他们大会动员，小会说服，磕头跪门求告，央爷爷叫奶奶乖哄，虚动手假生气吓唬，所有的法子使尽了，也不起任何作用。白云在焦急生气的同时就觉得特别奇怪，从三七年共产党在本县丁家洼村秘密建立第一个支部开始，到现在的公开执政马上就十年了，对各村的情况不敢说了如指掌，但基本上了解个八九不离十，就这次指定的这十几个村子，完成十万斤公粮，根本就不是什么难事。原本都是群众基础很好的村子，在抗日战争期间，别说十万斤，就是三五十万斤也不在话下，一个会议，甚至是一声号令，用不了两三天的功夫就征集齐了，并且还争抢着往集结地送，而这次征粮却比登天还难，在好几个村子里，过去思想觉悟很高，配合工作特别积极的人，现在碰到白云他们则有意回避开了，实在回避不过就装聋作哑。

这是白云参加工作以来首次完不成任务。

“怨不得乡亲们，是世事把人逼成这个样子的。”听完闺女的叙说，爹叹了一口气，“打小鬼子的时候，咱们都拧成一股绳，用官家的话说，那是一致对外，现在可就不一样了，是兄弟之间打闹，是窝里斗。远的我不知道也不敢瞎说，就咱方周二围这些村子里，在国民革命军队伍上当兵吃粮的少说也有几十号人，在八路军里的人那就更多了，都是远亲近邻，往前攀几辈子，不是沾亲便是带故，一上火线，枪子不长眼，说不定二姑舅就把二姑舅给打死了，你说他们那些亲戚本家、没出五服的族人，谁心里没个小九九，有谁愿意资助上粮秣让自家人去打自家人？”

爹的话入情入理，白云同样轻叹一口气，低下头不再言语。

“不用和肚子怄气了，快趁热吃饭，明天带着你的运粮驮队来咱家。”

第二天，五老财把家里的存粮打扫出来，总共一万两千多斤。白云眉笑眼欢喜，在驮队装粮期间，瞅个空子躲过众人的眼睛，偷偷搂着娘贴了一下脸，娘满脸开花，还要作势佯恼，高高地扬起手又轻轻地落下来，抚摸了一下闺女的后背，“茶闺女，快交任务去，让人家们看见笑话咱娘俩。”

打点着驮队走开，五老财的心情也有点沉，他并非心疼那万数八千斤粮食，像这样的事情，在打小鬼子的时期他做过多次，那时候拿出的不仅仅是粮食，真金白银也掏过，他明白这批粮食的用途，他不敢想象，吃上这批军粮的士兵会增加多大的力气，用来杀自家人，他祈盼着兄弟俩能和好，尽快结束这场战争，他再次和石瞎子唠叨时局。

石瞎子抿了一口清茶接着说，“我一直在琢磨这个现象，现在终于明白了，共产党里有一个特殊人物，天赋他一套凝聚人心的神奇本领，他就像羊群里的头羊，围在他身边的人跟着他义无反顾，这些人一个个心硬如铁，意坚似钢，不达目标誓不罢休。窝里斗开始不久，八路军就改变名号叫成了解放军，这等于向世人明心迹发誓言，我看这场内斗用不了三五年就分出个高低上下来了。”

石瞎子接着又是一段理由充足的分析比对：

“陕北地面和咱这里一模一样，养穷人不养富人，那些共产党人粗糠野菜能充饥，山泉河水能解渴，而国民革命军就做不到这一点，就算普通士兵能做到，那些戴官帽的人肯定做不到，二十几万人马，挤在手片大的一块地盘上，别说行军打仗，仅刨闹吃喝用度，军需物资，就会分走他们一半的力量。”

“你记住，不管甚时候，穿鞋的永远跑不过赤脚的。”石瞎子又补充了一句。

五老财吧嗒着旱烟，皱着眉头，慢慢品味着石瞎子的话。

白云带着一个班的民兵，往河对岸的麻镇护送这批军粮，还有其他同志从另外几个村子里征集来的三千双军鞋，五百匹老布。徐主任交代任务时悄悄告诉白云，抓紧时间安全到达，西北野战军两万多人马，严重缺乏粮食弹药，战士们现在还穿着去年冬天的衣裳行军打仗。

白云听了心急如火，带着送粮队伍过黄河，急急忙忙向麻镇疾走。

麻镇，陕北地面上一个很有名气的大镇，北通包头绥远，南接榆林延安，东与八路军晋西北抗日根据地隔河相望，历史上就是晋陕蒙三省物资汇集买卖交易的大集镇，共产党领导的中央红军到达陕北之前，这里就是刘志丹领导下的陕北红军根据地，国共两党联合抗日以后，这里又是边区政府与内蒙古国统区的交界地，国共双方的军队常在这里偷偷做一些以物易物、互通有无的物资交易，彼时，有往来于国民政府临时陪都与麻镇之间的商人感叹“三个重庆不如一个麻镇”，虽属戏谑之语，但麻镇的繁荣也由此可见一斑。小鬼子投降后，这个重要集镇仍然被八路军牢牢握在手中，内战一开始，这里就成为西北野战军的后勤基地，除去不能制造武器弹药之外，其他军需物品都可以生产加工。

白云一直在老根据地里做群众工作，已经很久没有听到枪炮声了，一进入麻镇，就感觉这里离前线不远，当街上老乡不多，行走的多数都是荷枪实弹脚步匆匆的军人。

白云正想打问一下兵站的具体位置，忽听身后传来一声喊叫，“云妹子！”

转身望去，是身着西野军服的任大哥。

“任大哥，你……”白云惊喜异常，满脸疑惑，疾步上前。

“大街上说话不方便，快跟我走，转过前面的街角就是兵站。”任运通又指了一下当街上人困马乏的送粮队伍，“人牲口都急需休息，看把他们疲困成个甚。”

进入兵站，满大院都是堆积如山的物资，有十几个军人在院子里忙碌，也有地方上的人员进进出出，任运通喊过几个军人麻利地接收物资，安排送粮人马食宿，然后拉着白云的手说：“走，我领你再见一个人。”

还没进门任运通就喊开了，“光明，快看谁来了。”

白云进门，王光明正趴在桌子前在一个小本子上写画。

一看见白云，王光明惊喜地站起来，“啊呀，云妹子，真想不到是你，前几天我们就接到通知，近期有一批晋西北老根据地过来的物资，估摸着这两天快到了，我和运通天天念叨这事情，生怕路上有什么闪失，怎么样，一路顺利吧？”王光明边给白云倒水边说，“这批物资来得太及时了，真是雪中送炭，西野近期要有大动作，急需这批物资。”

任运通想知道家乡的一些情况，白云既关心时局也惦记自己的心上人，兄妹三人紧接着就是一阵你问我答热火朝天的拉呱，时间过得很快，不知不觉天黑下来。

王光明告诉白云，铁牛栓已经注销了军籍，这个时候应该回家了。

“你们怎么参加了西北野战军？”这也是白云迫切想知道的事情。

“我去给你安顿住处，顺便给咱打闹点吃的，这事让王大哥给你细说。”

就在四二二团即将开拔前夕，在黄团长的支持下，他们把下面连队中的十几个地下党员抽调到一起，组成一支侦察小分队，这些人都是各连队的军事能手，打小鬼子时期，黄团长常常在大战前夕组织这样的小分队，执行侦察任务，所以，他们的先期出发，没有引起任何人的注意与怀疑，大家一致认为，大战即将到来。

十几个人按照预定方案在外面转悠了两天，脱离了主力部队的视野，立即急行军向大青山根据地走去，刚进山就接到指示，迅速奔赴西北战场，这里急需要人。

“你们俩也是共产党员？”虽然事实已经说明一切，可白云还是由不得多问了一句。

“哈哈，茶妹子，我俩的党龄快比上你的年龄呀！”

白云尽管很累，但晚上还是迟迟难以入睡，一连串令人高兴的事同时到来，任务顺利完成不说，自己的心上人已经注销军籍回家了，从今往后再也不用天天为他担惊受怕了，在这里又与两位大哥不期而遇，尤其是他俩竟然早已是共产党员，走的和自己是同一条路子。

第二天，天气与白云的心情一样，出奇的好，返回的路上，嗓子有点发痒：

青天蓝天蓝个莹莹的天，
共产党领导咱们打江山。

一杆杆红旗一杆杆枪，
咱们的队伍势力壮。
……

高亢嘹亮，甜美圆润，歌声在蓝天旷野下悠扬地飘向四方，引得“崖娃娃”不断地回应“势力壮……势力壮……”

白云进门正碰上杨立志和铁牛栓说事。

铁牛栓到达军营，已经过了部队开晚饭的时间，看见铁牛栓，王光明任运通很高兴，马上安排炊事班炒了几个小菜送到宿舍，弟兄三人打开一瓶蒙古老烧边吃边聊。

铁牛栓急于要见黄团长，任运通告诉他，黄团长司令部开会去了，大约摸得明后天回来。

铁牛栓就把这次回家的所见所闻，以及鬼旋风不归队的事由叙述了一遍，接着又说："家乡有好多人用民歌唱那个毛主席了。"

"咦！用民歌唱，怎么唱？"任运通急性子，马上就惊喜地问。

"你学会没有？给咱低声哼一下。"王光明也特别感兴趣。

借着酒性，铁牛栓低声唱开了《东方红》。

曲调很熟悉，就是家乡一带流行的《芝麻油》民歌，只有歌词是新的，跟着铁牛栓哼了没几遍，两人就学会了。

铁牛栓拿出石师傅写给黄团长的信，信不封口，王光明和任运通展开就看。

信没信的格式，就是一首诗一幅画，诗很熟悉，是北宋诗人王安石的《元日》，可是一幅信手涂鸦的漫画却把二人搞糊涂了。

关于石瞎子，两人也知道他是一位世外高人，这不是一封简单的信，肯定有所暗示，只是两人绞尽脑汁也拆解不开。

酒冷菜凉，铁牛栓独自一人吃喝没意思，就有点不耐烦了，"不就是一幅画嘛，我看过了，那是石师傅懒得写字，用画提醒团长，要像猪一样吃好喝好保重身体，有什么费思量的。"

铁牛栓这么说，两人无奈地相视一笑，将信照原样折叠好交给铁牛栓。

黄团长回来，铁牛栓瞅空把信递给团长，黄团长展开信，皱着眉头看了一会儿，不言不语，回到里屋，一个人静坐了一整天。

晚饭开罢，熄灯号还没有吹响，铁牛栓拿擦枪油保养他的大马鞭，王光明和任运通齐声低唱《东方红》。

第一段学唱完毕，两人余兴未尽，王光明开始打拍子指挥，"来，第二段，预备，起！"

共产党，向太阳，照到哪里……

低吟的歌声突然卡壳，不知何时，黄团长已经悄无声息地站在当地。

两人的脸色一下变得雪白雪白，王光明打拍子的手僵直地停在半空，任运通张开的嘴巴忘记合拢，铁牛栓也是呆若木鸡，忘记起立敬礼，三个人与空气仿佛在一瞬间被凝固住了。

"别惊慌失措，没什么。"黄团长打破尴尬的场面，"我是来告诉你们，明天把马铁牛的军籍注销掉，另外，你们两个也可以离开队伍，我会给你们一个冠冕堂皇离开队伍的理由，以后的路子怎么走就是你们自己的事了。”

黄团长的话音有点低沉，“只给你们三天的准备时间，部队马上就要往张家口方向开拔，具体任务暂时保密，不过我不说你们也清楚。”

“团长，我们对不起您了，我们的真实身份是……”到这时，王光明觉得再不说实话，确实对不住父亲般关爱自己人的黄团长了。

“不用明说，早在王亮营子我就明白了你们的政治立场。”黄团长摆手制止住王光明，“那本书我读过好几遍。”

王光明一下子想起那年在家中丢失的那本《共产党宣言》。

“团长，我们离开以后，您可再也不能亲自上火线冲锋陷阵了。”任运通说。

“放心，以我现在的军衔和职务，想那么干也不允许了，这次上峰已经批准我的请辞报告，我马上要到师部任职，新的团长不日就会到任。”黄团长稍作停顿又补充了一句，“再说以前那是为了抵御外侮。”

黄团长说罢转过身准备离开。

“团长！”三个人在立正敬礼的同时，王光明和任运通沙哑着嗓子喊了一声，旋即，四只眼睛就有泪水涌出，铁牛栓面红耳赤老牛般喘着粗气。

黄团长的背影猛然抖动了一下，缓慢地转回身，先对着铁牛栓山墙般的胸膛狠狠擂了两拳，接着把王光明和任运通敬礼的手从眉梢处扳下来，分别攥在自己手中，紧紧地握了片刻，然后再次转过身，步履沉重地离去。

三个人站立得笔管周正（方言，姿势端正的意思），六只含满泪水的眼睛，齐刷刷地凝视着老团长的背影，久久地行着注目礼。

任运通想把铁牛栓也组建入侦察小队，可是铁牛栓头摇得像拨浪鼓一般，“我来的时候就给白云应承下了，这次一定回去，我离不开她。”

他在两个情同手足的哥哥面前甚也好意思说。

“没出息！”任运通讥讽了一句。

“白云的脾性咱俩谁不了解？回去也不会让他闲下来，肯定要参加地方上的工作，老解放区同样缺乏干部。”王光明替铁牛栓开脱了一下。

铁牛栓动身时向黄团长告别，黄团长拿出两件物品，“这个交给石师傅，这个交给你爹。”

铁牛栓一看，给爹的礼物很稀罕很贵重，是一只怀表，铁牛栓想，黄团长的仁义天底下少见，这肯定是报答那些年资助粮饷的恩情。给石师傅的礼物是一只军用指北针，这个不稀罕，队伍上常见，是长官们随身携带的，可师傅不带兵，不行军，要这个东西没什么用。

铁牛栓前脚进门，杨立志后脚就跟进来了，仿佛能掐会算一般，对铁牛栓的行踪把握得很准。

两个五八尺大汉见面，不握手不寒暄，最亲密的动作就是相互冲着对方的胸脯杵两下子。

“知道你就会在这个时辰进门。”

“看把你日能的（方言，聪明的意思），还知道甚？”

“还知道你是大前天上午注销的军籍，还知道你路过古城在六十九那里歇了一脚，还知道你揣走了六十九两坛子蒙古老烧。”

“啊呀，当年那个贼字真没冤枉你。”铁牛栓惊奇的眼睛瞪得鸡蛋一般，彻底宾服了。

“我现在还是‘贼’，不过我是给共产党当‘贼’，为老百姓做事。”杨立志呵呵笑道，“别忘了，我可是到处有线人的。”

考虑到未来工作的需要，杨立志提前给铁牛栓透了一下口风。

“那么你是冲着那两坛蒙古老烧来的，正好，一人不饮酒，二人不玩钱，咱弟兄俩今天就消灭了它。”

“不，我是来请你参加工作的。根据徐主任的指示，请你还有鬼旋风和我一起组建公安科，鬼旋风已经同意了。”

“这……”铁牛栓有点迟疑，“等白云回家和她商量商量，再给你回话。”

铁牛栓本是推脱之意，他不想再过那种有组织有纪律的日子，他还是愿意在家里作务庄稼，放羊赶马车。

“不用商量，你必须参加。”白云进门，气还没有喘匀。

就好似有神助一般，原本都是国共两党赫赫有名的战将，联手打小鬼子的时候，一个个神机妙算，运筹帷幄，决胜千里，论指挥才能和作战艺术，很难区分个你高我低，可是内战开始后，国民革命军队伍里那些身经百战的名将几乎全成了解放军手下的败将。

仿佛国民革命军在帮着验证石瞎子的预言，西北战场，十倍于共产党人马又装备着一流武器的国民革命军，却被少吃没喝、缺枪少弹、冬衣夏穿的解放军耍猴般牵着鼻子，在陕北的原野梁峁上，群山沟壑间转开了圈子，直把国民革命军转得东西不分，南北不辨，精疲力尽，军心涣散，共产党的队伍动手了，不久就传来了青化砭、羊马河、蟠龙镇三战国民革命军惨败，解放军完胜的消息。

蟠龙镇是国民革命军储备战略物资的重镇，其中存放有四万多袋米面和五万余套夏季军服，还有难以计数的枪支弹药，此役一下子解决了西北野战军近期急需的军用物资，还从俘虏中补充了相当多的兵力，黄河东岸晋西北老根据地的支前压力明显减轻了许多，徐主任轻松地喘了一口气，白云他们高兴得拍手跳脚。

石瞎子看着白云拿回家里的战报，反复念叨了几遍地名，然后对五老财说，“接连三战三捷，史上少见，这中间还出现了一个羊马河之战，这叫‘三羊开泰’，国共两党的角色马上就要互换了，原来是国民革命军追着解放军打，从今往后肯定是解放军追着国民革命军打。”

“不管谁胜谁败，伤损的可都是炎黄子孙。”五老财心软，一脸的同情，还惋惜地轻叹一声。

“龙虎相斗，蛇鼠遭殃，改朝换代，血雨腥风，天下大事，自古如此，这是定数。”石瞎子继续说，“我还从战报上看出一点意思，青化砭一战，国民革命军两千九百多人马被解放军俘虏了三分之二，蟠龙镇更绝，国民革命军七千多人的队伍就有六千七百多人当了俘虏。这就有点意思了，我觉得国民革命军的军心涣散无心恋战是肯定的，解放军的战法也和打小鬼子时候不一样了，不再是尸山血海拼上老命厮杀，不再是杀敌一千自损八百的打法，能不开杀戒就尽可能不开，人心都是肉长的，毕竟血浓于水。”

这时候的石瞎子，仿佛又成了西北野战军总指挥肚子里的蛔虫。

五老财信服地点点头，接着又惦记黄团长，“黄峰兄弟就喜欢开仗打头阵……”

“黄团长已经和我过话了，他明白往后的路子该咋走。”石瞎子看了一眼手中把玩的指北针，很肯定地说。

我和你腮不离耳，耳不离腮，黄团长和你过话我咋就没见？再说，黄团长从那年开拔后就再没回来过。五老财的内心有点疑惑，不过，石瞎子的特殊本事尽人皆知，再看一眼石瞎子那自信的表情，五老财脸上的皱纹也舒展了许多。

第三十三章

华无过大半辈的日子过得头顺脚顺，可是自从闹腾开抗日他就背时了，用他的话说，老婆子烧一锅开水也要用一回锅铲子，自己喝一碗凉水也要用一次银牙签。

他先是埋怨小鬼子，可是这小鬼子究竟长得什么样子，他从来没见过，转而又埋怨开国民政府，养兵千日用兵一时，平日里你们抽丁走丁，要税纳税，怎么一到需要你们出力的时候，就跑得无影无踪了，把这么大一片地方让给八路军。

一想到八路军，他更来气，这八路军所做的事情就像专门针对着自己，一个减租减息，每年就少收十几担谷物，一个合理负担，拿出的公粮就接近全村人的一半，这与剜他的心头肉没两样，心疼的他看天不蓝，吃盐不咸，昼夜唉声叹气。

夜深人静，老两口关住门悄悄骂八路，你们嘴上喊的是打鬼子，可眼前做的事与打鬼子没半个铜钱的关系，专门替穷人说话办事欺负我华无过，我与你八路军往日无冤，近日无仇，关住门吃喝，开了门屙尿，我发财全靠自己的精打细算，这也是我祖上的德性，本人的福分，你们这么做究竟是为什么？

此外，还有令他更不顺心的事——没后，老婆在能生能养的年龄段，每两年必定要有一个小生命出世，可惜没有一个是“带把儿”的。连续五朵金花问世后，华无过沉不住气了，埋怨老婆子，“一肚子母货。”不料老婆子还反过来怨他，“你种下糜子，我能长出谷子来吗！”

眼看就到知天命的年龄，正要踅摸一个对时对眼的，就听说小鬼子打进来了，接着村里就来了八路军，这八路军一来就把老祖宗传下来的规矩翻了个底朝天，专门扶持穷人，打掐大户人家。这且不说，最可恨的是实行一夫一妻制，他们叫做解放妇女，一下子就使村里的女人高了杆子（方言，扬眉吐气的意思），原本好端端的“倾头大闺女”一个个解放了成“破头野鬼”，跟在八路军后面，抛头露面，甚事也干，村里有好几户人家的童养媳闹离婚，有的竟然开始“自由乱爱”，半夜三更还参加什么识字班，纺织班，就连那些过去吃了上顿没下顿、低眉顺眼听吆喝的穷苦人，忽然间也人五人六起来，白明黑夜帮八路军做事，对人家言听计从,有几个二杆子还敢当面对他吆五喝六,真应验了那句古话,奴出世,没整治。

这天，华无过正在家里生闷气，大门外的狗又咬起来了，开门一看，是原来本村的白寡妇、现在卧柳林马大鞭的媳妇、八路军工作团的白云，身后还跟着六七个“破头野鬼”。

白云首次登门他很意外，不由得把白云从头到脚打量了一番。

这个小寡妇，自从嫁给马大鞭出脱得更加丰满水灵，人配衣裳马配鞍鞴，尽管八路军的粗布军装算不上好衣裳，但穿在她身上却显得那么合身，身材被腰带一勒，该细的部位更细，该高的部位更高，该圆的地方更圆。一支小手枪裹着一块鲜艳的红布，插在赭红色的枪套里，斜挎在腰间的皮带上，枪套外面还别着五粒黄澄澄的子弹，这个样子既标致又英气逼人，分明是穆桂英转世，不，比穆桂英强一万倍，和跟在她身后的“破头野鬼”一比，真的是鸡群里的仙鹤，鸭群里的孔雀。

华无过舌尖舔了舔双唇，紧抿嘴巴，喉结滚动，使劲咽下一口涎水。

华无过内心的活动丝毫没有逃过白云的眼睛，白云毫不在意，一脸的平静。

“华大叔，打扰了。”白云很客气。

“白寡……闺女登门，敢是有事？”

“我们来动员婶子做军鞋。”

“这……你婶子她……”一看除白云外，其他人没有一个好头脸，华老财没敢说老婆子从来不做家务。

“不要这个那个地推，一月内交齐十双军鞋，这是妇女会定的任务。”另一个女人插话，语速特快，嘴就像割脚刀子，立眉瞪眼，没有一丝一毫的温柔味。

华无过认识她，本村薛家的童养媳，叫二女子，一个过去被婆家打出来骂进去的黄毛丫头，自从八路军来就跟上他们跑逛开了，上个月刚和比她大十来岁的瘸腿男人离了婚。

“三天一双？怕……”

“让婶子黑夜少睡一会儿熬熬夜，咱总不能让战士们赤着脚打仗。”白云和颜悦色地开导。

“打仗？小鬼子不是被你们打走了吗，还……”

“反动派还没消灭完。”白云继续耐心解释。

“人家还有两天做一双的，知道你家的情况，妇女会定任务的时候就照顾你了。”还是那个立眉瞪眼的二女子。

“她是咱村新选出来的妇女主任白翻身。”白云觉察到华无过看二女子带着藐视的眼神，立即郑重地介绍了二女子的身份。

过去只知道她叫二女子，现在居然有了大名，而且还有了官衔，华无过没再张口，心里暗骂，鞋帮子做帽檐子，一步登天了。

“一个平时横草不拿、竖草不捏的老婆子，一个月十双军鞋的任务太重，就怕她完不成。”一出华家的大门白云就说。

“知道她也完不成，我们早有准备，就是要让这个地主婆子受点苦，”二女子咬牙切齿，嘴扭得糖角子一般，“听吴连长那话音，马上就要土改，他们的好日子还在后头。”

二女子说罢，其他人嘻嘻哈哈，白云面无表情，斜眼看了一眼二女子，她知道吴连长。

吴连长叫吴仁兴，是刚刚上面派来指导土改工作的。

吴连长拐着一条瘸腿，骑着一匹骟马，带着几个“指导”转村子宣布土改最新政策，第一，抗战时期建立的各级政权组织全部停止运行，成员一律靠边。第二，各村成立农会，推举一名农会主任，领导土改工作。第三，土改必须坚持一条原则，群众想咋办就咋办。

吴连长传达的是上级指示，白云他们闲下了。

内战局势渐明，早已公开的共产党组织逐步健全机构，闲下来的白云被徐主任叫去谈话。

“形势发展很快，县委拟任你为大河县委宣传部部长。”

“我？我只会跑腿应差，没当领导的经验，当不了！”白云回答得很干脆，她确实觉得自己不行。

“我们当前最缺乏的就是干部，至于经验，都是在工作实践中锻炼成长起来的。”徐主任从笔记本上撕下一页纸，写了几句话递给白云，“趁现在闲着的机会，派你再去晋绥二中学习一段时间，这是介绍信。”

“那个学校不是已经搬走了吗？”

“搬走也不远，就在相邻的汾源县，给你配备一匹马，一天就能到。”

又来一次学习机会，白云求之不得，回家稍做准备，第二天就出发了。

起初，吴连长指导土改工作极其认真，挨门逐户看老乡的米面瓮子，翻箱倒柜查老乡的衣物鞋袜，然后当场拍板划成分，指定农会主任。可是这样工作了没几天，吴连长不耐烦了，他灵机一动，想出一个省时省事的办法，每到一村，选择一处制高点，令手下登上制高点放眼四望，整个村景尽收眼底，观察到哪一户人家窑洞顶上杂草长得茂盛、烟囱里整天不冒一缕青烟，当下就把这户人家划为赤贫户，农会主任这顶桂冠也就非他莫属了。

吴连长的这个办法很管用，选择的人很精很准，绝对是该村数一数二的赤贫户，而且多数还是光棍一条。

五华城的胡来就是这样被吴连长选中的。

土改工作展开不久，吴连长就发现了问题，在好几个村子，自己钦点的农会主任说话没音，劳动没力气，办事没主意，村人不待见，没有号召力，连个像模像样的大会也召集不起来，更别说斗争地主富农挖浮财，他觉得这是人穷志短马瘦毛长的缘故，所以，他要不辞劳苦亲自访问一下五华城的农会主任。

吴连长一进胡来的家，就被胡来的穷困潦倒感动得心潮澎湃，热血沸腾。

一眼黑窟子窑洞里没有任何生活用具，也看不到半件劳动工具，只在当炕蹲着一个半截子烂大瓮，旁边是一团认不出岁数的烂大皮袄，里面蜷缩着胡来。

听到有人进门，胡来从烂皮袄里探出头来，一看是吴指导一行，他有点吃惊，不明白八路军这么大的官亲自登门有何事，他心里惴惴不安，立马从烂皮袄里钻出来，麻溜跳下地——胡来睡觉从来没脱过衣裳，手足无措站在那里。

吴连长以为那半截子烂大瓮里放着米面，探头一看，被一股死烟气呛了一下，里面是一堆燃烧过的料炭，用手一摸大瓮帮子，还有一点余热，原来胡来过冬就靠这个取暖，还好有破门烂窗的呵护，根本不怕烟焖着。

继续观察，空荡荡的窑洞一览无余。

胡来正站在那里发愣，吴连长转过身一把拉住胡来的手连着喊了两声：“同志，胡来同志！”

胡来一听吴指导“童子，童子”地叫自己，就有点不高兴了，我穷是我自己的事，与你们有什么的相干，用不着你们这么下眼看人。

胡来在心里回骂了一句，你狗日的才是个“童子”！

不料吴指导接下来的话很感人，他继续握着胡来的手边摇晃边说：“胡来同志，我们来得太迟了，你这么贫穷是我们的工作没做好。”

话说对了音也好听，胡来这才点头憨笑了一下，不过内心有点拆解不开，你们来得早就能给我天天喝酒吃肉吗？

吴连长拉着胡来同志一起坐在炕沿上，先给胡来同志讲了一番革命道理，接着又描述了一番建成共产主义社会过的日子。吴连长说，到了那个时候，我们点灯不用油，耕地不用牛，出门不用走，吃穿不发愁，住的是楼上楼下，家里是电灯电话。

胡来对吴连长说的这些话基本是东耳朵进西耳朵出，因为他想炸脑瓜仁子也想象不出来，楼上楼下电灯电话是个什么样子，更想不见点灯不用油，耕地不用牛还能用什么。

不过吴连长的最后一句话却深深地印在胡来的脑子里，吴连长说，到了那个共产主义，我们每人每天一斤糖，吃也得你吃，不吃也得你吃，哪怕把你甜死！

就是这句话提起了胡来的精气神，胡来立即凝神注目聚精会神地倾听开了。

一看胡来的情绪被调动起来，吴连长继续说，要想过上那样的日子，我们必须干革命，眼下我们的革命就是斗争地主富农，分他们的土地家产还有金银财宝，地主富农是我们的阶级敌人，我们和他们是你死我活的阶级斗争，对付阶级敌人我们必须心狠手辣，只有把他们彻底消灭了，我们才能早日建成共产主义。

一听建成那个美好的什么共产社会竟然这么简单，就是把那些大户财主斗死，分掉他们的浮财，胡来高兴得差点甩开吴连长的手跳起来。这个不难，过去做这些事情是怕被官府逮住戴上榆木大枷打入死牢秋后问斩，现在有共产党新政权这硬靠山撑腰，还怕什么！特别是建成以后每天能有一斤糖吃，那个诱惑力太大了！

胡来立马挺起精瘦黑干的胸脯，“吴指导你歇心吧，从今往后我就是你的听差，你指导我往东我绝不向西。”

就在吴连长一行将要离开之际，胡来又小心翼翼问了一句，“吴指导，你口口声声喊的那个‘童子’是个甚？”

“我喊你同志就说明我们俩是一路人了。”

我胡来竟然还有今天，和吴指导这么大的官也能成了一路人？！吴指导要是当朝天子，那我胡来歪好也是个八千岁！胡来高兴得先手舞足蹈继而又手足无措，他想抬头瞭一眼阳婆爷爷，确认一下是不是从东山头升起来的，不料眼屎有点障目，手背一抹揩去眼屎，阳婆爷爷已经偏西，再向四周一打量，能瞭见的烟囱连清烟也没有一丝一缕了。啊呀，吴指导，你的话把子也太长了，这么简单的事体一两句就说清了嘛，害得我胡来今天连个吃饭的地方也没踅摸下。

光棍一条的胡来一人吃饱全家不饿，日子过得轻松无虑，家里常年不生火烟，整天东家出西家进闲游窜。小时候人们可怜他是孤儿，走谁家都要给他一碗饭吃，习惯成自然，长大了的胡来一直就这样维系着自己的生活。

山村背舍的人憨厚，好狗儿不咬上门的戚，这种淳朴的风气源远流长，给胡来能够终年吃上百家饭奠定了社会基础。

胡来的身体很好，很抗饿，多数时日一天仅吃一顿饭，不过这一顿非要把人家吃得盆光碗净饭钵底子朝天不可，用胡来自己的话说，三年不开市，开市顶三年。

有那看着胡来长大的远房近邻长辈叔伯，知道胡来不憨不茶没毛没病，觉得他总这么过日子也不是个办法，就好心打劝他，“踅摸一个白天生火做饭、黑夜暖脚作伴的人，你要是愿意，我们也帮你打听的。”不料胡来摇头摆手回绝，“迎娶进门就得在一个锅里搅稀稠，和老婆睡觉那灰营生损身体，要是不小心生养下几个娃子，那就更苦重了。”

胡来很爱惜自己的身体，绝不承担那额外付出。

也有从小耍大的同龄人看他这个样子就说：“熏一根柳棍，拿一只烂碗，趁早走那条路。”

“走村串户翻山过岭，风吹淋雨冷寒受冻，讨吃要饭不是咱的营生。”胡来根本不愿意受那个罪。

还有一些勤快人劝他，选一个大户人家，当长工或者揽短工也比现在强，最起码一天能有三顿饱饭吃，谁知胡来还有一条更硬的理由，不动弹既省力气又省饭。

春夏天长，胡来就东荫凉倒西荫凉，找一个有闲人聚集的地方闲聊，但等晌午时分，别人家呼儿唤夫回家吃饭，他也跟在人家后面去踅吃。

冬时寒月，街面上没人，胡来大部分时间就钻在烂皮袄里猫冬，直到快晌午时才走出窑洞，选择一处踅饭吃的人家，其选择方法与吴连长选择赤贫户的方法极其相似，也是站在村里的制高点上瞭望，不同之处是吴连长瞭望杂草，胡来只关注烟囱。胡来踅吃还总结出一套经验，“白烟柴，黑烟碳，清烟上来做熟饭”。但等烟囱里不冒黑烟的时候胡来就迈开脚步，胡来进门不迟不早，正是人家端饭碗的时候。胡来绝不去那烟囱里只冒白烟的人家，他知道那样的人家最好的饭食也仅仅是煮了一锅稀饭。

日久天长，有那过日子特别节俭、心眼又不是很大的家庭主妇就不待见他了，表面上不动声色，内心却专门想办法对付胡来，毕竟粒粒嚼谷都是一家人起早贪黑辛苦换来的，经常添一张不亲不故的嘴，心里不舒坦，所以吃饭前就按人头备好碗筷，多余的全藏起来，胡来进门就只能干坐，看人家的嘴动弹。

自家人吃喝，旁边坐一个眼熟面惯的干瞪眼，但凡通情达理的大男人，心里总觉得不是滋味，放碗揩嘴的时候就要顺便招呼一声，“胡来，吃饭。”

胡来反应特快，立马拿起人家刚刚用过的碗筷，到这时女主人也不好意思了，“那是重茬碗筷，我给你洗刷一下。”

“不用洗，都是嘴。”

就这样，胡来又解决了一顿午饭。

戴上官帽的胡来首先就想到那个从没给自己吃过一匙半碗饭的华无过。

白云学习归来，正是滴水成冰的严冬，路过五华城想顺便看看师娘。

远远地，瞭见当街聚集着一群人，白云想，应该是开群众大会。

走到近前觉得不对劲，一群人围成一个大圈，听不见熟悉的同志讲演宣传，侧身挤入人群一看，中间的空地上躺着两个人，站着一头牛。牛白云认识，是华无过家的，躺着的两人看上去没个人模样，仔细辨认，是华无过老两口。

华无过浑身上下的衣服连羞丑都遮不住，露出的肉体布满焦黑的烙印，一团一团的棉絮被人群踩踏着，间或有一两团棉絮与西北风合谋，钻过人腿的缝隙，向着远方滚动，仿佛不忍心看这残忍的场面，毅然决然逃离现场。

华老婆子的裤子还算完好，可上衣的衣襟却被撕掉，两只松蔫干瘪的乳房上同样也有烙铁印痕。

显而易见，两人已经遭受过非人的折磨了。

胡来的两嘴角吐着白色的唾沫，白翻身手里还提溜着一只烙铁，正在指挥村里的几个赤贫户套牛犋，华家老两口的脚腕已经拴了绳子，一看就知道这是要磨地。

这个季节，土地早已被严寒冻成一块凸凹不平的搓板，三岁娃子都知道用这种方法磨人的后果，白云的心立马狂跳起来，头皮倏地发麻，秀发瞬间奓成一只雄狮。人命关天，刻不容缓，她必须立即制止这种惨无人道的做法。不知哪里来的力气，白云膀子一晃就把围观的人群挤开一个口子，发疯般冲进圈子里，声嘶力竭地喊："住手！这是谁的主意，快把人搀扶起来送回家将养，共产党绝不允许这么瞎折腾。"

几个手忙脚乱的人猛不防被这一声厉喊停止动作，呆站在那里。

这时华无过微睁了一下双眼，白云感觉到，眼里流露出一丝感激之情。

与此同时，胡来也被喊得愣怔了一下，定神一看，是白云，虽说是同村长大的一个女戏子，可是这一身八路军装束，再加上激愤严厉的神情，胡来还是有所忌惮，一时间也不敢胡来了。

正在僵持之际，人群外传来吴连长低沉粗重的说话声，"是谁敢在这里阻挡革命斗争？"

吴连长边说边从人群自动让开的一条通道中一瘸一拐走进圈子，"啊呀，是白云同志，这段时间你不在工作岗位，可能还不知道上面的新精神，在土改工作中我们是宁左不右，对阶级敌人决不能心慈手软，群众要咋办就咋办。"

胡来一听吴指导给自己撑腰，立刻又硬了，对着白云粗声大气地吆喝，"离远些，别拦挡我革命，我和吴指导是"童子"，我有吴指导给的'王命金剑'。

胡来的脑子好使，"心慈手软"现买现卖。

胡来吆喝罢，又大声命令那几个人，"麻利些，快动手。"

黄牛好像也感知到身后拖着的是主人，迟迟不肯迈步，但架不住鞭子加口令的催促，最终还是极不情愿地迈开了缓慢而沉重的步伐。

此时的白云真的疯了，她忘了吴仁兴刚说过的话，甚至忘掉了他的存在。她一个箭步冲到牛头前面，顾不得犀利的牛角正对着自己的胸脯，奓开双臂把畜生挡住，她圆睁双眼把围观的人群扫了一遍，希望再有几个人站出来和她共同阻挡，可惜，所有的围观者神情麻木，没事人一般。她还把过去积极配合工作、对自己言听计从的白翻身盯了一眼，盼她能助自己一臂之力，可是白翻身却故意把头扭向一边。

一看刚刚开步走的牛被白云挡住，胡来二话不说，走上前把白云劈胸脯推了一把，还好，胡来不敢过分动粗，毕竟白云军装在身，腰间还掖着一件真家伙。毫无防备的白云被这猛然一推，踉踉跄跄后退了好几步，最终还是跌坐在地。白云不顾蹲得生疼的屁股，迅速站起来，继续向牛头扑去，她要拼性命做最后的努力，然而还没等白云扑到牛头前边，胡来的袖筒里钻出一把锥子，照着大黄牛的屁股就是一下，大黄牛“哞”的一声惨嚎，骏马般扬起四蹄，奋力疯跑开了。原本面无表情的人群，忽然间兴奋起来，紧紧追随在畜生后面，一窝蜂地向前滚动，特别是胡来，跑得更加急促，生怕自己与牲畜的距离拉得大了。

白云徒劳地往前追了一段，两摊白色的东西映入眼帘，她彻底绝望了，双腿一软瘫坐在地，双手捂面，号啕大哭起来。

灰头土脸面色惨白的女儿进门，娘正盘腿坐炕上，就着半锅糨糊粘布衬子，还没等娘开口，白云一见那半锅糨糊就翻江倒海呕吐开了，直吐得满眼生泪，星星乱舞，手扶墙壁，直不起腰身，还在不断地干哕。

娘来不及揩净粘着糨糊的双手，急忙跳地搀扶白云，而且还试图举手捶背。白云说不出话来，只能激烈地摇头摆手，示意娘快把糨糊处理掉。

一看闺女这样娘高兴了，这是嘴不好（方言，指妊娠反应）闻不得糨糊的气味，不出一年家里就要添一个“炕滚滚”（方言，新生儿）了，自古庄户人家三件大喜事，添人进财买水地，这添人可是头等喜事，只是自己作为过来人，还没经见过这么厉害的呕吐。

娘急打慌忙端走锅，洗干净双手，扶着白云的身躯，轻轻拍打着后背，喜笑颜开地说：“上炕躺着，甚也不用操心，娘可会伺候坐月子女人了。”

此时的白云哪里还顾得上和娘说话，能喘上气来不再呕吐就阿弥陀佛了。在娘的搀扶下，勉强挪到炕沿边的白云，接过娘递来的一碗温水漱了漱口，挣扎着爬上炕，倒头就睡。

娘给白云塞了一个枕头，拉过一床被子盖在身上，转身就去做饭。她思量着今天的饭菜要做两样，一酸一辣，试一下闺女的口味，就能知道肚里的孩子是男是女了，酸男辣女嘛！

事实上娘只猜对了一半，白云是有了身孕，但今天的呕吐不是因为怀孕。

白云一晚上都在做着噩梦，恍恍惚惚中，老是看见娘端着半锅脑浆粘布衬子，而且还时不时地举起沾满脑浆的双手让她看，奇怪的是，娘的指缝间忽而就出现了华无过的面孔，而且眼神还在不断变换，一会儿是感激，一会儿是绝望，一会儿又是愤恨，她又同情又惧怕又恶心，老想吐却一直吐不出来……

白云这一觉一直睡到第二天快晌午才醒来，醒过来的白云不言不语，双眼痴呆呆地盯着窑皮发愣，娘慌忙用手揣了一下额头，额头不烫，娘才放心。

爹和石师傅回家吃饭，白云勉强坐起来。

“闺女咋了？”五老财看见白云脸色不对，精神不振，担心地询问老伴。

“有喜了，嘴不好。”娘一脸喜色。

“你夜来路过五华城了？”石瞎子盯着白云问。

白云点点头。

“还好，没惊动着胎气。”石瞎子接着又是一声轻轻的叹息，“狗日们的灰拾翻（方言，瞎折腾的意思），这要遭报应的。”

五老财就问，“还会发生什么？”

“虽说华家老两口不为人，但也不该这么处置他们，太过了，你看着，不久就会活眼现报，光天化日之下那么做，阳婆爷爷看得一清二楚。”

“狗日的胡来，比小鬼子还歹毒。”白云余恨未消，也说开了粗话，“用这种手段残害人，不管人好人赖，那可都是人，而且还是眼熟面惯的乡亲，这肯定不是共产党的主张，我要给徐主任汇报。”

“徐主任最近也是早出晚归转村子，感觉他也没什么办法，听说是上面的精神。”爹说。

“这种乱象不会持续多久，根本不是人做的事。”石瞎子肯定地说。

徐主任又是天黑以后才回来。

白云进门，徐主任正在油灯下奋笔疾书。

正在情绪上的白云不管徐主任写什么，直接就开口，“徐主任，五华城……”

“不用说，一切我都知道了，你的做法没错，可惜当时你一个人势单力薄，起不了作用。”徐主任缓慢地抬起头，神情凝重地看着白云，“我正给上级打报告，最近一段时间，特别是上面有了那个群众要咋办就咋办的精神之后，参与土改的人员成分就杂了，有些就是村里的懒汉二流子，他们的目的不纯，主要是为了抢分大户人家的浮财。说实话，在咱这十年九旱的贫瘠地方，本来就没有多少地主富农，真正民愤极大的恶霸地主更是少见，一些所谓的地主富农，都是靠自己的勤劳苦干，精打细算，节俭过日子才积累下一点财富，只不过有些大户平日里不为人，人们的心里有点怨气，像华无过就是这类人的典型代表。也有的大户人家居村和村，住邻和邻，心地善良，就像你爹这样的人，再土改也不会受到皮肉之苦。”说到这里，徐主任忽然有点悲愤，“还有一些觉悟不高的群众，因为我们的干部在工作中伤害了他们的利益，他们趁机公报私仇，把我们的好几个党员干部打伤了，还打死两个村干部。”

白云一听更是吃惊不小，她几乎不敢相信这是真的，从三七年开始，共产党在这一带从暗到明，从地下活动到现在的公开执政快十年了，虽说牺牲了不少人，但那都是在血雨腥风的对敌斗争中，现在这里可是解放区呀。她一时想不出这是为什么，也不敢怀疑其他原因，只得推测道：“可能是我们的同志工作方法有问题。”

“也不能全怨同志们的工作方法简单，作风粗暴，”徐主任说着说着就是一声叹息，“也是我们的支前任务太重，他们身上的压力太大了。”

白云回到窑洞里睡下，一晚上盘算着徐主任的话。

第三十四章

分完华无过家的财产，胡来躺在华家宽敞明亮的窑洞里，三床褥子摞在一起铺着，两床被子叠在一起盖着，窗户严丝合缝，数九天那刺骨的西北风再也不敢抚摸我们农会主任那干瘦的躯体了，他翻来覆去难以入睡，在这软绵绵的被褥里睡觉，那感觉就好像是躺卧在半天空的云彩堆里，狗日的财主的日子就是美气。

胡来觉得革命任务已经完成了，虽然每天一斤红糖还没到嘴边，那应该是迟与早的事情，尽管华家的粮食被人们分了，但打扫一下仓底子也足够三五个人吃半年六个月，再加上有意留下的大肥猪和山羯羊，有这些东西支垫着，我胡来不需要为那每天一斤红糖的目标去忙了，至于村里其他几个大户人家，走得走散得散，剩下没走没散的，一眼就看见领子不厚，交给手下那几个人想咋办就咋办去，我胡来没必要再受那份辛苦了。

想着想着，胡来又开始怨怪吴指导，你们来得太迟了嘛，再早来几年指导我胡来，我还用过那忍饥挨饿冷寒受冻的焦枯日子吗，还用看人家那眉高眼低趄饭吃吗！

华家大院，原本牛驴骡马嘶鸣，猪羊鸡鸭跑逛，长工短工出入，一派庄户人过日子的兴盛气象，土改工作开始后又是一阵叼红抢黑乱哄哄的热闹，随着华家人死财散，没几天就变得冷冷清清无比荒凉了。一溜坐北向南的八间大石窑，吴指导给指导团留下两间，又给胡来指定了一间，接着又把华家的五女子安顿到自己隔壁住下，余下的房产就由胡来作主分配了。

胡来惺惺相惜，首先把在土改运动中紧随自己的三个光棍拉到身边，然后把剩下的窑洞给了两户无儿无女的老夫妻。吴指导表扬胡来，觉悟提高很快，晓得奖励工作中表现突出的积极分子。胡来的内心却在拨拉自己的小算盘，这几个光棍汉既能烧火做饭，又能寻长运短，跑腿当差伺候自己正合适。

胡来还想把华五女也扫地出门，可是被吴指导拦住了，吴指导说，对于阶级敌人的子女我们还是要给出路，不能把他们一棒子全打死。吴指导又说，你敢保证华无过临死前没埋藏过金银财宝吗，把他的子女安置在我们的眼皮子底下，便于发现他们的新动向嘛。

胡来对吴指导的善心不以为然，倒是对吴指导比自己站得高看得远宾服得五体投地。

俗话说，三个老婆一台戏，三条光棍砸灰事，这四条棍集中到一起，一下子就把整个村子搅得鸡犬不宁了，没柴烧了偷柴，没炭烧了偷炭，就连同油盐酱醋等日常生活必需品也要绺窃，尤其是那些年龄还处在晚上不做点事不好入睡的夫妻，当夜的私房话第二天就能传遍村子，害得好多缺大门没院墙的人家整天提心吊胆，夜晚睡觉都要睁一只眼睛。

胡来天生就是坐地享福的命，所有偷鸡摸狗糟害众人的事都与他无关，他只动嘴不动手。至于冷寒受冻爬窗户听房那些下三烂营生他更是不屑一顾——没那个兴趣。胡来颐指气使地动嘴，心安理得地指手，四平八稳地坐着，不，准确地说，应该是头顺脚顺地躺着，尽情享受土改的胜利果实。

在分牲畜的时候，胡来把那些牛驴骡马全部分出去，对那些既伺候人又需要人伺候，宰杀起来费力又费事的大牲畜，他根本没兴趣，他只留下省心又省事，美味又可口的活物——猪羊，胡来的理由令吴指导很感动，指导团的人要吃要喝，吴指导工作辛苦，也需要滋补身体。所以，整个冬天，华家的院子里隔三岔五就有猪羊肉的香味飘出，村里的饿狗天天绕着华家大院的围墙转悠。

同样都是享受胜利果实，四条棍和吴指导天天“度年如日”，而入住华家院子的那两对老夫妻却是度日如年，因为四条棍和吴指导他们是肚子在享受，而那两对老夫妻却是鼻子在享受，还因为夜晚两对老夫妻被各种似人似鬼的异常声折磨得很难入睡，金窝银窝不如自家的穷窝，天生穷命，压不住人家这福地太岁，没住多久，两对老夫妻一致决定，搬离这个院子，回自己的老窝，继续过自己的穷日子。

华无过老两口被斗死之后，当年选择门当户对嫁到外村外地的女儿女婿们都不敢上门收拾后事，事实上各家的成分不是地主就是富农，都处在泥菩萨过河的时期，家里就剩下一个未出嫁的五女子，那年刚过了十五虚岁，虽说白白胖胖发育得很好，可毕竟还未长大成人，面对突如其来的塌天大祸手足无措，终日躲在家里以泪洗面，还是当年那个吃过华家一碗酸粥的讨吃子，选一处背风向阳的洼地，费了九牛二虎之力，刨挖出一个浅坑，讨要了两领破席片，将两人的尸体掩埋了。

卧柳林周边的村子，土改斗争地主富农的工作，在吴指导的亲自指导下轰轰烈烈地展开，唯独卧柳林的工作不动，吴指导很不满意。

卧柳林的农会主任是十二红，也是一条光棍，不过这个农会主任不是吴指导钦点的，而是卧柳林公推出来的，因为他是村里人的一个“忙来用”。

十二红的家族人烟不旺，三代单传，到他这一辈差点就断了香火，他爹见庙就磕头，遇佛就烧香，他娘给送子娘娘做了无数双小红鞋，终于把送子娘娘感动了，就在他爹快五十岁的时候十二红出生了。老来得子，三十亩地一苗谷，老两口把十二红值金当银，含在嘴里怕咽了，揣在怀里怕捂了，简直就没个放处。然而麻绳绳最容易从细处断，就在十二红六岁那年冬天，突如其来的一场大病险乎要了他的小命。十二红这个病也得的稀奇古怪，不烧不烫，不痛不痒，就是浑身成了一个软面团，人家的娃子们是日新月异见风就长，而他却是日见干朽往小里缩，大有重新缩到娘肚子里再“回炉”一趟的架势。他爹娘急得几乎就要发疯，这事让石瞎子知道，问了一下十二红的生日时辰，又把十二红端详揣摩了半天，给十二红的爹娘留下一串话，是儿不死，是财不散，没什么大事，给娃子缝一身红袄红裤，大年夜里发着火笼（点燃用块炭垒的旺火）后，拿着娃子的衣裤绕火笼左转三圈，右转三圈，然后回家给娃子穿上，从来年立春那天开始，每天把娃子抱到外面着风晒阳婆，到他自己能跑能逛的时候不拘不束，任由他和村里的猴娃子们一起厮混，从夏至到立秋这段时日里，不要担心风吹日晒，尽量光屁股在外面跑逛，直到他过了十二岁生日为止。

五老财从没经见过这么去病的法子，“你这办法管用？”

石瞎子说：“他家的娃子没毛没病，就是让爹娘给捂坏了，上不着天气，下不接地气，穿红衣裳那是去他爹娘的心病，真正能治病的就是风吹日晒加雨淋。”说到这里，又叹息一声，“苗子肯定能长成，就是有点误节令。”

对石瞎子的话，村里人绝对相信，十二红的爹娘如法炮制，在往后的岁月里，忍痛割爱把十二红推向村里的猴娃子群中，果真再没生出什么蹊跷的毛病，而且个头也逐渐开长，只是如石瞎子所言，有点误过节令，无论体力还是个头，最终也没有撵上同龄人。

本来，论十二红的家境，踅摸一个洗衣做饭暖脚作伴的女人毫无悬念，可惜是身体不做主，没体力不能劳动倒也罢了，严重的是腿胯间的那个宝贝坚决不与时俱进，十大几岁的人了，它却一直停留在五六岁的年龄段，这一下可把十二红的爹娘难受死了。养儿不见孙，到老一场空，儿子没有传宗接代的本钱，爹娘这一辈子在世上就白忙活了，人前张不开口抬不起头，人后吃不下饭睡不着觉犯死愁。家里喂的母猪发疯的时候，能把石头垒的猪圈墙拱塌，去外面找寻公猪，男人裤裆里没本钱，任你是天王老子也留不住女人的心，谁家的闺女也不会睁着眼往枯井里跳。眼看儿子这辈子的光棍是打定了，万般无奈，抱着死马当活马医的心情再次求助石瞎子，可是石瞎子对此也束手无策，和几个平日里交往较好，嘴又牢靠、多经见过世事的老人偷偷过话，讨教主意，就有人给出了一个办法，先明媒正娶一个媳妇，然后再踅摸一个光棍，组建一个“二牛抬杠”的家庭，一旦有个一男半女从娘身子里跌出来，落地就在自家的炕上，比那抱养上一个娃子名正言顺多了，虽说猪肉贴不在羊身上，可也没人敢槽头来牵马，甚至还尽量帮着十二红他爹往周全里想，择媳妇的标准就低不就高，要茶不要精，长相差池不周不正不怕，能生会养就行，光棍要尽量挑那一贫如洗没出息的窝囊货，但是必须具备做男人的基本条件，踅摸好人选，请村里德高望重的五老财出面，召集三方能拿事的人写一个契约，这样就能保证半路不出差池。主意出罢还有根有据地举证，老辈子人就有过这样的先例，谁谁家上几辈子的老祖宗就这么做过，后来居然还把香火一直延续下来，到现在已经是红烟大火的一个家族了，特事特办，没人笑话。

一番比山说水掏心窝子的话，真就打动了十二红爹娘的心，为了传香火，这个没办法的办法也是最好的办法。

不过，这种事情由娘老子直接和已省世事的儿子说，实在难以开口，一切就全部依托给了五老财，老两口唯一能做的就是尽气力给儿子多积攒些家产。

不料五老财和十二红一过话，被十二红一口回绝了，“五叔，身体不做主由不得我，日子咋过由我，说给我大我妈，不用替我操闲心，我保证不了炕上有个屙屎的，但保证他们百年之后坟头能有个烧纸的。”

没有男子汉的体魄却有男子汉的气魄，十二红的话说不上气壮山河，却也是入情入理。那个缺陷怨不得娃子本人，五老财一下子对十二红器重起来。

石瞎子私下里偷偷告诉十二红的爹，“你的为人处世不赖，我估摸这个事情还有转机，为了娃子的脸面，先不急着操办那些事，也不要张扬出去，吉人自有天相。”

铁牛栓当兵走后，十二红竟然有点失魂落魄，五老财说，“我和你石大爷招呼一声，你跟着他知书识字，学一点嘴巴上的本事吧，世道乱是暂时的，说不定以后会有用得着的时候，你石大爷当年可是文武学堂都上过的人。”

这主意很对十二红的心思，一说就中，从此石瞎子身边就有了一个“文”徒弟。

十二红手脚勤快，眼色活泛，不久就成了石瞎子身边的贴心小跑达。

老天爷很公平，没给十二红一个好身体，却给了他一个好脑子，没几年，石瞎子肚里的东西就有许多转移到他的肚子里，不仅如此，他还练就一手好毛笔字，村里人说，十二红有一笔好染。

这样一来，村人逢年过节婚丧嫁娶等凡是需要动笔墨的营生，就都指靠给十二红了。

那年月，人们对肚子里有墨水的人很看重，慢慢地，十二红也就成了卧柳林村继石瞎子之后“首屈二指”的一个知书识礼人。

五华城的土改经验被吴指导极力宣扬推广，周边的村子也开始纷纷效仿，当了农会主任的十二红忧心忡忡，他首先就想到了五叔一家人的安危，赶忙向石师傅讨教。

“放宽你的心，斗争大会尽管开。”石师傅连那一只眼皮也不待要睁一下。

果然，开了几次斗争会，人到得还算齐楚（方言，全的意思），可会议却进行得很温和，每次五老财往会场一坐，全村人就众星捧月般把他围在中间，专听他老人家过兑庄户人家过日子的经验。

指导团的成员就不满意了，直催促众人，挨个点名那些贫雇农们，要牢记阶级苦，不忘血泪仇，撕破脸皮控诉财主的剥削罪行，还暗示可以动手动脚。

一个贫雇农被催促不过，就站起身控诉开了，“那年我到任五叔家应季打短工，谁知他老人家心不公，不把我当受苦人，早饭给我吃的是那精米酸粥，他自家人喝的是酸稀粥，里面还要撒一把糠，他肯定把自家人剥削灰了。”

“快坐下，不算。”指导团的人生气地说。

这时，又一个被点过名的人站起来，“我说哇，我五大爷心不公，好不容易给我踅摸回一个老婆来，还是个地不平。”

这时有人冒了一句，“你的腿就地平的？”

会场一阵哄然大笑，

“坐下吧，没说。”指导团的人无奈了。

十二红宣布，散会。

这段时间，吴指导的心情很好，土改工作大面积大范围有声有色地展开了，有许多被划为地主富农的人家举家逃往内蒙古，留下的不动产就由农会自行处置，根本不需要他亲自出马，他每天大门不出二门不迈，专门陪伴华五女。他告诉胡来，他的工作重点开始转移了，他要下一番苦功做华五女的思想工作，他估摸着这闺女的身上有许多文章可做，比如挖掘一些金银财宝什么的。胡来嘴上不说，心里明镜般亮堂，你不嫌损身体，你就连明彻夜做那个思想工作去，保不准哪一天做得华五女动了真情，说出大院里的秘密，我胡来能分一些金银财宝，我再给你炖一只山羯羊补身体。

本来吴指导基本上不插手卧柳林的土改工作，这里面有两个原因，一来徐主任常驻卧柳林，军人出身的吴指导等级观念很强，自己虽然是上面派的指导团，但是论队伍上的级别他比徐主任低好几级，论资历他就更不敢和徐主任相比，徐主任是参加过长征的老红军，他不愿意在这样的环境下工作。二来自从“拿下”五华城以后，白天有胡来指挥的那三根棍伺候，晚上有那个温顺如小绵羊般的华五女陪伴，吴指导的思想也开始松动了，他自我感觉在土改工作中作出的贡献很大，也应该分享分享土改的胜利果实了。

当手下把卧柳林的情况汇报到吴指导那里时，吴指导一听就明白，单靠手下这几个人很难打开卧柳林的局面，必须自己亲自出马。正好，这几天华五女的身体不适宜吴指导做思想工作，而且大河县委公开挂牌后，机关所在地选在龙镇，徐主任也搬走了，到卧柳林做工作的时机正合适。吴指导决定亲自去一趟卧柳林，把那里的土改工作发动起来。

吴指导出发时不但带着指导团的成员，而且把胡来也带在身边。吴指导明展大亮的说法是让胡来跟着指导团继续学习提高，可内心里却有自己的小九九。你胡来三十多岁还没闻过女人味的光棍，一个不瘸不瞎不茶不呆零件健全的大男人，一旦趁我不在家的机会，替我做开了华五女的思想工作，那我吴连长头上戴的就不是军帽了。

吴指导入村后兵分两路，一路人马宣传造势，发动群众，用吴指导的话说那是“火力侦察”，自己一人深入那些贫雇农家里访贫问苦，吴指导说这叫“秘密侦察”。

“火力侦察”没起到任何作用，这村的人很难发动起来，都抱着一副看热闹的心态，观察着指导团的言行，“秘密侦察”的吴指导却发现了问题的严重性。

所有吴指导走访过的贫雇农说法基本一样，虽说五老财是咱村数一数二的大户人家，可人家也是数一数二的仁慈善良人家，咱少吃没喝的时候没少得到过人家的接济，咱穷怨咱没本事不会过日子，咱不能恩将仇报，葬了良心再去人家嘴里叼抢。再说，自从打小鬼子开始，人家就把众人眼里能看到的东西，还有真金白银，都资助了共产党八路军，到现在也就是一只瘦骆驼，看上去骨头架子大，实际上剐不下多少肉来，和我们也不差上下。

还有一位上点岁数的老人说得更具体，民国十八年，这片地面上遭下年馑，外村的财主乘机抬高粮价发横财，可我们村的五老财是把粮囤子可底子打扫出来赈济众乡亲，那年我们村没走出一个要饭的，没饿死一口人，过大年那天，整村人去五老财家吃了一顿粉汤油糕，人家那功德做得感天动地，我们几辈人都忘不了，吴指导你别费口舌了，举头三尺有神明，满村子没有一个人敢做那葬良心事。

吴指导恍然大悟，全村人的心都被这个大地主收买了。

他返回五华城连夜召开会议研究对策，他在会上说：“卧柳林村的贫雇农都被阶级敌人收买了，他们被软油糕糊住嘴，粉条子缠住腿，他们和地主富农穿上了一条裤子，已经不是我们依靠的对象了，这次卧柳林的土改斗争需要我们指导团的全体成员直接上手。”

吴指导决心二次攻打卧柳林，他嫌自己手下人少势单，他把胡来，白翻身和那几条棍也带上。吴指导骑着他的老骟马，后边跟着七八个人，拉拉溜溜出发了。

吴指导返回五华城，十二红担心得更厉害，听话听音，锣鼓听声，他感觉更大的风暴马上要来了。

“是福是祸都躲不过，该来的迟早要来，不该来的想来也来不了，一切顺其自然。”

石师傅的话模棱两可，十二红吃不透这是定心丸还是顺气丸，可是从任五叔的脸上也看不出丝毫的紧张与不安，十二红只能硬着头皮等。

谁知，没等来吴指导的再次光临，却传来吴指导出事的消息。

吴指导带着人马向卧柳林出发的那天，天色阴暗，云层低垂，间或还有几片雪花洋洋洒洒从空中向地面飘落，出笼窝头般的群山静静地躺卧在积雪下面，路上没有行人，四周一片荒凉。

老骟马无精打采耷拉着耳朵，缓慢地往前挪动着脚步，原本组织上给吴连长配备坐骑时就考虑得很周到，步兵未经训练一下子转行当“骑兵”，而且还是一个瘸腿骑兵，又不是在枪林弹雨里穿梭，其坐骑也就是个代步的工具，所以，挑选的就是绵羊般温顺的老骟马，加之最近一段时间，吴指导沉湎于做华五女的思想工作，对自己的坐骑疏于照顾，其他几个人又忙着享受胜利果实，致使老骟马吃喝上有点亏欠，别说没有夜草，即使白天多数时间也是念“啃槽盐花”，因此看上去比往日更加瘦弱无力，仿佛一阵西北风就能把它吹倒在地。此时，无力的老骟马与肚饱腰硬不想行动的几个人配合默契，马上的主人不急不催，马后的几个人也乐意这么散步般地跟着。

胡来边走边想，活了快半辈子，也没吃过这么多的猪羊肉，那小炒猪肉炖羊肉，简直能香塌你的脑子，昨夜晚的炖羊肉味直到现在还往喉咙上蹿，狗日的这土改的胜利果实真耐饥，好吃难消化。再打量一眼其他人，个个都和自己差不多，都是那穷汉乍富、腆胸凸肚的模样，就连同原来薛家的那个童养媳妇——早年间面黄肌瘦的二女子，最近一段时间也变得油光水活，面色红润，腰身见粗，好似有了身孕一般。

胡来又想，就这么慢慢地游荡着走哇，吃到肚子里的油肉总是需要消化的，用这种方式消化肚子里的胜利果实确实不是一件赖事。

估摸了一下路程，望一眼骑在马上一晃一晃的吴指导，胡来继续想，到卧柳林正好又是吃晌午饭的时分，凭龙王吃贺鱼，那晌午的茶饭肯定也不赖，至于饭后的那些事情，有吴指导这个大官打头阵，我胡来是不会亲自动手了。

就在吴指导一行走到一个十字路口的时候，突然，从路旁的荒草丛中传出了吱吱的尖叫声，随着声音就有两只狐狸蹿出来，一只雪白，一只通红，原本以为是受到惊吓慌不择路逃窜的，谁知两只蹿出来的狐狸却大模大样站在道路中间，龇牙咧嘴盯着吴指导一行。吴指导不愧是经过战阵之人，反应迅速，毫不犹豫，掏出配枪，拉栓顶火，举枪就射。然而，更加蹊跷的事情出现了，吴指导连开五枪，近在咫尺的两个家伙却毫无惧色，不躲不避，而且还毫发未损。就在吴指导更换弹匣准备继续开火之际，两个家伙同时跃起，向着马背上的吴指导扑来，受此一惊，老骟马一声嘶鸣，双耳后抿，四蹄腾空，鬃毛奓开，尾巴直立，原来瘦骨嶙峋的老骟马，仿佛一瞬间变成一匹腾云驾雾的骐骥，风驰电掣般向着一道荒梁疾驰而去，猝不及防的吴指导被掀翻下马，受那条瘸腿拖累，一只脚来不及抽离马镫——吴指导套镫了。

来得突然，去得迅速，一切发生在眨眼之间，跟随吴指导的心腹爱将们被吓呆了，当他们清醒过来的时候，眼前的一切已经烟消云散，狐狸消失，瘦马不见，荒梁上，一条划破积雪露出黄色土地的小道直通远方，就像勤劳的庄户人清扫出来的一条便道，在四周一片白色的映衬下分外显眼。

吴指导被老骟马拖着转眼间消失得无影无踪，清醒过来的随从循着踪迹走了四五里地，在一个背风向阳的低洼处，看到倒卧在地的老骟马，老骟马的旁边是仰面朝天的吴指导。老骟马的肚子还在微微鼓动，仿佛完成了一项重大的战斗任务，轻松地喘着一丝气息，吴指导的一只脚还斜别在马镫里，那条原本因受伤而打弯的瘸腿此时被拉成一条直棍，军装被荆棘撕成一缕一缕的布条，半个后脑勺被磨掉，头颅一下子变得奇形怪状，很是瘆人，不远处，是一座积雪覆盖的微微隆起的小土堆，一块巴掌大的破席片露在外边，在冬日的寒风中簌簌抖动。

几个人被眼前的景象吓得目瞪口呆，现场死一般寂静。

“呱！呱呱！”

突然，几声凄厉的鸟鸣在头顶上炸雷般响起，不知何时，一群黑老鸦在空中上下翻飞，交互盘旋。

这时，白翻身率先大嚎一声，接着就开始撕扯自己的头发和衣裳，胡来忽然面容古怪，嘴里念念有词，其他人头皮一阵发麻，立刻感觉恐怖异常，顾不得他们的领导尸陈荒野，发疯般跑掉了。

第三十五章

吴指导出事不久，晋西北的土改工作开始纠偏，上面的指示精神这次很具体，依靠贫农，团结中农，斗争地主富农，而且斗争的主要目的是平均地权，严令不许抢分浮财，不许进行人身侮辱，不许打斗更致人以死地，原来派出的土改指导团哪里来哪里去，一切工作在共产党的地方政权领导下开展。

土改乱象被彻底制止，工作逐渐步入正轨，各村开始民选村长，白云在五华城开会时不见往日那几个积极分子，人们告诉她，胡来和二女子被吴指导的事件吓疯后不久就死了，其他几个人经过那场变故，也不再出头露面了。胡来发疯后每天转山坡刨红泥吃，边吃边喊："红糖，红糖！"没几天，肚子就憋成一面鼓，倒在野地里。二女子发疯后还活了一个多月，她天天躲在家里烧红烙铁烫自己，直把自己烫得浑身上下没一片好肉皮才死掉。

白云听罢暗暗叹息，她有点为白翻身惋惜，那女子本质不赖，快人快语，顺肚一根肠子，对安排的工作积极又认真，如果有机会学习文化，接受教育，还可能培养成一个不错的妇女干部，只是在那段时间里没跟对人，看来跟好人出好人，跟上巫婆就跳神的古话有道理。

白云又想起华五女，这个天降横祸后孤苦伶仃的猴女子现在怎么样了？在白云的印象中，这个五女子是一个温柔善良、见着生人就脸红的好女子，别说爹娘没什么大罪，纵然有罪也不应该与还未涉世的孩子牵挂在一起，白云决定先看看她，然后再与师娘住一夜。

冬日夜长，会议没用多久就结束了，散会后白云直接往华家大院走去。

月色惨白，原来威风气派的华家大门楼子，此时冷冷清清，凄凉破败，两只雄狮般的看门大狗早就被人当作胜利果实消化掉了，两个石狮子一只歪倒在地，一只被砸掉半个脑袋，大门没上栓，轻轻一推就开了，整个大院死一般静寂，最西边的一间窑洞里，一缕昏暗的光线透过窗户纸告诉白云，这里有人。

窑门紧闭，怕吓着五女子，白云没有直接敲门，先在外面故意弄出一点动静，然后低声呼唤，“五妹，五妹，我是白云姐姐。”

窑里窸窸窣窣一阵响动，一会儿，门被拉开一条缝隙，一番观看，确认是白云后门才完全打开。

白云进门，华五女瞪着一双怯怯的眼睛注视着她，白云没有直接和五女子过话，她先走到炕沿边，用手揣了一下炕皮，炕皮冰冷，走到炉台边，揭起锅盖，锅里放着半碗不知何时吃剩下的酸粥，四下里打量，东西不多，猪窝一般杂乱，根本就不像一个女孩子居住的地方，当炕铺着一块粗毛沙毡，沙毡上，一卷露出棉絮的破薄被子龇牙咧嘴对着白云惨笑，后地两只大瓮肃穆静立，一个存水，一个储米，显然，原来较好一点的生活用品都被分掉了。她转身出门从院里搂回一抱柴火，手脚麻利地生着火，从水瓮里舀水，水面结着一层薄冰，揭开米瓮盖，瓮底还有一点糜米，白云一阵心酸，眼眶里竟然有泪水打转，她往锅里舀了几瓢水，然后开始收拾整理其他物品，一会儿，整个窑洞就显得整洁了许多，此时，炉火已旺，锅里的水开始冒出缕缕热气，窑洞里就有了一些温馨的感觉。

白云做这一切的时候，华五女不言不语，静静地站立一旁观看。

收拾完毕，白云轻轻喘了一口气，坐在炕沿边，抬起手背揩了揩额头沁出的细碎汗珠，把目光转向华五女。

华五女与白云的目光对接了片刻，忽然喊了一声，“妈！”随即改口“云姐！”接着就扑向白云的怀里号嚎啕大哭，泪水就像打开闸门的洪水，奔涌而出。

白云的心一阵针扎般痛楚，伸出双臂，将华五女紧紧搂在胸前，串串泪珠直往华五女的头发上滴落。

良久，华五女的情绪平静下来，压抑了大半个冬天的悲苦，终于得以宣泄。

白云的胸脯上，泪水和着鼻涕湿润润的一大片，透过不怎么厚实的棉衣浸湿了内衣，华五女的头发也似水洗过一般。

当晚，白云没去师娘家，华五女说什么也不让她离开。

两人挤在那床破被子下面拉呱了很久，约莫后半夜时分，华五女依偎在白云的怀中入睡了，白云却怎么也睡不着，看着还带孩子气的华五女，白云想象不出她是怎么度过这段痛失双亲的时日的，在短暂的时间内，她经历的生活落差太大了，从一个衣食无忧、受全家人宠爱的“垫窝窝”闺女，一下子成了一个吃不饱穿不暖无依无靠的孤儿。

当窗户纸发青的时候，白云稍有点睡意，可是华五女却忽然带着哭腔喊了两声，“妈妈，妈妈！”又把白云紧紧地搂住，看着睡梦中的五女子，白云的眼里再次泪水婆娑，她暗下决心，一定要帮衬这个可怜的女子一把。

天明以后，白云要离开，华五女倚在白云身边泪水涟涟。

白云抚摸着华五女的满头秀发说：“五妹子，姐还有许多事情要做，不能陪你常住，不过姐会常来看你，姐还要给你踅摸一个和你作伴的人。”

华五女无奈地点点头。

从华家出来，白云拐向师娘家。

白云进门，水仙花正给婆母梳头，看见白云就含笑带嗔说，“知道你在村里开会，娘嘱咐我给你留了一黑夜门。”

“嫂子，我昨夜和华五女作伴了。”接下来就把昨晚的事说了一遍。

“我闺女做得对，这个可怜的没娘娃子。”师娘愤愤不平，“那狗日的胡来他们咋就那么黑心，把一个好端端的人家给糟蹋了。”

“嫂子，我还想求你一件事。”

“说，亲姊热妹的，瞎客气甚。”

“想请你帮我照顾那个华五女。”

水仙花迟疑地望了婆母一眼，“咱娘……”

“好事，能帮衬个甚就帮衬个甚，”师娘一听就高兴，“我耳不聋眼不花，手脚也利落，是你们要这么伺候我，我还没到了离不开人的地步。”

“那好，云妹放心，我会把她照顾好的。”一看婆母是这个态度，水仙花也欣然答应。

白云了却一桩心愿，和同志们一起完成五个村子的选举任务，返回县委汇报工作，请领新任务。

最近一段时间工作顺风顺水，卧柳林竟然是干爹全票当选，令白云始料不及又特别高兴，这一来全家人都参加了革命工作，算得上一个地地道道的红色革命家庭了，白云的心情特别舒畅，她一高兴就嗓子痒：

解放区的天是蓝蓝的天，

解放区的人民好喜欢，

民主政府爱人民呐，

共产党的恩情说不完！

……

白云给徐主任汇报工作时面露喜色，“还是我们党在群众中的威望高，这次海选出来的村长仍然是以前的骨干分子，而且全部是早期的党员。”说到这里，白云有点惋惜，“只有我爹不是。”

“论条件你爹早就够一名合格的共产党员了，不仅合格，而且绝对是一名模范共产党员。”一说到五老财，徐主任的敬佩之情溢于言表，“他没加入组织是我的主意，以他在方周二围的名气，留在组织外为我们做工作更有意义，县委还准备让他担任二区的区长。”

“区长？”白云惊喜地问。

“对，全县按地域划分了五个区，他在二区的影响任何人都比不上，群众对他的说话做事信服得很。”

“这方面石先生一点也不比我爹差。”

“石先生是世外之人，不适合做我们的工作。”

“通过前些时的纠偏，感觉到原来敌视我们的那些人对我们的态度也变了。”

“其实，我对土改刚开始的做法也怀疑，总觉得那不是我们党的工作作风，事实证明那种做法不仅仅是过火，而且是大错特错了，毛主席还批评了一些与此有关的人。”徐主任的心情也很好，谈兴很浓，“我们党历来就敢于直面自己的错误，有错必纠，有错必改。从二一年建党到现在，我们这个不足三十年党龄的团体，从小到大，由弱到强，经历过的血雨腥风难以计数，牺牲了的革命烈士难以计数，每次危急关头，都是毛主席力挽狂澜，使我们能够从胜利走向胜利……”

徐主任娓娓地说，白云静静地听，不知不觉就到了吃晌午饭的时间，徐主任安排白云吃过午饭，白云请示下一步的工作。

徐主任看了一眼她越来越大的肚子，指令她回家休息，白云心里估算了一下，离预产期还有一个多月。

“徐主任，同志们都很忙，我还可以工作一个月。”

“不行，眼下你的工作就是休息。”徐主任毫不通融，接着再次给她讲了一个故事。

红军长征期间，我们红五军团的董振堂军团长奉命率队担任掩护任务，在一次突围战斗中，忽然有一位女同志生孩子，糟糕的是早不生晚不生，偏偏是在枪声最激烈的时候生，而且还是难产，当时那位女同志疼得满地打滚，可身边没有一个医护人员，只有几个红军小战士，而仅仅一公里之外，董军团长正在率领战士们拼死抵抗，眼看就要顶不住了，军团长焦急地拎着枪跑回来问，到底还要多长时间才能把孩子生下来，在场的人谁都回答不出来，军团长再次返身冲入阵地大声喊道："同志们，你们一定要打出一个生孩子的时间来！"战士们拼死坚守了几个小时，硬是等到孩子出生。战斗结束，一些战士经过产妇身边的时候怒目而视，因为许多弟兄就是由于多坚持这几个小时而牺牲了，但是董振堂军团长又说了一句振聋发聩的话，"你们瞪什么眼,我们流血牺牲不就是为了这些孩子吗！"

徐主任讲完，白云被红军高级指挥员这种高尚的情操感动得热泪盈眶，她忍不住问了一句，"董军团长现在在哪里？"

不料这一问，问得徐主任眼眶也潮湿了，"他……已经牺牲了。"

得到白云的关爱,在水仙花的照料下,华五女接近枯死的心灵逐渐活泛起来，就在此时，又一场塌天大祸将这个弱女子逼上了绝路。

月信没按时来，不久就开始呕吐，浑身瘫软，只想睡觉不想吃饭，女性天赋的本能告诉她，那个害人虫给她身体里播进的种子发芽了。

当时她对这些男女之事懵懵懂懂，当那个害人虫强行脱掉她的衣裤，耷拉着一条瘸腿，爬到她身上的时候，她心跳如擂鼓，她惊慌失措又手足无措，只能紧闭眼睛，紧咬牙根，强忍着恶心，接受着他的蹂躏，当他汗水淋漓地从她的身上滚到炕皮上时，她终于如释重负松了一口气，不过，下面火辣辣的痛楚告诉她，自己的少女时代结束了。

有初一就有十五，有一次就有数次，她早已心碎泪干，她像一只任人宰割的羔羊，至于屠刀何时架到脖子上，那是由屠手的心情来决定的。

那个害人虫糟蹋她的时候说，他是给她的身体里播革命种子，用这种方法改变她的命运，只要她配合他，命运就会彻底改变。尽管有点疑惑，她还是相信了他，她非常需要改变一下命运了。害人虫还说，论家产她现在已经和胡来他们一样了，等过了这阵风头，他会把她的家庭出身改过来，然后把她迎娶回家。

害人虫被老天收走了，可他种下的祸根却要由她独自承担。

按照祖辈传下来的说法，未出嫁的闺女把“私娃子”生在娘家，娘家全村人的运气都会被妨得倒了大霉，要想破解这个霉气，必须出人出钱把全村的烟囱刷成红色，把自家的院子套上牛犋深犁一遍，再把窑洞的炕板石翻过来重新铺设一次，才能保证全村人平安无事。

做这些事比要华五女的命还难，她只有一条路可走——寻无常。

选定这条路，华五女的心情一下子平静下来，不但平静下来，而且还有点高兴，既然活在世上享受不到一丝一毫的温暖，那么追随爹娘去另一个世界，在那里别的不敢保证，享受爹娘的呵护关爱那是肯定的。

白云从徐主任办公的地方出来，转身就去了隔壁的公安科，她要把爹当选村长的喜讯告诉他。

白云进门，杨立志正和铁牛栓头对头低声商量着什么。

一看他两人好像在谈论机密，白云就想退出，可杨立志已经发现了她。

“云妹子，快坐下。”

“你们谈工作，我就不打扰了。”

“共产党什么时候分家了，说这些你们我们的见外话。”杨立志打趣道，“再说，你现在是县领导，我们想给你汇报工作还得看你有没有空。”

白云被逗得呵呵大笑，杨立志起身给白云倒水。

“选举任务完成得顺利吧？”

“你猜。”

“看你的表情就知道很顺利。”杨立志一本正经地给白云汇报开了工作，“你来得正是时候，我和栓子正在商量寻找钱花眼那个大汉奸的事情。”

“听说那家伙毁容后躲到内蒙古了。”

“是的，已经有人出发到内蒙古侦察去了，可这么长时间没有任何消息，我估摸着他不是那家伙的对手，”

“那就多派几个人，必须把他找到，决不能让他逍遥法外。”白云激愤地说。

“人多目标大，目前那一带还是国统区，我考虑过鬼旋风，可我知道那家伙的本事，担心鬼旋风一个人对付不了他，正和栓子商量再派谁，可栓子执意要一个人去。”

“那就让他去！”

“你马上就临月了，他一走不知甚时能回来，怕……”杨立志看了一眼白云挺着的肚子。

“女人生孩子，一个大男人守在身边没意思，他出差执行任务，我生孩子，毫不相干嘛。”

“领导批准我就放心了，对付钱花眼有栓子一人足够。”杨立志半打趣半正经地说。

“徐主任也不同意我继续工作了，他让我提前回家休产假。”

“什么时候开始？”

“现在就休息下了。”

“那好，让栓子陪你回家，顺便做一下出远门的准备。”杨立志转头对铁牛栓说，“把咱缴获的小鬼子那个电驴子开过来，骑着它送白云回家，她现在已经不适宜骑马了。”

杨立志考虑得很周全，铁牛栓高兴地起身离去，片刻，门外就响起了摩托车的马达声。

白云跨入车斗坐好，铁牛栓拧动手把，摩托车发出一阵轰鸣，缓缓起步，这时，身后传来了杨立志的喊叫，“等一下。”

杨立志从屋里跑出来，拿着一领大皮袄，一顶军用皮棉帽，疾步走近摩托车，对铁牛栓说，“你是一头不知冷热的铁牛，把我妹子冻坏我可不答应你。”

杨立志一直等白云穿戴齐楚，重新坐好，才放心地挥挥手转身回屋。

龙镇离卧柳林不远，平时慢悠悠地步行也就是半天的时间，沙石路面不平坦，铁牛栓惦记着白云的身孕，不敢大油门奔驰，摩托车“突突突突”平稳地行驶着，不用个把时辰就到五华城，转过五华城前面那道弯就到家了。离村子越近道路越不平坦，坑坑洼洼也多起来，抬头望一眼阳婆，时间尚早，铁牛栓把车速放得更加缓慢，尽量选择平整的路面，谨慎地行驶。

路过当年那个令自己伤心的地方，白云忍不住向那座小山包张望，谁知映入眼帘的一幕使白云大吃一惊，就在那棵柳树下，孤零零地坐着一个人，白云立刻预感到不妙。

“停下！”白云突然一声大喊，铁牛栓被吓了一跳，不知道发生了什么，紧急刹车，幸好，车速不快，白云仅仅是往前晃了一下身子。

摩托车一停，白云迅速跨出车斗，甩掉皮袄，拼命往山坡上跑，近前一看，是华五女。

华五女手里攥着一根麻绳，面无表情，呆呆地坐在那里，无神的双眼茫然地瞭望着西斜的夕阳。

白云二话不说，劈手夺过麻绳，奋力一扔，麻绳游蛇般飘向远处，接着拉起华五女就往坡下走，走到车前，白云给华五女穿上皮袄，扶着她坐到摩托车挎斗里，自己坐在铁牛栓身后，搂住铁牛栓的腰，示意铁牛栓开车，此时的华五女好像灵魂出窍，木木呆呆，任由白云安排摆布。

到家里，白云把华五女安顿到自己的窑洞里，一切就绪后，才走到隔壁和爹妈说明情况，然后又担心地说，“眼下肯定是不能送回去了，回去就怕一下子想不开又出事。”

“那就在咱家住嘛。”爹说。

到这时铁牛栓才明白，是华无过家的五女子，他顺嘴说了一句，“她可是地主家庭出身的。”

“咱不管她是什么家庭出身，是人就得有饭吃，有我的一口就有她的一口。”爹的态度一明朗，白云彻底放心了。

谁知仅仅过了一夜，事情又出现变故，第二天，白云焦急地告诉娘，那闺女有了，是那个吴指导祸害的，这一下子娘也少主没意了。

昨晚，面对亲娘般关爱自己的云姐姐，华五女把苦水全部倒出来，而且认定只有死路一条。

没办法，白云只得找爹和石师傅讨主意，这种事情，还是大男人们有主见。

不料石先生听罢白云的叙述，忽然面露喜色，随口就说，“这可真是捉上山雀喂猫儿，害了一家为一家。”

五老财一脸疑惑，“你又有什么好主意了？”

“十二红家添人进口的好事来了，也是他爹娘人好修来的福分。”

“他家肯定能乐得直念弥陀佛，就怕那个五女子将来……”

“她还没长成个人就遭了那么大的罪，那方面的心已经死了，不过还是需要一个能张开口的人，先和她说明白才妥帖。”

“现如今我是她最信赖的人。”白云自告奋勇。

“你不明内情，也不合适说那些话。”石先生否定了白云，白云有点疑惑。

“我先伺候上她几天，把她的心暖过来，我和她提说。”

白云娘这么一说，众人都觉得合适，事情就这么定下来。

白云娘虽然忙，但整天笑容不离脸庞，云闺女肚子里的小生命即将问世，家里又多出一个大闺女，陌生是暂时的，毕竟齐村上下，人不亲土还亲，用不了几天就会融为一家人，她记着那句古话，人是窑楦子，人越多家越旺。

华五女毕竟还有一丝孩子气，每天有依时可口的饭食，有白云娘母俩陪着说话解心宽，慢慢地，心情好了许多，日常应递答话也跟着白云叫开了爹娘。

五老财暗示，时机成熟了。老伴瞅了个白云不在跟前的机会，把那天商量过的事给华五女说了一遍，同时明明白白告诉她，十二红家是好家，人是好人，就怕是男人们该做的事十二红做不了。

华五女脸一红，低头思忖了一会，良久，抬头说出一句话，“闺女的事情娘做主。”

“闺女，咱在家就说那家常话，自古没眼的孤儿天照应，死了姑姑有姨姨，殁了亲娘有后娘，从今往后，只要你愿意，这个家就是你的娘家。”一席话说罢，华五女一下子扑到娘的怀里，两人紧紧地搂在一起。

正准备出发的铁牛栓突然接到通知，停止一切准备工作，黄河以北的地面上暂时不能涉足，何时能去等待新的命令。

铁牛栓迫不及待回到公安科，见着杨立志劈面就问：“为什么临时变卦？”

“我也为这件事纳闷，是徐主任的指示，你回来的正好，徐主任要找我俩面谈。”

两人到来，徐主任开门见山，“形势变化很快，辽沈战役已近尾声，我四野主力正在秘密入关，淮海战役进展顺利，平津地区的国民革命军也成瓮中之鳖，党中央对绥远的国民革命军另有打算，上级指示我们，我方的武装人员不得涉足这一区域，非武装人员停止一切活动。”

“铁牛栓同志暂时没事，回家陪白云同志去，保证我们革命事业的接班人顺利诞生。”然后又对着杨立志说，“把那边的线人静下来，有空多回家走一走，也给咱加把劲，我们的革命事业需要许许多多的接班人。”徐主任顺嘴开了一个玩笑。

杨立志和铁牛栓都有点脸红，相视一笑。

铁牛栓到家，就见全家上下一脸喜色地忙活，左邻右舍帮忙的人不少，看这阵势，全是做大事宴的铺排。

娘对准备上碾坊压糕面的人说，再多淘洗上二斗黄米，不出两个月，还有一场满月喜酒，咱得让众人吃饱喝好，说着又端来一大盆粉面，给几个帮忙的女人嘱咐，粗细粉条子各压一半，喝汤用细粉条，烩菜用粗粉条。

铁牛栓一下子搞不明白，转身回到自己的窑洞。

华五女一块毛巾盘在头上箍住刘海，闭着眼睛端坐炕沿边，白云挺着个大肚子站地下，手上盘着两股丝线，兰花手指一翘一翘，正在给华五女开脸，华五女被丝线绞过汉毛的半边脸白里透红，鲜嫩欲滴。

还没等铁牛栓开口，白云就笑着对铁牛栓说："我们女人家做事，你呆看甚，快去寻找自己的营生，别在这里碍手脚。"

铁牛栓只得转身再次回到爹娘的窑洞，这时他才明白，是华五女出嫁，忍不住问道："华五女嫁给谁？"

"十二红。"娘抢过话头喜滋滋地回答。

铁牛栓一听，二话不说，立即就往十二红家跑，儿时的玩伴，感情纯真，自家的营生有那么多帮忙的人，他插不上手，他要给十二红家添一点人脉。

到了十二红家一看，竟然和自家一样，也是人来人往，前出后进，热热闹闹，做营生的人并不少。

铁牛栓还不知道，十二红在卧柳林的人气也很旺，他和十二红在村人的眼中已经是一文一武两个人物了。

十二红手中拿着一叠帖子，正准备出门，一看见铁牛栓就大呼小叫，"啊呀，牛哥回来了，正好赶上喝喜酒。"

"我能帮你做些甚？"

"你替我跑两个村子，"十二红扬了一下手中的请帖，"咱亲戚多，又分散在好几个村子，我一个人怕是跑不过来。"

十二红将请帖分出一半递给铁牛栓，两人说说笑笑地走了。

华五女的婚事办得很隆重，五老财把娘家人该做的一切做得面面俱到，陪嫁物品一应俱全，乡俗讲究一步不落，连娶带送两班子鼓手绕着村子细吹细打，光显至极。村人议论，即使亲娘老子在世，也不过如此。尽管这样，上轿前五女子还是忍不住哭了一会儿，引得白云娘母俩也很恓惶，跟着落泪。

五老财赶在旧年前了却一桩心愿，一家人过了一个欢乐舒心的大年。

初二一大早，老财主就打发铁牛栓出门，“套起马车，去十二红家接你妹子回娘家。”

“揽攒也没三步路，抬腿就到了，还用套马车？”铁牛栓有点奇怪。

“班上他两口子不要原路回来，捡人多显眼的地方走，绕着村子转一圈。”石师傅最懂五老财的心。

第三十六章

在小寡妇的悉心照料下，三个月后，钱花眼的脸伤及手腕伤痊愈了，拿过镜子一照，面目全非，钱花眼高兴了，他开始思谋怎样继续投靠日军的事情。

首先得准备见面礼，他坚信有钱能使鬼推磨，他决定把自己以前积攒的家底全部献给日军，只要日军收下礼物，肯定就会接收他，只要接收了他，傍仗着日军，往回打闹那点东西易如反掌，不！绝对是一本万利的回报。

给日军送礼就得上山走一趟，他对小寡妇说："我出去转转，看看能否找到我原来那些伙伴。"

"去吧，找不到再回来，这里还是你的家。"小寡妇对这个打过小鬼子的男人顶礼膜拜，言听计从，论个头虽然是"三寸丁"，可在她的心目中无疑就是一位顶天立地的英雄好汉。

钱花眼从孤山店出来，先去了一趟古城，在那里，他专门选择六十九的留人小店饱吃饱喝了一顿，顺便试探一下，结果很理想，六十九没有认出来。他还从其他人嘴里听到一些消息，听到的消息使他既高兴又难受，高兴的是锁子山上的土匪随着贼王三的离去一哄而散了，难受的是方周二围百八十里之内连日军的鬼魂也没有。

钱花眼决定，先上山取东西，不信背上猪头找不到庙门。

双锁山的山顶，有一座不知建于何年月的王母娘娘庙，规模很小，仅有一间正殿。名为正殿，其实就是一间小土房子，殿内只有一尊王母娘娘的半身塑像，端坐在一个土台子上，由于山上经年有土匪居住，也由于王母娘娘和人世间的升官发财生老病死关系不大，所以根本就谈不上有什么香火供品，再加上漠北荒原的雪雨风沙，小庙的荒凉破败程度就可想而知了。

钱花眼的积蓄就藏在这座小庙里。

顾忌贼王三，当年仓促离开之后再没有踏上山头一步，今日上山一看，原来还有点气派的土匪窝子荡然无存，更令钱花眼意外的是那个小庙竟然倒塌成一堆黄土。

钱花眼四顾无人，立即开始刨挖，可是费了半天的时间和力气，翻遍地皮也没找到自己的东西，眼看夕阳西下，钱花眼决定下山借一张锹，明天清早继续挖。

就在钱花眼转身离开之际，一缕闪光晃了一下眼，凝神细看，土堆斜坡上，露出一个物件反射着夕阳的余晖，走近从土堆拽出来一看，是一个铜柄玉如意，他对它的来历非常清楚，心里一阵窃喜。

其实，钱花眼一进门六十九就认出来了，但是没挑明，按照杨立志传过来指示，发现钱花眼万不可打草惊蛇，尽量盯紧他的行踪。待钱花眼一走，六十九就示意一个小伙计跟上，不久小伙计返回来说，钱花眼往山上去了。

六十九明白了钱花眼的意图，他知道此时的锁子山上连个鸟窝也没有，头儿离开时一把火把原来的摊仗烧了个精光，钱花眼上山绝不会过夜，办完事情肯定还会回来。

六十九估摸得很对，天黑不久钱花眼回来了，出乎意料，这次钱花眼不再遮掩，进门就和六十九打招呼，“老抠，挣的钱多了还是老眼昏花了，老伙计上门也不待搭理？”

“你……”六十九仔细端详着。

“我什么我，我姓钱。”

“啊呀，是开眼兄弟，眉脸全变了，听声音才听出来，你咋成了这个模样？”六十九急忙安排小伙计先上茶后温酒接着炒菜。

酒足饭饱，钱花眼也把哄骗的鬼话说完了，六十九听得一脸同情，不住咂嘴叹息。

“认识这个吗？”最后，钱花眼拿出那个铜柄玉如意。

“这是六指常年不离身的挠痒痒，怎么到了你手里，你见着他了？”

“没见着六指，是我在山上捡的。”

“那小子平时过日子手脚小，积攒下一些家资，从山上下来后在绥远城盘了一处店面，做杂货业生意。”

“他在绥远？”

“绥远城内东关街口，‘朱记杂货业’就是他开的。”

“千年的夜壶。”钱花眼内心高兴，随口骂了一句。

“探路子是我的老本行。”

钱花眼把想知道的全问清楚，安心睡了一个好觉。

六十九却一夜盘床难以入睡，他不知道这个钱开眼口里犯下什么事，从头儿传来的指令，再根据他改头换面的情况“抠掐”，这家伙肯定没干好事。独自一人上山，十有八九是寻找当年的积蓄去了，老土匪都给自己留有后路，当他拿出那个挠痒痒的时候，六十九估摸见了，他有意将朱六指的情况和盘托出，先让他俩相互撕咬，再等头儿的指令。

“硬早餐”钱花眼没喝酒，因为他心里揣着事。

六指原名朱三，因右手的拇指旁又长着一根软绵细嫩的小指头，所以伙子里的人都叫他朱六指，那年朱三害上瘩背疮，先流脓后流血，眼看小命不保，钱花眼把他背到王亮营子，找王彦老中医救了一命，疮好了，背上留下手片大的一块疤，每逢天阴雨湿就奇痒难耐。王彦说，最好用玉石做的物件挠，玉石性凉，出火。刚好，钱花眼在抢劫一个大户人家时发现了这个挠痒痒，就顺手拿回来给了朱三，从此，朱三和钱花眼就成了莫逆，两人简直是形影不离。

钱花眼为国民革命军军饷的事和头儿翻脸，悄悄下山后再没回来，不久头儿就宣布散伙，各人自奔前程了。凭朱三对钱花眼的了解，钱花眼肯定还有带不走的东西在山上藏着，待伙子散尽，朱三瞅个空子上了山，他记得和钱花眼相跟上来过王母娘娘庙两三次，每次来钱花眼都要围着娘娘的塑像转悠，所以精明的朱三首先就想到了这里。果然，在娘娘塑像背后的土台子下面，刨出三根金条二百银圆，还有一包裹着油纸的大烟。为了灭掉踪迹，朱三顺便把娘娘庙也刨塌了，当发现丢了那个如意之后还上山刨挖过一次，可是没有找到。

尽管拿到钱花眼的家当，但朱三一块大洋也没花，得不到钱花眼是死是活的准确消息，东西他不敢随便动用，靠自己的积蓄在绥远城盘下一个铺面做开了生意。

吃罢早饭，钱花眼直接往绥远城走，快晌午的时候到达东关街上的十字路口，四下张望，坐西向东，果然有一两开间的铺面，门楣上方，朱记杂货业的招牌不怎么醒目。

铺面门开着，没人进出，看得出来，买卖寡淡。

钱花眼进店，朱三正坐在柜台后面，端着一支二马驹水烟袋，咕噜咕噜抽水烟，还不时拿起插着一根筷子的玉米芯在后背上挠几下。见有客人进来，朱三立马放下还冒着袅袅青烟的水烟袋，起身站立，迅速调动面部的肌肉，满脸笑容，“啊呀，贵客临门，生意兴隆。”

边说边泡茶，又把水烟袋拿起来，重新装好，撩起袄襟揩了一下烟嘴递过来。

钱花眼暗想，狗日的，两三年的时间，原来那痞打流混的匪气就没了，还真像一个买卖人。

钱花眼走近柜台，“你不认得我？”

“你……”

钱花眼从怀里掏出那个铜柄玉如意往柜台上一搁，朱三脸色大变，看到自己丢失的东西，他马上就明白了，“你……钱哥？”

钱花眼在选择埋藏东西时就注意观察过，那座王母娘娘庙绝不会在三五年就倒塌成一堆黄土，当发现那个挠痒痒之后，他马上就明白是六指干的好事，今天一看六指的脸色，钱花眼更加确信无疑。

“认出来了还用问！”钱花眼直直地盯着朱三，双眼里的花子隐褪，黑黑的眸子好似两个无底深渊，仿佛要把朱三吸进去。

“好，今天终于等到大哥，我也就放心了。”朱三反应特快。

“听话音，是你替哥哥把东西‘保管’起来了？”钱花眼刻意在保管二字上加重了语气，他给朱三留了一条路，毕竟是当年的心腹。

“那是，那是。”朱三连连点头，就坡下驴。心疼归心疼，他不敢不承认，他熟知钱花眼的秉性，自己绝不是他的对手。

比预想的简单，不劳神不费力，脸皮没有撕破，东西失而复得，钱花眼要的就是这个结果，眼里的花子回归原位，又把两只眼珠子遮挡得云山雾罩，心里偷笑，小子机灵，会看火候。

“钱哥，你的脸？”

“唉！一言难尽，慢慢给你细说。”

温酒炒菜，两人就像分手前一样，继续称兄道弟，钱花眼娴熟地讲述了自己的光荣经历。

王二疤眼到达古城的时候天色已晚，人生地不熟，他只能按照杨立志的嘱咐，先到六十九的小店落脚，然后再相机行事。

王二疤眼也算机灵，初见面没直接提说杨立志，住了几天熟络了，六十九主动问他，“戚人，看样子你不像是过路客，你是投亲访友还是寻找个活路？你的身架掏根子背大炭都不合适，到后山拉骆驼倒是能咧，不过那也是很焦苦的营生。”

“我有一家姥爷门上的亲戚，是我妈的叔伯爷爷，据说老爷爷辈就走了口外，又听说后代就在古城十里长滩这一带，这次来是想碰碰运气，能寻到他们，帮着找个合适的营生糊口度日，口里的生活太焦苦，过不下去了。”

“知道老辈人的名字吗？”

“只知道当年走口外的先人外号叫牛皮灯笼。”

二疤眼话音刚落，六十九就问，“你老家是哪里的？”

“关河大营堡。”

“啊呀！你说的牛皮灯笼就是我的曾祖父。”

两人越套越近乎，嘿嘿，又是一门“二姑舅”，尽管是算盘打出来的亲戚，但毕竟有点血脉牵连，午饭的内容就变了，有酒有菜，话也稠了。

“以我看，姑舅不像个揽长工打短工的，你的身架子天生不能受重苦。”久走江湖，识货更识人。

“说到这里，我就不瞒姑舅了，我原来在大营堡手里拿的是这个。”二疤眼用手比画了一下。

“那么你是这个？”六十九也伸出拇指和食指比画出一个八字。

“先前是伪军，在八路军解放大营堡的时候我趁机反正了，引我走上正路的人叫杨立志。”

提到杨立志，两人相互摊开了底子。

“他已经露面，前几天进城找他原来伙子里的心腹去了，这一带是国统区，暂时不方便动作，你先在这里住着，盯着他下一步的动静，再等杨头儿的话。”

吃了人的嘴软，拿了人的手短，钱花眼一直不提东西的事情，朱三悬着的心也就一直放不下来，只得对往日的恩人，今日的债主拼命巴结，殷勤伺候。

钱花眼心安理得住着，每日早出晚归，有时候十天半月不见一面，可突然归来又是半月十天不出门，朱三不知道他在干些什么，不便多问，也不敢打问，只得肥酒大肉继续供养。

看上去钱花眼是在逛游，其实他的时间一天也没有浪费，“猪头”有六指给他保存着，酒肉有六指给他提供着，他什么心也不用操，一门子心思找“庙门”。他认定一条死理，要想出人头地过上自己向往的日子，只有找到日军，愿望才能实现。

可惜，整个漠北地面全都是国统区，起初还能得到一点消息，日军占据着什么什么地方，日军还到过什么地方扫荡，可是没几天就传来“噩耗”，不是被国民革命军消灭就是被八路赶跑，接下来就杳无音讯了。希望越来越渺茫，实际上，就连瞎眼百姓也看得出来，小鬼子已经成了秋后的蚂蚱，唯独钱花眼不这么认为，他嘴上不说，内心却坚信日军是不可战胜的，还坚信日军一定能打回来。

寻人不如等人，钱花眼开始闭门不出，坐等日军打回来，这一下朱三的日子可就难过了，隔三岔五就得割肉买酒。

失望越来越大于希望，这天晚上，心情烦躁的钱花眼一个人喝开了闷酒，不知不觉就喝得晕晕乎乎，衣服未脱躺下就睡……

农历七月，草原上最美的季节，草肥水美，牛羊成群，功夫不负有心人，钱花眼终于等到了日军，日军真就打回来了，而且指挥官还是菊地太君，看上去菊地太君比前几年胖了许多，钱花眼羡慕地想，发福了，富态相。菊地太君仍然骑着那匹大白马，挥舞着那把战刀，率领着望不到头尾的日军，在蓝天旷野下的漠北草原疾驰。一帮子土八路，不！还有许多国民革命军，被日军追赶得屁滚尿流，抱头鼠窜，钱花眼在一旁高兴得手舞足蹈，欢呼雀跃。尽管距离很远，可菊地太君一眼就认出了自己，并且随手就抛来一顶官帽，官帽打着旋儿，闪着耀眼的光芒，不偏不倚落到自己头上，官帽有点小，感觉不舒服，钱花眼有点不满意，但他不敢说。他想靠近菊地太君，双膝着地，向太君表示一下忠心，表达一下谢意，可是却被眼前潮水般一波一波的日军隔着靠不上去，他只能调动面部所有的肌肉，堆起满脸笑容，高举双臂，远远地向菊地太君致意，不，是致敬！

钱花眼的心里更加佩服日军，不！不是佩服，佩服远远不够，是那种五体投地的宾服。那么远的距离，居然一眼就认出了改头换面的自己，仅这一点能耐就把中国人比得不成个东西，他更加崇拜日军，他更加鄙视中国人，望着渐行渐远的日军队伍，他急忙尾随日军奔跑起来，生怕日军把他丢掉。

轰隆轰隆的大炮声夹杂着激烈的机枪声震耳欲聋，吓得钱花眼双手抱头直往战壕里缩，说好了不上火线，不知道为什么就身处战壕里，这时，战壕上空飞来一顶钢盔，他手忙脚乱捞探到手，直接扣在头上，钢盔太大，连面部都捂住了，感觉有点不好喘气。

耳边有人喊："钱哥，钱哥，半前晌了，还没睡醒？这么热的天气，你还把被子直往头上蒙，就不怕捂起蛆虫来，夜来的酒劲还没散？"

钱花眼懵里懵懂掀开被子，直愣愣地望着六指，半晌回不过神来，街上的麻炮、二踢脚、鞭炮声还在不断传来。

"哪里开火？"

"这是人们在庆祝胜利，小鬼子投降了。"看着愣眉怔眼的钱花眼，朱三解释。

小鬼子投降这句话令钱花眼彻底清醒过来，他的心一阵刀割般剧痛，猛地坐起身想说什么，片刻又重新躺下了。

如同一条被屠夫剔去骨头的死狗，又如同被楦了"红筒"准备做标本的一具臭皮囊，钱花眼软绵绵地躺在炕上，两眼痴呆呆地望着窑顶发愣，原来刚才的一切都是梦。他绞尽脑汁也想不出来，为什么威风凛凛的日军，说认怂就认怂了，这可让我钱花眼的后半生依靠谁呢？钱花眼的两眼角就有串串泪珠滚出。

"想不到，想不到，这么快，这么快……"

一个心硬如铁的人忽然流泪，而且语言还吞吞吐吐，朱三就有点奇怪，"钱哥，你……"

发觉朱三看自己的眼神不对，自知失言失态，马上接了一句，"真后悔，没赶上最后一仗。"

一听是这个原因，朱三也就没多想。

钱花眼居然不吃不喝接连躺了两天，两天内他思前想后盘算了无数次。皇军投降后，共产党八路军腾出手来就会找他们这些人算账，没了日军这座大靠山，八路收拾自己就如同碾死一只蚂蚁般容易，要想活下去，还想活得风生水起，过一个人上人的日子，就必须重新找一座靠山，眼下唯一能找的靠山就剩下国民革命军了，尽管原本国民革命军也不入自己的眼，但是没亲娘后娘也好，没后娘婶子大娘也不赖，有靠山总比无依无靠强。可是投靠国民革命军拿什么做见面礼呢？投靠皇军的时候，凭得是自己对日军的赤胆忠心，凭得是自己勇于残害那些和日军作对的中国人，投靠国民革命军，这两个条件都没了，那就只能靠银钱开道了，好在自己还未雨绸缪积攒下一些家私，尽管有点舍不得，但事已至此别无他法。

那天，一个人鬼鬼祟祟进门和朱三悄悄说了几句话，来人走后，朱三饭也不吃就要出门，被钱花眼叫住了，甚事这么急？

朱三美滋滋地告诉钱花眼，来人是保安司令部一位司务长，叫朱贵，虽说结识没两年，可已经交成莫逆，人是好人，就是嘴不贵气，最近绥远城里查得紧，马上就要断顿，托我打闹一点，给出的价格不菲，说好后天来取货。

这一下提醒了钱花眼，“我那东西你动过没有？”

“哥小气了，不相信兄弟吗，你的东西我怎敢随便动用。”

“那好，先给他包一块，不用说钱的事。”

钱花眼突然这么慷慨，朱三料定他别有用意，在朱贵来取货的时候，朱三就把钱花眼介绍给朱贵，没过几句话，两人就拉近乎了，从此，约莫着朱贵快要断顿，钱花眼就往保安司令部跑一趟，不久，两人的关系就处得驴皮胶一般。

战火一停，原来颠沛流离的人们陆续返乡，人员流动一大，难免鱼龙混杂，绥远省政府开始清查户口，登记流动人口，缉拿惩办汉奸，从城里到乡下，盖着绥远省政府和保安司令部两颗红章大印的布告贴得到处都是，外来人员必须有亲朋好友或者铺面担保才能落户居住，在省城保安司令部大门外边，一群一群人排队登记身份，周围还有背枪的士兵维持秩序，间或就有人被拉出来带走，朱贵告诉钱花眼，被带走的人有汉奸嫌疑，要进行甄别。

看着时机成熟，钱花眼再去保安司令部的时候，怀里就多了一条小黄鱼还有五十块大洋，不过这些东西并不是给朱贵预备的，在钱花眼的眼里，司务长的身子仅仅是一块敲门砖，给他登记一个绥远城的户口就足够了，他要靠这些东西钓一条大鱼，他隔三岔五往保安司令部跑，就是寻找结识大鱼的机会。

那天，钱花眼走到保安司令部大门口，突然发现排队的人群中有个身影似曾熟悉，他迅速闪身躲在门柱后面，褪去眼花凝神细看，原来是他！

这次，钱花眼没敢在朱贵那里多逗留，他和朱贵寒暄了几句就走。

回到住处，钱花眼的心一直没有入肚，他一时想不见那人为什么会出现在绥远城，从登记户籍的情况分析，显然不是临时走亲访友，如果让一个熟知自己底细的人时常出现在附近，对自己迟早都是祸害，趁他还没有发现自己之前，必须先下手把他除掉，绝不能让他开口说话。

钱花眼一夜无眠，思算着怎样才能让那人永远闭上嘴巴，直到天大亮也没想出一个好办法，他继续躺着向炕皮要主意。

土匪出身的人，饥一顿饱一顿惯了，用土匪们自己的话说，六六八八常坐了，三天两天常饿了。

朱三发现钱花眼情绪不好，吃饭没喊他，钱花眼就这么躺着，想着……

侦缉队大院，麻子向他招手，兄弟，快来，咱还过这花天酒地的日子。

灵棚前，和尚们转经，鼓匠们吹打，看热闹的人群熙熙攘攘，不知是谁高声吆喝，菊地太君到，果然，菊地太君威风凛凛出现了，黄色的军服，闪亮的军刀，雪白的手套，啊呀，真能美死人。钱花眼忍不住喉结上下滚动，咽了无数次口水。

菊地太君展开一卷白纸，高声宣读着对钱花眼的委任状。

照相师傅边架照相机边指挥众人向菊地太君靠近，菊地身边，一左一右依偎着钱花眼和皇协军连长，照相师傅弯下腰身，钻入遮光布罩里调焦距，然后从布罩里露出头来，一手握着橡皮球，另一只手在相机上方摆动，嘴里喊道，来，来，注意，注意，都看我的手，笑一下，笑一下，再笑一下，好，“咔嚓！”

钱花眼被“咔嚓”声唤醒，门外传来朱三劈柴火的声音，揉了一下花眼眼，回想了一番梦中的情节，一下子有了主意，急忙翻身坐起来，从贴身的内衣口袋里掏出三张相片，就着窗户上斜射进来的阳光，仔细选了一张重新装入口袋，随即把另外两张填入炉膛化作一股青烟。

装好相片，钱花眼一阵窃喜，对不起了，疤眼老弟，我本无害人之心，仅有一颗防人之心而已。

按照杨立志的指令，王二疤眼着手做长住一段时间的准备，不料就因为进城登记户籍出事了。

国共两党对汉奸的愤恨程度是一样的，惩办起来绝不手软。王二疤眼返回古城的第二天，就被保安司令部的几个士兵堵在六十九的店里，五花大绑之后拿出一张相片，王二疤眼一看就傻了眼，相片上，菊地修一手拄战刀，面含微笑，背景是停放麻子棺材的灵棚，一个穿孝服的人背对镜头低头站立，虽然看不见面孔，但王二疤眼一看就知道是钱小手，灵棚旁边，几个看热闹的皇协军也被无意中摄入镜头，其中眼皮上带伤疤的人还最显眼。王二疤眼就好似蝎子蜇了私处，只得乖乖就范，听凭处治。

六十九也以窝藏汉奸罪被一并绑走了。

有铁证如山的相片，王二疤眼不需要甄别，直接打入大牢等候判决。

一位坐过小鬼子大牢的“抗日志士”，再加上检举揭发汉奸有功，又有朱贵的牵针引线帮忙撮合，钱花眼如愿以偿穿上国民革命军军装，成为绥远省保安司令部的一名士兵，考虑到他的身体状况，上司还把他就近分在后勤处，绥远城保安司令部的军籍登记册上增加了一名士兵——孙新生。

第三十七章

在解放战争打得最激烈的时期，正是黄副师长头晕头疼最厉害的时候，医生说，这是脑震荡后遗症，需要长时间休息，慢慢恢复。

离开枪弹横飞硝烟弥漫的战场，住院后的黄副师长每日无所事事，身心宽松，居然有点颐养天年的感觉，他把自己的戎马生涯细细捋了一遍，他问心无愧了。

在民族面临生死存亡的危急关头，作为一名职业军人，他做好为国献身的准备，“醉卧沙场君莫笑，古来征战几人回”。每次大战前夕，他都写好遗书，可战场上的事说来也很奇怪，越是不怕死就越是死不了，每次大战过后他又把遗书偷偷撕掉，他不想让上峰因为这件事过分宣扬自己，他报考黄埔军校，目的就是要用枪杆子报效祖国，至于战死沙场为国尽忠，那是老天赋予一个职业军人的光荣使命，没必要大张旗鼓，勒石铭金。他盼望着国家强大，人民能够安居乐业。在他的心里，什么“直系”“桂系”“奉系”等，都是各路“诸侯”为一己私利而打造经营的小团体，没有一个“系”真正着眼于国家民族的整体利益，他渴望有朝一日全国只有一个为国家为民族的“国系”。

长城抗战，面对强敌，看着弟兄们那血肉模糊残缺不全的躯体，他深深感受到敌我力量之悬殊，待使国人蒙羞的《塘沽协定》签字之后，他的心情沮丧到极点，几乎就有解甲归田的想法。就在这时，一位特殊人士出现了，这人眼瞎心明，对时局与国运有独到的见解，在晋西北的山村里，通过无数次秉烛夜谈，使他军人的灵魂又回到体内。从此，他利用一切时间练兵备战，在训练场上，用凶神恶煞、心狠手辣来形容他一点也不过分。他立了一条规矩，从他开始，所有的军官，必须时刻想着替士兵挡刺刀挡子弹，他把士兵的生命看得和自己的生命同等重要，他常备着一套士兵装，关键时刻，只要他把校官服一脱，身边的人即明白，那就是要亲自拼杀了，此时，任何人都拦不住他。因此，四二二团也形成一条规矩，每逢战况惨烈之际，无须命令，从团长到营连长，一级一级往火线上压，一直到压垮敌人取得胜利为止。他的四二二团从来没有执法队，也从来不用执法队，每当身穿士兵服的他出现在最前沿，根本不用再下达什么命令，所有的将士就像有神仙附体，与敌人搏杀几乎是弹弹咬肉，刀刀见红，就连凶狠残忍的小鬼子也对这支队伍产生了畏惧心理。忻口战役打到第四天，小鬼子就发现，在六点钟方向防守阵地的对手特别厉害，打到第七天，中国方面的守军已经轮换了六七遍，唯有这个方向的守军一直钉在阵地上纹丝不动，而且还杀伤了大量日军。这一情况立即引起忻口战役最高指挥官——板垣征四郎的高度重视，马上就侦知这个被称作“黄蜂”团的番号和团长姓名，于是立即调集了三个狙击手，严令务必打掉这个团长。可是，直到战役结束，在小鬼子狙击手的瞄准镜里，搜遍这个团的防守阵地，也找不到指挥官的身影。战后，小鬼子又专门搜集研究这个“黄蜂”团，而且是重点研究这个团的团长，可惜没有得到多少有用的资料，只获悉一条，这个“黄蜂”团的团长，一上战场就穿普通士兵的军装，和兵士们一起作战。

实际上，忻口战役刚刚接火，黄峰就根据小鬼子的炮火密度判断，这将是一场史无前例的恶战,为国捐躯的时候到了。果然不出所料,从接火的第二天开始，平均每天就有一个建制团被打残，在如此惨烈的激战中，能活着从火线上下来的人，那就是石磨眼里蹦出来的豆子，当将星郝梦龄军长倒下之后，黄峰更是抱定了必死的决心，然而，就是在这种不可能之中，他活下来了，而且还创造了一个奇迹，在整个忻口战役的战场上，他所辖的四二二团，是唯一没有因为被打残而撤下去的建制团，并且一直坚持战斗到战役结束。

他一直思念着那些长眠于地下的兄弟，他的爱兵如子绝非只是停留在口头上，作为一位率领着一千多号人马的团长，他力求对属下的每一位士兵都了如指掌，他的案头时刻放有一本全团人员花名册，他把它看得与作战地图同等重要，他身边的副官和参谋都知道他这个习惯，只要有空，他就翻看花名册，对那些作战特别勇敢、表现特别突出、并且还有一技之长的属下，他会在花名册上做一些特殊标记，因此，他用起兵来得心应手，属下更是对他言听计从。

他还不时地牵挂着王光明任运通等人，他对他们的政治取向早已心知肚明，虽然不敢肯定他们就是共产党员，但是可以肯定他们的心里另有一种信仰，这种信仰坚如磐石。他还发现，那些特别优秀的士兵往往和王光明任运通两人走得很近，并且这部分人就是自己这个团的中坚力量，他们的存在，使得四二二团平时生龙活虎，战时勇猛如虎。当他在王亮营子发现并认真阅读了那本小册子之后，他明白了，这些具有钢铁意志的人，就是要建立一个平等自由、民主富强的国家，并且为了达到这一目标，不惜献出自己的生命。当他从王光明、任运通口中听到那首用晋西北民歌调改编的《东方红》时，内心居然也莫名其妙地激动，唱着这样的歌曲战斗的队伍，还有什么目标达不到呢！

他还佩服那个山野高人石瞎子，竟能把时局预料得那么准确。

他还念念不忘任五老财和王彦，两人为富且仁，品行端正，诚实憨厚，勤劳节俭，集这些优秀品质于一身的乡村财主还不多见。

他更想念那个心直口快、力大如牛、铁塔般的莽汉子铁牛栓。是他，不，准确地说，应该是他所有部下，鞍前马后，忠心耿耿，时刻用生命护卫着他，与他一起度过了抗战期间最艰难最危险的岁月。

好不容易打得小鬼子投降了，可是国共两党又开始同室操戈，他本来就对这种窝里斗深恶痛绝，正好此时身体有恙入住医院，躲过了这一令他尴尬的时期。

养病期间，他人在病房，心在战场，时刻关注着时局的变化。随着东北（辽沈）、徐蚌（淮海）、华北（平津）战役的结束，他的心情有点复杂，他替国民革命军惋惜，当那面鲜艳的红旗在南京“总统府”的楼顶上飘扬时，他的心情反而平静了，他为国人庆幸，他所盼望的“国系”终于出现了。

说来也很奇怪，他头痛头晕的毛病就在这时痊愈了。

连续几天的西北风像一把大扫帚，将天地间的尘埃扫除一空，仿佛宇宙也有灵性，她在用一个清澈透明、干干净净的躯体迎接新中国的诞生。

一个冬日罕见的干晴天，阳光明媚，天空湛蓝。

病房里，黄副师长站在窗前，凝神眺望，往日灰蒙蒙的大青山现在清晰可见，在冬日阳光的斜射下，连绵起伏的山峦像一条巨蟒横亘在绥远城北边，半山腰略微平缓的地方，似有点点活物在缓慢移动，凭经验判断，那是有人在牧马，牧牛是不上大青山的。触景生情，他想起一句话，刀枪入库，马放南山，天下一派太平景象。

虽说国共之间胜负已定，可在绥远省的地面上，还有近七万国民革命军仍在枕戈待旦，静等上峰的命令，虽说和对方的几百万大军相比，已经是九牛一毛，但毕竟是傅司令麾下一支能征惯战的劲旅。抗战期间，在傅司令的指挥下，从临河打到包头打到绥远，光复了半个内蒙古，把小鬼子打得一直不敢西窥，此时一旦上峰决策不慎，这七万将士如果拼死一战，还是会造成很大的人员伤亡，都是炎黄子孙啊！尽管在年初，傅司令已经作出表率，可绥远方面却一直举棋未定，好几股势力还在明里暗里较劲，尤其是司令部里有几个人，还受躲到台湾的那只手暗中操控，仍然抱着一丝希望，这就令局势变得更加复杂。

黄副师长就这么时喜时忧地胡乱思想着。

这时，勤务兵通报，董司令到。

“重生老弟。”声音比人先进门，“听说你恢复得很好，我过来看看你。”

董司令进门，黄峰习惯地急忙立正，手还没举到眉梢，就被董司令拉下来紧紧握住了。

“您那么繁忙，我一个带病的闲散之人，不值得您浪费时间。”

“这也是我的工作，我今天是来求你帮忙的。”军人见面，没有过多的寒暄。

“司令今天怎么这么客气,只要您下命令,我黄峰赴汤蹈火绝不皱一下眉头。”

“我需要你重返战场，你也不皱眉吗？”

“？？？”黄峰大感意外，整个脸庞写满了问号，内战即将结束，和共产党继续打纯粹是拿着鸡蛋撞碌碡，没有任何意义，就凭眼下绥远地面上这七八万人马，基本上也就是个麻雀的屁，黄峰一时间有点茫然。

察言观色，董司令对这位老部下的心态已经掌握了个大概二概。

“实不相瞒，北平那边指示我们，不希望烽烟再起，其实这也是大势所趋，民心所向，我也决心起义，问题是，司令部的个别人还各怀心事，城外姓范的那个师和那几个人往来密切，所以我在亮明态度前必须先保证家里不乱。”

“司令需要我做什么？”一听要走和平的路，黄峰抑制不住由衷的高兴，立即面露喜色。

“我需要集中精力和那边的人商讨具体事项，你替我看家护院，把保安司令部这一摊子管起来，我已经请示过傅总司令，让你担任保安副司令。”

“可我三年多不带兵了,更不了解司令部那些人的政治取向。”黄峰有点担心。

“保安司令部里的人多数是我的旧部，倒是城外姓范的那个师不得不防，为了保险起见，我已经替你想过了，把四二二团调进城，划归保安司令部，由你直接指挥，你看如何？”

“太好了，只要四二二团回来，您就放心大胆去做您的大事，我这里保证您无后顾之忧。”

“还有，山野草地的人，原本就少拘没束，战乱年代更甚，现在绥远城的治安也比较糟糕，一些汉奸还没得到应有的惩处，你上任的主要任务是防止内乱，同时整治一下城里的社会治安，还需腾出手来逮捕那些罪大恶极的汉奸，还老百姓一个安稳的生活环境，也还即将诞生的新政权一个干净的省城。”

“有四二二团的人马，我保证一个月之内，绥远城里天朗气清，至于姓范的那个师，您也不必多虑，一切交给我好了。”

一九四九年九月十九日，绥远省政府主席兼保安司令、西北军政长官公署副长官董其武将军，率领绥远省党政军人员通电起义，这次“新桃换旧符”没有枪炮横飞的战斗，没有尸山血海的厮杀，骨肉不用离散，生灵不再涂炭，一切按照共产党高层的计划达到了目的，被共产党的领袖称之为“绥远方式”。

徐主任的心情一下子轻松愉快了许多，原来准备拼全力再进行一次支前工作，现在用不着了，在可知的范围内，全部成了共产党的天下，新中国马上就要成立，老百姓终于能过上安稳的日子了。

可杨立志和铁牛栓的心里还压着一块石头，就是那个罪大恶极的汉奸钱花眼。

前段时间，为了配合和平解放绥远，遵照上级指示，杨立志掐断通往绥远地区的联络，现在却接不起来了，两人分析后认为，六十九这个“针关”出了问题，所有经过这道针关的线全断了。联系不上六十九，又得不到王二疤眼的消息，钱花眼的踪迹就消失了。

情况汇报给徐主任，徐主任说：“这次绥远和平解放，我们的老朋友黄团长出了不少力，在通电起义的签字名单中，黄团长是保安副司令，可以尝试请黄团长帮忙，或者能发现一点蛛丝马迹。”

和黄团长联系，铁牛栓是最合适的人选，得到徐主任的批准，铁牛栓兴冲冲地出发了。

六十九初进大牢有点懵里懵懂，两三天后善抠的心劲就恢复如初，他清楚自己罪不至死，他悉心留意大牢里的一切，没几天就把这里的情况“抠掐”（方言，了解的意思）得差不多了。

这里原本是国民革命军的一处兵站，五排高大的房子被更加高大的围墙圈在院子中央，围墙上架着铁丝网，在围墙的四个拐角还有四座岗楼，每排房子之间，留有宽阔的通道，方便运输车辆出入，宽大厚重的房门是清一色的红松板，上面钉着厚厚的铁条和巨大的蘑菇钉，门上的编号被风吹日晒雨淋得不大显眼，但是还能分出个一二三四来。屋内，冰冷的水泥地面上铺着一层干草，每一个被抓进来的人就躺在干草上和衣而卧，墙上还有指示武器弹药种类的标志，显然，连续几年战火把兵站的物资消耗尽了，现在用作临时监狱。利用放风的机会六十九观察到，第一二排的房子里，多数是绺窃偷盗之类的惯犯，从眼神到手脚，一眼就能判明这些人的职业。第三排看守得最严，昼夜双岗双哨，王二疤眼就关在那里。六十九判断，那里的人不会马上放，有些人可能要吃“花生米”，他心急如焚，他必须想办法把王二疤眼救出来。

和平起义一结束，黄峰即着手对保安司令部拘捕的人进行清理，政治犯一律无条件释放，重大刑事犯移送地方法院，小偷小摸打架斗殴等小混混教育一下也释放了，因汉奸罪被捕的人亲自甄别，对几个臭名昭著罪大恶极的汉奸他直接打了红 X，倒是对无名之人的汉奸罪他审查得比较细致，他担心下属有人借机公报私仇冤枉人，六十九的案子就是这样被发现的。

黄峰对古城并不陌生，它是口里与口外人员流动的必经之地，并且一直就是国统区，小鬼子从未涉足，倒是明里暗里有共产党八路军在那一带活动过。据马铁牛说，自己几次往返于内蒙古山西的时候，都是在古城歇脚。

一个开店铺做小买卖的生意人，居然还有胆量窝藏汉奸，不论这个汉奸是否真假，出处如何，其中定有缘由，必须亲自过问一下。

黄峰担心伤着共产党的人。

六十九被带进审讯室的时候并不害怕，他做好了受大刑的准备，多年道上混过来的人，这是必须具备的能耐，何况也是杨头儿曾经交代过的。

审讯室的布置令六十九感到意外，一桌两椅子，再看不见任何刑具。

六十九被带到与桌子隔着一定距离的另一把椅子上坐下。

“立正！”门外岗哨的口令声一落，一前一后走进两个人来。

这时想不到的事情出现了。

接到六十九传来的消息，杨立志大吃一惊，他对自己轻易批准王二疤眼的请求后悔不已。

反正之后的二疤眼一直跟随杨立志活动，没用多长时间，杨立志就了解了二疤眼的过去。

二疤眼对钱花眼的仇恨，不仅仅因为钱花眼和麻子合伙在牌桌上骗他，主要还是因为钱花眼害得他们兄妹骨肉分离，天各一方。

论本质，二疤眼和当地的老百姓一样，不是世道混乱，他就是一个本本分分的庄户人，他参加伪军明里说是为了混口饭，实际上是想利用这个身份，保护好自己的妹子。因为大营堡的伪军汉奸傍小鬼子的粗腿，无恶不作，家里有十岁以上女孩子的人家，倒上门缠着媒人访查婆家，降低标准下嫁女儿，不说彩礼多少，只要有男方接话茬，一头毛驴驮出门就算了事，唯独二疤眼的妹子，小时候爹惯，稍大一点哥宠，养成一个倔强脾气，高门不来，低门不去，眼看十六七岁的黄花大闺女，好歹踅摸不下一个对时对眼的，把二疤眼急得如同一只热锅上的蚂蚁。

其实，二疤眼的妹子早已有了心上人，她和堡里一个叫赵升的后生暗中相好近两年，只因父母去世早，哥哥一手把她拉扯大，她舍不得让哥哥汉手汉脚过日子，这才将自己的婚事一推再推。

钱花眼加入侦缉队不久，无意中的一次碰面，他就被这个美人坯子把魂勾走了，他挖空心思要得到她，他的鼻子比寻屎吃的狗鼻子还灵，没用多长时间，就打听清楚她的情况，他立马高兴起来，此时正是他在侦缉队顺风顺水的时候，他想祸害一个人，简直比碾死一只蚂蚁还容易，他要人三更死，此人绝对活不到五更，此时，在他的心里，已经把赵升两个字打上了红钩。

就在侦缉队准备抓捕“通共分子”赵升的前一天，皇协军里一个本地人，把消息透漏给二疤眼，二疤眼这才明白妹子拒绝人们提亲的缘故，他立即安排妹子和赵升连夜远走他乡，躲灾避难。

本来，八路军解放大营堡就是报仇的好时机，可是又让那狗日的逃脱了，二疤眼觉得对不住杨立志的信任，所以就自告奋勇潜入内蒙古，寻找钱花眼的踪迹。

二日天明，杨立志早早来到徐主任办公室，把王二疤眼出事的情况向徐主任作了汇报。

徐主任思考了一会说：“鬼子投降后，国共两党对惩办汉奸都不手软，就怕二疤眼逃不过这一劫，但愿在判决二疤眼之前，铁牛栓能顺利见到黄团长。”

“我们通过上级联系黄团长，把情况说明白，把二疤眼救出来。”

“绥远尽管起义了，但内部人员的成分还很复杂，为了稳定军心民心，那里的军政机构还是原班人马，这也是高层顾全大局的一种做法，在这种情况下，我觉得不宜因为这件事情打扰黄团长，怕给他带来不便。”

看到杨立志有点失望，徐主任忽然问：“铁牛栓走开几天了？”

“今天是第四天。”

“正常情况到绥远要走几天？”

“一般人步行最快也得四天左右，像我和铁牛栓这样的人，三天就能到。”

“六十九的消息在路上走几天？”

“超不过两天，我们过去的习惯，急捻子都是骑马传递，一站接一站，这次他传的是急捻子。”

“这么说，在铁牛栓见到黄团长之前，六十九的消息就送出来了。”

杨立志肯定地点点头。

“很好，王二疤眼有救。”徐主任说得很肯定。

初冬，接连几场毛毛细雨使得漠北草原气温骤降，放眼望去，原野一片枯黄，原本郁郁葱葱、深可没膝的草木，仿佛一夜之间弯下了腰身，尽显出一派荒凉衰败之相，没办法，自然规律是不以人的意志为转移。

保安司令部大院里，没有了往日那种人进人出紧张忙碌的氛围，少数几个高官阶军人绷着严肃的面孔，脚步匆匆地走过，中下级军官和普通士兵都待在营房里，各自想算着自己的后路。

晚上，大院里死一般静寂，后勤处的一间屋子里，炉火很旺，室内温度很高。

炕上，朱贵脱得只剩下内衣内裤，四仰八叉地躺着。

地下，钱花眼从上到下穿得严严实实，还把一件军大衣披在身上围炉而坐。

“哎，老孙，你狗日的真是五月的驴裹棉毡，穿得那么厚实还围着个火炉，操心捂起蛆虫来。”

钱花眼根本就没心思搭理朱贵，此时此刻他真的感觉寒冷无比，心就像发疟疾一般，时不时还要颤抖一会，他想炸脑瓜仁子也拆解不开，为什么六七万装备齐全的国民革命军，没打没闹，没动一兵一卒，没放一枪一炮，转眼间就全姓了“共”。自从日军认怂以来，我钱花眼就背时了，靠山山倒，靠崖崖塌，原本看上去根本成不了气候的泥腿子，咋就眨眼间坐天下了？

“老孙”不与朱贵过话，朱贵自觉寡淡无味，抽了一会儿烟就打开了呼噜。

钱花眼独坐了半夜，觉得有点困，和衣上炕躺下，闭上眼睛想休息一会，可脑子里仍旧是一团乱麻。既然这里全姓了“共”，那么共产党迟早会派人来接管这座城市，凭往日对共产党的了解，那都是一伙认真起来不要命的人，口里口外一河之隔，到处都有老家口音的人，自己这种纸包火的把戏能不能一直瞒下去，自己的心里也没底，逃跑吧，满世界都成了共产党的天下，就这自带幌子的眉脸，走哪里都会引起人们的注意。

这次，钱花眼的脑袋瓜子不灵泛了，思前想后一黑夜，也想不出个万全之策来。

早饭开罢，后勤处长召集全体人员训话，宣布了共产党的政策，所有国民革命军官兵来去自由，愿意留下者，留用后原岗原位职级不变，不愿意留下者，可以注销军籍办理退伍手续，并且发给回家的路费。最后还有一条，共产党承诺，对过去的事情既往不咎，只要求今后做一个安分守己的良民。

处长讲话完毕，钱花眼大喜，姓“共”的这么宽宏大量，早知道人家还有这么一条，白费自己一整夜的脑水。

钱花眼，不，是孙新生，摇身一变，成为起义的解放军战士。

“牛哥！”风尘仆仆的铁牛栓刚走近保安司令部大门口，还没等他和站岗的哨兵搭话，就听见有人喊他。

随着声音，哨楼里疾步走出一个人，铁牛栓细一打量，面熟，四二二团的老人，就是一时想不起叫什么名字。

“牛哥，弟兄们可想你了，你是咋寻揣到这里的，今天正好我带班，等一会儿下了岗弟兄们抿两口。”

“哥有事要见黄团长，麻烦你给通报一声，等哥办完正事，咱多叫几个弟兄一起抿。”

一个电话打过去，片刻工夫，大院里又传来一声“牛哥！”

巴图格力边喊边跑边招手。

铁牛栓见黄团长没费半点周折。

巴图格力，一个地道的蒙古族草原汉子，身材高大，结实健壮，原来和六十九是一个行道，那年被铁牛栓降服，追随铁牛栓到王亮营子，给王家当了一个看家护院的，当四二二团在王亮营子休整扩军，巴图格力就参军了，铁牛栓知道巴图格力有些身手，建议把巴图格力也留在警卫连。当王光明任运通离开黄团才时，巴图格力本来也想和他们一起走，可王光明和任运通考虑到黄团长的身边应该留几个可靠人，就把他举荐到黄团长身边当了贴身卫士，并且对他提出了严厉的要求，无论何时何地，务必保证黄团长的人身安全，铁牛栓的话更具江湖色彩，黄团长要是有个三长两短，我不但和你恩断义绝，而且还要兴师问罪。

此后，巴图格力就一直跟随在黄团长身边，那天在审讯室突然与六十九碰面，两人都非常意外，他立即将六十九的情况向黄团长作了报告，并且按照六十九的示意，飞速发出“急捻子”，黄团长也客气地把六十九带离监狱，就在这时，铁牛栓赶到了。

第三十八章

孙新生仅破费了二十个大洋就当上后勤处的采购员，他很给后勤处长长脸，每天起床第一件事就是打扫卫生，把院子打扫得干干净净，把库房收拾得整整齐齐，他的勤快收到了预期的效果，获得了大家的认可，得到了上司的信任，但他得意不敢忘形，每天变换着两副面孔。在司令部院内，他是一个低眉顺眼、勤谨老实的大头兵。一出司令部大门，他就是一个手握上百号人马生活大权的采购，眼花褪掉，吹着口哨，春风满面，洋洋得意，包公脸也变得黑里透红油光水滑，双脚蹬三轮，一手扶车把，在绥远城的大街小巷荡荡悠悠，在各个农贸市场挑肥拣瘦。所到之处，迎接孙上士的笑脸比夏日的阳光还灿烂，呼喊孙上士的声音比百灵子的叫声还悦耳。

孙上士的生活变得顺风顺水，晚上睡下还偷着乐，原来他最担心的是被解放军全盘接管，他最胆怯的是和共产党相处，不料共产党这么粗心，居然没往国民革命军里派一兵一卒，这里仍然是新瓶装旧酒，换汤不换药，这真是天赐良机。凭自己多年的历练，能把菊地太君玩得晕头转向，能把麻子玩到阴曹地府，和这帮酒囊饭袋一个锅里搅稀稠，那简直就是用宰牛的屠刀杀鸡，这不，自己的花费仅仅两个月就赚回来了，照这个速度进钱，不久他就可以买一个更高阶的位子，说不定一两年之后，咦！不对，理通天下，事在人为，绝不能等两年，两年的日子太长，应该是在一年之内，后勤处长必须姓钱……啊呀，不对，是姓孙！

孙上士就这么非常自信地拨拉着自己的小算盘，掐指头数着往后的日子。

“这是王二疤眼汉奸罪的证据。”黄团长从档案袋里拿出一张相片递给铁牛栓。

铁牛栓接过来一看愣住了，相片正中，菊地修一戴着白手套的双手拄着军刀，两条罗圈腿很随意地叉开，对着镜头微笑的脸庞潇洒自信，其表情与身后祭奠死人的灵棚背景格格不入，倒像是参加一场喜庆宴席，相片右侧，身穿黄狗皮的王二疤眼大半个身子被摄进来，相片偏左一点，一个身穿重孝的人背对镜头，因为孝帽子不合头，残缺的半片耳朵清晰可见。

“这人就是钱花眼，”铁牛栓指着相片给黄团长看，“他的耳朵被菊地的军刀削了半片，他的右手在那次抢咱们军饷的时候被我的大鞭打坏了，脸皮也自毁过，很容易辨认，尽管不是正面像，但我可以肯定就是他。”

“如果相片是钱花眼提供的，那么这家伙很可能就在司令部。”黄团长忽然悟出了什么，“鬼子投降以后，国民革命军还扩过一次兵。”

“现在就集合司令部的全部人马，只要他在里边，我一眼就能认出来。”

“不行，即使认出来也不能抓，这样会引起其他官兵思想混乱，因为共产党承诺过，对参加起义的国民革命军官兵一律既往不咎。你明天就回去，把这里的情况向徐主任汇报，我马上开始清查，如果他真的钻入司令部或者说在绥远，我不会放过他。”黄团长接着又说，“你这几天肯定很累，今晚好好睡一觉，天明不用早走，给你备一匹马，你返回的时候用不着费脚力了。”

铁牛栓毕竟不是铁人，连日的奔波确实有点疲困，听黄团长这么安排，身心放松了许多，当晚睡得很香。

铁牛栓刚睁开眼，就被一帮老弟兄堵在被窝里，巴图格力说：“牛哥，弟兄们等了你满满一天，知道你今天走，非来一顿硬早餐不可。”

铁牛栓明白，是巴图格力提前串通好的，推辞是不可能了，原来就是生死之交，现在又成了一家人，奈何不过。

和平时期，军营之外，当兵的喝酒和上战场一样，都想争当主力，最怕落在二梯队，更怕当了预备队，喝到中途，豪气冲天，情感更浓，恨不得把心肝五脏掏出来，用蒙古老烧刷洗一遍，再捧给对方看是不是红的，相互之间有问必答，恨不得把自家炕上的那点事都抖搂出来。

尽管铁牛栓海量，但仍架不住你来我往一顿猛灌，上路时还是有点晕晕乎乎。

铁牛栓返回后第四天，六十九传来捻子，钱花眼确系在保安司令部吃上军饷，和起义的国民革命军官兵一起加入解放军，可惜的是，就在铁牛栓离开司令部那天失踪了。

毕竟是曾经准确研判过无数次敌情的百战之身，黄副司令在铁牛栓走后，静下心来仔细分析了钱花眼这个人，立即就把目标锁定在保安司令部后勤人员这一块。这么狡猾的家伙，能把往日一条道上的弟兄当敲门砖，绝不会做那种毫不利己专门害人的事，不可能拿着这么贵重的“礼物”换一个外勤岗位，因为外勤人员受苦受累不说，还有时刻被抽上火线的风险。

黄副司令把小鬼子投降以来保安司令部新增的人员，重点是后勤方面的人员花名册仔细查看了一遍，这一看就发现蹊跷，一个名叫孙新生的人，进入后勤处不久就被提拔为上士采购，这很违常理，他决定亲自会一下这个孙新生。

当传令兵找遍整个司令部大院也找不到孙上士的时候，黄副司令明白了，马上命令巴图格力带人搜查绥远城，然而整整大半天，司令部的人把绥远城翻了个底朝天，连孙上士的一根汗毛也没发现，只在距离司令部很远的一条水沟里，发现了那辆脚蹬小三轮，还发现一溜向西行走的军鞋印，沿脚印追出一段，脚印也淹没在车马行人之中。

孙上士早晨起床后，照例把后勤处的小院子打扫干净，尽管一只手拿扫帚相当吃力，尽管天气已经相当寒冷，但他仍然坚持这样做，他不是在扫院子，他是在为自己清扫往上爬的障碍。

就在他打扫结束时，前面的院子里传来哄哄吵吵的说笑声，探头一看，一个铁塔般的大汉被司令部的一伙人簇拥着向外走，这个人的背影有点熟悉，莫非是他?

肯定是他！除他之外再没有人像他这么魁伟。

孙上士立时倒吸一口凉气，脑子飞速转开了，他不明白马大鞭为什么会出现在这里，来这里干什么，难道是针对自己来的?应该不会，根据自己这段时间的留意，共产党说话算数，既往不咎的政策执行得很到位，自己已经在这里站稳了脚跟，而且第一步的目标已经实现，正在向着下一个目标奋斗，绝不能听见雷声就躲雨，轻易放弃这一目标，更何况自己也绝不是那种简单一搏就服输的人。

孙上士断定，这几个人是要外出吃硬早餐，这时，酒后吐真言的古话忽然在他的脑子里泛起来，他咬牙作出一个决定，冒一次险，弄他个明白。

孙上士放下扫帚，远远地、悄无声息地跟在那群人后面，玩开了当土匪时候的伎俩。

冬季的早晨，寒冷的街上行人稀少，孙上士双手揣入袖筒，低头慢走着。

出保安司令部大门左拐不远处有一个全羊馆，果然不出所料，孙上士跟踪的目标进入馆子。

这个全羊馆占着位置的优势，主要做大兵们的买卖，所以，老板和司令部的大部分官兵很熟悉，有些还处成朋友。孙上士也不例外，当上采购没多久，就和这里的老板打得火热，常在这里请他认为最需要请的人。多年的土匪生涯养成一个习惯，每到一个新地方，他都要留意一下四周的环境，尤其是出入通道、房间结构等一些别人不注意的细微之处，所以，对这个全羊馆他早已了如指掌。

大清早，一帮子兵爷搂肩搭膀、眉笑眼欢喜地进来，老板就知道是干什么，用不着吩咐，炒勺刀案一阵响动，一坛蒙古老烧启封，下酒菜就陆续上桌了。

约莫着他们的酒席开始，孙上士从旁边一个送原料的小通道进入，在一个僻静的小雅间坐定，跑堂的很会来事，在孙上士的示意下，不言不语端来一碗热气腾腾的羊汤，一盘烧卖，又悄无声息地退出。

酒至半酣，言多语失，铁牛栓话语间透露出来的信息被孙上士听了个一清二楚。

贼骨头毕竟是贼骨头，孙上士胆战心不惊，心惊肉不跳，惊慌不失措，忙乱有头绪，离开饭馆前，将一块大洋塞到跑堂的手中，同时摇头捂嘴巴再次示意了一番，然后才轻手轻脚沿原路出门，泰然自若地返回司令部。

孙上士把所有的采购金卷包在身，拿了一条干粮袋和一只军用水壶，穿好军大衣，转身出门，抬头看了一眼阳婆，正是往常上街采买的时候，蹬上三轮车，从容地出了司令部大门，沿着往日通往市场的道路，不紧不慢骑行了一段，在一个十字街口，四顾无人，车把一拧，向南转入另一条僻静的小街，快到城外的土路上，跳下车子，脱下两只鞋前后一调，左右一换，抽下鞋带绑在脚上，将那辆半新不旧的三轮掀入路旁的水沟里，扭捏着脚步，继续往前走了很长一段距离，直到土路上出现了杂乱无章的各种脚印才停下来，重新穿好鞋袜，调头就往孤山店跑，那里还有他放心不下的事。

小寡妇这一生接触过三个男人，三个男人都是因为小鬼子的原因与她分手的，东北老家那个已经音信全无自不必说，逃到孤山店，结识了鬼旋风，原本是想把自己的终身托付给他，没想到这个鬼旋风也参加了国民革命军，忽然冒出来的孙大哥，在自己精心伺候了几个月之后，也说要继续打鬼子离她而去。小鬼子一认怂她就开始谋划，无论鬼旋风还是孙大哥，不管哪一个男人归来，她都要给他生一个娃娃，男人心野，单靠女人的裤带拴不住，只能用肉绳绳拴。她知道鬼旋风的底细，腿疯心也疯，相好的女人多，她对他不抱多大希望，倒是那个孙大哥人很老实，在一起居住的时间里，几乎就是足不出户，而且话语不多，仅有的几次肌肤相亲，还是自己舍皮没脸，趁夜色遮面，用滚烫的身子才唤醒了他。

女人心最好哄，尽管和孙大哥居住的时间很短，但是在孙大哥离开之后忽然感觉窑洞大了许多，炕也宽展了许多，做营生丢三落四，坐上锅做饭，只顾烧火不记得添水，直接就把一口锅烧炸了。

日子就这么缓慢地熬着。

她终于等到了他，他没有失言，真的返回来了，奇怪的是他的变化很大，脸皮白白净净，原来没有的右手又长出来了，走路和那个鬼旋风一模一样，轻飘飘地。他笑嘻嘻地对她说，小鬼子认怂了，我送你回老家吧，省得你在这里少亲没人，孤苦伶仃受恓惶。她顿时心花怒放，她说，你还真有良心。她想把他搂进怀里，她想再次把身子给他，让他好好享受一次，放松一下，她双臂一张，他却闪身躲过，她被他这么一闪，忽悠一下醒过来，双臂还直直地伸着。

不知为什么，入冬以来常常整夜整夜失眠，白天却恍恍惚惚处于半睡半醒的状态，临明才入睡，不知不觉就睡到大半前晌。她昏头昏脑爬起来，准备着做晌午饭，就在这时，他真的回来了。

“孙大哥，真是你！”她惊喜地喊道。随即把孙大哥从头到脚仔细地端详了一遍，除去穿着国民革命军的军装其他还是老样子，不过比离开的时候胖了一些，显然，这期间他的生活没受煎熬，“你参加国民革命军了？”

孙大哥对小寡妇的热切问候不理不睬，迅速爬下身子，探手就向炉坑里捞摸（方言，寻找的意思），片刻，一个油纸包出现在手里，打开油纸包看了一眼，手枪完好无损，拿枪往大腿面上一擦，轻微的哗啦一声，拉栓顶火，子弹上膛，他长吁一口气，转身就要离去。

“孙大哥，你？这就走……”

啊呀！差点忘了，这里还有一个会说话的，孙大哥回头慢慢靠近他昔日的恩人，两眼花子褪去，脸上似笑非笑，露出的古怪表情令小寡妇不知所措。

莫不是梦中的情景就要变成真的？小寡妇两朵红云爬上面颊。

身子紧贴着身子，小寡妇的喘息声顿时粗重起来。

“砰！”一声低低的沉闷的枪声，只有两个人能听到。小寡妇身子一抖，“你？孙……”

孙大哥面无表情地看了一眼摇晃着身子的小寡妇，随着小寡妇的身躯倒地，他出门甩开膀子，直奔大青山而去。

钱花眼爬上半山腰，停下脚步喘气，回头望着雾蒙蒙的绥远城，心里估算了一下时间，如果司令部派出追兵，那么这时肯定还在通往土默川的大路上，踩着自己迈出去的脚踪瞎忙乱。想到这里，一直紧绷的心松弛下来，拣一块干净的石头坐下，喝了一点水，点着一支烟一阵深吸，随着两鼻孔烟雾徐徐喷出，精气神又回到身体里，压抑了好久的情绪忽然爆发，一阵仰天大笑，我钱花眼又安然无恙了！

笑过喊过之后，一股寒气袭来，刚才被汗水洇湿的衣服这时就像一副冰冷的盔甲贴在身上，全身冰凉冰凉。走！还得走，无论如何，这绥远的地面是不能再待了，口里也不能回去，尽管那是自己的家乡，但自己所犯的事在家乡一带尽人皆知，回去了别说共产党，就是那个马大鞭也绝不会放过自己。以前之所以敢腰硬如铁肆无忌惮，是有日军那座大靠山，如今，日军早就认怂了，就连国民政府也被撵到了一座孤岛上，这泥腿子共产党真个就是厉害了。

思来想去只有往北走，翻过大青山就是乌兰察布草原，在那荒无人烟、海海漫漫的草原上，我就不信没我钱花眼站脚立身的地方，我就不信你马大鞭还能寻到老子，我就不信你共产党还能把老子斜含住顺咽了。

捏了一下装满大洋的口袋，摸了一下腰里别着的手枪，钱花眼的心情大好，继续打起精神迈步上路。

他要一条道走到黑。

铁牛栓一听钱花眼是从自己的眼皮子底下溜走的，立马就火冒三丈，要不是杨立志强行拉着他去给徐主任汇报，立时三刻就要出发往绥远跑。

徐主任对手下这两个“武将”很喜爱，无论什么时候，无论什么事情，使用起来都是得心应手，当铁牛栓向他检讨失误，并请求再次赴绥远时，他摆手制止了。

“黄团长考虑问题很周到，我党对起义的国民革命军官兵既往不咎的政策谁都不能违背，当时即使钱花眼和你眼当对鼻子碰了面，你也不能动他一根汗毛，所以你并没有失误。也是那家伙做贼心虚，不相信我党的政策。他这一跑，对我们来说坏事变成了好事，如果他继续在解放军这个阵营里老老实实待下去，我们反倒是拿他没办法，既然他脱离了我们的队伍，迟早我们都要找他算账，我估摸着黄团长和我们一样着急，肯定也在想办法，所以，这件事情暂时放一放，等我和黄团长沟通以后再做定夺。”

“杨立志同志，抓紧时间把你们公安科手头的事情处理完毕，尽量不要推到下一年。”徐主任工作方面对部下要求很严，在生活方面却很体贴部下，“另外常抽空回家看望一下老母亲，老人家是咱这一带很有影响又深明大义的老艺人，是我党重点关怀的对象，你看望老人家不仅代表你，而且也是代表党，再说你比铁牛栓同志还成家早,可人家已经走在你前头了,你得抓紧时间向铁牛栓同志学习。”

这句话把铁牛栓闹了个大红脸，不由得嗨嗨笑起来。

“铁牛栓同志也有任务，这几天回家看你的儿子，孩子满月的时候你也不在家，你这个当父亲的失职了。再有一个月就要过大年，这是我们中华人民共和国成立后的第一个大年，到时候你们都多放几天假，回家过一个团团圆圆热热闹闹的大年，同时别忘了代我向家人们问好，祝他们身心康泰，诸事顺利。”

两人正要出门，徐主任又从抽屉里拿出一个做工精细的银锁儿，“给孩子准备了一件小礼物，我还给孩子想了一个名字——马国庆，不过你回去先征求石师傅和孩子爷爷的意见。另外，你再转告白云同志，先不急着工作，把我们革命事业的接班人照顾好，需要的时候我会通知她。”接着又对杨立志说，“你别眼热，等你也有了接班人，我照样有礼奉送。”

徐主任无微不至，面面俱到，杨立志和铁牛栓两人都感到有一股暖流涌遍全身。

就在那位巨人站在天安门城楼上，庄严地宣布“中国人民从此站起来了”的那天，白云临盆，生下一个大胖小子。

铁牛栓回家的日子正好给儿子过百天，乡间习俗把这一天看得和过满月同等重要，称作过“百岁岁”，接近年关，人们的空闲时间较多，再加上五老财的为人处事，五服以内的族人和许多近亲不请自到，女人们喜笑颜开，家里院外，忙进忙出，搂柴打炭，和面蒸糕压粉条脚手不闲。一大盘土炕被男人们占了三分之二，他们盘脚扭手，四平八稳，悠闲自得，端坐炕上，抽着旱烟，喝着砖茶，围在石师傅和五老财身边，东一句，西一句，说古道今闲谝拉呱，腰身丰满的白云在后地的墙角处洗尿布，财主老伴儿背靠一垛铺盖，怀里抱着熟睡的孩子，充满慈祥爱意的眼神目不转睛地端详着，一脸皱纹被幸福填得纹顺理顺，整个大院里里外外充满欢乐祥和的气氛。

铁牛栓进门就往娘身边踅挪，他急切地想看儿子一眼，却被娘一把推开，“刚进门的冷身子，别把我孙子凉着。”

铁牛栓憨憨一笑，伸舌头挤眼睛冲娘做了一个鬼脸，旋即掏出银锁儿递给娘，“徐主任送的。”

娘接过银锁儿，对着窗户上斜透进来的缕缕光线，眯起眼睛瞅着，银锁儿折射出细碎的光斑在娘脸上闪烁，娘高兴地说：“好东西，纯银子。”

这时，石师傅也从怀里掏出一个金锁儿递过来，娘把两个锁儿轻轻地给孩子戴在脖颈上，边左右端详边念叨，“金锁子，银锁子，锁住我的孙小子。”

“师傅，爹，徐主任还给娃子想了个名字，不知二老满意不？”

“名字我早想好了，我的孙小子叫狗不理。”娘嘴快。

“那是小名，娃子日后走向社会，得有个响当当的大名才对。”石师傅接过话题说，“给孙子起名是爷爷的事。”

“我斗大的字认识两箩筐，这种咬文嚼字的事情还得求众人。再说，你和徐主任都是娃的爷爷，都有这个责任，栓子快说出来，请石先生给咱定夺。”五老财特别高兴。

“徐主任说，叫国庆。”

“今年是己丑牛，纳音五行为霹雳火命，如果娃子生在乱世又是一条汉子，梁山一百单八条好汉里就有一个霹雳火秦明，咱家娃子好命好运，生逢盛世，国泰民安，不受刀兵剑戟之苦，免除奔波忙碌之累，通文有才，一生尊贵，衣禄充足，财帛广进，八月初十的生日，又确逢新政权的建国日，身运相随国运，太好了，就叫国庆。”石师傅手掐嘴说，一锤定音，众人心服口服，齐声夸赞。

杨立志和铁牛栓离开，徐主任处理完几件急事，提笔就给黄团长写信。

黄副司令钧鉴：

你我兄弟相逢于国运维艰之际，相识于共御外侮之时，晋西北一别，虽再未谋面，然无时不在惦念，每与同僚谈及吾弟为国为民献身之精神，所部无不为之感动，尤其是忻口一战，弟以必死之决心，打出了一场惊天地泣鬼神的经典战例。为国人抵御外侮树立了光辉的榜样，亦时刻激励着我部官兵在抗战中奋力杀敌。

此前，你我虽分属不同阵营，然兄弟携手，同仇敌忾，勠力同心，一致对外，终于迎来了渴望已久的胜利。奈国共两党，一倒行逆施，一顺应民意，政见不同，观点各异，致使兄弟阋墙，烽烟再起，令兄欣慰的是，弟在此时销声匿迹，不再以能征惯战之身驰骋沙场，减少了许多无辜生命不必要的流血牺牲。想来，血浓于水的古语吾弟已经牢记在心。更令兄欣慰的是，弟在关键时刻，开明大义，审时度势，鼎力相助董司令共举义旗，为国家为民族做出了重大贡献，兄在高兴之余更加钦佩之至。

今有一事烦扰，望弟百忙中拨冗相助。

钱寇花眼，生性顽劣，国难当头，认贼作父，助纣为虐，残害同胞，身负命案，四十余条，作恶多端，天人共愤。我部曾数次缉拿围歼，然该匪狡猾，出乎想象，故缉拿围歼均告无果，后悉该匪已入贵部，且随军起义，碍于我党的政策，如其不再作恶，则无法下手。若倘使该匪逃脱法网，苟且偷生于世，我们愧对牺牲的无数革命先烈。近闻贼寇再次潜逃，也是老天有眼，贼寇咎由自取，使我师出有名，盼弟趁此良机，调兵遣将，缉拿归案，二罪归一，严加审判，以慰已故同胞在天之灵。

顺致大安

中共大河县委　徐文烈

二十多天后徐主任收到黄团长的复信。

文烈仁兄，别来无恙：

来信收讫，见信如面，对仁兄给予的夸赞之词，弟深感受之有愧，面对外侮，弟仅仅是尽了一个炎黄子孙的绵薄之力而已。

对钱贼往日的情况弟已略知一二，汉奸是你我共同的敌人，何来相烦之说。该贼先期以举报提供汉奸证据为手段，取得原国民革命军个别人员的信任吃上军饷，并随同国民革命军一同起义加入解放军，后又通过贿赂爬上采购员的位置，其手中时刻掌握着二三百号人马的日常生活开支，弟分析贼寇对马铁牛的到来有所耳闻，在马铁牛离开绥远那天，忽然将其所掌握的钱财席卷一空，尔后出逃，弟当即派人搜寻无果，随即发出通缉令，目前仍在继续搜捕之中。

鉴于贼寇身为晋西北人，不排除返回家乡藏匿的可能，建议兄将警备司令部的通缉令大量复制，广为张贴，同时着专人继续搜捕。天网恢恢，疏而不漏，相信我们共同携手，不日定会将贼寇捉拿归案。

最后期盼，绥远一聚，共叙旧情。

此致　敬礼

解放军绥远警备司令部　黄峰

随信还附有一张通缉令。

通　缉　令

孙新生，原名钱花眼，男，四十岁左右，个低人瘦满脸黑疤，双眼有翳（俗称眼花子），右耳右手残缺，原为我部后勤处采购。于一九四九年 × 月 × 日将归其管理的采购金席卷一空，尔后潜逃。有知情提供线索者奖，协助捉拿归案者重奖，如知情不报或帮助藏匿者，一经查实，严惩不贷。

中国人民解放军绥远省警备司令部

严冬的乌兰察布草原，时刻被来自西伯利亚的寒风狂扫着，间隔几十里地才会有一半个小村庄，但都是土围墙，豁子院，一个人影也看不见。就连那看家护院的狗也卧在窝里不愿出动，偶尔有一两座灰白色蒙古包，孤零零地矗立在草原上，接受着寒风的抚摸。

钱花眼虽然有厚实的棉军装裹身，但仍然感觉薄如蝉翼，要不是疾步前行，人早就冻成一根冰棍了。他已经不再担心身后会有追兵，只是寒冷逼得他不得不如此，壶里的水早已冻成一个冰坨子，腹中饥肠辘辘，尽管身上背着干粮，但是嘴里如同着火一般，涎水没有一滴，嗓子眼里仿佛有一只手把舌头往肚里拽，干粮塞到嘴里如同嚼着一把沙子，磨得嗓子火辣辣地疼，只在嘴里和舌头打架，棒槌也杵不进肚里。四处打量，一马平川的荒草地，连一点残留的积雪都看不到，眼看着接近天黑，还没走到个地头上，用不了多久，就到狼群出没的时间，生命的安危压过了难耐的饥渴，他开始边走边搜寻一切可燃之物。他解下腰带，将收集到的柴草捆在一起，他清楚，捡拾的越多自己就越安全，天渐渐地黑下来，路边一个地势低洼处，又有一堆很大的沙蒿蓬在寒风中战栗，他大喜过望，急忙扑向沙蓬蒿，脚踩手搂，生怕寒风把它再次卷走。

就在这时，远处传来此起彼伏的狼嚎声，而且越来越近，钱花眼的心一阵剧烈的跳动……

第三十九章

农历五月，昼长夜短，气候干燥，正是晾晒中药材的好时光，每年这段时日，挑那风尘尘不动的天气，王彦都要把库存的中药材晾晒一遍。

那天晌午时分，王彦师徒两人在院子里手拿钉耙翻捡晾晒药材，这时走进一个人来，王彦抬头看了 -眼，是个卖砂锅的货郎。

“管吃管住，砂锅不要。”王彦随口说了一句。

正在懒洋洋躺着晒太阳的大黄狗稍微愣了一下，随即起身跑过去，吱吱呜呜，摆头摇尾，亲昵地围着货郎转开了圈子。

大黄狗的表现引得王彦再次把货郎从头到脚仔细瞅了一遍，蓬头垢面，胡子拉碴，衣衫褴褛，还是生人一个。

“王叔，我是栓子。”看到王彦一直认不出来，铁牛栓只得自报姓名。

“栓子！你咋是这副装扮，出什么事了？快告诉老叔。”王彦有点吃惊，急切地问道。

“叫婶子给我做饭，咱回屋细说。”

“河三，不用翻腾了，告诉婶子给你牛哥做饭，顺便煮一壶奶茶来。”

河三丢下钉耙惊喜地喊了一声：“牛哥。”

“你？”铁牛栓感觉面熟，想不起来在哪里见过。

“我是河野三郎呀。”憨憨地笑，还是一脸孩子气，不过却是一口流利的汉语。

“小……小河三，你没回国？”

“我不回去了。”

“抗战一结束，国民政府就派人来，要遣返他回国，可说死说活他不同意。”王彦替河三解释，“娃子回去也没一个亲人了。”

王彦一说，铁牛栓想起了广岛上空爆炸的那颗大炸弹。

铁牛栓没换气喝了满满一大碗奶茶，揩了一把额头渗出的汗珠，接过王彦递来的烟袋，深深抽了两口，随着鼻孔里徐徐呼出的烟雾，慢慢开始叙说。

听说钱花眼逃跑，铁牛栓等不上过年就想追寻，还是徐主任考虑全面，他说，现在已经是全国一盘棋了，都在共产党的领导之下，跨省区追逃犯，应该征得绥远方面的同意才妥当。

黄团长的回复有点迟，一直过了农历的大年之后。

为了搜寻钱花眼，铁牛栓装扮成一个货郎，二月初出发一直走到现在，逢村进村，遇户入户，贪早摸黑，忍饥挨饿，把黄河以北王亮营子以南，凡是有人烟的地方，梳头发般篦了一遍，连那些独孤的山地庄子也不放过，可就是没发现那家伙的踪迹。

“钱花眼在包头露面了，”王彦说，“老管家在东河区发现他了。”

就在铁牛栓到来的前一天，老管家从包头回来，慌忙告诉王彦，钱花眼在包头。

王彦不大相信，通缉令上的红章大印还没褪色，他咋就敢在包头露面，“你没看错吧？”

“我觉得不会错。”老管家的回答虽不十分肯定，但也基本坐实了消息，“早年间我和他会过面。”

包头东河区，集中居住着山西陕西等地走口外而来的买卖人，形成了繁华的商业区，门店铺面鳞次栉比，坐地摊贩挤挤扎扎，肩挑贸易熙熙攘攘，通年如同赶集般热闹。

那天，老管家正和一个摊贩商谈药材价格，猛不防被人从后面用力推挤了一下，从力道上感觉和往日那种人挨人的挤不一样，老管家有点奇怪，待回过头来看时，人已经走出去数步开外，只瞭见一个背影在稠密的人群中游鱼般穿行，速度极快，从身段上看很像钱花眼，可惜是戴着一顶明显不合脑袋的大帽子，帽檐压得很低，好像是在故意遮掩着头脸，所以才不敢确定。

王彦非常相信老管家的眼力，但凡见过一面的人，哪怕是几年十几年后再见面，马上就能认出来，对日常生活中需要论斤秤两的东西，看一眼就能约莫个八九不离十，尤其是收购中药材，眼看手揣，不但能准确说出斤秤，知道产地，而且还知道是什么季节采摘挖掘的。

“雪地里埋不住死娃子，狗日的终于露面了，肯定是他，杨立志和我说过，在山上的土匪中，钱花眼的腿脚最利落，人稠巷仄的地方穿行，很少有人能撵上他。”

铁牛栓立马决定，抄近路走库布齐沙漠，直达包头。

从王亮营子到包头，穿越库布齐沙漠是一条捷径，但是要冒很大的风险，从古至今，选择走这条路只有两种人，一种是人多势众的商家驼队，有保镖又携带着充足的干粮和水，他们是为了节省时间，对于商家来说，时间就是白花花的大洋。再一种就是犯下大案命案的人，官打吏追没得法子，对于这类人来说，死在沙漠里和死在官家手里一样，横竖都是个死，撞运气走出沙漠，还可以死里逃生。除此之外，其他人走西口，都是走包头绕石拐，尽管绕石拐要多走二十多天的路程，但是要比穿越沙漠安全。

铁牛栓坚决要走这条路，任凭王彦咋劝都不听，他绝不肯再浪费时间了，鬼知道这二十多天的时间，那狗日的还会生出什么蛆来，还会逃往哪里？

没办法，王彦只得把走沙漠必须操心的事项，尽自己所知道的，揪住耳根给铁牛栓往脑子里灌，铁牛栓也不敢大意，静下心来认真听。

王彦说，在沙漠里，到处都是路又到处没有路，估摸好大致方向，追踪着骆驼的粪便，尽量走沙漠的脊梁，万不可图省力走沙漠的肚皮，睡觉一定要选择长沙蒿蓬的地方，而且是沙蒿蓬越高大越好，入睡前记得要打草惊蛇，碰到有生命的东西，尽量躲开它，只要它不主动攻击你，你就不能伤害它，每日上路只可黑追明，不可明赶黑，宁贪早，不恋晚。俗话说，风四四，风四四，沙漠里的大黄风，一刮就是三四天，一旦起风，天地一色，地形变换，东西难辨，许多走沙漠的人没有命丧狼口，而是被黄沙风旋得迷了路……

王彦不忍心继续说下去。

心急如火的铁牛栓在王亮营子休息了两天，收拾了一下个人卫生，准备好充足的干粮和水，急匆匆地出发了。

“拿上它，累了抽一锅解乏，睡觉时搂在怀里，许多没腿的爬虫最怕这死烟油味。”铁牛栓动身，王彦把旱烟袋塞了满满一袋烟叶子，又将那杆经年不离手的玉石烟嘴黄铜杆子旱烟锅递给铁牛栓。

“牛哥，这两个也带上，走沙漠用得着。”河三拿出一副护目镜和一个火柴盒模样的精致小铜盒，一触按钮，盒盖弹起，里面的指针一阵抖动，缓慢地指往南北方向。

“指北针。”铁牛栓大喜。

“还带着夜光。”河三补充道。

老少三人一直把铁牛栓送到村口，直到铁牛栓的背影消失了很久还在引颈瞭望,风尘尘不动的天气,老两口好像同时有坌入眼,相互背过身子,偷偷揩眉抹眼。

寒夜来临，四周一片黢黑，东西不辨，南北不分，继续走下去是不可能了，不但身体吃不消，而且还会给狼群过一个有吃有喝的生日，钱花眼选择一处背风的洼地，把一路搂揽的柴草整理一番，用茅草铺好一个可坐可躺的地方，将沙蒿蓬一堆一堆围成一圈，又将枯树枝分拣开，与沙蒿蓬搭配在一起，沙蒿蓬易燃，枯树枝耐烧，防狼取暖两不误，坚持到天明没问题。

做好这一切，钱花眼重重喘了一口粗气，狂跳的心渐渐归于平静，眼下的后顾之忧解除了，焦渴饥饿又袭来，他捡其中的一小堆柴火点燃，将水壶搁在火堆上烤了一会儿，就着一点融化了的水，吃了几口干粮，点燃一支香烟，深吸了一大口，闭住气，将烟雾全部吞咽到肚子里，又使劲憋了一会儿，然后才从鼻孔里徐徐吐出，紧绷了一天的神经和即将耗尽体力的身子松弛下来，忽然感到浑身瘫软无力，不争气的眼皮开始捉对儿打架，他清楚，自己现在急需打一个盹，但他更清楚，万不可睡得太久太死，一旦沉睡过去，就没有再醒过来的可能，凛冽的严寒和各种野兽都在这暗夜中紧盯着自己的肉体。

钱花眼咬牙坚持了一会，实在坚持不下去了，他在闭上眼睛的同时不断告诫自己，务必保持半睡半醒的状态。

半睡半醒的状态果然保持得很好，就在第一堆火将要熄灭之际，钱花眼立马就感觉到了，他点燃了第二堆柴草，又数了一次柴草堆，照这个样子，苟且到天明没问题，他放心了……

采购了一批物资，又私黑了三块大洋，钱花眼心里火热身子冰凉，上下牙齿打架，急扑扑进门，直接走向火炉，谁知，炉子里没有一丝烟火气，用手一揣，铁炉子如同冰块，再一看，朱贵脱得一丝不挂，四仰八叉躺在炕上抽烟，腿胯间的男人物件丑陋不堪。大天白日，身在军营，狗日的竟敢这等放肆，钱花眼火冒三丈，真想扑上去把那个物件一把揪下来，或者照着那个部位狠狠踹上几脚，可又一想，这是绥远的国民革命军保安司令部，不是锁子山，只得强压心头火动口不动手。

你狗日的懒得，数九寒天滴水成冰，连个火炉子也不生，就躺在那里挺尸，等不到二日天明，你就是冰棍一根，爷爷直接叫八个土夫把你舁上西山梁喂野狗，烂席片也不给你裹一领。

朱贵对钱花眼的谩骂不理不睬，继续吞云吐雾，不知何时，烟雾中的朱贵又变成孤山店那女人，姿势还是那样，身子还是精光，女人的私密部位一览无余，而且面色潮红呼吸粗重，两眼直勾勾地盯着钱花眼，瞳仁里有点点星火冒出，钱花眼还能感觉到女人呼出的温热气息微微扑面。此情此景，令钱花眼有点把持不住，他想向女人靠近，可是感觉身不由己，挣扎趄挪着，与女人的距离越来越近，好，钱花眼继续努力，居然和女人贴近了面颊，女人已经伸出舌头，正在他的脸庞上轻轻地、一点一点地舔吻，肯定是在寻找他的嘴唇，钱花眼急忙张嘴迎合，咦？这女人太懒，该有多长时间没洗漱了，一股腥膻臭味直冲七窍，啊呀，这女人的舌头怎么这么涩，脸部被舔得生疼，啊呀，这女人怎么还长了胡子……

“妈呀！”钱花眼从睡梦中惊醒，一头野狼被他这猛然一声大喊惊得后跳了一丈有余。

尽管四肢有点僵硬，但还算反应迅速，他立即点燃了最后两堆柴草，此时晨曦微露，视线逐渐清晰起来，四周散布着十几只狼，舔过自己的那只狼离自己最近，牛犊般的躯体半蹲着，对自己虎视眈眈，面对两堆燃烧的柴草丝毫没有畏惧退缩之意，显然这是只头狼。

僵持之际，天渐渐亮起来，火苗渐渐小下去，头狼原地不动，其他狼缓慢移动，包围圈逐渐缩小，钱花眼明白，这群狼在头狼的带领下和自己熬时间比毅力，而且人狼双方都在关心着那两堆柴火的燃烧速度。

一瞬间，钱花眼脑袋大如篓斗，他感到前所未有的恐惧，这种恐惧还是从娘肚子里出来第一次。绝望中，他掏出手枪，拉栓顶火后紧紧握在手里，他只把它当做吓唬狼群和向外传递声音的工具，他清楚，别说弹夹里仅有五粒子弹还给了孤山店那女人一粒，即使现在有四十粒也没用，短枪对于这群野兽不起任何作用，这时，唯一可以救命的火堆也接近熄灭。

时光就这么缓慢地流淌，阳婆从地平线上露脸之后好像被钉子钉在原地，看一眼还在那个老地方。

一股火苗最后挣扎着露了一下头再也没有出现，一缕青烟紧随其后有气无力地冒出来，又随着晨风一起走掉，火堆彻底熄灭了。

聪明的狼群等的就是这一时刻，头狼吱唔一声发出信号，周围的狼群迅速向钱花眼靠拢，包围圈越来越小，钱花眼握枪的左手首次开始颤抖，竟然连准星缺口都对不在一条线上。

时机成熟，头狼率先由前高后低的坐姿变为前低后高的捕食姿势，其他狼都在等待头狼一扑，准确地咬住猎物的喉咙即蜂拥而上，分享一顿美食。

就在头狼奓开前爪、用力按向地面，准备起跳的那一瞬间，绝望中的钱花眼本能地扣动了扳机。

风，肆无忌惮地刮着，眯缝着眼睛四处张望，瞭不出多远，天地间混沌一片，数不清的沙蒿蓬在目力可及之处滚动，有的沙蒿蓬越滚越大，一直大到风刮不动为止。立夏风自死，在口里，这个季节春耕也结束了，哪来这么大的风，狗日的，这沙漠里的天气就是不一样。解冻以后的沙土地软绵蓬松，脚踩下去一步一个深窝，有力气使不上，不能疾步前行，只能缓慢行走，黄沙扑面，不敢张大口喘气，满鼻腔都是沙土蒿草味，肩上原本轻飘飘的砂锅担子，现在也感觉有点沉重，看来，古话绝不空说，路远不捎书。

这是离开王亮营子踏入沙漠后的第三天，本来，如果一切顺利，再有三天就可以走出沙漠，可是就在这时起风了，而且正是王彦叔说的那种大黄风。

风裹挟着黄沙土不停地滚动，地形时刻变换，明明走的是一条沙脊梁，走着走着就变成了沙窝，再选好一条沙脊梁继续前行，可是没走几步又进了沙窝里。前三天，还可以沿着时有时无的驼粪或者是偶尔出现的驼队脚印走，现在却被黄风旋得什么也找不到了，狗日的，这沙漠比那个见钱眼开的贼寇还狡猾。铁牛栓有力使不上，有火无处发，尽管有指北针定向，但他还是迷路了。

王彦叔说，遇上这种情况千万别心慌急躁，一定要稳住神，最好停脚歇下来，保持体力。如果接近天黑，干脆选个地方过夜，天明的时候风也累了，会歇一阵子，这时辨明方向再上路。

王婶还说，原地转圈子是“鬼打墙”，老辈子人碰上这事，反穿鞋走上一阵就出去了。

铁牛栓知道王叔一家打点的干粮和饮水富富有余，尤其是婶子，在打点的时候还念叨，夏天拿上冬天的衣裳，一天拿上两天的干粮，恨不得给他带上一个粮囤子，所以他胆不秃心不慌。

天地间昏黄一色，不知道现在是甚时辰，铁牛栓感觉有点饿，还好，前面有一棵干枯的胡杨树，他走到胡杨树下，靠着树干坐下来，拿出干粮和水，开始吃喝。这时，天空由昏黄色慢慢变成昏黑色，铁牛栓也不准备再往前走了，他将大鞭从腰中解下来放在手跟前，又把手枪卸开上了一遍油，再增加了一层裹布，吸了一锅旱烟，头枕着扁担躺下来，将旱烟锅搂在怀里，不一会儿就鼾声四起。

一觉醒来，东方出现一丝鱼肚白，风果然停了，他拿出指北针定了一下方向，急匆匆上路，他要趁这短暂无风的机会多走一段路。

还没走出七八里地，太阳刚刚露脸，又起风了，先是一缕一缕的细沙尘，紧贴地面就像烟雾般绕动，又像蛇行般游走，不一会儿，这无数条游蛇就聚集在一起，形成一个又一个小旋风，无数小旋风又是一番旋转绕动，再次聚集就拧成一个大旋风，接着就是飞沙走石的狂风，刚才还清清亮亮的天气，马上就黄沙弥漫，天地一色，沙土扑面，呼吸困难，身不由己，步迈不动，要是没有河三提供的护目镜，眼睛都睁不开，铁牛栓想起王彦叔的话，这样的黄风一刮就是四五天。

风急铁牛栓心更急，他绝不肯浪费半点时间了，他必须尽快抓到那个活大害，他双手鞠躬般抱紧肩上的扁担，弯腰向前，艰难地挪动着脚步，要不是王婶子打点了许多干粮和一大壶水，仅凭原来那个轻飘飘的砂锅担子，早就跟着风跑了。耗费了大量的体力，感觉已经走出去好远好远，可是回头一看，几乎就是在原地挣扎了半天，但他绝不肯停下来，反正走一步就少一步。

铁牛栓就靠这坚强的毅力，与狂风搏斗着，顽强地向着沙漠的边缘艰难地跋涉。

钱花眼醒过来的时候已经躺在一座蒙古包里。

主人将一壶奶茶和一盘风干牛肉端上来，钱花眼顾不上说话，此时此刻，再没有比填肚子更当紧的事情，狼吞虎咽，风卷残云，大半盘牛肉和一壶奶茶喝光之后，“嘎咕”一个饱嗝从喉咙里蹿出来告诉他，别往里填擩了。

这时，钱花眼有了精神也有了空闲，习惯成自然，他开始仔细打量所处的环境。

一座地地道道的蒙古毡包，伞状的毡包骨架接点都是活扣，这样的蒙古包搭建方便，拆卸容易，风雨不漏，寒热不侵，一看就知道，这是一家逐水草而居的游牧民，而且男主人心灵手巧，精明强干。

毡墙上，挂着成吉思汗的画像，紧挨画像还挂着一支双筒猎枪和一只牛角号，毡包中央，一张短腿小方桌上摆着用过的餐具，刚才只顾吃喝没有注意，桌子上居然还有一副纸牌。

看见纸牌，钱花眼喜出望外，就像溺水之人捞到手一根稻草。

钱花眼会一手用纸牌“推八门”的绝活，而且非常灵验，每次做事前，用它问路问吉凶，从来没有失手过，当年黑老四带着几个人下山行劫，由于线人传来的捻子大作小，致使行劫失利，被对方的保镖围住陷入绝境，那天，闲着无事的钱花眼无意中“推八门”发现头儿大祸临头，立即吆喝起一帮人马下山，救了头儿一命，从此，山上人人都迷信这个，人手一副纸牌，闲暇时赌博，出动时选择方向趋吉避凶。

钱花眼清楚，教会徒弟，饿死师傅，所以，他给别人传授的仅是皮毛，真正推八门的精髓秘不传人，所有的“八门卦辞”都在他脑子里装着。

他拿过纸牌，把代表乾坎艮震巽离坤兑这八个字的纸牌抽出来，按方位顺序摆好，再与代表东南西北四个方位的纸牌装配之后，连抽四次老千，对着四个方位逆向一推，八门卦辞就出现在脑子里：

丑不远行酉不东，求财望喜一场空。

巳未东北凶不通，三山挡路有灾星。

亥子北方大失散，鸡犬作怪事难成。

寅午南方是绝地，霎时要了孩儿命。

卯时出走往西行，人稠地窄可存身。

头破之地遇福星，贵人相助永安宁。

脑子里把卦辞细细拆解了一番，主意就有了，经过这次死里逃生，他也不想往那荒无人烟的地方走了，卦辞指的这么明确，有时候，灯下黑更容易遮人耳目，他立马感到身心轻松，接下来就和主人有说有笑拉呱开了。

主人很健谈，对这个“解放军”很尊敬。

清晨，两只藏獒同时在毡包外嚎叫，巴音木楞感觉有点奇怪，出去之后，藏獒轮流咬着他的袍襟拖拽，他马上明白了藏獒的意思，飞身上马，在藏獒的引领下疾驰出不远，就看见了狼群。

巴音木楞说，冬季草薄，现在是分群过冬，家人还在二百多里开外的地方照料着一群牛羊，转年开春草旺之后，他就转场，离开这里，去和她们汇合。

钱花眼问了一下四至方位，巴音木楞答得比问得还详细，这里是乌兰察布市地界,属于乌龙淖尔苏木（乡）管辖,现在这个地方叫前圪蛋嘎查（村）,说是嘎查，其实就是几户游牧人家临时居住的地方，相互之间的距离不算太远，草原上人们的习惯说法，不远不远，骑马一天。要是到乌龙淖尔苏木就更远了，好脚力的马也得走两天。

巴音木楞继续热情地介绍，从这里往东八百里是坝上草原，那里属于张家口地面，往北是荒无人烟的千里大漠，一直走可以到达外蒙古的乌兰巴托，往西三百里是包头，那是一座人口稠密的大城。

巴音木楞的介绍和推八门“开门牌”指示的路径一模一样，钱花眼内心一阵高兴，“天不灭钱！”

钱花眼决定，利用蒙古人的热情好客，就在毡包里好吃好喝歇缓一天，恢复体力，明天出发。

铁牛栓走得昼夜不分，白黑不辨，他已经没有时间的概念，他不知道这是进入沙漠后的第几天了，不过根据剩下来的干粮估算，应该是路程一半时间一半，可是水已经消耗了三分之二，铁牛栓不敢大意了，他开始有计划地吃喝，而且还是多吃少喝。黑了累了，选个合适的地方躺倒就睡，饿了渴了，吃喝一点继续走，只要睁眼能看清脚下的路他就走，黄沙风继续亲密地伴随着他，撕扯着他的衣襟，摇晃着他的担子，每走一步都要耗费他很大的力气，耳朵早已习惯了狂风的咆哮，听不见呼呼的风声了，只有精致的护目镜保护着他的眼睛，没有受到细沙土的侵害，铁牛栓特别感激那个一脸稚气的小河三。

本来已经习惯伴随着呼呼风声睡觉的铁牛栓被死一般的寂静唤醒，他不知道风是何时停下来的，被狂风刮得筋疲力尽的一钩残月斜挂在天空，而且还戴着一圈五颜六色的项圈，经验告诉他，天明还是风。

铁牛栓不想睡了，他要抓紧这无风的机会，再走几十里。

就在他翻身坐起来的时候，不远处一个黑影哧溜一下消失了，有王叔的告诫，他没有搭理它，收拾东西时却发现水壶不见了，仔细看，水壶就在刚才出现黑影的地方躺着，他预感到不好，急忙上前拿起水壶，轻飘飘的，晃了一下，惊出一身冷汗，再一看，被啃咬变形的木头塞子形同虚设，他一下想起石师傅和王彦叔都说过的沙狐子，这种特别机灵的东西，不到万不得已是不会和人抢水喝的，看来它也是干渴急了，一瞬间铁牛栓明白，在沙狐子的活动范围内，根本没有任何水源。不知道走出沙漠还要几天，没水比没干粮更可怕，铁牛栓的心恐慌起来，脑子飞速旋转，必须疾速行走，一刻也不能耽误，趁着现在还有体力，能走多远走多远，走出去更好，走不出去那就认命了。

一阵尿意袭来，铁牛栓毫不犹豫尿入壶里，将水壶挂在身上，然后迅速动身。

不知过了多久，也不知走出多远，干渴与饥饿无情地折磨着他，情况越来越严重，白面烙饼塞入嘴里如同嚼泥，只在口腔中和舌头打架，不往喉咙里去，强忍着气味和着尿液咽下一点，可是尿液也没有了，细碎的血珠从皴裂的嘴唇上渗出来，又混合着黄沙土迅速凝固，就像结了一层锅巴，五脏六腑如同放在火鏊子上煎熬，一丝绝望瞬间袭上心头，他不敢有过多的想望了，他把每次前行的目标瞄向间隔出现的胡杨树桩子，好在枯死的胡杨树桩子逐渐多起来，这给筋疲力尽的铁牛栓提供了极大的便利，他可以走一段靠枯树桩子歇缓一阵。

第二天日出卯时，钱花眼准时上路，热心肠的巴音木楞将他的军用水壶灌满水，又给他准备了一捆牛肉干，居然还要骑马送他一程，钱花眼不得不表示深深的谢意。

向西一直走到一个岔路口，巴音木楞提醒他，右边就是通往乌龙淖尔苏木的路，左边那条路是通往包头的，巴音木楞一直以为他要去的是苏木政府。

巴音木楞一下子提醒了钱花眼，他实在不忍心这么做，但是他不得不这么做，他非常需要那匹油光水活的马，他实在不需要他知道自己的行踪，他只得把仅剩的三粒子弹慷慨地再送给这位巴音大哥一粒……

临近年关，各大商号都在抓住这一时机买进卖出，买卖兴隆的“三盛公”这几天急需增加人手，广告贴出后的一个傍晚，有人前来应聘，来人自称孙三。

就着昏暗的豆油灯，大掌柜把孙三上下打量几眼又盘问了一番，虽说容貌看得不是很清，可是感觉脑子还算活泛，满口乡音，应答自如，算计精准，可铆对缝，很合大掌柜的心思。

孙三顺利地留在三盛公，当上了守库的小伙计，他深居简出，手勤脚快，不多言不接舌，和外人从来不照面，只管埋头做自己的营生，他把库房打扫得干干净净，物资摆放得齐齐整整，没几天就博得了大掌柜的好感，他的日子安稳下来，脑子里谋划开了下一步。

狗日的，“推八门”真准！

铁牛栓的脑子近乎麻木，机械地向着下一个目标艰难地挪动着脚步，眼看着不远，却要费九牛二虎之力，重如千斤的砂锅担子压得他直不起腰来，有时候几乎就是手脚并用爬行，尽管如此，他仍然不肯丢弃这唯一的“幌子”。

不远处，又出现了一株胡杨树，喘息之际凝神细看，灰中透绿，又高又大，难道它还有生命，铁牛栓一阵惊喜，挣扎着向它走去……

终于走出沙漠了，眼前一片绿色，绿色中还有一片圆圆的、深蓝的池水，反射着阳光的水面波光粼粼，铁牛栓的身子平地起飞，腾云驾雾般飘向那片蓝色……

第四十章

一场不大不小的火灾给三盛公烧出一个二掌柜。

腊月二十三晚上，三盛公的大掌柜照例要送灶王爷上天言好事，院子里还要燃一堆旺火，放几个二踢脚。

谁都没注意到火是咋烧起来的，先是院子里的柴堆起火，火舌马上就开始吞噬旁边房子的窗户，接着又蹿上房顶，房里存放着大量的毛皮，那是准备开河之后走水路发往口里的。

是孙三首先发现了火灾，他边呼喊叫人边灭火，并率先爬上房顶揭瓦抽椽，阻断火势，经过众人的一番忙乱，火被扑灭，没有造成大的损失，不过孙三的头脸被大火燎烤得面目全非，眉毛头发一根不剩。

为了感激孙三，年夜饭老掌柜破例将他请入上席，并且当众宣布，那间库房里的毛绒皮张卖掉之后，抽出利润的十分之一作为股金，划归孙三名下，从此，孙三也成为三盛公的股东，并且担任二掌柜。

酒席开始，几位股东轮流向孙二掌柜敬酒，特别感谢他第一时间发现了着火，“要不是你，三盛公这回可遭大难了。”

酒至半酣，推杯换盏，热闹非凡，不知是谁，蹦出一个响屁，众人嘻嘻哈哈，趁着酒兴，非要寻出那个放屁的罪魁祸首不可，寻出来罚酒三大碗。你稽我考了半天，谁都不肯承认，大掌柜出来打圆场，算了，算了，臭屁不响，响屁不臭，不影响咱们喝酒，这种事儿，谁先提说就是谁，放屁老儿先闻见嘛。

孙二掌柜端酒杯的左手微微抖了一下。

干枯的胡杨树活了，树冠如云，遮阴如伞，躺在树底下的铁牛栓舒服极了，从绿叶间下滴的串串水珠甘甜可口，铁牛栓张大嘴巴贪婪地吞咽着，可惜水珠时断时续，水流时大时小，难以浇灭喉咙里的火焰，铁牛栓急了，他想抬头接近那串水珠。

嘎嘣一声，牙齿被一个硬物咯了一下。

“醒过来了。”耳边有人说话。

铁牛栓睁开眼睛，视物有点模糊，不知是在哪里，想要坐起来打量，被一只手轻轻摁了一下，“娃子，继续躺着，你的身子还很虚。”

铁牛栓又闭上眼睛休息了一会儿，当他再次睁开眼睛后，眼前的一切逐渐清晰起来，两位面目慈祥的老人，守在自己身边，老妈妈一手端碗，一手拿着勺子，老爹爹抽着旱烟袋，两眼关切地瞅着自己。

“我这是在哪里？”

“赵家营子，全营子都是口里上来的人。”老爹的乡音很亲切。

铁牛栓费力地坐起来，两眼直勾勾地盯着老妈妈手里的碗，此时此刻，无论是水还是饭，都是他最需要的。

老妈妈明白铁牛栓的意思，想把碗递过来，却被老爹接在手里，“娃子，你现在还不能急喝水，更不能吃饱饭。”

“？？？”管斋不饱，不如杀了，铁牛栓的脸上写满了疑惑。

“我估摸着你已经三四天水米没达牙了，也是你的身子骨抗硬，要是换作另一个人，早就没事了，春天的沙漠吃活人，真个后怕。”

老爹拿起调羹，看了一眼被铁牛栓咬下的牙印子，憨憨一笑，又一勺一勺慢条斯理地喂开了，一碗牛奶喝光，安顿铁牛栓继续躺下，老爹叙述了经过。

赵家营子离库布奇沙漠西部边缘不远，营子里有许多人，每年都要跟着季节到沙漠附近刨沙葱、剜小蒜、掏苁蓉、搂柴火。

沙漠的边缘，长着一株又高又大、一半枯死一半活着的胡杨树，多年来，赵老爹就一直以胡杨树为中心，在方圆三五百步之内讨生活。

这天一大早，天气晴好，老爹要到沙漠里剜小蒜，临出门时老伴说，“套上牛车，再拿上钉耙，约莫这几天的黄风多旋下柴草了。”

当瞭见那株半死不活的胡杨树时，老爹感觉有点异常，树枝头黑压压地站着许多老鹰，不远处的天空还有老鹰在盘旋，这种情况以前从来没见过。

大天白日，地形熟悉，赵老爹手持钉耙，毫不犹豫向胡杨树走去。

走到跟前，一眼就看见黄沙土吃人的情景，一个人倒在树下，大半个身子已经被沙土埋住，只露出鼻孔以上的多半个脸庞，一根扁担横在胸前，扁担两头各连着一摞被沙土淹没了一大半的砂锅，从季节上讲，不应该是走口外的口里人，从行头上看，就是一个走街串巷卖砂锅的货郎，只是闹不明白，这货郎为何会大春天走沙漠自寻死路。

先走为大，入土为安，碰上是缘，不能不管。赵老爹扔掉钉耙，双膝着地，对着尸体虔诚地叩了三头，然后把尸体脸部的浮土轻轻拂去，接着又把身上的沙土刨掉，露出来的身躯令赵老爹感到意外，罕见的门扇般一个大汉子，靠自己的力气挖这么大的墓坑很费劲，更难的是挪不动他的躯体，回营子里喊人，又怕那躯体被四周盘旋的老鹰遭害，选择了一个高处环顾四周，发现还有人往这边走动，赵老爹大声吆喝起来。

听到吆喝，拉拉溜溜走来四五个剜小蒜的，七手八脚一阵忙乱，墓坑就挖好了，接着又开始舁身子抬腿揪胳膊，这时，那躯体微微抽动了一下，有人用手一试鼻孔，竟有一丝微弱的气息，哎呀！人还活着。

赵老爹非常惊喜，立即吩咐众人赶快抬到牛车上，打着老牛拼命奔跑起来。

也是铁牛栓体质好，也是两位老人的精心伺候，前三天先喝牛奶，后四天开始吃饭，七八天之后就能下地行走了。

体力恢复得差不多了，心急如火的铁牛栓执意要走，赵老爹说什么也不放行。

老爹还有点生气，“古话就说，出门之人谁也不背家，你不用多心，别说我们还是老乡，就是异乡他人，刚刚死里逃生，元气才开始恢复，我也不会让他现在就走，多将养上几天，不就是少卖几个砂锅嘛。”

老妈妈也是同样的态度，“又不是天塌下来了，急得个甚。”

相处了七八天，铁牛栓已经品出二位老人的秉性，他只得实话实说，把急着要走的原因告诉了二老。

不料赵老爹听罢哎呀了一声，“这么说他应该就是那个贼人了，我就觉得他面目不善，行为不端，话语发阴，根本不像个生意人。”

“老爹，你见过他？”

“见过，见过，他还在咱家住过两天。”

赵老爹细细说出了缘由。

三盛公的老规矩，大掌柜打里，二掌柜照外。

自从救火立下功劳，孙二掌柜就开始明展大亮（方言，光明正大的意思）地露面了，脸上烧伤的疤痕就是三盛公颁发的勋章，只不过头上时刻扣着一顶大帽子。

春天，又到了收购羊毛羊绒的季节，当上三盛公二掌柜的孙三，跑外收购就成了分内之事，顾虑到孙二掌柜在这方面还是个新手，大掌柜给他指派了一个帮手。

孙二掌柜接手下这个肥缺，心里乐开了一朵花，没想到，出发前大掌柜又往身边按了一只眼睛，不过，这并不影响孙二掌柜的积极性，他有的是对付这类事情的办法，他对收购什么、价高价低并不感兴趣，他感兴趣的是能从收购资金里黑多少。

然而孙二掌柜这次扒拉错了算盘，他对三盛公的许多老规矩还不了解。

从口里到口外，凭三盛公的信誉，做买卖从来不动现洋，用的都是银票，卖出货物的人凭收购人填写的银票，到就近票号支取。当帮手把三盛公的这一老规矩告诉孙二掌柜之后，本来兴冲冲的孙二掌柜，立马就懒惰下来，转村子不再那么积极了，每到一个村子，都是自己在落脚处吃喝闲坐，任由帮手出去看货议价过分量。

在赵家营子，赵老爹的家院一直就是三盛公收购货物的落脚点，赵老爹手勤脚快，除去照料货物还帮着翻晒羊毛羊绒，三盛公也给赵老爹一定的薪酬，因此赵老爹与三盛公的大小股东以及下人都很熟悉。可是，今年来的这个二掌柜是个新面孔，长相头脸都不咋好看，言谈举止也不像个买卖人，赵老爹心下还嘀咕，这三盛公用人的水准咋就降低了，背地里听帮手介绍过情况后赵老爹也就释然了。

那天午饭过后，孙二掌柜躺屋里睡觉，忽然肚内一阵翻江倒海，肠肚打架，内急里催，来不及穿鞋戴帽，光头赤脚，不管不顾就向茅厕跑，那一副尊容被院里翻晒羊毛的赵老爹看了个真真切切明明白白。

少毛没草的光头赵老爹见得多了，罕见的是，瓢葫芦般的秃头上，一只耳朵少了半片，不知是娘生胎带，还是后天伤害，反正是看上去特别古怪，这就给赵老爹留下很深的印象。

赵老爹还说，原以为那个孙二掌柜是个天生的左撇子，谁知他无意中露出的右手居然是个秃手手。

相貌特征一一对号，孙二掌柜无疑就是钱花眼，也是狗日的活到头了，竟然这么巧！铁牛栓高兴得差点跳起来，立即改变主意，不去包头城，沿路追寻狗日的，并且当下就要起身。

赵老爹说，不急，不急，听我给你再细说。

按照三盛公收购春货的线路，他两人离开赵家营子，下一站是去二海壕，二海壕走过，就到丁家圪坨，丁家圪坨紧挨着王爱昭，这几个都不是大村舍，每村最多停留一两天，考虑到他是个懒人，再给他多估摸两天时间，八九天也就到了王家园子，王家园子离包头不远，是一个上千人的大村子，货物较多，每月逢三逢五赶集，也是三盛公收购春货的最后一站地，以往三盛公的人在那里要忙乱上四五天的。寻人不如等人，你直接到王家园子坐下等，从这里到王家园子，消消停停走大道，有歇有坐也用不了一天，王家园子有一个王记火锅店，老板是我的老相识，他家房舍宽展，你提说我的名字住下来，甚心也不用操，两三天后那贼人准定出现。

铁牛栓这才安安心心在赵家营子又过了一夜。

在王爱昭，钱花眼意外碰到一根罕见的地道阿拉善肉苁蓉，大小形状与公马胯下的那个物件一模一样，他明白，这是百年不遇的神物，立即不问贵贱买了下来。

对于肉苁蓉钱花眼并不陌生，当土匪的时候也碰到过，也顺手牵羊叼抢过，但从未见过如此品相绝佳的肉苁蓉。

在草原上，大人小孩都知道关于肉苁蓉的传说。当年成吉思汗率部征战，兵败被围，弹尽粮绝，众将士围坐在一株梭梭树下等死，忽然一匹神马从天而降，对着树根射出一股鲜红的精血，眨眼间，树下就长出一根和神马的阳具一模一样的东西，众士兵分而食之，精气神大增，再次征战，反败为胜，此后开疆拓土，所向无敌。因此，人们把肉苁蓉视为大补之物，尤其是再辅以宁夏枸杞，卓资山乌鸡，用红泥砂锅慢火炖出来，据说能使男人返老还童。

宁夏枸杞，卓资山乌鸡，三盛公就经营着，至于打闹个红泥砂锅也不是难事。钱花眼怀揣此物，满心欢喜，更不上心收购方面的事情了，他催促帮手草草结束了王爱昭的业务，起身赶往王家园子，他要尽快回到三盛公，他预感到自己离返老还童的日子不远了。

铁牛栓到达王家园子的第二天，正好就是王家园子的集市日，王记火锅店坐北向南面对当街，绝佳的生财之地，王老板在店门外放了一只小马扎，算是给铁牛栓的砂锅担子占了一个地方。王老板说，小子好命，像你这种肩挑贸易的小本生意，逢赶集那是最好不过的事情，根本用不着走街转巷，坐地等买卖即可，就你那十来八个砂锅，说不定一袋烟的工夫就卖完了。

铁牛栓心里咯噔了一下，卖完，卖完我还拿什么作幌子？他不急于入市了，慢慢吞吞地消磨着时间。

热心的王老板催促他，早开市早接利。

铁牛栓刚刚摆放好砂锅担子坐下，街道两侧忽地就冒出许多小摊点来，风味小吃，杂耍玩具，针头线脑，耕作农具，生产生活用品应有全有。将近半晌午，逐渐人多起来，不一会儿，直东直西的一条筒子街上就挤满了人，摩肩接踵，熙熙攘攘，吆喝叫卖声，讨价还价声此起彼伏。

铁牛栓坐在马扎上，抽着一袋旱烟，耷拉着眼皮，看上去一副懒洋洋的神态，可是，眼缝中的目光却利箭般一刻不停地扫视着整个街道和人群，他生怕与钱花眼失之交臂。

紧挨铁牛栓的左手边是一个卖农具的，只要面前有人走过，他就大声吆喝，“齿耙木锨山地犁，我要贱卖不由你！”

铁牛栓的右手边是一个卖山货的二道贩子，“高价买上低价卖，不为赚钱只为快！”

“清炖羊肉蘸莜面，香塌脑子不能怨！”街对面的人嗓门儿更高。

快晌午的时候，集市进入高潮，满大街赶集的人几乎都不空手，买家卖家都是一脸喜色，唯独铁牛栓还没开市。

“兄弟，你也得吆喝才行。”刚刚卖出两把木锨，三把齿耙，身边的这位老兄热心肠，主动关照铁牛栓。

那个卖山货的二道贩子用异样的目光打量了一眼铁牛栓，随即还低声嘀咕了一句，“不像个买卖人，摇钱树下打瞌睡，没见过。”

这句话一下子提醒了铁牛栓，他也赶快吆喝了一声，“红泥砂锅一毛半，想买就来看一看！”

一嗓子喊出来，高亢嘹亮，雄浑厚重，声震半街。

这一吆喝，马上就挤过来七八个买砂锅的，一番挑拣，人手一只砂锅满意而去。

“你这是三年不开市，开市顶三年，看不出来，兄弟也是个老生意人。”刚才嘀咕过铁牛栓的那人又改变了对铁牛栓的看法。

铁牛栓无心肠和他们答话，他开始焦急起来，砂锅就剩下三四个，这要再多来几个买家，马上就不能应付了，那可真成了货郎担出他妈来——货尽了。他不敢继续吆喝，点燃一袋旱烟，耷拉下眼皮，继续端坐。

走到王家园子，帮手给孙二掌柜解说，赶集的日子，咱柜上是只看行情不收货，这也是三盛公的老规矩，叫做给货物“把脉”。

“你去把脉，我转悠着买个砂锅。”

一个东瞅西瞭的人进入铁牛栓的视线，在稠密的人群中左躲右闪，游鱼一般，穿梭自如，很是另类。铁牛栓的心一阵急跳，终于出现了，他压住惊喜，半低下脑袋，用眼角的余光紧盯着目标。

眼观六路耳听八方的钱花眼，没走几步就看见一个卖砂锅的，而且正是自己想要的那种红泥砂锅，一个邋里邋遢、胡子拉碴、破衣烂衫的货主，低头抽着旱烟，懒洋洋地守着脚边的四五个砂锅。

“砂锅咋卖？”

“给钱就卖。”

钱花眼往下一蹲，伸出左手挑拣起来。

“管挑管看，不中意管换。”铁牛栓身子往前一倾，嘴里含着的烟袋杆正好挑掉那顶大帽子，秃瓢脑袋上露出的半片耳朵一览无余。铁牛栓再也忍不住了，就势起身，一脚踢翻货郎担子，砂锅碎片四处飞溅。

钱花眼稍一愣神，感觉不对，起身就走，被铁牛栓一个扫蹚腿放倒在地，“走？你还想往哪里走！”

“你要干甚？我可是三盛公的二掌柜。”毕竟不是等闲之辈，钱花眼身子刚一着地，立马就是一个鲤鱼打挺站起来。

“我不管你是谁，你先看看我是谁！”话音落地，一杆大鞭从腰间抽出，手腕一抖，唰啦一声展开，鞭梢蛇行般往前窜出老远。

一见此物，钱花眼的脸一瞬间死白死白，怦怦急跳的心脏仿佛要从嗓子眼里蹦出来，他明白，马大鞭这次是有备而来，自己的好日子到头了，他没有再跑，这么近的距离，绝对跑不出马大鞭的击打范围，再逃跑，不是腿断就是腰折，他不想再遭罪了。

铁牛栓亮出手铐，钱花眼乖乖伸出双手，铁牛栓厌恶地看了一眼那只废黜的右手，稍一思索，将钱花眼的左手和自己的右手铐在一起。

第四十一章 尾 声

草原上的春天来得有点晚。

乡间说，农历五月十三关老爷磨刀，一场淅淅沥沥的磨刀雨下过之后天气放晴了，瓦蓝瓦蓝的天空，间或还有丝丝缕缕的白云在缓慢地移动，空气中飘荡着泥土的清香，原野终于听到了春天的脚步声，各种不知名的小草被这场透雨唤醒，试探着露出半个脑袋，仿佛对春天的到来还有点不大相信。

踏上大青山，放眼向南瞭望，目力所及之处，黄河逶迤，像一条细细的、丝绸般的带子，铺设在天际的尽头。

阳婆婆上来丈二高，
风尘尘不动天气好。

一曲民歌唱罢，回头看一眼被包头市公安战士押解着的钱花眼，铁牛栓的心情比眼下的天气还好，七八年的时间，压在心上的一块石头终于搬掉了。

老人们说，举头三尺有神明；石师傅说，多行不义必自毙；爹说，人在做，天在看，天地之间有杆秤；娘说，尘世上就数老天爷爷最公平。

铁牛栓想，都是一个道理，善有善报，恶有恶报，不是不报，时候不到，时候到了，活眼现报。

铁牛栓又想，自己的儿子到现在十个月了，三翻六坐九爬爬，十个月上叫妈妈，不，应该是叫大大，这个时候回去，儿子肯定正在满炕爬，看到自己进门就会叫一声大大。

想到这里，铁牛栓兴奋至极，大鞭一挥，一个清脆响亮的鞭声在空中炸响，随即，又是一首高亢嘹亮的民歌传向四面八方。

大青山高来乌拉山低，
马鞭子一甩我回口里。

（上部完）

后 记

这是我写的第二部有关抗战的小说，虽然题材老旧，但还是想让其面世，记得我在《大头将军》的后记中写过这么一段话，我热爱爱好和平的日本人民，我痛恨发动侵略战争的日本军国主义者。中华民族在十四年的抗战中,付出的牺牲和遭受的屈辱实在是太大了,在我生活的晋西北地区，尽管侵略者盘踞的时间不是很长，但其暴行足以使苍天泪目，小说中的许多情节都是真有其事。

引起我构思这部小说源于一次会议，在等待正式会议开始之前，时任县委副书记、现为县长的徐晓兰同志和我闲聊，说到她在偏关县工作期间听到的一件事，抗战期间，由于汉奸告密，日军一次活埋了三十多个当地老乡，偏关解放，该汉奸毁容逃往内蒙，偏关县的一位公安干警化装赴内蒙侦查，历尽千辛万苦终于将其捉拿归案。

我即以此为主线，构思完成这部作品，不奢望能拥有多少读者，更不敢奢望能有多大影响，只想给后人留下一点记忆，还是引用那句俗话吧：“老人不讲古，后辈要吃苦。”